Kongofieber

Redmond O'Hanlon

Kongofieber

Roman

Übersetzt aus dem Englischen
von Chris Hirte

Eichborn.

Für meine Frau Belinda

Der Autor dankt Andrew Franklin; Galen Strawson; Simon Stockton; John Stanbury; Pat Kavanagh; Peter Carson; Jonathan Kingdon; James Fenton; Bill Buford; Ursula Doyle und *Granta*; Ferdinand Mount und dem TLS; Linda Hopkins; Rosie Boycott; Andrew Kidd; Alexandra Pringle; Jon Riley; Fred Bayliss; Max Peterson; Will Self; David Warrell; Jacques Meunier; Mark Harvey Smith; Chris Shaffer; Charles O. Warren; Ian Glasby; Tim Gravestock; Keith Taylor, Louis Muzzu; Ossebei Douniam; Yvette Leroy und Assitou Ndinga für ihre Unterstützung

Die Deutsche Bibliothek – CIP-Einheitsaufnahme:

O'Hanlon, Redmond:
Kongofieber / Redmond O'Hanlon. Übers. aus dem Engl. von Chris Hirte. – Frankfurt am Main : Eichborn, 1998
Einheitssacht.: Congo journey dt.
ISBN 3-8218-0565-X

Deutsche Erstausgabe 1998 im Eichborn Verlag, Frankfurt am Main

Titel der englischen Originalausgabe: *Congo Journey*
First published by Hamish Hamilton LTD., London 1996

Lektorat: Doris Engelke, Wolfgang Streit; Typographie: Johannes Steil; Umschlaggestaltung: Christina Hucke; Satz: Fuldaer Verlagsanstalt GmbH, Fulda; Druck und Bindung: Wiener Verlag, Himberg
ISBN 3-8218-0565-X

Verlagsverzeichnis schickt gern:
Eichborn Verlag, Kaiserstraße 66,
D-60329 Frankfurt am Main,
http://www.eichborn.de

ERSTES BUCH

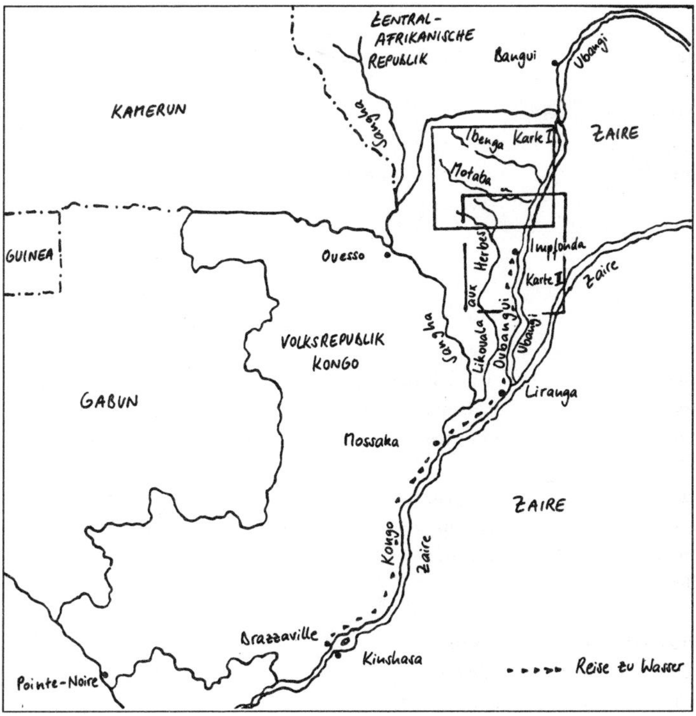

ZENTRAL-
AFRIKANISCHE
REPUBLIK
Bangui
Ubangi
KAMERUN
Sangha
Ibenga
Karte I
ZAIRE
Motaba
GUINEA
Ouesso
Impfonda
Herbes
aux
Karte II
Zaire
Sangha
Likouala
Oubangui
Ubangi
VOLKSREPUBLIK
KONGO
GABUN
Liranga
Mossaka
ZAIRE
Kongo
Zaire
Brazzaville
Kinshasa
Reise zu Wasser
Pointe-Noire

1

Die Feticheuse von Poto-Poto, dem Armenviertel von Brazzaville, bedachte uns mit einem Lächeln, kniete auf dem Fußboden ihrer Hütte nieder, nahm eine Handvoll Kaurimuscheln aus ihrem Hüftbeutel und warf sie vor sich auf die Kokosmatte.

Wir, Lary Shaffer und ich, beugten uns auf unseren Schemeln vornüber und studierten das nichtssagende Muster, das die Muscheln auf der Matte bildeten. Sie sahen schon sehr abgegriffen aus und glänzten im Schein der Paraffinlampe wie altes Elfenbein.

Das Lächeln der Feticheuse erstarb. »Einer von Ihnen«, sagte sie bedächtig auf französisch, »ist sehr krank.«

Der Regen schien mit vermehrter Heftigkeit auf das Wellblechdach zu prasseln. Mich befiel das absurde Gefühl, daß uns die Dinge in dem kleinen Raum mit Wänden aus Leichtbetonsteinen beobachteten – ein Haufen Wäsche in einem roten Plastikeimer, ein grobgezimmertes Doppelbett (dessen Moskitonetz mit einem Haken am Deckenbalken befestigt war).

Wir haben uns eben noch nicht akklimatisiert, sagte ich mir, wir sind erst seit zwei Tagen hier im Kongo; doch der Gedanke daran machte die feuchte Hitze nur noch drückender.

Lary, der noch immer auf die Muscheln starrte, wischte sich dicke Schweißtropfen von der Stirn. Ich sah, daß seine Hand zitterte.

»Ich bin's«, begann er plötzlich mit stockender Stimme, »Ich bin's. Ich bin der Kranke. Vor neun Jahren saß ich im Rollstuhl. Ich habe das, was man multiple Sklerose nennt. Ich hab mich zum Laufen gezwungen. Einen Meter am ersten Tag, zwei Meter am nächsten. Ich konnte wieder sehen. Und letztes Jahr bin ich mit dem Fahrrad quer durch Amerika gefahren, in dreiunddreißig Tagen, von West nach Ost, von Küste zu Küste. Ist alles wieder in Ordnung.«

»Im Rollstuhl?« fragte ich in einem Tonfall, der mein Entsetzen vergeblich zu überspielen versuchte.

»Täglich schwimme ich fünfundvierzig Minuten. Zwei Kilometer. Ich bin fit, mir geht es gut. Du siehst doch, daß ich fit bin. Außerdem dachte ich mir, lieber in Afrika sterben als den ganzen Sommer lang zu Hause in der Cornelia Street hocken und Farbe abkratzen. Kein Problem, mach dir keine Sorgen, ist überhaupt nicht nötig.«

»Bitte!« Die Feticheuse warf den Kopf zurück und preßte die Handballen auf die Augen. »Sie müssen still sein. Wenn Sie reden, kann ich nichts sehen. Und wenn ich nichts sehen kann, kann ich Ihnen nicht helfen.« Dann öffnete sie die Augen, sammelte die Muscheln auf und drückte uns je drei in die Hand. »Hier, nehmen Sie die. Pressen Sie die Muscheln an einen Geldschein und hauchen Sie Ihre Wünsche hinein.«

Mit der rechten Hand zog ich zwei 1000-CFA-Scheine (zwei Pfund) aus der Hosentasche, gab einen davon Lary und drückte den anderen auf die Muscheln in meiner linken Hand.

»Nun«, fragte sie, »wer von Ihnen trägt hier die Verantwortung?«

»Ich!« erwiderte ich großspurig.

»Dann sagen Sie mir, was Sie wirklich wollen. Was ist Ihr größter Wunsch, wenn es ganz still in Ihnen ist? – Und ersparen Sie mir das andere, all die Geschichten, die Sie Ihren Frauen erzählen.«

»Ich habe vor, eine große Reise durch die Wälder im Norden des Landes zu machen«, begann ich, und schon allein der Klang der Worte gefiel mir, »im Einbaum zum Oberlauf des Motaba, wo wir die Boote zurücklassen werden, dann ostwärts durch die Sumpfwälder und über die Wasserscheide zum Ibenga, wo wir hoffen, ein Boot zu finden, und dann, wenn wir Glück haben, flußabwärts zum Likouala-aux-Herbes und von dort zu Fuß zum verborgenen See, Lac Télé, wo Mokélé-mbembé, der Kongo-Dinosaurier, gesichtet worden sein soll.«

»Nein! Nein! Nein!« rief die Feticheuse mit singender Stimme.

»Warum denn nicht? Glauben Sie, die Armee läßt uns nicht? Glauben Sie, wir kommen gar nicht erst aus Brazzaville heraus?«

»Sie sind ungezogen«, sagte sie verärgert und ließ die Muscheln in ihrer Hand klappern wie Würfel im Becher. »Sie sprechen Ihre Wünsche nicht aus, Sie denken sie nur. *Ich sehe alles!*«

Sie entriß mir die Muscheln samt Geldschein und schleuderte sie auf die Matte. Der Schein trudelte nach unten wie ein Herbstblatt.

»Ihre Kinder lieben Sie«, intonierte sie, während sie mit verächtlichem Blick das Durcheinander auf der Matte musterte. »Ihre Frau liebt Sie.«

Im stillen verdoppelte ich ihr Honorar.

»Wenn Sie zwei Monate bleiben«, sagte sie und wandte sich schon Lary zu, »werden Ihnen die Waldgeister nichts antun. Doch wenn Sie einen Tag länger als zwei Monate bleiben, werden Sie sterben.«

»Aber ich bleibe sechs Monate!«

»Dann werden Sie sterben«, sagte sie, während sie sich mit ungehöriger Hast auf Lary konzentrierte und die Augen schloß.

Er hielt seine Muscheln und die Tausendernote auf die vorgeschriebene Art und senkte den Kopf. Ein Schweißtropfen löste sich von seiner Nasenspitze und fiel zu Boden. Seine Lippen bewegten sich.

Ich bemerkte mit einem gewissen Unbehagen, daß die Aufmerksamkeit dieses uramerikanischen Draufgängers (der sich – in verschiedenen Lebensphasen – eigenhändig drei Häuser gebaut hatte) von irgend etwas anderem in Anspruch genommen wurde, was sich im Raum befand. Lary Shaffer, dieser vernunftgläubige Psychologieprofessor der State University of New York in Plattsburgh benahm sich nicht, wie es meiner Meinung nach von einem Wissenschaftler zu erwarten war. Diesem Spezialisten für Tierverhaltensforschung, der für den Nobelpreisträger Niko Tinbergen in Oxford als Kameramann gearbeitet und seine Dissertation über das Krabbenfangverhalten der Heringsmöwe geschrieben hatte, war vorübergehend das Weltbild abhanden gekommen, entschied ich. Doch dann wurde mir klar, daß es anmaßend war, so zu urteilen. Du hast ihn doch vor zwanzig Jahren auf der Uni das letzte Mal gesehen, sagte ich mir, und du kennst ihn kaum. Oder vielleicht, tröstete ich mich, ist es einfach so, daß uns Afrika schon nach zwei Tagen Hitze und Anspannung und viel zuviel Whisky zu Kopf gestiegen ist.

Die Feticheuse nahm Lary die Muscheln mit dem Geldschein ab, den sie sorgfältig beiseite legte, dann warf sie mit geübter Geste weitere Muscheln auf die Matte und studierte das Muster, wobei sie hin und her wippte wie ein vernachlässigtes Kind.

»Sie denken zuviel«, sagte sie mit beängstigend hoher Stimme, »Sie haben mehr Sorgen, als ein Mann ertragen kann. Sie haben große Probleme mit Ihren Frauen. Ihr Leben ist viele Male zerbrochen. Jedesmal haben Sie es geflickt und von vorne angefangen.«

Lary riß die Augen auf. »Das stimmt«, sagte er. »Erst starb meine Mutter, dann mein Vater, ich wurde krank, meine Ehe ging kaputt, meine Frau zog mit einem Afroamerikaner nach Kalifornien, und an dem Abend, bevor ich von New York nach London flog, um mit Redmond hierherzufahren, kam ein Anruf, und die Stimme sagte: ›Hallo, Daddy, ich bin deine Tochter. Heute ist mein Geburtstag, und ich bin einundzwanzig geworden. Jetzt darf ich dich anrufen.‹ Ich wußte nicht, daß ich eine Tochter habe. Mein einziges Kind. Ich hab nicht mit ihr gespielt, hab sie nicht aufwachsen sehen; vor einundzwanzig Jahren hatte ich Krach mit meiner Freundin, wir haben uns schreckliche Dinge gesagt und uns dann getrennt, ich ging nach Oxford, und das war's. Sie hat es mir verschwiegen.«

Jetzt schwiegen wir und starrten zu Boden. Die Kaurimuschel neben meinen Stiefeln lag auf ihrem runden Rücken und zeigte mir ihre schlanke Öffnung. Kein Wunder, dachte ich beiläufig, daß eine Kaurimuschel, um den Hals getragen, den Frauen Empfängnis und Gebären erleichtern sollte. Ich fragte mich, wo die Muschel herkam: Es war eine echte Geldmuschel, *Cypraea moneta*, von den Malediven, die vielleicht im 13. Jahrhundert in einem arabischen Dhau nach Ägypten gelangt war, dann auf den Karawanenstraßen in den Satteltaschen der Kamele durch die Sahara von einem Königreich ins andere gereist war, bis sie Zentralafrika erreicht hatte. Oder aber sie kam mit einem europäischen Sklavenschiff. In meinem Kopf surrten die Zahlen und Daten wie Moskitos: Im Jahr 1520 zahlten die Portugiesen 6370 Kauris für einen Mann oder eine Frau. 6370, surrte es, 6370 ...

Ruckartig reckte Lary die Hände hinter den Kopf, als wollte er sich skalpieren. Ein aufgeschreckter Gecko huschte neben ihm die Wand entlang und verharrte. Die Zehen sahen aus wie die zarten

Enden der Efeuranken. Lary warf mir ein schiefes Lächeln zu. »Und jetzt«, sagte er, »bin ich im verdammten Kongo.«

Die Feticheuse sammelte die Kauris ein, verstaute die zwei Scheine in ihrer Tasche und stand auf, wir ebenfalls. »Sie haben sehr viel Mut«, sagte sie zu Lary und zog den Vorhang aus Plastikstreifen beiseite, der als Tür zum Vorraum diente. »Sie haben sich selbst stark gemacht. Sie sind ein tapferer Mann. Sie sind ein guter Mann.« Sie berührte seinen Arm und lächelte ihn an, mit einem Lächeln, das ihre müden Augen erhellte und sie für einen Augenblick in ein junges Mädchen verwandelte.

2

An einem Tisch in der Mitte des Vorraums und beim Licht einer Öllampe saßen die zwei halbwüchsigen Söhne der Feticheuse und machten ihre Schularbeiten.

»Sehr gut«, sagte Lary auf englisch, in einem routinemäßig gönnerhaften Ton, der anzeigte, daß er für einen Moment zur Normalität zurückgefunden hatte. »Nur weiter so. Immer fleißig lernen!«

Der Jüngere reagierte mit einem breiten Grinsen. »Danke, Sir«, sagte er, »und guten Morgen!«

»Wohl eher guten Abend«, erwiderte Lary.

Ein Kühlschrank und ein Elektroherd flankierten den Eingang zu einem weiteren Zimmer: Gemessen an den Verhältnissen von Poto-Poto war die Feticheuse eine reiche Frau.

Ich überreichte ihr 5000 CFA, dann stapften wir hinaus in den Regen und den Matsch der Straße. Ein verirrte Ziege, durchnäßt und verzagt, suchte Schutz unter einer zu schmalen Dachkante und zuckte mit den Ohren und dem Schwanz, als wir vorübergingen.

Nicholas Ngouakala, unser Taxifahrer und Freund seit zwei Tagen, ein traurig dreinblickender Mittfünfziger, erwartete uns in seinem klapprigen Nissan. »Das ging aber schnell«, sagte er auf französisch.

»Fand ich gar nicht«, erwiderte Lary und wischte erst mit dem Ärmel seines blauen Arbeitshemdes die kahl werdende Stirn trocken, dann strich er sich mit dem flachen Zeigefinger den Schweiß aus dem Schnurrbart. »Kam mir wie Monate vor.«

»Oh, dann war es gut«, sagte Nicholas. Er startete den Motor und schaltete den Scheinwerfer ein. »Da könnt ihr mal sehen. Sie hat wirklich viel Macht. Sie ist die beste Feticheuse von Brazzaville.«

»Und was tut sie für dich?« fragte ich.

»Sie behandelt meine Familie«, sagte Nicholas und umkurvte drei nasse Hühner, die im Unrat der Straße scharrten. »Ich habe sechs Kinder, und mein Jüngster hat Malaria. Das ist eine neue Art von Malaria, sehr gefährlich. In Brazzaville sterben jede Woche eine Menge Leute daran. Meine Frau, sie arbeitet im Krankenhaus. Sie ist nach Moskau geschickt worden und hat da Krankenschwester gelernt. Sie kriegt Medizin im Krankenhaus. Aber wir gehen auch zur Feticheuse, sicher ist sicher. Die Feticheuse heilt jeden. Sie hat Macht. Und sie kann auch andere Sachen.«

»Was kann sie noch?«

»Familienprobleme. Intime Sachen«, sagte er, während er das Auto um die Schlaglöcher herumlotste. Der hüpfende Lichtkegel verirrte sich vom Straßenschlamm und den Hütten mit ihren Wellblechdächern gelegentlich in die Bananen- und Mangobäume oder Palmen und senkte sich dann wieder auf die müllübersäte Fahrbahn. »Also es ist so: Ich habe eine Tochter, meine Älteste, und ich liebe sie sehr. Aber sie wollte einen Mann heiraten, der mir überhaupt nicht gefiel. Ein guter Tänzer, aber auch ein Dieb, wie jeder wußte. Außerdem sind wir Batéké, und er war ein Vili von der Küste. Die anderen Fahrer haben mich damit aufgezogen. Und da ging ich zur Feticheuse.«

»Und die hat ihn umgepustet«, rief Lary begeistert.

»Nein, nein, dafür geht man zum Zauberer. Die Feticheuse spricht nur einen Bann aus. Aber es ist sehr wichtig, das den jungen Leuten beizubringen. Sie müssen darüber Bescheid wissen.«

»Sie hat sein Ding einschrumpeln lassen!« Lary räkelte sich wohlig auf dem Rücksitz. »Bis es nur noch so groß wie eine Reißzwecke war.«

Wir lachten.

»Was ist der Unterschied zwischen einem Zauberer und einem Feticheur?« fragte ich. Das Auto gelangte auf eine befestigte Straße, und irgend jemand hatte den Generator von Brazzaville geflickt, denn plötzlich leuchteten die Straßenlampen wieder. »Gehst du auch zum Zauberer?«

»Ich bin ein friedlicher Mensch. Ich brauche keinen Zauberer. Sie haben mehr Macht. Und sind teurer. Du kannst in Paris sein, und dein Feind geht zum Zauberer, und der Zauberer steckt dein

Foto in eine Schale und greift zur Machete. ›Willst du diesen Mann töten?‹ – ›Ja.‹ – und bums!«

»Verstehe«, sagte Lary, schon weniger fröhlich.

»Aber die Mächtigsten sind die Könige«, sagte Nicholas. Das Auto rumpelte über die Gleise einer Bahnlinie, fuhr eine kleine Anhöhe hinauf und bog in die breite Avenue des ehemaligen Franzosenviertels ein. »Unser Makoko zum Beispiel lebt in einem Palast voller Statuen, und alle seine Möbel sind rot. Er hat einen uralten Thron, auf dem schon sein Ahne saß, als er den Vertrag mit de Brazza und den Franzosen machte und das Land gründete, das 1960 die marxistisch-leninistische Volksrepublik Kongo wurde. Er sieht alles. Er ist sehr mächtig. Wenn er sagt, heute darf niemand in den Wald gehen oder in die Plantage, dann geht niemand. Er ist so mächtig, daß er zwei heilige Tiere besitzt, den Leoparden und den Löwen. Wenn er am Morgen einen Palmkern sät, ist die Palme am Abend groß und voller Früchte. Der Nachfolger des Königs darf nur bestimmte Sachen essen, er braucht eine lange Ausbildung.«

»Was hältst du davon?« fragte ich, als wir in unserem kahlen Zimmer hoch oben im M'Bamou Palace Hotel angelangt waren.

Lary legte sich auf sein Bett und schloß die Augen. »Welchen Teil dieses 1000-Volt-Dauerkulturschocks meinst du insbesondere?« murmelte er.

»Die Feticheuse«, sagte ich und goß uns einen dreifachen Whisky ein. »Meinst du nicht, daß sie eine todsichere Masche hat?«

»Was willst du damit sagen?«

»Ist doch einfach. Wenn zwei oder drei aus Brazzaville zusammenkommen, ist einer von ihnen garantiert krank.«

»Ich weiß nicht. Ich bin mir nicht mehr sicher. Und überhaupt, was soll das mit dem Kongo-Dinosaurier? Dinky der Dino! Wie schnuckelig! Du glaubst doch nicht etwa an diesen Unsinn, oder? Ich habe einen Ruf als Biologe zu verlieren. Wenn ich auf Dinosaurierjagd gehe, bin ich meinen Job los.«

»Natürlich glaub ich nicht dran. Aber irgend etwas Seltsames hat es mit diesem See auf sich. Es gibt Berichte von den Pygmäen.

Und die Pygmäen sind glaubwürdig. Nur weil die Bambuti-Pygmäen auf ihren Beschreibungen beharrten, machte sich Johnston auf die Suche nach der Waldgiraffe und fand 1901 das Okapi. Ist noch gar nicht so lange her.«

»Okapi«, sagte Lary, nahm einen Schluck, und dann: »Dinky.«

»Na gut.« Unwirsch zog ich den Reißverschluß der Dokumentenmappe auf, die in der obersten Tasche meines Rucksacks steckte. Ich holte einen Packen Fotokopien hervor, die ich in Oxford gemacht hatte. »Dann hör mir mal zu. Das steht in einem ganz seltsamen Buch von Roy Mackal, einem Biochemiker von der Universität Chicago, ›Lebende Dinosaurier? Auf der Suche nach Mokélé Mbembé‹ (1987). Das Interessante ist nicht das Buch selbst, sondern der Anhang. Der stammt von einem der wichtigsten Biologen des Kongo, Marcellin Agnagna. Er hat sieben Jahre Naturwissenschaften in Kuba studiert und drei Jahre an seiner Dissertation über die Geburtenrate der Krokodile gearbeitet – in Montpellier. Sag, was du willst; er ist ernst zu nehmen. Er ist der Minister für Naturschutz und hat auch einen Job zu verlieren. Hör zu, du wirst dich wundern. Mackal selbst hat den Lac Télé nie erreicht ...«

»Dachte ich's mir doch«, unterbrach mich Lary, der gerade seine kniehohen Stiefel aus Leder und Segeltuch aufschnürte.

»... aber Marcellin Agnagna machte später einen zweiten Anlauf. Er schreibt, daß er sich 1983 eine Woche lang im Dorf Boha im Sumpfwald des Likouala aufhielt, ›dessen Bewohner die vorgeblichen Eigentümer des Lac Télé sind, eines der Orte, wo Mokélémbembé gesichtet wurde, jedoch Streitigkeiten unter den Expeditionsteilnehmern ... zu Verstimmungen führten.‹«

»Nur zu verständlich«, bemerkte Lary und befreite sich von den Stiefeln.

»›Am 26. April jedoch machte sich die Expedition zu Fuß auf den Weg, begleitet von sieben Dorfbewohnern aus Boha, die im Wald als Führer fungieren sollten. Die Route durch den Wald erwies sich als sehr schwierig, gewöhnlich mußte der Weg erst freigeschlagen werden. Da Trockenzeit herrschte, war das Wasser knapp, und das Trinkwasser mußte aus Schlammlöchern gewonnen werden. Die sechzig Kilometer zum Lac Télé waren in zwei

Tagen bewältigt, und nicht ohne Rührung blickten wir schließlich auf die Wasserfläche dieses kleinen Sees mitten im Herzen des Äquatorialdschungels von Zentralafrika. Der See hat eine ovale Form von etwa fünf mal vier Kilometern Ausdehnung. Ein Basislager wurde am Ufer errichtet, und einer der Dorfbewohner fing eine große Schildkröte, die uns an diesem ersten Abend als Nahrung diente. Zwei Tage intensiver Beobachtungen erbrachten keinerlei Hinweise auf den gesuchten Mokélé-mbembé, doch wurde häufig eine große Schildkröte gesichtet, deren Panzer eine Länge von zwei Metern erreichte.

Am 1. Mai 1983 beschloß der Autor, Filmaufnahmen der Fauna im Niederwald des Seeufers zu machen. Dieser Wald ist der Lebensraum einer Vielzahl von Säuger- und Vogelarten. Der Autor machte sich mit zwei Dorfbewohnern aus Boha, Jean Charles Dinkoumbou und Issac Manzamoyi, frühmorgens auf den Weg. Gegen 14.30 Uhr filmte der Autor ein Rudel Affen. Einer der Begleiter, Dinkoumbou, fiel dabei in ein Schlammloch und ging ans Seeufer, um sich zu waschen. Etwa fünf Minuten später hörten wir ihn rufen, daß wir schnell kommen sollten. Wir trafen ihn am See, und er zeigte auf eine Stelle im Wasser, die wir durch das Dickicht nicht hatten sehen können. Dann konnten wir ein fremdartiges Tier beobachten. Es hatte einen breiten Rücken, einen langen Hals und einen kleinen Kopf. Wegen der Verblüffung über diesen unerwarteten Vorfall gelang es dem Autor nicht, mit seiner Minolta-Kamera XL-42 verwertbare Filmaufnahmen von dem Tier zu machen.‹«

»Sieh da, sieh da«, sagte Lary.

»›Das Filmmaterial war schon fast völlig verbraucht, und unglücklicherweise begann der Autor mit einer Einstellung für Nahaufnahmen zu filmen.‹«

»Ein Pech aber auch!« sagte Lary.

»›Als dies von ihm bemerkt wurde, war das Filmmaterial schon vollständig belichtet, wie das französische Labor, in dem der Film entwickelt wurde, feststellte.‹«

»Diese Saftsäcke«, sagte Lary.

»Sei still!« befahl ich und las weiter. »›Das Tier befand sich etwa 300 Meter vom Seeufer entfernt, und es gelang uns, im flachen

Wasser etwa 60 Meter näher heranzuwaten, so daß wir etwa 240 Meter von dem Tier entfernt waren, das unsere Anwesenheit bemerkt hatte und sich umschaute, als wollte es dem Geräusch nachgehen. Dinkoumbou schrie fortwährend vor Angst. Die Brust des Tiers war braun, während die Nackenpartie schwarz wirkte und in der Sonne glänzte. Das Tier tauchte halb unter, so daß für etwa zwanzig Minuten nur der Hals und der Kopf zu sehen waren. Dann tauchte es völlig unter, worauf wir durch den Wald zum Basislager eilten, das zwei Kilometer entfernt war. Wir fuhren dann mit einer Videoausrüstung in einem kleinen Einbaum zu der Stelle, wo wir das Tier beobachtet hatten. Es wurde jedoch kein weiteres Mal gesichtet. Mit Sicherheit kann gesagt werden, daß es sich bei dem gesichteten Tier um Mokélé-mbembé handelte, daß es am Leben war und darüber hinaus vielen Bewohnern der Likouala-Region bekannt ist. Die Gesamtlänge vom Kopf bis zu dem Teil des Rückens, der aus dem Wasser ragte, wurde auf fünf Meter geschätzt.‹«

»Hör zu«, sagte Lary, richtete sich auf und goß sich noch einen Whisky ein. »Ich bin ohne weiteres bereit zu glauben, daß alle Naturgesetze in diesem verdammten Land außer Kraft gesetzt sind. Reicht dir das?«

»Nein.«

»Nun gut. Als wir im Flugzeug saßen und die Lichter von Brazzaville und Kinshasa mit dem schwarzen Fluß dazwischen aus dem Dunkel auftauchten und der Pilot seine Kreise drehte und ich diesen lästigen Plastikbeutel mit der Riesenmenge Filme auf den Knien hielt und der Pilot dann freundlicherweise die Fluggäste, die so unklug waren, in Brazzaville auszusteigen, darüber informierte, daß jeder, der in der Stadt beim Fotografieren erwischt wird, auf Nimmerwiedersehen im Gefängnis verschwindet, und ich dich fragte, was sie wohl mit mir machen würden, und du mir sagtest: ›Nichts Besonderes, Lary, sie werden dich nur ein bißchen mit ihren ulkigen Schlagstöcken traktieren‹, und wir dann von der Piste in den käfigähnlichen Schuppen mit den nackten Glühbirnen kamen, der von Soldaten nur so wimmelte, alle mit Schlagstöcken, Kalaschnikows, Handgranaten und was weiß ich bis an die Zahnwurzeln bewaffnet und alle dabei, die Leute in den Kabinen auseinanderzunehmen und dabei auch noch zu beklauen – hast du das etwa komisch gefunden?«

»Ja, auf eine gewisse Art schon.«

»Es war kein bißchen komisch. Wenn nicht Madame Leroy gekommen wäre, hätten wir beide mit all unserem Armeegepäck und unseren verdächtigen Packtaschen und Rucksäcken keine Sekunde länger als elfeinhalb Minuten in der Volksrepublik Kongo verbracht. Ich hab auf die Uhr geguckt und mir gedacht, wenn du die Naturgesetze außer Kraft setzen willst, dann ist dieser Flugplatz der ideale Ort, um damit anzufangen.«

»Ich hab sie gebeten, uns abzuholen. Ich hab ihr vorher geschrieben. Man sagt, Madame Leroy ist so etwas wie die rechte Hand des Präsidenten. Bei ihr sind wir völlig sicher. Außerdem züchtet sie Gorillas.«

»Nichts anderes habe ich erwartet. Sie betreut auch gestrandete Marsmenschen und hält sich Dinky als Hofhund. Aber ich habe auch ein bißchen gelesen.«

Er griff in die rechte Brusttasche seines Hemdes und zog zwei zerknüllte Buchseiten hervor, die er auf dem Knie glattstrich. »Bei dem folgenden wird sie dir wenig nützen. Die letzte Warnung aus ›Afrika für Tramper‹ lautet nämlich: ›Je nachdem, welcher Nationalität Sie sind und wo Sie Ihr Visum beantragen, kann der Aufenthalt auf fünf Tage begrenzt werden, obwohl gewöhnlich fünfzehn Tage bewilligt werden, wenn Sie am festgesetzten Tag einreisen. Für die Durchquerung des Landes ist diese Zeit sehr knapp bemessen. Zwei Australier erhielten kürzlich in Kinshasa ein Visum für fünf Tage und wurden bei ihrer Ankunft per Fähre in Brazzaville ohne Angabe von Gründen zurückgewiesen ...‹«

»Wir haben fünfzehn Tage.«

»So? Dann hör mal zu: ›*Visaverlängerungen werden grundsätzlich nicht erteilt.*‹ Und nur für den Fall, daß du vorhast, ohne Erlaubnis im Land zu bleiben, solltest du auch dies zur Kenntnis nehmen: ›An allen Straßen des Landes gibt es im Abstand von 25 bis 30 Kilometern Polizeiposten, wo Reisepässe und Impfbescheinigungen kontrolliert werden.‹ Wir wissen ja, was das bedeutet: Der weiße amerikanische Spion Lary Shaffer wird von einer Kalaschnikow durchsiebt, und irgendein Bastard reißt sich seine Stiefel unter den Nagel.«

»Ein Spion? Wovon redest du?«

»Hiervon: ›Vermeiden Sie in diesem Land politische Gespräche mit Fremden. In den Städten gibt es viele Geheimpolizisten.‹ Du kannst deinen Arsch verwetten, daß dieser Raum verwanzt ist. Für irgendwas Nützliches haben die kein Geld, aber ich nehme an, die Russen finanzieren die Polizei und die Armee. Falls es dir entgangen sein sollte, Redso: Das hier ist ein kommunistisches Land. Von hier aus haben die Russen und die Kubaner den Krieg in Angola geführt und gewonnen. 350 000 tote Afrikaner. Die CIA und Südafrika haben die Unita finanziert. Amerikaner sind hier nicht sonderlich beliebt.«

»Das ist ja gerade der Punkt. Dies hier ist das äquatorialafrikanische Land mit den härtesten Einreisebestimmungen, mit den wenigsten Besuchern. Es ist am wenigsten erforscht, ist also das interessanteste. Im Sumpfwald werden wir Gorillas, Schimpansen, Meerkatzen, Waldelefanten, Sumpfantilopen, Pythons und drei Krokodilarten finden – und einen Dinosaurier aus der Familie der Sauropoden.«

»Rausschmeißen werden sie uns. In genau dreizehn Tagen werden wir dieses Rattenloch von Flughafen wiedersehen. Die Maschine nach Brüssel geht einmal die Woche. Hallo, Plattsburgh! Hallo, Chris! Du bist die beste, schärfste, geilste Frau der Vereinigten Staaten von Amerika. Eine Autowäsche oder gleich zwei.«

»Autowäsche?«

»Sex unter der Dusche.«

»Nun mach dich nicht schon selber fertig. Du machst einen großen Fehler.«

»*Das da* ist der große Fehler!« Er gestikulierte in die Richtung unserer olivbraunen Tornister. »Bevor mich die Soldaten fertig machen, kann ich es auch gleich selbst tun. Andererseits« – er goß sich einen weiteren Whisky ein –, »da ich mir noch keine Fadenwürmer oder Rundwürmer von der Größe einer Ringelnatter eingefangen habe, kann ich das genausogut feiern.«

»Ist das deine Angst? Parasiten?«

»Die würde ich als eine von etwa 63 Sekundärängsten einstufen. Meine Primärangst ist untypisch und irrational. Sie heißt Gabunviper. Ich weiß einfach, daß diese Viecher irgendwo auf mich lauern. Einsachtzig lang, schlapp, träge und perfekt getarnt. Was sie überhaupt nicht ausstehen können, ist, daß man auf sie tritt. Sie können sich bis zu ihrer halben Länge aufrichten. Ihre Fangzähne liefern fünfzehn Tropfen Gift pro Biß. Vier Tropfen reichen aus, dich umzubringen. Ich bin in den Zoo gegangen, um sie mir anzusehen. Das war ein Fehler. Angeblich sollte sich ein Pärchen in einem Terrarium von drei mal drei Metern Größe befinden. Doch ich war überzeugt, daß es leer war. Ich schwöre dir, daß ich geschlagene fünf Minuten brauchte, um sie zu entdecken. Alles, was man von ihnen sah, waren vier winzige Hörner, die aus den Blättern herausragten. Weißt du, ich habe kein Gefühl in den Füßen, und ich merke nicht immer, wo ich hintrete. Aber erklär das mal einer Gabunviper. Also dachte ich mir, ich kaufe mir die höchsten Stiefel, die ich bei L. L. Bean kriegen kann.«

»Alles hängt davon ab, was morgen wird, einfach alles. Jean Ngatsiebe, der Staatssekretär des Forschungsministers, und Dr. Serge Pangou, sein Berater von der Marien-Ngouabi-Universität, gehen mit uns essen. Wir werden unsere Anzüge tragen. Wir werden eine wissenschaftliche Expedition sein. Wir müssen sie dazu kriegen, daß sie uns ein *laissez-passer* geben. Ein Jahr habe ich daran gearbeitet.«

»Ich weiß, ich weiß. Wenn ich an das Geld und die Mühe denke, die es dich gekostet hat, könnte ich heulen.«

»Ich auch.«

»Und mir fällt kein einziger Grund ein, warum sie dich reinlassen sollten.«

»Mir auch nicht.«

»Und was ist mit diesem Blödmann, der behauptet, er hätte Dinky gesehen? Nanyanya?«

»Der ist kein Blödmann, und er heißt Agnagna. Wenn er seinen neuesten Bericht über die Waldelefanten fertig hat, kommt er mit. Wir reisen in zwei Wochen.«

»Direkt zurück nach Brüssel – London – Kennedy Airport – meine Chris.«

»Hör auf mit diesem Unsinn. Du machst dich noch verrückt.«

»Dieses ganze Unternehmen ist verrückt. Zauberer und Dinosaurier, du meine Güte! Was suchst du eigentlich wirklich?«

»Die Pygmäen. Und noch etwas, was so irrational ist wie deine Gabunviper. Vor dem Krieg war mein Vater anglikanischer Missionar in Abessinien. Er schrieb damals ein Buch über die koptische Kirche. Als die Italiener einmarschierten, verließ er das Land und nahm die königliche Bibel mit, die Bibel des Kaisers, um sie in Sicherheit zu bringen. Und er gab sie zurück, als Haile Selassie ins Exil ging und sich in Bath niederließ. Jedenfalls hatte er eine wunderbare Sammlung von Büchern über Afrika in seinem großen, dunklen Studierzimmer in diesem Pfarrhaus in Wiltshire, wo ich aufgewachsen bin. Das Studierzimmer war für mich verboten, doch wenn er in der Gemeinde Besuche machte oder mit dem Chor übte oder bei der Abendandacht oder beim Glockenläuten war, hab ich mich reingeschlichen und einen Band der ›Vögel des tropischen Westafrika‹ von Bannerman aus dem zweiten Regalfach rechts hinter der Tür geholt und auf seinem Tisch aufgeschlagen. Dann hab ich mich auf seinen Stuhl gesetzt, der hinaus auf den Rasenhang blickte, vorbei an der Sonnenuhr und quer über die Wiese, wo ein Grünspecht so gern nach Ameisen stöberte, bis zu den Eibenbüschen, wo wir Dschungel spielten, und der riesenhaften Blutbuche und dem Kastanienbaum mit dem Bach dahinter, in dem ich Elritzen fing und mir das Wasser in die Gummistiefel lief ...«

»Ja, wunderbar«, sagte Lary. Er legte sich lang und machte die Augen zu. »Also, mein Vater war Handschuhleder-Händler in Gloversville, und einmal hatten wir auch ein Stück Afrika im Haus. Er war als Militärpolizist in Kairo gewesen. ›Jetzt zeige ich dir was ganz Besonderes‹, hat er eines Tages gesagt, und in der Hand hatte er einen kleinen gelben Stein, etwa halb so groß wie ein Bonbon. ›Jetzt schäme ich mich ein bißchen‹, sagte er, ›aber diesen Stein habe ich von der Spitze der großen Pyramide mitgenommen. Ich hab ihn schon so oft angeschaut und dabei an die Menschen gedacht, die ihn einmal da hinaufgeschleppt haben.‹ Ich habe meinen Vater sehr gern gehabt. Wahrscheinlich hat er den Stein weggeworfen, als er Alzheimer bekam. Meine Mutter ist an Krebs gestorben, und ich war dabei, als sie einen Blutsturz hatte und mit blutüberströmtem Gesicht fortgetragen wurde. ›Darf ich sie ein letztes Mal küssen?‹ fragte mein Vater. Er wäre der ideale Begleiter für dich gewesen. Er hat sich nie über etwas beklagt.«

»Vielleicht wirst du keinen Grund zur Klage haben. Vielleicht wird dir die Reise schmecken wie eine Sahnetorte.«

»Oh, ja. Mit vielen Scherben drin und einer Prise Arsen.«

»Ich möchte eine Flaggennachtschwalbe sehen.«

»Eine was?«

»Da muß ich elf oder zwölf gewesen sein. Im dritten Bannerman-Band gibt es eine Zeichnung von einer Flaggennachtschwalbe, die mit ihren halbmeterlangen Schwingenfedern durch das Mondlicht fliegt. Ich glaubte, das wäre der seltsamste, kostbarste Vogel, den es gibt. Und ich glaube es noch immer. In jener Nacht, als ich am Küchentisch saß, umgeben von Sezierbesteck, Alaun und Bergen von Haferflocken zum Aufsaugen der Flüssigkeit, und heimlich einen Dachs häutete, der sich zu einer Art Riesenpanda entwickelt hatte und daher in den Schuppen verbannt worden war, hätte ich etliche Kaninchenfelle für die vage Chance getauscht, eine Flaggennachtschwalbe auszustopfen. Und ich würde es noch immer tun.«

»Seltsam, aber wahr«, murmelte Lary mit einem tiefen Seufzer. »Er hat seine Familie verlassen, alles aufs Spiel gesetzt, seinen letzten Penny ausgegeben und die weite Reise gemacht ... nur um einen ... Vogel zu sehen ...« Dann fing er an zu schnarchen.

Mich packte plötzlich das Heimweh, als wäre ich ein siebenjähriger Internatszögling, doch ich tröstete mich nicht mit einem tränenbefleckten Exemplar des ›Eagle‹, sondern mit den Fotokopien des Buches von Mackal. Sogar hier oben in diesem Betonkasten mit dem Blick auf den beleuchteten Turm der Ölgesellschaft Elf fiel es mir leicht, zu glauben, daß das Gebiet der Kongowälder sich in 65 Millionen Jahren kaum verändert hatte, und Mackal weitgehend darin zu folgen, daß »in der als Likouala bezeichneten Region knapp nördlich des Äquators einige der größten Sumpfwälder der Erde liegen ... 140 000 Quadratkilometer zumeist unerforschter Sumpf- und Regenwald. Um einen Überblick zu gewinnen, befuhren die Franzosen während ihrer Kolonialherrschaft nur einige der größeren Flüsse. Ein paar unerschrockene europäische Forscher drangen in das Gebiet ein und berichteten Erstaunliches über die schrecklichen Pygmäen und über das Tierleben der Region.«

Auf Anhieb fiel mir kein Reisender des 19. Jahrhunderts ein, der die freundlichen und humorvollen Pygmäen auch nur im entferntesten als »schrecklich« beschrieben hätte. Und es war ein Jammer, daß die Franzosen in Wirklichkeit nicht den Anstand besessen hatten, ihre Exkursionen auf die größeren Flüsse zu beschränken. Doch das Tierleben würde in der Tat erstaunlich sein, selbst wenn wir uns mit den direkten Nachfahren der großen Reptilien begnügten, mit den fliegenden Dinosauriern – den Vögeln.

3

»Schau dir das an!« Lary hockte in einer Ecke des Hotelparkplatzes. Trotz der brütenden Morgenhitze und des grauen Himmels strahlte er vor Glück, als ich näher kam, und streichelte mit seinen Stummelfingern ein Stück altes Eisen, das als Zaunpfosten diente.

»In England oder in den Staaten siehst du so was nicht mehr«, sagte er begeistert. »Das ist keine T-Schiene, sondern ein Achterprofil. Früher konnte man das im Walzwerk leichter herstellen. Ich vermute, das hier stammt aus der Frühzeit der Eisenbahn. Ein tolles Stück Schiene, es gehört ins Museum. Sieht sehr schwer aus, stammt offensichtlich aus der Versuchsphase, als sie sich noch Mühe gegeben haben. Was denkst du, was der Meter wiegt? Fünfzig, sechzig Kilo? Vielleicht ein bißchen weniger, vierzig bis fünfzig? Was meinst du?«

»Ich hab wirklich keine Ahnung«, sagte ich und betrachtete zum ersten Mal in meinem Leben ein Stück Schiene aus der Nähe.

»In Plattsburgh hab ich alles darüber gelesen. Schon als Kind war ich vernarrt in die Eisenbahn. Meinen Großvater hatte ich auch sehr gern – ein Prachtkerl. Sein ganzes Leben hat er im Zug verbracht. Als Karteneinsammler an der Sperre fing er an, und er machte die ganze Karriere durch – bis zum Kontrolleur. Ich vermute, das hier ist Frankreich, frühe zwanziger Jahre. Die Belgier haben in den neunziger Jahren des vorigen Jahrhunderts eine Strecke von Kinshasa nach Matadi gebaut, und die Franzosen machten ihnen Konkurrenz mit der Bahnlinie von Brazzaville zur Küste bei Pointe Noire, Bauzeit von 1921 bis 1934, 512 Kilometer eingleisig und mitten durch den Mayombe-Urwald. Die Franzosen mußten Menschenjagden veranstalten, um genügend Arbeiter zu kriegen. An Malaria und Unfällen starben 15 000 bis 23 000 Afrikaner, je nachdem, welcher Statistik du Glauben schenkst. Fünfzehn Prozent aller Arbeiter.«

Inzwischen war Nicholas gekommen, er drückte auf die Hupe, und wir fuhren los, um Madame Leroy und ihre Gorillas zu besuchen. Die Staatsoberhäupter von Ruanda und Gabun und Präsident Mobuto von Zaire waren gerade auf Staatsbesuch beim Vorsitzenden Colonel Denis Sassou-Nguesso, daher waren alle Hauptstraßen gesperrt. Also machten wir eine Tour durch die Nebenstraßen der Stadt. Flüchtig sahen wir die Fischer auf dem Malebo-See, in jedem Einbaum standen sie zu zweit mit ihren langen Paddeln, ihre Umrisse auf der gleißenden Wasserfläche wirkten wie Scherenschnitte. Dann fuhren wir lange Straßen mit bunt dekorierten Läden entlang, vorbei an Ständen mit armdicken Maniokwurzeln, die in hellbraune Blätter gewickelt waren, vorbei an Pyramiden von Krapfen, Orangen, Bananen, Ananas und Colabüchsen. In der Nähe des Leichenschauhauses mußten wir uns langsam durch eine erregte Menschenmenge hindurchmanövrieren. Die Männer trugen Jeans, T-Shirts und Turnschuhe, die Frauen violette, gelbe und rote Wickelkleider, auf die vielfach der Name des Präsidenten gedruckt war, so daß sich das an Zischlauten reiche DENIS SASSOU-NGUESSO wollüstig über Brüste, Hinterteile und breite Rücken spannte. Kleine Jungen zogen Spielzeugautos aus verbogenen Haarklemmen und bemalter Pappe an Bindfäden hinter sich her und achteten sorgfältig darauf, daß die Drahträder eine schöne Fahrspur im Sand hinterließen. Und all die kleinen Mädchen trugen das Haar nach der letzten Mode – in kleinen, kurzen Zöpfchen, die wie Antennen vom Kopf abstanden.

Männer schlugen auf das Dach des Nissan und brüllten Grüße und Scherze in der Sprache der Batéké durch das offene Fenster, Nicholas brüllte zurück; hier war offensichtlich ein Fest im Gange. Ein Schildrabe hockte auf einem Telegrafenmast, das Weiß des Kragens und der Brust leuchtete im Kontrast zum Schwarz des Kopfes, des Rumpfes und des Schwanzes. Mit wohlwollendem Interesse blickte er auf uns herab, hob eine schwarze Kralle und kratzte sich das schwarze Vogelkinn.

Als Nicholas die Menschenmenge durchquert hatte, verfiel er wieder in seine gewohnte Melancholie. »Ein junger Mann ist bei einem Streit umgekommen«, erklärte er. Und während wir in ein besseres Viertel mit flachen Häusern hinter Mauern aus durchbrochenen Betonziegeln kamen, sagte er: »Das moderne Leben – das ist das Problem.« Er hielt die rechte Hand auf, spreizte die Finger und wies dramatisch auf einen Toyota-Laster, der uns entgegenkam – direkt vom Lande und voller Säcke mit Maniokmehl, auf denen mindestens zehn Leute thronten, zusammen mit zwanzig Kochtöpfen, einem Stuhl und einer festgezurrten weißen Ziege. »Das ist die Ursache. Da liegt das Problem. In dem Dorf, wo ich groß geworden bin, wäre so etwas nicht passiert. Wir waren alle eine große Gemeinschaft. Mein Vater hatte zwei Frauen, und ich hatte vier Brüder und fünf Schwestern. Die jungen Männer gingen jagen, und die Beute wurde mit allen geteilt. Das Essen war umsonst, Maniok war umsonst. Es gab keine Krankheiten. Das Haupthaus war Schule und auch Justizpalast, das heißt, dort haben die alten Männer die Probleme besprochen und den Kindern unsere Geschichten beigebracht, die Geschichte unseres Volkes und wie man lebt. Das Leben im Dorf, als ich noch klein war, das war der einzig wahre Kommunismus, eine wirkliche Gemeinschaft. Die Luft war noch frisch, es gab keine Lastwagen. Geld gab es auch nicht. Fisch war umsonst. Und der Feticheur – wenn man sich das Bein brach, brach er einem Huhn ein Bein, und dann heilten sie beide, ich hab's mit eigenen Augen gesehen. In der Stadt von heute ist so was nicht mehr möglich. Ist mir noch nicht zu Ohren gekommen.«

In diesem Moment setzte ein Dröhnen ein, als würde die Luft zerrissen, und der schemenhafte Umriß einer gewaltigen Speerspitze huschte tief über uns hinweg. Der Düsenjäger hinterließ einen dunkelgrauen Streifen am grauen Himmel. Die ganze Straße entlang flatterten die Schildraben von ihren Telegrafenmasten hoch, zogen ein paar Kreise, krächzten ihren schwarzweißen Protest und nahmen schimpfend ihre Plätze wieder ein, nachdem sie den Eindringling verjagt hatten.

»Das war eine russische MIG«, sagte Lary mit gedämpfter Stimme und genauso klagend wie Nicholas.

»Wir sind in der Nähe des Flugplatzes«, sagte Nicholas. »Die Flugzeuge, sie schützen den Präsidenten.«

Wir kamen auf eine breitere und glattere Straße. Auf einem riesigen Transparent prangten die Helden des Volkes, vier gigantische Köpfe nebeneinander: MARX-ENGELS-LENIN-MARIEN NGOUABI.

»Saftsäcke«, sagte Lary aus tiefer Brust.

Nicholas fuhr eine grüne Gartenmauer aus durchbrochenem Beton entlang und hielt vor einem hohen Gittertor. »Wenn es euch recht ist«, sagte er, »bleibe ich im Wagen.«

»Nein, nein«, erwiderte ich und löste mein schweißnasses Hemd vom Plastikpolster, »du kommst mit rein.«

»Gorillas sind gefährlich«, sagte Nicholas entschieden und kurbelte die Scheibe hoch.

Auf der Veranda des großen, weißgetünchten Bungalows mit Gitterfenstern räkelte sich ein ganz in Jeansblau gekleideter junger Mann in einem Korbsessel. Ein kleiner Schimpanse, der ein Lätzchen trug, klammerte sich an seine Brust.

»Hallo«, sagte er schläfrig, als wäre er von seinen Mutterpflichten voll in Anspruch genommen, »Yvette erwartet Sie schon. Ich bin Mark Attwater, und das ist Max, ein junger Zwergschimpanse.«

Als Max seinen Namen hörte, löste er die langen schwarzen Arme und kraulte Mark mit zarten, brauen Fingern im Haar.

»Das ist der erste Zwergschimpanse, den ich je gesehen habe«, sagte Mark und zog Max' Daumen aus seinem Ohr. »Sie sind sehr selten und kommen nur in Zaire vor, südlich des Flusses. Er wurde uns von der Forstverwaltung gebracht. Jemand wollte ihn auf dem Markt verkaufen. Wir kriegen die Babys, fast immer Gorillas. Der Jäger tötet die Mutter, macht Steaks aus ihr und räuchert das Fleisch, und das Baby nimmt er mit ins Dorf für die Kinder zum Spielen. Die stoßen es herum, bis es tot ist. Ganz selten einmal wird eins gerettet, meist von den Einsatzgruppen des Ministeriums für Forst und Gewässer, und die schicken es zu uns – entweder mit dem Lastwagen, wenn es aus dem Mayombe-Wald im Westen ist (den nennen sie hier den Süden), oder mit Air Congo oder dem Flußdampfer, wenn es aus den großen Wäldern im Norden kommt. Aber es gibt keine Hoffnung für sie. Sie haben Schnittwunden von den Macheten oder Schrotkugeln im Rücken, sind vom Durchfall ausgezehrt, in den Mägen ist Sand, den sie vor Hunger gefressen haben, und sie sind von Hakenwürmern, Pilzen und Parasiten aller Arten befallen. Auch psychisch sind sie angegriffen, denn Gorillas sind sensibel und sehr emotional – sie mußten mit ansehen, wie ihre Mutter umgebracht wurde, sie sind traumatisiert, und wenn sie nicht an Krankheiten sterben, dann sterben sie vor Kummer. Sie verlieren einfach ihren Lebenswillen, sie weigern sich zu fressen. 27 Gorillababys haben wir in den letzten zwei Jahren bekommen, und nur vier sind noch am Leben.«

»Und die Zwergschimpansen?« fragte Lary, der sich schwerfällig auf der Verandatreppe niederließ. »Sterben die auch vor Kummer?«

»Bis jetzt nicht«, sagte Mark, legte den Arm um Max und streichelte ihm mit der freien Hand den Rücken. »Ich behandle ihn gegen Parasiten, aber ansonsten ist er in einem guten Zustand. Er wirkt noch intelligenter als ein gewöhnlicher Schimpanse seines Alters, viel geselliger. Über Zwergschimpansen ist sehr wenig bekannt. Aber es gibt jetzt zwei Teams, ein amerikanisches und ein japanisches, die in Zaire ihr Verhalten studieren.«

»Sind Sie Zoologe?« fragte Lary jetzt schon interessierter.

»Nein, aber ich wäre es gern. Ich bin auch keine Hilfsschwester, müssen Sie wissen. Ich war Tierpfleger bei Howlett in John Aspinals Zoo in Kent, und ich bin hier, um sein Gorilla-Waisenhaus im Zoo von Brazzaville einzurichten und zu leiten. Wir werden einen ausgebildeten Tierarzt bekommen, die ganze Ausstattung, jede Menge Geld, eben alles. Wir gründen eine Zuchtstation und setzen dann die Gorillas da aus, wo sie sicher sind – auf einer Insel mitten im Kongofluß oder so.«

Mark stand auf. »Wir müssen Yvette finden. Heute ist der einzige Tag der Woche, wo genügend Angestellte da sind, so daß Magne aus seinem Käfig herausdarf. Er ist ihr dreieinhalbjähriger Gorilla und sehr lebhaft.« Mark unterbrach sich, um Max' Fuß aus seiner Brusttasche zu ziehen. »Sehen Sie, Zwergschimpansen haben eine Schwimmhaut zwischen der zweiten und der dritten Zehe.« (Auch Max betrachtete jetzt das Stückchen Haut, als hätte er es nie zuvor bemerkt.) »Sie wiegen zwanzig Prozent weniger als normale Schimpansen, ihr Haar ist dunkler, das Gesicht runder, die Ohren sind kleiner, und sie bekommen keine Glatze.«

»Sehr vernünftig«, sagte Lary und strich sich über die Reste seiner einstigen Haarpracht.

Mark öffnete eine stahlgitterverstärkte Glastür, und wir betraten einen Raum voller Sofas und Kissen. Spielsachen lagen über den Fußboden verstreut, Holzklötze, rote Gummireifen, eine zerkaute Stoffpuppe. Auf einem Bett in der Ecke lag ein Bantumädchen mit einem roten Kleid und sah fern. Ein sehr kleiner, sehr stiller Gorilla hatte sich an ihren Bauch geschmiegt.

»Albertine Ndokila«, sagte Mark und stellte uns vor. »Sie sorgt für Kambala, der sehr krank und sehr traurig ist, achtzehn Monate alt.«

Die Zimmertür flog auf, und Madame Yvette Leroy kam hereingestürmt. Zwei Gorillas klammerten sich an ihre rote Bluse, einer rechts, einer links, zwei kleine, schwarze Gesichter drückten sich seitlich an ihre großen Brüste, und zwei Paar dunkelgrauer Beine umklammerten ihre Hüfte in dem weißen Rock.

»Schnell«, rief sie, »nehmen Sie Stühle mit! Die Wachen lassen Magne gleich in den Garten. Er ist sehr lebhaft!«

»Er ist sehr lebhaft«, wiederholte Lary.

»Ich bleibe mit Max hier«, sagte Mark mit wissendem Lächeln und ließ sich auf einem der Sofas nieder.

Wir trugen unsere Korbsessel in den Garten hinaus. Yvette kniete sich ins Gras, beugte sich über ihre zwei Schützlinge und legte die Arme um sie.

»Sitzen Sie still«, sagte sie, »bleiben Sie sitzen, und schauen Sie ihm auf keinen Fall in die Augen. Gorillas starren sich niemals an. Sie fassen das als Drohung auf.«

»Bonzo, das sanfte Riesenbaby«, sagte Lary auf englisch.

Dann hörte man, wie ein Riegel zurückgeschoben wurde und eine Käfigtür aufkrachte, es folgte ein kurzer, scharf bellender Aufschrei, ein rumpelndes Geräusch, und schon kam Magne um die Ecke geschossen, auf allen vieren und mit eingezogenem Kopf.

Der große, graue Magne patschte Yvette auf den Rücken, entriß ihr die zwei schreienden Babys, zerzauste sie ein wenig, trommelte sich auf die Brust, rupfte Gras aus und wandte sich dann, nach einem verheißungsvollen Seitenblick, den Neuankömmlingen zu. Das waren wir.

»Dieser Bonzo«, sagte Lary, »hat Hornissen im Arsch.«

»Jean! Nimm dem Engländer die Brille weg!« schrie Yvette.

Das braune Haar auf Magnes Kopf, die niedrige schwarze Stirn, die kleinen, engstehenden, tiefliegenden braunen Augen, die breite, flache Nase – alles verschwamm zu einem Nebel. Ich starrte in den Nebel, um Magnes Gesicht zu erkennen.

»Brav, Bonzo, bist ein guter Hund«, sagte Lary. »Na los, faß den Redso.«

»Er ist eifersüchtig«, erklärte Yvette, noch außer Atem von dem Schlag auf ihren Rücken. »Er ist eifersüchtig auf meine zwei neuen Babys. Komm her, Magne, komm zu Mama!«

Knöchelgang, ging es mir durch den Kopf, das ist der technische Ausdruck für ihre Art, sich fortzubewegen. Doch wenn du dreieinhalb Jahre alt bist und gerade von deiner Mutter Yvette getrennt wurdest, wenn zwei wildfremde Babys deinen angestammten Platz eingenommen haben, wenn du von den größten, weichesten, erstrebenswertesten Brüsten fortgerissen wurdest, an denen du je geschmust hast, und wenn du eine Woche lang in einen Käfig gesperrt warst, ohne dich auch nur mit ganz gewöhnlichen Brüsten trösten zu können, dann darf man den Knöchelgang ohne weiteres Knöchelsprung nennen, wenn nicht gar Knöchelgalopp, Knöchelflug oder Knöchelbomber. Just an diesem Punkt meiner Erwägungen landeten Magnes Knöchel leibhaftig auf meinen Schenkeln, gefolgt von seinen riesigen Füßen, und seine Hände fuhren an mir hoch, um meine Schultern zu packen.

»Na, mein Guter«, sagte ich, weil mir unter seinem Gewicht und dem strengen Aroma seines kratzigen Brusthaars nichts Geistvolleres einfiel. Ich nahm die Hände hoch und drückte mit aller Kraft, um diesen Muskelberg auf Distanz zu halten, doch er preßte mich ohne große Anstrengung fester an sich, hielt mir sein glänzendschwarzes Faltengesicht direkt vor die Nase und öffnete den Mund. Ich konnte zwei gewaltige obere Eckzähne erkennen, einen rosa Rachen mit Zunge, Mahlzähnen, Spucke, dazu einen Geruch, so süß wie Rinderatem, und dann beknabberte er meine Ohren. Sehr sorgfältig, erst das eine, dann das andere, und dabei knurrte er wie ein Wahnsinniger in allen Tonlagen und Tempi, als wäre er in ein hastiges und bekümmertes Selbstgespräch vertieft.

Damit zufrieden, daß er mir Manieren beigebracht hatte und

ich ihn nicht mehr anstarrte, machte er eine Pause und sah sich in seinem Reich um.

Lary lag im Sessel und schüttelte sich vor Lachen. »Na los, faß ihn!« jaulte er. »Beiß den Redso!«

Magne, ein intelligenter, gefühlvoller und bedachtsamer Gorilla, sprang von meinem Schoß, machte zwei seitliche Galoppsprünge und biß Lary in den Bauch.

Als wir dann im Taxi saßen, rollte Lary sein Hemd hoch und besah den roten Fleck auf seinem Bauch.

»Seltsam, aber wahr«, sagte er. »Sanfte Riesenbabys. Solche Zähne, und er hat mir nicht mal die Haut geritzt.«

Lary inspizierte meine Ohren. »Sie sind rot«, sagte er enttäuscht. »Ich war sicher, er hätte sie abgebissen. Wir hätten sie trocknen und an deine Frau schicken können.«

»Wir sollten uns lieber an Miezekatzen halten.«

»Nichts, was größer ist als eine Springmaus«, sagte Lary.

Jean Ngatsiebe, der Staatssekretär des Forschungsministeriums, übergewichtig und aufgeblasen, gekleidet in einen Pariser Maßanzug, ein Mann von Welt also, pflanzte seine riesige Pranke auf das weiße Tischtuch.

»Mr. O'Hanlon, ich höre, Sie haben ein Buch über Darwin geschrieben«, sagte er auf französisch. »Ist das wahr?«

Ich nickte.

»Gut. Wollen Sie dann bitte so freundlich sein und mir sagen, ob Sie und ich Ihrer Meinung nach derselben Spezies angehören?«

Dr. Serge Pangou, sein bärtiger Berater von der Universität – er trug einen Anzug wie Lary und ich, einen, der ihm zehn Jahre zuvor gepaßt haben mochte –, schaute peinlich berührt durch das Panoramafenster des Hotelrestaurants in die Nacht hinaus und schien sich eingehend für die Lampen des Swimmingpools zu interessieren.

Larys Augen traten hervor.

»Dessen bin ich mir sicher«, sagte ich in meiner Verblüffung. »Unsere Vorfahren haben sich vor etwa 100 000 Jahren in Afrika entwickelt. Vielleicht nicht einmal weit von hier.«

Jean Ngatsiebe schob seine schwarze Pranke neben meine rosa Hand. »Sind Sie sicher?«

»Natürlich ist er sicher«, schaltete sich Lary ein. »Die Hautfarbe ist absolut nebensächlich. Eine Angelegenheit von etwa zehn Genen unter Zehntausenden.«

»Gut. Das ist also erledigt. Auch ich bin ein Bewunderer Darwins. Ich glaube an alles, was Darwin sagt. Am Anfang war ich skeptisch, doch jetzt bin ich überzeugt, weil Darwins Fischdiät meine Haut bleicht.«

Er drehte die Handflächen nach oben.

»Ich kann mich irren«, sagte ich, »aber ich erinnere mich nicht, daß Darwin jemals eine Diät verordnet hat.«

»Lassen Sie sich nicht von Redmond aus der Ruhe bringen«, sagte Lary hastig mit gezwungenem Lächeln. »Er muß immer widersprechen, und Darwin ist sein Lieblingsthema. Natürlich sorgte sich Darwin um seine Ernährung. Er war ein kranker Mann.«

»Ich dagegen bin bei bester Gesundheit«, sagte Jean Ngatsiebe und bestellte eine weitere Flasche Weißwein.

Wir sprachen über die unverschämten Preise der französischen Autos und die Heimtücke der Franzosen, die ihre Fabriken ausschließlich in Frankreich errichtet hatten, so daß es nach der marxistisch-leninistischen Revolution keine ordentlichen Produktionsmittel zu beschlagnahmen gab; über die Ozon-Konferenz in London und daß die Volksrepublik Kongo sehr wohl ihren Beitrag zur Versorgung der Atmosphäre mit Ozon leistete, während die heuchlerischen Industriestaaten ihre Wälder längst abgeholzt hatten und selbst jetzt noch die höheren Luftschichten verpesteten, und dann, beim Cognac, fragte Jean Ngatsiebe: »Was also genau wollen Sie in meinem Land machen? Warum sind Sie hier?«

»Wir wollen die Vögel und Säugetiere und Reptilien in den nördlichen Urwäldern sehen«, sagte ich, »und den Lac Télé besuchen.«

Jean Ngatsiebe blieb stumm.

»Ich bin begeistert von der Volksrepublik Kongo«, fügte ich kleinlaut hinzu und dann, ohne nachzudenken: »Ich habe an Marcellin Agnagna vom Ministerium für Forst und Gewässer geschrieben. Er will mit uns kommen.«

»Zwei verschiedene Ministerien?« rief Ngatsiebe gekränkt. »Sie haben an zwei verschiedene Ministerien geschrieben?«

»Jopop!«, sagte Dr. Serge Pangou. »Aber ich kenne ihn!«

»Jopop?« fragte Jean Ngatsiebe angewidert.

»Ich war mit ihm in Havanna auf der Universität. Jopop! Er kannte alle Songs von Otis Redding, hat immerzu mit den kubanischen Mädchen getanzt. Er ist Apotheker.«

»Apotheker?« fragte Lary.

»Ja, der Ausbildung nach. Aber danach ging er nach Montpellier, um die Geburtenrate der Krokodile zu studieren. Er möchte Krokodilfarmer werden. Und er sagt, er hat den Dinosaurier gesehen.«

»Heißt das, Sie glauben nicht daran?« wandte Lary sich an Serge Pangou. »Sie glauben nicht, daß er existiert?«

Serge Pangous selige Erinnerungen an die Studentenzeit waren wie weggeblasen, und sein Gesicht alterte zusehends. Mit leiser Stimme sagte er: »Nur die weißen Männer lachen über Mokélémbembé. Wir Afrikaner wissen, daß es dort etwas gibt. Wenn Sie jemals den Lac Télé erreichen sollten – was ich aus Gründen, die ich nicht die Freiheit habe zu erörtern, für ausgeschlossen halte –, werden Sie mit Sicherheit seltsame Geräusche hören. Sie werden Schreie hören, die bis jetzt keiner identifizieren konnte.«

Er warf den Kopf zurück und schloß die Augen. »Uuuuuuuuuh«, machte er mit gedämpfter Stimme, ein dünner, wehklagender Schrei, »Uuuuuuuuh-huuuuuuuh.«

Die Gäste am Nachbartisch, ein ängstlicher Franzose und zwei entspannt wirkende Kongolesen, schauten verwundert von ihren Steaks auf.

Mit der rechten Hand schwenkte Serge Pangou seinen Brandy, daß er im Glas kreiselte, und sog den Duft ein. »Es gibt Fotos von den Fußspuren von Mokélé-mbembé. Wir haben zuverlässige Berichte über Schildkröten, deren Panzer mehr als zwei Meter Durchmesser haben, Berichte über Riesenwarane. Gewaltige Pythons sammeln sich zur Paarung am Lac Télé. Sogar die Bäume am Ufer haben eine außergewöhnliche Größe. Und wenn Sie die

Pygmäen in den Sumpfwäldern – die nie eine Schule besucht haben – darum bitten, einen Mokélé-mbembé zu zeichnen, nehmen sie einen Stock und malen Ihnen einen perfekten Dinosaurier in den Schlamm. Wie erklären Sie das?«

»Jawohl – wie erklären Sie das?« bekräftigte Jean Ngatsiebe, beugte sich bedrohlich weit über den Tisch und starrte Lary in die Augen. »Wie erklären Sie das, Herr Dr. Shaffer aus New York?«

»Keine Ahnung«, sagte Lary und verbog dabei mit seinen Stummelfingern, denen man eine solche Kraft gar nicht zutraute, einen Hotellöffel. »Aber ist einer von Ihnen jemals an dem See gewesen?«

»Wo denken Sie hin! Ich leite ein Ministerium!« rief Jean Ngatsiebe beleidigt.

»Ich bin auch nicht dort gewesen«, sagte Serge Pangou. »Ich bin Universitätsprofessor und muß unterrichten. Der Lac Télé ist weit von hier, tief im Inneren des Landes. Eine Expedition dieser Größenordnung würde mich – abgesehen von allem anderen – mehr kosten als mein Jahresgehalt.«

»Sind Sie etwa hergekommen, Mr. O'Hanlon, um nach einer Art Dinosaurier zu suchen?« fragte Jean Ngatsiebe mit einer Stimme voller Feindseligkeit. »Um sich über uns Afrikaner lustig zu machen?«

»Aber ganz bestimmt nicht!« erwiderte ich. »Ich bin an der Weisheit der alten Männer interessiert. Schon immer war ich das. Ich möchte etwas über die Geschichte der verschiedenen Bantu-Gruppen erfahren, die im Landesinneren leben. Ich möchte etwas über die Geschichte Ihres Volkes lernen.«

Jean Ngatsiebe lehnte sich wieder zurück und lächelte nun zum ersten Mal. »Dann könnte ich Ihnen möglicherweise helfen«, sagte er und legte mir für einen Moment die schwere Hand auf die Schulter. »Mein Vater war das, was man bei uns einen großen Mann nannte. Er war ein großer Ernährer, ein großer Zauberer. Jeder respektierte ihn. Er kannte alle Gewächse des Waldes. Er legte spezielle Blätter auf den Pfaden rund um unser Dorf aus, und am nächsten Morgen lagen dort Hunderte von toten Giftschlangen.«

»Sie müssen wissen«, sagte ich mit wachsender Verzweiflung,

»daß ich ein darwinistischer Marxist mit einem großen Interesse an der Zauberei bin.«

»Ja, wenn das so ist« – Jean Ngatsiebe gab einen brüllenden Lacher von sich und schlug sich auf die Schenkel –, »dann gebe ich Ihnen ein sechsmonatiges Visum für Ihre Reisen durch mein Land. Sie können es morgen früh in meinem Büro abholen. Dr. Serge Pangou wird Sie um neun Uhr empfangen.«

Draußen auf der Freitreppe des klimatisierten Hotels umfing uns die schweißtreibende Schwüle der Nacht, der seltsam süßliche Duft der Dunkelheit – eine Mischung aus dem Geruch der roten Erde, der Palmen und Mangobäume und vielleicht einem Hauch Abfallgestank.

Betrunken, wie wir waren, umarmten wir uns alle beim Abschied neben dem schwarzen Mercedes, und Serge Pangou flüsterte mir in perfektem Englisch ins Ohr: »Jean Ngatsiebe ist kein Mann der Wissenschaft. Er ist ein Verwandter des Präsidenten.«

4

Wir saßen auf einem braunen, termitenzerfressenen Sofa und warteten. Außer dem Sofa enthielt der Raum in diesem einstöckigen Seitengebäude des Forschungsministeriums keinerlei Einrichtungsgegenstände. Das Licht drang schräg durch die Jalousieschlitze des kleinen Fensters über der Tür und legte sich in Streifen über die braunen Schimmelflecken der Betonwände. Lary wirkte beklommen. »Genauso stelle ich mir einen Ort vor«, flüsterte er mir ins Ohr, »wo man für immer verschwinden könnte, wenn es nicht so ein« – er hob die Stimme – »wohlgeordnetes, gerechtes, aufgeklärtes, marxistisches, gastfreundliches Land wäre.« Wieder flüsternd: »Hier stinkt es förmlich nach Angst.«

Wir saßen schweigend und schwitzten in unseren dicken Anzügen. Eine Marschsäule winziger Ameisen zog sich wie ein braunes Band von einem Riß im Fußboden an der gegenüberliegenden Wand bis zu unseren Füßen, wo sie sich in zwei Hälften teilte, deren rechte am rechten Bein des Sofas hochkrabbelte, sich irgendwo in der zerfetzten Polsterung neu formierte und über das linke Sofabein zum Scheitelpunkt des Dreiecks zurückkehrte.

Dann öffnete sich die Tür, wir sprangen auf. Zwei Männer mit Narben im Gesicht, die aussahen, als hätte man ihnen einen scharfen Kamm über die Wangen gezogen, trugen eine gewaltige Schreibmaschine herein, stellten sie vor uns auf den Fußboden und verschwanden ohne ein Wort. Wir setzten uns wieder hin.

»Wenn du mich fragst«, sagte Lary und fuhr mit dem Finger unter den Hemdkragen, »das Ding tickt.« Er streckte den Kopf vor und beäugte die Maschine. »Das ist eine Bombe.«

Es klopfte an die Tür. Wir sprangen auf, als hätte jemand mit der Pistole durchs Schlüsselloch geschossen. Ein Mädchen in einem hellgrünen Wickelkleid trat ein und verkündete: »Doktor Jean-Joseph Akouala, der Ministerialdirektor für Wissenschaftlich-Technische Zusammenarbeit, erwartet Sie jetzt. Folgen Sie mir.« Sie führte uns durch einen engen Flur.

Ein freundlicher und sympathischer Dr. Akouala empfing uns in seinem Büro, das einen kleinen Tisch, drei Stühle und ein leeres Regal enthielt, in dessen oberstem Fach ein mit roter Schnur verknoteter Papierstapel lag. Auf dem Tisch, einsam in der Mitte, auf einem kleinen Holzgestell, lag ein zwei Jahre alter Bürokalender, sonst nichts.

»Was führt Sie her?« fragte er lächelnd. Ich erklärte es. Er schrieb unsere Namen in seinen Kalender, riß die Seite heraus und steckte sie in die Brusttasche seines Anzugs. »Hervorragend«, sagte er. »Dann werden wir uns jetzt der Konferenz des Ministerialkomitees anschließen.«

Wir gingen den engen Flur zurück, vorbei am Wartezimmer (wo die Ameisen mittlerweile bestimmt im Gleichschritt durch die metallischen Eingeweide der Schreibmaschine marschierten), und wurden in den Konferenzraum geleitet. Jean Ngatsiebe erhob sich hinter seinem langen Schreibtisch (komplett mit lederner Schreibtischgarnitur) und stellte uns seinem persönlichen Assistenten vor (einem schmalen jungen Mann mit nervösem Zucken in der linken Augenbraue) sowie dem Assistenten des Ministerialdirektors für Wissenschaft und Technik, Marc Ampion. Der war Ende zwanzig und hatte unauffällige Ziernarben an Wange und Stirn. Serge Pangou saß neben ihm. Man muß es ja nicht überbewerten, sagte ich mir, aber diesen beiden, Serge Pangou und Marc Ampion, sieht man den Wissenschaftler an – sie wirken so abwesend wie Leute, die sich ernstlich mit etwas anderem beschäftigen als mit sich selbst und denen Familie oder Einkommen nicht allzuviel bedeuten.

Dr. Akouala nahm seinen Platz hinter dem Schreibtisch ein, wir setzten uns auf die Stühle, die für uns bereitstanden, und das Verhör begann. »Das Beratungskomitee des Staatssekretärs des Ministeriums für Wissenschaft und Forschung der Volksrepublik Kongo würde gern erfahren, warum Sie hier sind«, sagte Jean Ngatsiebe. Ich erklärte es.

Nun folgte eine lange Diskussion in Lingala, schließlich wandte sich Serge Pangou an mich. »Sie werden Antivenin brauchen«, sagte er, »das Serum für zwei sehr verbreitete und sehr gefährliche Giftschlangen, die Waldkobra und die Gabunviper. Sicher haben Sie sich schon in London damit versorgt.«

»Nein«, erwiderte ich ausweichend. »Nach meiner Erfahrung trifft man diese Schlangen nur vereinzelt. Ich hab mir da keine Gedanken gemacht.«

»Das sollten Sie aber auf jeden Fall«, sagte Serge Pangou mit leiser Stimme. »Denn meiner Erfahrung nach reicht schon eine Schlange aus, um einen Menschen zu töten. Meiner Erfahrung nach – bitte korrigieren Sie mich, wenn ich mich irre – jagen nur Seeschlangen in Rudeln.«

»Seeschlangen?« Die Stimme von Jean Ngatsiebe dröhnte durch den kahlen, fensterlosen Raum. »In Rudeln?« Er pochte mit seinem goldenen Sheaffer-Füller auf den Tisch. »Verschwenden wir nicht unsere Zeit mit Streitereien, Genossen. Wir müssen wichtigere Dinge klären.«

»Ich habe Morphium«, sagte ich, »in kleinen automatischen Spritzen. Der SAS benutzt sie: Wenn einem die Beine weggeschossen werden, nimmt man eine aus der Gürteltasche und setzt sie sich an. Dann schreit man nicht und verrät nicht seine Position.«

»SAS?« fragte Jean Ngatsiebe. »Eine Fluggesellschaft?«

»Exakt«, sagte Lary nervös. »Eine skandinavische.«

»Wie soll denn das helfen?« Serge Pangou war verblüfft. »Wirkt das als Gegengift?«

»Nein«, sagte ich, »aber man stirbt glücklich.«

Alle lachten, nur Lary nicht.

»Bitte bleiben Sie ernst«, sagte Jean Ngatsiebe, »das ist eine dienstliche Sitzung. Ich warne Sie hiermit, Mr. O'Hanlon, und auch Sie, Dr. Shaffer aus New York: Die Nordprovinz ist nicht vollständig unter der Kontrolle meiner Regierung. Uns liegen Meldungen über Banden von Wilddieben vor, die automatische Waffen aus dem Sudan einsetzen und in unseren Wäldern Elefanten jagen. Sie töten auch unsere Leute. Sehr bald werden wir sie restlos liquidiert haben, doch im Moment ist unsere Volksarmee voll im Einsatz gegen die Aggression aus Zaire. Dennoch werden wir vier Soldaten mit Kalaschnikows für Ihre Expedition abstellen. Wenn Sie im Dschungel sind, werden zwei Ihrer Kolonne vorausmarschieren und die zwei anderen für Rückendeckung sorgen. So können Sie alle Wilddiebe fangen oder gleich töten.«

»Äh – ich glaube, das ist nicht unser Job«, unterbrach ihn Lary hastig, und wieder bildeten sich Schweißtropfen auf seiner Nase. »Wir müssen gewissermaßen friedlich bleiben.«

»Wir können keine Soldaten mitnehmen«, sagte ich aufgeschreckt. »Wir wollen die Waldelefanten und die Affen sehen, die Affenadler und die Schimpansen und Gorillas. Soldaten machen viel zuviel Lärm.«

»Gorillas!« schrie Ngatsiebe, der aufgesprungen war und mit den Armen fuchtelte. »Das sind Riesen! Zwei Meter achtzig groß! Die greifen ohne Vorwarnung an. Die reißen Ihnen den Kopf ab. Sie müssen einfach schießen!« Er hob eine imaginäre Maschinenpistole und feuerte aus der Hüfte. »Ratatata!«

Serge Pangou zwinkerte mir zu. Jean Ngatsiebe setzte sich wieder und sagte enttäuscht: »Also keine Soldaten. Mehr kann ich nicht für Sie tun. Die Sitzung des Volkskomitees des Ministeriums für Wissenschaft und Forschung ist hiermit geschlossen. Genosse Ampion wird die notwendigen Dokumente vorbereiten.«

Ich stand auf und hob fast ab vor Erleichterung. Das Komitee trat in der Reihenfolge der Dienstränge ab. Zuerst Dr. Jean-Joseph Akouala, dann Dr. Serge Pangou, dann Marc Ampion. Lary und ich folgten nach.

»Faß ihn, Bonzo«, hörte ich Lary flüstern. »Beiß den Redmond.« Seine Schultern zuckten.

»Reiß dich zusammen!« zischte ich ihm zu.

»Sie beide! Sie bleiben hier!« donnerte die Stimme von Jean Ngatsiebe. »Setzen Sie sich da hin. Sie sind hier in einem Ministerium der Volksrepublik.«

Eine Sekunde lang waren meine Beine wie festgefroren, und ich glaubte, ich wäre wieder in der Schule, angetreten zum Empfang der Prügelstrafe.

Marc Ampion schloß die Tür hinter sich. Der persönliche Assistent biß auf einen Bleistift und zuckte heftig mit der Augenbraue. Wir setzten uns hin.

»Haben Sie die Schreibmaschine gesehen?« fragte Jean Ngatsiebe, worauf er einen schwarzen Aktenkoffer, der neben seinem Stuhl gestanden hatte, vor sich auf den Tisch legte, an der Zahlenkombination fummelte und den Deckel hob. Da hat er eine große Pistole drin, dachte ich.

»Doktor Shaffer aus New York! Haben Sie die Schreibmaschine gesehen?«

»Ich habe sie gesehen«, antwortete Lary. »Es ist eine sehr gute Schreibmaschine.«

»Es ist eine miserable Schreibmaschine. Hergestellt in den Vereinigten Staaten von Amerika. Sie ist kaputt.«

»Das tut mir leid«, sagte Lary und nahm die Verantwortung für sein Land und dessen Schreibmaschinen auf sich.

»Das Ministerium braucht neue Schreibmaschinen.«

»Das kann ich mir vorstellen«, sagte Lary.

Mir wurde nun klar, was die wichtigeren Angelegenheiten waren, die es zu besprechen galt – und warum Serge Pangou behauptet hatte, daß ihn eine Reise zum Likouala mehr als sein Jahresgehalt kosten könnte.

»Ich gehe davon aus, daß Sie gern einen Beitrag dazu leisten wollen.«

»Aber natürlich«, sagte ich. »Das ist doch selbstverständlich. Wir genießen das Privileg, in Ihren Staat einreisen zu dürfen.« Lary musterte eindringlich seine Stiefel. Jean Ngatsiebe lächelte, schloß den Aktenkoffer, verdrehte das Zahlenschloß und stellte ihn zurück auf den Boden. »Wieviel möchten Sie denn spenden?«

»250 Pfund Sterling?« schlug ich vor.

Jean Ngatsiebe lehnte sich zurück und lachte.

»500 Pfund?«

Jean Ngatsiebe schaute auf die rechte Wand und summte ein Liedchen.

»1000 Pfund?« stieß ich keuchend hervor.

Jetzt wurde Jean Ngatsiebe hellhörig. »In französischen Francs?«

»Nein.«

»In Dollars?«

»Nein.«

»Okay. Dann tun's auch CFA. Sie bringen das Geld morgen her, in einem einfachen Umschlag ohne Adresse, und geben es meinem persönlichen Assistenten. Er ist *absolut* vertrauenswürdig. Und Sie werden auch nicht ein Wort darüber verlieren, das gilt besonders Ihrem Freund Pangou gegenüber. Verstanden?«

Serge Pangou hatte draußen auf uns gewartet. »Kommen Sie«, sagte er und wies auf einen kleinen roten Fiat. »Ich werde Ihnen eine anständige Bleibe besorgen.« Ich saß vorn, Lary hinten, und wir zuckelten die Straße hinab. »Sie können Ihr Geld nicht an dieses lächerliche Hotel verschwenden. Das ist für Leute, die Angst vor Afrika haben – für die Ölarbeiter von der Küste, für das Personal der Hilfsorganisationen oder für Geschäftsleute, die Bergbaulizenzen kaufen oder japanische Lastwagen verkaufen wollen – diese Sorte Leute eben. Ich weiß, warum Sie dort sind. Sie meinten, das würde uns Einheimische beeindrucken, wir würden glauben, Sie wären reich, und Sie deshalb in unser Land lassen. Aber glauben Sie mir, meine Wertesten« – er schlug auf das Lenkrad, um seine Worte zu unterstreichen, und grinste –, »wir lassen uns nichts vormachen. Kein reicher Mann würde sich in Ihrem Aufzug auf die Straße trauen.«

Wir bogen in die Hauptstraße ein, direkt hinter einem Armeelaster voller Soldaten, die reglos in zwei Reihen unter der Plane saßen. Sie trugen schwarze Kampfanzüge; ihre automatischen Gewehre hielten sie senkrecht zwischen den Knien.

»Das sind Elitetruppen«, erklärte Serge, »sie gehören zur Präsidentenwache.«

Wir bogen links ab und fuhren bergauf durch ein Viertel mit zweistöckigen Häusern im Kolonialstil. Sie hatten steile Dächer und Klappläden vor den Fenstern – einladend kühl und luftig wirkende Häuser in friedlichen Gärten mit Rasenflächen, Palmen und Bougainvilleen.

»Dann wollte ich Ihnen noch etwas anvertrauen«, begann Serge, »und es ist besser, wenn ich das hier im Auto tue. Ich schätze Sie beide. Und Sie, Dr. Shaffer – Lary? –, sind zumindest ein Wissenschaftler. Vielleicht haben Sie ein großes Stück Arbeit vor sich. Vielleicht werden Sie einen wichtigen Beitrag zur Forschung leisten. Ihr Leben in Nordamerika, mit all der Technik, immer auf dem neuesten Stand, das sollten Sie nicht geringschätzen. Was mich betrifft, so bin ich glücklich. Ich studiere die Heilpflanzen des Kongo. Nach afrikanischen Maßstäben habe ich eine große Sammlung. Mein Herbarium ist mein ein und alles. Doch Fachzeitschriften können wir uns natürlich nicht leisten. Ich erfahre nichts über die Forschung in den anderen Ländern. Für Kongresse und Gespräche mit Fachleuten gibt es kein Geld, nicht einmal für Symposien in Kuba oder in der Sowjetunion. Auch für meine alte Universität in Havanna nicht. Wenn ich einmal tot bin – nun, damit habe ich mich abgefunden, ich bin nicht mehr verbittert –, wird sich niemand außer meiner eigenen Familie an meinen Namen erinnern. Aber für Sie, Lary, ist das ganz anders. Sie dürfen nicht umkommen. Spielen Sie nicht mit Ihrem Leben. Am Lac Télé ist es gefährlich. Sie haben das vorhin für einen Scherz gehalten, den Geleitschutz durch die Soldaten. Es war aber kein Scherz. Mehr kann ich nicht sagen. Sie werden verstehen, daß ich nicht mehr sagen kann – *aber Sie hätten das Angebot annehmen sollen!*«

Wir hielten auf einem breiten, zerfurchten Grasstreifen am Rand der Straße, neben uns ein Fußweg aus getrocknetem Schlamm und eine weißgekalkte Mauer, die mit Stacheln gespickt war. »Und noch etwas«, sagte Serge und drehte sich, die Hand am Lenkrad, zu mir um. »Auch in den nördlichen Wäldern müssen Sie fit sein. Und Sie, Redmond, sind nicht in Form. Sie jedoch, Lary« – er sprach in den Rückspiegel –, »sind ein ausgesprochener Athlet. Sie haben Beine wie ein Fußballstar und einen klaren Blick.«

»Ich bin Radfahrer«, sagte Lary peinlich berührt, »und ich trinke zuviel.«

»Wir alle trinken zuviel«, erwiderte Serge. Er brach ab und starrte durch die staubige Scheibe auf das halboffene Gittertor. Über dem Tor war eine Bougainvillea zu sehen, deren Zweige eine eiserne Laube umrankten und ein luftiges Dickicht aus blaugrünen Blättern und rosalila Blüten bildeten. »Hören Sie auf meinen Rat«, sagte er mit gesenkter Stimme, als würde uns jemand belauschen. »Ich schwöre Ihnen, daß es mir Ernst ist. Am Lac Télé ist es sehr gefährlich. Gehen Sie nicht dorthin.« Dann schlug er mit beiden Händen auf das Lenkrad und rief: »Und nun ausgestiegen! Ich muß los zur Vorlesung. Zum Hotel geht's durch das Tor. Sie werden schon erwartet. Für den Fall, daß wir uns nicht wiedersehen sollten, wünsche ich Ihnen viel Glück, und vergessen Sie nicht: Dies ist das schönste Land der Welt.« Mit diesen Worten wendete er das kleine rote Auto und fuhr zurück, die leere Straße hinab.

Hinter dem Tor führte ein Betonweg nach rechts zu einem ausgedehnten Flachbau mit massiven Gittern vor den Fenstern. Die Rezeption befand sich in einem schuppenartigen Vorbau. Das Mädchen hinter dem Schalterfenster, eine rosa Bougainvillea-Blüte im schwarzen Haar, schrieb unsere Namen auf, nahm einen Schlüssel vom Haken und öffnete uns die Eingangstür. Sie schloß ein Zimmer auf, das am Hauptkorridor lag. »Das ist das einzige, das frei ist«, sagte sie mit einladendem Lächeln.

Ich blickte hinein – ein Schrank an der rechten Wand, ein Tisch mit Lampe und Stuhl an der linken, ein Doppelbett und ein Fenster mit Milchglasscheiben füllten die Breite des Raums, das Badezimmer war von der hinteren Ecke abgeteilt.

»Sehr schön«, sagte ich. »Wir nehmen es.«

Das Mädchen verschwand, und ich, plötzlich sehr müde, setzte mich auf die Bettkante und wünschte mir, wir hätten einen Kühlschrank und eine Flasche Whisky.

»Äh – ihr Engländer«, kam eine seltsame Stimme von der Tür her.

Ich schaute hoch.

»Ihr seid doch alle gleich«, sagte Lary, ohne die Schwelle zu übertreten. Nur sein Kopf ragte ins Zimmer.

»Was?«

»Ich weiß ja, in eurer Kultur ist das alles ganz normal.« Er stand da mit geweiteten Augen, hochgezogenen Schultern, die Arme an den Körper gepreßt. »Du sollst nicht denken, daß ich Vorurteile habe oder etwas in der Art, Redso, mir persönlich macht das ja nichts aus, vom Prinzip her, wenn es andere machen, meine ich ...«

»Wovon redest du überhaupt?«

»Ihr Engländer«, fing er wieder an und verzerrte den Mund, als würde ihn jemand von hinten würgen. »Ich meine es nicht als Kritik. Man könnte es durchaus diskutieren. Du könntest auch behaupten, es ist meine Kultur, die so abartig ist.«

Ich dachte: Nur die Ruhe bewahren, wirres Zeug reden ist das erste Zeichen, er kriegt einen Anfall. Seit Stunden haben wir nichts getrunken, die Hitze ist ihm zu Kopf gestiegen, sein Gehirn ist ausgetrocknet.

»Wasser«, sagte ich.

»Ja«, erwiderte er und zog den Kopf aus der Türspalte zurück, ohne den Blick von mir zu wenden. »Versteh mich nicht falsch. Von der Idee her macht es mir nichts aus. Ich weiß, daß ihr im Grunde alle gleich seid, ohne Ausnahme. Wenn's dann aber wirklich passiert und direkt vor meiner Nase, ich weiß nicht, ob ich darauf eingestellt bin. Nimm's mir nicht übel, aber ich kann das einfach nicht – mit einem Mann in einem Bett schlafen.«

Ich schluckte. »Sei nicht albern. So ist es billiger. Zwei Einzelzimmer können wir uns nicht leisten«, prustete ich. »Und außerdem haben sie kein anderes Zimmer.« Ich lehnte mich zurück und jaulte: »Wir wickeln uns ein – IN UNSERE ZELTPLANEN!«

»Dann ist es ja gut«, sagte Lary, und seine Stimme war noch immer schreckensstarr. Zaghaft kam er herein.

5

Ich bezahlte die Rechnung im M'Bamou Palace, wir fanden Nicholas an seinem gewohnten Platz vorm Doughnut-Kiosk auf der anderen Straßenseite, und mit vereinten Kräften verstauten und verschnürten wir die fünf Packtaschen und vier Rucksäcke in und auf dem Nissan.

»Du machst einen großen Fehler«, sagte Lary, der offenbar noch immer vom Gedanken an das Doppelbett verfolgt wurde und nicht zu seinem trockenen Humor zurückgefunden hatte. »Ich würde diesen zentralen Standort nicht ohne weiteres aufgeben.« Er quetschte sich auf den Rücksitz neben zwei olivfarbene Packtaschen. »Und überhaupt, was zum Teufel ist hier alles drin?«

»Größtenteils Geschenke«, sagte ich und setzte mich nach vorn. Nicholas startete den Wagen und fädelte sich in den Verkehr ein. »Medikamente im Wert von 2000 Pfund für die Leute im Norden – Antibiotika, Chinin und Fansidar gegen Malaria, Verbandsmaterial und antiseptische Salben, was man so für kleinere Wunden eben braucht, und alles, was ich schon nach Borneo und Südamerika hätte mitnehmen müssen, dazu einiges, was sich schon dort bewährt hat – Oxford-Pfeifen und Tabak, Marke Balkan-Sobranie für die Häuptlinge, Schweizer Armeemesser, Magnesiumfackeln und englische Batterien für unsere Leute und Macheten aus Birmingham, die ein Leben lang halten. Für mich einen Feldstecher, falls es uns so ergeht wie Marcellin Agnagna, einen Satz Feldflaschen für Wasser und einen Hut. Eine Garantie für einen freudigen Empfang ist das natürlich nicht.«

»Wohl wahr«, sagte Lary. »Aber wir leben ja im 19. Jahrhundert, und du bist vernarrt in solchen Kram, oder? Du hättest 150 Jahre früher kommen müssen. Lastenträger, Ruderknechte und diese weißen Tropenhelme, die wie Büstenhalter auf deinem Kopf thronen. Ich weiß, ich weiß. Und eine Sänfte mit Kulis und Leibdienern, umgeben von Sauspießen, Hirschfängern und ähnlichem Zeugs.«

»Da bin ich mir nicht sicher. Ich bin nicht mehr so scharf aufs 19. Jahrhundert, zumindest nicht, was diese Gegend betrifft. An der Westküste starben Mary Kingsley zufolge 80 Prozent der Weißen entweder vor Ort oder vor Ablauf eines Jahres als Invaliden in England. Wahr ist aber, daß ich nicht krank werde. Die Malaria hat mich nie erwischt.« In diesem Moment fiel mir der Besuch bei der Feticheuse ein, und augenblicklich bereute ich meine Prahlerei.

Lary schwieg, während der Nissan sich so langsam bergauf quälte, daß die schwarzen Dieselschwaden durch die offenen Fenster zu uns hereinwehten, dann sagte er: »Kommen wir auch in die Gegend des Ebola-Flusses?«

»Wieso? Ziemlich dicht dran vorbei. Die liegt östlich unserer Route den Oubangui hinauf.«

»Das ist meine andere Furcht«, sprach er in die Lücke zwischen den beiden Vordersitzen hinein. »Das und der Gedanke daran, daß Moskitos HIV-Viren übertragen können. In der Fachliteratur heißt es immer nur, dafür gäbe es keinen Beweis. Es gibt aber auch keinen Beweis dagegen. Als ich dem Tropenarzt in Plattsburgh erzählte, daß ich in den Kongo fahre, sagte er nur: Warum so umständlich? Sie können genausogut in die nächste Klärgrube springen und einen kräftigen Schluck nehmen.«

»Und was steckt im Ebola-Fluß? Die Zwanzigmeter-Python, die ganze Einbäume verschluckt?«

»Ich finde das nicht witzig. Genannt wird es Ebola-Virus. Einer der Scherze, die sich Gott mit uns erlaubt hat – ein Fadenvirus. Und mit dem hat er sich wirklich Mühe gegeben, sieben Tage zusätzlich, würde ich vermuten. Wenn das ausbricht, dann gute Nacht. Es ist speziell für den *Homo sapiens* da. Es hat sich an unsere Bestattungsriten angepaßt. Es steckt im Beerdigungswesen drin.«

»Nie davon gehört.«

»Im September 1976 ist es gleichzeitig in 55 Dörfern entlang des Ebola-Flusses ausgebrochen. Du kriegst Kopfschmerzen und Fieber, dein Immunsystem meldet sich ab, deine Zellen füllen sich mit den explosionsartig nachwachsenden Viren und bilden Fäden aus wie Haare. Du verblutest und verklumpst gleichzeitig. Deine

Haut wird zu Matsch, dein Inneres füllt sich mit Blut, du blutest aus Augen, Nase, Mund und After. Du stirbst, und dein Körper verwandelt sich in eine schleimige, zerfließende Masse. Wer dich begraben will und dich dabei berührt, wird angesteckt. Es gibt keinen Schutz, keine Heilung.«

»Dort ist das Krankenhaus«, sagte Nicholas auf französisch und wie aufs Stichwort. Er wies mit einer Kopfbewegung auf ein großes, weißes Gebäude, das etwas zurückgesetzt an der Straße stand. »Die Russen haben es für uns gebaut. Meine Frau, sie arbeitet da seit ihrer Ausbildung in Moskau. Als sie zurückkam von dort, sagte sie zu mir, Nicholas, sagte sie, du wirst es nicht glauben, aber weiße Frauen, wenn die ein Kind kriegen, dann schreien sie genauso wie die schwarzen.«

Wir bogen rechts ab in die holprige Straße zu unserem neuen Hotel Les Bougainvillées. »Mit dem Unterschied aber, daß schwarze Frauen auch schon schreien, *bevor* es losgeht«, erzählte Nicholas weiter, während er uns half, das Gepäck hinter dem Tor aufzustapeln. »Von außen sieht es ja gut aus, das Krankenhaus, aber hinein will niemand. Man geht hin, um ein Baby zu kriegen, das ist alles. Wer mit einer Krankheit dort reingeht, kommt mit zehn Krankheiten wieder raus. Dreißig pro Woche sterben da drinnen an Malaria, und andere kommen wieder raus, du denkst, die sehen ja prächtig aus, und schon fallen sie tot um, dir direkt vor die Füße. Die kriegen da drinnen ein anderes Fieber, ein schlimmeres als vorher, das ist es, was meine Frau dazu sagt. Wenn unsere Kinder krank werden, pflegen wir sie zu Hause. Und wir gehen zur Feticheuse, wie ich schon sagte. Aber die armen Leute, die haben manchmal keine andere Wahl.«

Wir hatten gerade alles in dem trostlosen kleinen Hotelzimmer verstaut und uns aus unseren Anzügen befreit, als es laut an die halboffene Tür pochte. Ein großer, durchtrainierter Mann erschien in der Tür, vielleicht Mitte dreißig, mit scharfem Kinn, einer leichten Hakennase und der dunkelsten Haut, die ich je gesehen hatte. Sein Gesicht war samtschwarz, es war von jener Schwärze, die alles Helle in der Umgebung aufzusaugen scheint. »Marcellin Agnagna!« rief er mit ziemlich schriller Stimme. »Ich habe Hunger, und ich habe ein Taxi. Wir müssen zusammen essen!«

Ich holte die ›Vögel Westafrikas‹ von Serle und Morel und die ›Säugetiere Afrikas‹ von Haltenorth und Diller aus der Seitentasche meines Rucksacks, schloß die Tür ab, und schon folgten wir ihm den Betonweg hinauf. Er hinterließ einen Duft von Aftershave, der selbst den Bratfischgeruch der Hotelküche besiegte; sein weißes Hemd leuchtete in der Hitze, seine Jeans waren frisch gewaschen. Mit einer einzigen geschmeidigen und blitzschnellen Bewegung verschwand er im Fond des Taxis. Ich schob mich schwerfällig auf den Vordersitz, drehte mich um und sah mit Erstaunen, daß er nicht allein war. Ein junges Mädchen, das vor Bewunderung und Verlangen die Augen verdrehte, massierte mit einer Hand seinen Nacken und mit der anderen sein rechtes Bein an der Innenseite knapp über dem Knie. Ihre Brüste füllten das knappe, weiße T-Shirt so sehr aus, daß der Saum kaum den Nabel bedeckte, der rote Baumwollrock endete auf der halben Länge ihrer schlanken, schwarzen Schenkel.

Lary, in Gedanken noch irgendwo anders, setzte sich neben Marcellin, bemerkte das Mädchen und hielt ihr zur Begrüßung die Hand hin: »Madame Agnagna?«

»Das ist nicht meine Frau!« schrie Marcellin und schob Larys Hand weg. »Und sie kann kein Englisch!«

»Kommt denn Ihre Frau noch?« fragte Lary, völlig durcheinander vor Verlegenheit.

»Natürlich nicht!« brüllte Marcellin in Larys Ohr. »Sie ist schwanger!«

»Schwanger?«

»Sie kriegt ein Baby!« setzte ihm Marcellin noch ein wenig lauter auseinander. »Ich habe schon eine Tochter! Und meine Frau – sie ist wieder schwanger.«

»Gratuliere«, sagte Lary wie betäubt, sein Trommelfell versagte wahrscheinlich bereits. »Sehr gut, gratuliere.«

Marcellin ruckte hoch. Das Mädchen nahm die Hände weg, als hätte er sie geschlagen. »Also dann!« brüllte er und reckte das Kinn in die Luft, »wollen wir doch mal eines klarstellen. Gleich zu Anfang. Hier ist nicht England! Hier ist auch nicht die amerikanische Provinz! Das hier ist Afrika! Meine Frau ist schwanger, also können wir nicht miteinander schlafen. Also habe ich Louise, und die will immer. Verstanden?«

Marcellin wies dem Chauffeur den Weg aus der Stadt zu einem Café, dessen Terrasse auf einen kleinen Nebenfluß des Kongo blickte. In der Mitte des Flusses befand sich eine Sandbank, auf der Mitte der Sandbank stand ein Flußpferd, und unter der Mitte des Flußpferds hing ein außerordentlich langer, dünner und zitternd erigierter Penis.

»Muh! muh! muh!« machte das Flußpferd.

»Genau«, sagte Marcellin. »Seht ihr? Es braucht auch Sex. Nur, daß seine Frau nicht schwanger ist. Die Armee hat sie erschossen und aufgegessen.«

»Natürlich«, sagte Lary.

»Aber es ist jetzt in Sicherheit. Das Café gehört einem hohen Offizier, und der hat mitgekriegt, daß die Leute herkommen, um das Flußpferd zu sehen. Also hat er das Ganze umbenannt in l'Hippopotame und einen Boy angestellt, der das Flußpferd mit Heuballen füttert, damit es hierbleibt.«

Das Flußpferd blickte zu uns hoch, sah Marcellins Freundin, kam nach reiflicher Überlegung zu dem Schluß, daß es chancenlos war, und tat dann, was jeder vernünftige Mann an seiner Stelle tun würde: Es stieg in den Fluß und nahm ein kühles Bad.

Da lag es nun, umspült vom Wasser, der borstige Schwanz war nicht zu sehen, der graue Rücken warf drei große Querfalten, die kleinen Ohren waren angelegt, die Backentaschen für die riesigen unteren Eckzähne wölbten sich seitlich des Mauls, und es beobachtete uns mit dem rechten Auge, das auf seinem Kopf saß wie eine dicke Schnecke auf dem Weg ans andere Ende des Rumpfes.

Auf seiner Backe war eine rosa Färbung zu erkennen, das »ausgeschwitzte Blut« des Flußpferds, in Wirklichkeit ein Sekret, das seine Haut feucht hält und kleine Wunden vor Infektionen schützt, auch beim Bad in den schmutzigsten Schlammlöchern. Mir kam es seltsam vor, daß seine Verwandten aus dem Wald, die Zwergflußpferde (viel kleiner, aber immerhin noch so groß wie ein Keiler), in Freiheit fast unerforscht waren. Sie leben in kleinen Familien – Vater, Mutter und Kind –, aber über ihre sonstigen sozialen Gewohnheiten kursieren nicht einmal Gerüchte.

Wir bestellten Fisch und Primus, das kongolesische Bier, ich schlug William Serles und Gerard J. Morels ›Bestimmungsbuch der Vögel Westafrikas‹ (1977) auf und zeigte auf die Abbildung des Kronenadlers, eines ungemein kräftigen Adlers, der sich leidenschaftlich gern aus den Bäumen auf Waldantilopen stürzt und sie mit den Krallen in Stücke reißt.

»Hast du den schon einmal gesehen?«

»Natürlich hab ich ihn gesehen!« krähte Marcellin, vertiefte sich in das Bild und ging zu europäischer Lautstärke über. »Er saß ruhig in der Nähe eines Rudels Affen, blickte in eine andere Richtung und pfiff leise. Die Affen können nicht dagegen an, sie sind wie elektrisiert. Sie schnattern aufgeregt und nähern sich im Rudel, bis er sich – zack!« (Marcellin klatschte in die Hände) – »einen gegriffen hat.«

»Raffiniert«, sagte Lary.

»Oder er hetzt sie im Fliegen, zwischen den Baumstämmen und Ästen, und wenn dann einer zu Boden fällt, stürzt er sich auf ihn – zack! – und verfehlt ihn nie. Die Pygmäen sagen, daß der Leopard mit ihm jagt. Der Leopard wartet, bis ein Affe abstürzt – und schnapp!«

»Lieber kein Affe sein«, sagte Lary und leerte sein Bierglas. »Ist ja ein gräßliches Dasein.«

Ich zeigte Marcellin die schwarzweiße Abbildung im Serle und Morel, Nr. 26, wo ein überstopftes Museumsexemplar der Flaggennachtschwalbe auf der Erde hockt, in einer Reihe mit fünf weiteren, gleichermaßen leblosen Ziegenmelker-Arten, und Marcellin schüttelte den Kopf, wie ich es nicht anders erwartet hatte. Meine Flaggennachtschwalbe, sagte ich mir, sah auch nicht so aus.

»Diese Pygmäen«, sagte Lary, »sind sie friedlich?«

»Natürlich sind sie friedlich! Die meisten jedenfalls leben wie Sklaven in der Nähe der Flußdörfer. Aber es ist wahr, einige gibt es noch in den Wäldern. Die sind allerdings schwer zu finden.«

»Wir müssen sie finden«, sagte ich und fühlte mich wie Stanley.

»Vielleicht finden wir sie, vielleicht auch nicht«, erwiderte Marcellin. Er schaute über den Fluß zur roten Uferböschung mit vereinzelten Palmen und Büschen und einer Reihe leerer Schuppen. Ein Weg hatte sich tief in den Hang eingegraben. »Es wird von einem Franzosen gesprochen, der dort im Norden lebt. Er soll sechzig Jahre alt sein, ein ehemaliger Journalist aus Paris. Ursprünglich wollte er einen Artikel über die Pygmäen schreiben – alles über die Pygmäen, die noch immer leben wie unsere Vorfahren in der Jungsteinzeit vor 100 000 oder sogar 250 000 Jahren. So weit, so gut, aber er verliebte sich in ein Pygmäenmädchen, heiratete sie und blieb. Er ist ihr Häuptling. Sie jagen Waldelefanten, verwerten Fleisch und Elfenbein, und Eindringlinge in ihr Gebiet töten sie mit vergifteten Pfeilen. So ist der Franzose ziemlich reich geworden. Doch das Geld bringt ihm kein Glück. Er glaubt, er wäre der König der Pygmäen, in Wirklichkeit ist er ihr Gefangener. Bei Vollmond heult er wie ein Hund, die ganze Nacht. Das erzählt man sich.«

Lary träumte vor sich hin, drehte das leere Bierglas in den Händen und starrte auf die Lichtreflexe, als würden sie ihm eine bedeutungsschwere Botschaft übermitteln. Louise hatte in der Hitze dringlichere Bedürfnisse. Sie blickte Marcellin tief in die Augen, spreizte kurz die Schenkel und kicherte.

»Fahren wir zu den Stromschnellen«, sagte Marcellin und verlängerte damit ihre Pein. »Wir nehmen ein Taxi. Nur um uns das Wildwasser anzusehen, Redmond, das ist das beste Aphrodisiakum.«

Wir standen auf einer großen Felsplatte oberhalb der Katarakte und waren gebannt vom Anblick, den Stanley in seinem Buch ›Durch den dunklen Kontinent‹ (1879) beschrieben hatte. Nachdem er 1235 Meilen kongoabwärts gefahren war und sich dabei 33 regelrechte Schlachten mit den Anwohnern des Stroms geliefert hatte, erblickte Stanley

> die wildeste Flußstrecke, die ich je gesehen habe. Man denke an ein Stück Hochsee, das von einem Hurrikan durchpflügt wird, vier Meilen lang, eine halbe Meile breit, um ein ziemlich treffendes Bild von der Gewalt der Wasserstürze zu gewinnen. Manche Felströge waren 100 Yards lang, und die rasenden Wassermassen krachten von einem in den anderen. Erst schossen sie bis auf den Grund des

riesigen Trogs, dann wurden sie durch ihre eigene Wucht steil emporgeschleudert, bildeten eine senkrechte Wasserwand von 20 bis 30 Fuß Höhe und stürzten sich schließlich in den nächsten Kessel. Wenn ich die tobsüchtige Szenerie überblickte, konnte ich alle 50 bis 100 Yards derartige Wasserwände sehen – und ihren Zusammenbruch in Schaum und Gischt, das Aufeinanderkrachen wütender Wellenberge und hüpfender Wasserstürze. Die Ufer zu beiden Seiten bestanden aus einer langen, massiven Kette getürmter Felsplatten, die in die tobende Brandung getaucht waren. Das Getöse war gewaltig und ohrenbetäubend. Es ist nur mit dem Dröhnen eines Expreßzugs in einem Felsentunnel zu vergleichen. Um mit meinem Nebenmann zu sprechen, mußte ich meine Worte direkt in sein Ohr schreien.

Es war mir ein beklemmender Gedanke, daß Stanley nach einer solchen Reise noch immer die Energie für den Versuch aufbrachte, die Stromschnellen zu durchfahren, die schweren Einbäume an den Kesseln vorbeizubugsieren, sie auf Reisigpfaden, die er an den Wasserfällen vorbei angelegt hatte, über Land zu ziehen. Diese restlichen 180 Meilen kosteten ihn fünf Monate – und seinen besten Freund und Gefährten Frank Pocock, den erst 27jährigen Fischersohn aus Kent, außerdem den Sklavenjungen Kalulu, den ihm bei seiner Suche nach Livingstone ein arabischer Händler geschenkt hatte, den er nach London mitgenommen und wie einen Adoptivsohn behandelt hatte. Beide ertranken in den Stromschnellen, zusammen mit sieben Trägern aus Sansibar.

Wieder auf der Straße, wies Marcellin zurück auf die braunen und weißen Wasserfluten. »Ein französischer Stuntman hat es hier vor fünfzehn Jahren versucht. Er hatte gerade die Niagarafälle in einem Faß bezwungen und dachte, unsere Stromschnellen wären keine Hürde. Er hat sich ein Paar Schwimmgürtel angelegt und ist von diesem Felsen dort gesprungen. Weiter unten standen die Reporter und haben gewartet.«

»Und was ist passiert?« fragte Lary.

»Er ist noch nicht wieder aufgetaucht«, sagte Marcellin voll Stolz und zog seine Freundin an sich.

Lary zeigte auf eine bewaldete Anhöhe, die sich mitten aus dem Fluß erhob: »Diese Insel dort, wie heißt die?«

»Teufelsinsel«, erwiderte Marcellin, während er einem Taxi winkte. »Auf der spukt es, dort geht niemand hin.«

»Das muß ich Aspinal erzählen«, sagte Lary beim Einsteigen zu mir. »Ein idealer Ort für Bonzo.«

Den Anweisungen Marcellins folgend, hielt das Taxi vor einer Art Schuppen mit Zimmervermietung. Er löste sich aus Louises Umarmungen und beugte sich vor. »Ihr werdet mir mein Regierungsgehalt zahlen. Dreißig Pfund pro Tag.«

»Aber ich habe schon Ngatsiebe 1000 Pfund zugesagt«, erwiderte ich in reflexhafter Abwehr.

»Mehr nicht? Das nenne ich ein Geschäft. Er muß euch sehr mögen.«

»Das ist Bestechung«, sagte Lary. »Das ist Korruption.«

»Das ist Afrika«, gab Marcellin zurück. »Wie soll er sonst auf seine Kosten kommen? Solche Jobs halten nicht lange vor, sie sind nur eine politische Vergünstigung. Alle vier Jahre kommt ein Neuer. Selbst ich als Regierungsangestellter kann nicht auf mein Gehalt rechnen. Mal werde ich bezahlt, mal nicht. Bei dir, Redmond, weiß ich wenigstens, daß ich mein Geld kriege.«

»Wieso?« fragte ich einfältig.

»Weil du mir jeden Pfennig im voraus bezahlen wirst«, sagte Marcellin und stieg aus dem Taxi. Louise folgte, riß ihm den Hemdzipfel aus dem Hosenbund, schob ihre Hand hinein und verschwand mit ihm im Hotel.

»Was hat es nur mit diesem Lac Télé auf sich?« fragte ich, als wir uns nach einer abendlichen Fischmahlzeit im Hotelgarten in unsere raschelnden Armeeplanen wickelten. »Warum sagen alle, daß es dort gefährlich ist? Warum denkt Pangou, daß wir umgebracht werden? Warum klärt er uns nicht auf?«

»Keine Ahnung«, erwiderte Lary. Er baute eine Flasche Black Label, einen Zahnputzbecher und eine Penguin-Ausgabe von Mark Twains ›Durch dick und dünn‹ auf seinem Stuhl neben dem Bett auf. »Wenn du mich fragst – es geht mich ja nichts an –, würde ich mit diesem Marcellin Agnagna nicht darüber sprechen. Ich hab nur so ein ganz vages Gefühl, aber wenn du diesem falschen Hund ausplauderst, daß du zum Lac Télé willst, daß das dein Hauptziel ist und daß du dich im Bogen von Norden her annähern willst, wird er nicht mitkommen und sich eine Ausrede einfallen lassen. Er hat vor irgend etwas Angst. Sag es ihm im allerletzten Moment. Das ist mein Vorschlag.«

»Und wieso meinst du, es geht dich nichts an?«

»Es betrifft mich nicht«, sagte Lary mit einem teuflischen Grinsen. Er drehte mir den Rücken zu, stützte sich auf den Ellbogen und ließ eine gewaltige Portion Whisky aus der Flasche in den Becher gluckern. »Wenn du den Motaba hinauf bis fast zur Quelle fährst, dann nach rechts über die Wasserscheide gehst und glaubst, daß dort, mitten im tiefsten Urwald, ein Einbaum auf dich wartet« – er nahm einen großen Schluck aus dem Zahnputzbecher –, »ein Einbaum, vermute ich, mit einer Glückwunschkarte vom lieben Gott persönlich, so in der Art: ›Lieber Redso, jedes Haar auf Deinem Kopf ist gezählt, und hier oben steht schon ein kleines Häuschen für Dich bereit mit Deinem Namen an der Klingel, aber erstmal, alter Junge, kriegst Du ein himmlisches Kanu, einfach weil Du so ein liebes Kerlchen bist, so ein herrlich perverser britischer Kolonialschreck, o ja, Redso, und beinahe hätte ich's vergessen: Ich schick Dir Flugpersonal vorbei, das Dir Proviant abwirft und Dich rausholt, wenn Du Dir das Bein brichst. Unter drei Monaten schaffst Du es nicht bis zum Lac Télé.«

»Flugpersonal?«

»Engel.«

»Natürlich werden wir ein Kanu finden!«

»Klar, weiß ja jeder. Östlich des Motaba versteht man nicht sein eigenes Wort vor lauter Flügelrauschen. Und alles ist beleuchtet von diesen Heiligenscheinen.«

»Jesus Christus!« stöhnte ich.

»Genau. Aber ich muß zurück. Meine Studenten warten schon. Ich sag's dir, wie es ist. Drei Monate habe ich frei. Und mir ist jetzt schon, als hätte ich drei Jahre hinter mir.«

»Tut mir leid. Du wirst sehen: Sobald wir starten, ist alles anders.«

»Weißt du, was ich mache, falls ich Heathrow jemals wiedersehe?«

»Nein.«

»Ich gehe in die Knie wie der Papst und küsse die verdammte Rollbahn. Und danach knöpfe ich mir die netten Jungs vom Zoll vor.«

6

Am Morgen fuhr uns Nicholas zur Bank im Stadtzentrum, und ich wechselte alle meine verbliebenen Ersparnisse in kleine Scheine um. Wir trugen die zwei großen braunen Packen in die marmorne Banktoilette, schlossen uns in der einzigen Kabine ein, plazierten die Pakete auf dem Toilettendeckel und legten 1000 Pfund in CFA für Jean Ngatsiebe und 3000 Pfund für Marcellin beiseite. Ich zog das Bündel verschließbarer Plastikbeutel, das ich vorsorglich eingesteckt hatte, aus der Gesäßtasche und acht Schlauchbinden (vier für gebrochene Schienbeine und vier für geborstene Oberschenkel) aus der Hosentasche; wir verteilten und verstauten die restlichen CFAs in den Plastiktüten, zogen Stiefel und Socken aus und stiegen aus unseren Hosen. Jemand rüttelte heftig an der Tür.

Ich sah Lary an, Lary sah mich an. »Das Schloß hält nicht viel aus«, sagte er.

»Sei still!« flüsterte ich.

Der Mann, der unsere Stimmen gehört hatte, bezog einen moralischen Standpunkt und trat mit Wucht gegen die Tür.

In einem jener Momente mystischer Gewißheit wurde mir klar, daß es Ngatsiebe war. Er war uns zur einzigen Bank gefolgt und stand jetzt da draußen, in jeder Pranke eine Pistole, zwischen den Zähnen eine Machete.

»Mit einem Engländer in der Toilette eingeschlossen«, sagte Lary fassungslos.

»Ausgeraubt«, sagte ich, »kein Geld. Verschleppt.«

»Nackt«, sagte Lary.

Der Mann vor der Tür trat wieder zu, dann quietschten seine Sohlen auf den feuchten Bodenkacheln; er machte kehrt und knallte die Eingangstür hinter sich zu.

»Geschieht uns recht«, sagte Lary. »Ich kann es ihm nicht übelnehmen. Er holt jetzt die Soldaten.«

Wir schwitzten. Die großen Schlauchbinden wickelten wir hastig um unsere Oberschenkel, die kleinen um die Waden, dann stopften wir die an unseren feuchten Händen klebenden Plastiktüten hinein. Wir zogen Hosen und Socken an, verhedderten uns wie Schulkinder beim Zuknoten der Schnürsenkel, verstauten das lose Geld für Marcellins Bezahlung und Jean Ngatsiebes Bestechung in den Taschen, stürzten aus der Toilette und rannten viel zu schnell die Treppe zur Straße hinab.

»Langsam!« sagte Lary, als wir das wartende Auto erreicht hatten, hineingesprungen waren und die rostigen Türen zugeknallt hatten.

»Alles in Ordnung?« fragte Nicholas. »Habt ihr die Bank ausgeraubt?«

Im Ministerium für Wissenschaft und Forschung fanden wir Ngatsiebes Leutnant, schoben ihm den dicken braunen Umschlag zu und erhielten dafür einen Brief an Marc Ampion. In einem Außengebäude der Universität, das zur ehemaligen Kolonialbibliothek gehörte und in einem stillen Park gelegen war, fanden wir Marc Ampion. Er saß an einem Tisch in einem großen Raum mit hohem Fenster. Er nahm den amtlichen Brief entgegen, und wir setzten uns auf eine Bank an der rechten Wand, um auf den Hauptpreis zu warten: die ministerielle Genehmigung, das *laissez-passer* für die verbotenen Wälder.

»Was studieren Sie?« fragte Lary, als Marc Ampion damit begann, zwei große, hektographierte Fragebögen auszufüllen. »Was ist Ihr Forschungsgebiet?«

Er blickte mit einem schüchternen Lächeln auf, in seinen Mundwinkeln bildeten sich Fältchen und verwandelten die fünf geraden Linien seiner Ziernarben in unregelmäßige Kurven. »Ich lehre an der Universität, und ich habe auch amtliche Verpflichtungen für das Ministerium, hier in diesem Raum. Aber wann immer ich kann, studiere ich, wenn ich so sagen darf, Dr. Shaffer, das nach den Mikroorganismen in Afrika am häufigsten vertretene Lebewesen, die Termiten. Sie sind sehr wichtig. Wir müssen sie studieren, weil sie unser Weideland zerstören. Und unsere Holzbauten. So wird es in meiner Dissertation stehen. Aber in Wirklichkeit beobachte ich sie, weil sie so alt sind. In diesem Land gibt es sie schon seit mindestens hundert Millionen Jahren. Im Kongo sind über fünfzig verschiedene Arten vertreten. Und ich glaube behaupten zu können, daß ich vielleicht eine neue, bisher unbekannte entdeckt habe. Aber es ist schwer, sich darüber Gewißheit zu verschaffen. Das Zentralkomitee tut natürlich sein Bestes, doch unsere Ausstattung ist nicht gut. Unser Mikroskop ist made in Germany, es ist ebenfalls sehr alt. Vielleicht können Sie, Dr. Shaffer, mir helfen?«

»Natürlich werde ich helfen!« sagte Lary mit leuchtenden Augen. »Schicken Sie mir Ihre Arbeit, und ich gebe sie einem Termitenkenner zu lesen.«

»Das ist sehr freundlich«, sagte Marc Ampion und schob die fertigen Dokumente über den Tisch. »Im Moment bin ich damit beschäftigt, die Brutexperimente von Professor S. H. Skaife zu wiederholen. Ich stimme mit ihm darin überein, daß der Speichel der Schwarzhügeltermite alles schwärzt, womit er in Berührung kommt, und daß die junge Königin einen reinweißen Hinterleib hat. Ich kann bestätigen, daß die fettigen Absonderungen ihrer geschwollenen Hinterleibspartien von den Arbeitern mit den Lippen aufgenommen werden. Ich habe gesehen, daß sie eine dunkelbraune Färbung annimmt. Ich konnte auch feststellen, daß sie im fortgeschrittenen Alter, wenn sie nicht mehr sehr fruchtbar ist, Tag und Nacht von Arbeitern besucht wird, die ihre Mundwerkzeuge über ihren Hinterleib bewegen. Es ist korrekt, daß sie immer dünner wird, bis nur noch ihre geschrumpfte Haut übrig ist. Es stimmt, daß die Arbeiter sie zu Tode lecken.«

Mit der Reiseerlaubnis in der Tasche, aber zehn Tagen Wartezeit bis zur Rückkehr des Liniendampfers von seiner Fahrt stromaufwärts nahmen wir feste Gewohnheiten an, das heißt, der ordnungsliebende Lary zeigte mir, wie ein Leben mit festen Gewohnheiten aussehen konnte. Früh um sechs klingelte der Wecker, wir duschten, schnallten uns die Hälfte des Geldes auf den Leib (die andere Hälfte war mit Klebeband in den Kartentaschen der Rucksäcke befestigt), tranken unseren Kaffee und zerkrümelten unsere Croissants an einem Gartentisch des Les Bougainvillées, wo wir in der einzigen frischen Tageszeit unter dem Sonnensegel oder dem grauen Himmel saßen und einem Paar Graukopfsperlinge zuschauten, die mit viel Getschilpe ihr Nest unter dem Bungalowdach umflatterten und auf geschäftige und vertraute Weise den Hals verrenkten, um uns zu beäugen, genauso wie die Sperlinge in Oxford. Dann gingen wir spazieren (im Radfahrertempo, wie es mir in der zunehmenden Hitze vorkam), bis Lary befand, es sei genug der täglichen Ertüchtigung, worauf wir umkehrten zur Laube in der Toreinfahrt des Hotelgartens und lasen, gebratene Kongofische zu Mittag aßen, eine Siesta einlegten, ein paar schweißdurchtränkte Sachen im Waschbecken wuschen und am Schrank zum Trocknen aufhängten, uns umzogen, in die Stadt zum Essen gingen, je einen Liter billigen spanischen Rotwein (acht Pfund pro Fünfzigliterkanister) tranken, uns in die Planen wickelten und einschliefen.

Am ersten Morgen unseres neuen Lebens machten wir uns auf den Weg zu Marcellins Büro, zuerst unsere stille, vornehme Straße hinab, in der wir uns schnell heimisch fühlten, vorbei am gigantischen Kapokbaum zu unserer Rechten, an den eisernen Telegraphenmasten, den argwöhnischen Schildraben; dann links in die Hauptverkehrsader mit ihrem unablässigen Strom von Mopeds, Toyota- und Nissan-Transportern, Berliet-Armeelastern, Minibussen, grünen Taxis und Fahrrädern. Wir überquerten die Straße, um in den Schatten der breiten, baumgesäumten Allee auf der anderen Seite zu gelangen, wo wir, ins Gespräch vertieft, beinahe in einen offenen Kanalisationsschacht gestürzt wären, der unauffällig und unmarkiert in einen schwarzen, gurgelnden Abgrund von fünf Metern Tiefe hinabführte.

»So eine Sauerei«, sagte Lary. »In Plattsburgh würden sich sofort zwanzigtausend Leute bei der Stadtverwaltung beschweren. Sie könnten den Schacht ja wenigstens einzäunen oder sich vielleicht einen simplen Kanaldeckel beschaffen.«

Wir kamen am l'Hippocampe vorbei, einem nordvietnamesischen Restaurant, dessen Eingang von einem jungen Soldaten mit einer Kalaschnikow vor der Brust bewacht wurde. »Schau nicht so hin«, zischte Lary aus dem Mundwinkel und heftete den Blick auf den Fußweg. »Der möchte uns doch liebend gern hochnehmen.

Das ist wirklich verrückt, mit dem ganzen Geld rumzulaufen. Ich hab so ein ungutes Gefühl, direkt unter der Gürtellinie. Du kannst sagen, was du willst, ich *weiß* einfach, daß irgend so ein wild gewordener Rambo-Typ mir die Beine wegschießen wird.«

Also schauten wir in die andere Richtung – direkt in die Augen eines jungen Soldaten mit einer Kalaschnikow vor der Brust, der den Eingang eines Fußballplatzes bewachte.

Das Ministerium für Tier- und Landschaftsschutz lag zur Linken hinter dem Zoo, und sein *chef de service*, Marcellin Agnagna, saß in einem der Büros am Schreibtisch. Er trug ein rosa gestreiftes Hemd, weiße Hosen und elegante braune Schuhe, und er schrieb auf einem Block Kanzleipapier, ein blaues Notizbuch lag offen vor ihm. Ansonsten war das heiße Bürozimmer fast leer – bis auf eine Pinnwand mit Fotos zur Rechten und eine Nummer von ›The Journal of Cryptozoology‹ neben Marcellins linkem Ellbogen.

»Ich mache den amtlichen Bericht über meine Waldelefanten-Untersuchung fertig«, sagte er und blickte von seinem Papier auf. »Ich ging mit Mike Fay, einem bedeutenden Biologen. Er lebt in der Republik Zentralafrika und arbeitet für den Worldwide Fund for Nature. Er weiß mehr über Waldelefanten als irgendwer sonst auf der Welt. Und im Wald geht er sehr schnell, mit kleinen Schritten. Er ist wirklich gut in Form und wird nie krank. Aber er braucht seinen Tee. Wenn wir nicht ständig haltmachen, ein Feuer anzünden und ihm Tee kochen, kann er nicht arbeiten, dann kann er sich einfach nicht rühren.«

»Wie habt ihr denn die Untersuchung angelegt?« fragte Lary, der sich entspannt an die Wand lehnte und die Hände in die Hüften stemmte. »Und wie nehmt ihr die Proben?«

»Wir markieren 100 Meter große Quadrate im Dschungel mit weißem Baumwollfaden, und dann zählen wir die Kothaufen in jedem Quadrat. Mike Fay sagt, die Fehlerquote liegt bei maximal 25 Prozent, aber eine bessere Methode kennt keiner, nicht einmal in Cambridge. *Loxodonta africana cyclotis* – der Wald- oder Rundohrelefant – hält nicht still, um sich zählen zu lassen. Nur ein Pygmäe kann sich unbemerkt an einen anschleichen.«

»Verstehe«, sagte Lary, als wäre er im Seminar. »Aber woher wißt ihr, daß ihr nicht immer wieder dieselbe wandernde Herde zählt?«

»Das könnte passieren. Aber um das zu verhindern, verzeichnen wir das geschätzte Alter der Kothaufen. Man entwickelt ein Gefühl dafür. Man schätzt, daß die Gesamtpopulation der Waldelefanten im Kongo in den letzten zehn Jahren um fünfzig Prozent geschrumpft ist. Und auf dem Dschungelboden gibt es handfeste Beweise dafür. In den trockenen Gebieten der nördlichen Wälder findet man Elefantenstraßen, breite Wildpfade, die sie vielleicht seit Tausenden von Jahren benutzen. Doch in jüngster Zeit sind diese Straßen halb zugewuchert. Eingeschleppte Pflanzen, Büsche, junge Bäume sind gewachsen, manche schon sechs Meter hoch. Plötzlich stößt man auf dicke Gürtel von Sekundärvegetation. Schuld sind die Moslems, die Händler aus dem Sudan oder der Republik Zentralafrika. Sie leihen den Pygmäen schwere Jagdwaffen, bezahlen mit ein paar Schachteln Zigaretten und holen später das Elfenbein ab. Im Dschungel kann niemand die Grenze bewachen. Das ist unmöglich.«

»Ist das wirklich die Hauptursache?« fragte Lary. »Liegt es nicht an der Abholzung, der Rodung und dem Bevölkerungsdruck?«

»Du wirst es einsehen, wenn du dort bist, mein Freund. Die riesigen Sumpfwälder zwischen dem Oubangui und dem Sangha sind der letzte unberührte Dschungel von Afrika. Die Bevölkerungsdichte beträgt ganze 0,9 pro Quadratkilometer, und auch die wenigen Einwohner siedeln nur an den Flußufern. Sie sind Fischer und bestellen ihre Plantagen, aber sie dringen nicht weit in den Sumpfwald vor. Warum, das werdet ihr schon sehen, wenn ihr dort seid.«

»Warum?« fragte Lary und löste sich von der Wand.

»Es ist sehr schwierig. Man muß bis zum Bauch im Wasser waten, man wird von Bienen angegriffen, nachts umschleichen Leoparden das Lager, man kriegt Geschwüre an den Beinen und Pilze. Man muß sich vor Vipern und Kobras in acht nehmen. Und an den fließenden Gewässern sind die Tsetsefliegen eine echte Plage.«

»Besten Dank«, sagte Lary und zog den Kopf ein.

»Für die Waldelefanten ist das ein natürlicher Schutz. Sie mögen die Niederungsgebiete mit ihren vielen Wasserlöchern, das sagt zumindest Mike Fay. Und ich stelle sie mir gern dort in Sicherheit vor, unter meinem eigenen Schutz. Die Anwohner sagen, daß die Elefanten zur Regenzeit die Sumpfwälder verlassen und die Wälder mit festem Boden aufsuchen. Ich weiß es nicht. Vielleicht bekommen wir es heraus. Auf jeden Fall ist mein Direktor, Assitou Ndinga, hoch erfreut, daß ich die Möglichkeit habe, mit euch zu reisen. Ich werde die Gelegenheit nutzen, die Häuptlinge und die Vizepräsidenten der Volksparteikomitees in den Dörfern des Landesinneren darüber zu informieren, daß unsere Gesetze sich geändert haben. Wir erwägen nun, daß die Erbhäuptlinge anstelle der Volksrepublik Kongo wieder direkt für die Bewachung ihrer angestammten Waldgebiete zuständig sein sollen. Es ist ihre Aufgabe, uns bei der Bekämpfung der Wilddiebe zu helfen, wenn nötig, auch mit kriegerischen Mitteln. Wir werden eine offizielle Expedition sein.«

»Jawohl«, sagte Lary entgeistert.

»Außerdem«, fuhr Marcellin fort, nachdem er aufgestanden war, um die Audienz zu beenden, »sind wir so sicherer. Insgesamt, glaube ich, ist eine Regierungsexpedition etwas weniger in Gefahr, mit Speeren, Macheten oder Feuerwaffen umgebracht zu werden.«

Als ich auf die Pinnwand mit den Fotos schaute, in der Mehrzahl Farbbilder von Marcellin im Wald, vermutlich aufgenommen von Mike Fay, blieb mein Blick an einem Schwarzweißfoto in der rechten unteren Ecke hängen. Ein gewaltiger Gorilla starrte mich an. Er lag an die Wand einer Hütte gelehnt und hatte ein Einschußloch in der Brust.

»Marcellin, was ist das?«

»Das war ein altes, bösartiges Gorillamännchen. Er kam eines Tages aus dem Wald und ließ sich in einer Hütte in der Kleinstadt Impfondo nieder. Er terrorisierte die Leute. Die Armee hat ihn erschossen.«

Draußen hielt ein Taxi. Ein junger Mann in brauner Armeekluft mit schwarzen Stiefeln und einem grünen Barett stieg aus. Der

Fahrer, sichtlich verärgert, blieb sitzen und schrie Marcellin etwas zu. Der junge Mann lachte, öffnete den Kofferraum, zerrte zwei tote afrikanische Zibetkatzen an den Vorderpfoten heraus und ließ sie vor uns zu Boden fallen. Er knallte die Kofferklappe wieder zu, und das Taxi fuhr weg.

Die kurzen, schwarzen Läufe und die dickpelzigen Schwänze der Zibetkatzen lagen schlaff und reglos auf dem Betonweg, die grauen, fuchsgroßen Körper waren schwarz gefleckt und gestreift, die Augen tot und schwarz, die Schnauzen kurz, die Ohren klein und rund. Ich bückte mich, um sie näher zu betrachten – und wurde sofort von einem Gestank attackiert, der so penetrant war, daß er mir förmlich im Gesicht kleben blieb: eine Mischung aus Marder, gegorenem Urin, verwesendem Kot (von Maden wimmelnd) und der netten Zwangsvorstellung, daß mich jemand mit der Nase zwischen die ungewaschenen Hoden eines Ebers stieß. Unvorstellbar, dachte ich, daß das ölige Sekret aus der Analdrüse der Zibetkatze als Duftstoff für Parfüme dient, und preßte mir mit dem Unterarm die Nase zu, unvorstellbar, daß schon König Salomo vor dreitausend Jahren sich dieses Zeug aus Afrika holen ließ.

»Diese Taxifahrer mögen uns überhaupt nicht«, sagte Marcellin lachend, als ich auf Abstand ging. »Wir können jederzeit ein Taxi requirieren. Meine Wache hat diese Zibetkatzen am Hafen beschlagnahmt – sie werden gegessen, und das Fell wird verkauft. Aber die armen Taxifahrer! Der Gestank bleibt ihnen wochenlang.«

Als wir an diesem Abend zum Essen in die Stadt gingen, fragte ich Lary: »Warum glaubst du, daß Marcellin ein falscher Hund ist?«

»Tut mir leid«, sagte er und beschleunigte seinen Schritt, »das sind eben so Vorurteile. Ich weiß, es ist nicht besonders zeitgemäß, aber ich kann es nicht ändern, vielleicht sitzt es in den Genen – ich glaube nun einmal an Treue, Verläßlichkeit; nenn es, wie du willst. Ich finde es unmöglich, daß er seine Frau betrügt. Was sollen denn eine Ehe und all diese Schwüre, wenn du nicht daran denkst, deinen Partner zu achten? Mein Gott, und sie ist *schwanger*!«

»Vielleicht herrschen hier andere Sitten.«

»Ja doch. Trotzdem kann ich das nicht toll finden. Ich kann auch nicht jubeln, wenn einem kleinen Mädchen die Klitoris abgeschnitten wird, bloß weil du ein Moslem oder ein Sektenheini oder irgend so ein wiedergeborenes Arschloch bist. Also echt nicht!«

In Poto-Poto schauten wir zwei kleinen Jungen zu, die in T-Shirts, Shorts und Gummisandalen rittlings auf einer kurzen Bank saßen und zwischen sich ein hölzernes Spielbrett hatten. 32 Löcher, die aussahen wie winzige Drosselnester, waren über das Brett verteilt, und in den Nestern lagen – wie Vogeleier – kleine grüne Malachitkugeln in unterschiedlicher Anzahl. Die Kinder verteilten die Kugeln abwechselnd um, und das in einem entnervenden Tempo. Lary befand, daß die Regeln zu kompliziert waren, um einfach so, ohne mehrjährige Feldforschung, erklärt werden zu können, und die Kinder zu befragen genauso undenkbar war, wie zwei Schachgroßmeister bei ihrem Turnier zu unterbrechen. Also gingen wir weiter zum Le soir au village, stapften durch den losen Sand des Fahrwegs, vorbei an Gräben, in denen das Abwasser stand, an Blechbüchsen, Hühnerfedern, verstreuten Papp- und Wellblechresten und einer enthaupteten Plastikpuppe.

»Hier wird die Malaria ausgebrütet«, sagte Lary. »Das ist ein einziges kribbelndes Kanalsystem für Moskitolarven, perfekt und effizient, mit den kürzesten Wegen von Pfütze zu Opfer und zurück.«

»Wo sind denn die Moskitos? Ich verstehe das nicht. In Oxford sehe ich mehr Moskitos als hier. Hier bin ich erst fünfmal gestochen worden. Ich hab mitgezählt.«

Als wir das kleine Restaurant (Leichtbeton mit Strohdach) erreicht und einen freien Tisch gefunden hatten, sagte Lary düster: »Ich glaube, du solltest in Anschlag bringen, daß die unterschiedliche Infektionsrate die statistisch signifikante Größe ist.«

»Nicholas hat gesagt, dies sei das einzige Restaurant in Brazzaville mit echter afrikanischer Küche.«

»Das ist es, was zählt«, fuhr er mit gleicher Düsternis fort und studierte dabei die Menütafel an der Wand, auf der ›Krokodil mit Sakasaka‹ angeboten wurde.

»Teufel noch mal! Was ist Sakasaka?« fragte er mich.

»Keine Ahnung.«

Also bestellten wir Krokodil mit Sakasaka.

»Und vier Flaschen Bier«, ergänzte Lary.

»Max.« Lary goß sich ein Glas Primus ein.

»Max?«

»Dieser Zwergschimpanse bei Madame Leroy. Wie er mich angeschaut hat. Er geht mir nicht mehr aus dem Kopf. Es war das erste Mal, daß ich einen gesehen habe. Die Bonobos – weißt du etwas über sie?«

»Nein«, sagte ich widerstrebend, »nicht das geringste.«

»Dachte ich's mir doch«, erwiderte Lary schon heiterer, leerte sein Glas und machte sich an die nächste Flasche. »Sie wurden erst 1928 entdeckt. Und deine Bildung endet irgendwann um die Jahrhundertwende, schätze ich. Tropenhelme! Khaiberpaß! Richtig? Nun ja, es gibt Menschen, die sich in *diesem* Moment mit dem Zwergschimpansen befassen, und zwar an meiner Universität, der State University of New York. Sie heißen Alison und Noel Badrian, und was sie herausbekommen haben, ist ganz erstaunlich: 98 Prozent unseres genetischen Materials sind mit dem der Zwergschimpansen identisch. Unser Hämoglobin ist in allen 287 Bestandteilen mit dem ihren identisch. Ihre gewölbten Schädel sind identisch mit dem des *Australopithecus*, unseres ältesten Vorfahren. Und es scheint fast, als hätte sich der Stammbaum des Menschen und des Schimpansen erst vor 4,3 Millionen Jahren aufgespalten ...«

»Eines Sonntagmorgens um zehn Uhr, noch im Bett, in der Missionarsstellung ...«, unterbrach ich ihn, doch Lary ignorierte mich.

»... und nicht, wie wir uns stets schmeichelten, schon vor zwanzig Millionen Jahren. Es sieht so aus, als wären unsere Zwergschimpansenvorfahren von Max' Vorfahren während der zweiten afrikanischen Formungsperiode mit ihren Gebirgsbildungen und Grabenbrüchen abgeschnitten worden, und zwar vor etwa sechs Millionen Jahren. Unsere Zwergschimpansenureltern wurden in Regenwäldern isoliert, die keinen Regen mehr bekamen, weil die neuen Berge im Westen ihn abfingen. Also verkümmerten die Wälder zu Buschwerk und Savannen. Max' Leuten südlich des Zaire-Flusses ging es gut wie immer, und sie ahnten nicht, daß ihre Verwandten im Norden so übel dran waren. Wir haben nicht die Wälder verlassen, die Wälder haben uns verlassen. Also setzte Max im Dschungel seine eigene Entwicklung fort, selbst im stabilsten Teil des stabilsten Kontinents der Erde. Oder vielleicht haben sie sich gar nicht weiterentwickelt, vielleicht war ihre Kultur schon immer so, vielleicht war es auch einmal unsere Kultur.« Er verscheuchte einen Moskito aus seinem Gesicht und füllte sein Glas aus der zweiten Flasche. »Nein, ich glaube, bei ihnen liegen die Dinge wirklich anders.«

»Was für Dinge? Wo liegt das Problem?«

»Die Ehe«, sagte Lary. Er schaute in die andere Richtung und fing an, einen Löffel zu verbiegen. »Ich glaube, sie haben wirklich eine andere Art von Gesellschaft. Tut mir leid, daß ich vorhin sentimental geworden bin. Du weißt schon: Treue und all dieses Zeug.«

»Wovon redest du überhaupt?«

»Genetisch sind sie uns so eng verwandt. Aber ihre Sexualität geht völlig andere Wege als die der Menschen. Nun, zumindest der meisten Menschen.«

»Sprich dich aus«, sagte ich besänftigend und fühlte mich wie ein Psychiater, nur daß mir die Zigarre fehlte. »Laß dir Zeit.«

Lary blickte mich scharf an. »Du wärst ein lausiger Psychofritze!«

»Wie bitte?«

»Laß es lieber sein. Erstens: du machst dich über alle Probleme lustig, um dich selbst zu schützen. Zweitens: ich wette, du hast noch nie in deinem Leben ein Geheimnis für dich behalten. Das sag ich dir auf den Kopf zu.«

»Natürlich kann ich Geheimnisse für mich behalten!« rief ich, ohne mich an einen einzigen solchen Fall zu erinnern. »Du kannst mir alles anvertrauen. Absolut alles!«

»Mir bricht das Herz«, sagte Lary und grinste auch schon. »Du wärst der lausigste Bastard von einem Psychostümper. Aber ich hab darüber nachgedacht, immer wieder. Die Moral muß sich entwickelt haben, sie muß ein entwickeltes Verhalten sein, wie es Darwin in der ›Abstammung des Menschen‹ sagt. Es ist doch klar: Wer zusammenhält, sich gegenseitig hilft und nicht nur an sich selbst denkt, nimmt es mit jeder konkurrierenden Gesellschaft auf, mit jedem Kriegerhaufen, in dem alle nur für sich kämpfen, mögen sie noch so brutal sein.«

»Aber sicher doch.«

»Die Zwergschimpansen sind friedlich. Sie machen es richtig. Sie bringen sich nicht gegenseitig um, wie manchmal die großen Schimpansen, sie stehlen auch nicht plötzlich das Baby eines rangniederen Weibchens und fressen es auf. Sie sind keine Kannibalen. Es sind die *Frauen*, die miteinander Bindungen eingehen. Die Frauen formen die Gesellschaft.«

»Ja, ja. Die politisch korrekten Zwergschimpansen. Frauengesellschaften. Immer eine gute Idee. Ich hab es bei den Iban in Borneo gesehen. Mehr Sex, weniger Wettbewerb. Mehr Spaß, mehr Schlaf.«

»Das nicht«, sagte Lary ohne die Spur eines Lächelns. »Du zerrst immer alles ins Alberne. Sie haben nur andere sexuelle Praktiken. Die Weibchen haben eine enorm vergrößerte Klitoris ausgebildet. Die Klitoris hängt heraus wie ein nach vorn gekrümmter Zeigefinger. Sie reiben sie aneinander. In der Fachsprache nennt man das GG-Friktion. Genito-Genital-Friktion.«

»Frottage«, bemerkte ich.

»Ein Weibchen geht zum anderen und schaut ihm in die Augen. Die Empfängerin des Blicks liegt auf dem Rücken. Das werbende Weibchen steigt auf. Sie reiben ihre Klitoris aneinander. Sie keuchen. Und sie schreien beim Orgasmus.«

»Jesus Christus!«

»Zwergschimpansen bauen sich gemütliche Nester in den Bäumen und schlafen allein. Sie stehen um halb sechs auf. Und von halb sechs bis halb zehn paaren sie sich durchschnittlich 1,7mal pro Stunde mit verschiedenen Partnern, Weibchen, Männchen, Jungen, alles durcheinander. Wenn eine Mutter die GG-Friktion mit einem anderen Weibchen beendet hat, klammert sich ihr männliches Junges an dieses Weibchen, das geduldig stillhält, während das Junge sie bei den Hüften nimmt und seinen winzigen Penis einführt und drauflos rackert wie ein Specht. Es scheint ihr nichts auszumachen. Weitere Junge kommen und betasten das Gesäß des Weibchens und warten, daß sie an der Reihe sind. Das

Weibchen sieht nur ein bißchen gelangweilt dabei aus. Du mußt zugeben, das ist eine sehr fortschrittliche Art der Sexualerziehung.«

»Du mußt leiser sprechen«, sagte ich, als das Krokodil, das Sakasaka und ein armdicker, weißlich-grüner Klumpen Maniok serviert wurden. »Du treibst es noch so weit, daß sie uns rauswerfen. Man sollte dich einsperren. Sie müßten dich aus dem Verkehr ziehen.«

»Zwergschimpansen *spezialisieren* sich geradezu auf friedliche Koexistenz!« Lary bestellte neues Bier, ohne zu bemerken, welche Überraschung auf seinem Teller lauerte. »Anders als die gewöhnlichen Affen, deren Männchen sich zu Banden zusammentun, leben die Zwergschimpansen in einer großen Gemeinschaft. Nur die halbwüchsigen Weibchen verlassen ihre Gruppe und suchen sich eine andere, so daß jede Gruppe aus Müttern und Söhnen und von außen kommenden Mädchen besteht, wobei alle Mütter über die GG-Friktion miteinander verbunden sind und alle Männer Muttersöhnchen bleiben. Aber die Männer müssen ran. Wenn sich eine Frau darbietet, und der Bursche weigert sich, wird sie ihre Empörung herausschreien, und alle anderen Frauen eilen ihr zu Hilfe und jagen ihn auf einen Baum, der keine Früchte trägt. Daraus haben die Männer ihre Lehren gezogen. Meistens kopulieren sie, ohne zu ejakulieren. Sie passen höllisch auf, daß sie nicht mit einem schlappen Schwanz erwischt werden. Und die heranwachsenden Mädchen, die von außen kommen, sind sexuell am aktivsten – sie haben es am liebsten auf dem Rücken liegend –, doch sie sind unfruchtbar. Daher ist die Geburtenrate sehr niedrig. Die Hauptfunktion dieser ganzen sexuellen Aktivität ist es, allen Freude zu bereiten und die Gesellschaft zusammenzuhalten.«

»Und wie ist es mit dir?« fragte ich. Ich bearbeitete mit den Zähnen ein Stück Krokodilmuskel (fischig und fasrig wie ein gutes Steak). »Ist das die Art Forschung, die du gern betrieben hättest? Das Sexualleben unserer Vorfahren?«

»Aber nein! Bernd Heinrich ist mein Held. ›Der Hummelstaat‹«, sagte Lary, ebenfalls ein Stück Muskel zwischen den Zähnen und ein verlorenes, sehr grünes, spinatartiges Blättchen Sakasaka im rötlichbraunen Schnurrbart. »Eins der größten Bücher aller Zeiten. Heinrich machte diese unglaublich eleganten Experimente – er entdeckte, daß Hummeln sich vor einem Flug aufwärmen, indem sie ihre Flügel aushaken. Sie lassen ihre Flugmuskeln rotieren, bis sie wärmer sind als die Umgebungstemperatur, dann werden die Flügel mechanisch eingehakt, und ab geht's. Sie sind nicht warmblütig wie die Säugetiere, sie sind wechselwarm, wie es die Dinosaurier wahrscheinlich waren. Sie können Wärme in ihrem Thorax speichern, und es gibt ein Wärmeventil zwischen dem Thorax und dem Hinterleib. Doch sie müssen den Energieaufwand eines jeden Flugs im voraus berechnen: wie weit entfernt der Nektar ist, wie viele Blüten bei ihrem letzten Anflug Nektar enthielten. Sie verbrauchen Energie, um Energie einzusammeln. Wenn sie sich verrechnet haben und die Strecke zu weit ist, laufen sie den Rest zu Fuß. Oder, wenn es schon zu spät ist, machen sie es sich auf irgendeiner Pflanze bequem und warten auf den Sonnenaufgang. Es handelt sich bei ihnen um eine nordische Art, die Tundrabiene, die sich nach Süden ausgebreitet hat, und dabei in Konkurrenz getreten ist zu einer tropischen Art der Honigbiene, die sich nach Norden ausgebreitet hat. Die Arbeitshummeln in ihren kleinen Kolonien speichern Königinnen statt Honig; die Kolonie stirbt am Ende des Sommers ab, die befruchteten Königinnen schwärmen aus, und jede sucht sich ein verlassenes Mauseloch, wo sie den Winter in Kältestarre überlebt, und im Frühjahr kommen sie wieder hervor. Sie klappern die Blüten früh am Morgen ab, wenn es für die Bienen noch zu kalt zum Fliegen ist, und dann, wenn die Bienen kommen, steigen sie um auf magere Blüten, um das Maximum an Ausbeute rauszuholen. Es ist eine wunderbare Geschichte. Wenn ich diese Sache hingekriegt hätte, könnte ich zufrieden sterben. Ich würde einmal in die Runde schauen und sagen, daß ich all diese kniffligen Dinge über das Leben der Hummeln entdeckt habe, und mit tödlicher Sicherheit würde ich mich hinlegen und glücklich sterben.«

»Ist das, was du tust, nicht genauso wichtig? Die Lehre?«

»Meinst du etwa diese überlaufenen Grundkurse? Die neuen Studenten? Die Idee der Universität? Oder Biologie für Krankenschwestern? Oder die reine Zoologie?«

»Alles zusammen.«

»Ich hab es nicht für wichtig gehalten, bevor ich hierher kam«, sagte er und schob die Reste des Manioks an den Tellerrand, wobei er sie zum ersten Mal in Augenschein nahm. »Jetzt bin ich mir nicht mehr sicher. Meine Studenten ahnen nicht, welches Glück sie haben. Sie denken, die Welt besteht aus der Strecke zwischen Plattsburgh und New York. Wenn ich hier jemals wieder rauskomme, werde ich ihnen aber was anderes erzählen.«

Er stieß den Maniok mit der Gabel umher (der schmeckte wie feuchter Gips, der eine Woche lang in Desinfektionsmittel eingelegt war) und bewegte dann nachdenklich die Zunge unter der Oberlippe hin und her, wo sich offenbar ein Maniokrest an den Zähnen festgesetzt hatte. »Was zum Teufel ist das für ein Zeug?« fragte er.

»Maniok. In Südamerika haben wir uns davon ernährt. Nur gab es ihn dort gewöhnlich in Form von Hobelspänen und Sägemehl. Die Portugiesen haben ihn im 16. Jahrhundert herübergebracht, um ihre Sklaven damit zu füttern. Die Knollen sind voller Zyanide. Man muß sie spülen, raspeln, das Gift in irgendeiner Presse ausquetschen, die verbliebene Feuchtigkeit in der Pfanne oder über dem Feuer herausrösten. Und dann wird Mehl daraus gemacht. Schmeckt es dir?«

»Ob es mir schmeckt? Ich könnte mir die Eingeweide aus dem Leib kotzen!«

7

Wir bewunderten die Ausdauer der Soldaten, die im Eilmarsch und in Reih und Glied, mit Kalaschnikows und in voller Montur am Les Bougainvillées vorbeihasteten und trotz der Hitze des Tages auch noch sangen; unsere Spaziergänge führten uns an dem großen, fensterlosen Betonkasten des Gefängnisses vorbei, wo es roch wie in einer Kläranlage; wir dinierten bei Suppe und Würstchen im nordvietnamesischen Restaurant; wir aßen Kongofische, tranken unseren billigen Rotwein und machten Listen von Dingen, die wir vielleicht noch brauchten – und schließlich bekam ich einen schrecklichen Kater.

Er war der schlimmste Kater, den ich je hatte (aber dasselbe galt auch für den Wein). Als wir von einem unserer Gewaltmärsche zurückkamen, vorbei an der verrammelten iranischen Botschaft mit ihren zwei schwarzen Hunden, die lautlos an der hohen Maschendrahtabsperrung hochsprangen, vorbei an den Leichtbetonmauern mit den einzementierten Flaschenscherben auf der Mauerkrone, da bemerkte ich, daß mir die Berührung meiner Haare auf dem Kopf Schmerzen bereitete. Auf den letzten Schritten vor dem Hotel setzte ein Schmerz ein, der in meinem Schädel hin und her schwappte wie Wasser in einem Eimer. Mein Nacken wurde hart und steif. Meine Därme schienen sich selbständig zu machen und im Bauch umherzuwandern. Ich saß verkrümmt auf der Toilette und fand, daß dies der schlimmste Durchfall war, den ich je hatte (aber dasselbe galt auch für die Würstchen). Ich sagte laut zu mir: »Ich muß mich hinlegen«, doch mein Körper drehte sich wie von selbst, und ich reiherte so gewaltsam in die Klosettschüssel mit dem Durchfall, daß ich dachte, mein Rachen mitsamt Speiseröhre hätte sich losgerissen und würden mir aus dem Mund hängen wie eine umgestülpte Socke.

»Um Gottes willen«, sagte Lary, als ich es ins Zimmer zurück geschafft hatte, »du mußt dich hinlegen.« Sein Kopf löste sich von den Schultern und schwebte über mir. »Um Gottes willen«, sagte der Kopf. Ich schloß die Augen. Ich war acht Jahre alt, flog meine Großmutter nach Amerika und bediente mich dazu einer Konstruktion, die ich aus Brettern, Büchsen und Fahrradteilen in dem Wäldchen hinter der Wiese gebastelt hatte, hinter der hohen Steinmauer, wo ich meine Bantamhühner hielt. Ich paddelte mit meinem Vater in seinem Zweisitzer-Faltboot auf einem Fluß in Wiltshire; verrückt vor Angst saß ich auf dem Rücksitz seines Riley, mitten in der kahlen Ebene von Salisbury, weil ich zur Vorschule nach Dorset gebracht werden sollte. Die Erinnerungsbilder jagten einander, bis sie zerplatzten und von einem Gähnkrampf abgelöst wurden, der mir die Luft nahm und mir fast den Unterkiefer ausrenkte.

»Du kannst sagen, was du willst«, kam Larys Stimme aus weiter Ferne, »das ist kein Kater.«

Stunden später, oder so kam es mir vor, fand ich mich auf einer Ferienreise in Westirland, auf dem Gipfel des Croagh Patrick in einem plötzlichen Schneesturm. Meine Mutter und mein Vater und mein großer Bruder hatten mich im Stich gelassen, und ich lag dort neben dem Steinhaufen im steigenden Schnee und hatte außer meinen grauen, kratzigen Schulshorts nichts an.

»Sie haben mich verlassen«, sagte ich, »mir ist kalt.«

»Hier drin sind es aber 35 Grad«, klang Larys Stimme vom Fuß des Berges.

»Bitte, gib mir was zum Anziehen.«

Als die eisige Kälte mir den Rücken hinabkroch, fing ich an zu zittern, worauf sich der Erstickungsanfall legte. Und Lary war der richtige Kumpel für eine Bergtour. Er würde sich etwas einfallen lassen. Er würde mein Gepäck mit einem Esel heraufholen.

Es gab ein klapperndes Geräusch in meinem Innenohr, vergleichbar Pferdehufen im Geröll, und Lary leerte meinen Rucksack mit Hosen, Hemden, Unterhosen, dem Pullover und zwei Decken über mir aus. Dann bedeckte er die Leiche mit einer Zeltplane.

»Dein Rucksack ist eine Katastrophe«, sagte er und kniete sich neben meinen Kopf. »Überhaupt kein System drin. Alles nur so reingestopft und in Plastiktüten verkramt. Es ist ein wahrer Graus. Erstens solltest du zwischen dem großen Fach und den Seitentaschen unterscheiden. Zweitens solltest du die Landkarten flach und ordentlich gefaltet in die Kartentasche stecken. Sie sind kostbar. Wir brauchen sie noch. Und warum ist das Ganze mit Socken vollgestopft?«

»Der SAS-Major in Hereford hat mir das so gesagt: St-topf die Lü-Lücken m-mit So-Socken aus.«

»Da kannst du Ratten drin ausbrüten«, sagte Lary.

Dann sagte er nichts mehr, und mein Bewußtsein fing an zu schwanken wie ein Spinnennetz, in dem sich eine Wespe verfangen hat. Doch das Summen kam von einem Marktstand, den wir vor Tagen besucht hatten. Die Wespe hatte sich in den Schlingen eines langen, schmutzigroten Stoffstreifens verfangen, der eigentlich ein Seil aus verdrehtem Stoff war, das mit einem Dreifachknoten am Hals einer fußhohen Männerstatue befestigt war, die einen Kilt aus Kokosfasern trug. Der Mund des Mannes war weit geöffnet, die Augen waren geschlossen. Er war schon eine Weile tot. Es war die Puppe eines Zauberers; ich wußte, sie wäre Ibrahim Mahamat – wegen seiner schrägen Augen auch Chinese genannt – niemals zum Kauf angeboten worden, wenn sie nicht ihre rauchgeschwärzte Zauberkraft vollständig verloren gehabt hätte. Ich hob sie auf. Das Stoffseil hatte neun Knoten, der Hals war frisch angeschabt – du lädst deinen Feind zum Trinken ein, schüttest ihm die Späne in den Palmwein, siehst ihm beim Trinken zu, sagst ihm, was du getan hast, und wartest, daß er in seine letzte Depression verfällt und sich erhängt. Opfer Nummer zehn hatte offensichtlich Zugang zu einem stärkeren Zauberer; diese besiegte und entmachtete Puppe war weggeworfen worden. Ein neuer Schüttelkrampf erfaßte mich; mein Gebiß schnatterte wie ein Schnellfeuergewehr.

»Hier ist es ja«, sagte Lary mit einer überdehnten Stimme. »Schon gefunden, ganz tief unten. John Hatt, ›Der Tropenreisende‹, erweitert und aktualisiert. Wollen wir doch hoffen. Laß mal sehen. Seite 95.«

Es trat Ruhe ein. Dann: »Wie ich's mir dachte: ›Die Gebiete mit dem höchsten Malaria-Risiko sind fast ausschließlich auf die niederen Lagen des tropischen Afrika begrenzt ... Denken Sie daran, daß eine *noch so sorgfältige* Einnahme der Tabletten *keine* garantierte Prophylaxe gegen Malaria darstellt ... Gewöhnlich ist nur die Falciparum-Malaria tödlich ... Es ist wichtig zu wissen, daß die Symptome der Falciparum-Malaria nicht immer den klassischen Symptomen der Vivax-Malaria entsprechen, die ein kaltes Stadium mit Schüttelfrost und danach ein heißes Stadium mit heftigen Schweißausbrüchen bis zum Temperaturabfall umfassen (der ganze Zyklus dauert etwa 24 Stunden und wiederholt sich alle zwei Tage). Die Falciparum-Malaria beginnt statt dessen mit grippeartigen Symptomen wie Fieber und Kopfschmerzen. Erbrechen und Durchfall sind jedoch die auffälligeren Anzeichen.‹«

»M-mein Gott!«

»Kein Grund zur Sorge«, sagte Lary, »du hast die einzige Malariasorte, die tödlich ist.«

»Ich bin ein namentlicher P-Patient«, sagte ich und versuchte, mein Zähneklappern zu beherrschen. »Da ist ein neues M-Mittel im M-Medizinbeutel. Es heißt Lariam.«

»Du phantasierst.«

»Ich weiß nicht, was ein namentlicher Patient ist. Es kli-hingt ververdächtig.«

»Das kannst du wohl annehmen«, sagte Lary. Er ging zum Rucksack mit den Medikamenten. »Ich will nicht warten, bis es mich erwischt. Wir sollten schleunigst abhauen, bevor ich auch dran bin. Ab nach Hause.«

»Professor D-David Warrell vom tropenmedizinischen Institut Oxford hat es mir gegeben. Er sagte, es kann Schwindel verursachen.«

»Schwindel verursachen!« echote Lary und wühlte sich durch die kräftigen Plastikbeutel. Das Knistern klang, als würde er bei Frost in großen Stiefeln über einen gepflügten Acker laufen.

»Da hast du sie«, sagte er und reichte mir drei große, weiße Pillen zusammen mit einer nachgefüllten Wasserflasche. »Drei weitere Pillen in sechs Stunden. Nebenwirkungen unbekannt. Leichter Schwindel möglich.«

»Mir ist kalt.«

Lary erschien mit einem Bündel seiner eigenen Reservesachen und zog die Zeltplane weg. »Um Gottes willen!« sagte er und ließ die Hosen und Hemden auf mich niederplumpsen. »Du schwitzt ja wie ein Schwein. Das Wasser läuft regelrecht an der Plane runter, sie ist völlig durchnäßt.« Er schüttelte die Plane aus, breitete die Sachen über mich und deckte mich wieder zu. »Und du hast mir gesagt, man soll immer trockene Reserveklamotten bei sich haben. Die hier könnte ich genausogut in den Fluß schmeißen.« Er stellte mir zwei Flaschen Wasser ans Bett.

»Du b-bist ein Schatz.«

»Klar doch. Ich würde sogar einen Arzt holen, aber ich glaube, er würde dich umbringen. Sieh mal, jetzt ist es Abend. Ich geh nur ein Würstchen essen, okay? Steh bloß nicht auf und beweg dich nicht vom Fleck, ich bin bald zurück.« Dann schloß er die Tür hinter sich.

Also lag ich still, wieder acht Jahre alt, auf den weißen, flechtenbewachsenen Steinplatten meines Geheimpfades auf der Mauer des Pfarrgartens. Es war Sommer, und es wuchsen Reineclauden und ein vereinzelter Pfirsich in den Obstbäumen direkt unter mir, die an der gelben Gartenmauer mit ihrem uralten Spalier voller Nagellöcher gezogen waren. Hinter mir erstreckte sich das große Haus mit seinen hohen Fenstern und dem grauen Schieferdach, der kleine Hof des Waschhauses und Kohlenschuppens, der Brunnen unter dem großen Trittstein und der Apfelschuppen, in dem unsere Fahrräder standen. Vor mir, in die Mauerecke gebaut, stand der Aussichtsturm, ein Gartenhaus mit einer großen Steinkugel auf der Spitze und zwei übereinanderliegenden Räumen, dessen oberer (über eine Steintreppe erreichbar) voller Stroh war und der untere voller Hühner, deren Auslauf der Pfarracker vor der Mauer war, Rhodeländer, die ich, wenn niemand hinsah, auf einem imaginären Pferd mit wirklichem Pfeil und Bogen jagte. Links, direkt unter mir, schlief unsere große weiße Sau in ihrem Stall an der Mauer, und hinter ihr senkte sich das Feld bis zum Fluß und zum Entenhaus, wo jeden Morgen, wenn ich ihn hinausließ, Percy, der Aylesbury-Erpel, den Kopf auf die Erde legte, den Hals vorreckte und mit dem Schwanz hin und her wackelte, die Schwimmhäute ausbreitete wie ein Flugfrosch und durch die Schlammrinne ins Wasser schlitterte, gefolgt von der Reihe khakifarbener Campbell-Enten.

Ich lag auf der Mauer mit dem Fernglas meines Vaters und meinem eigenen ›Buch für den Vogelfreund‹ neben mir, damals noch völlig unbeleckt von düsteren Statistiken und, da der Wald in der Nähe war, in dem meinem Vater zufolge 1888 eine Blauracke gesichtet worden war, überzeugt, daß eines baldigen Tages ein weiteres Exemplar unter den Apfelbäumen des Hauptwegs landen würde. Ich wußte nicht genau wo, war aber sicher, daß ich sie gut sehen würde, und dafür hielt ich mich bereit. Ich würde sie erkennen, wenn ich sie sähe, sagte mein Vater (sie war zu selten, um im Buch abgebildet zu sein) – nicht an ihrer krähenartigen Gestalt und nicht an ihrem hellbraunen Rücken, sondern daran, daß alles andere an ihr aus verschiedenen Blautönen bestand, so leuchtend wie all die Blautöne des Sommerhimmels, so sagte er. Und wenn schon eine Blauracke kommen würde, warum dann nicht auch ein Bienenfresser (ebenfalls nicht in meinem Buch), denn ein solcher wurde 1866 in Bishopstrow bei Warminster geschossen, und Warminster war nicht weit, und ein Bienenfresser war braun und blau und grün und schwarz und leuchtete in allen Farben und war der schönste Singvogel überhaupt, sagte mein Vater, und ich zitterte vor Spannung, weil ich ihn nicht verpassen durfte und er natürlich Bienen wollte, von denen der Garten wimmelte und deren Stacheln mich nicht im geringsten beunruhigten; im nächsten Moment konnte er also schon da sein und sich die Bienen aus den Fingerhutblüten picken.

Die Mauer fing an, heftig zu schwanken, also öffnete ich die Augen: Der Fußboden eines mir fremden Schlafzimmers hob sich in unregelmäßigen Wellen und berührte die Decke. Ich schloß schnell die Augen, und einige Jahre später fegte mich eine dieser Wellen auf meinem ersten Motorrad, einer 150er Zweitakter BSA Bantam, den Derry-Hügel hinauf bis zum Gipfel, wo ich vor Reg Ways Hütte abstieg.

Reg Way (Pächter eines kleinen Anwesens), der Held meiner Kindheit, kam mich begrüßen, und er trug seine Arbeitskleidung – eine braune Tweedmütze, einen braunen Tweedanzug mit Weste, ein Khakihemd mit Krawatte, braune Ledergamaschen und Nagelstiefel. Als minderjähriger Freiwilliger im Ersten Weltkrieg war er im Schützengraben von einer deutschen Maschinengewehrsalve getroffen worden. Und als der Angriff sechs Stunden später zurückgeschlagen worden war, hatten sie ihn bewußtlos auf der

Bahre zum Feldlazarett getragen, wo sie seinen linken Arm über dem Ellbogen amputierten, die vier verstümmelten Finger seiner rechten Hand kappten und etliche Eisen- und Bleisplitter, die zu tief eingedrungen waren, in seinem Oberkörper zurückließen.

Wegen der ständigen Schmerzen (so meine Mutter) sprach Reg Way langsam, ging langsam, lächelte langsam, glaubte nicht an Gott und war der freundlichste Mann, den ich kannte. Im Hausgang seiner Hütte zog er Jacke und Weste aus und steckte den Armstumpf in die trichterförmige Ledermanschette seines Hakens (der mit zwei Gummigurten vor seiner Brust befestigt war), zog eine andere Jacke und Weste an, langte hinauf zum Gewehrhalter aus Eichenholz und griff mit Daumen und Handfläche die doppelläufige 410er Webley and Scott Seitenschloß-Hammerflinte, deren Gebrauch er mir beibrachte. Wieder zehn Jahre alt, wiegte ich sie in meinem linken Arm, wobei die Läufe zu Boden zeigten. Aus der kleinen Pappschachtel in der Schublade des Garderobentischchens füllte er die rechte Tasche meiner reißfesten Hose (zwei Nummern zu groß, zum Hineinwachsen) mit den schlanken, magischen, hellbraunen, ungerändelten Fünferpatronen (für Kaninchen) in ihren glänzenden Messinghülsen. Für sich selbst wählte er die Holland and Holland Hammerless mit Damaskuslauf und Hülsenauswurf, Kaliber 12, die wie seine 8-, 16- und 28-Kaliber mit einer Stahlklammer versehen war, die in den Lederschaft seines Hakens paßte.

Er stopfte seine gerade Pfeife mit Wills Cut Golden Bar und drückte den Tabak mit dem Daumen fest, zündete ihn mit seinem silbernen Feuerzeug an, schob die Büchse und das Feuerzeug in die Jackentasche, und dann gingen wir hinaus, vorbei an den mit Netzen überzogenen Stachelbeer-, Schwarzen Johannisbeer- und Himbeerbüschen, auch an den Gestellen der Stangenbohnen vorbei zu dem alten Kastenanhänger, in dem er (weit und breit der beste Trainer für Jagdhunde) seine Hunde hielt. Er öffnete die schwarze, mit Karbolineum gestrichene Brettertür, und heraus sprang Hubert, ein geradezu neurotisch glücklicher Golden Cockerspaniel mit wunderbar glänzendem Fell.

»Bist ein bißchen aufgedreht, nicht wahr?« sagte er, bückte sich und tätschelte ihm mit der Daumenfläche fünfmal den Kopf.

»Und ein bißchen hartmäulig, wenn alles gesagt und getan ist.« Hubert schluckte, wackelte mit dem gestutzten Schwanz, sabberte, schüttelte die langen Flauschohren mit einem flatternden Geräusch, das wie das Flügelschlagen von Ringeltauben klang, und sprang davon, um in den Stangenbohnen nach Fasanen zu suchen.

»Er ist gut im Wasser«, sagte Reg, gab einen scharfen Pfiff von sich und ließ uns durch das Gartentor aufs Feld. »Aber die Cocker sind zu klein, sie halten nur einen halben Tag durch. Man darf sie nicht zu sehr drannehmen. Dann sind sie erschöpft und stehen da und zittern.«

Wir gingen den Weg hinunter und bogen hinter der dicken Hecke mit den wuchernden Brombeersträuchern links ab zum Bach im Weidengrund, vorbei an der sumpfigen Stelle mit den Riedgrasbüscheln, wo man manchmal eine Schnepfe fand, und Hubert, der alle Witterungen aufnahm, folgte schließlich bei Fuß. Nachdem wir die Bahnunterführung passiert hatten, sahen wir in der Schlehenhecke von Angels Acker ein Goldammerhähnchen, leuchtend wie ein Sittich, das sein Revierliedchen sang: Ein kleines bißchen Brot und kein bißchen Käs'.

Der Außengraben der mittelalterlichen Waldumfriedung mit dem breiten Erdwall (auf dem gestutzte Eichen wuchsen) umschloß eine rechteckige Senke voller Brennesseln, in der einst die Hütte des Waldhüters gestanden hatte, wie Reg erklärte, und die uralten Ebereschen, die hier überall verstreut wuchsen, waren früher immer gepflanzt worden, um den bösen Blick zu bannen.

Wir liefen den Reitweg durch die Eschenschonung mit dem kniehohen, blauen Gewölk der Glockenblumen, wir kontrollierten ein leeres Fasanengehege und zwei hölzerne Futtertrichter mit Gerste, wir inspizierten einen Draht, der zwischen zwei Ulmenwurzeln gespannt war und an dem Reg die gefangenen oder geschossenen Wiesel, Hermeline, Grauhörnchen, Maulwürfe, Eichelhäher, Elstern und Krähen zu befestigen pflegte, und wir wanderten weiter durch den Haselhain, dessen Grund, dicht mit Bärenlauch bewachsen, einen leichten Zwiebelduft ausströmte und wo Schmetterlinge, vertieft in ihre Hochzeitsflüge, Fangen spielten und Spiralen drehten.

Wir verweilten an Regs Lieblingsort, einem Wäldchen aus riesigen Eichen – manche mit abgestorbenen Kronen –, unter denen wir im Winter auf die Ringeltauben lauerten, die sich hier zum Schlafen einfanden (sie landeten auf den kahlen Eichenästen, sprangen dann mit ausgebreiteten Flügeln auf die Zweige der jungen Sitka-Fichten in der angrenzenden Schonung über und watschelten von dort ins warme, schützende Dickicht, um mit einem letzten, schläfrigen Gurren ihre Nachtruhe zu beginnen). In der Dämmerung sammelten sich dann die Saatkrähen, denen sich im letzten Tageslicht paarweise die Rabenkrähen zugesellten, und schließlich, kurz vor Einbruch der Dunkelheit, angekündigt durch ihr tausendstimmiges Gemecker, Scharen von Dohlen, die in den letzten Strahlen der versinkenden Sonne durcheinanderwirbelten wie Rußflocken über einem Lagerfeuer.

Auf einer Lichtung inmitten eines Weißbuchenbestands besuchten wir das große Fasanengehege (wo ein kurzsichtiges Waldelefantenbaby mit seinem Rüssel wie mit einem Staubsauger Gerste aufsaugte) und gelangten dann zur höchsten Erhebung des Waldes, zu den vierzig Meter hohen Douglastannen, wo der Waldboden fast kahl war und auch mittags Dämmerung herrschte. Reg Way hatte etwas zwischen den Stämmen gesehen, er nahm die Pfeife aus dem Mund, klopfte sie sachte an der Hosennaht aus und schob sie, das Mundstück voran, in die Brusttasche. Hubert drückte sich an seine Stiefel.

»Redmond«, flüsterte mir Reg ins Ohr, »sei so leise, wie du kannst. Tritt nicht auf die Tannenzapfen. Du weißt, daß hier die wilden Pygmäen hausen – sie schießen mit vergifteten Pfeilen. Aber das hier ist schlimmer, viel schlimmer.«

Ganz langsam hob er das Gewehr an die rechte Schulter, steckte die Lederprothese seines Unterarms in die Stahlklammer, sein Haken ragte in die Luft, die Handfläche war an den Schaft gepreßt, der Daumen ruhte am Abzugsbügel.

»Nimm den Lauf mit Würgebohrung«, sagte er, »mit weiter Streuung. Denk dran, es ist der hintere Abzug. Du nimmst den Mann, der rechts ist. Aber geh nicht zu nahe heran. Sie haben Kalaschnikows.«

Ich konnte sie gerade so erkennen, zwanzig oder dreißig, die unter den Fichten in Deckung lagen. Ihre Gesichter unter den Turbanen waren in der Mitte schwarz, nach außen hin geisterhaft weiß.

»Das sind Wilddiebe aus dem Sudan«, sagte Reg Way in seinem sanften Wiltshire-Dialekt.

Hubert jaulte auf, und dann kehrte das Fieber zurück.

8

Am nächsten Morgen erwachte ich geheilt, strotzend vor geistiger Energie, geradezu euphorisch. Ich nahm eine kalte Dusche (eine warme war sowieso nicht im Angebot), ohne den unruhig schnarchenden Lary zu wecken, zog meine schweißnassen Sachen an und war gerade dabei, unsere Frühstücksananas auf den Badezimmerfliesen in Scheiben zu schneiden, als das typische Grunzen einer zwölfzitzigen Muttersau abbrach und wenig später Lary erschien, sich auf den Wannenrand setzte, die Ellbogen auf die Knie gestützt und den Kopf in die Hände. Er sah ungeheuer müde aus.

»Mir ist absolut klar«, begann er, den Blick auf mich gerichtet, »daß man wegen der albernsten Sachen Streit anfängt, wenn man unter Streß steht, daß man sich wegen einer Flasche Ketchup prügelt, sich wegen einer Zahnbürste gegenseitig umbringt – aber mußt du das hier tatsächlich tun? Müssen wir diese Ananas wirklich direkt von diesem verschissenen Badezimmerfußboden essen? Gibt dein Budget nicht einmal mehr einen Pappteller her?«

»Alles, was du willst«, erwiderte ich. »Wedgwood, Ming, du hast die Wahl. Ich bin wieder gesund. Hast du mir die restlichen Pillen gegeben?«

»Natürlich hab ich das! Ich hab den Wecker gestellt, obwohl es nicht nötig war. Wie hätte ich auch schlafen sollen? Die ganze Nacht hast du mit den Zähnen geklappert und gedampft wie ein Wasserkessel.«

»Ich kann mich nicht erinnern. Ich weiß kaum noch was.«

»Ich habe mir gesagt: Nun gut, mit 65prozentiger Wahrscheinlichkeit wird er sterben. Ich werde zur US-Botschaft gehen und mir dort einen Leichenbeutel geben lassen. Das ist die schlimmste Nacht meines Lebens, mit Abstand. Panik ist ein schlechter Ratgeber, Shaffer, also schlaf eine Runde. Aber du hast im Bett rotiert wie eine Töpferscheibe, hast fürchterlich gestöhnt und mit den

Zähnen geklappert, daß deine sämtlichen Füllungen rausgeflogen sein müssen. Das war okay. Das konnte ich ertragen. Doch dann hast du dich überhaupt nicht mehr gerührt. Es war so still, daß ich das Licht angemacht habe. Mein Gott! Du lagst da mit offenen Augen auf dem Rücken, der Schweiß strömte nur so über dein Gesicht, und du hast *gelächelt*. Ich spreche dich also an, ich wedle mit der Hand vor deinen Augen – keine Reaktion. Ich kriege eine Heidenangst. Dann fängst du an zu brabbeln, mit einer unheimlichen Stimme, die so leise ist, daß man sie kaum hört. Du glaubst, hier wären Vögel im Zimmer und Bienen auf Rollschuhen – etwas in der Art. Später fängst du zu schreien an: ›Da sind gefährliche Pygmäen! Wir müssen sie suchen!‹ Dann packt es dich wieder. Du wirst still und starrst fortwährend den Schrank an. Mir wird so gruselig, daß ich tatsächlich aus dem Bett steige und in dem verdammten Ding nachschaue. Ich denke, das war's dann wohl, er hat den Verstand verloren, nur keine Panik, das ist die *malaria tropica*, sie hat die Hirnhaut erfaßt. Ich schreie: ›Du legst dich hier hin und stirbst vor meiner Nase, ohne daß wir überhaupt etwas gesehen haben. Wie kannst du nur in dieser Flohkiste krepieren? Wo ist denn da der Sinn?‹ Da setzt du dich auf und winkelst die Arme an. Ich denke: Jetzt legt er das Gewehr an. Doch dann fällst du wieder um und brüllst und hältst dir den Bauch, strampelst mit den Beinen und schreist nach deiner Mutter.«

»Nach meiner Mutter? Sei nicht albern.«

»Doch. Es war schrecklich. Gegen Morgen bist du dann ganz klar geworden. Du hattest wieder eine normale Stimme und wolltest wissen, warum junge Soldaten, wenn ihnen die Arme weggeschossen werden oder sie einen Bauchschuß kriegen, immer nach ihrer Mutter schreien. ›Mama! Mama!‹ schreien sie, und kurz bevor sie sterben: ›Mammi! Mammi!‹«

Wir schwiegen beide, und schließlich sagte er: »Weißt du, ich habe meine Mutter auch geliebt. Es gab nur eine einzige Sache, die sie falsch gemacht hat, meiner Meinung nach. Ich konnte sie beim besten Willen nicht davon abbringen, und es passierte immer dann, wenn sie genug Geld beisammen hatte.«

»Was hat sie gemacht?«

»Sie hat mir Klamotten geschickt, die ich nicht mal zur Kaninchenjagd anziehen würde.«

Nach dem Frühstück (das ich nicht essen konnte) erschien Marcellin, und wir nahmen ein Taxi zum großen Markt, um Vorräte zu kaufen. Im Geschiebe der schmalen Gänge zwischen den kleinen Holzbuden, die mit Planen oder Wellblech gedeckt waren und Stoffballen und Gummisandalen, Ziegenhäute und fliegenbedecktes Fleisch, Kondensmilchbüchsen und Coca-Cola und Fanta und Primus, Ananas, Papayas, Orangen und Säcke mit Maniokmehl, Zink- und Plastikeimer und Emailleschüsseln und fliegenübersäten Räucherfisch verkauften, vergaß Lary seine Erschöpfung. Er stand hingerissen, wie gebannt vor einer Bude mit Eisenwaren und bestaunte Hämmer, Nägel, Schrauben, Scheren, Drahtstücke und Metallklumpen von unbestimmtem Zweck.

Der Verkäufer saß im Schneidersitz auf dem Verkaufstisch unter einem prächtigen Baldachin und sagte: »Ich bin ein Araber aus dem Tschad. Sie, Herr, welche Rasse sind Sie? Welche Rasse? Welche Rasse?«

»Was für ein Schwachsinn!« sagte Lary. »Sie verkaufen *allgemein verwendbare* Fahrradgangschaltungen; sie verkaufen *Allzweck*-Speichen!«

Ein beinamputierter Mann in einem niedrigen Dreirad mit Gepäckanhänger schob sich an uns vorbei, indem er die Hebel an beiden Seiten des Gefährts hin und her stieß. In seinem Anhänger befand sich eine Ladung Speiseöl in Plastikflaschen.

Lary folgte ihm und sagte: »Das ist ein Armhebel-Rollstuhl mit Anhänger. Das Ganze ist aus Motorrad-, Kinderwagen- und Fahrradteilen konstruiert. *Das ist ein geniales Stück Ingenieurkunst!*«

Und so, mit einem glückstrahlenden Lary, der gerade einen seiner persönlichen Nobelpreise dem Entdecker der Formel für Lariam verliehen hatte und einen zweiten dem Erfinder des Armhebel-Rollstuhls, kauften wir säckeweise Reis (weil er flußaufwärts in Impfondo doppelt so teuer sein würde, sagte Marcellin), Maniokmehl (bessere Qualität in Brazzaville), zwei 25-Liter-Plastikkanister mit billigem Rotwein und fünf Flaschen Red Label (für die Häuptlinge, sagte er – und für die Vizepräsidenten der Volksparteikomitees in den entlegenen Dörfern), 25 Stangen Zigaretten (für die Pygmäen), Büchsen mit Sardinen, braunem Zucker, Trockenmilch, Tee und Kaffee (weil es das in Impfondo vielleicht nicht gab), Pakete mit Salz, geraspelten Dörrzwiebeln und Suppenwürfeln mit Hühnergeschmack (offenbar vor allem, um den Geschmack der Gambischen Buschhamsterratte zu kaschieren), große rote Seifenstücke (für die Kleidung) und kleine weiße Seifenstücke (für die Achselhöhlen), Messer, Gabeln, Löffel, Aluminiumteller, Macheten, Einwegfeuerzeuge und einen kleinen, blauen Camping-Gasherd mit Klappfüßen (weil Marcellin ihn unwiderstehlich fand).

»Marcellin«, sagte ich, als meine Euphorie geschwunden war und mich beim Ausladen der Beute Schwäche und Schwindel packten. »Ich hatte einen Malaria-Anfall.«

»Natürlich hattest du einen Malaria-Anfall!« sagte Marcellin ohne die geringste Rührung, während er den Ofen tief in einem Reissack versteckte. »Wir sind in Afrika. Du wirst noch mehr Anfälle kriegen. Ihr beide. Wir alle.«

»Aber wir haben kein Lariam mehr«, sagte Lary.

Marcellin knotete den Sack zu, fühlte ihn nach verräterischen Metallkanten ab und wendete sich befriedigt zum Gehen. »Ich komme morgen früh, sechs Uhr. Ihr müßt dann fertig sein. Wenn wir den Dampfer verpassen, bedeutet das mindestens zwei Wochen Wartezeit. Und mein Gehalt zählt ab morgen, Redmond, was immer auch passiert. Okay? Verstanden?«

»Verstanden«, sagte ich und blieb auf dem Manioksack sitzen.

In der Tür fügte Marcellin noch hinzu: »Der Dampfer hält in Mossaka, wo der Sangha in den Kongo mündet. Dort grassiert die Schlafkrankheit, wie man weiß. Wir haben einfach kein Geld, um die Tsetsefliege auszurotten. Aber ich habe einen Agenten in Mossaka, der mit Krokodilhäuten handelt. Wenn er noch am Leben ist, werden wir ihn besuchen. Mit dem letzten Dampfer hat er mir geschrieben. In Mossaka herrscht eine Choleraepidemie. Viele sind schon tot. Vielleicht erwischt es uns auch, und dann sehe ich meine Tochter, Vanessa Sweet Grace, nie wieder, nur weil ich dreißig Pfund pro Tag verdienen wollte.«

Er knallte die Außentür hinter sich zu.

Um fünf Uhr morgens hatte Lary die Vorräte ausgepackt, umverteilt und wieder eingepackt. Um sechs erschienen Marcellin und Nicholas mit der Nachricht, daß sie am Hafen gewesen und eine Kreideaufschrift gefunden hatten: Der Dampfer habe sich verspätet und werde wahrscheinlich erst nächste Woche eintreffen. Zwei Tage später und sehr zu Larys Überraschung (»Wir warten hier nur noch auf den Tod«) erschien dann Nicholas früh am Morgen, um uns zum Hafen zu bringen. Der Dampfer hatte am Vorabend die Leinen geworfen.

Unter dem grauen Himmel und der drückenden Hitze des Morgens strömten die Leute aus dem hohen Stahlgittertor des Hafengebäudes über die Fußwege und die breite Straße hinweg zum Warenhaus auf der anderen Seite. Frauen, die flußaufwärts reisen wollten, standen und redeten, gestikulierten, lachten, schrien, versuchten ihre Kinder zu bändigen und bewachten ihren neuerworbenen Besitz aus Plastikstühlen und Campingtischen, alten eisernen Bettgestellen, Weidenkörben, Kochtöpfen, Herden, Schaumgummimatratzen, Wellblechen. Marcellin war nirgends zu sehen.

Wir stellten die Rucksäcke und die Packtaschen auf dem Asphalt ab. Ein Berliet-Mannschaftsfahrzeug stoppte neben uns mit pfeifenden Luftdruckbremsen. Die Soldaten in ihren schwarzen Kampfanzügen sprangen ab, als ginge es zum Fronteinsatz. Nicholas holte zwei Träger (in roten Overalls mit roten, geflochtenen Tragereifen auf dem Kopf), belud jeden mit drei Taschen – eine für den Kopf, eine für jede Hand –, und wir blieben dicht hinter den Soldaten, vor denen sich die Menge, wie von einer unsichtbaren Schockwelle beiseite getrieben, teilte und den Weg zum Stahltor freimachte.

»Das war die einzige Möglichkeit«, sagte Nicholas, sichtlich stolz auf sich, und legte einen Packen auf unserem olivfarbenen Gepäckberg ab. »Es ist verboten, die Soldaten zu berühren.«

Um uns herum formierte sich die Warteschlange neu. Der Wachmann am Tor, der die Soldaten eingelassen hatte, schloß das Tor bis auf einen schmalen Durchschlupf und sicherte die Ketten, die in Kopf- und Knöchelhöhe angebracht waren, mit Vorhängeschlössern.

»Er ist mein älterer Bruder«, sagte Nicholas.

»Er ist mein kleiner Hosenscheißer, die Fliege in meinem Palmwein, der Hundedreck auf meinem Frühstücksbrot« (oder etwas in der Art), sagte der Wachmann auf Batéké. Sie lachten und schrien durch das Gitter und übertönten in ihrer alten, halb privaten Sprache den Lärm der Menge.

»Ist dir schon aufgefallen«, sagte Lary zu mir, »daß wir hier die einzigen Ausländer sind?«

Nicholas wandte sich zu uns um: »Redmond, mein Bruder sagt, daß er euch durchlassen wird zur Kontrolle der Papiere bei der Sicherheit. Und jetzt muß ich gehen. Es ist sehr traurig. Ihr seid die sympathischsten Leute, die ich je in meinem Taxi hatte!« (Er drückte uns.) »Ihr seid zu meiner Feticheuse gegangen.« (Er senkte die Stimme.) »Ihr müßt immer an ihren Rat denken. Es gibt *böse* Menschen im Norden, seht euch vor. Und ab jetzt« – er fuhr mit dem Finger über die Kehle – »vergeßt alles, was ihr über das Ungeheuer im Lac Télé gehört habt.« Er machte einen Diener, duckte sich seitwärts weg und verschwand in der Menge.

»Mir gefällt das nicht«, sagte Lary. »Mir gefällt das ganz und gar nicht. Wo steckt denn Marcellin?«

»Keine Ahnung.«

»Er nimmt Abschied von diesem Mädchen. Oder vielleicht – war es ein Fehler, ihm das ganze Geld im voraus zu geben. Vielleicht brennt er damit durch und läßt uns hier sitzen?«

»Paß du auf das Gepäck auf.«

»Wie soll ich das machen?«

»Setz dich drauf.«

Nicholas' Bruder ließ mich durch die Lücke steigen, schüttelte mir die Hand, schlug mir lachend auf den Rücken und wies mich in das dämmerige Innere. Am rechten Ende der lagerhausgroßen Halle drängte sich eine Menschenmenge vor einem Metallgitter.

Eine Gestalt löste sich aus dem Schatten und zupfte mich am Ärmel. Ein schmächtiger junger Mann in Jeans und weißem T-Shirt stand neben mir. »William Ipemba«, sagte er, »Geheimagent.«

»Angenehm«, sagte ich perplex.

»Angenehm«, erwiderte William Ipemba. »Brauchen Sie Hilfe?«

»Ich glaube, ja.«

Er nahm mich beim Arm und zog mich in das Gedränge der ängstlich und unterwürfig dreinblickenden Männer und Frauen, die alle ihre Papiere in der Hand hielten.

»Vielleicht sollten wir uns anstellen und warten, bis wir dran sind«, sagte ich.

»Das ist keine Schlange«, sagte William Ipemba und zerrte mich bis ans Gitter. Dahinter saßen mehrere Uniformierte an einem langen Tisch und prüften Papiere, Tickets, Ausweise und Gepäcklisten, wobei sie sich schwitzend und schreiend mit ihren Bittstellern vor dem Gitter verständigten.

William Ipemba nahm mir das Dampferticket und den Paß ab, steckte beides ineinander und schleuderte es mit geübtem Schwung unter dem Gitter hindurch über den Tisch, wo es herumliegende Papiere beiseite fegte und schließlich im Schoß des Beamten am anderen Ende landete.

Der Beamte war mittleren Alters und sah übermüdet aus (er hatte schlecht geschlafen – wahrscheinlich kannte er gar keinen guten Schlaf). Er hielt die Brille in der einen Hand und rieb sich die Augen mit der anderen, dann setzte er die Brille wieder auf und blickte verärgert herüber. Wir schoben uns am Gitter entlang, bis wir ihm gegenüberstanden.

Er musterte erst mich, dann meinen Paß und sagte voller Abscheu: »Sie sind ein großes Problem.«

»Ich weiß«, sagte ich und versuchte zu lächeln. »Das war ich schon immer. Mein ganzes Leben lang.«

»Das ist nicht witzig«, sagte er, reckte sich nach hinten und gab meinen Paß einem Laufjungen, der damit hinter einer Tür zur Rechten verschwand.

»Nein!« rief ich, und mein Lächeln blieb starr im Gesicht stehen. »Sicherheit!«

Ein Wachmann öffnete eine schmale Gitterpforte und winkte uns herein. »Der Ausländer zum Chef der Hafenpolizei«, sagte er. »Ipemba, William – du wartest hier.« Er führte mich in einen Nebenraum und klopfte zweimal an eine schwarze Tür.

»Herein!« antwortete eine Stimme, die wenig einladend klang.

Der Wachmann schob mich hinein und schloß die Tür hinter mir.

Der Chef der volkseigenen Hafenpolizei sah breit und untersetzt aus und trug ein leichtes Maschinengewehr. Vor ihm auf dem Schreibtisch lag mein aufgeschlagener Paß. Das enge, kahle Büro war von einem einzigen Gitterfenster hoch oben in der Rückwand erleuchtet.

»Sie haben nichts«, sagte er. »Nichts als ein Einreisevisum.«

Ich beugte mich vor, nahm meinen Paß, blätterte zwei Seiten weiter, wo das Dokument des Ministeriums für Wissenschaft und Forschung sorgfältig eingeklebt war, und legte ihm den Paß wieder hin. »Sehen Sie, hier ist meine Reisegenehmigung für Ihr Land. Ich genieße die volle Unterstützung des Ministeriums für Wissenschaft und Forschung. Jean Ngatsiebe persönlich hat dies unterzeichnet.«

Der Chef der volkseigenen Hafenpolizei stand auf. Ich mußte meinen anfänglichen Eindruck korrigieren. Er war noch immer breit und trug ein leichtes Maschinengewehr, aber nur seine obere Hälfte war untersetzt. Seine Beine brachten ihn auf eine Länge von über einem Meter achtzig. Er riß sich das Maschinengewehr herunter, entsicherte es mit einem hohlen, metallischen Doppelklicken und ließ es auf seine Papiere niederkrachen, den kurzen Lauf auf mich gerichtet. Ich machte einen Schritt zurück. Er riß die Bescheinigung aus meinem Paß heraus, ging am Schreibtisch vorbei auf mich zu und hielt mir den Zettel unter das Kinn. Er lag flach auf seiner linken Hand. Der Rücken seiner rechten Hand knallte heftig auf das Papier nieder; ich machte einen Satz rückwärts.

»Ngatsiebe?« brüllte er und folgte mir, so daß sein Gesicht zehn Zentimeter vor meinem war. »Wer ist Ngatsiebe?«

Sein Atem roch nach Kaffee. Ich dachte: Vielleicht hat er eine Koffeinvergiftung.

»Jean Ngatsiebe ist der Kabinettssekretär des Ministeriums für Wissenschaft und Forschung.«

»Ministerium für nichts und wieder nichts! Ministerium für nichts, was von Wichtigkeit wäre! Das hier ist ein Stück Klopapier!« (Er rieb das Formular zwischen den Fingern.) »Und es ist nicht einmal gutes Klopapier!« (Er atmete tief durch.) »Diesmal hast du Glück, Freundchen, denn ich bin nur ein Polizist. Aber bald kriegst du es mit der *Armee* zu tun. Verschwinde jetzt – und komm mit einem ordentlichen Visum zurück.« (Er blickte auf seine goldene Uhr.) »Du hast fünf Stunden Zeit, und es dauert zehn Tage – mindestens!«

Er setzte sich hin, schob das Maschinengewehr an den Rand des Schreibtisches, gab mir den Paß und die Bescheinigung zurück, zog einen Eingangskorb mit Ausweisen zu sich heran und hielt inne. Dann schaute er auf. »Warum sind Sie hier? Was machen Sie hier?«

»Ich bin im Begriff zu gehen.«

»Nein, nein. Warum sind Sie wirklich im Kongo? Öl? Holz? Diamanten? Oder sind Sie zum Beispiel« – er lächelte – »nur zum Schein so ahnungslos? Vielleicht arbeiten Sie für den CIA? Für die Amerikaner? Vielleicht sind Sie ein bezahlter Agent der Regierung von Zaire?«

Ich erklärte ihm, was wir wollten, und während ich das tat, bemerkte ich, daß ich schwach und taumelig war, daß ich drei Tage nichts gegessen hatte, daß das Licht vom hohen Gitterfenster ein senkrecht gestreiftes Trapez auf die rechte Wand projizierte, daß ein Moskito in der Mitte des dritten hellen Streifens von links saß, daß der Schatten seiner gebogenen Beine, der aufgerichteten Fühler und des erigierten Stechrüssels zu absurden Ausmaßen verzerrt war – und daß alles hoffnungslos war.

»Gorillas?« sagte der Chef der volkseigenen Hafenpolizei erbost. »Vögel? Vögel?« Und wedelte amtlich mit der Hand.

»Wir müssen zum Einwanderungsbüro«, sagte William Ipemba. »Aber ich warne Sie: Unsere Regierung ist nicht an Besuchern interessiert. Es wird nicht leicht.«

Ich gab ihm 10 000 CFA. William Ipemba verlor augenblicklich seinen schleppenden Gang und zerrte mich mit verschwitzter, rücksichtsloser Hingabe durch das Geschiebe von Arm- und Rückenmuskeln, prallen Brüsten und Hinterbacken. Draußen saß Lary noch immer auf dem Gepäck, umgeben von einer Zweierreihe kleiner Jungen, die ihn wortlos anstarrten. Die Menge der ankommenden Leute quirlte an mir vorbei, Lary schrie mir mit aufgeregtem Blick zu: »Redso! Ich brauch dich hier! Wenn jemand eine Tasche klaut ...« Doch seine Schlußfolgerung wurde vom Lärm verschluckt.

Das Einwanderungsbüro war ein zweistöckiges Gebäude neben dem weißen, marmorgekachelten Rathaus, das an einem Platz gegenüber den Kasernen von Brazzaville stand. Als das Taxi wegfuhr, zog William Ipemba eine kleine Plastikhülle aus der Gesäßtasche seiner Jeans. »In einem Taxi dürfen Sie niemals reden«, sagte er. »Aber es ist nicht wahr.«

»Was ist nicht wahr?«

»Ich bin nicht wirklich ein Geheimagent. Aber ich möchte ein Geheimagent werden.«

»Ist in Ordnung«, sagte ich. »Ich verrate es niemandem. Ich werde Sie nicht enttarnen.«

Er entfaltete den einzigen Inhalt der Plastikhülle – eine zerknitterte Anzeige aus einer amerikanischen Illustrierten: »Geheimagentenschule Texas ... 90 Prozent unserer Absolventen haben einen Vollzeitjob gefunden ... 50 einfache Lektionen per Post ... qualifizierte Dozenten ... Ausbildung in allen professionellen Überwachungstechniken ... auch Sie können ... senden Sie einfach $1000,– an ...«

»Vielleicht sollten Sie nicht alles glauben«, sagte ich, so sanft ich konnte. »Wollen Sie nicht hierbleiben? Haben Sie hier nicht mehr Chancen?«

»Aber ich spare schon seit drei Jahren«, sagte er und vergrub seine Hoffnung mit zitternden Fingern wieder in der Tasche. »In diesem Land nehmen sie nur die besten Studenten – von der Universität. Man braucht die höchsten Abschlüsse. Es ist sogar schwerer, als zur Armee zu kommen. Das ist der beste Job, den es gibt.« Sein Gang wurde wieder schleppend, als wir in das Einwanderungsbüro eintraten, ein Haus voller Betonmauern und -fußböden, voller wartender Leute und schmaler Gänge, die nur von gelegentlichen, ziegelgroßen Mauerdurchbrüchen belüftet wurden. »Sie haben ja keine Ahnung«, sagte er über die Schulter. »Wenn man befördert wird, kann man Geld nach Hause schicken, man kann sich eine offizielle Frau leisten und später vielleicht zwei, die man wirklich will.«

Wir schoben uns bis zu einem Schalter im größten der engen

Räume vor. Auf der Seite der Ohnmacht, der unseren also, war die Wand blankgescheuert wie Ibrahim Mahamats hölzerne Fetische aus dem 19. Jahrhundert.

»Es ist aussichtslos für Sie«, sagte das junge Mädchen, das mich mit einem ungläubigen Lachen musterte, »absolut aussichtslos.« William Ipemba, den sie offenbar kannte, redete auf sie ein, bis sie eine Ecke von ihrem amtlichen Notizblock abriß und kritzelte: »Hiermit wird bestätigt, daß William Ipemba mit einem Klienten hiergewesen ist. Anita.«

Wir fuhren im Taxi zum Hafen zurück. Die Menschenmenge war inzwischen noch größer geworden, die Tore waren weiter als bisher geöffnet und ließen einen Spalt für zwei Personen. In beide Richtungen strömten die Menschen schneller; Larys hellblaues Jeanshemd war, wie ich im Vorbeigetriebenwerden bemerken konnte, jetzt dunkel vor Schweiß; sein Schrei ging im Gewühl unter.

»Was soll denn *das*?« Der Chef der Hafenpolizei verpaßte dem Stück Papier auf seiner Linken einen Handkantenschlag, so daß der Wisch, zu einem V gefaltet, zu Boden segelte, und stellte seinen Stiefel darauf. »Raus! Du brauchst ein Visum! Dauert zehn Tage! Du hast noch vier Stunden Zeit! Eine Stunde vergeudet! Mindestens zehn Tage! Raus! Raus!«

Draußen war Marcellin eingetroffen, und seine respektgebietende Erscheinung hatte für eine Insel der Ruhe gesorgt, in deren Mitte Lary auf seinem Gepäckberg saß, umbrandet von der in alle Richtungen strömenden Menschenmenge. William Ipemba stand voller Ehrfucht vor Marcellin und erläuterte ihm unsere Schwierigkeiten.

»Redmond!« schrie Marcellin mit schriller Stimme. »Was zum Teufel habt ihr all die Tage getrieben?«

»Ich dachte, die Bescheinigung vom Ministerium würde ausreichen«, sagte ich wie ein Schuljunge. »Ich hab 1000 Pfund dafür bezahlt.«

»Mehr als genug«, ergänzte Lary schwitzend.

»Idioten!« brüllte Marcellin. »Idioten!«

Seine Wut hatte etwas Beruhigendes. Marcellin nahm Anteil, und er würde sich für uns in Bewegung setzen. Ich bekam plötzlich einen gewaltigen Hunger.

»William Ipemba«, befahl Marcellin, »du bleibst hier. Du hilfst Dr. Shaffer dabei, jedes Ausrüstungsstück der offiziellen Regierungsexpedition im Auge zu behalten.«

Ich dachte an Eier, Schinken, Pommes frites und Bohnen, ich dachte an ein englisches Bahnhofssandwich, sogar an eine Portion Maniok.

»Jetzt ist keine Zeit zum Essen«, sagte Marcellin. Wir irrten wieder durch die Betonkorridore des Einwanderungsbüros. Er verschwand in Zimmern, an denen ›privat‹ stand, versprühte Charme in alle Richtungen, sein Lachen klang beinahe echt, er kannte jeden. Glattrasiert, im weißen Baumwollhemd, mit gebügelten Jeans und blendendweißen Joggingschuhen wirkte er tatsächlich wie ein Befehlshaber. Ich stand dumm herum und wartete, an die Wände gelehnt, in den Fluren, wo der Schweißgeruch so dick in der Luft stand, daß jeder Atemzug mir gehaltvoll erschien wie ein Löffel Rinderbrühe mit Zwiebeln. Und ich gratulierte mir erneut zu meiner Wahl: Wer Leute von echtem Schrot und Korn sucht, muß solche nehmen, die schon einmal einen Dinosaurier gesehen haben.

»Ich habe diesem Taxifahrer versprochen, daß du den doppelten Preis bezahlst«, sagte Marcellin, als wir durch die Stadt jagten, »weil er uns mit doppelter Geschwindigkeit fahren wird.« Ich klammerte mich an den Angstgriff über der Tür. Im Les Bougainvillées holten wir unsere Hotelrechnung und mein Rückflugticket; wieder am Hafen, zwangen wir Lary, seine Brusttasche aufzuknöpfen und Paß, Impfscheine und Rückflugticket herauszugeben (dem Ticket gab er einen verzweifelten Abschiedskuß). Im Stadtzentrum fanden wir einen Kopierladen (dessen Besitzer darauf bestand, jedes Stück Papier mit einer Nagelschere zu beschneiden), und in derselben Straße gegenüber ein Fotoatelier, das sich damit brüstete, eine der zwei Paßfoto-Kameras von Brazzaville zu besitzen, doch da die Kamera just an diesem Morgen gestohlen worden war, fuhren wir zur Konkurrenz, die in einem Schuppen in Poto-Poto residierte; und im Armenviertel hinter der Bahnlinie, in irgendeinem Hofbau, an dem nichts auf seine jetzige Bestimmung hinwies (es mochte einmal ein Schweinestall gewesen sein), fanden wir im vierten Betonkoben zur Rechten (wo so manche Sau geferkelt haben mochte) eine uralte Frau an einem winzigen Tischchen sitzen, und in der Mitte des Tischchens lag ein Heft mit den Stempelmarken für die Visa der Langzeitbesucher der Volksrepublik Kongo.

Wir fuhren zurück zum Einwanderungsbüro, und zum ersten Mal schaute einer der Beamten von seinem Schreibtisch auf und schenkte mir ein Lächeln; doch wo war das Paßfoto von Shaffer, Lawrence? Marcellin nahm ein Taxi zum Hafen – um seinem Bruder die Bewachung des Gepäcks zu übertragen und Lary vor die einzig verfügbare Paßfoto-Kamera in Poto-Poto zu zerren. Ich schickte William Ipemba mit dem Auftrag los, einen Kasten Bier zu besorgen. Alles lächelte. Der Beamte zückte einen roten, metallenen Datumsstempel. Ich sah den Stempel eine Weile lang über meinen Papieren innehalten, dann sauste er nieder: Klonk! Dann ein großer, breiter Holzstempel: Bums! und ein kleiner, runder Holzstempel mit einem etwas helleren Bums. Wir öffneten die Flaschen, und Lary erschien. »Redso«, keuchte er. »Mein Rückflugticket ...«

Der Chef der volkseigenen Hafenpolizei lächelte nicht, aber er entsicherte auch nicht sein leichtes Maschinengewehr. Er stand auf und wandte sich an Marcellin: »Sie haben Fähigkeiten«, sagte er und studierte Marcellins Gesicht mit einer Gründlichkeit, als müßte er es sich für immer einprägen. »So etwas ist mir noch nicht untergekommen ...« Es war 59 Minuten nach elf. Das Schiff sollte um zwölf Uhr ablegen.

9

Marcellin und sein Bruder Manou (vielleicht Anfang zwanzig, schmächtig, schüchtern, mit einem breitkrempigen, braunen Buschhut), Lary und ich, wir schleppten die Taschen und Rucksäcke in Etappen durch das Tor, durch die Halle, den abschüssigen Betonstreifen zum Kai hinab, über die schmalen Holzplanken bis zu den Eisenpontons des Docks, an dem das Schiff vertäut war.

»Was machen diese Leute hier?« fragte Lary, als wir uns einen Weg durch die Familien bahnten, die dabei waren, sich auf den rostzerfressenen Pontons häuslich einzurichten, Schaumgummimatratzen entrollten, Koffer und Plastikbeutel stapelten und ihre Reviere absteckten. Lary blieb stehen, noch immer betäubt vom Gedränge, der Hitze oder dem Lärm, in jeder Hand eine Tasche, und sammelte Schwung, um mit seinen großen Stiefeln einen Berg von Kochtöpfen zu übersteigen. »Worauf warten die hier?«

»Worauf die hier warten?« erwiderte Marcellin. »Die fahren mit uns stromaufwärts.«

»Wie denn das? Womit denn?«

»Auf diesen Schleppkähnen hier. Was denkst du denn? Das sind arme Leute. Händler, Dorfbewohner, Passagiere dritter Klasse. Sie schlafen zwei oder sogar drei Wochen unter freiem Himmel. Einige werden sterben. Da gibt es immer ein paar Kinder, die sich im Schlaf wälzen, in die Lücken fallen und im Fluß ertrinken. Es sind ja auch dreitausend Leute, wenn nicht noch mehr.«

»Keine Geländer«, murmelte Lary, »nicht einmal an den Rändern.«

»Passagiere zweiter Klasse wohnen dort«, sagte Marcellin und ging voran, seinen dunkelblauen Packen auf dem Rücken. Er wies mit einer wegwerfenden Geste auf ein flaches, zweistöckiges Hausboot, von dem ich geglaubt hatte, es gehöre nicht dazu. Es war aber ebenfalls mit den Lastkähnen vertäut, die schon eine

Stadt für sich bildeten und die ganze Fahrt, wie mir jetzt dämmerte, mitmachen würden. Ich betrachtete das Hausboot mit seinen langen Reihen dunkelbrauner Kabinentüren und weißer Strebepfeiler zur Abstützung der Veranden. Dabei übersah ich eine Stahltrosse, die in Knöchelhöhe gespannt war, und stolperte vornüber, ließ die beiden Taschen los und fiel meinem Vordermann in den Rücken, an dessen Jackett, das vielleicht einmal zu einem dunklen Anzug gehört hatte, ich mich unwillkürlich festklammerte. Er machte eine heftige Wendung, stieß mit den Ellbogen um sich und ballte die Fäuste. Ich richtete mich auf – und blickte in die zornigen Augen eines alten Mannes. Eine Hautkrankheit oder irgendein genetisches Mißgeschick verunzierte seine Wangen mit Hautsäcken, die unter seinen Bewegungen hin und her wackelten; sein Hals war gerunzelt wie der eines Truthahns. Ich wich zurück, zu erschrocken, um etwas zu sagen, griff meine beiden Taschen und eilte Marcellins hüpfendem, dunkelblauem Packen nach.

»Zweiter Klasse«, sagte Marcellin, als ich ihn eingeholt hatte. »Vier oder sechs Mann pro Kabine. Dort wird der kleine Manou untergebracht. Während wir, Redmond, wie die Könige reisen werden, wie echte Häuptlinge, wie die *Bosse*. – Ich hab dich das Beste buchen lassen, du weißt schon: erste Klasse. In den Tickets sind drei Mahlzeiten pro Tag enthalten, in einem *Speisesalon*. Wir müssen unser Essen nicht bei den Frauen auf den Booten kaufen oder bei den Fischern vom Fluß. Und es sind nur zwei Betten in jeder Kabine. Es ging ja auch nicht anders. Wenn du mit dieser Ausrüstung reisen willst, brauchst du eine Kabine, die man abschließen kann.«

Wir erreichten den Dampfer, die Impfondo (so stand es in großen roten Lettern unter der Brücke). Marcellin blieb vor dem Treppenschacht stehen und schaute mich über die Schulter hinweg an. »Übrigens wirst du dir mit Lary eine Kabine teilen. Wenn ich riesiges Glück habe, bleibt in der anderen das zweite Bett frei. Vielleicht kann da ein Mädchen einziehen, das ich mir – wie würdest du sagen?« (er wechselte ins Englische) – »vom Zwischendeck hole.«

Zwei Treppen hoch auf der Steuerbordseite öffnete uns der Proviantmeister (klein, nervös, verschlagen, ein Mann mittleren Alters, der, wie ich mir sagte, einiges zu verbergen hatte) die zweite und die dritte Kabine in einer Reihe von fünfen, überreichte uns die Schlüssel und stieg die Kajütstreppe hinab in sein eigentliches Reich. Jede Kabine enthielt zwei schmale Betten, einen Wandschrank und ein winziges Waschbecken.

»Großartig!« sagte ich. »Das nenne ich Luxus.«

»Wenn du meinst«, erwiderte Lary.

»Erste Klasse«, bestätigte Marcellin.

Der schüchterne Manou lächelte versonnen unter seinem großen Hut und fuhr mit dem Finger über den Rand des Waschbeckens. Mit Lary stapelte ich das Gepäck in und neben dem Wandschrank, dann schloß ich die Tür ab, und wir alle gingen nach vorn unter die Brücke.

Wir lehnten uns über die Reling und beobachteten, was sich in der Stadt auf den Lastkähnen unter uns so tat. Mütter badeten ihre Babys in Plastikeimern, stampften Maniokblätter, mischten Foufou aus Maniokbrei, zerschlugen Palmkerne zu Palmöl. Direkt unter uns flickte ein alter Mann ein Fischernetz. Die Knoten knüpfte er mit der rechten Hand, und den Oberfaden spannte er zwischen dem linken Zeigefinger und der rechten großen Zehe. Noch immer strömten Leute herbei, die Bündel auf dem Kopf trugen, und da die besten Plätze schon besetzt waren, stiegen sie hinab in die Laderäume der zwei Lastkähne.

Nach Steuerbord, auf dem Strom, der eine Fläche von der Größe des indischen Subkontinents bewässert, trieben Inseln von Riedgras und Hyazinthen vorbei, die aus dem Landesinneren kamen und von den Franzosen ›portugiesische Abgaben‹ genannt wurden; eine gewaltige Prozession von Pflanzen auf dem Weg zu den Stromschnellen und ins Meer. Nach einem Blick durch das Fernglas verwandelte sich ein umgedrehter schwarzweißer Stuhl mit durchhängender Sitzfläche in eine ertrunkene Ziege, deren Beine steif in die Luft ragten und deren scheckiger Bauch sich in der Hitze blähte.

In 24 Kilometern Entfernung, am anderen Ufer des Malebo-Sees, sahen wir im Dunst des verhangenen Himmels die Türme von Kinshasa, einer Stadt der Unordnung, wie Marcellin uns erklärte, der Korruption und der bewaffneten Banden (die meisten von ihnen, so sagte er, Soldaten und Polizisten), Hauptstadt eines Landes, dessen Kupfer und Kobalt unter umsichtiger Verwaltung jeden seiner Bürger hätte reich machen können, wenn dieser Reichtum nicht vom größten Gangster des Landes, Sohn eines Hotelkochs, erzogen von kapitalistischen Missionaren, gestohlen worden wäre, nämlich vom selbstherrlichen Mobuto Sese Seko Koko Ngbendu Wa Za Banga, dem ›allgewaltigen Soldaten, der zäh und unerbittlich von Triumph zu Triumph eilt und eine Feuerspur hinterläßt‹. Dieser Mann, der sich auch der Steuermann, der Erlöser, der Messias nannte, so sagte Marcellin, hatte unter dem Schutz der Christen aus Nordamerika sein Volk um fünf Milliarden Dollar geprellt. Für einen kurzen Moment fühlte ich mich moralisch überlegen, weil ich auf der kommunistischen Seite des Flusses stand.

Wir gingen mit Marcellin und Manou an Land (die schmierigen Stufen hinab über die schlüpfrigen Eisenkähne, vor uns das gewaltige Panorama der Stadt und ihrer Umgebung, hinter uns die 450 Quadratkilometer des Malebo-Sees, der in der grauen Hitze vor sich hin brütete wie vor einem Gewitter). In einem Café am Ende der Docks tranken wir Bier und Fischsuppe und aßen Brot mit Würstchen (mehrere Portionen). Als wir zurückschlenderten, bemerkte Lary drei Männer, die sich durch die Menge arbeiteten – über ihre linken Arme hingen lange, durchsichtige Plastikstreifen mit bunten Pillen, orange, blau und rot, an ihren Gürteln baumelte eine Schere am Bindfaden, und fast jede Frau schien so viele bunte Pillen zu kaufen, wie sie bezahlen konnte.

»Diese Männer verdienen ein Vermögen«, sagte Marcellin. »Sie kommen aus Zaire. Im Kongo ist es verboten, auf diese Weise Antibiotika zu verkaufen, man muß in eine staatliche Apotheke gehen. Aber die Polizei hat resigniert. Es ist aussichtslos. Jede Mutter will diese Pillen für ihre Kinder – gegen jede Krankheit und in jeder Dosierung. Das sind unwissende Menschen. Benutzungshinweise gibt es sowieso nicht und auch keine pharmakologischen Untersuchungen. Hergestellt werden die Pillen in Zaire. Vielleicht bestehen sie nur aus Palmöl in bunter Gelatine, vielleicht sind es echte

Antibiotika. Wer soll das wissen? Die Zairer, sie schaden uns, wo sie nur können.«

Marcellin entdeckte Louise in der Menge und verschwand mit ihr hinter einem Lagerschuppen, um sich zu verabschieden. Manou wollte nicht zurückstehen und gab vor, ebenfalls eine Freundin gesehen zu haben. Mit halb entschlossenen Schritten hielt er auf einen Bierausschank zu.

»Tuberkulose«, sagte Lary, als wir uns schwitzend durch das Tor schoben. »Funktioniert prima. Die resistenten Bazillenstämme brauchen immer nur kleine Dosen von all den verschiedenen Antibiotika. Das bringt sie nicht um, macht sie aber stärker.«

In unserer streng und muffig riechenden Kabine war es so heiß, daß wir nach Atem ringen mußten. Lary versuchte, die Klimaanlage in Gang zu setzen. »Ist kaputt«, stellte er begeistert fest und holte auch schon sein Leatherman-Klappwerkzeug aus der Gürteltasche.

Mit dem Kreuzschlitz-Schraubenzieher entfernte er die Abdeckung aus imitiertem Holz, mit drei verschiedenen Normalschraubenziehern zerlegte er einige wichtig aussehende Teile in kleine Stücke; mit seinen Schraubenschlüsseln führte er schwerwiegende Operationen tief im Inneren des Mechanismus aus; vielleicht benutzte er sogar eine Feile, doch soweit ich beurteilen konnte, verzichtete er auf den Einsatz von Linealen, Messern und Büchsenöffnern.

»Das Ding war auf ›Aus‹ gestellt«, sagte er mit der professionellen Lautstärke eines Klempners.

Als das Gerät wieder zusammengebaut war, knieten wir davor nieder, und Lary drehte am Knopf. Das Gerät summte vielversprechend, dann begann es zu zittern, und schließlich knallte es wie eine Haubitze, klapperte es wie ein Schrottplatz und heulte es wie ein Düsenjäger im Anflug. Ein matter Hauch warmer Luft, der intensiv nach Fisch roch, sickerte aus dem linken Ventilatorsieb.

»Ich hab's geschafft!« schrie Lary.

»Allerdings«, sagte ich, die Finger in die Ohren gestopft.

Lary schaltete das Gerät wieder ab. »Irgendwas ist faul an diesem Ding«, sagte er vorwurfsvoll.

»Wenn du meinst«, besänftigte ich ihn und legte mich aufs Bett. »Aber die Betten sind in Ordnung.«

»Ich hab darüber gelesen«, sagte Lary, der seinen Leatherman einsteckte wie einen Dolch. »An Orten wie diesem soll man seine Matratze umdrehen. Dann müssen die Läuse von vorne anfangen und brauchen eine Weile, bis sie über den Rand gekrabbelt sind.«

»Tu's nicht!« rief ich, aber es war zu spät.

Lary hob die rechte Ecke seiner Matratze aus dem Bettkasten, dann hörte man das Kratzen von Fingernägeln auf Holz und roch den beißenden Gestank eines vollgemisteten Hühnerstalls. Schaben groß wie Spitzmäuse ergossen sich über den Rand des Bettkastens, fielen zu Boden, rappelten sich auf und hasteten in alle Richtungen davon.

»Da sind Hunderte drin«, sagte Lary, ließ die Matratze fallen und zerquetschte eine Schabe mit seinem rechten Stiefel.

»Es ist am besten, du läßt sie in Ruhe«, sagte ich. »Sie haben Stinkdrüsen am Rücken. Sie stinken nur, wenn man sie stört. Außerdem sind sie unausrottbar. Nicht mal radioaktive Strahlung macht ihnen was aus. Wenn die Bombe kommt, werden sie erst richtig munter.«

»Ja, ja, und sie sind älter als Mokélé-mbembé, ich weiß. Fossile Schaben wie diese hier« – er hielt eine zwischen Daumen und Zeigefinger in die Höhe – »kommen in den Karbonschichten massenhaft vor. 300 Millionen Jahre alt, 75 Millionen Jahre, bevor die Dinosaurier auftauchten. Aber das heißt noch nicht, daß ich sie in meinem Bett haben will.«

Die Fühler und die sechs dürren Beine der Schabe hingen schlapp herunter; sie war dunkelbraun, hatte aber zwei hübsche orangegelbe Querstreifen, einen am Kopf und einen am Oberkörper. »Wenn ich dieses Biest mit nach Plattsburgh nehmen würde«, sagte Lary und schaute der Schabe tief ins Facettenauge, »könnte ich Eintritt verlangen.« Er ließ sie zu Boden fallen, breitete seine Zeltplane über das Bett und legte sich behutsam nieder.

»Mad Frank Buckland, der Mann, der alle damit schockierte, daß er Krokodilfleisch aß ...«, begann ich.

»Zu Recht«, sagte Lary.

»Buckland hat in seinen ›Kuriositäten der Naturgeschichte‹ (1857) geschrieben, daß ein Gentleman, der per Schiff von Indien heimreiste, sehr von Schaben belästigt wurde. ›Sie kamen in der Nacht, wenn er schlief, und fraßen die zarte Haut an der Wurzel seiner Fingernägel.‹«

Lary sagte: »Dieser Mann, gegen den du vorhin gestoßen bist ...«

»Ja?«

»Er hatte mich schon den ganzen Tag beschäftigt.«

»Wieso?«

»Er stand direkt neben mir. Die verrückteste Mißgeburt, die ich je gesehen hab.«

»Und?«

»All die kleinen Jungs, die mich und das Gepäck umringt haben ...«

»Was ist mit ihnen?«

»Sie haben immer nur *mich* angestarrt.«

Er knipste seine Lampe aus. Die Nacht war voller Geräusche. Den Hintergrund bildete das Stampfen des Schiffsgenerators, dazu kamen das vereinte Gejaule miteinander konkurrierender Kassettenrekorder, Geschrei und Gelächter.

»Denk dran«, sagte ich und drehte mich zur Wand. »Wenn du mit diesem Kissen schläfst, schläfst du mit jedem, der jemals mit diesem Kissen geschlafen hat.«

Es war still in der Kabine. Dann hörte man ein Rascheln, ein Knistern, ein Glattstreichen. Lary legte seine Zeltplane neu aus.

»Kontrolle!« brüllte ein Soldat, lief an den Kabinen entlang und knallte mit dem Kolben seiner Kalaschnikow gegen die Türen. »Kontrolle!«

In der grauen Morgendämmerung schoben wir uns zusammen mit den anderen drei- oder viertausend Reisenden der Impfondo und ihrer Anhängsel an Land. »Sie durchsuchen das leere Schiff und all den Krempel auf den Lastkähnen«, erklärte Marcellin dicht neben mir, »nach Verbrechern und Spionen und Staatsfeinden« – er senkte die Stimme –, »mit anderen Worten, nach jungen Männern mit viel Mut und wenig Geld.«

Wir reihten uns in die Schlange ein, die über die Gangway verlief, zeigten den Soldaten unsere Papiere, stiegen die Betonschräge am Kai hinauf, durchquerten die Halle – und tranken Kaffee und Fischsuppe und Primus und aßen Brot im Café am Ende des Docks und warteten. Marcellins Frau, jung, hübsch und schwanger, die zweieinhalbjährige Vanessa Sweet Grace im Arm, erschien zu seiner Verabschiedung. Das Kind patschte mit seinen dicken Fingerchen auf Marcellins Hemdbrust herum und brachte plappernd seine Bewunderung zum Ausdruck. Ich ging mit Lary zum Kai hinab, und wir setzten uns unter einen großen Kapokbaum, dessen schlanke, schmale Krone an die 40 Meter hochragte. Im Rücken hatten wir die silbrig-schuppige Rinde, zur Seite eine Wurzelstrebe für jeden und zu unseren Füßen eine noch unverwertete, zertretene Colabüchse.

»Ich habe in der Nacht ein Gedicht gemacht«, sagte ich. »Auf französisch.«

»Das werde ich nun wohl zu hören bekommen«, erwiderte Lary.

»J'ai mangé du fou-fou
Et, j'ai eu
Le palu
C'est tout.«

(Ich habe Maniokmehl gegessen und die Malaria gekriegt. Das ist alles.)

»Aha«, sagte Lary ohne besondere Begeisterung. »Ich glaube, da fehlt noch ein bißchen F und E.«

»F und E?«

»Forschung und Entwicklung – ein paar mehr Details, weißt du?«

»So wie es ist, ist es perfekt«, sagte ich beleidigt. »Es ist formvollendet.«

»Formvollendet also«, erwiderte Lary.

Große rote Ameisen waren aus dem Nichts aufgetaucht und liefen über den Rand der Colabüchse.

»Du hättest das Fernglas in der Kabine lassen sollen«, sagte Lary. »Das ist ganz offensichtlich militärische Ausrüstung. Du siehst aus wie ein Spion.«

»Aber wir könnten einen Vogel sehen.«

»Hier gibt es keine Vögel.«

Drei Stunden später war alles wieder an Bord. Zwei Schlepper an langen Leinen und ein großer Schlepper, die Sounda, der direkt in Höhe unserer Kabinen vertäut war, jagten zur gleichen Zeit die Diesel hoch, volle Kraft voraus. Die schwimmende Stadt erbebte, der dampfhammerartige Lärm betäubte das Gehirn. Ich stand mit Lary auf dem Oberdeck, ans Geländer gelehnt, und sah die braune Wasserfläche zurückweichen, dann anschwellen, dann weiß werden. Die Fahrt begann.

10

Draußen auf dem Malebo-See gab der Kapitän Befehl zum Drosseln der Maschinen. Ich stand mit Lary und Marcellin unter der Brücke, und wir schauten zu, wie eine Flottille von zehn kleinen, weißen Schleppern sich vom Ufer löste, eine Reihe bildete, an den Lastkähnen zu unserer Seite festmachte und die Maschinen abschaltete. Das seien Holzschlepper, erklärte uns Marcellin, die sich den Strom hinauf mitnehmen ließen, um Flöße aus Edelhölzern, zumeist der beiden Mahagonisorten Limba und Okume, nach Brazzaville zu transportieren. Eigentlich sei es schwierig, in den Sümpfen ganz und gar unmöglich, die Kongowälder auszubeuten, und wegen der Stromschnellen müsse das Holz sehr kostspielig per Bahn zur Küste befördert werden. Doch die Arbeit auf den Booten sei ein wunderbarer Job. Regelmäßige und gute Bezahlung – und eine Frau an jedem Übernachtungsort.

Ein Stück weiter stromauf warteten an schilfbewachsenen Sandbänken graue Holzboote mit hohem, spitzem Bug und breitem, flachem Heck. Manche hatten gebrechliche Sonnendächer, und alle besaßen einen Außenbordmotor; Marcellin bezeichnete sie als *baleinières* – Walfangboote. Sie schoben sich in die freien Lücken zwischen den Lastkähnen und würden ebenfalls mit uns stromaufwärts reisen, um in den Dörfern ländliche Produkte aufzukaufen – Maniok, Räucherfisch, Orangen, Mandarinen, körbeweise Zitronen – und dann, mit den Außenbordmotoren Kurs haltend, nach Brazzaville zurückzutreiben.

Nachdem wir die Sandbänke hinter uns gelassen hatten, fuhren wir in die Passage nördlich der M'Bamu-Insel ein, die den Ostzipfel des Malebo-Sees in zwei Hälften teilt. Die gerundeten Ausläufer der Batéké-Hochebene rückten so nahe heran, daß wir das Savannengestrüpp mit einzelnen Büschen und trockenem Gras erkennen konnten. Wir fuhren an den weißen Sandsteinfelsen vorbei, die Frank Pocock aus Heimweh nach seinem Dorf in Kent ›Die

Klippen von Dover‹ getauft hatte, und mit der vollen Kraft aller Maschinen schoben wir uns langsam die rasche Strömung des *Couloir* hinauf, einer 200 Kilometer langen und etwa 1,5 Kilometer breiten Schlucht, die vor vielleicht 65 Millionen Jahren von den abfließenden Wassermassen des Kongobeckens ausgewaschen worden war.

Der Proviantmeister tauchte hinter uns auf und schlug mit einem Messer gegen eine leere Primusflasche.

»Essenszeit!« sagte Marcellin.

Der kleine, halbrunde Speisesalon lag direkt hinter der Kombüse, und wir hätten auf das Oberdeck geblickt, wenn nicht alle Fenster mit braunen Gardinen verhängt gewesen wären. Es roch nach altem Braten und nach Schaben. Unsere privilegierten Mitreisenden hatten schon Platz genommen: eine weiße Nonne in blauer Schwesterntracht mit einem Kruzifix um den Hals, ein straffer junger Mann in einem braunen afrikanischen Baumwollanzug (ohne Kragen) und ein Mittvierziger mit Hängebacken und einem dicken Bauch, der in eine lange weiße Robe gewickelt und von einer quastenverzierten Kordel umschnürt war. Wir schoben unsere Metallstühle zu den frei gebliebenen Plätzen an dem Resopaltisch, setzten uns und machten einander bekannt. Der junge Mann war ein Angestellter der Schiffahrtsgesellschaft, der Dicke handelte mit Krokodilhäuten, und die Nonne kehrte von einem Besuch bei ihrer Familie in Spanien zurück. Dort in Galicien hatte sie viele Brüder, und ihre Eltern konnten nicht alle ernähren, also war sie Nonne geworden. Sie schrieb ihnen jede Woche und besuchte sie alle fünf Jahre mit wehem Herzen, und wenn es Gott gefiel, so würde sie für den Rest ihres Lebens im Missionsspital von Mossaka arbeiten.

Als der Proviantmeister die Teller mit Ochsenschwanz, die Schüssel mit Kartoffeln, den Krug mit wäßriger Sauce hereintrug, war die Konversation augenblicklich beendet. Im Land der Tsetsefliege, der Überträgerin der Schlafkrankheit und der Viehseuche Nagana, war Ochsenschwanz mit Knochen offenbar eine Delikatesse, die alle Sinne beanspruchte und nach Stille verlangte.

Wieder draußen, zwei Decks tiefer, folgten wir Marcellin, der sich, von der üppigen Fleischmahlzeit befeuert, ernsthaft auf die Jagd nach einer Maitresse begeben hatte. Wir drückten uns an neuerrichteten Verkaufsständen vorbei, wo Kerzen, Sardinenbüchsen, Batterien, Taschenlampen, Topfkratzer, Kugelschreiber, Briefumschläge, alle möglichen Pillen, T-Shirts, Gummisandalen, Zigaretten, gebrauchte Tonbandkassetten und Zwiebeln in Plastikeimern feilgeboten wurden. Wir behielten Marcellins weißes Hemd im Auge, als er am Bug hinter einer Ansammlung von Männern entlanglief, die auf einen Schlag Fischsuppe oder einen Maniokkringel warteten (von zwei riesigen Frauen und je einer etwas kleineren Assistentin verkauft). Lary blieb nur kurz stehen, um ihre Öfen zu begutachten (alte Ölfässer mit einem Feuerloch unten und einem Drahtgitter knapp unter dem oberen Rand), und als wir wieder aufschauten, war Marcellin verschwunden. Also setzten wir uns auf eine Kiste am Rand des ersten Lastkahns und warteten.

Jeder Einschnitt in die langsam vorbeitreibenden Hügel war von einem Wasserlauf durchflossen, der einen mageren Streifen Galeriewald ernährte, und an der Mündung in den Strom suchten die Hütten eines Fischerdorfes Schutz unter Bäumen mit weitausladenden, waagerechten Ästen, die aussahen wie libanesische Zedern, unter riesigen Kapokbäumen, unter Ölpalmen und Fächerpalmen. Durch das Fernglas sahen wir manchmal Frauen an den unteren Hängen, die zwischen den büscheligen Maniokstauden ihrer Pflanzungen arbeiteten, und vor uns in der Strömung standen ihre Männer in den Einbäumen und paddelten auf die schwimmende Stadt zu. Sie klammerten sich an die Fender der Holzschlepper, an die Dollborde der Walboote, an ein Seil, das vom Unterdeck des Dampfers herabhing, und die ganz Leichtsinnigen machten an einem anderen Einbaum fest, der, von Mannschaft und Fracht bereits befreit, hüpfend und schlenkernd in den Wellen tanzte.

Kaum waren die Männer an Bord, begann auch schon das Feilschen mit den Händlern auf dem Dampfer und den Lastkähnen. Die Fischer reichten oder warfen oder schleppten Berge von Räucherfisch an Bord, geschwärzte karpfenartige Fische, die zwischen ovale Korbdeckel geklemmt waren (über deren Bestimmung wir schon im Hafen von Brazzaville gerätselt hatten), große frische

Welse mit ihren Barteln, Zinkwannen voller kleiner weißer Fische, die Breitlingen ähnelten. Die Ware verschwand im Handumdrehen in einer schubsenden, schreienden, gestikulierenden Menschenmenge. Erholsamer war der Anblick der jungen Mutter, neben deren Lagerplatz wir saßen. Ihr Haar verlief in festen Zöpfchen von der Stirn nach hinten, wo es zusammengebunden war, ihre Brüste wippten lose in einer blauen Baumwollbluse, ihr Wickelkleid (gelbe Ritter jagen gelbe Angreifer über einen schwarzen Untergrund) erstreckte sich von der zarten Taille bis zu den muskulösen Knöcheln. Sie ließ eine Trockenmilchbüchse an der Schnur zwischen den zwei Lastkähnen ins Wasser, zog sie herauf und füllte nach und nach einen weißen Emailleeimer mit braunem Flußwasser. Sie zog ihrem schüchternen kleinen Mädchen das gelbe Kleidchen über den Kopf, griff ein Stück weiße Seife, wusch es von oben bis unten und rieb es mit einem roten Tuch trocken. Dann goß sie etwas Palmöl aus einem blauen Plastikkanister in die hohle Hand und massierte es langsam in die Haut des kleinen Mädchens ein, wobei sie sorgfältig auf jede Falte und auch auf die Haut zwischen den Zehen achtete. Zufrieden entzündete sie ihren Kocher aus einem alten Farbeimer und setzte in einem Tiegel Trinkwasser zum Abkochen auf. Das ölglänzende kleine Mädchen, mit nichts bekleidet als mit einem Blechreif um das winzige linke Handgelenk, ließ sich mitten in die Pfütze aus Waschwasser plumpsen und malte mit dem rechten Zeigefinger in der Geheimschrift der Kleinkinder nasse Figuren auf das eiserne Deck.

Ich machte mich mit Lary auf den Rückweg, vorbei an den hitzestrahlenden Ölfaß-Öfen, an den hämmernden Dieselmotoren (der Maschinenraum war mit Maschendraht abgesperrt), dem Geruch von geröstetem Maniok und kochendem Fisch und dann, alles durchdringend, dem Gestank der Latrinen.

Auf dem Oberdeck waren die acht weißen Lehnstühle mit breiten Armstützen – Lary nannte sie Kolonialstühle – von jungen Männern in Baumwollhosen, weißen Hemden und Turnschuhen im Kreis aufgestellt worden. Sie saßen vorgebeugt, hielten Karten in der linken Hand und zockten wie die Gangster beim Lärm eines voll aufgedrehten Kassettenrekorders, dessen ausgeleierte Bänder die Rhythmen zairischer Popsongs zerdehnten. Ein einsamer Schwarzmilan stand über dem Heck und durchforschte das Kielwasser nach Abfällen. Die spitz auslaufenden Schwingen kippten und glätteten sich in den widerstreitenden Strömungen der Heißluft des gleißenden Flusses, die von der noch heißeren, flimmernden Abluft aus den großen schwarzen Schornsteinen der Impfondo und der Sounda in Unruhe versetzt wurde. Der Schwarzmilan segelte elegant auf den Turbulenzen, stieß auf die Wasserfläche nieder, erhob sich wieder über das Schiff; sein Schwanz war gegabelt, wenn er ihn schlank machte, und dreieckig, wenn er ihn spreizte.

»Hallo, Darling«, rief Lary dem Vogel zu. »Kein Wunder, daß du so einsam bist. Was da hinten zurückbleibt, ist nichts als eine lange Spur von Scheiße. Tut mir leid, daß ich es dir sagen muß: Dies ist keine Wegwerfgesellschaft. Farbeimer, Colabüchsen, alte Fahrradspeichen, Maniokblätter, Lumpen, Fischgräten, all das kannst du nicht kriegen, denn es kommt in die Suppe. Es wird gebraucht für ...«

»Redmond!« rief die uns inzwischen schon vertraute schrille Stimme. »Wo bist du geblieben? Los, hol uns ein Bier!«

Marcellin hielt triumphierend ein junges Mädchen an der Hand, das Louise auffallend ähnlich sah – ein etwas verkleinertes Double. Sie trug ein dünnes weißes T-Shirt mit breiten schwarzen Querstreifen, und ihre kleinen Brüste (mit verblüffend langen Nippeln) drängten sich zwischen dem dritten und dem vierten Streifen hervor; unter dem Saum des T-Shirts und über dem Bund der engen Jeans ließ sich ein zarter Bauchnabel blicken. Sie hielt den Kopf gesenkt und schaute zu Lary auf.

»Bist du reich?« fragte sie.

Lary erwiderte verlegen: »Ich bin Lehrer.«

»Oh«, sagte sie mitleidig.

»Ist sie nicht winzig?« sagte Marcellin auf englisch und strahlte wie ein kleiner Junge. »Ich hab sie auf dem letzten Kahn gefunden, gleich ganz vorne. Sie hat nur ihre Mutter und ihren kleinen Bruder dabei. Ihr Vater ist in Dongo, das liegt oben am Oubangui. Sie sind sehr arm. Ich mag sie. Du auch? Und gefallen dir ihre Nippel?«

»Ihre Nippel gefallen mir sehr!«

»Gut«, sagte Marcellin entschlossen und wechselte wieder ins Französische, »dann kannst du uns ein Bier kaufen. Sie heißt Marie. Wir gehen zur Bar.«

»Zur Bar?«

»Natürlich gibt es eine Bar!«

Als wir uns die Treppe zum Unterdeck hinabarbeiteten, hörten wir einen langen Schrei, der von draußen kam. Wir drängten uns zur Reling durch: Sechs leere Einbäume waren fächerförmig an der Impfondo angebunden. Vorn wurden sie von einer einzigen Seilschlaufe zusammengehalten, hinten schaukelten sie frei in der Strömung. Ein überladener Einbaum versuchte gerade, am äußeren der angebundenen Boote festzumachen. Der Paddler am Bug, ein halbwüchsiger Junge in roten Nylonshorts, mit Hühnerbrust und eingesunkenen Schultern, hatte irgendwie das Paddel verloren. Mit einem Knie auf dem Boden hielt er sich an der Bordwand fest und angelte nach dem Paddel, das, schon außer Reichweite, in der Strömung davontrudelte. Das Kanu schaukelte, und der Mann am Heck paddelte aus Leibeskräften, um das Boot gegen das Kielwasser der Impfondo und gegen die Strömung voranzubringen; die Leute um uns herum brüllten Ratschläge, und in der Mitte des Bootes, hinter einem Haufen von Kram – Töpfen, Pfannen, Eimern, einem gelben Kissen, einem Netz, einer Schaumgummimatratze, einem Stapel Räucherfische –, saß eine alte Frau mit bloßem Oberkörper, die ein Baby an ihre runzligen Brüste drückte und laut schrie.

Das Heck des äußeren der angebundenen Boote schlug aus und streifte den Bug an der Stelle, wo der Junge hockte. Der, noch immer mit der Linken an die Bordwand geklammert, fiel ins Wasser, und der Einbaum kenterte. Der schlanke Bootsrumpf glitzerte in der Sonne; die Beilspuren, Hunderte Stunden geduldiger Arbeit, waren auf dem schwarzen Holz deutlich sichtbar.

Die Schaumgummimatratze, das Baby und die Großmutter, das gelbe Kissen und der Fischer tauchten auf, in dieser Reihenfolge. Das gekenterte Boot trudelte gegen die Hecks der anderen Einbäume, rammte den eisernen Bauch der Impfondo und wurde unter den Rumpf gedrückt. Die Großmutter, deren Lungen offenbar in

Höchstform waren, hielt das Baby mit dem Kopf über Wasser und schrie.

Zwei junge Männer, die sich in einem anderen Einbaum mit einer Ladung Fische näherten, unterbrachen ihr Andockmanöver, (verzichteten für weitere zwei oder drei Wochen auf ihr Geschäft) und zogen mit virtuosem Geschick die Großmutter, das Baby und den Fischer aus dem Wasser. Alles jubelte. Die Männer winkten, ließen ihr Boot in die Strömung treiben und hielten auf das andere Ufer zu.

Ich suchte mit dem Fernglas nach dem Jungen, der geschwind flußab trieb, ein ganzes Stück vor den Trümmern des Einbaums, der von den Schiffsschrauben zerfetzt worden war. Sein Paddel hatte er noch immer nicht erreicht. Ich dachte: Vielleicht ist er nicht ganz richtig im Kopf? Oder das Paddel war das letzte Geschenk seines gestorbenen Vaters? Oder er hatte es von einem Zauberer geliehen?

Als er am letzten Kanu vorbeigetrieben war, das ihn hätte retten können, begriff ich, daß er und das Paddel in derselben Strömung gefangen waren, in der schnellen Mittelströmung des *Couloir*. Weit hinten, mit bloßem Auge nicht mehr erkennbar, tauchte ein schwarzer Punkt im Schärfebereich auf und verschwand im gleißenden Licht der Wasserfläche, tauchte wieder auf und verschwand erneut.

»Er ist weg!« schrie ich. »Sagt dem Kapitän Bescheid! Er ist weg!«

Marcellin legte seinen freien Arm um meine Schultern und zog mich an sich wie ein verirrtes Kind. »Sei still«, sagte er. »Du bist der einzige, der es gesehen hat. Du und der Kapitän, ihr seid die einzigen, die ein Fernglas haben. Du bist ein Ausländer. Wer soll dir glauben? Die Story lautet: Alle, die über Bord gegangen sind, wurden von den Fischern aufgelesen. Klar?«

»Aber er ist weg! Ich habe seinen Kopf gesehen. Er ist verschwunden!«

»Jetzt reicht's aber«, sagte Marcellin scharf und löste seinen Griff. »Sei endlich ruhig. Man kann nichts tun. Das Schiff wird nicht wenden. Das ist gar nicht möglich. Es kann in dieser Strömung nicht wenden mit drei- oder viertausend Leuten auf den Kähnen. Es ist unmöglich!«

»Aber er ist ertrunken!«

»Dann ist er eben ertrunken«, sagte Marcellin und blickte über das Wasser zu einem Dorf am anderen Ufer. »Dies ist das bestregierte Land in Afrika. Unsere Menschen sind am besten ausgebildet. Es gibt keinen Krieg, keinen Hunger. Trotzdem sind wir in Afrika. Wo wir hingehen, wirst du den ganzen Tag Frauen heulen hören. Wenn du jedesmal so ein Theater machst, bloß weil jemand stirbt, wirst du nicht lange durchhalten, mein Freund. Du wirst nur meine Zeit verschwenden, und wir können unsere Aufgabe nicht erfüllen.«

»Das Rettungsboot!« sagte Lary.

»Es gibt kein Rettungsboot.«

»Warum nicht?« fragte Lary, und er fingerte nervös an seinem Schnurrbart.

»Wer soll das bezahlen? Woher soll das Geld kommen?«

»Die Regierung natürlich. Steuern.«

»Die Regierung!« Marcellin hob die muskulösen Schultern. »Steuern!« Er lächelte Lary an. »Wollen wir doch Marie nicht verärgern, okay? Auf zur Bar!«

11

Die Bar war eng und heiß. Eingerollte Schlafmatten, Kanister und Körbe, befestigt mit Stricken oder Stoffetzen, baumelten an den Eisenstreben. Ein Soldat saß zusammengesunken an einem der Resopaltische, den Kopf auf die Arme gelegt, sein Käppi lag am Ende einer sorgfältig aufgereihten Sammlung leerer Primusflaschen. Er war allein am Tisch – auch im Schlaf sind Soldaten offenbar gefährlich –, also setzten wir uns zu ihm. Marie umklammerte Marcellins Arm wie einen Rettungsring. Der junge Barmann brachte jedem von uns ein Primus und stellte auf Marcellins Anweisung den großen, chromglitzernden Kassettenrekorder über der Bar lauter.

»Jetzt wird getanzt«, sagte Marcellin.

»Moment mal«, sagte Lary. »Diese Großmutter – was zum Teufel hatte sie in dem Einbaum zu suchen? Noch dazu mit einem Baby! Warum sind die denn nicht zu Haus geblieben? Die Fischer – das kann ich verstehen, obwohl es Wahnsinn ist, auf diese Art Handel zu treiben und alle vierzehn Tage sein Leben zu riskieren. Aber eine Großmutter und ein Baby, das ist unverzeihlich.«

Marcellin nahm einen Schluck aus seiner Flasche und antwortete gelangweilt: »Wie soll sie denn sonst den Fluß hochkommen? Vielleicht ist der Vater von dem Baby in Liranga oder Mossaka oder Impfondo. Straßen gibt es nicht, nur den Fluß. In einer Piroge am Ufer entlang würde die Fahrt Monate dauern. Das kleine Flugzeug von Brazzaville nach Impfondo ist nur für Reiche. Außerdem hat die Fluggesellschaft kein Geld. Mal gibt es Treibstoff, und dann fliegt es, mal gibt es keinen, und dann fliegt es eben nicht.«

Marcellin stand auf, und Marie, die noch immer an seinem Arm hing, folgte ihm zu dem leeren Fleck, der als Tanzfläche diente, drückte den Rücken durch und schwenkte ihren kleinen Hintern im Takt der Musik.

»Los, such dir eine Frau«, schrie Marcellin in Larys Richtung. »Komm tanzen!«

»Das ist hier ein Höllenloch«, sagte Lary zu mir, stand auf und ließ sein Bier stehen. Ich bezahlte die Getränke und folgte ihm hinaus. »Kein Krieg, kein Hunger«, sagte Lary, als wir die klebrige Treppe hinaufstiegen. »Tut mir leid, mir geht dieser Junge nicht aus dem Kopf.«

Wir lehnten uns auf dem Oberdeck an die Reling und blickten zum rechten Ufer nach Zaire hinüber. Eine Straße wand sich durch die mit Gestrüpp bewachsenen Hügel und endete an einem Gebäudekomplex, der von zwei bienenkorbartigen Meilern überragt wurde. Ihr Rauch stieg senkrecht in die Höhe. Durch das Fernglas konnte ich die Flöße am Ufer erkennen, eine Reihe von Ladebäumen und die großen Sattelschlepper neben den aufgetürmten Baumstämmen und Brettern am Kai. »Das sieht nach Leistung aus«, sagte Lary. »Kohlenmeiler und Sägewerk in einem. Da gibt es wenigstens Arbeitsplätze. Heute werden Borneo und der Amazonas abgeholzt, morgen ist Afrika dran.«

Ein taubengroßer Eisvogel mit flaumigem Kopf und kräftigem schwarzem Schnabel flog dicht über dem Wasser am Heck vorbei zum anderen Ufer. Sein Flug wirkte schwerfällig und unausgeglichen, im Schiefergrau von Rücken, Flügeln und Schwanz blitzten weiße Punkte auf.

»Ein Rieseneisvogel!« sagte ich. »Unser erster afrikanischer Rieseneisvogel!«

»Schon gut«, sagte Lary, »aber ich halte mich lieber an die dort« – er zeigte auf zwei Heringsmöwen, die sich dem Schwarzmilan zugesellt hatten. »Die habe ich schon in England auf der Walney-Insel studiert. Jung und voller Pläne.«

»Was für Pläne?«

»Ich hatte meine eigene Filmgesellschaft gegründet, ›Biograph‹, und eine Menge naturhistorisches Material gefilmt. Ich hatte eine Bell and Howells, einen Cutter, und ich wußte, ich würde es schaffen. Ich wollte der zweite D. W. Griffith werden. Und damals war das gar nicht so abwegig. Während ich also auf den Ruf nach Hollywood wartete, hab ich mich mit diesen Möwen befaßt – ich wohnte mit meiner Frau Beth in einer primitiven Leuchtturmwärterhütte, ganz nahe bei einer gemischten Brutkolonie von 50 000 Paaren Heringsmöwen und Silbermöwen. Richtige Allesfresser. Sie stöbern auf Müllhalden, tauchen nach Fischen im Meer, folgen dem Pflug, rauben Gelege und Brut anderer Vögel und selbst die ihrer eigenen Verwandten. Und weil sie die Beute auswürgen, um ihre Partner im Nest zu füttern, und alles Unverdauliche von sich geben, lagen überall Abfall und Gewölle herum – Gräten, Muschelschalen, Seesterne, Hühnerknochen, Schneckenhäuser, Gummibänder, Silberfolie, Kondome. Doch hin und wieder waren um die Nester der Heringsmöwen große Panzer des Taschenkrebses *Cancer pagurus* aufgeschichtet. Wo hatten die Möwen diese Krebse gefunden? Abfall aus Fischerbooten? Sehr unwahrscheinlich. So hatten wir uns also ein Problem aufgehalst, das wir nicht lösen konnten.

Eines Tages dann machten wir mit Niko und Lies Tinbergen einen Wattspaziergang in der Nähe der Brutkolonie, und Lies bückte sich nach einem runden, flachen Stein, den sie über das Wasser segeln lassen wollte. Er lag unter einer dünnen Sandschicht. Nur, daß es kein Stein war, sondern ein Krebs.

Danach fanden wir überall im Watt diese flachen Wölbungen. Manche konnte man nur sehen, wenn man direkt davorstand, andere waren so groß, daß sie einen Schatten warfen und aus fünfzehn Metern Entfernung zu sehen waren. Viele waren schon von den Möwen geholt worden. Also baute ich mit Beth ein Floß aus Treibholz, auf dem Platz für ein kleines Zelt war, und wir verankerten es über einem krabbenreichen Strandabschnitt, der bei Ebbe mehrere Stunden lang trocken lag. Wir schwammen hinaus, wenn die Flut zurückging, holten die Plane aus einer Kiste, die wir auf das Floß geschraubt hatten, bauten uns ein Zelt und warteten in diesem Versteck. Nach ein paar Tagen kamen die Möwen und suchten direkt vor uns nach Taschenkrebsen. Manche liefen an der zurückweichenden Wasserlinie entlang, andere suchten im niedrigen Gleitflug den Strand ab, indem sie den Kopf hin- und herdrehten. Wenn eine Möwe einen Taschenkrebs aufgestöbert hatte, gab es ein Tauziehen – der Krebs vergrub seine Beine wie Baumwurzeln im festen Sand –, manchmal gaben die Silbermöwenweibchen auf, und selbst ein großes Männchen brauchte bisweilen fünf Minuten, um einen Krebs freizubekommen ...«

»Aber wenn du ein Taschenkrebs wärst – würdest du am Strand rumliegen und warten, daß eine Möwe dich zerhackt oder dir die Beine ausreißt?«

»Es hat ewig gedauert, bis ich die Erklärung hatte.« Er lehnte sich über die Reling und blickte ins Kielwasser des Dampfers. Dabei stützte er sich auf die Unterarme und drückte die Fingerspitzen beider Hände aneinander, als müßte er sich sammeln. »Erstens suchten und vermaßen wir die Krabbenpanzer in der Brutkolonie. Zweitens markierten wir ein 200 Meter breites Rechteck am Strand, dessen obere und untere Begrenzung die Wasserlinien bei Ebbe und Flut bildeten, und setzten gelbe Plastikbojen, die in jeweils 50 Metern Abstand an einem Betonblock vertäut waren. Damit konnten wir die Position jedes Taschenkrebses innerhalb des Rechtecks trigonometrisch ermitteln. Bei jeder Tagesebbe im Frühjahr und im Frühsommer suchten wir das Feld ab. Wir bestimmten die Position, das Geschlecht, die Größe der Tiere, markierten sie und legten sie wieder zurück.

Unsere erste Vermutung – je größer die bei Ebbe freigelegte Fläche, um so größer die Zahl der Krebse – erwies sich als irrig. Der springende Punkt war vielmehr die *Zeit*, wann die Flut einsetzte. An den meisten Tagen fanden wir nur wenige, aber in jedem Gezeitenzyklus gab es ein paar Tage, an denen der Strand von den flachen Wölbungen übersät war. Und zwar immer, wenn die Flut um vier Uhr morgens kam. Kannst du dir denken, warum? Irgendeine Vorstellung?«

»Natürlich nicht!« sagte ich, und mir war plötzlich, als wollte sich ein mittelgroßer Krebs (oder etwas Derartiges) unter dem Ochsenschwanz in meinem Magen vergraben.

»Nun – um das beantworten zu können, mußt du wissen, daß ausgewachsene Tiere den Winter im Meer verbringen, und zwar in einer Tiefe ab 35 Meter. Im Frühling kommen sie ans Ufer, suchen Schutz unter Steinen im flachen Wasser und werfen ihre Panzer ab. Das ermöglicht ihnen den jährlichen Wachstumsschub von fünf Millimetern. Bis zu 48 Stunden lang sind sie weich – es ist die einzige Chance für die Männchen, ihre Samenpäckchen in das Weibchen einzuführen. Von Oktober bis Ende Dezember wandern sie wieder in tieferes Wasser, manchmal zwölf Kilometer weit, und die Weibchen laichen dort ab: 460 000 bis drei Millionen Eier, die an ihren Schwimmfüßen kleben. Im Juli und August kehren die Weibchen wieder an den Strand zurück, dabei schlüpfen die Larven aus und bereichern das Küstenplankton. Jedenfalls wird nun alles klar: Die jüngsten Taschenkrebse sind das ganze Jahr an das Flachwasser gebunden, wo sie ausgeschlüpft sind, und halten sich unter den Steinen zwischen den Flutmarken auf. Die etwas größeren leben direkt hinter der Ebbemarke, und die noch größeren noch etwas weiter draußen. Die Männchen sind nach fünf Jahren geschlechtsreif, die Weibchen erst nach acht Jahren. Es gibt dort also viele, die aus Versehen stranden. Aber woher kommen die Spitzenwerte? Antwort: Einmal hab ich mir *wirklich* vorgestellt, ein Taschenkrebs zu sein, und ich erkannte, daß ich mich bei meinen Seitwärtsspaziergängen nur nachts sicher fühlen konnte. Wenn aber die Sonne aufging und die großen Fische erwachten, wurde es kreuzgefährlich, und ich mußte mich schleunigst im Sand verbuddeln. Und das war es. Das war die Lösung. Die Häufung von Taschenkrebsen im Watt kam immer dann vor, wenn die Flut und der Sonnenaufgang zusammenfielen.«

»Ein klassisches Stück tierischer Verhaltensforschung«, sagte ich und hielt mir den Bauch, weil mir fast so war, als wäre ich jetzt mit dem Ablaichen von 460 000 bis drei Millionen Eiern an der Reihe. »Aber jetzt muß ich erst mal in die Sümpfe.«

Alle drei weißgestrichenen Aborte waren verriegelt (eine Silbermöwe versuchte, mir den Magen herauszuzerren), aber in der linken Kabine war Bewegung. Der Hebel der Spülung wurde wiederholt betätigt, man hörte das hohle Rappeln eines leeren Spülkastens, die Tür ging auf, und heraus kam der fette Krokodilhauthändler, in Schweiß gebadet. Wir taten so, als würden wir uns nicht sehen, und ich trat über die Schwelle, verschloß die Tür, würgte bei dem Gestank, der mich umfing, spürte, daß ich mit dem Stiefel in einen Haufen trat, beschloß, nicht hinzusehen, griff nach dem Toilettenpapier in meiner Hosentasche, ließ die Hosen herunter, erhöhte den Berg, der sich im Klosettbecken türmte, klapperte mit der Spülung und öffnete schwitzend die Tür. Vor mir stand der Proviantmeister und lächelte. »Guten Tag«, sagte er. In der linken Hand hielt er einen großen blauen Plastikeimer. An der rechten Hand trug er einen schwarzen Gummihandschuh, an dessen Zeigefinger ein Loch klaffte.

An jenem Abend saßen wir zu viert – Marcellin, Marie, Lary und ich – unter dem Kreuz des Südens in den Kolonialstühlen und tranken Whisky aus Plastikbechern. Die Lichter des Dampfers spiegelten sich im Wasser, die Deckplatten vibrierten mit den Maschinen. Die beiden Suchscheinwerfer, steuerbords und backbords auf dem Dach der Brücke angebracht, erkundeten den Fluß und bestrichen wie zufällig das nahe Ufer, rissen hin und wieder eine Ansammlung von Hütten aus der Dunkelheit, ließen das gespensterhafte Weiß eines toten Baumes aufleuchten und suchten nach Wegmarken, jenen verwitterten Holzschildern auf Pfosten, die einmal zuverlässig die Fahrrinne gekennzeichnet hatten.

»Das war der Ochsenschwanz«, sagte Lary, als ich jedem ein paar Kodeinphosphat-Durchfalltabletten überreichte und einen kräftigen zweiten Schluck Johnny Walker zum Nachspülen ausschenkte. »Warum sollen wir auch das Hinterteil von irgendeinem Tier aus einer französischen Vorkriegskonservenbüchse essen, wenn dieses ganze Schiff nur so von frischen Fischen überquillt? Und wie der Proviantmeister grinst, wenn er das Zeug serviert! Ich verwette meinen Arsch, daß der so etwas niemals anrühren würde, selbst wenn er in der Wüste verhungern müßte. Niemals!«

»Fleisch wie dieses ist Luxus«, sagte Marcellin. »Es wird von der Schiffahrtsgesellschaft geliefert. Erster Klasse. Außerdem hat der Proviantmeister eine Familie. Er kauft so viel Fisch auf, wie er kann, lagert ihn, wo immer er kann, und verkauft ihn in Impfondo. Er braucht Geld. Er hat eine Familie.«

»Fast jeder hat eine Familie.«

»Nein, nein, mein Freund, nicht eure Art von Familie mit zwei Kindern, einem Auto, einem Hund und einem Haus voller Maschinen. Ich meine die afrikanische Familie, und die ist die Ursache aller unserer Probleme. Lary Shaffer – ich habe dich über Korruption reden hören. Du nennst es Korruption, aber das ist es nicht. Die wahre Erklärung ist die afrikanische Familie. Ich selbst habe eine Frau und zwei Kinder, genau wie ihr im Westen. Aber meine Mutter hat fünfzehn Kinder, sechs von meinem eigenen Vater und neun von Kossima, den sie nahm, als mein Vater sie in Impfondo zurückließ und nach Brazzaville ging. Ich bin der älteste Sohn, ich bin mit ihm gegangen. Ich habe schwer gebüffelt. Wir waren arm, wir hatten keinen elektrischen Strom. Die Schulaufgaben habe ich unter der Straßenlaterne gemacht – und wenn es geregnet hat, habe ich über mich und meine Bücher eine durchsichtige Folie gebreitet. Ich habe die Prüfungen für die Hochschulreife, das *brevet*, bestanden, als ich fünfzehn war, und zwar mit Bravour! Ich ging auf die beste Schule von Afrika, das Lycée Savorgnan de Brazza in Brazzaville, ich wurde von berühmten Franzosen unterrichtet, furchtbar strengen Männern, die sich um mich kümmerten und mir wirklich etwas beibrachten. Mein *baccalauréat* habe ich in Naturwissenschaften gemacht – und ich habe ein Stipendium für die Universität in Havanna gewonnen. Kuba! Ich habe es geschafft! Ich bin rausgekommen!«

»Ausgezeichnet!« rief Lary, der ihm diese Freude gut nachfühlen konnte. »Ganz ausgezeichnet!«

»Ein ganzes Jahr lang haben wir Spanisch gelernt, und zwar an der Habana-Vedado-Sprachenschule. Dann habe ich an der richtigen Universität ein Jahr Pharmakologie studiert und bin danach zur Biologie übergewechselt, wo ich mich auf die Wirbeltiere spezialisiert habe. Ich habe sogar ein Forschungsprojekt durchgeführt: ›Die Bewertung des Ernährungsstatus bei Vorschulkindern zur Verhütung von Ernährungsschäden‹. Mein Diplom habe ich in Tierbiologie erworben. Ich habe die Immobilisierung von Säugern unter dem Einfluß von Betäubungsmitteln studiert und ein veterinärmedizinisches Diplom erhalten – und ein Stipendium für Frankreich! Für das internationale Studienzentrum der höheren tropischen Landwirtschafts- und Forstwissenschaft, und ich schrieb eine wissenschaftliche Arbeit über die Anlage und Bewirtschaftung eines Wildreservats, eines Schutzgebietes. Und ich arbeite noch an meiner Dissertation für das Naturgeschichtliche Museum in Paris über die Biologie der Krokodile *Crocodylos cataphractus* und *Crocodylus niloticus*. Damit dürfte es doch ganz klar sein, daß ich es nicht verdiene, arm zu sein. Ich bin Wissenschaftler, ich bin hoch gebildet. Ich spreche französisch, spanisch und englisch. Trotzdem bin ich nach Hause zurückgekehrt. Und siehe da, ich bin ein bedeutender Mann geworden! Der Kopf der Familie! Dabei lege ich gar keinen Wert darauf, ein bedeutender Mann oder der Kopf der Familie zu sein. Aber das hilft mir gar nichts. Ich brauche nur diesen Job beim Ministerium für Forst und Gewässer, nur ein bißchen Geld zu verdienen und ein Haus zu mieten, schon kommen alle fünfzehn Kinder meiner Mutter und ihre Frauen und ihre angeheirateten Verwandten und alle von der neuen Familie meines Vaters und alle diese Cousins und Cousinen, um sich auf meine neuen Sessel zu setzen und meinen Kühlschrank leer zu fressen, bevor ich auch nur von der Arbeit nach Hause gekommen bin. Und dann heißt es Dr. Marcellin hier und Dr. Marcellin dort, und sieh dir mal die Löcher in meinen Schuhen an, ich brauch dringend neue Joggingschuhe, und wenn ich doch nur eine große Lederaktentasche aus dem Geschäft hätte, wo der amerikanische Botschafter einkauft, würde ich ganz bestimmt einen Bürojob kriegen, und so weiter – es ist wirklich unglaublich! Einer von denen wollte, daß ich ihm ein Taxi kaufe! Man stelle sich vor: ein Taxi! Also dachte ich mir: Warum soll ich mich abstrampeln und erfolgreich sein, wenn ich sowieso alles mit den anderen teilen muß? Aber mein Onkel, der eigentliche Kopf der Familie, der war der Schlimmste, es war wirklich nicht zu fassen!«

»Was hat er getan?« fragte ich und begann zu begreifen, wofür Mobuto all diese Milliarden brauchte. »Was wollte er?«

Marcellin ignorierte die Frage und wandte Marie seine ganze Aufmerksamkeit zu. »Ich hab sie alle ausgetrickst«, sagte er und legte die Hand auf ihre Armlehne.

»Aber sie haben doch recht«, sagte sie mit schmelzender Stimme. »Du *bist* ein bedeutender Mann.«

»Ich habe sie alle reingelegt. Ich bin in ein ganz kleines Haus mit drei winzigen Zimmern gezogen, und im ersten Zimmer, direkt an der Tür zum Vorgarten und zur Straße, habe ich ein flaches Becken angelegt, und in dieses flache Becken habe ich zwei Krokodile gesetzt.« Marie schluckte. »Sie hören nur auf mich. Und sie merken sofort, wenn du Angst hast. Sie sind absolut bösartig.«

»Aber deine Frau«, fragte Marie, »hören sie auf deine Frau?«

»Nein!« schrie Marcellin mit Inbrunst. »Sie hassen sie! Sie schnappen nach ihr!«

Marie lachte, ließ ihren leeren Whiskybecher fallen, zog die Beine auf den Stuhlsitz und umklammerte ihre Knie.

»Sie beißen, und sie schlagen mit den Schwänzen! Zur Fütterung muß sie auf Abstand gehen und die Fische hinüberwerfen! Außerdem ...« – er stand auf und nahm Marie auf die Arme, setzte sich wieder hin und plazierte sie seitwärts auf seinem Schoß – »... hat es etwas zu *bedeuten*, wenn sich ein Mann Krokodile hält.«

»Was hat es zu bedeuten?« fragte ich neugierig.

»Das wirst du schon noch herausfinden«, sagte Marcellin mit lasziver Stimme und drückte die rechte Hand auf Maries linke Brust. »Im Urwald gibt es ein Dorf, Makao. Dort wirst du es herausfinden. Und was dich betrifft, Marie, nach dir würden meine Krokodile nicht schnappen. Ich glaube, sie würden hier anfangen.« (Mit der linken Hand löste er ihre Sandale.) »Bei den Zehen. Zuerst würden sie an deinen Zehen knabbern – die sind immer zuerst dran.« (Marie seufzte.) »Sie haben überall Zähne, reihenweise Zähne, und jede Menge Zähne, die nachwachsen. Und die stoßen immer kräftig von unten ...«

»Wir sollten jetzt besser gehen«, sagte Lary scharf. Er sammelte die Plastikbecher auf, und wir stiegen über Schlafende hinweg die Kajütstreppe hinab zu unseren Kabinen.

Als wir in der stickigen Hitze unserer Kojen lagen, sagte Lary: »Ich glaube, ich habe mal wieder einen Traum. Neue Pläne, weißt du? Solche wie mit der Walney-Insel, dem Filmen, den Möwen und den Krabben, glücklich sein, Probleme lösen, D. W. Griffith und solche Sachen.«

»Was für Sachen?«

»Nun, wenn ich hier jemals wieder rauskomme, dann will ich Chris heiraten und uns einen Truck besorgen.«

»Einen Truck?«

»Aber ja! Einen alten Dodge Power Wagon. Die aus den endvierziger Jahren sind die besten. Die sind wie Panzer. Die Maschine ist zwar nicht besonders kräftig, das ist wahr, aber dafür sehr niedertourig, und daher das tiefe Dröhnen, wenn sie die Straße langfahren. Ich glaube zwar nicht, daß ich soviel Glück habe und einen finde, der noch seinen richtigen Kasten hinten draufhat. Die sind nämlich sehr selten. Die meisten Trucks halten länger als ihr Kastenaufbau. Fast alle frühen Dodge Power Wagons, die ich gesehen habe, hatten irgend etwas anderes hintendrauf als Ersatz für den weggerosteten Kasten. Aber damit hört es ja nicht auf. Denn dann kommt das Nächstwichtige – die Scheinwerfer, nehme ich an, oder der Verschluß des Handschuhfachs oder ein Tachokabel. Also mußt du los und andere Wagons der gleichen Bauart finden, die irgendwo ausgeschlachtet werden, weil sie am Ende sind, auf einer Farm oder in einer Försterei, wo dann die Einzelteile verkauft werden. Und ich weiß schon, was du denkst: Warum einen Dodge-Truck suchen, wenn man ein Haus und jede Menge Arbeit damit hat? Damit hast du hundertprozentig recht. Ich muß das ganze Haus aufbocken und neue Stützpfosten einziehen. Das wird nicht leicht. Der Keller ist voller Pfosten, die das Haus tragen. Ich muß die neuen 5-mal-20-Zentimeter-Bretter vor Ort so verleimen und verschrauben, daß 8 Meter lange 20-mal-20-Zentimeter-Balken entstehen, die fünf alten Pfosten nacheinander durch die neuen ersetzen und ganz vorsichtig ausrichten – wie die Steine von Stonehenge ...«

Während er weiterredete, schlief ich ein, und ich träumte von den Steinkreisen in Wiltshire, von Steinsäulen, die mit Köpfen versehen waren und die ich mit einem neolithischen Zollstock vermaß; davon, daß ich ein Mitglied der Imbangala war, eines Kriegsheers, das im 16. Jahrhundert die südlichen Savannen heimsuchte und aus Männern bestand, die von ihren Stämmen abgeschnitten waren, weil sie Kinder gegessen hatten und sich bei der Initiation auf ihren Führer eingeschworen hatten; ich träumte, daß ich in einem befestigten Lager zu nahe am Feuer saß; der Kriegsherr, umgeben von seinen Weibern, saß auch da, und alles dachte an einen Durchbruch nach Westen, wo ich mein Glück mit zwei Entdeckungen machen wollte: Ich wollte das dichtbevölkerte Königreich Ndongo finden und die abfahrbereiten Schiffe für den überseeischen Sklavenhandel.

12

In der Frühe des nächsten Morgens passierten wir gelbe Sandsteinklippen mit weißen und schwarzen Streifen und eine darunterliegende Sandbank, die von schwarzen Klumpen übersät war – vielleicht den Überbleibseln urzeitlicher Sümpfe. Das Ganze ruhte, wie ich wußte, auf dicken Sedimentschichten, die noch immer fast horizontal verliefen und seit mindestens 1,5 Milliarden Jahren stabil geblieben waren. Außerdem passierten wir die Colonel Ebeya, eine Dampferstadt wie die unsere, nur daß sie zairisch und luxuriöser war: Jeder Kahn war ein überdachter Zweidecker. Auf der Impfondo (deren Hauptmast wie die Masten aller Boote und Schlepper die rote Fahne zeigte) sammelten sich die Händler und Fischer und Soldaten an der Steuerbordseite, hoben die Fäuste und tauschten Beschimpfungen mit den Kapitalisten aus, die flußabwärts nach Kinshasa trieben.

Marcellin, Lary und ich bahnten uns einen Weg über die Lastkähne, um Marie zu besuchen. Neben den allgegenwärtigen Räucherfischen und den großen, rundköpfigen Welsen sahen wir drei Sorten, die wir nicht kannten: einen rostbraunen, torpedoförmigen Fisch mit einem herabhängenden Saugrüssel – vielleicht der Elefantenfisch, der seine Nahrung am Grund der Flüsse sucht –, dann einen karpfenartigen Fisch mit flachem, ovalem Leib und einem Kußmaul und schließlich einen mehr als meterlangen Fisch, der wie ein Hecht mit silbrigen Schuppen und unregelmäßigen Vampirzähnen aussah. Marcellin bezeichnete ihn als *La capitaine*, den meistgefürchteten Fisch des Flusses, berüchtigt dafür, daß er den Krokodilen Fleischfetzen aus dem Leib riß und schwimmenden Männern die Hoden abbiß.

Die Hitze nahm zu, Mütter breiteten ihre aus Brazzaville mitgebrachten Baguettes an jeder erdenklichen flachen Stelle zum Trocknen aus, spannten Markisen aus Plastikfolie auf, um ihre kleinen Kinder vor der Sonne zu schützen, und begannen mit der langwierigen Zubereitung von Fischsuppe und Sakasaka (Spinat aus Maniokblättern, sagte Marcellin). Unter uns, in einem der offenen Laderäume, saß, an die Bordwand gelehnt, ein Albino und blickte für einen Moment zu uns hoch. Die blutunterlaufenen Augen in seinem bleichen, fleckigen Gesicht blieben an Lary hängen und sandten ihm ein schüchternes Lächeln.

»Für sie ist es schrecklich«, brüllte Marcellin über die Schulter, zum Glück auf englisch, und übersprang den babybreiten Spalt zwischen den beiden Lastkähnen. »Sie müssen schwer arbeiten und eine Menge Geld verdienen, mehr, als ihr glaubt, damit sie wenigstens für eine Nacht eine Frau haben können!«

»Der arme Kerl«, sagte Lary hinter mir. »Da draußen braucht man jedes Körnchen Pigment, das man kriegen kann. Nicht einmal jeder zehnte von denen wird über 30. Hast du sein Gesicht gesehen? Diese prämalignen Hautschäden?«

Wir lagen träge in unseren Kojen und dämmerten in der Mittagshitze vor uns hin, als wir durch ein Hämmern an die Kabinentür aufgeschreckt wurden.

»Wir sind angeflogen worden!« schrie Marcellin von draußen. »Schnell! Schnell! Wir sind angeflogen worden!«

»Angeflogen?« Lary öffnete die Tür und ließ das grelle Tageslicht herein. »Wieso angeflogen?«

»Die Zairer! Ein zairischer Militärhubschrauber! Er ist direkt über uns geflogen, richtig tief!« Er strich mit der rechten Hand über die linke, um die Höhe anzudeuten. »Wir dachten, er würde uns mit dem Maschinengewehr beschießen. Der Kapitän hat über Funk Soldaten angefordert. Die Marines kommen!«

»O Gott«, sagte Lary.

Etwa eine Stunde später sahen wir von unserem Platz unter der Brücke aus zu, wie sich ein Holzschlepper und ein Schnellboot vom marxistisch-leninistischen Ufer näherten und an der Impfondo festmachten. 25 Marines durchsuchten das Schiff und die Lastkähne (fünfte Kolonne? Spione? Waffen? – »Bier«, sagte Marcellin). Nach einer weiteren Stunde kamen vom zweiten Lastkahn auf der Backbordseite ein Knall und ein Schrei, laut genug, um das Motorengeräusch zu übertönen.

Marcellin nahm Haltung an, verwandelte sich in einen Vertreter der Volksrepublik, befahl uns, zu bleiben, wo wir waren, rannte los, um zu schauen, was passiert war – und kam gerade zurück, als vier Marines mit einem fünften, der eine Salzinfusion in die Höhe hielt, einen der Ihren zum Schnellboot schleppten, den Außenbordmotor anwarfen und flußabwärts davonrauschten.

»Besoffen war er«, sagte Marcellin. »Hat sich selbst ins Bein geschossen. Er stand da und hat sich vorgebeugt. Die Kugel durchbohrte den Oberschenkel, dann die Wade. Sie trat am Knöchel aus und ging als Querschläger über Bord. Ich hab ihn an Deck liegen sehen. Er hat geschrien. Er lag schreiend in einer Blutlache. Der Sanitäter hat ihm Morphin gespritzt. Er hatte eine Menge Blut, eine Riesenmenge. Diese Kalaschnikows haben Kraft. Ich glaube nicht, daß er's überleben wird.«

An diesem Abend ließ der Kapitän die schwimmende Stadt am Ufer anlegen. Stahltrossen wurden um zwei gewaltige Bäume geschlungen. Als wir am Morgen aufwachten – das Schiff war schon unterwegs, und der Morgennebel löste sich gerade auf –, sahen wir den Grund. Der Fluß hatte sich auf etwa fünf Kilometer verbreitert, und der ganze Konvoi schlängelte sich in einem von Bojen markierten Kanal zwischen den Sandbänken hindurch. Hoch oben in der klaren Luft sahen wir eine Schar afrikanischer Graupapageien. Die aufgehende Sonne beschien ihr graues Bauchgefieder und ihre leuchtendroten Schwänze, während sie schnell und zielstrebig zum Nordufer flogen.

Durch das Fernglas beobachtete ich stämmige, kleine Kiebitze, die an den Ufern der Sandbänke entlangflitzten und Pfeilmuster aus Schwarz und Weiß und Grau darauf zeichneten; ein schwarzer Kopf (mit einem weißen Streifen über dem Auge), ein weißer Bauch und eine weiße Brust (mit einem schwarzen Streifen) und ein grauer Rücken. Sie rannten in gerader Linie, bohrten im Sand, scharrten wie ein Hund, der etwas vergraben will, flogen ruckartig in die Höhe und begannen mit derselben Abfolge wieder von vorn. Ich kam zu dem Schluß, daß es sich um Krokodilwächtervögel handelte (die so heißen, weil Herodot auf seiner ägyptischen Reise im Jahre 459 v. Chr. sah, daß sie die Reste aus den Zähnen ruhender Krokodile pickten).

»Lary! Redmond!« rief Marcellin von der Treppe.

»Jetzt kommt Poe«, sagte Lary und riß die Augen auf wie ein Zirkusclown, »mit seinem Raben wie Barnaby Rudge / Zwei Fünftel sind Genius, drei Fünftel sind Matsch.«

»Wir werden mit dem Kapitän sprechen!« schrie Marcellin. »Schnell, ich habe eine Audienz bekommen!«

»Eine Audienz?« fragte Lary.

»Der Kapitän ist ein *sehr* wichtiger Mann«, erklärte Marcellin, als er uns die verbotenen Stufen zur Brücke hinaufführte.

Eugène Manguélé war sich seiner Bedeutung bewußt: 41 Jahre alt, gesund, kräftig und breitschultrig – eine respektgebietende Persönlichkeit. Er trug ein weißes Hemd aus dicker Baumwolle mit Brusttaschen, blaue Hosen und neue Adidas-Schuhe, und er stand hinter dem Steuermann (der unsicher wirkende junge Mann saß steif vornübergebeugt auf einem Hocker und hielt das Steuerrad mit beiden Händen). Der Kapitän blickte voraus über den breiten Strom, die Sandbänke, die bewaldeten Flußinseln, die weitentfernten Ufer mit den Zuflüssen (oder waren das auch nur Inseln, die in der Entfernung miteinander verschmolzen?). Er hob sein uraltes Zeissglas (an dessen Griffstellen das Messing unter dem schwarzen Lack hervorschaute) und richtete es auf einen entgegenkommenden Holzschlepper, der ein Floß aus Baumstämmen vor sich her schob. Der Kapitän wirkte entspannt und würdevoll – wie ein Mann, der selten lächelte und nie lachte. Offenbar an Bittsteller gewöhnt, legte er schließlich das Fernglas auf die Konsole (zwei Hebel mit Knöpfen, eine Reihe von Schaltern und Skalen) und empfing uns mit einem majestätischen Nicken. Ja, es sei eine lange Ausbildung zum Kapitän gewesen, heutzutage gebe es Schulen dafür, aber in seiner Zeit, so um 1967, habe man sich mit Theorie und ähnlichem Unsinn nicht abgegeben. Da habe es geheißen: schrauben, nieten, hämmern, sich die Finger schmutzig machen. Er sei ein geradliniger, praktischer Mann, und es habe ihm Spaß gemacht – zwei Jahre Lehrzeit bei einem Dampferkapitän, um den Fluß kennenzulernen, drei Jahre zweiter Mann auf einem Holzschlepper zum Erlernen der Kommandos, und nun dieses Schiff, der Gipfel seiner Laufbahn. Zwei Frauen habe er und zehn Kinder, alle bei bester Gesundheit. Probleme? Mit den Frauen? Aber nein, er teile sein Geld gerecht auf, versicherte er. In seinem Haushalt herrsche Friede. Mit dem Fluß, meinte ich. Natürlich, immerzu! Ständig ändere sich die Fahrrinne. Die französischen Karten, die belgischen Karten, überhaupt die Karten des weißen Mannes – alle nutzlos. Das einzige, was zähle, seien Gefühl und Erfahrung. Man müsse auch bei Nebel wissen, wo es langgeht, wo die Baumstümpfe und die Untiefen sind. Mokélé-mbembé? Ja, ja, sei ihm wohlbekannt. Die weißen Männer aus Europa wüßten auch nicht alles über Afrika. Das hätten sie nie, und das würden sie auch nie. Nein, er habe das Ungeheuer noch nicht gesehen, aber andere Kapitäne sehr wohl, und nachts höre er manchmal ganz gruselige Schreie, die einem das Blut in den Adern gefrieren ließen. Und überhaupt gehe es auf manchen Flüssen nicht mit rechten Dingen zu, zum Beispiel auf dem Sangha, in der Nähe eines verlassenen Dorfes. Wenn man dort am Abend ein Boot festmache, treibe es über Nacht davon. Aber wenn wir ihn jetzt entschuldigen würden – er habe zu tun.

Auf dem leeren Dach hinter der Brücke, neben dem schwarzgelb gestreiften Schornstein, hockte der Koch des Kapitäns und hackte mit der Machete das Hinterbein einer toten, frisch eingekauften Brazza-Meerkatze ab. Das unversehrte Gesicht des Affen schaute in unsere Richtung. Dunkelgrüne Fell- und Ohrbüschel wuchsen auf seinem Kopf über einer kastanienbraunen Stirn, sanften, braunen Augen, einem grün-buschigen Backenbart und einem langen, weißen Bart, der von seiner Nase bis zur Brust reichte.

Vor unserer Kabine stehend beschloß ich, daß es an der Zeit war, Marcellin die Geschenke zu überreichen, die ich ihm zugedacht hatte – ein Fernglas, das in der Sanitätsausrüstung versteckt war, eine Bruyèrepfeife von Savory in Oxford, eine Büchse Balkan-Sobranie, eine Machete im Futteral, einen Schlapphut für den Dschungel, einen gewebten Gürtel mit zwei daran befestigten Wasserflaschen.

Marcellin bedankte sich und gönnte mir sein dickstes Lächeln, setzte den Hut auf, hängte sich das Fernglas um und steckte Pfeife und Tabak ein. »Aber erwarte kein Dankeschön von irgendwem anders« – er griff sich den Gürtel –, »denn wir sind hier in Afrika. In Lingala gibt es kein Wort für danke. Hier verschenkt man etwas, wenn es der andere verdient hat, wenn er zur Familie gehört oder wenn man etwas von ihm erwartet.«

»Ganz recht«, erwiderte ich.

Lary und ich fanden ein freies Fleckchen an Deck; wir lehnten uns an die Wand der Messe und lasen. Lary hatte sich ›Unser gemeinsamer Freund‹ vorgenommen (»D. W. Griffith sagt, daß Dickens Drehbücher geschrieben hat«) und ich André Gides ›Kongo und Tschad‹ (1927). Marcellin gesellte sich zu uns; er trug noch immer den Hut, das Fernglas und den Gürtel, an dem nun ein Walkman befestigt war. Der Kopfhörer verschwand unter dem Hut. »Das war Mike Fays Geschenk!« brüllte er, um die Musik zu übertönen, die nur er hörte. Mit der linken Hand tätschelte er den Walkman, und die rechte reckte er zum Gruß mit der geballten Faust. »Aber die Bob-Marley-Kassette habe ich mir selbst gekauft! Der bringt die Message rüber! Ein Held! Ein Revolutionär!«

Vom unteren Deck kam ein langes, wehklagendes Heulen, es folgten Schreie, rhythmischer Gesang.

»Marcellin!« rief ich und rüttelte ihn an der Schulter. »Was ist da los?«

»Was ist los?« schrie Marcellin, dann schob er den Kopfhörer weg und lauschte.

»Ich hab vergessen, es euch zu sagen. Vorhin ist ein Baby gestorben. Die Mutter hat ihm unabgekochtes Wasser zu trinken gegeben. Es war ein Junge. Die Mutter schreit nach ihrem Mann, aber der ist in Impfondo. Der Vater ist in Impfondo. Er weiß nicht, daß sein Sohn tot ist.«

Wir schwiegen.

»Geht nur hin«, sagte Marcellin und setzte den Kopfhörer wieder auf. »Drückt ihr euer Beileid aus.«

Das Baby lag auf einer Matratze und war in ein weißes Tuch gewickelt. Zwei Bänke rahmten den kleinen Leichnam ein. Auf der einen saß die Mutter und warf sich, von zwei Freundinnen festgehalten, hin und her, ihre Augen waren geschlossen. Auf der anderen Bank saßen sechs Frauen, sangen ihre traurigen Lieder und schlugen den Takt mit Kürbisrasseln.

13

Die Sounda, zwei Walfangboote und ein Schlepper trennten sich von uns, als am Ufer vor uns ein Funkmast, Hütten und ein paar Betonziegelhäuser in Sicht kamen. Mit umständlichen Manövern wurden Lastkähne abgehängt und Holzschlepper neu gruppiert, Pirogen paddelten an Land. Wir hatten den Hafen von Mossaka erreicht.

Wir wateten durch den losen Sand der Hauptstraße, um Marcellins Freund, den Krokodilhauthändler, zu besuchen. Klein, dünn und eilfertig empfing er uns am Eingang seines von Kaktushecken gesäumten Anwesens und führte uns um die Ecke zu einem Betonziegelschuppen, wobei er mit Marcellin französisch sprach. »Die Leute sind krank«, flüsterte er. »Alle sind sie hier krank. Sogar einige der Ladenbesitzer haben uns – verlassen. Das sind die Cholera und die Schlafkrankheit.« (Er schloß die Tür auf.) »Sehr schlecht fürs Geschäft. Sehr schlecht.«

Durch die Tür fiel Licht in den fensterlosen Raum und beleuchtete die geweißten Wände, ein blaues Petroleumfaß, ein Paddel, Emailleschüsseln und, auf einem Holzgestell, dicke Bündel von Häuten, die mit der Innenseite nach außen zusammengerollt und mit Lianenseilen verschnürt waren. Die flachen, weißen Schuppen waren mit braunen, schwarzen und gelben Flecken gesprenkelt: sie waren sorgfältig mit Salz konserviert. Die abgestandene Luft des Raums roch nur entfernt nach Verwesung und Fisch.

Der Händler starrte versonnen auf seine Ware und kaute an der Unterlippe. »Das ist mein ganzer Besitz.«

Die zwei Männer sprachen miteinander in Lingala und einigten sich auf etwas. Marcellin wandte sich mir zu und wies auf die Häute, als gehörten sie jetzt ihm. »Das Nilkrokodil, das Panzerkrokodil, das Kongolesische Stumpfkrokodil – die sind alle hier. Wir werden sie stromaufwärts wiederfinden. Wir werden sie in der Nacht jagen. Aber das Kongolesische Stumpfkrokodil, Redmond, ist das interessanteste. *Osteolaemus tetraspis* – es ist nie in der Nähe von Flüssen zu finden. Es nistet unter Wurzeln, und du mußt es mit einem Stock aufschrecken. Es verbeißt sich in den Stock und knurrt. Und um es zu kriegen, mußt du den Baum fällen!«

Wir verabschiedeten uns vom Händler, gingen die Straße zurück und tranken Primus in einem Café. »Ich mag Krokodile«, sagte Marcellin. Er nahm den Schlapphut ab und strich die Krempe glatt. »Wirklich wahr. Sie sind genau das richtige für einen Mann mit meinen Vorfahren. Einmal hatte ich Gelegenheit, mit ihnen zu arbeiten – in der Krokodilzucht. Zusammen mit zwei Belgiern, einer war Finanzier, der andere Techniker, habe ich eine Krokodilfarm flußaufwärts in Liranga gegründet. Nun, die Geschichte ist typisch für unser Land. Der Techniker brannte mit dem ganzen Geld durch und verkaufte alle Krokodile, und danach beantragte er eine Lizenz bei meinem Ministerium! Der Finanzier war verprellt, wie man verstehen kann. Jetzt importiert er Autos.«

Marcellin setzte den Schlapphut wieder auf, der nun mit der glattgestrichenen Krempe aussah wie ein Tropenhelm. »Ich bin jung genug, um von vorn anzufangen«, sagte er, als müßte er sich selbst Mut machen. »Bis auf meine Beine ...«

»Was ist mit deinen Beinen?« fragte Lary teilnahmsvoll.

Marcellin rollte die Jeans hoch. Nässende Wunden, rosa auf schwarz, bedeckten sein Schienbein.

»Das sind Geschwüre«, sagte er und schob das Hosenbein wieder darüber. »Aber es sind nur Tropengeschwüre. Man kriegt sie, wenn man durch den Dschungel geht. Ihr werdet sie auch kriegen. Aber meine – scheinen nie zu heilen.«

»Kein Problem, ich verpasse dir eine Floxapen-Kur«, sagte ich und kam mir nützlich vor. »Das ist genau das richtige für Hauterkrankungen.«

»Und mein Zahn«, fuhr Marcellin fort. Er zog ein kleines Stück Metall aus der Hemdtasche. »Eine Krone ist abgegangen. Das kommt von all dem Rindfleisch. Ich bin es nicht gewöhnt.«

»Ich auch nicht«, sagte Lary, stand auf, schaute in Marcellins Mund und kam sich nützlich vor. »Ich verpasse dir eine Zahnbehandlung. Wir haben eine Dentalausrüstung. Genau das richtige für Füllungen.«

Am nächsten Morgen wartete der Kapitän mit der Abfahrt, damit das tote Baby an Land getragen und beerdigt werden konnte. Lary drückte Marcellin in einen Stuhl auf dem Oberdeck und machte sich an der Dentalausrüstung zu schaffen. Während er mit einem Plastikspatel auf einer Plastikunterlage irgendwelche Pasten anrührte, stand ich mit dem Fernglas an der Reling – eine kleine blaue Schwalbe mit einem weißen Fleck an der Kehle und einem weißgeränderten Schwanz machte flinke Beutezüge von ihrem Sitzplatz auf der Heckleine über die träge, braune Wasseroberfläche, mitten hinein in die tanzenden Moskitowolken. Das Nachblättern bei Serle und Morel brachte zutage, daß dieses aufgeweckte Wesen den Namen Mohrenschwalbe führte. Und etwas weiter vom Heck entfernt war noch ein Paar viel größerer Schwalben mit der Fliegenjagd beschäftigt – Senegalschwalben, langflüglig, schwarzblau oben, rotbraun unten. Ihr Flug glich so sehr dem des Turmfalken, daß ich jeden Moment erwartete, sie würden sich aufstellen und rütteln.

»Denk dran«, sagte Lary, der mit einem Plastikstab und dem Spatel in Marcellins Mund herumstocherte (Marcellins Augen waren schreckgeweitet), »die zwei Grundregeln des Lebens lauten: Erstens, bei Kleinigkeiten nicht verzweifeln. Zweitens, es gibt nur Kleinigkeiten.«

Lary stieß mit einiger Energie Daumen und Zeigefinger beider Hände tiefer in Marcellins Mund (Marcellins Augen signalisierten Panik). »Geschafft!« sagte Lary stolz und trat einen Schritt zurück.

Marcellin gluckste, schloß den Mund, preßte die Hand an die Kehle, riß den Mund auf, hustete und würgte – und spuckte die Paste samt der Füllung aus.

»Hurensohn«, sagte Lary.

Am Nachmittag kehrten die Trauernden zurück, der Konvoi wurde neu vertäut, und wir fuhren weiter flußaufwärts, vorbei an der Mündung von Likouala und Sangha (das wenigstens behauptete die Karte, doch das Durcheinander der bewaldeten Inseln, der Buchten, Sandbänke und Strömungsverhältnisse ließ keine sicheren Schlüsse zu). Morgens wurden wir durch einen überdimensionalen Soldaten geweckt, der seine Kalaschnikow an die Tür donnerte. »Kontrolle!« bellte er durchs Fenster und verschwand im Kajütgang.

»Wenn wir ins Gefängnis müssen«, sagte Lary nach dem Zuschnüren der Stiefel, »werde ich dieses Buch brauchen.« (Er stopfte eine zerfledderte Penguin-Ausgabe von ›Martin Chuzzlewit‹ in die Hosentasche.) »Ich fühle mich wie Mark Tapley: ›Das leichte Fieber und der Schüttelfrost kommen aus diesen Flüssen, darf ich wohl behaupten. Aber, mit Verlaub, das ist *gar nichts*. Nichts als eine Anpassung. Und wir müssen uns alle anpassen, so oder so.‹ Das wird mich trösten, bevor ich sterbe.«

Vom Oberdeck aus blickten wir auf ein Dorf aus Lehmhütten mit Wellblechdächern, von dem ein runzliger alter Mann, der auf seiner kalten, ungestopften Pfeife kaute, sagte, es heiße Liranga. Wir reihten uns in die Schlange ein, die sich über die Lastkähne an Land bewegte, und schauten zu, wie jeder einzelne die rote Uferböschung hinaufstieg und den unter einem uralten Mangobaum wartenden Soldaten der Volksmiliz seine Papiere zeigte (ihre Uniformen waren ungepflegter, ihr Verhalten förmlicher als das der gewöhnlichen Soldaten).

»Redso«, sagte Lary. »Ich bin sehr dankbar für all diese neuen Erfahrungen. Wirklich wahr. Damit du mich nicht falsch verstehst« – sein Gesicht war rot vor Ärger –, »ich möchte dich nur darüber aufklären, für den Fall, daß du es noch nicht wußtest: In den Vereinigten Staaten von Amerika, wo ich vor zweihundert Jahren einmal gelebt habe, kann man die ganze Strecke von Plattsburgh, New York, bis Burlington, Vermont, fahren, *und das ohne eine einzige gottverdammte Straßensperre!* Ich weiß, du wirst es mir nicht glauben, aber man kommt unter Umständen sogar von New York bis nach San Francisco, ohne daß dir irgendein durchgeknallter Schweinepriester von einem Söldner ’ne Kalaschnikow in den Arsch rammt und dir die Scheiße aus den Ohren pustet, wenn du ihm nicht 1 Dollar 57 zum Tageskurs hinblätterst.«

»Irgendwelche Probleme?« fragte Marcellin, der uns von hinten vorwärts schob. »Ist was?«

»Nein«, sagte Lary, »nicht der Rede wert.«

Während die Soldaten das geleerte Schiff und die Lastkähne durchsuchten, nahm uns Marcellin mit zu einem Spaziergang durch das Dorf. »Hier gibt es viele Fischer. Es ist ein reiches Dorf. Zwei Kilometer lang.«

Die Hauptstraße, eine Allee aus Ölpalmen, verlief direkt neben dem Fluß. Am Uferhang drängten sich kleine Bäume, die sich mit Hilfe von Stützwurzeln aufrecht hielten. Die Stützwurzeln traten direkt über dem Boden aus dem hellgrauen Stamm aus und senkten sich wie Finger in die Erde. Die Zweige ragten in einem Winkel von 45 Grad nach oben und bildeten eine flache Krone, so daß die Bäume wie Regenschirme aussahen.

»Marcellin, erzähl uns was über die Bäume, wie sie heißen und so weiter«, sagte ich.

»Zu schwierig«, erwiderte er und stolzierte weiter voran in seinen Joggingschuhen, wobei er Kinder, Ziegen und Pfützen sorgfältig umrundete. »Nur Mike Fay und die Pygmäen kennen die Namen aller Bäume im Wald. Aber das hier ist die Ölpalme.« (Er wies auf die Allee schlanker Palmen mit ihren zerzausten braunen und grünen Wedeln. In manchen hingen die Nester von Webervögeln.) »Ohne sie könnten wir nicht leben. Sie bringen uns das Geld – aus dem Fruchtfleisch der Nüsse das orange Öl, aus den Samen das Palmkernöl. Das werdet ihr stromaufwärts noch alles sehen. Man kocht damit – und man verkauft es« (er grinste) »an die Weißen, die daraus Seife und Margarine machen. Den Saft sammelt man, indem man den Stamm an der Wachstumsstelle oder über den Wurzeln mit der Machete einschneidet« (er zeigte auf die V-förmigen Narben am nächststehenden Baum), »dann muß man nur noch einen Eimer oder einen Flaschenkürbis dranhängen, und schon hat man Palmwein. Aber wenn eine Palme verzweigt ist, darf man sie natürlich nicht anfassen. Dann muß man sie in Ruhe lassen, weil sie dem Zauberer gehört.«

»Was ist das?« fragte Lary und schaute an dem massigen, schwarzen, glatten Stamm eines Baumes hoch, den wir vom Dampfer aus in jedem Dorf gesehen hatten und dessen Zweige sich weit über den Palmen ausbreiteten wie bei einer libanesischen Zeder.

»Das ist ein Tolan«, sagte Marcellin. »Kommt ihm nur nicht nahe. Die Rinde ist bedeckt mit beißenden Ameisen. Und wenn der Baum blüht, dann stinkt er. Er stinkt nach Leichen. Er wird von Fliegen befruchtet, und die Fliegen transportieren den Blütenstaub. Aber der Tolan ist wichtig. Der Zauberer macht ganz bestimmte Sachen aus seinem Holz, auch den Häuptlingsstab, das Zeichen seines Amtes.«

»Und was ist das?« Ich zeigte auf einen der Bäume mit den Stützwurzeln.

»Die wachsen überall, wo eine Lichtung entsteht, und an den Flüssen. Aus ihrem Holz werden die Schwimmer der Fischernetze gemacht; *Parasolier, Musanga cecropiodes* oder *Kombo-Kombo* in Lingala – und ihr Engländer nennt ihn *Umbrella tree.*«

Wir bewunderten die gepflegten Vorgärten mit ihren Orangen-, Zitronen-, Avocado-, Mandel- und Brotfruchtbäumen sowie einen riesenhaft vor uns aufragenden Kapokbaum, der sich blattlos über die umstehenden Palmen erhob und dessen grellweiße Wattebäusche vor dem Hintergrund des grauen Himmels erstrahlten. Und schließlich standen wir vor einer langen, verfallenen und von Farnen überwachsenen Ziegelmauer (viktorianische Ziegel, aber schlecht ausgeführt, sagte Lary, die flachen Mauerkronen paßten nicht dazu), dahinter eine einfache Kirche mit gedrungenem Glockenturm und ein flaches Gebäude mit einer von drei Bögen eingefaßten Veranda (einer war zugemauert). Das Wellblechdach war eingefallen, und ein Holzgerüst stützte die Seitenwand. Das mußte der Ort sein, an dem Gide 1925 auf seiner Fahrt zum Bangui Station gemacht hatte.

> Am Ende einer schönen Palmenallee gelangt man zu einer Backsteinkirche neben dem langen, flachen Gebäude, in dem wir logieren sollen. Ein schwarzer »Katechet« öffnete uns die Türen, und da uns alle Räume zur Verfügung stehen, werden wir es sehr bequem haben. Es ist erschreckend heiß, schwül, gewittrig – lähmend. Glücklicherweise ist der Speiseraum sehr luftig. Nach der Mittagsruhe erhob ich mich schweißgebadet und begab mich auf einen Spaziergang. Anfangs führte der Weg durch große Bananenplantagen; die Bäume hatten sehr breite Blätter, ganz anders als jene, die ich bisher gesehen hatte. Dann

wurde der Weg schmaler und führte mich in den Wald. Man hätte meilenweit gehen können, verlockt von immer neuen Überraschungen, die sich alle paar Schritte darboten. Aber die Nacht nahte bereits. Ein schrecklicher Sturm braute sich zusammen, und das Entzücken wich der Furcht.

Wir stießen die Tür des Missionshauses auf: Ein Termitenbau erhob sich zur Rechten, und der Fußboden war dick mit Fledermauskot bedeckt.

Am Nachmittag darauf lavierte der Dampfer zwischen bewaldeten Inseln hindurch, die braune Färbung des Wassers hellte sich ein wenig auf, und wir fuhren in den Oubangui ein, der breit, flach und von Sandbänken durchzogen war. Graufischer hingen von den Ufervorsprüngen herab; im runden Blickfeld des Fernglases sah ich sie heftig flattern, die weißen Bäuche fast senkrecht, die Köpfe mit den schwarzen Schnäbeln (halb so lang wie die Körper) nach unten aufs träge Wasser gerichtet, bis sie nach einem Sturzflug einen neuen Platz suchten oder im spitzen Winkel ins Wasser tauchten und mit einem Fisch zurückkehrten, den sie zu ihrem Ruheplatz auf dem gebleichten Treibholz schleppten.

Auf einer Sandbank saßen dicht gedrängt zwölf seeschwalbenartige Vögel nebeneinander, und alle starrten sie vor sich ins Wasser: afrikanische Scherenschnäbel, die ihre Flügel schlapp nach unten hängen ließen, als wären sie von der Hitze überwältigt. Die obere Hälfte ihres dicken, orangefarbenen Schnabels war viel kürzer und kleiner als die untere, so daß sie permanent zu grinsen schienen (aber befähigt waren, im Tiefflug eine glatte Wasserfläche nach Fischen zu durchpflügen).

Die an Bord genommene Ladung wurde jetzt bunter und vielfältiger. Nilkrokodile lagen gefesselt an Ankerwinden und Verstrebungen, die Schnauzen mit Lianen zugebunden, die grauen Rümpfe gebändigt durch Lianenschlingen, die an den Hinterfüßen miteinander verknotet waren. Kleine schwarze Waldkrokodile lagen fest verschnürt in den Gängen. Große Mittelafrikanische Klappenweichschildkröten stapelten sich zwischen Taschen und

Matratzen in Lianenkörben; die Köpfe und Gliedmaßen hatten sie in ihre leichten, lederartigen Panzer zurückgezogen und mit beweglichen Hornklappen, die an ihrem Brustpanzer wuchsen, zugedeckt. Diese Klappen sind eines der wenigen Merkmale, die sie von ihren 200 Millionen Jahre alten Vorfahren, den Zeitgenossen der frühen Dinosaurier, unterscheiden.

Abends machten wir an dem kleinen Dorf Njoundou fest, damit die Mannschaft einen der Motoren reparieren konnte (es klang, als würden sie ihn mit dem Vorschlaghammer mißhandeln), und als ich mit Marcellin und Lary an Land ging, war es schon dunkel. In jedem Haus schien man sich mit dem Bier der Händler aus Impfondo zu betrinken. Überall am Flußufer quakten die gefleckten Kröten, und Leuchtkäfer (jeder ein grünes Lichtpünktchen) von der Größe eines Ohrwurms blinkerten und glitzten in den Schirmbäumen.

Am nächsten Morgen (der Motor war repariert), als die Sonne den grauen Flußnebel auflöste, breitete der Proviantmeister auf dem Oberdeck einen Teil seines Vorrats an Räucherfisch, seine geräucherten und zerhackten Affen und eine kleine, ziemlich tote Schildkröte mit einem gelben und schwarzbraunen Panzer aus. Die verstümmelten Affen, sagte Marcellin, waren Schopfmangaben, große Meerkatzen, die nur in den dichten Kongowäldern vorkommen und sich gern an Flüssen aufhalten. Die Schildkröte war selten und gehörte wahrscheinlich zur Familie der Schnappschildkröten. Als die Fische, die Affen und die Schildkröte von der Morgensonne ein wenig angewärmt waren, krochen Maden aus den Kadavern, ließen sich zu Boden fallen und krabbelten auf uns zu.

Hinter dem Heck überquerte ein Nashornvogel den Fluß in hüpfendem, schlingerndem Flug – vier weitausholenden Flügelschlägen folgte eine Gleitphase –, sein Gefieder war vorn schwarz und hinten weiß, der wuchtige Schnabel mit dem Hornvorsprung nach unten geneigt, der lange weiße Schwanz scheinbar zweigeteilt (durch einen schwarzen Streifen in der Mitte), die Flügel weit vorn angesetzt – der Keulenhornvogel, Serle und Morel zufolge ein echter Waldnashornvogel. Und in der Thermik einer Sandbank kreisten zwei große Vögel mit schwarzen, breiten, zerklüfteten Schwingen. Ihre Köpfe und Brüste waren weiß, ihre ebenfalls weißen Schwänze so kurz, daß sie wie Ausläufer der Flügel wirkten – unsere ersten Schreiseeadler. Während ich ihnen durch das Fernglas zusah, fuhr der obere Adler im Sturzflug auf seine Gefährtin nieder, streckte im Vorbeifliegen die Klauen aus und umkrallte die ihren – für einen kurzen Moment bildeten sie einen abwärts kugelnden Federklumpen, dann trennten sie sich und zogen in ruhigen, weiten Spiralen wieder aufwärts. Selbst Gide, fand ich, hatte nicht immer recht. »Man muß gestehen«, schrieb er am 22. September 1925 in sein Tagebuch, »daß die Fahrt auf dem Oubangui hoffnungslos monoton ist.«

Am frühen Nachmittag passierten wir eine lange Strecke niederen Walds, der gelegentlich von Bäumen mit flacher oder runder Krone überragt wurde. *Symphonia*, Schweinsgummibaum, nannte sie Marcellin; ihre Stämme waren zylindrisch und graugelb, sie hatten Stelzenwurzeln und waren in solchen Sumpfwäldern heimisch, zu denen auch wir unterwegs waren, die dunkel, voller Wurzeln, Wasser und Fäulnis waren und in denen wir uns Geschwüre holen würden.

Zwei Stunden später erreichten wir Impfondo.

ZWEITES BUCH

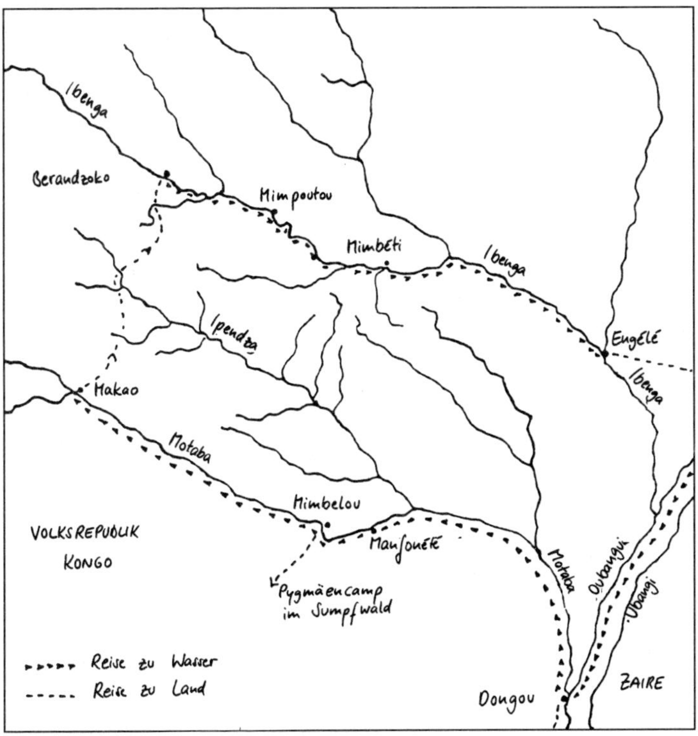

14

Vor unserer Kabine wuchtete sich Marcellin seinen handlichen blauen Packen auf die Schulter, Lary und ich mühten uns mit dem anderen Gepäck ab, Manou tauchte wieder auf und bedachte Lary mit seinem schüchternen Lächeln.

»Wo warst du?« fragte Lary erfreut. »Wir haben dich vermißt! Hast du dich versteckt, bist du hinterhergeschwommen?«

Manou nahm eine Packtasche in jede Hand.

Marcellin erklärte: »Ich hab ihm gesagt, er soll sich fernhalten. Er ist mein Bruder, Redmond, du würdest sagen: mein Halbbruder, und ich wollte nicht, daß er sich hier herumdrückt, um sich nützlich zu machen, weil das entwürdigend ist. Die Frage ist: Wollt ihr ihn, oder wollt ihr ihn nicht? Wollt ihr ihn mitnehmen? Ja oder nein!«

»Natürlich wollen wir ihn mitnehmen!«

»Danke«, sagte Manou und sah mir zum ersten Mal in die Augen. »Das ist sehr nett, ich werde es nie vergessen. Ich habe eine Frau und einen Sohn.«

»Eine Frau!« rief Marcellin und lachte.

»Ich habe eine Frau und einen Sohn«, beharrte Manou. »Sie lieben mich.«

»Da bin ich mir sicher«, sagte Lary, und wir machten uns auf den langen Weg über die Lastkähne an Land.

An der Rampe des Kais prüfte ein Soldat unsere Papiere – und steckte unsere Pässe in seine Tasche.

»Schon in Ordnung«, sagte Marcellin. »Ich kenne alle Soldaten und alle Offiziere. Ihr könnt mir vertrauen.«

»Ich trau mir lieber selbst«, murmelte Lary und langte nach der Tasche des Soldaten.

»Nicht anfassen!« schrie Marcellin und hielt Larys Arm fest.

Der Soldat lächelte.

»Lary! Redmond!« Marcellin wies auf die niedrige, gelbgestrichene Wand des Hafengebäudes. »Stapelt das Gepäck dort auf, setzt euch drauf und seid wachsam. Impfondo ist voller Diebe. Und du, Manou, du holst das restliche Gepäck. Ich komme bald wieder. Hier!« (Er warf Manou die Kabinenschlüssel zu.) »Beeil dich. Ich muß Joseph auftreiben. Ich muß den Truck kriegen.« Und er verschwand in der Menge.

»Truck?« intonierte Lary, als wäre es ein Zauberwort. »Truck?«

»Es ist ein Dodge«, sagte ich. »Ein roter Dodge Power Wagon. Vierziger Jahre.«

»Landcruiser!« sagte Manou und straffte den Rücken. »Ein Toyota Landcruiser! Gelb! Jedes Auto muß mit dem Schiff hergebracht werden. Sie kommen aus Japan. Ganz spezielle Autos. Dr. Marcellin hat sie sehr gern. Er fährt durch Impfondo wie ein großer Mann. Der Landcruiser gehört dem Ministerium für Forst und Gewässer. Er gehört der Volksrepublik. Wenn Dr. Marcellin hier ist, muß Joseph zu Fuß gehen. Wenn Dr. Marcellin nicht hier ist, ist Joseph der große Mann. Er ist ein Aufseher von Forst und Gewässer. Er verhaftet die Wilddiebe, er beschlagnahmt das Elfenbein, die Leute kaufen die Waffenscheine bei ihm, er importiert Wildfleisch aus Zaire, er ist ein Taxi – er verdient eine Menge Geld, eine Menge Geld für seine Familie. Doch ich, ich bin arm.«

»Aber jetzt hast du einen Job«, sagte Lary, während wir das Gepäck an die Wand stapelten. »Du solltest lieber die restlichen Taschen holen.«

»Keine Eile«, sagte Manou, schob seinen breitkrempigen Hut in den Nacken und zündete sich eine Zigarette an. »Dr. Marcellin wird erst Marie nach Hause fahren, er wird ihr den Landcruiser zeigen.« Dann schlenderte er zurück zum Dampfer, und er schien sich in Luft aufzulösen, selbst wenn man hinter ihm hersah, so wenig Platz nahm er ein.

»Sehr traurig«, sagte Lary und befingerte nervös die leere Brusttasche, wo zuvor sein Paß gesteckt hatte. »Ich mag diesen Knaben. Er müßte nach Plattsburgh mitkommen. Er ist intelligent, soviel ist sicher.«

Ein kleine Schwalbe kreuzte in zwanzig Meter Höhe über uns, der Menge, dem Schweiß und dem Lärm. Der zarte Schwanz war lang gegabelt, die weiße Brust war schwarz gefleckt, der Kopf kastanienfarben, die Flügel grau an der Unterseite und oben dunkelblau. Sie müßte ›Die Sorglose‹ heißen, dachte ich, die ›wunschlos glückliche Flitzschwalbe‹ und nicht, wie Serle und Morel langweiligerweise befanden, ›Die Mattgestreifte‹, und tatsächlich spielte sie (oder jagte Insekten) auf dieselbe Weise wie die absolut gewöhnliche, altvertraute europäische Hausschwalbe.

»Lary«, sagte ich, »wie findest du das? Wir haben schon vier Arten von Schwalben gesehen, ohne daß wir uns sonderlich angestrengt hätten. Schade nur, daß wir die Trugschwalbe, die seltsamste von allen, verpaßt haben. Die gibt es nur an den Kongo- und Oubangui-Flüssen und ein paar an der Küste von Gabun. Sie ist ganz schwarz mit einem großen, runden Kopf und roten Augen. Sie kann in der Luft stehen, sie kann laufen wie eine Brachschwalbe, sie nistet in Höhlen und baut Tunnel in den flachen Sandbänken inmitten der Flüsse. Wirklich ein bizarrer Vogel.«

»Hör mal!« Lary zerklatschte eine kleine grüne Fliege auf seiner Wange. »Mir ist bewußt, daß für dich die Reise erst jetzt richtig losgeht. Aber für mich war diese Dampferfahrt die außergewöhnlichste und auch die schrecklichste Erfahrung meines Lebens. Ein Baby stirbt, andere ertrinken, einfach so! Und du mit deiner Brachschwalbe. Was soll das? So ein brachiales Wort. Vögel hab ich schon ganz gern. Aber wenn sie so klein sind, fallen sie bei mir hinten runter. Dann sind sie einfach KBVs für mich.«

»KBVs?«

»Kleine braune Viecher.«

»Aber die sind doch blau! Und die Afrikanische Uferschwalbe – die ist schwarz!«

»Ich korrigiere mich«, sagte Lary. »Kleine blaue Viecher, kleine schwarze Viecher.«

Lary, Manou und ich saßen auf der Ladefläche des Toyota, unter uns das Gepäck; Marcellin bestieg den Fahrersitz, und Joseph (ein sorgenvoller Mann mit fahrigen Bewegungen und hängender Unterlippe) setzte sich neben ihn. Wir fuhren einen morastigen Hohlweg hinauf; rechts und links wuchs Elefantengras, so hoch, daß sich ein Mann zu Pferd darin verstecken konnte. Dann kamen wir auf eine Teerstraße. (»Von den Brasilianern gebaut«, sagte

Manou. »Von nirgendwo nach nirgendwo«, ergänzte Lary.) Die Straße führte nordwärts am Fluß entlang, vorbei an Lehmhütten mit Strohdächern zur Linken, an Betonziegelhütten, einem großen Anwesen mit frischgemähtem Rasen, einer modernen Kirche zur Rechten (die Mission der amerikanischen Protestanten, sagte Manou), einer Bar, einer Benzinpumpe – und dem Hôtel du Parti, einem zweistöckigen Betonbau mit Außentreppen und einem Balkon.

Marcellin und Joseph nahmen den Toyota, um nach dem *patron* zu suchen (er konnte zu Hause sein, sagte Joseph, oder in der Bar zum Tanzen, oder nach seinen Reusen sehen), und Manou setzte sich zu uns aufs Gepäck, das auf dem Betonvorplatz des Hotels aufgestapelt war. Die Bar gehöre Madame Langlois, sagte Manou, auch der kleine Laden, wo man Jeans und T-Shirts und Kleider kaufen könne. Ihr Ehemann sei tot, er habe Impfondo geliebt und in einem Haus der Franzosen gelebt, einem Haus für die *colons*, einem wunderschönen Haus mit hohem Dach und viel Platz und Fensterläden, unten am Fluß. Die meisten weißen Leute seien nach der Unabhängigkeit davongelaufen, als Impfondo marxistisch wurde, voller Kommunisten der härtesten Sorte war, die keinen Spaß verstanden und alle Läden ausraubten, aber niemand habe Madame Langlois und ihrem Mann etwas getan, weil jeder wußte, daß sie Impfondo liebten und dazugehörten. Wie wir sähen, sei es eine schöne Stadt, angelegt zwar wie ein großes Dorf mit ungepflasterten Straßen, aber mit einer Landebahn, einem Krankenhaus, zwei guten Bars, zwei Restaurants, einer Kaserne für die Soldaten, einer Bank und einem Markt.

Als es dunkel war, erschien Marcellin ohne Joseph, aber mit dem *patron*; Manou machte sich mitsamt seinem Turnbeutel auf zum Haus seiner Mutter, der *patron* torkelte zu seiner Nachtwächterhütte, suchte Schlüssel und eine Taschenlampe, fiel die Treppe hinauf und führte uns durch den Betonkorridor zu zwei separaten Betonzimmern. »Schließt den Krempel ein!« rief Marcellin. »Und ab geht's, ins Restaurant, zu Yvette!«

Die Lichtkegel des Toyota hüpften und schlingerten bei der Fahrt durch die tiefen Spurrinnen der Straße, erfaßten dann eine Kaktushecke, ein paar Palmen, einen sauber gefegten Hof und zwei strohgedeckte Hütten. Eine von ihnen hatte bambusverkleidete Außenwände, und das war das Restaurant.

»Hast du dein Bett gesehen?« flüsterte Lary, als wir uns an den einzigen freien Tisch setzten. »Wir haben Bettwäsche, richtige Bettwäsche!«

Eine große, kräftige und schlanke Frau in den Dreißigern trat ein, blieb einen Moment lang unter den nackten Glühbirnen am Eingang stehen und überblickte die Tische. Alle Männer im Restaurant starrten sie an, und alle Frauen taten so, als wäre sie unsichtbar. Ihre Bewegungen waren geschmeidig, ihr Blick wach und intelligent.

Marcellin ruckte hoch, sein Atem beschleunigte sich, seine Brust unter dem T-Shirt schien sich zu weiten. »Florence!« brüllte er.

Florence setzte sich in Bewegung wie ein Model auf dem Laufsteg, trat an unseren Tisch, zupfte am Saum ihrer weißen Bluse, glättete die Hüftpartie ihres roten, mit gelbschwarzen Blütenmustern verzierten Wickelumhangs und setzte sich zu uns.

»Ich hab an dich gedacht«, sagte Marcellin auf französisch, »ich hab von dir geträumt. Jede Nacht!«

»Die alte Leier«, sagte Lary.

»Sie hat einen Job!« verkündete Marcellin mit dem Stolz eines Liebhabers. »Sie arbeitet in der Bank!«

Marcellin, der Florence nach Hause brachte, setzte uns am Hôtel du Parti ab. Der städtische Generator wurde abgeschaltet, und die Lichter gingen aus. Lary und ich, abgefüllt mit Affengulasch und billigem Rotwein, tasteten uns den irgendwie abschüssigen Betonkorridor entlang zu unseren separaten Zimmern. Ich kramte die Taschenlampe aus dem Rucksack, zog mich aus bis auf Hemd und Hose und kletterte ins Bett. Als ich das obere Laken fortzog, machte es ein Geräusch, als würde man ein altes, trockenes, vollgeschneuztes Taschentuch auseinanderziehen. Auf dem Kopfkissen unter meiner Wange bröckelte etwas, was sich anfühlte wie Schlamm auf einem Fußballtrikot. Ich knipste die Taschenlampe noch einmal an: Da war jemandem vor langer Zeit (nur ein säuerlicher Hauch war noch zu spüren) sehr, sehr schlecht gewesen. Da auch mir nicht ganz wohl war, stand ich wieder auf, packte meine Plane aus, breitete sie über das Bett, füllte eine Wasserflasche aus einem Eimer in der Ecke des Duschraums (die Wasserhähne waren außer Betrieb, und auch die Dusche), warf eine doppelte Dosis Puritabs hinein, wartete, daß sich die Tabletten auflösten, und holte mein kostbares Pygmäen-Notizbuch aus der oberen Tasche des Rucksacks.

Ich war (aufs äußerste) angetan von der Vorstellung, daß die ersten Hinweise auf Pygmäen schon um 2500 v. Chr. in Stein gehauen worden waren (1000 Jahre vor Stonehenge), und zwar in die Wände des Grabes von Herkhuf, dem Nomarchen der Insel Elephantine bei Aswan. Herkhuf war der Herrscher eines Nomos, einer ägyptischen Provinz, und ein großer Reisender und Händler, ein Karawanenführer. Im zweiten Jahr der Herrschaft des im Alter von sechs Jahren gekrönten Pharao Pepi II. (auch Nefrikare genannt) kehrte Herkhuf von einer Reise nach Nubien zurück, wo er die Provinz Yam erreicht hatte, und sandte dem König die Nachricht, daß er ihm als Geschenk einen tanzenden Pygmäen mitgebracht habe. Der Achtjährige antwortete ihm begeistert, und Herkhuf war so beglückt von der Antwort, daß er sie in sein bereitstehendes Grab einmeißeln ließ:

> Ich, Dein König, habe den Inhalt Deines Briefes zur Kenntnis genommen. Ihm entnehme ich, daß Du mit Deinen Truppen in das Land von Iman vorgedrungen bist.
>
> In Deinem Brief erwähnst Du auch, daß Du Dich rüstest, viele erlesene Geschenke mitzuführen, welche Hator, die Göttin von Iman, der Person des Nefrikare bereitet hat.
>
> Weiter entnehme ich Deinem Brief, daß Du einen Pygmäen mitführen wirst, der den Tanz der Götter im Land der Legenden tanzt, einen Zwerg gleich jenem, den der Schatzbewahrer der Götter, Baured, in den Tagen von Aosis von Punt mitbrachte. Auch versicherst Du meiner Majestät, daß nie zuvor ein Geschenk, das diesem an Wert gleicht, von einem Diener meiner Majestät überbracht wurde.

> Du führst den Pygmäen in Deinem Gefolge und hast ihn vom Land der Legenden bis hierher gebracht, auf daß er den Tanz der Götter tanze und so das Herz des Königs Nefrikare mit Freude erfülle.
>
> Wenn Du ihn aufs Schiff bringst, wähle verläßliche Männer, die zu beiden Seiten Wache halten, auf daß er nicht ins Wasser falle, und wenn er sich nachts zur Ruhe legt, bestimme zehn kräftige Getreue, an seiner Seite zu schlafen.
>
> Meine Majestät verlangt es heftig danach, den Pygmäen zu sehen.
>
> Sieh, daß Du ihn lebend, gesund und munter zu meinem Palast bringst, dann wird meine Majestät Dich reichlicher belohnen, als es der Schatzbewahrer der Götter in den Tagen von Aosis tat. Ermesse daran, wie groß das Verlangen meiner Majestät ist, den Pygmäen zu sehen.

Ägyptologen sagen, daß niemand weiß, wo das Land Yam oder Iman lag, und daß der Pygmäe möglicherweise kein richtiger Pygmäe war, sondern irgendein Kleinwüchsiger (obwohl das verwendete Wort *deneg* lautete, während das übliche Wort für Kleinwüchsige in den Hieroglyphentexten *nemu* heißt) – dennoch wollte mir scheinen, daß Herkhuf und Pepi im Gegensatz zu den Ägyptologen sehr wohl zwischen einem Pygmäen und einem Zwergwüchsigen unterscheiden konnten.

Als erster Europäer, der einen Pygmäen gesehen hat, wird im allgemeinen Georg Schweinfurth bezeichnet, der deutsche Botaniker und Naturforscher, der in seinem Buch ›Im Herzen von Afrika‹ (1874) darüber schreibt, daß seine nubischen Bootsleute auf dem Nil von den Pygmäen genauso begeistert waren wie einst Pepi, der Pharao:

> Sie pflegten zu erklären, daß wir uns auf der Route der Kraniche befänden, welche uns zum Kampf mit den Pyg-

mäen führen würde, immer wieder berichteten sie von Zyklopen, von Automoli oder von »Pygmäen«, aber welche Namen sie auch immer wählten, nie wurden sie müde, in ihren Gesprächen auf sie zurückzukommen. Da waren etliche, welche mit ihren eigenen Augen das Völklein der unsterblichen Mythe erschaut hatten, und diese Männer, um deren Bekanntschaft mich ein Herodot und ein Aristoteles beneidet haben würde, waren meine eigenen Diener,

Als er im Palast des Königs Munza der Monbuttuh weilte (dessen Territorium sich über die östlichen Nebenflüsse des Uele-Flusses erstreckte), traf er schließlich seinen ersten Pygmäen:

> Da erscholl eines Vormittags lautes Geschrei im Lager. Mohammed hatte einen Pygmäen beim König überrascht und schleppte nun trotz seines Sträubens und wilden Gebarens ein seltsames Männchen vor mein Zelt; es hockte auf seiner rechten Schulter, hielt ängstlich Mohammeds Kopf umklammert und warf scheue Blicke nach allen Seiten. Bald saß es vor mir auf meinem Ehrenplatz, zu seiner Seite der königliche Dolmetsch: ich konnte nun endlich meine Augen weiden an der handgreiflichen Verkörperung tausendjähriger Mythe! ... Was also im Lauf von zwei Stunden geschehen konnte, das geschah: Er wurde gemessen, portraitiert, gefüttert, beschenkt und bis zur Erschöpfung ausgefragt. Sein Name war Adimokuh, und er war das Haupt einer Familie, welche eine halbe Stunde von der Residenz eine kleine Pygmäenkolonie darstellte; aus seinem Mund erfuhr ich nun die Bestätigung, daß ihr Volksname »Akkah« sei.

Aber in Wirklichkeit gebührt das (auch von Schweinfurth selbst anerkannte) Verdienst, als erster Europäer einen Pygmäen gesehen zu haben, dem französisch-amerikanischen Forscher Paul du Chaillu, der die Wälder des äußersten Westens im heutigen Gabun erkundete. Du Chaillu, der Sohn eines französischen Verwalters in einem Handelsstützpunkt an der westafrikanischen Küste, ging nach Amerika, ließ sich dort einbürgern und kehrte mit einem Stipendium der Bostoner Gesellschaft für Naturgeschichte zurück, um eine Expedition ins Landesinnere zu machen. In seinem großartigen Erstlingsbuch ›Erkundungsreisen und Abenteuer in Äquatorial-Afrika‹ (1861) beschreibt er neben vielem anderen die Entdeckung des Gorillas. In seinem zweiten, viel weniger bekannten Buch ›Eine Reise ins Ashango-Land‹ (1867) berichtet er beiläufig über seinen Fund von 1865:

> Bei den Streifzügen in einem Urwaldgebiet, das von der Verbindungsstraße des Landes durchquert wird ... [stieß ich auf] eine Ansammlung außergewöhnlich kleiner Hütten, die ich in der Annahme, es handle sich um eine Art Fetisch-Häuser, ignoriert hätte, wäre mir nicht erzählt worden, daß ich in dieser Gegend auf Dörfer eines Stammes von Zwergnegern treffen könne ... Nach den ungenauen und übertriebenen Darstellungen, die mir auf meiner ersten Reise gegeben worden waren, hatte ich den Berichten über die Existenz solcher Zwergstämme keinen Glauben geschenkt und auch das Thema in meinem früheren Bericht für nicht erwähnenswert erachtet. Der Anblick dieser außergewöhnlichen Behausungen jedoch erfüllte mich mit Neugier ... Ich eilte vorwärts in der Hoffnung, wenigstens einige ihrer Bewohner vorzufinden, aber sie waren bei unserer Annäherung in den angrenzenden Dschungel geflohen. Die Hütten hatten eine niedrige ovale Form wie die Zelte von Zigeunern; ihr höchster Punkt – in der Nähe des Eingangs – maß etwa 1,20 Meter vom Boden, die größte Ausdehnung in der Breite betrug ebenfalls 1,20 Meter. Auf jeder Seite lagen drei oder vier Äste als Schlafplatz für einen Mann oder eine Frau. Die Hütten waren aus biegsamen Zweigen gebaut, die an beiden Enden in die Erde gesteckt waren; die längsten Zweige in der Mitte, die kürzeren zu den Seiten, und das Ganze war mit großen Blättern bedeckt. Als ich die Hütten betrat, fand ich in

jeder die Reste eines Feuers in der Mitte des Fußbodens.

Du Chaillu traf schließlich seine Zwergmenschen und war dank seiner Ashango-Führer der erste, der über ihre Lebensweise berichtete:

> Die Ashangos schätzen die Anwesenheit dieses seltsamen Volkes in der Nähe ihrer Dörfer, weil die Obongo [Pygmäen] sehr geschickt und flink im Fallenstellen und Fischen sind und ihren Überfluß, nachdem sie ihre eigenen Bedürfnisse befriedigt haben, an die Nachbarn verkaufen, im Austausch gegen Kochbananen, aber auch gegen eiserne Werkzeuge, Kochutensilien, Wasserkrüge und alle Manufakturwaren, deren sie bedürfen ... Sie sind ein in hohem Maße nomadisierendes Volk und ziehen weiter, wenn das Wild rar wird. Aber ihre Wanderungen sind nicht weit, was heißt, daß die Obongo, die im Ashango-Gebiet leben, dieses nicht verlassen ... Von den Obongo wird berichtet, daß sie bis sehr weit in den Osten verbreitet sind, so weit jedenfalls, wie die Ortskenntnisse der Ashangos reichen.

Sehr weit in den Osten ... Wie Pepi II. vom heftigen Verlangen gepackt, einen Pygmäen zu sehen, schlief ich ein.

15

Marcellin erschien früh am Morgen, übermüdet und selbstzufrieden, und fuhr uns zu Yvette.

Mit geröteten Augen stocherte Lary in seiner Fischsuppe und sagte: »Das war die schlimmste Nacht meines Lebens.« Er schob seinen Teller mit Maniokchips beiseite. »Überall auf dem Fußboden war Scheiße. Auf dem Kopfkissen war Kotze. Der Gestank! Lieber schlafe ich draußen. Wenn's sein muß, sogar in einer Schlangengrube.«

Marcellin grinste. »Selbst der *patron* sagt, daß er es da drinnen nicht aushält. Ich hab's nachgeprüft, und er hat recht. Mit Florence kann man dort nicht hingehen. Aber es gibt einen Anbau, erste Klasse. Dort ist eine Frau, die von der Regierung bezahlt wird. Sie wird nur für die Reinigung der Räume bezahlt. Wir nehmen zwei. Einen für dich und Redmond, einen für mich und Florence.«

»O nein«, sagte ich und sah alles vor mir. »Wir müssen weiter flußaufwärts.«

»Nur drei Nächte!« bettelte Marcellin mit einem ausnahmsweise einmal echten Lachen. »Ihr gebt mir drei Nächte mit Florence, und ich werde schuften, damit wir hier rauskommen. Ich werde, wie man in England sagt, schuften wie ein Neger. Ich werde schuften wie die Neger, die Frankreich erbaut haben, die alle Kanäle gegraben haben, die alle Straßen gebaut haben und Frankreich in zwei Weltkriegen gerettet haben.«

»Abgemacht«, sagte ich.

Im Hotel spürten wir den *patron* auf und schleppten unsere Taschen durch das Gras zu einem einstöckigen Gebäude mit einem hohen, überhängenden Wellblechdach, das vorn und hinten von je fünf Betonpfeilern gestützt wurde. In jedem Raum stand ein Doppelbett mit einem Moskitonetz, das an der Decke befestigt war, dazu ein kleiner Tisch, ein Stuhl, eine Kommode, und im Badezimmer am Ende des Raums gab es als Toilette ein Loch im

Betonfußboden und eine flache Betonschwelle mit einem Abflußgitter und einem Eimer Wasser als Dusche.

»Ich habe mich gefragt«, begann Lary mit plötzlicher Emphase, als wir die Taschen an der rechten Wand aufstapelten, »warum wir durch die nördlichen Wälder reisen sollen, wenn du doch nichts weiter willst, als die Sache mit dem Lac Télé nachzuprüfen. Warum gehen wir dann nicht einfach westwärts und bringen es hinter uns?«

»Ich weiß nicht«, sagte ich und fühlte mich ertappt. »Ich hab nur das Gefühl, wenn wir durch all diese Dörfer gekommen sind, die Pygmäen im Wald gefunden haben, Gorillas und Schimpansen und Meerkatzen und Elefanten gesehen haben, wenn wir eine Vorstellung davon gekriegt haben, wie die Leute denken – dann werden wir *wissen*, was uns an dem See erwartet, bevor wir dort ankommen.«

»Verstehe.« Lary schob seinen Rucksack unter das Bett. »Also können wir uns den Weg sparen. Stimmt's?«

Wir fuhren zur Polizeistation, einem Bungalow im Elefantengras, wo der Chef der Grenzpolizei von Impfondo nüchtern, streng und sprungbereit an seinem Schreibtisch saß, unsere Pässe stempelte und sie uns wieder aushändigte. Wir machten unsere offizielle Visite beim Provinzgouverneur (ein glücklicher, fetter und gütiger Herrscher über verrottende Lehnstühle und überquellende Büroschränke). Und in der langen Reihe der Marktbuden, wo Frauen frischen und geräucherten Fisch und Krokodilfleisch anboten und über den aufgestapelten grünen Kochbananen, Ananasfrüchten, Paprikas und Schüsseln gehackter Maniokblätter feilschten, kauften wir Maniokstangen und Ananas für unseren Aufenthalt in Impfondo, außerdem einen weiteren Sack Foufou für die bevorstehende Reise.

Weil Marcellin darauf bestand, besuchten wir auch die Apotheke gegenüber der kleinen Bank, wo er verkündete, daß wir die Reise unmöglich antreten könnten ohne Kondome für seinen Gebrauch und ohne Spritzen, Wattetupfer und Penicillinampullen für die ungeschützten Träger, die sicher Syphilis und Tripper bekommen würden. Also ergänzte ich unsere Reiseapotheke. Am anderen Ende der Stadt, in der Straße, die am breiten, braunen Fluß entlangführte, kauften wir zwei Schachteln Munition zum Erlegen von Buschschweinen, wie Marcellin sagte, doch die Schachteln zeigten eine Antilope, einen Büffel, einen Löwen – und einen Elefanten als geeignetes Ziel.

Mit der gleichen Unerbittlichkeit verlangte Marcellin dann, als wir wieder am Hotel waren, daß wir das angrenzende Anwesen besuchten, die katholische Missionsstation. Beim Aussteigen aus dem Toyota setzte er feierlich – wie ein Richter vor der Urteilsverkündung – seinen Schlapphut auf und bezichtigte mich eines unverzeihlichen und kapitalen Versäumnisses, mit dem ich mich und meine Gefährten in Lebensgefahr gebracht hätte, indem ich nicht einmal das Gegengift gegen die häufigsten Schlangenbisse, die der Gabunviper und der Waldkobra, besorgt hätte, und daß wir uns aus diesem Grund nun vor den Christen demütigen müßten. Wir müßten um Medikamente betteln, die nur die weißen Patres besäßen.

Die Lorbeerhecke umschloß ein Grundstück mit einer modernen Kirche und zwei Häusern im Kolonialstil mit steilen Dächern und graugekalkten Mauern. Vor einer der Mauern sahen wir einen hochgewachsenen, bärtigen Mönch in einer schmuddeligen, weißen Kutte, einem Knotenstrick um den Bauch und Sandalen an den Füßen, der als Torwart fungierte. Es war sehr heiß, er war beleibt und verschwitzt, und seine jugendlichen Angreifer waren sehr gut – sie dribbelten, spielten ab und schrien –, aber der Mönch war ein weiser alter Mann, was das Fußballspiel betraf: Die mit Kreide angezeichneten Torpfosten standen verdächtig eng beieinander, und jedes Mal, wenn der schwarzweiße Ball durch den Staub in Richtung Tor trudelte, machte der Mönch nur die Beine breit, und der Ball verfing sich in der Kutte. »Immer feste!«, schrie er, während die kleinen Jungen flankten, tricksten, kerzten und köpften. »Immer feste!«

Zwischen den anfliegenden Bällen erklärte Marcellin, weshalb wir gekommen waren, der Mönch stellte die Mannschaften neu zusammen, und wir folgten ihm ins Haus. Sein Büro war angefüllt mit offenen Pappkartons: Auf dem Schreibtisch rechts von der Tür, auf dem Tisch in der Mitte des Raums, auf den Regalen an den

Wänden – überall standen Pappkartons, gefüllt mit Kerzenresten, Bleistiftstummeln, den blauen Kappen leergeschriebener Kugelschreiber, Bindfäden, Gummihandschuhen, Kreidestücken; zwischen die Kartons gestopft und über ihnen aufgestapelt waren alte Zeitungen, irgendwelche Meßbücher, ein Rosenkranz, ein Kruzifix mit Holzsockel, ein Paar Sandalen (mit gerissenen Riemen) und ein gerahmter Farbdruck der Jungfrau Maria mit schmachtendem Blick.

»Engländer?« fragte der Mönch, während er in einer Schublade wühlte.

»Korrekt«, antwortete Marcellin, »und der andere ist ein Amerikaner.«

»Ha!« sagte der Mönch in die Schublade hinein, in der verschiedene in Seidenpapier gewickelte Gegenstände lagen. »Ich komme aus Bayeux. Meine Eltern stammen beide aus Bayeux, mein Ururgroßvater hat schon in Bayeux gelebt, wir sind alle aus Bayeux.«

Er fand, was er gesucht hatte – ein flaches Päckchen in Seidenpapier, etwa zwölf Zentimeter lang, und schlug damit, während er weitersprach, den Takt wie ein Lehrer mit dem Lineal. »Und was gibt es in Bayeux? Ja! Den Gobelin von Bayeux! Mit der Niederlage der Engländer! Der Schlacht von Hastings! Dem Sieg der Franzosen!«

Lary lachte.

»Und warum lachen Sie? Amerika – das Land der Freiheit. Unsinn! Wo ist die wirkliche Freiheit? Wer hat Ihre Statue gebaut? Wer hat Ihnen die Freiheitsstatue geschenkt? Ha! Sagen Sie mir das!«

»Die Franzosen!« brüllte Lary ihm zuliebe.

»Ha!« sagte der Mönch, beruhigte sich wieder und händigte Marcellin das flache Päckchen aus.

»Gib ihm 5000 CFA«, sagte Marcellin zu mir.

In diesem Moment fiel mein Blick auf einen Gegenstand, den ich bisher nicht bemerkt hatte, eine etwa fünfzig Zentimeter hohe Statue auf dem oberen Brett des Regals links neben uns, und ihre Ausstrahlung beherrschte den ganzen Raum. Die weißen Kaurimuschel-Augen glotzten aus dem grobgeschnitzten, geschwärzten

Gesicht auf uns nieder, der Mund, mit menschlichen Zähnen besetzt, war weit geöffnet wie zu einem langen, stummen Schrei: Der Leib der Figur, Rücken, Brust und Bauch, war mit Hunderten von Nägeln gespickt.

»Was ist das?« fragte ich, als ich das Geld hinüberreichte.

»Ich nenne ihn den heiligen Sebastian«, sagte der Mönch mit einem seltsamen Lächeln. »Er ist ein kongolesischer Fetisch, ein *nkisi*, ein Nagelfetisch. Wenn Sie Angst vor einer Reise haben oder sich etwas sehr wünschen, etwas Gutes oder Böses, zeigt Ihnen der Zauberer den Fetisch, läßt sich einen Nagel geben und schlägt ihn ein.«

»Aber was hat er hier zu suchen?«

»Ha!« rief der Mönch und scheuchte uns händewedelnd hinaus, als wären wir Hühner. »Man muß dem Feind ins Auge schauen! Und jetzt muß ich unterrichten. Ich muß die kleinen Teufel unterrichten.«

Marcellin blickte auf seine Armbanduhr und ging hastig auf das Schulgebäude, die Funkantenne und das Spielfeld zu.

»Warum die Eile?« fragte ich im Hinterherlaufen.

»Überraschung!« antwortete er.

»Und was ist in dem Seidenpapier?«

»Hier!« Er überreichte mir das Päckchen, und ich wickelte ein Stück gepreßter Holzkohle aus. »Steck das in die Sanitätsausrüstung. Wenn wir im Wald sind, müssen wir das *jederzeit sofort* griffbereit haben.«

»Aber was macht man damit?«

»Man legt es auf den Schlangenbiß, direkt auf die Bißlöcher, und es saugt das Gift aus, es holt alles Schlangengift heraus.«

»Hexerei«, sagte Lary.

Marcellin bog nach links und führte uns durch ein Gewirr schmaler Pfade, Hütten, Palmen, Kaktushecken, Schirmbäume und Elefantengras zum Haus seiner Mutter. Aus dem verputzten Bungalow ragte ein mit Palmblättern gedeckter Anbau hervor, der noch im Wachsen begriffen war; ein neuer Abschnitt mit Pfosten und Wandplatten wartete auf seine Fertigstellung. Marcellins Mutter kam heraus, um uns zu begrüßen: Es war unmöglich, diese kleine, zarte, leicht gebeugte Gestalt mit dem Bild zusammenzubringen, das ich mir von einer Mutter von neunzehn Kindern gemacht hatte. Sie bewirtete uns, behandelte Marcellin wie einen Fürsten, und wir tranken milchigen Palmwein und aßen Fischsuppe, Buschschwein und Sakasaka am Familientisch des vorderen Raums, in dem außerdem eine Anrichte, ein Sofa und zwei Sessel standen.

Nach dem fast stummen Mahl trat Marcellins Stiefvater aus dem Hinterzimmer, und Manou kam von draußen hereingeschlüpft; offensichtlich war die ganze restliche Familie in den langen Anbau verbannt worden. Marcellins Stiefvater, ein großer, breitschultriger Mann, behandelte Marcellin mit mürrischem Respekt und antwortete nur einsilbig auf seine Fragen. Manou saß auf dem Sofa und drehte eine Rolle Messingdraht in den Fingern – das alte Zahlungsmittel in Zentralafrika. Mich befiel der Gedanke, daß dieses Haus verhext sei, und ich übersetzte ihn sofort in die Erkenntnis, daß hier ein tiefgreifender Familienkonflikt im Raum stand. Ich bedankte mich mit Lary bei unseren Gastgebern, und wir gingen.

Auf dem Rückweg traten wir in den kleinen Laden, um Coca-Cola und Fanta ins Hotel mitzunehmen, und Lary bestand auf zwei weiteren Flaschen Whisky. Der Laden wurde gerade geschlossen, und der Mann hinter dem Verkaufstisch sagte, wir könnten keine Flaschen mitnehmen, die müsse er abrechnen, denn Flaschen seien knapp, wir müßten sie hier und jetzt austrinken. Also nahm ich eine Coca-Cola, und Lary, der eine Fanta wollte, begnügte sich statt dessen mit einer Flasche, auf der ›Gintonic‹ stand. »Ist das alkoholisch?« fragte er.

»Tonic«, antwortete der Verkäufer. »Wir schließen! Schnell! Austrinken!«

Im Garten des Hotels, unter einem gedrungenen Baum, dessen Stamm aus Hunderten dünner Stämmchen bestand, flatterten zwei Schwalbenschwänze durch die breitblättrigen Gräser. Die großen schwarzen Flügel des einen zeigten ein hellgrünes Band; der andere, etwa einen Meter entfernt, war fast identisch in Größe und Form (dieselben spatelförmigen Verlängerungen der hinteren Flügel), aber im sonnendurchwirkten Halbschatten des Baumes gut getarnt: seine Flügel waren gelbgefleckt auf Dunkelbraun.

In Kopfhöhe flog etwas Violettes und Weißes zielstrebig an uns vorbei, möglicherweise ein Nektarvogel.

»Lary, was war das?«

»Wasch?« nuschelte Lary und stolperte über die Stufe zum Anbau.

»Hast du das gesehen?«

»Niksch geschehn.« Lary hielt sich an der Tür zu unserem Zimmer fest. »Bin bischen wacklig auf den Füschen.«

Ich schloß die Tür auf, und Lary fiel auf sein Bett. Er murmelte etwas, dann begann er zu schnarchen.

Er nuschelt, schoß es mir durch den Kopf, und er hat kein Gefühl mehr in den Beinen. Das ist die multiple Sklerose. Wir sind am Ende.

Eine dicke violette Fliege war uns ins Zimmer gefolgt. Fast geräuschlos, mit kaum hörbarem Summen zog sie ihre Runden; offensichtlich eine jener Stechfliegen, die unbemerkt auf deinem Rücken landen und dann zum Hals kriechen, um Blut zu saugen. Ich versuchte vergeblich, sie an der Wand breitzuschlagen. Dann zwang ich mich dazu, John G. Williams' ›Bestimmungsbuch der afrikanischen Schmetterlinge‹ aus dem Rucksack zu kramen und die Schwalbenschwänze zu suchen. Sie waren beide auf Abbildung 2 verzeichnet, Männchen und Weibchen derselben Art, des Grünfleckigen Schwalbenschwanzes, dessen Weibchen in zwei Varianten auftreten: entweder so, wie ich sie gesehen hatte, oder in der Färbung des Männchens. Aber selbst diese Entdeckung ließ mich kalt. Die Bilder verblaßten vor meinen Augen und wurden leblos.

Es klopfte, und Marcellin trat ein, frisch geduscht, mit einem reinen, weißen Hemd. »Florence wartet schon auf mich!« Er setzte sich auf die Bettkante. »Sie ist nicht wie die jungen Mädchen. Meine Florence hat Erfahrung und macht Liebe auf die große Art!«

»Lary ist krank«, sagte ich und ließ mich auf den Stuhl sinken. »Er hat wieder einen Anfall. Seine multiple Sklerose. Wir sind erledigt.«

»Krank?« fragte Marcellin und musterte Lary. »Betrunken ist er!«

»Betrunken?« wiederholte ich langsam. »Marcellin, was ist in dem Zeug, das ›Gintonic‹ heißt? Der Mann im Laden hat gesagt, es wäre nur Tonic – Tonicwasser eben.«

»Tonic?« Marcellin kreischte belustigt auf, und seine Zähne blitzten. »Das Zeug hat 80 Prozent Alkohol!«

Um Mitternacht wurde ich durch ein Klopfen an die Fensterläden geweckt. Ich knipste die Taschenlampe an und öffnete die Tür. Ein junger Mann in der Uniform der Volksmiliz fiel vor mir auf die Knie. Er roch nach Bier und Schweiß.

»Nzé!« schrie er und riß sich das kubanische Armeekäppi herunter. »Ich bin Marcellins Bruder!« Er drehte den Kopf langsam zur Seite und wieder zurück – wie ein Nashornvogel. Im Schein der Taschenlampe sah ich, daß sein rechtes Auge mich ansah, sein linkes aber auf den Mond gerichtet war. »Ich lebe in Dongou! Wir haben einen gemeinsamen Onkel! Ich kann kochen. Du mußt mich mitnehmen. Du mußt meine Saucen probieren!«

16

Drei Tage später, es war noch früh am Morgen, fuhren wir auf der schnurgeraden, schmalen, von den Brasilianern gebauten Asphaltstraße nordwärts durch den Wald, entlang am Westufer des Oubangui-Flusses nach Dongou. Und in Dongou, vor dem Büro des Gebietskommissars, stiegen Lary und ich vom Landcruiser; wir ließen Manou und Nzé dösend auf den Rucksäcken, Packtaschen und Mehlsäcken liegen, neben sich einen 40-PS-Yamaha-Außenbordmotor (der einzige, den man in Impfondo mieten konnte), und wir folgten Joseph und Marcellin zur Treppe des alten Kolonialgebäudes.

Auf der Außenwand wucherten schwarze und rote Schimmelpilze, die hohen Fenster über dem gewölbten Eingangstor hatten keine Scheiben, und in der Vorhalle, die der Witterung ausgesetzt war, stapelten sich alte politische Transparente. Das Büro des Kommissars lag zur Rechten, ein kleiner Raum mit Deckenventilator und einer schräggestellten Sonnenblende aus Wellblech vor dem Fenster. Draußen im Garten scharrte ein Huhn im Staub und bekakelte seine Küken. Der Kommissar war mittleren Alters, hatte aber ein frisches, energisches Gesicht. Ja, sagte er und sah von seinen sorgfältig geordneten Papierstapeln auf, von denen manche mit rotem Bindfaden verschnürt waren, er werde für uns tun, was er könne, Marcellin sei sein alter Freund, aber er bitte um Verständnis, daß er zu tun habe – sehr viel zu tun –, daß es sehr schwer sei, die Häuptlinge seines Gebietes zu den Leninschen Prinzipien zu bekehren, daß es fast unmöglich sei, die Kollektivierung der Landwirtschaft in den Dörfern durchzusetzen. Die jungen Leute seien zwar auf seiner Seite, doch die Häuptlinge nicht. Vielleicht in der nächsten Generation oder der übernächsten. Dennoch sei es eine Ehre, ein Zeichen großen Vertrauens, daß man ihn mit der Durchführung der von der Partei geforderten marxistischen Reformen beauftragt habe, und er kenne einen *pinacier*, einen Bootsführer, der uns zum Motaba-Fluß bringen werde, aber wir müßten bedenken, daß Gesetz und Ordnung dort nicht gesichert seien – noch nicht. Dort könnten wir keine Hilfe von ihm erwarten, es sei sehr gefährlich dort, und er bedaure, uns sagen zu müssen, daß seinen militärischen Einsatzkräften zur Zeit kein Geld für Treibstoff zur Verfügung stehe. Aber ja, natürlich werde er unsere Pässe und Papiere abstempeln, und er werde uns etwas zusätzlich geben: seinen persönlichen Segen, denn er habe gehört, daß wir extra aus England und Amerika gekommen seien, um die Vögel seines Gebiets zu beobachten und Dr. Marcellin Agnagna dabei zu helfen, die Wilddiebe aus Zaire zu töten. Vor langer Zeit sei er, der Politkommissar, ein Schullehrer in Ouesso gewesen, und in Ouesso habe ein großer Baum gestanden, von dessen Früchten sich große weiße Vögel ernährten. Und man konnte auf sie schießen, wie man wollte, mit welcher Munition auch immer, ständig habe man danebengeschossen, weil der Baum alles schützte, was in ihm und um ihn war, es sei sehr von Vorteil gewesen, in der Nähe des Baums zu leben, und damals habe auch er sich für Vögel interessiert. Daher könne er uns verstehen.

Wir fanden den Bootsführer auf seinem Anwesen am Fluß und luden das Gepäck samt Außenbordmotor bei ihm ab. Dann fuhren wir ans andere Ende der weitläufigen Siedlung aus verfallenden Hütten, vorbei an herrenlosen Ziegen und Hühnern durch welliges Gelände, das bis auf den harten, roten Grund abgegrast war, um Nzés hübsche, freundliche und schwangere Frau mit unseren Ölsardinen, Cornedbeefbüchsen und Maniokkuchen zu beglükken. Sie stand neben ihrer winzigen Hütte, deren Dach bunt durcheinander mit Stroh, verschiedenen Brettern, Balken, verbogenen Wellblechstücken und dem Deckel eines Müllkübels gedeckt war.

Wir füllten das Benzinfaß des Bootsführers an der städtischen Benzinpumpe, fuhren zurück ans Flußufer, wuchteten das Faß in den großen, mit Planken verstärkten Einbaum und verabschiedeten uns von Joseph (Lary gab der Motorhaube des Landcruisers einen letzten, verstohlenen Klaps); wir verstauten die Ausrüstung mittschiffs und halfen dem Bootsführer dabei, den Außenbordmotor am Heckrahmen des Kanus zu befestigen. Manou nahm seinen Platz als Ausguck am Bug ein, Lary und ich saßen an die Rucksäcke gelehnt, Marcellin stand vor uns und stakte das Boot vom Ufer weg, und Nzé, noch immer in der Uniform der Volksmiliz, stand aufgeregt hinter dem Gepäck und schrie pathetische Abschiedsworte zu den Kindern hinüber, die sich am Ufer angesammelt hatten. Der Bootsführer, ein kräftiger, gutgelaunter Mann mit brauner Baseballmütze, einem blauen Hemd und grünkarierter Hose, startete den Motor, der beim zweiten Versuch ansprang.

Die Wildnis begann sofort nach der Einfahrt in den Motaba, dessen schwarze Wasserfläche, nicht breiter als fünfzig Meter, von den hellila Blüten der Wasserhyazinthen begrenzt und von den niedrigen Baumwipfeln, den Bambuspalmen und dem Lianengewirr des angrenzenden Sumpfwaldes eingerahmt war. Wir passierten einen Zufluß, der mit Seerosen bedeckt war, die Blüten in der Hitze halb geschlossen. Die großen, ovalen Blätter mit den aufgestellten Rändern waren hellgrün an der Oberseite und rotbraun von unten, wo sie, von Nachbarblättern bedrängt, in die Höhe standen. Als unsere Bugwelle die Seerosen erreichte, verwandelte sich eine der rotbraunen Blattkanten in die rotbraune Gestalt eines Tigerreihers; was ein Streifen Sonnenlicht gewesen war, entpuppte sich als weißer Hals und Kragen, und dann erhob sich der vollständige Vogel von seinem flachen Nest aus schwimmenden Wasserpflanzen. Ein Männchen also, dachte ich, als er seine extrem langen Beine mit den dürren Krallen ausfuhr, denn nur die Männchen brüten die Eier aus und kümmern sich um ihre Jungen (in Gefahr klemmt er sich je zwei von ihnen zwischen Leib und Flügel, so daß nur ihre Füße aus den Federn herausschauen). Er stakste durch die Seerosenblätter davon, die Flügel für einen Moment senkrecht aufgestellt, verfolgte unsere Weiterfahrt aus sicherem Abstand, kehrte im Bogen um, hastete geduckt und schneller werdend zu seinem Nest zurück, plusterte das Gefieder, ließ sich auf den Eiern nieder und wurde von der dichten Vegetation verschluckt.

»Ich will ja nicht nörgeln«, sagte Lary, nahm den Hut ab und wischte sich den Schweiß von der Stirn, »aber da jetzt unsere richtige Fahrt angefangen hat, kann ich dir ja sagen, daß Dongou das schäbigste Drecknest ist, das mir je untergekommen ist. Kannst du mir glauben.«

Der Außenbordmotor fabrizierte zwei Fehlzündungen, dann war er still.

Bei Einbruch der Dunkelheit wieder in Dongou, verstauten wir die Paddel und trugen das Gepäck hinauf zur kleinen Gästehütte des Bootsführers. Schweigend breiteten Lary und ich unsere Planen auf dem nackten Erdboden der Hütte aus. Sogar Nzé, der mit zur Seite geneigtem Kopf einen ersten Versuch machte, den Campingherd zusammenzubauen, war still. Der Bootsführer schickte einen seiner jüngeren Brüder zum Schlafen ins Boot, damit das Benzinfaß bewacht war. Ich nahm die Taschenlampe und begleitete Marcellin auf dem schlammigen Weg zur Stadt. Er wollte den Laden eines Moslems aufsuchen, der eine geheimnisvolle Essenz verkaufte, die Marcellin vergessen hatte, zu besorgen. In dem kleinen Laden, der von einer Petroleumlampe erleuchtet wurde, kauften wir grünen Tee, Ölsardinen, Kaffee, Kerzen – und eine Flasche Aftershave.

Marcellin hielt die grüne Flasche gegen das Licht der Deckenlampe, kniff ein Auge zu und blickte mit dem anderen hindurch. »Flußaufwärts, Redmond, gibt es viele schöne Frauen. Du wirst sehen – wenn ich hiernach rieche, kommen sie zu mir. Sie fliegen auf mich wie die Schmetterlinge auf die Blume.«

Nach einem Abendessen aus Foufou und Ölsardinen streckten wir uns auf dem Erdboden aus. In Rage gebracht vom Sirren der Moskitos und von der plötzlichen Stille, wenn sie zustachen, stand Lary wieder auf und holte sein Kopfnetz aus dem Rucksack. Verkleidet wie ein Bankräuber mit Strumpfmaske legte er sich hin, schlief sofort ein und begann zu schnarchen.

Der Bootsführer weckte uns um drei Uhr in der Frühe. Sein Bruder werde sich um den kaputten Motor kümmern; er habe seinen eigenen 8-PS-Yamaha eingebaut, der gut laufe, und jetzt sei Aufbruch.

Gegen vier Uhr schob uns der kleine Motor flußaufwärts, erst durch das Dunkel, dann durch den Morgennebel; um halb sechs konnten wir schon die vorbeitreibenden Pflanzeninseln erkennen, gegen sechs zerstreute die Sonne den Nebel, ließ den frischen Purpur der Wasserhyazinthen erstrahlen, das Gelb und Weiß der sich öffnenden Seerosen, die rot- und lilagefleckten Orchideenblüten am Rand des Schilfgürtels und schließlich den braunen Rücken eines Schwimmvogels, der mit dem Tiefgang eines Seetauchers durch das Schilfdickicht pirschte. Der schwarze Schwanz spreizte sich an der Wasseroberfläche, der lange Hals ruckte mit den Schwimmbewegungen vor und zurück, und der rote Schnabel bohrte sich in die Luft: ein Afrikanisches Binsenhuhn. Weder Seetaucher noch Ente oder Schlangenhalsvogel oder Kormoran oder Ralle, teilt es Merkmale und Eigenschaften mit all diesen Arten, ist aber primitiver; ein lebendes Vogelfossil, das die Klaue am Flügel zeitlebens behält – genau die Sorte Vogel, die man sich im Kielwasser eines gründelnden Mokélé-mbembé vorstellen kann (tief eingetaucht, mit ruckendem Hals und 76 Millionen Jahre zurück).

»Jetzt hat er Angst vor uns«, sagte Marcellin und zielte mit der einläufigen Flinte auf den Vogel. »Aber der kann schlagen wie eine Trommel und brüllen wie ein Ochse!«

Hinter der nächsten Biegung sahen wir drei riesige schwarze Nashornvögel, die mit flappenden Flügeln über den Fluß strichen, ihre Schnäbel schienen von den schweren Hornauswüchsen nach unten gedrückt zu werden, ihre Schwingen griffen weit nach vorn, und das Rauschen der ausgefransten Schwungfedern war so laut, daß es trotz Motorengeräusch zu hören war.

»Frauen, und besonders Florence«, fing Marcellin aus heiterem Himmel an, »die finden es ganz toll, wenn man in den Dschungel geht. Sie *verlangen* geradezu, daß man sein Leben riskiert. Solange man lebend zurückkommt. Und wenn nicht, dann eben nicht, mir ist das egal. Aber wenn – wenn ich Impfondo jemals wiedersehe ... Manchmal, im Bett, ist sie wie eine Pariserin. Wie eine Herzogin aus Paris. Und manchmal ist sie wie eine Leopardin. Und wißt ihr was? Wenn sie ihren Orgasmus hat, dann wiehert sie wie ein Pferd!«

»Wieso Leben riskieren?« fragte Lary.

»Es war in der Cuvette«, sagte Marcellin, »in der Provinz Cuvette. Joseph hat es mir erzählt. Zwei meiner Wachmänner. Ich hab sie nicht gekannt, ihre Namen haben mir nichts bedeutet. Aber rein technisch war ich ihr Chef, ich war für sie verantwortlich. Sie wurden erschossen, als sie im Dschungel kampierten. Joseph sagte, von ihren Hinterköpfen war nichts mehr übrig. Die Wilddiebe hatten sich ganz nah an sie rangeschlichen.«

Gelegentlich, wenn sich der Flußlauf zu einem kleinen Schilfsee weitete, wenn sich die geschlossene Waldkulisse für einen Moment öffnete, sahen wir die vereinzelten Kronen riesiger Bäume, die ihre Umgebung überragten, und sie selbst wurden hin und wieder von den verzweigten Gipfeltrieben der Lianen übertroffen, die sich senkrecht über ihnen hochreckten. Vor uns, etwa alle fünfhundert Meter, suchte ein Binsenhuhn plätschernd das Weite, und Rieseneisvögel, so groß wie Krähen, äugten uns von ihren Warteplätzen aufmerksam entgegen. Mit gesträubten Kopffedern, als würde unser bloßer Anblick sie wütend machen, flogen dann mit einem einsilbigen *Käck!* flach über dem Wasser vor uns her bis zum nächsten Ast und kehrten erst um, wenn wir die unsichtbare Grenze ihres Reviers erreicht hatten. Und über den flachen Stellen am Schilfgürtel kreuzten und schwebten die scharlachroten Libellen, die manchmal ihren Hinterleib nach unten bogen und die Oberfläche des träge dahinfließenden Wassers ritzten.

»Raffinierte Viecher«, sagte Lary. »So legen sie ihre Eier. Die Larven brüten sich im Schlamm aus und machen fast alles mit ihrem Hinterteil. Da haben sie ihre Kiemen und eine rektale Wasserpumpe. Wenn es Ärger gibt, schießen sie auf einem Wasserstrahl davon. Und wenn du mich fragst, Redso« (er hob die Augenbrauen), »ist das ein Trick, den wir auch lernen sollten.«

Marcellin setzte seinen Kopfhörer auf und lehnte sich zurück. Manou im Bug und Nzé hinter dem Gepäck schienen zu schlafen. Der Bootsführer, eine Hand am Rudergriff des kleinen Motors, die Kappe tief ins Gesicht gezogen, starrte voraus auf die sich windende Flußmitte, wo das Wasser am tiefsten war, wo die gekräuselte Oberfläche in der Sonne blitzte und wo uns die schwimmenden Inseln aus Pflanzenresten, Hyazinthenteppichen und abgebrochenen Zweigen entgegentrieben.

Ein großer schwarzweißer Vogel schwebte von links in die Flußschneise ein, verharrte einen Moment lang über unseren Köpfen und verschwand wieder über den Bäumen – der Palmgeier, ein Adler mit ausgeprägter Schwäche für Palmnüsse und somit der einzige (fast) vegetarische Raubvogel der Welt. Und direkt hinter einem Strudel zur Rechten verwandelte sich eine spitz zulaufende dunkelbraune Wasserschlange in einen langen Schnabel, einen Hals und einen kormoranähnlichen Vogelleib, der mit schwarzen, weißgestreiften Flügeln aufs Wasser schlug, abhob, den Schwanz ausfächerte, den Hals verrenkte, mit überraschend schnellen Flügelschlägen auf die Bambuspalmen zuhielt und über ihre Wipfel davonflog. »Der Afrikanische Schlangenhalsvogel«, erklärte Serle und Morel, »brütet kolonienweise in Bäumen, gewöhnlich in Gesellschaft von Kormoran- und Reiherarten. Nistet auf einer Plattform aus Ästen. Eier: drei bis fünf, kalkweiß, grün getönt.«

»Schon seltsam«, sagte Lary, der sich gerade umdrehte und seine alte Nikon aus der Seitentasche des Rucksacks holte. »Diese ganze Angelegenheit hier. In meiner ganzen Familiengeschichte gibt es niemanden, der Reisen gemacht hat – bis auf die eine.«

»Welche?«

»Die Reise, die alle postkolumbianischen Amerikaner hinter sich haben, die sie zu Amerikanern machte. Ich hab darüber nachgedacht. Soweit es mich betrifft, beruht das alles auf mündlicher Überlieferung. Das meiste hat mir meine Großmutter erzählt. Und ich vermute, so ähnlich wird auch hier Geschichte überliefert.«

»Ist anzunehmen. – Wenn die Großmutter lange genug lebt.«

»Wir sind aus Deutschland – pfälzische Bayern.« (Er zog ein langes Teleobjektiv aus einem schwarzen Lederfutteral und ließ es mit einem Klicken in der Kamera einrasten.) »1708 sind wir nach England ausgewandert. Religionsflüchtlinge. Die Briten haben uns aufgenommen und ein Flüchtlingslager im Londoner East End eröffnet. Aber da wir Bayern waren, haben wir hart gearbeitet. Die Einheimischen, die sehr arm waren, haben sich beschwert, weil sie da nicht mithalten konnten. Also hat uns die Regierung nach Amerika geschickt, wo wir für die Marine produzieren sollten: Pech und Werg, als Vertragsarbeiter. Die Briten sagten: ›Ihr geht für immer nach Amerika, und wir bringen euch in einem großen

Lager am Hudson unter.‹ Viele starben auf der Überfahrt. In den Unterdecks stand das Wasser. Es war eine schreckliche Reise, rauh und kalt. Gerhard Schäfers Tochter wurde auf dem Schiff geboren, und er hatte bereits einen halbwüchsigen Sohn, Johann. Nun, es stellte sich heraus, daß die Kiefern der Gegend für die Pechgewinnung nicht geeignet waren. Dafür braucht man die Pechkiefern im Süden, die Gelbkiefern von South Carolina. Also verbrachten sie ihre Tage damit, Eichenrinde zu Werg zu zerwalken, das man zum Abdichten der Schiffe und zum Stopfen von Lecks brauchte. Wie auch immer: 1711 bekam Gerhard die Chance, in der Provinz Quebec gegen die Franzosen und die Indianer zu kämpfen. Er ging nach Norden, schloß sich der britischen Armee an und wurde getötet. Sein Sohn Johann, noch keine zwanzig, blieb mit Mutter und Schwester allein. Als sie aus dem Vertrag mit der Marine entlassen waren, bauten sie sich eine Blockhütte und eine kleine Farm in der Mitte des Staates New York auf. Dort gab es eine deutsche Enklave – und es führt noch heute eine Pfälzische Brücke über den Mohawk.«

Auf unserem Fluß vertrieben wir einen Purpurreiher aus seinem Schilfversteck zur Linken; Lary machte ein Foto von ihm, als er in einen Seitenarm davonflog: Der rostbraune Hals war nach unten durchgebogen, seine grauen Flügel schlugen unkoordiniert, und die langen Beine schleifte er hinter sich her.

»Wir blieben dort, bis mein Urgroßvater nach Gloversville zog, das war etwa 1870. Er hieß Martin Luther Shaffer. Meine Urgroßmutter Francis schrieb seinen Namen falsch in die Familienbibel, als sie ihn heiratete, und so ist er bis heute geblieben. Ich hab sie noch gekannt. Sie war Holländerin, die erste Nichtdeutsche der Familie. Als sie 1956 starb, war sie 103 Jahre alt. Sie konnte sich noch an die Ermordung von Lincoln erinnern. Sie hat den Bau der Eisenbahn erlebt, die ersten Autos, die Einführung der Elektrizität. Sie hat erlebt, wie die Gasbeleuchtung aufkam und wieder verschwand. Stell dir das vor! Aber ich glaube nicht, daß sie das sehr beeindruckt hat. Die Shaffers waren friedliche und freundliche Leute. Sie haben hart gearbeitet und sich nicht aus der Ruhe bringen lassen. Es wäre ihnen nie eingefallen, saftige Flüche von sich zu geben. Ich nehme an, meine Vorfahren waren ziemlich bigott. ›Es hätte schlimmer kommen können‹, das war es, was sie zu sagen pflegten.«

Ein weiterer Purpurreiher stand im Schilf, aber er war doppelt so groß, wie er hätte sein sollen – etwa 1,50 Meter –, und für einen Moment befiel mich die verrückte Befürchtung, er könnte das Kanu aufspießen. Er hielt seinen schwarzgelben Schnabel senkrecht, als wir vorüberfuhren, sein kastanienbrauner Kopf mit dem langen, hochgereckten Hals (mit schwarzen und weißen Federn, die allmählich in Flaum übergingen) verharrte bewegungslos.

Lary griff nach dem Vogelbuch.

»KBVs«, sagte ich. »Kleine braune Viecher.«

»Das größte Biest der Art, das ich je gesehen hab«, murmelte er und widmete sich der Farbtafel der Flamingos, Pelikane, Reiher und Silberreiher. »Goliathreiher. Allerdings. Warum nicht gleich im Dutzend?«

Alle drei oder vier Stunden zeigten hölzerne Schwimmer oder Pfosten in Ufernähe ein Fischernetz oder eine Reuse an – die ersten Anzeichen dafür, daß wir uns wieder einem Dorf näherten. Dann tauchte vielleicht auch schon ein Fischer in seinem kleinen Kanu auf, und für Nzé wurde es Zeit, aufzuwachen und gemeinsam mit dem Bootsführer die Unterhaltung der Städter aus Dongou mit der Landbevölkerung zu beginnen: Neuigkeiten, Neckereien, Beleidigungen und Geschwätz in einer Lautstärke, die man zwei Kilometer im Umkreis hörte und die sich ganz gewiß mit den Schreien der Goliathreiher messen konnte.

Eine Reihe von Ölpalmen, ein Streifen Sand mit ein paar aufs Trockne gezogenen Kanus, eine Schar winkender Kinder – und der Dschungel umschloß uns wieder. Kein Windhauch regte sich in den langen Blättern der Bambuspalmen, in den großen, rotblühenden Büschen mit den roßkastanienartigen Blättern und in den Schilfrispen neben uns. Doch spät am Nachmittag knackte und raschelte es in den Bäumen am linken Ufer: Da stand jemand hoch oben in einer Astgabel – nur hatte er einen langen Schwanz.

Unser erster Affe, ein Guereza oder Kolobusaffe, wirkte groß und ungepflegt; er setzte sich auf seinen Ast und starrte zu uns herunter. Sein schwarzes Gesicht war umrahmt von einem weißen Backenbart, und dichte, weiße Fellbüschel zogen sich von den Schultern bis zu den Schenkeln an beiden Seiten des Körpers herab. Der lange schwarze Schwanz (der hinter ihm senkrecht vom Ast herabhing) endete in einer Quaste aus gelblichem Weiß. Mit vorgeschobenem Kinn schaute er uns nach und rollte dabei die Lippen ein und aus.

Mit dem Feldstecher suchte ich den Baum nach weiteren Mitgliedern seiner Meute ab, und als ich mir eine Lücke im Lianendickicht rechts unter ihm vornahm, hatte ich plötzlich ein Getümmel braunweiß gestreifter Federn im Bild, riesige gelbe Krallen, den letzten Zipfel gespreizter Schwanzfedern, und der Adler war weg.

»Ein Affenadler! Ein Kronenadler!«

»Jawohl«, sagte Lary, nahm den Hut ab und strich sich mit der Hand über die Stirnglatze. »Noch nie so'n Monster gesehen.«

»Sie reißen sogar Antilopen!«

»Jawohl«, sagte Lary.

Nach zwei weiteren Biegungen kamen wir an einen Baum, der wie eine Eiche aussah, aber voll roter Früchte hing, mit denen sechs Kolobusaffen ihre Mahlzeit bestritten – und wenigstens vier Affen einer anderen Art speisten mit ihnen. Deren Fell erschien im Gegenlicht schwarz, von weißen Büscheln keine Spur, ihre Schwänze waren lang und dünn. Und direkt über uns, auf dem toten Ast eines weitläufig verzweigten Baums, vor dem Hintergrund des Lianengestrüpps, hockte reglos ein Affenadler. Seine Kopffedern waren ein wenig aufgestellt, sein Schnabel war gekrümmt, und seine gelben Augen fixierten uns, als würde er sich fragen: »Was sind das für Affen?«

Als es schon eine Weile dunkel war, fuhren wir mit Hilfe der Taschenlampe in die Mündung eines schmalen Zuflusses voller Entengrütze ein. Wir legten an und schleppten das Gepäck zum Dorf Manfouété hinauf, wo der Bootsführer, wie er uns erzählte, zwei Frauen hatte, beide jünger als seine drei Frauen in Dongou.

17

Der Bootsführer, dessen Hinterbacken beim Gehen wackelten, führte uns oberhalb der Bootsrutsche nach links zur großen Schulhütte am Rand des Dorfes. Er sagte gute Nacht und verschwand – vermutlich in seinem Anwesen, wo er sich von seinen zwei Frauen verwöhnen ließ.

Marcellin leuchtete mit der Taschenlampe die Lehmwände ab: Die Schulhütte war geräumig, hatte ein Dach aus Palmblättern und einen Fußboden aus nackter Erde. Sie enthielt drei grobgezimmerte Schulbänke, einen langen Balken und zwei Termitenhügel. Der Eingang hatte keine Tür, die Wände waren fensterlos.

»Das ist mein erster Besuch in Manfouété«, sagte Marcellin so leise, wie er noch nie etwas gesagt hatte. Er flüsterte beinahe: »Mit diesem Dorf stimmt etwas nicht.«

»Dr. Marcellin«, sagte Manou, »vielleicht sollten wir weiterfahren.«

»In der Nacht? Kennst du den Fluß? Weißt du, wo der Bootsführer wohnt? Willst du seinen Motor klauen?«

Manou war still.

»Du bist ein Kindskopf!« sagte Marcellin, schnürte seinen Packen auf und zog sein blaues Zelt heraus.

»Du willst zelten? Hier drinnen?«

»Natürlich!« Marcellin klapperte mit den Aluminiumstangen. »Das ist der einzige Schutz gegen die Moskitos und die Sandflöhe. Sie legen ihre Eier unter die Zehennägel. Wenn sie ins Fleisch wachsen, muß man sie mit dem Messer herausschneiden. Das tut weh! Und laufen kann man auch nicht mehr.«

»Hühnerficker!« murmelte Lary über seinen Rucksack gebeugt.

»Wie bitte?« fragte Marcellin.

»Er hat Hunger«, sagte ich. »Er will ein Huhn.«

»Morgen früh«, erwiderte Marcellin, »wenn das Dorf aufwacht. Dann gibt es Hühner und Ananas und Palmwein. Und jede Menge

Pygmäen für Redmond zum Spielen – und Tanz und Frauen! Genug Frauen für alle!«

»Hühnerficker!« murmelte Lary erneut und breitete unser winziges Zweimannzelt aus.

»Hühner gibt's morgen!« wiederholte Marcellin.

Ich schnürte den Rucksack mit den Geschenken auf (Handelsware nach dem Geschmack des 19. Jahrhunderts, sagte ich mir) und überreichte Nzé und Manou die ihnen zugedachten Taschenmesser, Macheten, Moskitonetze, je zwei Armeeplanen, die Halogentaschenlampen mit Batterien und eine Kopflampe, die sie sich teilen mußten.

Nzé hockte sich hin und musterte sein Häufchen Geschenke mit einer routinierten Geringschätzung, als hätte er zumindest einen Landrover erwartet. Manou öffnete das Schweizermesser, prüfte die Klinge, klappte es wieder zu, streichelte den roten Griff und ließ es in die Tasche seiner ehemals weißen Baumwollhose gleiten. Dann nahm er die Taschenlampe (mittelgroß, schwarz), knipste sie an und richtete den Lichtstrahl auf die rauchgeschwärzte Unterseite des Daches, auf den mit der Axt behauenen Dachbalken über seinem Kopf und auf eine dicke braune Wolfsspinne, die den Balken entlanglief (und unter den trockenen Blättern des Daches in Deckung ging).

»Ich werde jetzt eine Weissagung machen«, sagte Lary auf englisch, während er die Zeltpflöcke mit der flachen Machete einschlug. »Und zwar lasse ich dich unter dem Siegel der Verschwiegenheit wissen, daß dieser Knabe zu Hause keinen Schrank hat, der vor Kuscheltieren überquillt. Er weiß nicht, was Plastikbausteine sind, und hat noch nie von einem Stabilbaukasten gehört. Und im Gegensatz zu jemandem, den ich kenne, hat er nie seine Zinnsoldaten auf dem Hof aufmarschieren lassen. Dies hier sind die ersten Geschenke, die Manou jemals bekommen hat.«

Nzé setzte sich merklich verstimmt die Kopflampe auf, holte einen Büchsenöffner und eine Büchse Sardinen aus dem Vorratssack, kniete sich hin und machte sich daran, die Dose zu öffnen. Als er den Kopf drehte, um mit dem rechten Auge auf die Dose zu schauen, schwenkte der Strahl der Kopflampe, die in der Mitte seiner Stirn saß, nach links und verharrte in einem Meter Höhe an der Lehmwand. Also versuchte er es mit dem linken Auge und drehte den Kopf nach rechts, worauf der Strahl über die Lehmwand huschte und zweieinhalb Meter hoch an der rechten Wand zur Ruhe kam. Nun verdrehte und verrenkte Nzé seinen Kopf in immer größerem Tempo, als wollte er die Lichtgeschwindigkeit einholen, und in dem Gehusche und Geflacker von Licht und Schatten schien es tatsächlich, als würde sein Kopf, der Einsteinschen Gleichung gehorchend, an Masse gewinnen – bis der findige Manou zwei unserer Kerzen neben der Büchse aufstellte und anzündete.

Der erboste Nzé riß sich die Lampe vom Kopf und warf sie Manou vor die Füße. Manou bückte sich ohne ein Wort, nahm den Hut ab, setzte sich die noch brennende Lampe auf den Kopf, breitete die Arme aus wie ein Flugzeug und folgte dem Lichtstrahl durch den kahlen Raum der Hütte.

»Dieser Junge hat Phantasie«, sagte Lary.

Nach dem Abendessen aus kaltem Foufou mit Sardinen spannten Nzé und Manou ihre Moskitonetze rechts vom türlosen Eingang auf – Marcellin kroch in sein Zelt und band die Öffnung hinter sich zu, Lary und ich taten es ihm nach. Wir wickelten uns in dem engen blauen Zeltinneren in unsere Planen und ließen nur die zwei kleinen, mit Netzen versehenen Lüftungsklappen offen.

»Ich will mich ja nicht beklagen«, sagte Lary, der zwei Hemden zu einem Kissen zusammenlegte, »aber dieser Untergrund ist hart wie Beton.«

»Ich hoffe, wir werden uns daran gewöhnen«, erwiderte ich und fragte mich, wie ich mich in der Enge umdrehen sollte, ohne mir die Hüfte zu verrenken. »Immerhin haben wir einen Kolobus und einen Kronenadler gesehen.«

»Jawohl!« Lary drehte sich auf den Rücken und starrte auf das blaue Zeltdach 50 Zentimeter über seinem Kopf. »Dieses Outfit der Kolobusaffen finde ich schon toll – ihre Schwänze, ihre Gesichter mit den weißen Backenbärten, die so aussehen wie deiner, Redso, aber was mich geradezu begeistert, ist ihr Sozialverhalten. Bis jetzt ist es kaum erforscht, aber wir wissen, daß sie grundsätzlich nicht aggressiv sind. Bei den roten Kolobusaffen ist das Perineum der Weibchen ständig geschwollen, und die Männchen scheinen das zu kopieren, denn sie haben knollenartige Schwellungen in der Aftergegend. Sie laufen mit erhobenen Schwänzen über die Äste und entblößen ihre Hinterteile voreinander. Es ist so, als hätten Frauen und Männer einen Busen und würden oben ohne herumlaufen und sich gegenseitig imponieren. Auf diese Weise kommt es nie zu Kämpfen – jedenfalls gibt es keine Hinweise auf Bißnarben in der Haut der Kolobusaffen. Sie spielen miteinander und streicheln sich, und die Weibchen kümmern sich auch um die Babys der anderen. Es ist wunderbar.«

Es war gerade hell geworden, und wir löffelten unseren Frühstücks-Foufou mit Sardinen aus den Blechnäpfen, als ein kleiner Mann verstohlen wie eine Ratte in die Hütte geschlichen kam. Er nahm vor Marcellin Aufstellung und fuhr sich mit der rechten Hand über den struppigen Kinnbart. Er trug ein zerrissenes kariertes Hemd, orangefarbene Hosen und Gummilatschen.

»Genosse Dr. Marcellin Agnagna, ich bin der Vizepräsident des Volksparteikomitees von Manfouété«, sagte er auf französisch. Marcellin blieb sitzen. Der Vizepräsident senkte den Kopf und blickte auf seine Gummilatschen. »Der Bootsführer hat mich über Ihren Auftrag informiert. Ich werde den Erbhäuptling informieren. Der Wald muß wieder unser sein. Es wird uns gelingen, die Wilddiebe aus Zaire und aus dem Sudan zu töten. Sie sind mit zwei weißen Männern gekommen, die im Dschungel nach Pygmäen suchen wollen. Sie sind ein offizieller Regierungsvertreter. Sie sind ein bedeutender Mann in einem richtigen Ministerium. Sie können mir vertrauen, Genosse. Ich habe Ihnen wichtige Dinge zu berichten. Es ist dringend.« Er nahm die Hand vom Kinn und hieb ins Leere, als würde er mit der Machete zuschlagen. »Ich möchte Ihnen einen vollständigen Bericht geben. Wir haben Probleme ...«

»Koko!« brüllte es draußen mit gewaltiger Stimme, es folgte ein dröhnender Schlag gegen die Lehmwand. Die Hütte verdunkelte sich, und ein riesiger Mann füllte den Eingang aus. »Koko!« brüllte er erneut und schlug mit der Faust auf eine der Schulbänke. Wir sprangen auf, als wären wir sein Eigentum.

Er war gut zwei Meter groß und wirkte sogar noch größer, weil er eine russische Panzerfahrermütze mit allem drum und dran samt Ohrenklappen trug.

»Kommandant!« sagte er. »Volksmiliz! Manfouété!« Er schlug auf die Brusttasche seines Kampfanzugs. »Koko!«

»... der Clown«, ergänzte Lary, was sehr mutig von ihm war.

»Das ist Lingala und heißt: ›Darf ich eintreten, ist jemand zu Hause?‹« sagte Marcellin auf englisch und schüttelte dem Kommandanten die Hand.

»Genosse Agnagna! Ich weiß alles über dich! Der Bootsführer hat mir Instruktionen erteilt. Direkt vom Führer der Armee, von Volksheld Colonel Denis Sassou-Nguesso!« Der Kommandant schlug die Hacken seiner Kampfstiefel zusammen und salutierte.

Marcellin war verblüfft. Er setzte sich hin.

»Du kannst auf mich zählen. Wir werden die Wilddiebe zur Strecke bringen. Mit Vergnügen! Aber zuerst – hast du mir ein Geschenk mitgebracht? Wir müssen miteinander trinken. Du bleibst hier in meinem Dorf. Du wirst diesen Weißen meine Pygmäen zeigen. Wir werden sie ihnen vorführen! Ich habe viele Pygmäen!«

Marcellin drückte beide Hände in den Nacken, als hätte er sich einen Wirbel ausgerenkt. Er fragte mich: »Habt ihr etwas zu trinken da? Ist vielleicht noch Whisky übrig?«

Von der plötzlichen Bitte überrumpelt, ging ich geradewegs zu Larys Rucksack. Im hintersten Fach der Innentasche fand ich die letzte Flasche unseres Johnny Walker Red Label, zur Tarnung steckte sie in einer schwarzen Socke. Im Morgenlicht, das von der Tür her einfiel, leuchtete die Flasche wie Bernstein, als ich sie aus der Socke zog.

»Johnny Walker!« sagte der Kommandant und griff nach der Flasche. »Red Label!«

Er schraubte den Deckel ab, setzte die Flasche an und nahm einen langen Zug. In der Flasche stiegen Blasen auf. »Whisky!« brüllte er zwischen zwei Schlucken. »Reinkommen!«

Drei große Männer, in Kampfanzügen und mit Macheten bewaffnet, traten hintereinander in die Hütte ein. Der Kommandant nahm noch einen gewaltigen Schluck und reichte die Flasche an seinen Leutnant weiter, der tief Luft holte, dann einen entsprechend tiefen Schluck nahm und die Flasche dem Sergeant übergab, der respektvoll an ihr nippte und die Flasche dem Gefreiten gab, der den Rest erledigte.

»Großer Gott!« sagte Lary.

»Zu den Pygmäen!« befahl der Kommandant. »Mir nach! Nehmt die weißen Männer mit!«

Lary griff sich die Polaroid und einen Beutel mit Filmen, und wir folgten dem Kommandanten und seinen Untergebenen – die wie Eroberer den schmalen Pfad hinaufmarschierten, hinter ihnen Marcellin mit Nzé und Manou im Gefolge, die mit gesenkten Köpfen und hochgezogenen Schultern liefen, als wären sie mit einem Halsstrick aneinandergebunden.

»Eine Bahnlinie!« rief Lary plötzlich, blieb stehen, bog das hohe Gras zur Seite und scharrte mit dem Fuß auf der Erde herum.

»Komm weiter«, sagte ich. »Vielleicht finden wir eine Gruppe von Pygmäen im Wald. Das ist eine einmalige Chance.«

»Schmalspur.« Lary schob den Hut in den Nacken wie ein Cowboy, der auf eine Goldader gestoßen ist. »Eindeutig Schmalspur.«

»Die können wir später noch bewundern.«

»Aber was hat die hier zu suchen?«

»Frag mich was Leichteres.«

Wir betraten eine langgestreckte, breite Lichtung mit großen, rechteckigen Lehmhütten, die dick mit Palmblättern gedeckt waren. Der Kommandant machte halt, klatschte in die Hände und brüllte – ein kleiner Mann in zerrissenen grauen Shorts kam aus der Küchenhütte zu unserer Linken angerannt. Er blieb vor uns stehen: Er hatte einen wachen Blick, einen muskulösen Körper, kurze Beine und war barfuß. Der Kommandant brüllte Befehle, fuchtelte mit dem Arm; sein Untergebener drehte sich um und rannte in mäßigem Tempo den Weg entlang über getrockneten Schlamm und zertretenes Gras.

»Mein Pygmäe!« sagte der Kommandant. »Tanzen! Die Pygmäen werden für uns tanzen!« Er nahm die Mütze ab, schlug sie über das rechte Knie und setzte sie wieder auf. Sein Kopf war kahlrasiert.

Der mittlere Weg teilte sich fächerförmig in Pfade, die sich zwischen den Hütten verloren; der Kommandant führte uns nach links in einen jungen Sekundärwald (Schirmbäume, kleine Büsche und vereinzeltes Gesträuch).

»Mir gefällt das nicht«, sagte Lary hinter mir. »Wo sind die Kinder? Sie haben Angst. Warum werden wir nicht von Kinderscharen begleitet?«

»Keine Ahnung«, sagte ich, als der Kommandant sich nach rechts wandte: Dort an der Weggabelung stand eine Art Grenzmarkierung, und im Vorbeigehen strich er mit der Hand darüber – eine zwanghafte Geste, die im Widerspruch zu seinem auftrumpfenden Benehmen stand. Im Näherkommen schaute ich mir das Zeichen an. Drei Stämmchen waren in die Erde gerammt worden, und sie trugen einen verrotteten Weidenkorb, der wie ein Brustkasten aussah und bedeckt war mit Fetzen verfaulten Fleisches.

Der schmale Pfad führte zu einem Dorf, wie wir es noch nie gesehen hatten: kleine rechteckige Hütten, wacklige und heruntergekommene Unterschlupfe eher, manche mit halbverfallenen Dächern und nackten Dachsparren, standen im Kreis auf einer Lichtung. Der Diener des Kommandanten trieb alle Bewohner auf den Platz in der Mitte: junge Frauen, die nichts als Baströcke trugen (Streifen aus Palmblättern, die aussahen wie getrocknetes Seegras und bis an die Knie reichten), ältere Frauen mit flach herabhängenden Brüsten und mit Kleinkindern, die sich an ihre Rücken klammerten; junge Männer, deren Baströcke über die Baumwollhosen hingen. Sie waren etwa 1,30 bis 1,50 Meter groß, ihre Haut war eher braun als schwarz, ihre Nasen breit und flach, und ihre Augen standen weit auseinander.

Aus einer nahegelegenen Hütte rollten die Diener des Kommandanten zwei Trommeln heraus – sich verjüngende, ausgehöhlte Baumstämme, die Felle waren mit Lianenschnüren gespannt. Eine Trommel wurde seitlich an der anderen befestigt, dann wurde ein junger Pygmäe herbeigezerrt und hinter den Trommeln plaziert. Die Diener verließen den Kreis und nahmen wieder neben dem Kommandanten Aufstellung. »Tanzen!« brüllte der. »Tanzen!« Zwei kleine Jagdhunde (mit gelbbraunem Fell und aufgestellten Schwänzen) rannten davon und suchten zwischen den Hütten Deckung.

Der Trommler, der sich die Haupttrommel ungelenk zwischen die Beine geklemmt hatte, schlug einen langsamen, einfachen Rhythmus, die Pygmäen schlurften im Kreis und gehorchten lustlos dem Takt, die Frauen begannen mit einem hochstimmigen, unsteten Gesang. Niemand schaute uns an. Niemand lächelte.

»Komm bloß weg hier«, sagte Lary neben mir. »Das ist ja grotesk.«

»Fotografiere sie mit der Polaroid«, erwiderte ich in krasser Verkennung der Situation. »Vielleicht mögen sie uns. Vielleicht werden sie uns helfen.«

»Redso, ich möchte mit dieser Sache hier nichts zu tun haben«, sagte Lary und schob eine Filmkassette ein. »Dieser Kommandant Koko ist gefährlich. Das ist ein Irrer.«

Als wir eine halbe Stunde später gingen, klatschte der Kommandant in die Hände, ließ die kleinen Leute Aufstellung nehmen und kassierte all die kostbaren Fotos ein.

Gleich hinter dem Eingang der Hütte saß der Vizepräsident und trommelte nervös mit den Fingern auf die Schulbank. »Genosse Agnagna!« Er sprang auf und packte Marcellin am Ellbogen. »Wir müssen miteinander sprechen. Schnell! Wir müssen in den Wald gehen.«

»Nzé, Manou, ihr paßt auf das Gepäck auf«, befahl Marcellin und ließ sich schon zum Pfad hinter der Hütte schieben.

»Wenn nichts mehr geht – Technik hilft weiter!« sagte Lary, und so begaben wir uns denn auf einen Inspektionsgang zur Bahnlinie. Auf dem Rückweg stießen wir auf die Ruine eines hochgebauten Schuppens mit Stützpfeilern aus Lehmziegeln, und davor lag ein schwerer Stahlzylinder, der noch mit einem Getriebe, einer Antriebswelle und einem zerbrochenen Schwungrad versehen war.

»Eine alte Zentrifuge«, sagte Lary und strich über das glatte Metall. »Hier muß eine Fabrik gewesen sein. Das ist ja absurd! Wurde hier Öl gepreßt oder etwas hergestellt? Unglaublich!«

In der Schulhütte wartete schon Marcellin auf uns. »Redmond, ich habe einen seltenen Vogel gehört«, sagte er. »Wir müssen ihn suchen!«

Er sah erregt aus und legte seinen Armeegürtel an – mitsamt Machete im Futteral, seinen zwei Wasserflaschen und dem Sony-Walkman. »Manou, du bleibst hier drinnen beim Gepäck. Lary, du wirst eine Schulbank nach draußen schleppen, dich hinsetzen und in einem Buch lesen. Und laß dir keine Angst anmerken. Nzé, du setzt dich ebenfalls auf eine Bank, ölst aber dein Gewehr so, daß du gut zu sehen bist. Leg eine Schachtel Munition neben dich. Und wenn es Ärger gibt, schießt du in die Luft.«

Lary zupfte an seinem Schnurrbart. »Bei allem Respekt – aber was zum Teufel geht hier vor?«

»Vogelkunde!« sagte Marcellin und zog mich am Arm fort. »Wir müssen einen Vogel suchen.« Dann schob er mich zum Pfad hinter der Hütte.

Etwa hundert Meter nach einer verwilderten Pflanzung kamen wir auf eine kleine Lichtung, und in ihrer Mitte war ein guterhaltenes Grab mit einem Grabstein. ›NDOSSA, RAPHAEL‹ war darauf zu lesen, ›1910 – 1975‹. Unter dem Grabstein stand ein Kochtopf mit Deckel und vor dem Kochtopf eine leere Flasche Ballantine's Gin.

»Das muß ein bedeutender Mann gewesen sein«, sagte Marcellin und setzte sich auf einen Stamm am Fuß des Grabes.

»Wozu der Kochtopf?« fragte ich und setzte mich dazu.

»Er muß ein Jäger gewesen sein, ein mächtiger Mann. Er hat dafür gesorgt, daß die Töpfe immer voll waren. Und die Ginflasche ist ein Zeichen des Respekts. Sie soll seinen Geist bei Laune halten, er soll sich in der Geisterwelt wohlfühlen.«

»Kuiiii! Kuiiiko!« machte es rechts von uns in einem Dickicht, und ich sah einen drosselgroßen Vogel, braun mit weißem Bauch. Er verbeugte sich, hob die Flügel und wiederholte seinen Gruß: »Kuiiii! Kuiiiko!«

»Da hast du ihn«, sagte Marcellin und grinste mich von der Seite an. »Wie ich dir sagte. Er hat gesungen, als ich mit dem Vizepräsidenten hier war. Man findet ihn immer in Dorfnähe. Der häufigste Vogel in Afrika, der Gemeine Gartenbülbül. Und er singt auf englisch, extra für dich: ›Quick, doctor, quick!‹ Genau das sagt er.«

Marcellin blickte auf seine Füße. »Hier ist es sicher, hier können wir sprechen. Ich spreche gern an Gräbern. Da fühlt man sich sicher.«

»Was ist los? Was geht hier vor?«

»Ich weiß nicht. Sie sprechen Mondongo, und ich verstehe sie nicht. Ich bin genauso ein Ausländer wie ihr. Vielleicht noch mehr. Mein Volk war mit den Mondongo verfeindet. Sie hassen uns.«

»Und der Vizepräsident?«

»Das ist ein gebildeter Mann. Aber er ist eingeschüchtert, er hat Angst. Das hier ist nicht normal. Es ist nicht typisch für unser Land. Er sagt, es gibt hier eine Leopardensekte. Die Männer werden in den Rücken und in die Arme geschnitten, wenn sie fünfzehn Jahre alt sind, und sie legen einen Schwur ab, daß sie jeden töten, der mit einem von ihnen verfeindet ist. Er sagt, daß der Kommandant das Dorf beherrscht. Der Kommandant ist gewalttätig, er ist wahnsinnig. Die Pygmäen sind seine Sklaven. Der Schullehrer war der einzige, der mutig genug war, sich ihm zu widersetzen. Diese jungen Schullehrer – direkt vom Lehrerinstitut in Brazzaville. Die Regierung schickt sie für zwei Jahre ohne jeden Schutz und ohne jede Unterstützung allein ins Landesinnere, damit sie Marxismus und alles andere unterrichten.«

»Was ist passiert?«

»Der Kommandant war betrunken. Er nahm sich in der Nacht den Lehrer vor und verprügelte ihn. Der Lehrer floh flußabwärts. Oder aber er hat den Lehrer erschlagen und im Wald verscharrt. Das ist nicht sicher.«

»Also gibt es hier keine Schule?«

»Wir wohnen doch in der Schule! Seit zwei Jahren gibt es keinen Unterricht mehr. Die Kinder haben keine Chance, keine Ausbildung. Wenn wir hier wieder rauskommen, werde ich einen Bericht schreiben.«

»Aber wir wollen doch die Pygmäen im Dschungel aufsuchen!«

»Nicht von hier aus. Die Pygmäen, die hier leben, haben viel zuviel Angst, um jemanden in den Dschungel zu bringen. Der Vizepräsident sagt, daß der Kommandant auf unser Gepäck scharf ist. Er will unsere Ausrüstung, unsere Stiefel, Hemden und Hosen. Aber ich glaube, wir kriegen das hin. Seine Spione werden ihm erzählen, daß wir ein Gewehr haben. Und Patronen. Jede Menge Patronen! Er hat euren Whisky getrunken, und er ist nicht an Whisky gewöhnt. Jetzt trinkt er mit seinen Leuten Palmwein. Wenn sie betrunken sind und umfallen, machen wir uns auf den Weg. Gleich beim ersten Tageslicht.«

Als wir zur Hütte zurückkamen, sahen wir gegenüber dem Eingang, im Schatten der großen Bäume, eine kleine Gruppe von Pygmäen stehen. Eine junge Mutter lächelte schüchtern zu Lary hinüber und schob uns ihr kleines Mädchen hin. Das Kind war fünf oder sechs Jahre alt, sehr dünn, und es trug einen zusammengerollten Streifen roter Baumwolle um den Bauch. Die Augenlider, die Wangen, Nase und Lippen waren knotig verkrustet, die Haut war geschwollen, rissig und voller Blasen.

»Marcellin, was zum Teufel ist das?« fragte Lary.

»Die Himbeerseuche.« Marcellin hockte sich hin und nahm die Hand des Mädchens. »Frambösie. Etwas Ähnliches wie Syphilis, hat aber nichts mit Sex zu tun. Die Fliegen schleppen es von Wunde zu Wunde. Die ersten Anzeichen, die kleinen Knoten, finden sich in den Augenwinkeln, an den Lippen und Nasenlöchern, wo die Fliegen die Feuchtigkeit aufsaugen. Wir, die Bantuvölker, kriegen diese Krankheit nicht – wer sich mit Seife wäscht und im Fluß badet, bekommt sie nicht. Aber die Pygmäen haben keine Seife. Und waschen tun sie sich sowieso nicht.«

»Was können wir tun?« fragte Lary. »Wie heilt man das?«

»Ganz einfach«, sagte Marcellin und stand wieder auf. »Eine Spritze Extencillin schützt lebenslang. Aber niemand kommt hierher. Keine Polizei, keine Ärzte. Nichts.«

»Das Floxapen«, sagte Lary zu mir. »Was ist mit dem Floxapen?«

Ich ging in die Hütte, wühlte in den raschelnden Plastikbeuteln der Sanitätsausrüstung und holte unsere letzte Packung des Antibiotikums heraus.

»Du bist verrückt, wenn du das weggibst«, sagte Marcellin und reichte der Mutter die Flasche. Mit Gesten zeigte er ihr, daß sie eine Tablette beim Aufwachen geben sollte, die nächste, wenn die Sonne senkrecht über der Lichtung stand, und die dritte beim Schlafengehen. »Du solltest dich zuerst um deine eigenen Leute kümmern. Nzé und Manou und wir alle werden Geschwüre kriegen!«

Die Pygmäen zogen sich zurück und verschwanden zwischen den Bäumen; Lary las weiter in seinem Dickens, Manou kam vom Fluß mit einem halbgefüllten Zwanzigliterkanister Wasser, und Nzé, der glücklich mit seinem Putzstock aus Bambus, einer Plastikflasche mit Speiseöl, einer Schachtel Munition und den Fetzen eines in Streifen gerissenen blauen T-Shirts hantierte, warf immer mal wieder einen fachmännischen Blick in den Gewehrlauf. Als Marcellin seinen Plan erläutert hatte, sah Nzé nicht mehr glücklich aus. Manou verschwand in der Hütte, Lary stopfte den ›Gemeinsamen Freund‹ in die Tasche, und wir schleppten die Schulbänke wieder hinein.

Nach Einbruch der Dunkelheit verbarrikadierten wir den Eingang mit drei Baumstämmen und zwei Schulbänken, tranken grünen Tee, aßen Sardinen mit Foufou und gingen in Stiefeln zu Bett. Nzé blieb hinter der Barrikade sitzen und umklammerte das Gewehr.

Ein paar Stunden später rüttelte mich Lary wach.

Laute Trommelschläge, schneller als ein Herzpochen, drangen in Wellen auf uns ein.

»Was zum Teufel ist das?« sagte Lary.

»Trommeln.«

»Klugscheißer!« Lary knipste die Lampe an. Ein großer Schweißtropfen hing an seiner Nasenspitze.

»Klingt ziemlich unheimlich«, sagte ich, um etwas Passendes zur Situation beizusteuern. Ich setzte mich auf und rieb Arme und Beine, die vom Liegen auf dem harten Boden taub geworden waren.

»*Ich hab's satt!*« sagte Lary. »*Ich hab's satt, mich Tag und Nacht terrorisieren zu lassen!* So viel wie in den 34 Tagen dieser Reise mußte ich in meinem ganzen Leben nicht durchmachen.« Er öffnete das Zelt und blickte hinaus: Vor dem Eingang der Hütte war ein unstet flackerndes Licht, das die Barrikade erhellte. Hinter ihr duckte sich Nzé mit eingezogenem Kopf und suchte hinter einer umgekippten Schulbank Deckung. Mit der rechten Hand tastete er nach dem herrenlos daliegenden Gewehr, dessen Lauf auf den Eingang gerichtet war.

»Koko ist draußen«, sagte Lary und zog sich ins Zelt zurück. »Er steht da draußen mit seiner Panzermütze. Ich weiß, daß er da draußen steht, mit seiner Panzermütze und einer Harzfackel in der einen Hand und einer Machete in der anderen. Er will unsere Sachen. Er will unsere Sachen, und er zündet das Dach an. Er zündet das Dach an, damit wir rausrennen, und dann macht er mit seinen Freunden Hackfleisch aus uns.«

»Nzé wird auf ihn schießen.«

»Vielleicht ist es deiner Aufmerksamkeit entgangen, Redmond, aber Nzé ist nichts als ein Bündel Syphilis. Außerdem guckt er mit dem einen Auge ständig nach oben und mit dem anderen nach unten. Der würde nicht mal ein Scheunentor treffen.«

»Wo wärest du jetzt am liebsten?« (Wenn man nicht weiterweiß, ist das immer eine beruhigende Frage.)

Lary stutzte und wischte sich mit der rechten Hand den Schweiß vom Gesicht. »In Burlington, Vermont. Da gibt's einen Buchladen, Chassman & Bem, und ob du's glaubst oder nicht: Man kann einfach reingehen, ohne daß da einer mit der Kanone rumfuchtelt, und sich ein Buch nehmen, sich auf einen richtigen Stuhl setzen wie ein menschliches Wesen und einfach nur lesen und Mozart hören, und niemand kommt und brüllt dir in die Ohren und bedroht dich mit der Machete, wenn du nicht deine letzte Flasche Whisky hergibst und deinen Rucksack und deine Hosen.«

»Das ist wirklich beruhigend«, sagte ich.

»Ach ja? Mehr hast du nicht zu sagen?«

»Sieh mal, Lary, es tut mir leid. Ich weiß nicht, was da draußen los ist, und ich weiß nicht, was wir tun sollen. Und wenn ich nicht weiß, was ich tun soll, gehe ich schlafen. Joseph Conrad hat eine Bezeichnung dafür.«

»Ach, wirklich?« Lary war sauer.

»Ja. Er nennt es den Heroismus des Nichthandelns.«

Und ich schlief ein.

Fünf Minuten später (so schien es mir) rüttelte Lary an meiner Schulter. In der Hütte war es taghell. »Um Gottes willen«, flüsterte er. »In dieser Hütte bewegt sich was.« Das Trommeln hatte aufgehört, aber man vernahm einen hechelnden Atem, dann plötzlich ein Klappern drüben bei der Barrikade.

Lary griff zur Machete und rollte sich aus dem Zelt hinaus. Ich setzte meine Brille auf und kroch hinterher.

»Ein Hund!« schrie er. »Ein Hund!«

Ein kleiner weißer Hund leckte noch einmal schnell am Blechnapf neben dem schlafenden Nzé, dann sprang er über eine Schulbank, krabbelte über die Balken ins Freie und stieß dabei mit dem Hinterbein gegen das Gewehr.

Das Gewehr fiel herunter und traf mit dem Kolben Nzés Bauch. Nzé setzte sich auf, glotzte uns an und preßte entsetzt den rechten Arm an den Bauch.

»Schnell!« schrie Marcellin und stürzte aus seinem Zelt hervor. »Feuer! Drück ab!«

Es rührte sich etwas unter der Plane am anderen Ende der Hütte. Manou streckte den Kopf heraus und sagte mit verschlafener Stimme: »Hier bin ich.«

Alle lachten.

Marcellin blickte auf seine Uhr. »Es ist schon spät. Der Bootsführer wartet. Beeilung!«

Gebeugt unter der Last des Rucksacks und der zwei Packtaschen sah ich eine Bewegung im kurzen Gras neben der Hütte. Sechs schwerfällige, pupurrote Schwärmer, vielleicht Elefantenschwärmer, schwebten über winzigen scharlachroten Blumen und saugten wie Kolibris den Nektar mit ihren langen Rüsseln. Ihre kleinen Schwänze ragten vor Vergnügen in die Höhe.

18

An der Bootsrutsche warteten der Bootsführer und der Vizepräsident auf uns. Ein Junge mit einem langen Speer stand ein Stück weit entfernt im flachen Wasser. Wir wateten durch die Entengrütze, verstauten das Gepäck im Boot und nahmen unsere Plätze ein. Marcellin drehte sich noch einmal um und schüttelte dem Vizepräsidenten die Hand: »Albert Ndongo, Sie haben Mut bewiesen. Ich werde die Regierung der Volksrepublik darüber unterrichten.«

»Danke, Genosse!« sagte der Vizepräsident. Er zitterte. Malaria, dachte ich, oder der Morgennebel. Oder vielleicht nur die Zuckungen der Angst.

Der Junge stieß, flink wie ein Reiher, den Speer ins Wasser. Dann hielt er einen schwarzen Wels in die Höhe, der sich, hinter dem Kopf vom Speer durchbohrt, hin und her warf.

Der Bootsführer startete den Motor, und wir tuckerten hinaus auf den Fluß.

»Mein Gott«, sagte Lary mit dramatischem Augenaufschlag. »Das war die schlimmste Nacht meines Lebens.«

»Wirklich? Welchen Grad auf der Impfondo-Skala?«

»Oh, weit drüber. Mit Abstand. Impfondo zählt überhaupt nicht. Ich hab geschwitzt vor Angst. Ich war einfach gelähmt vor Angst. Eher würde ich mit dem Kopf im Klo schlafen, als nochmal so was durchzumachen. Ich hatte ja keine Ahnung, daß ein erwachsener Mann so einen Schiß haben kann. Und du, du fettes Monster, du hast dich einfach schlafen gelegt. ›Hör mal, die Trommeln‹, hast du gesagt. ›Klingen irgendwie unheimlich.‹ Und dann bist du eingeschlafen. Du hast geschnarcht.«

»Tut mir leid.«

»Ich hab mir eingeredet, daß schließlich ich es war, der sich entschieden hat, lieber irgendwo im afrikanischen Dschungel zu verrecken, als den ganzen Sommer lang Farbe abzukratzen. Aber als es soweit war, hat es nicht funktioniert. *Überhaupt nicht*. Ich war einfach nicht bereit zu sterben. Du kannst sagen, was du willst – dieser verrückte Kommandant und seine Kumpane waren drauf und dran, die Hütte anzuzünden, da bin ich mir ganz sicher. Sie waren nur schon zu besoffen. Das ist alles.«

Ich schwieg.

»Wenn ich jemals wieder nach Hause zurückkomme und jemand sagt zu mir: ›nur keine Panik‹, werde ich antworten: ›Du hast mich noch nicht panisch gesehen. Hier in Plattsburgh ahnt man nicht mal, was Panik ist.‹ Vielleicht lag es am grünen Tee, aber ich war wirklich auf das Schlimmste gefaßt. Ich malte mir die Sache aus: Sie trinken sich mit Palmwein Mut an. Sie trommeln die ganze Nacht. Sie zünden die Hütte an und erwischen uns mit ihren Macheten, wenn wir fliehen. Nur ich schaffe es. Ich habe die Eingebung, mich bei dem Fabrikschuppen zu verstecken, in der Zentrifuge und nicht im Dschungel, wo sie mich sofort finden würden. Nach Einbruch der Dunkelheit klaue ich ein Boot und fahre flußabwärts. Nichts zu essen, überall Feinde. Aber ich schaffe es. Und ich komme mit den Marines zurück und schieße diesen verdammten Sergeant Pepper über den Haufen.«

»Essen!« schrie Nzé vom Heck und schob uns Blechnäpfe mit kaltem Foufou und Sardinen über das Gepäck.

»Das ist Huhn!« sagte Lary und reichte zwei Näpfe weiter an Marcellin, der sich nach vorn reckte und einen von ihnen an Manou im Bug weitergab.

»Im nächsten Dorf.« Marcellin drehte sich zu uns um. »Dort gibt es Huhn.«

»Ein Saufraß«, sagte Lary. »Aber ich beklage mich nicht.«

»Marcellin, dieses Ding dort auf den Pfosten in der Nähe der Pygmäensiedlung, mit den getrockneten Fleischfetzen, was war das?« fragte ich.

»Zwillinge.«

»Zwillinge?«

»Es ist ein großes Unglück, Zwillinge zu kriegen.« Er drückte seine Sardinen mit der Klinge des Schweizermessers in den Foufou. »Eine Katastrophe. Ich persönlich glaube nicht daran. Aber die Leute sagen, die Frau hätte mit einem bösen Geist geschlafen. Es sei tierisch, mehr als ein Kind auf einmal zu gebären. Früher hat der Zauberer die Mutter getötet und die Babys in den Wald geworfen, ihr ganzer Besitz wurde zerstört, ihre Töpfe zerschlagen, ihre Sachen zerfetzt und verbrannt. Sie durfte keine Ahnfrau werden und mußte aufhören zu existieren. Niemand durfte mehr ihren Namen nennen, nicht einmal ihre Mutter.«

»Und heute?«

»Heute werden nur noch die Nachgeburten zum Waldrand gebracht, damit das Dorf geschützt ist. So bleibt der Geist, der die Zwillinge gezeugt hat, im Wald.«

Zwei kleine, kastanienfarbene Enten, schmuck anzusehen, schwammen vor uns und strebten dem Ufer zu, als wir näherkamen, doch dann besannen sie sich anders und flogen, mit Wasser um sich spritzend, los, umrundeten in geringer Höhe eine Gruppe von Bambuspalmen und landeten auf einem Ast in halber Höhe am rechten Ufer. Als wir unter ihnen durchfuhren, wackelten sie mit den Schwänzen wie Aylesbury-Erpel, neigten die schwarzen Köpfe zur Seite und musterten uns mit je einem braunen Auge.

»Baumenten«, sagte Lary überzeugt.

»Es müssen Hartlaubenenten sein. Das sind die einzigen Enten, die im Dschungel leben. Man weiß fast nichts über sie. Ein Nest hat man nie gefunden.«

»Hab ich mir gedacht. Welcher Idiot würde auch hierherkommen, um danach zu suchen.«

»Jemand hat ein Pärchen gefangen und zum Brüten gebracht. Sie haben ihr Nest am Boden eines Fasses gebaut. Die Küken hatten scharfe Krallen und sind an der Wand hochgeklettert – aber das haben sie nur zwei Tage lang gekonnt. Also, was glaubst du? Nisten sie in hohlen Bäumen?«

»Ganz sicher. Sie sind drauf gekommen, daß das hier die einzige Chance ist zu überleben. Ein Nest, das niemand findet. Sich in einer Zentrifuge verstecken.«

Gegen Mittag erreichten wir das nächste Dorf. Der Bootsführer schob den Einbaum ans Ufer, trat an Land und spuckte ins Gras.

»Er ist unglücklich«, erklärte uns Marcellin auf englisch, als wir zu den Hütten hinaufgingen. »Hier in Mimbélou hat er keine Frauen, aber die Leute sind Mondongo, er hat hier Verwandte, und sie spionieren ihm nach. Also kein Sex! Er wird abmagern, er wird uns noch krank!«

Fünf kleine Jungen kamen angerannt, drängten sich um Lary und liefen dann im Gleichschritt hinter ihm her. »Mondélé! Mondélé!« sangen sie.

»Warum gerade ich?« fragte er.

»Es ist dein Gesicht«, sagte Manou überraschend. »Du hast ein freundliches Gesicht. Du kommst aus Amerika.«

Wir stapelten das Gepäck am Stamm eines alten Mangobaums auf, des Versammlungsbaums, wie Marcellin erklärte, denn unter seinen Ästen würden alle wichtigen Entscheidungen des Dorflebens getroffen. Der Häuptling erschien, er trug in jeder Hand einen dreibeinigen Schemel. »Genosse Agnagna«, sagte er und stellte die Schemel in einiger Entfernung von den Mangowurzeln auf, »wir werden miteinander reden.«

Nzé schlüpfte in die nächstgelegene Hütte und kam mit einem Hocker für sich selbst zurück; Manou, Lary und ich setzten uns auf die Rucksäcke, und die Beratung begann. »Ich bin hier kein Fremder«, sagte Marcellin auf französisch. »Aber ich habe in Kuba gelebt und in Frankreich. Ich war in fernen Ländern. Ich bin ein Bevollmächtigter der Regierung der Volksrepublik.«

»Wir werden miteinander reden«, wiederholte der Häuptling mit Ruhe und Würde, und die gemächliche Diskussion wechselte über ins Lingala.

Eine halbe Stunde später standen die beiden auf. »Der Häuptling von Mimbélou wird uns unterstützen«, sagte Marcellin. »Er hat sich entschieden. Redmond wird die üblichen Gebühren entrichten. Die weißen Männer werden mit 10 000 CFA und acht Kürbisflaschen Palmwein bezahlen. Wir nehmen fünf Pygmäen mit. Wir packen um und gehen in den Dschungel. Alles Gepäck, das wir nicht brauchen, wird sicher in der Hütte des Häuptlings von Mimbélou verwahrt. Wir brechen in einer halben Stunde auf.«

»Ich – ich werde die Wilddiebe töten«, sagte der alte Mann mit einem matten Lächeln. Er schob die verschlissenen Ärmel seines roten Hemdes hoch, raffte die braunen Baumwollhosen (mit einem Dreiangel auf dem rechten Knie) und schlurfte auf Gummisandalen in seine Hütte.

Drei Männer des Häuptlings paddelten uns, die fünf Pygmäen, die vier Rucksäcke und Marcellins Packen in ihren Fischerkanus über den Fluß, stakten uns durch einen langen, schmalen Wasserlauf und setzten uns auf dem Trockenen ab. Marcellin, Lary und ich füllten unsere Feldflaschen in dem trägen Wasser und steckten sie wieder in die Gürteltaschen. Manou und Nzé taten das gleiche mit ihren Plastikflaschen und befestigten sie mit Bindfaden an ihren Gürteln. Die Pygmäen schnitten mit ihren Macheten Lianen ab und zertrennten sie in flache Streifen.

Lary bückte sich nach seinem Rucksack.

»Nein, nein«, sagte Marcellin und hielt ihn an der Schulter fest. »Wir sind keine Träger. Wir sind *Wissenschaftler*. Wir sind eine Expedition der Regierung.«

»Mein Gepäck trage ich immer selbst«, sagte Lary und wuchtete seinen Rucksack hoch.

»Ich auch«, sagte ich, wenn auch nicht mit Larys Entschiedenheit.

»Aber nicht hier.« Marcellin zerrte den Rucksack von Larys Rücken und stellte ihn zurück auf die Erde. »Wir sind hier in Afrika. Ihr seid unter anderem auch dazu da, den Leuten Jobs zu geben. Selbst meine Diener, Manou und Nzé, tragen keine Lasten. Sie sind meine Helfer und nicht meine Träger.«

»Nun, ich finde das nicht gerecht«, sagte Lary. »Es ist nicht demokratisch.«

»Demokratisch!« rief Marcellin mit einem Lachen, das ausnahmsweise wieder echt war. »Demokratisch!«

Die Pygmäen waren barfuß und trugen zerlumpte Shorts, die ihnen einige Nummern zu groß waren und die sie mit Schnur zugebunden hatten. Alle waren sie jung, flink in ihren Bewegungen und erschreckend gut trainiert. Sie ignorierten die komplizierten Gurteinstellungen der Rucksäcke, wickelten einfach Lianen um die Tragegestelle, hievten sich die 30 Kilo auf den Rücken und trugen sie mit einer Schlinge, die sie um die Stirn gelegt hatten.

Ich folgte dem führenden Pygmäen und war fasziniert von der Schnelligkeit, mit der er die Beine bewegte, von den kleinen Haarbüscheln auf den Waden, von seinen nackten Füßen, die fast 45 Grad seitwärts gestellt waren und mit kurzen, flinken Schritten den kaum erkennbaren Pfad entlangtappelten.

Um sein Tempo zu halten, mußte ich Riesenschritte machen, und ich rutschte über das glitschige Laub auf dem feuchten Untergrund, rannte in dorniges Lianengestrüpp oder gegen Stämme und stolperte über die Wurzeln der großen Bäume.

Es war schwül, und kein Lüftchen regte sich, mir floß der Schweiß unter dem Schweißband des Hutes hindurch über das Gesicht, das blaßbraune Aufleuchten der Fußsohlen meines Vordermanns wurde immer verschwommener, und mir wurde klar, daß ich meine Schritte den seinen anpassen mußte, wenn ich mich überhaupt auf den Beinen halten wollte.

Während ich mich allmählich in die aufgeregt tippelnde Gangart hineinfand, gelang es mir sogar, eine Wasserflasche aus der Gürteltasche zu ziehen, einen Schluck zu nehmen, sie zurückzustecken, mir das Gesicht mit dem Ärmel abzuwischen und hin und wieder einen Blick vom Pfad weg in die Umgebung zu riskieren.

Wir passierten ein Waldgebiet, in dem die Stämme der großen Bäume zwanzig Meter oder höher hinaufreichten, bevor sie sich über uns zu dem Laubdach verzweigten, dessen dicke Äste sich fast waagerecht ausbreiteten, so daß zu den Nachbarkronen nur schmale Lücken blieben, in denen Lianen klumpten und spiralig wucherten. Wo in den Astgabeln Pflanzenreste faulten, hatten sich Farne und schmarotzende Orchideen eingenistet, und alle Stämme waren überzogen von Flechten. Aber es war kein dichter Wald. Das Blätterdach hatte viele Lücken, durch die das gesprenkelte, vom Unterholz gefilterte Sonnenlicht bis zum Waldboden drang, wo vereinzelt zwischen dem Gestrüpp blühende Blumen – eine ausgesprochene Rarität im Dschungel – zu sehen waren (Blütenkolben mit blaßroten Stacheln auf einem hüfthohen grünen Stengel). An manchen Stellen häufte sich eine einzige Pflanzensorte, ein aronstabartiges Gewächs, dessen Stengel drei bis fünf Meter hoch waren und in einem riesigen Blatt von der Form einer abgeflachten Speerspitze ausliefen. Und jede Stunde etwa überquerten wir eine kleine Lichtung mit verwaisten Hütten – halbrunde Rahmen aus gebogenen Zweigen, manche noch mit braun und gelb verwelkten Blättern verkleidet, andere skelettiert, verkohlt oder verbrannt. Was war da passiert? fragte ich mich und versuchte, den Schmerz in meinen Beinen zu vergessen, als wir die Lichtung Nummer sechs verließen (die Hütten noch mit Blättern verkleidet), ohne das Tempo zu verringern oder einen Blick zurück zu werfen. Waren die Pygmäen weitergezogen, weil jemand gestorben war, wie Turnbull, der bei den Mbuti weit östlich von hier in Zaire gelebt hatte, es in seinem Buch ›Molimo. Drei Jahre bei den Pygmäen‹ (1961) beschrieb? Oder wurde es einfach Zeit für eine neue Siedlung, weil die Plage der Sandflöhe unerträglich geworden war, wie der bedeutende französische Anthropologe Serge Bahuchet, der die Ökologie der Aka im Norden, in der Zentralafrikanischen Republik, studiert hatte, in seinem Buch ›Die Aka-Pygmäen und der zentralafrikanische Regenwald‹ (1984) feststellte?

Eine Stunde später, als ich, verwirrt und erschöpft, noch immer dabei war, mir Einzelheiten aus dem Buch von Bahuchet oder auch nur irgend etwas anderes ins Gedächtnis zu rufen, überfiel uns ein plötzlicher Gestank, eine Mischung aus Schweiß, Holzrauch, Exkrementen und versengtem Fell. Der Pfad weitete sich, tat sich auf zur Lichtung. Da war ein Stamm zum Sitzen; das Blut hämmerte mir in den Ohren, dann kam ein kreischendes Gejodel, eine wirre Menschenmenge wogte in mein Blickfeld, nackte Arme und Brüste, Lendenschurze, Baströcke, händeschüttelnde Männer, ein Kind, das mit seinen kleinen Fingern auf meiner schweißnassen Stirn herumpatschte. Wir waren angekommen.

Ich atmete ein paarmal tief durch, fühlte mich besser und stand auf.

»Koko!« sagte eine vertraute Stimme hinter mir. Es war Lary, der »Koko« sagte und albern grinste. »Ist jemand zu Hause? Darf ich reinkommen?«

Jetzt trafen auch die anderen ein. Nur Lary und die Träger sahen so aus, als hätte ihnen der Gewaltmarsch nicht das geringste abverlangt.

»Gerade rechtzeitig«, sagte Marcellin. »Gleich wird es dunkel.«

»Es gibt 24 Hütten und einen Anbau auf dieser Lichtung«, sagte Lary.

»Wasser!« stöhnte Manou und sank auf meinem Baumstamm nieder. »Wir brauchen Wasser!«

»Der Häuptling von Mimbélou«, sagte Marcellin, der auf einem Rucksack saß und seine Wadenmuskeln massierte, »hat mir gesagt, daß seine jungen Pygmäen Lingala sprechen. Sie dürfen in seiner Dorfschule lernen und sind immer die Besten der Klasse! Aber dann plötzlich verschwinden sie im Dschungel, manchmal für Monate. Es hat keinen Zweck mit ihnen.«

Rechts neben uns saß eine junge Frau auf einer Laubmatte vorm Eingang ihrer Hütte. Das eine Bein hatte sie angewinkelt, das andere streckte sie uns entgegen; bis auf einen rotgefärbten Bastrock und ein Halsband aus gerolltem rotem Stoff war sie nackt. Ihre Besitztümer waren unter dem Vordach aus überstehenden Zweigen und Blättern aufgestellt: zwei rauchgeschwärzte Kürbisflaschen, mit Blättern zugestöpselt, und ein Tragekorb mit Gurten aus geflochtenen Lianen, so groß wie einer unserer Rucksäcke. Aus dem gewölbten Dach der Hütte, die nicht höher war als 1,20 Meter und mit den großen Blättern der Pflanzen gedeckt war, die wir im Wald gesehen hatten, stieg eine dünne Rauchsäule in die Luft und vermengte sich unter den hohen Bäumen mit dem gemeinschaftlichen Rauchschleier, der über der ganzen Lichtung hing.

Als sie merkte, daß ich sie anstarrte, schenkte sie uns ein blendendes Lächeln. Ich nahm die Brille ab und wischte die beschlagenen Gläser am Hemdärmel ab, so daß sie ein wenig durchsichtiger wurden. Nzé kniete sich vor der Frau nieder, legte den Kopf zur Seite, drückte die Hände auf die festen, jugendlichen Brüste und begann sie zu quetschen.

»Laß das!« rief Lary. Er machte einen ruckartigen Schritt nach vorn und hob die Faust, doch dann besann er sich und nahm den Hut ab. »Ich glaube, hier geht mich das nichts an«, murmelte er und setzte sich zu Manou auf den Baumstamm.

Marcellin sagte träge auf französisch: »Hör auf damit. Ich hab's dir gesagt.«

»Aber Doktor, die haben das doch gern!« Nzé stand wieder auf. »Ist doch allgemein bekannt. Es bedeutet: ›Du bist schön.‹« Er drückte einen schmatzenden Kuß in seine rechte und dann in seine linke Handfläche. »Das ist die einzige Art, Doktor. Nur so kann man zu einer Pygmäin sagen: *»Du hast wunderbare Brüste!«*

»Dies ist eine Regierungsexpedition«, sagte Marcellin. (Nzé zwinkerte Lary zu und benutzte dafür sein besseres Auge.) »Nzé Oumar! Ich, der Leiter der Expedition, ermahne dich dazu, in meinem Beisein diese Menschen mit Respekt zu behandeln.«

»Ich bin ein Regierungssoldat der Volksmiliz von Dongou«, sagte Nzé mit einem affektierten Lachen und wackelte mit dem Hintern wie ein Tanzmädchen. »Und ich sage dir, Genosse Doktor, daß die Pygmäen keine Menschen sind. Sie leben im Wald! Sie haben keine Rechte!«

Marcellin nahm Haltung an und hob die Stimme: »Das muß sich ändern.«

»Die existieren überhaupt nicht!« brüllte Nzé. »Die haben keine Dörfer, die haben keine Dorfkomitees *und nicht mal Vizepräsidenten!«* Er zog eine Zigarettenschachtel aus der Tasche, klopfte eine Zigarette auf der Schachtel fest und zündete sie an. Seine Finger zitterten vor Empörung.

»So, das wär's«, sagte Marcellin mit einem plötzlichen Grinsen. »Du hast dich an den Vorräten vergriffen. Du rauchst die Zigaretten, die für die Pygmäen bestimmt sind. Das ist ihre Bezahlung.« Marcellin sagte etwas auf Lingala zu einem der Träger und dann zu uns: »Wir brauchen Wasser. Dann bauen wir die Zelte auf. Und dann, Redmond, verteilst du die Geschenke.«

Die junge Frau lachte uns an (alle schienen uns anzulachen), griff hinter sich in die Hütte, zog einen langen Stock hervor, sprang auf und hielt das dicke Ende des Stocks in das schwelende Feuer auf der Lichtung. Er verwandelte sich in eine brennende Fackel, und die Frau gab uns ein Zeichen, daß wir ihr folgen sollten.

»Das ist Kopal«, erklärte Marcellin, als wir unter den dunklen Bäumen hinter ihr herliefen. »Ein Baumharz, das die Pygmäen sammeln. Es ist wertvoll. Man kann es verkaufen.«

»Wenn ich der Mann dieses Mädchens wäre«, sagte Lary auf

englisch, »würde ich dem Kerl einen Pfeil verpassen. Genau zwischen die Augen.«

»Nzé ist kein Intellektueller«, sagte Marcellin und stolperte über eine Wurzel. »Er ist kein Wissenschaftler. Er sagt nur, was alle sagen. Für die Bantu sind die Pygmäen Tiere. Im vollen Ernst. Aber ich bin nicht der Meinung. Ich sehe es so, daß die Bantu ihre Revolution gemacht und sich von der Sklaverei befreit haben, von der Sklaverei der weißen Männer. Und nun müssen die Pygmäen ihre Revolution machen und sich ebenfalls von der Sklaverei befreien. Von der Sklaverei der Bantu.«

»Ich wäre schon zufrieden, wenn ich mich waschen könnte«, sagte Lary. »Ich stinke. Ein Bad wäre nicht schlecht.«

»Da hast du aber Glück«, sagte ich. »Turnbull schwört, daß die Pygmäen vom Ituri stets in der Nähe eines klaren Gewässers kampieren. Allerdings ist er ein wenig schwärmerisch veranlagt. Er redet von einem ›fröhlichen Lärm, fast wie bei bunten Vögeln, die zwischen den Bäumen Fangen spielen‹. Zufällig kann ich mich an diese Stelle erinnern.«

»Ein murmelnder Bach würde mir schon reichen«, sagte Lary. »Oder irgendwas Plätscherndes«, fuhr er fort, als die junge Frau ihre Fackel über ein schwarzes Sumpfloch hielt, das in den Waldboden gegraben war.

Der Reihe nach legten wir uns hin, langten hinab und füllten unsere Wasserflaschen.

Ein alter Mann mit krausem Haar und einem drahtigen Bart von grauweißer Farbe nahm Lary beim Ellbogen und führte ihn ans andere Ende der Lichtung, wo zwischen den Hütten noch Platz war. Mit seinen dürren Armen machte er Gesten, als würde er Zweige abschneiden und biegen, in die Erde stecken und mit Blättern bedecken. Er wollte Lary als Nachbarn.

Also bauten wir dort unsere Zelte auf, und Nzé breitete mit Manou seine Plane bei einem Unterstand aus, einem Dach aus Zweigen und Blättern, das zum Dschungel hin bis auf den Boden reichte, zu den anderen Seiten hin aber völlig offen war und von drei dünnen Pfosten getragen wurde. Das sei für die unverheirateten Männer, sagte Marcellin, die darauf warten, daß ihr Mädchen erwachsen wird, oder die schlechte Jäger sind oder aus anderen Gründen unbeliebt, sei es, weil sie nicht singen oder tanzen oder Geschichten erzählen könnten, sei es, weil sie nicht so stark seien wie er, Marcellin, sondern schwach und unscheinbar wie sein Neffe Manou.

Der alte Mann holte ein halbverbranntes Scheit aus dem Feuer seiner Hütte, drei weitere vom großen Feuer in der Mitte der Lichtung und legte sie vor unserem Zelt wie die Speichen eines Rades aus. Dann schichtete er einen Haufen Reisig darüber, hockte sich nieder und entfachte ein Feuer für uns, indem er zweimal kräftig hineinblies. Er zog ein großes Blatt aus dem Dach seiner Hütte, breitete es am Feuer aus, setzte sich mit ausgestreckten Beinen darauf und betrachtete Lary mit konzentriertem Blick – wie ein Anthropologe.

Nzé füllte unseren Kochtopf mit Wasser und Maniokmehl und hängte ihn an einem Stock über das Feuer. Wir schleppten ein paar Taschen herbei und ließen uns nieder. Der Alte wandte sich von Lary ab, drehte sich zur anderen Seite und schrie mit überraschend kräftiger Stimme »Beya!« über die Lichtung.

Ein junger Mann löste sich aus der Kulisse von Rauchschwaden, Schatten und Stimmengewirr – es war der Pygmäe, dem ich im Wald gefolgt war, doch er war völlig verändert und trug einen majestätischen roten Lendenschurz; T-Shirt und Shorts, die er tagsüber anhatte, waren verschwunden. Er hielt zwei Blätterbündel, die mit Lianenstreifen zugeschnürt waren, und legte sie neben dem Alten auf den Boden, nachdem er sich auf das Ende von Nzés Tasche gesetzt hatte. Er öffnete das eine Bündel – es enthielt kleine schwarze Fleischstücke – und reichte das andere an Nzé weiter.

Nzé lockerte den Verschluß der Blättertasche und schnupperte hinein. »Honig!« sagte er, schob die rechte Hand hinein, holte sich eine Portion heraus und lutschte sie von den Fingern.

»Das reicht«, sagte Marcellin, nahm ihm die Tasche weg und gab sie Lary.

Lary tunkte seine dicken Finger hinein, leckte kurz – und schmiß mir die Honigpackung auf die Knie. Mit der linken Hand suchte er in der Seitentasche seiner Jeans nach einer Taschenlampe und knipste sie an. Ein Klumpen kleiner schwarzer Insekten strampelte matt auf seinem noch ungeleckten Finger. »Bienen!« sagte Lary. »Ich habe lauter Bienen verschluckt!«

»Schon gut«, sagte Marcellin. »Dunkler Honig, das ist der beste. Mopani – das sind die kleinen Bienen, die keinen Stachel haben. Sie sind gut zu uns, sie trinken unseren Schweiß.«

»Und diese Blätter?« fragte ich und reichte die Packung an Manou weiter. »Die Pflanze, die wir im Wald gesehen haben, die Blätter, die sie für alles verwenden?«

»*Maranflacées*. Die Gorillas haben sie gern. Sie essen die Schößlinge. Der Riesenphrynium. Ich weiß es nur, weil Mike Fay es mir erzählt hat – er kennt hier alle Pflanzennamen, aber auch nur deshalb, weil die Pygmäen sie ihm beigebracht haben.«

»Und wie heißt diese rote Blume mit dem meterlangen Stengel?«

Marcellin wandte sich an Beya und sprach Lingala mit ihm; Beya übersetzte die Frage für den alten Mann, und dann begann eine lange Diskussion bei Maniok und geräucherter Antilope mit Honig als Dessert, mit Riesenphryniumblättern und Blechnäpfen als Tafelgeschirr. Schließlich erhielt Marcellin eine Auskunft und erklärte mir: »Sie wissen es nicht. Sie haben keine Verwendung für die Blume, also hat sie keinen Namen.«

Der alte Mann legte seinen Blätterteller nieder, wischte sich die Hände am Lendenschurz ab und stand langsam auf. Mit großem Ernst, als hätte er eine schwierige Entscheidung getroffen, legte er die Hände um Larys rechtes Handgelenk und starrte ihm in die Augen. »Bakolo«, sagte er.

»Lary Shaffer«, erwiderte Lary verlegen, stand auf und beugte sich zu ihm hinunter. »Freue mich, Sie kennenzulernen.«

»Dieser alte Mann ist der Anführer der Gruppe«, sagte Marcellin. »Beya hat es mir gesagt. Ihr könnt ihn auch den Medizinmann nennen, er überbringt die Botschaften aus der Welt der Geister. Er sagt, daß du, Lary, nicht wie die anderen bist, daß du ein Lehrer sein könntest wie er, weil deine Ahnen stolz auf dich sind – dein Geistervater ist nahe bei dir.«

Lary entwand sich dem Griff des alten Mannes. »Wartet, ich hole die Tasche«, sagte er, hielt sich die Hand vor die Stirn und rieb sich die Augen. »Ich hole die Tasche mit den Geschenken.«

Also verteilten Bakolo und Beya (der Tanzmeister, sagte Marcellin) im Schein des großen Lagerfeuers und der fünf kleineren Feuer vor den Hütten die Geschenke – zwei Schachteln Zigaretten für jeden Mann, eine Halskette mit roten, weißen und blauen Perlen für jede Frau, lose Glasperlen (durchbohrte Murmeln) für die Kinder. Lary, der neben mir auf seinem Rucksack saß und mit dem rechten Fuß seinen noch halbvollen Eßnapf einem eifrig schnuppernden, kleinen, schlappohrigen und ringelschwänzigen Jagdhund zuschob, sagte zu mir: »Du hättest ihnen was Nützliches mitbringen können – Gasfeuerzeuge, Breitband-Antibiotika!«

Bakolo und ein kleiner Junge, vielleicht sein Enkel, trieben direkt vor uns vier gegabelte Pfosten in die Erde, so daß sie ein Rechteck bildeten, legten zwei Querstangen darüber und breiteten auf ihnen eine Schicht von gleich lang abgeschnittenen Stöcken aus.

»Was soll das werden?« fragte Lary, den jede Art von Konstruktion fesselte. »Eine Schlafplattform? Ein Räuchergestell?«

»Das ist für uns«, sagte Marcellin, »eine Bank.« (Also setzten wir uns.) »Beya sagt, daß die Pygmäen morgen auf die Jagd gehen. Mit Netzen. Aber das Jagdrevier ist weit entfernt, und die Netze haben schon lange keine Beute mehr gebracht, sie sind unfruchtbar geworden. Deshalb wird heute nacht getanzt, um die Geister der Ahnen dazu zu bringen, daß sie den Jägern das Wild zutreiben. Vielleicht ein Tanz für die Netze, vielleicht auch etwas anderes, um die Geister zu erfreuen, wer weiß. Bakolo wird das bestimmen. Und was euch betrifft – er sagt, ihr könnt dabeisitzen und zuschauen oder auch schlafen gehen. Ihm macht es nichts aus. Aber was auch immer geschieht, ihr dürft nicht mitmachen, ihr müßt euch ruhig verhalten.«

»Na, Gott sei Dank«, sagte Lary.

»Mir ist nicht gut«, sagte Manou. Er stand auf, legte die Hand über die Schulter und rieb sich das Kreuz. »Mein Rücken tut weh, ich bin krank. Ich muß schlafen gehen.«

»Ich auch, ich bin auch krank«, sagte Nzé und stieß Lary mit dem Ellbogen in die Seite. »Ich bin krank, weil ich eine Frau brauche.«

Kinder kamen mit großen Blättern herbei und setzten sich im Kreis um uns. Manche hielten noch ihre großen, bunten (gefleckten und spiraligen) Glasmurmeln in der Hand, die Mädchen trugen Baströcke, die Jungen Lendenschurze, ein kleiner Junge hatte gar nichts an und starrte Lary mit großen Augen an wie ein Hase.

Aus den Hütten kamen Frauen, sie hatten Girlanden aus kleinen grünen Blättern um die Hüften geschlungen und über den Baströcken verknotet. Beim Gehen raschelten die Girlanden wie steife Seide. Eine junge Mutter trug ihr Baby eng an die Hüfte gepreßt, eine breite Stoffschlaufe lief von der rechten Schulter unter dem linken Arm hindurch und umfing den Po des Babys, das sich mit einer Hand an der Schlaufe, mit der anderen unter der linken Brust festgeklammert hatte und Lary anstarrte.

»Du hast eben den schöneren Bart«, sagte ich. »Du hast den schöneren Hut. Du siehst aus wie Butch Cassidy.«

»Ich stinke«, sagte Lary. »Ich fühle mich wie ein Haufen Kacke.«

Ein muskelbepackter Mann mit einer auffälligen Narbe an der rechten Wange, die vielleicht von einer Jagdverletzung herrührte, hatte an seinem Lendenschurz einen Tierschwanz befestigt. Er setzte sich etwa zehn Meter vor uns auf einen Baumstamm und klemmte sich eine kleine Trommel zwischen die Knie, einen sich verjüngenden Zylinder, dessen oberes und unteres Fell mit einer gedrehten Schnur verbunden und verspannt waren.

Der Trommler schloß die Augen, schüttelte den Kopf, machte die Augen wieder auf, blies sich auf die Finger und begann.

Die Frauen bildeten einen Kreis, indem sie sich, eine hinter der anderen, langsam vorwärts bewegten und nur mit knappen Bewegungen ihrer nackten Füße den drängenden Rhythmus des Trommlers aufnahmen. Das Schwingen der Baströcke mit den Laubgirlanden nahm eine Wellenform an und vereinte sich mit dem Auf und Ab ihres melodischen Gesangs. Die Kinder klatschten synkopisch in die Hände, und die Männer drüben beim Schutzdach der Unverheirateten stimmten einen leiseren Begleitgesang an. Alles wirkte kunstvoll und anarchisch zugleich. Eine alte Frau, die als Rock ein ehemaliges Wickelkleid trug und sich ein Tuch, das ihre langen Brüste flachdrückte, fest um den Oberkörper gewickelt hatte, schlurfte in die Mitte des Kreises und begann einen Solotanz, wobei sie die Arme vorstreckte und mit den Händen den Kopf eines imaginären Kindes formte.

Dann gab es einen Schrei, das Kreischen davonlaufender Kinder, und vom anderen Ende der Lichtung her, aus einer abgelegen im Dunkeln stehenden Hütte, wankte eine große, graue Gestalt auf den Platz. Vor ihr ging Bakolo mit vorsichtigen Schritten, er schüttelte eine Kürbisrassel und wies der Gestalt den Weg. Die Gestalt begann sich zu drehen, sie kam näher, und im Feuerschein war zu sehen, daß ihre Füße mit Baumrinde umkleidet waren, daß sie rote Hosen unter ihrem Blättergewand trug, daß auch ihr Oberkörper mit einer weichen Baumrinde umhüllt war, daß ihr die Arme fehlten, ihre Augen aus leeren, schwarzen Knochenhöhlen bestanden und der Kopf ein Gorillaschädel war.

Mit einem kräftigen Ausfallschritt fuhr die Gestalt unter die Frauen, duckte sich und schoß wieder hoch, und mit schrillen, aus vielen Kehlen erwiderten Schreien rannten die Frauen auseinander, formierten sich neu, stampften breitbeinig mit zurückgeworfenen Köpfen vorwärts und stießen Schreie aus wie die des Affenadlers.

Die Gestalt wich ihnen aus, und die Frauen verfolgten sie, der Tanz wiederholte sich mit Angriffen und Rückzügen bis zum Rand der Lichtung, wo die Gestalt schließlich in die Dunkelheit floh und verschwand.

Bakolo setzte sich nach getaner Arbeit zu uns, sein magerer Brustkorb, noch außer Atem, hob und senkte sich, seine Hände lagen schlaff auf den Knien und die Kürbisrassel vor ihm auf dem Boden. Die Frauen nahmen ihren Kreistanz wieder auf und sangen eine zarte Melodie, eine Art Schlaflied – vielleicht das Lied, das der junge Pharao Pepi II. so gern hatte hören wollen –, und die kleinen Leute unter den großen Bäumen tanzten zu ihrer prähistorischen Musik.

Beya, der Tanzmeister, entkleidet bis auf den roten Schurz, kam aus dem Dunkeln zurück und suchte sich seinen Weg zwischen hockenden Kindern und zusammengerollten Hunden (und, wie ich zu meiner Überraschung sah, auch einem Huhn, das auf einem Bein stand). Der Schweiß auf Brust und Rücken glänzte ölig im Feuerschein. Er setzte sich neben Bakolo ans Ende der Bank. Der alte Mann sprach erregt auf ihn ein, und als er aufhörte, lehnte sich Beya vor und sprach auf Lingala zu Marcellin, der sich darauf an Lary wandte: »Bakolo sagt, daß dein Geistervater ganz nahe ist, er ist stolz auf dich, und dein Vater war stolz auf dich, als er hier im Wald war. Deshalb hat Bakolo sehr hart für uns gearbeitet und ein Gewitter angehalten. Wenn du Regen willst, sagt er, ist es ganz leicht. Du mußt nur ein paar Blätter ins Wasser werfen, schon regnet es. Aber es ist sehr, sehr schwierig, ein Gewitter anzuhalten. Du mußt die Blätter auf einen Faden reihen und um die Hüfte tragen und dann mit deiner ganzen Kraft denken. Es ist wie ein Fieber im Kopf.«

»Übermittle ihm bitte meinen Dank«, sagte Lary und rutschte auf seinem Platz hin und her. »Sag ihm meinen aufrichtigen Dank, wenn es dir nichts ausmacht. Er will Zigaretten. Oder?«

»Aber nein!« sagte Marcellin und war stellvertretend für Bakolo beleidigt. »Er sagt, was er meint, und er meint es ernst.«

Am anderen Ende der Bank saß Nzé und schlief, trotz der keine fünf Meter vor ihm kreisenden Brüste und Baströcke, nackten Füße und Wadenmuskeln. Das eine Bein hatte er auf die Bank hochgezogen, und der Kopf war ihm auf die Brust gesunken. Er sah aus wie das Huhn auf einem Bein.

»Der Tanz – können sie uns etwas über den Tanz erzählen?« fragte ich.

Marcellin, Bakolo und Beya hielten eine Konferenz ab.

Lary sagte unterdessen zu mir: »Ich glaube, ich werde mich in diese Menschen verlieben.«

»Das überrascht mich nicht.«

»Nicht, was du denkst«, erwiderte er und starrte abwesend, die Ellbogen auf die Knie gestützt und die dicken Finger aneinandergedrückt, zu den tanzenden Frauen hinüber. »Ich meine ihre Technologie. Sie ist so einfach. Alle Transportprobleme werden mit dem Kopf gelöst. Du mußt umziehen? Kein Problem! Laß deinen ganzen Haushaltskram samt Möbeln und Zubehör, all die Blättertöpfe und -pfannen, Stühle und Betten hinter dir, und wenn du an dem neuen

Ort bist, machst du dir alles neu – und ein Haus gleich mit, wenn du schon einmal dabei bist. Dafür brauchen sie vielleicht einen halben Tag. Das war eine meiner glücklichsten Zeiten, als ich ein bißchen ähnlich gelebt und mir ein Haus im Wald gebaut habe, alles auf die einfache Art, und mit einer Genügsamkeit ...«

»Der Tanz!« unterbrach ihn Marcellin selbstgefällig. »Der Name des Tanzes ist Egnomo. Er stammt von den Kabounga-Pygmäen nördlich des Likouala-aux-Herbes-Flusses. Beya ist durch den Wald bis zu ihnen gegangen, und im Tausch für den Tanz hat er den Kabounga-Pygmäen ein Jagdnetz gegeben.«

»Aber was bedeutet der Tanz?«

»Auch das habe ich erfahren! Der Geist der Toten kam zurück, um Palmwein zu trinken, aber er hat zuviel getrunken, ist in eine Falle geraten und vom Medizinmann ins Dorf geführt worden, um die Bewohner mit seinen Tänzen zu unterhalten. Genau so macht man es! So hab ich's auch gemacht, als ich es mit dem Tod zu tun hatte, da bin ich mit den Pygmäen einer Meinung: den Tod betrunken machen, zum Tanzen bringen und dann umfallen lassen. Lary und Redmond, so habe ich euch das Leben gerettet, so habe ich uns allen das Leben gerettet, so habe ich den Kommandanten von Manfouété, Simon Mbenga, erledigt. Ich hab ihn betrunken gemacht, ich hab ihn zum Tanzen gebracht, ich hab ihn umfallen lassen.«

»Genau«, sagte Lary, plötzlich aufmerksam geworden. »Und ich weiß das verdammt zu schätzen. Vielen Dank!«

»Aber diesen Tanz«, fuhr Marcellin mit gedämpfter Stimme fort, »darf man nicht mit dem Ezengi verwechseln, dem Tanz der Toten. Ezengi darf nur getanzt werden, wenn jemand gestorben ist, wenn jemand für immer tot ist.«

Die Kinder auf der Lichtung wurden langsam weniger, die alte Frau verschwand, Marcellin zog sich in sein Zelt zurück, sogar ein Hund erhob sich und suchte sich irgendwo einen Schlafplatz, doch das Mädchen, das Nzés Bewunderung erregt hatte, begann mit vier Freundinnen einen neuen Tanz, der sinnlicher und bewegter war. Nzé hatte recht: Ihre Brüste waren wunderschön, aber das mußte ihr niemand sagen, so, wie sie da tanzte und sang und schrie, immer mit einem Seitenblick zu den unverheirateten

Männern hinüber. Sie war kleiner als die anderen Frauen, selbstbewußt und glücklich, das Leben lag noch vor ihr.

Beya konnte sich keine Sekunde länger beherrschen. Er sprang von der Bank hoch, und mit gestrafften Sehnen, geballten Muskeln stellte er sich breitbeinig in Positur, die Unterarme vorgestreckt, die Handflächen nach oben und die Finger gekrallt: »Buuussa buuussa buuussa«, schrie er. Die Mädchen lachten, kreisten ihn ein und tanzten noch ausgelassener. »Auiiii-au auiiii-au auiiii-au«, sangen sie.

Nzé und das Huhn schliefen weiter, wo sie saßen oder standen, als hätte Zengi, der Geist der Toten, sich ihre Seelen ausgeborgt.

»Wir sind hier fehl am Platz«, sagte Lary. »Wir sind alt. Zeit zu gehen.«

»Was zum Teufel flüsterst du da?« flüsterte Lary, als wir im Zelt lagen und im Dunkeln dem Tanz lauschten.

»Eine Gedächtnisübung. Die Schädelnerven des Hundshais. Geruchsnerv, Sehnerv, Rollmuskelnerv, Kiefernerv, Rachennerv, Gaumennerv und so weiter ... ich hab sie vergessen. Die Nachwirkungen eines Schocks vermutlich. Ich kann nicht einschlafen.«

»Seltsam, aber wahr«, sagte Lary. »Er kann nicht einschlafen. Und wie in solchen Fällen zu erwarten, kenne ich die verdammten Schädelnerven des Hundshais *auch* nicht.«

Ich knipste die Taschenlampe an, öffnete den Rucksack und holte meine Exzerpte aus der Kartentasche. »Ezengi – ich bin mir sicher, daß dies der Geist ist, den Bahuchet erwähnt. Der Große Waldgeist.«

»Einem Hundshai bin ich nie begegnet. Ich habe mit Theaterwissenschaft angefangen, wie du dich erinnern wirst, und bin zur Psychologie, zur tierischen Verhaltensforschung übergewechselt, weil es dort mehr Technik gab, mit der man spielen konnte. Die Beleuchtung im Theater hatte ich bald durch. In der Zoologie hat man uns auf Filmtechnik und Kameras losgelassen ...«

»Ich habe Rohübersetzungen von den Beschreibungen der Pygmäenreligionen gemacht. Wenn ich mich recht erinnere, waren da zwei Geisterväter der Menschheit. Zengi, der ältere, und Ziakpokpo, der jüngere.«

»Zengi ist der Tod, stimmt's? Wie Gevatter Tod mit der Sense. Nur daß er hier eine Machete hat. Du siehst ihn schon kommen, du Schwarzseher!«

»Ich glaube nicht. Zengi ist der oberste Jäger. Er führt die Jagden im ewigen Leben an, auf einem Lagerplatz im Wald wie diesem hier, aber es ist der Lagerplatz der Ahnen, ein Lager voller Frauen und Kinder – all der gestorbenen Kinder.«

Lary schloß die Augen. »Also eine Art Gruselgeschichte«, sagte er langsam. »Wie diese schreckliche Erzählung von Kipling, in der der beraubte Vater sich im Wald verläuft und an ein großes Haus kommt, dessen Torwachen aus Ligusterhecken geschnitten sind. Drinnen lebt eine blinde Frau mit übersinnlichen Kräften – alle wissen das, nur der Vater nicht. Das schöne Haus mit dem Garten und dem Wald ist voller spielender Kinder. Man sieht sie aus den Fenstern winken, man hört sie hinter dem Springbrunnen lachen, man erblickt sie flüchtig, wenn sie von Baum zu Baum rennen, aber sie sind scheu und außer Reichweite. Der Vater sitzt am Kamin der Frau, und seine Hand hängt über die Sessellehne – da küßt der Geist seines gestorbenen Kindes seine Handfläche. Das war ein geheimes Erkennungszeichen, das er sich mit seinem Sohn ausgedacht hatte, als der noch lebte.«

Das Trommeln und der Gesang draußen setzten öfter aus und erstarben dann ganz.

»Wie steht es mit Gott?« fragte er. »Haben sie einen Gott?«

»Er ist weit entfernt, unerreichbar. Er ist mit Sonne, Mond und Sternen am Himmel befestigt, und die einzige Verbindung zwischen Himmel und Erde ist der Donner.«

»Und weiter?«

»Es ist einfach: Die Erde wuchs aus dem Wasser und wurde von der Sonne ausgebreitet und geformt. Sie ist flach und dünn mit nichts darunter, und auf ihr wachsen die Bäume. Auf dieser dünnen Schicht mit dem Wald leben die Menschen und die Geister, die Schatten und die Ahnen, die ursprünglichen Menschen, die bei der Erschaffung der Welt entstanden. Die sind die wirklichen Eigentümer des Dschungels, und man muß sie mit Respekt behandeln – meistens sind sie zwar gutmütig, aber sie können auch gefährlich werden.«

»Kommen sie in der Nacht?«

»Sie kommen nicht in das Lager, auch nicht in die Dörfer. Das ist der Bereich der Lebenden, die vertraute Umgebung, die man mit sich nimmt, wenn man sich ein anderes Lager sucht und eine andere Lichtung rodet. Und die Wege im Wald, die Verbindungslinien des Lebens durch die Welt der Geister, sind ebenfalls sicher.«

»Und wovor haben sie Angst?«

»Schon vor den geringsten Nachlässigkeiten. Davor, daß sie in der Nacht vor der Jagd zu müde zum Tanzen sein könnten. Daß sie eine Botschaft des Zauberers übersehen könnten.«

»Redso.«

»Ja?«

»Ich hab da ein Problem.«

»Sag's mir«, erwiderte ich und erwartete ein intimes Geständnis.

»Ich kann einfach nicht schlafen, wenn meine Stiefel höher liegen als mein Kopf. Die Wurzel in meinem Kreuz stört mich nicht im geringsten, aber mit dem Kopf in dieser Kuhle schlafen, das geht nicht. Macht es dir was aus, wenn wir tauschen? Hast du was dagegen?«

»Es gibt noch eine andere Geisterwelt da draußen«, fuhr ich fort, während wir die Plätze wechselten. »Die Tiergeister. Sie sind hinter den Kindern her. Wenn deine Tochter ein Fieber bekommt oder dein Baby immerzu schreit oder dein Sohn nicht schlafen kann, dann deshalb, weil deine Frau den Geist eines Waldtieres verärgert hat, weil sie einen Geisterpfad gekreuzt hat, ohne ein Blätteropfer zu bringen.«

»Man sollte meinen, daß sie so etwas nicht tun«, sagte Lary und machte es sich bequem. »Ich hätte vermutet, daß ein so vernünftiges Volk wie die Pygmäen alles tun würde, um Angstanlässe zu vermindern. Oder vielleicht ist es so: Wenn man so nahe am Tod lebt, wenn dein Kind die Himbeerseuche hat, dann tut es gut, die Angst zu verteilen. Hast du ein großes Problem, dann schaff dir eine Menge kleiner Probleme an. Die lenken dich ab und bewahren dich vor der Panik.«

»Der gefährlichste aller Tiergeister, vor dem man sich am meisten hüten muß, ist der kleine goldene Maulwurf. Und weil er in unterirdischen Gängen lebt, weiß man nie, ob er nicht plötzlich auftaucht ...«

»Was kann man dagegen tun?«

»Man muß ein Feuer anzünden und acht bestimmte Kräuter und Flechten hineintun und das Kind in den Rauch halten.«

»Als du mir dein Einschlafen mit Joseph Conrads ›Heroismus des Nichthandelns‹ erklärt hast, was sollte das bedeuten?«

»Das? Ist aus ›Taifun‹. Ein junger Seeoffizier verwendet in einem schrecklichen Sturm so viel Energie auf die Bekämpfung seiner Angst, daß er weiter nichts tun kann. Er denkt, er hätte keine Angst, aber er kann sich nicht rühren, er ist regelrecht gelähmt. Es ist eine Spielart der Feigheit.«

»Verstehe«, sagte Lary erleichtert, als wäre eine Sorge von ihm genommen worden. »Dann ist es ja gut.« Und er schlief ein.

19

Der Wecker weckte uns um vier Uhr morgens; im Dunkeln aßen wir Antilopenfleisch und kalten Maniokbrei, und mit der Dämmerung kamen die ersten Bienen. Sie landeten auf unseren vom Schweiß salzigen Hemden, krabbelten unter dem Stoff die Brust und den Nacken hinab und versuchten sich in unseren Achselhöhlen zu sammeln. Im Handumdrehen und wie durch Zauberkraft strömten sie von allen Seiten und hinter jedem Strauch hervor, gefolgt von den stachellosen Mopani, die schwarz und viel kleiner waren, doch in dichten Wolken um unsere Köpfe summten, in die Haare krabbelten, in Mund- und Augenwinkeln saugten und aus Nasenlöchern und Gehörgängen naschten. Wir zogen die Hemden aus und hängten sie so nahe wie möglich ans Feuer, schnitten Zweige von kleinen Bäumchen im Unterholz (viel besser und kräftiger als die Bündel aus Breitblättrigem Ingwer, Akanthus und Pfeilwurz, sagte Marcellin) und vermieden es fortan, die Arme an den Körper zu drücken. (Stiche in die Achselhöhle sind fast so schmerzhaft wie Stiche in die Leistenbeuge, sagte Marcellin.)

Plötzlich schrie hinter uns im Wald ein Kind auf. Beya griff sich einen Knüppel aus dem Feuerholz, und als wir ihn eingeholt hatten, stand er neben einem kleinen Mädchen und seiner Mutter, und alle drei starrten zu Boden, in das vermoderte Laub zu Füßen eines Urwaldriesen. Während auch wir schauten, schlängelte sich etwas unter den Blättern auf uns zu, streckte sich und bäumte sich auf. Lary und ich sprangen so schnell zurück, daß wir übereinanderfielen. Beya schlug mit dem Knüppel zu.

»Eine Waldkobra«, erklärte Marcellin. »Sie setzt die Zähne an und beißt in dein Bein. Dein Nervensystem wird blockiert, und du stirbst.«

»Aber sie hat nicht den breiten Hals einer Kobra«, sagte Lary und stieß den schlaffen, knapp meterlangen, schwarzbraunen Schlangenkörper mit der Stiefelspitze.

»Ihr Halsschild ist klein, sie ist ganz schlank und schnell. Sie klettert auf Bäume!«

Ich einigte mich mit Lary, daß der Stich der afrikanischen Honigbiene nicht schlimmer war als der einer ordinären englischen oder amerikanischen Honigbiene, aber auch nicht angenehmer (er hatte drei Schwellungen auf dem Rücken, und ich hatte zwei unter dem linken Arm). Ihre Nahrung im Pygmäenlager, in der Reihenfolge der Beliebtheit, waren die Reste ihres eigenen Honigs, der an den geleerten Blättertaschen klebte, der Zucker in unserer Büchse, den sie auffraßen, bevor Nzé den Deckel schloß, Schweiß, Fleischreste und Hundekot. Bienen mit gehobenem Geschmack, bemerkte Lary, denn sie verschmähten den Hühnerkot.

»Marcellin«, meinte Lary, als wir die Bienen aus unseren Hemden schüttelten, »ich hatte geglaubt, die Pygmäen wären Jäger und Sammler. Wieso haben sie Hühner?«

»Wegen der Krankheiten«, sagte Marcellin und schnallte seinen Gürtel um. »Im Dorf gibt es Menschenkrankheiten und Hühnerkrankheiten. Also sagt der *propriétaire*, der Eigentümer des Pygmäen: ›Wenn du mit deiner Familie in den Wald ziehst, wirst du meine Hühner mitnehmen, meinen zweitbesten Hahn und zwei Hennen, damit sie bei dir bleiben und sich im Wald ernähren. Und wenn die Krankheit ins Dorf kommt und alle Hühner tötet, während du weg bist, können wir bei deiner Rückkehr neue Hühner züchten.‹«

Manou lag unter dem Blätterdach der Unverheirateten und ruhte seinen Rücken aus. Und Nzé, der bei uns auf der Bank saß, verkündete, daß auch er den Dschungel gründlich satt habe, und außerdem, da ja alle Männer auf die Jagd gingen, sei klar, daß er, Nzé Oumar von der Volksmiliz, im Lager bleiben müsse, um die kleinen, hübschen Mädchen zu beschützen.

Also folgten wir zu dritt, Marcellin, Lary und ich, einer hinter dem anderen, Beya in den Wald. Der Pygmäe trug in seiner rechten Hand einen langen Speer mit Eisenspitze und Widerhaken und schleppte, über die nackten Schultern gehängt, zwei große Bündel aus Lianengeflecht, das Jagdnetz. Die schwere Last verminderte sein Tempo nicht im geringsten; ich hatte kaum Zeit, die namenlosen roten Blüten zu registrieren, die körperlos einen Meter hoch im Dämmer zu schweben schienen (um von wem befruchtet zu werden? Von Bienen, Schmetterlingen oder Blasenfüßen?), oder unter einem zerklüfteten Baum verstreute Früchte, die aussahen wie riesige Boviste, jedoch grün waren, und schon rann mir der Schweiß in die Augen, meine Brillengläser beschlugen, wenn ich den Kopf senkte, und ich mußte alle Energie aufwenden, um den stachligen Lianenranken und den Wurzeln auszuweichen und mich auf Larys Stiefel zu konzentrieren, die längsten und kräftigsten Stiefel, die L. L. Bean zu bieten hatte.

Nach einer Stunde blieb Beya auf einer Lichtung stehen, die nach dem Sturz eines großen Baumes entstanden war. Dessen flaches Wurzelwerk (er hatte keine Pfahlwurzel) stand senkrecht in die Höhe und maß nicht mehr als drei Meter im Durchmesser.

Dann erst bemerkte ich, daß die Lichtung voller Menschen war. Männer und Knaben saßen schweigend und reglos, die Arme auf die Knie gestützt, und ihre Hautfarbe unterschied sich kaum vom Halbdunkel des trockenen Laubs und des Schattens. Ihre Speere waren mit den Spitzen nach oben an die umstehenden Bäume gelehnt, ihre Netze, die wie verworrene Wurzelballen aussahen, waren auf Stämmchen gespießt, die in Kopfhöhe abgeschnitten waren und so als Stützen dienten, und gekrönt war jedes Netz mit Phryniumblättern.

Nach uns trafen die Frauen ein, Mütter mit Babys, die sie an der Hüfte trugen, und die Mädchen, die bis zum frühen Morgen getanzt hatten. Die Männer und die Knaben standen auf, warfen sich die Netze über die Schultern, ergriffen ihre Speere und gingen voran, die Frauen folgten ihnen. Der letzte war ein kleiner Junge, der es nach drei vergeblichen Versuchen geschafft hatte, sich ein Netz aufzuladen. Seine großen Kulleraugen unter der noch kindlich gerundeten Stirn schauten durch die Maschen des Netzes zu uns auf, als er an uns vorbeiging. Er folgte dem Pfad, der nur gelegentlich durch einen geknickten Zweig oder eine abgeschnittene Liane markiert war, und wankte unter seiner Last. Lary sagte: »Wir müssen dem Kind helfen. Ich nehme sein Netz.«

»Ruhe«, flüsterte ihm Marcellin über die Schulter. »Wir müssen jetzt still sein. Außerdem könntest du das nicht tragen. Es ist zu schwierig.« Er hatte einen Einfall, den er loswerden mußte: »Du würdest dich darin verfangen!« brüllte er, begeistert von seinem Witz. »Du würdest dich darin verfangen!«

Der Grund wurde feuchter, das Blätterdach niedriger, das Dickicht rückte enger zusammen, die Dornen wurden kratziger, und schließlich blieben alle stehen. Niemand sprach. Die Männer rollten flink die Netze zwischen den Bäumen aus, und die Frauen steckten die Holzhaken, die schon an der Unterkante befestigt waren, in die Erde. Die oberen Maschen verhakten sie in den Büschen, Sträuchern und jungen Bäumen; in Windeseile war aus den verbundenen Netzen ein sechzig Zentimeter hoher Zaun entstanden, der sich in beiden Richtungen durch den Wald wand. Ein paar Meter hinter ihm versteckten sich die Frauen im Unterholz und warteten. Marcellin, Lary und ich taten es ihnen nach. In fünfzehn Metern Entfernung, auf der anderen Seite des Netzes, stand ein Jäger mit Speer fast unsichtbar im Schatten eines Busches.

Aus mittlerer Entfernung drang das helltönende Geschrei einer Treibjagd zu uns herüber, und zehn Minuten später steckte ein hochbeiniger, braun-weißer Hund die Schnauze aus dem Dickicht, sah, daß er über das Ziel hinausgeschossen war, wedelte bedauernd mit dem Schwanz und stürzte sich wieder ins Getümmel. Die Treiber riefen dem mit dem Speer lauernden Jäger Instruktionen zu, vor uns huschte etwas durch das Unterholz, irgendwo seitlich schrie eine Frau auf.

»Mosomé! Mosomé!« sang ein kleiner Junge, der an uns vorbeirannte.

»Eine Duckerantilope«, sagte Marcellin. »Schnell!« Und wir rannten dem kleinen Jungen nach, was nicht so leicht war, wie es aussah. Als wir uns endlich aus der Verstrickung der herabhängenden Dornenlianen befreit hatten, waren die Frauen und zwei Jäger schon dabei, die Antilope aus dem Netz zu ziehen. Sie war knapp einen Meter lang, hatte ein dunkelrotbraunes Fell und einen schwarzen Längsstreifen vom Kopf bis zum Schwanz. Ihr Hinterteil wirkte klobig, mit Beinen, die länger waren als die Vorderläufe; ihr nach vorn spitz zulaufender Körper war wie geschaffen für die schnelle Fortbewegung durch Dickicht und Unterholz. Die

Männer drehten sie auf den Rücken, und die Frauen zogen ihr an den Ohren den Kopf zurück – die Ohren waren länger als die kleinen Hörner, die zwischen ihnen standen. Ein Mann hielt ihre Vorderläufe fest, und ein anderer schnitt mit einem kurzen Messer erst den einen, dann den anderen ab. Die Antlilope machte ein schnarchendes Geräusch, und sie starb erst, als ihr der Jäger die Brust geöffnet hatte.

»Ich hätte gedacht, sie würden sie zuerst abstechen«, sagte ich verstört.

Eine der Frauen blickte zu mir auf und lachte glücklich.

»Ich auch«, sagte Lary und drehte dem Blut auf dem Waldboden, der Zerteilung des Fleisches und der Verpackung in Blätter den Rücken zu. »Aber ich vermute, wir hätten es nicht anders gemacht, damals, als wir noch Jäger und Sammler waren, als uns Hühner noch nichts bedeuteten, bevor der Ackerbau nach Europa kam, so vor 10 000 Jahren. Ist noch gar nicht so lange her. Ich glaube, man fühlt nur mit den Tieren, wie wir es tun, wenn man sie hüten und aufziehen muß wie kleine Kinder.«

Ein Stück weiter zappelte ein kleines Reh im Netz und versuchte es mit den kurzen Hauern in seinem Oberkiefer zu zerreißen. Es war etwa so groß wie die Antilope, doch seine Beine waren viel kürzer, und sein gelbbraunes Fell war weiß gefleckt und gestreift wie das Sonnenlicht im Unterholz. Ich erkannte es sogleich als Hirschferkel oder Wassermoschustier – es war also kein Reh, sondern eher ein Mittelding zwischen Reh und Schwein und viel älter als diese. Da lag es nun zu unseren Füßen im Gras und sah aus, wie seine fossile Vorform schon vor 30 Millionen Jahren ausgesehen hatte, sechs Millionen Jahre bevor sich das Gras entwickelte und 29,8 Millionen Jahre bevor *Homo sapiens sapiens* erschien.

Als wir wieder ins Lager zurückkamen, saß Manou auf einem Stamm vor dem Schutzdach der unverheirateten Männer, er hatte das Hemd ausgezogen und beugte sich nach vorn. Die Ellbogen hatte er auf die Knie gestützt, und seine Hände griffen fest ineinander. Bakolo hielt ihn an der rechten Schulter, und ein jüngerer Mann, offenbar ein Assistent Bakolos, vielleicht sein Sohn, hockte hinter Manou und kramte in einer rotgefärbten Tasche aus

Antilopenhaut. »Es ist alles in Ordnung«, sagte Manou in einem Tonfall, als wäre er vom Gegenteil überzeugt. »Bakolo wird meinen Rücken reparieren.«

Aus der Tasche zog der Lehrling ein kleines Messer mit rostiger Klinge. Auf ein Kommando von Bakolo kniff er Manou in die linke Hüfte und ritzte mit dem Messer die Hautfalte ein. Bakolo zog ein kleines Horn hervor, entfernte den Blattstöpsel, tropfte sich eine schwarze Tinktur auf den Finger und verrieb sie in der Schnittwunde. Dieselbe Prozedur wurde fünf Zentimeter daneben wiederholt. Manou bekam einen glasigen Blick.

Drei kleine Jungen kamen zuschauen – und um uns zu zeigen, wie gut sie mit einem weißen Gummiball Fangen spielen konnten (olympiareif).

»Das ist Latex«, sagte Marcellin. »Sie gewinnen es aus einer Kletterpflanze. Das Latex hat in dieser Gegend mehr Leiden verursacht als alles andere. Aber es war nicht unsere Schuld. Wenn ich mal richtig wütend bin, werde ich euch davon erzählen.«

Manou erhielt gerade den achten Schnitt in den Rücken, als der nächtliche Trommler, der Mann mit der Narbe auf der Wange, aus dem Dschungel kam. In der einen Hand hielt er einen Jagdbogen und in der anderen einen Affen.

»Darf ich?« fragte Lary und nahm ihm auch schon den Bogen ab.

Der Trommler zuckte die Schultern, lächelte, überreichte mir den Affen und setzte sich auf die Bank.

»Dieser Bogen ist wirklich stark!« sagte Lary und streichelte das rohe Holz, als hätte er eine seltene Violine in der Hand. »So ist das also. Der Schuß wird gelöst, indem man diesen langen Abzugsbügel hochzieht ...«

(Das gelbbraune Fell des Affen war warm und fühlte sich weich an, seine Augen waren braun, die flaumigen Barthaare gelb, die Ohren blau, das Gesicht blau mit einem weißen Tupfer zwischen Nasenlöchern und Oberlippe, Hände und Füße schwarz, der lange Schwanz rostbraun, sein Hodensack azurblau und sein Penis kobaltblau. »*Cercopithecus cephus*«, sagte Marcellin, »*Le Moustac* – der Schnurrbartaffe.«)

»... und der hebt die Sehne aus gedrehten Pflanzenfasern aus der

Kerbe. Raffiniert, sehr raffiniert! Ein wirklich stabiler Verschluß ...« (Die Haut am unteren Ende des Schwanzes war schwarz und von derselben Beschaffenheit wie die Handflächen und Fußsohlen; seitliche Wülste verbesserten den Halt des Schwanzes an den Ästen. Blut rann aus einer punktförmigen Wunde in seinem Bauch.)

»Aber warte mal, da ist ja gar keine Auflage für den Pfeil!« Lary setzte den Bogen an und zielte. Der Trommler zog einen Pfeil aus einer Tasche, die über seine Schulter hing, und reichte ihn Lary.

»Der ist ja nicht viel länger als ein Bleistift«, sagte Lary und drehte ihn in den Fingern. »Und nur halb so dick – und hat nur eine Steuerfeder. Wie soll man mit solch einem Pfeil geradeaus schießen?«

Der Trommler nickte und lächelte.

Marcellin ergriff mit spitzen Fingern Larys Handgelenk. »Du mußt ihn zurückgeben. Er ist vergiftet. Der Affe wird gleich sterben, in zwei Minuten. Wenn du dich an dem Pfeil verletzt, stirbst du in zehn Minuten. Du erstickst. Du kannst einfach nicht mehr atmen.«

Also gaben wir den Pfeil, den Bogen und den Affen zurück, und der Trommler verschwand in seiner Hütte.

Bakolo, sichtlich zufrieden mit seiner Arbeit, legte die Hand auf Manous Stirn. Manou, der aus einer Trance zu erwachen schien, stand auf, torkelte ein wenig, drehte sich herum und zeigte uns sein breitestes Grinsen.

»Das muß ja höllisch weh tun.« Lary inspizierte die fünfzehn rußschwarzen und leicht blutenden Hautritzungen in Manous Hüftgegend und die vier Schnitte in jedem Schulterblatt. »Ich glaube, du kannst dich darauf verlassen, Manou, daß deine Beschwerden bald vorüber sind.«

Am Rand der Lichtung tauchte Nzé auf, der unsere zwei Plastikflaschen mit Wasser gefüllt hatte.

»Sehr gut, Nzé!« rief Marcellin. »Du bist ohne Aufforderung zum Wasserloch gegangen. Sehr gut!«

»Nein, nein!« wies der die Anschuldigung zurück. »Es ist wegen Manou. Ich mußte mich verstecken. Manou hat den Pygmäen erzählt, daß mein Schwanz krank ist. Er hat gesagt, mein Schwanz ist schon immer krank. Ich mußte vor dem Doktor wegrennen. Er soll mich nicht aufschneiden, nicht da unten. Ich will keine Narben auf meinem Schwanz!«

Beya, der von der zweiten Jagd zurück war, und Bakolo, erschöpft von seinem medizinischen Triumph, setzten sich zu uns ans Feuer und aßen mit uns Foufou und angekohlte Antilope (die Beya beigesteuert hatte).

»Lary! Redmond!« rief Marcellin. »Beya sagt, daß uns auf dem Rückweg von der Jagd ein Gorilla gefolgt ist. Er ist uns lange nachgelaufen. Seine Spuren waren direkt auf den unseren. Ein altes Männchen.«

»Warum sollte er das tun?« frage Lary erschaudernd.

»Aus Neugier. Sie sind sehr neugierig. Außerdem hat er noch nie weiße Männer gesehen. Er dachte sich: ›Aha! Da gehen zwei Totengeister. Und wie sie *riechen*!«

»Ich fühle mich tatsächlich schon wie ein Totengeist«, sagte Lary und stocherte in seinem Foufou herum.

Ich fragte: »Wieso riechen sie, die Totengeister?«

Marcellin gab die Frage an Beya weiter, der sie an Bakolo weitergab.

»Bakolo sagt«, erklärte Marcellin, »daß die Geister der Toten in die Tiere schlüpfen können – sie können die Gestalt eines Leoparden oder eines Warzenschweins oder eines Nashornvogels oder sogar eines Pilzes annehmen. Aber um sie zu sehen, um sie zu erkennen – dafür muß man ein Zauberer sein. Man muß initiiert sein, denn das ist eine ganz besondere Fähigkeit, sehr schwierig zu erlangen. Andererseits werden die Geister von einem Geruch begleitet wie von einem Schatten – und diesen Geruch kann jeder wahrnehmen.«

»Und was ist das für ein Geruch?«

Marcellin gab die Frage an Beya weiter, der sie an Bakolo weitergab.

»Ein Geruch wie kein anderer.«

Spät am Abend im Zelt, als draußen noch Gelächter, Stimmen und Liedfetzen zu hören waren (die zweite und die dritte Jagd hatten weitere sieben Antilopen erbracht), schaute ich mir im

Haltenorth und Diller das Hirschferkel oder Wassermoschustier an. Es hat wahrlich seltsame Gewohnheiten. Zwar ernährt es sich vom Laub niedriger Büsche, wie man es erwarten sollte, es frißt Keimlinge und herabgefallene Früchte, aber es schwimmt und taucht vorzüglich und klettert auch auf Bäume, wenn es in den Lianen Halt findet, es verzehrt Kleintiere und Insekten und fängt Fische in den Bächen des Urwalds.

Und da wir einmal dabei waren: die Waldantilope (die älteste aller Antilopenarten, dennoch mit dem proportional größten Gehirn) ist kaum als normale Antilope zu bezeichnen. Sie lebt versteckt im Dickicht, und es ist wenig über sie bekannt. Nur daß Männchen wie Weibchen ihre Reviere verteidigen, daß sie einmal im Jahr ein Kalb gebären, sich von Blättern, Früchten, Schößlingen, Knospen, Samen und Rinde ernähren – und manchmal kleine Vögel und Nagetiere jagen und sogar Aas nicht verschmähen.

»Diese Pygmäen, die Babinga, haben sie eine eigene Sprache?« Lary lag flach auf dem Rücken, hatte seine Stiefel an und studierte den Lichtfleck der Taschenlampe am blauen Zelthimmel. »Was sagt dein Bahuchet darüber? Können die Bantu die Sprache von Beya und Bakolo verstehen?«

»Die Bantu nennen sie Babinga, aber sie selbst nennen sich Bayaka. Die Normalversion ist die folgende: Die Pygmäen sind die Ureinwohner des Waldes seit der Entstehung der Menschheit. Vor etwa 5 000 Jahren, als die ersten Bauern und Fischer der Bantu die Flüsse hinaufwanderten, zogen sich die Pygmäen ins Innere der Wälder zurück. Aber allmählich entwickelten sie eine Symbiose mit den Bantu, tauschten Fleisch gegen Feldfrüchte und wurden dann ihre Sklaven, Diener oder Vasallen und verloren ihre eigene Sprache. Aber Bahuchet ist anderer Ansicht. Er sagt, daß es abgesehen von Turnbulls Mbuti im äußersten Osten (überhaupt keine Verbindung) und den Twa im Süden und Westen (die Fischer sind) nur eine einzige Gruppe von Pygmäen gibt, Aka genannt, die im Gebiet des Oubangui und des Sangha lebt. Sie verteilt sich über 100 000 Quadratkilometer Urwald – und überall in diesem riesigen Gebiet können sie sich miteinander verständigen. Sie sprechen zwar verschiedene Dialekte, aber sie verstehen sich. Und dazu muß man bedenken, daß in demselben Gebiet 22 verschiedene ethnische Gruppen der *Grands Noirs* leben, der

Bantu nämlich, die die Pygmäen als Randgruppe betrachten, als eine Art Mißgeburten, kaum noch menschenähnlich, sich selbst aber in ihren verschiedenen Sprachen nicht verständigen können ...«

»Wunderbar«, sagte Lary und zupfte an seinem Schnauzbart. »Das ist eine Ablenkung.«

»Aber die Sprache der Pygmäen gehört trotzdem der Bantu-Gruppe an. Daher vermutet Bahuchet, daß sich die Pygmäen sehr früh von ihnen abgespalten und im Dschungel verselbständigt haben. Viel später stießen dann die Original-Bantu auf ihren Wanderungen nach Osten und Süden zu ihnen. Aber inzwischen hatten sich die Pygmäen an den Dschungel angepaßt und waren kleiner geworden – wie die Waldantilope und das Hirschferkel ...«

»Wunderbar«, sagte Lary.

»Was meinst du mit Ablenkung?«

»Ich habe einen immer wiederkehrenden Tagtraum.« Lary richtete sich auf und befreite sich von seinen Stiefeln. »Er hilft mir, für ein Weilchen an etwas anderes zu denken. Natürlich quält er mich auch, und ich sollte das nicht tun. Ich bin mit Chris, dem besten, vernünftigsten, patentesten Mädchen der Vereinigten Staaten von Amerika dort, wo ich, wie es mir vorkommt, vor langer, langer Zeit einmal gelebt habe, in einem Land, das ich jetzt, wo es zu spät ist, als das *allerschönste Land der ganzen verdammten Welt* empfinde.«

»Und weiter?«

»In Burlington, Vermont, gibt es ein chinesisches Restaurant. Das Silver Palace. Dekoriert ist es halb wie ein altes Kino und halb wie ein chinesisches Restaurant. Ich denke dabei vor allem an die Velourstapete. Ich sitze dort mit Chris, und wir essen das Hunan-Landhuhn, das eine glänzende Kruste hat und richtig kracht, wenn man hineinbeißt. Danach essen wir Ben-and-Jerry's-Eiscreme. Ben-and-Jerry's gibt es jetzt überall in den Staaten, mußt du wissen. Es leben mehr Kühe als Menschen in Vermont. Und wenn wir fertig sind, fangen wir von vorne an, nur daß es diesmal eine Frühlingsrolle und gebratenen Reis dazu gibt. Keine Sekunde lang aber kommt jemand bei diesem Mahl auch nur im entferntesten auf den Gedanken, daß es irgendwo auf der Welt menschenähnliche Wesen geben könnte, die es tatsächlich fertigbringen, etwas so hundert Prozent Abscheuliches und Widerwärtiges zu essen wie *Maniok*.«

Beim Einschlafen fragte ich mich, ob wir (zum Beispiel bei der Wanderung über die Wasserscheide oder beim Marsch zum Lac Télé) einige der besonderen Tiere zu sehen bekommen würden, die Bahuchet erwähnte, die Tabu-Tiere, die keine Pygmäenmutter und kein Pygmäenvater essen darf, sobald sich die ersten Zeichen einer Schwangerschaft bemerkbar machen – bis das Kind auf den eigenen Füßen steht. Vielleicht würden wir eins dieser Tiere finden, die man mit der Hand aus ihren Schlupflöchern ziehen muß: das Weißbauchschuppentier (ein langschwänziger und spitzschnäuziger Ameisenvertilger, der mit Schuppen bedeckt ist wie ein Tannenzapfen) oder den Baumschliefer (sehr ähnlich dem gemeinsamen Vorfahren der Pferde, Tapire, Nashörner, Flußpferde und Elefanten, jedoch nur kaninchengroß, lebt auf Bäumen und schreit in Mondnächten wie ein Baby). Vielleicht würden wir auf eins der verbotenen Tiere stoßen, die unterirdisch leben, ein Riesenschuppentier oder ein Erdferkel? Oder gar auf eins, das schon eher zur Geisterwelt gehört, halb Säuger, halb Vogel, das Flughörnchen? Oder wir würden eine der Dschungelkatzen erblicken oder riechen, die wirklich eine Gefahr für Kinder darstellen – den Leoparden, die Goldkatze oder eine der zwei häufigeren Ginsterkatzenarten, die Waldginsterkatze und die Tigerginsterkatze? Am neugierigsten aber war ich auf die letzte Art der verbotenen Tiere (die wie Lary und ich, wie viele Affen und kleine Antilopen, die weiße Farbe der Geister im Gesicht trugen): den Bongo, die größte bekannte Waldantilope – kastanienbraun mit senkrechten weißen Streifen an den Flanken und einer Blesse zwischen den Augen. Der Bongo lebt versteckt im tiefsten Dickicht in Wassernähe; sein Hauptvergnügen besteht darin, sich in Schlammlöchern zu wälzen und an Baumstämmen zu scheuern. Und in meinen Träumen übersprang der Bongo alle aufgespannten Netze, huschte weißbraun und hakenschlagend durch den Hagel der Speere und entkam den Giftminen der fliegenden Bleistifte mit knapper Not.

20

Wir brachen auf, als der Hahn des Pygmäenlagers zu krähen anfing und ein Zwergbartvogel im Baum direkt über unserer Schlafstelle rasselte wie ein abgelaufener Wecker: *tick-tick tick-tick-ticktick-tick*. Sechs Stunden später gelangten wir erschöpft ans rechte Ufer des Motaba-Flusses zurück. Gegenüber von Mimbélou stieß Baya einen heulenden Schrei aus, um die Fischer in ihren Einbäumen herbeizurufen, damit sie uns übersetzten, und dann stiegen wir die Bootsrutsche hinauf zur Hütte des Häuptlings.

Ich kaufte zwei Hühner, drei Ananas, eine Kokosnuß und ein Bündel Bananen von den drei Frauen des Häuptlings und zahlte unsere Träger aus. Neben dem Häuptling – oder vielleicht einfach, weil sie im Dorf waren – wirkten die Pygmäen plötzlich viel kleiner; selbst Beya, der mir mit seinen überragenden Fähigkeiten wie ein Riese vorgekommen war, schien sein Selbstvertrauen und seine Statur verloren zu haben. Manou ging zum Wasserholen an den Fluß, und Nzé machte sich an die Zubereitung des Abendessens. Mit dem Knie drückte er ein Huhn zu Boden, und mit der Machete hieb er ihm den Kopf ab. Das zweite Huhn, in einem Meter Enfernung angepflockt, schaute zu und konnte es nicht fassen. Als wir uns dem Häuptling zu einer offiziösen Führung durch das Dorf anschlossen, bemerkte ich einen großen Bantu mit schütterem Bart, der sich aus dem Kreis der Zuschauer löste und Beya alle Geldscheine abnahm.

Wir bewunderten das große, sandige und blitzsaubere Schulgelände, die Schulhütte mit den grobgezimmerten Schulbänken und der Schultafel, den eingezäunten Schulgarten mit Maniok- und Ananasbeeten sowie Bananenstecklingen.

»Die Schulkinder in meinem Dorf sind glücklich«, sagte der alte Mann und schlug an seinem Nacken eine große blaue Stechfliege breit. »Der Schullehrer ist glücklich. Aber wir haben keine

Stifte. Sie sind alle. Wie sollen unsere Kinder schreiben lernen, wenn sie keine Stifte haben?«

Lary drehte an seinem Siegelring, zupfte sich am Schnauzbart und zog dann zwei seiner drei letzten Kugelschreiber aus der Hemdtasche, um sie dem Häuptling von Mimbélou zu präsentieren.

Im Gegenzug führte uns der Häuptling hinter eine große Hütte und stellte uns seiner jüngeren Schwester vor. Sie saß versteckt hinter Palmwedeln auf einem Klotz und schenkte uns ein faltiges, fast zahnloses Lächeln (ein Zahn oben, zwei Zähne unten). Mit einer Kürbiskelle schöpfte sie Wasser aus einem halbierten Benzinfaß und goß es in zwei Abflußrohre über ihrem Kopf, die mit Lappen umwickelt waren.

»Eine Schnapsbrennerei«, sagte Lary. »Ein echtes Stück Hillbilly-Technik!« Er trat näher heran. »Jack Daniels – die Uralt-Methode«, murmelte er andächtig.

Ungeachtet der Hitze studierte er die Abdeckung des großen Behälters, der auf Eisenstützen über dem Feuer stand. »Ein halbiertes 200-Liter-Benzinfaß mit Maismaische. Die Öffnung mit Bienenwachs verschlossen. Zwei verzinkte Kondensationsrohre, eineinhalb Zoll, einen Meter lang: ein V-Rohr am Ende verbindet sie und leitet den Alkohol in ihren Krug. Das ist schon alles. Die älteste und einfachste Destilliervorrichtung.«

Der Häuptling spuckte aus. »Der Schullehrer sagt, dies ist gegen das Gesetz.«

»Solche Gesetze gelten nur in der Hauptstadt«, erwiderte Marcellin.

Am Ende des Rundgangs durften wir in einer Nebenhütte des Häuptlings den rituellen Streitkolben in die Hand nehmen, eine schwere Holzkeule, deren Ende aus einem geschnitzten Kopf mit zwei ausgestreckten Armen bestand, und wir strichen über die Signaltrommel, die wie das Mittelstück eines Einbaums aussah, auf vier Beinen stand und mit zwei langen Tragegriffen versehen war.

An diesem Abend, nachdem wir, auf den Häuptlingsstühlen sitzend, Huhn mit Foufou gegessen hatten, tranken wir Palmwein (entsetzlich süß) und Maisschnaps (entsetzlich scharf), während Marcellin, der Häuptling und der Bootsführer auf französisch und

Lingala miteinander plauderten und scherzten. »Dieser Bootsführer hat einen kleinen Motor im Boot und einen großen Motor in der Hose«, sagte der alte Häuptling und brachte damit die Unterhaltung auf den Punkt. Dann verzog er sich durch einen Plastikvorhang ins Innere der Hütte zu seinen Frauen, wir kletterten betrunken auf unsere hölzernen Schlafpaletten, und die Moskitos machten sich über unsere Gesichter her.

»Maisschnaps« lallte Lary, »Mimbélou-Malz einfach. Ein echter Mac-Ätz-dir-die-Kehle-weg, der wahre Mac-Leberschaden. Mac-Schädelknacker ... Mac-Abgang.« Dann war er bewußtlos.

Am nächsten Tag, fünf Stunden stromauf, gegen Mittag, legte der Bootsführer zur Rast am rechten Ufer an, wo eine schmale Bootsrutsche mit einem hochgezogenen Einbaum zu sehen war. Im Uferschlamm saßen Hunderte von Schmetterlingen: Die meisten ähnelten Bläulingen, andere waren weiß mit grauen Flecken – Kongo-Weißlinge, und außerdem waren da zwei Sorten Schwalbenschwänze. Einer mit Punkten und einem schillernden Grün auf Schwarz hatte die Flügel zu einem V aufgestellt, die anderen, orangerot auf braun, klappten sie auf und zu, was aussah als würden überall rote Flämmchen aufflackern.

Marcellin sprang an Land und schritt auf eine Hütte zu (in jedem Abdruck seiner Turnschuhe sammelte sich sofort eine neue Wolke von Schmetterlingen).

»Warum halten wir?« fragte Lary. »Wir waren doch so gut in Fahrt!«

»Doktor Marcellin macht einen Besuch«, erklärte Nzé, zog die Flinte unter dem Sitzbrett hervor und watete an Land. »Ein sehr wichtiger Mann lebt hier. Ein großer Mann.«

»Er ist unser Onkel«, sagte Manou und erhob sich von seinem Platz im Bug. »Er ist berühmt. Und für uns ist der Onkel, der Bruder der Mutter, wichtiger als der Vater. Er ist das Oberhaupt der Familie.«

Wir stapften hinter Nzé durch den Schlamm ans Ufer. »Heute werden wir gut essen«, sagte er.

»Was ist hier los?« fragte ich. »Warum all diese Schmetterlinge?«

Nzé blieb stehen. »Das weißt du nicht?«

»Woher sollte ich?«

Nzé grinste. »Hier wird das Fleisch gewaschen.« Er steckte die linke Faust unter die rechte Achselhöhle und klatschte den rechten Ellbogen in die Hüfte. »Hier wird es eine große Überraschung geben. In Makao – eine noch größere. Und die größte Überraschung ist so groß, daß sie uns alle umbringen kann – die kommt, wenn wir am Lac Télé sind.«

Marcellin kam mit einem Mann aus der Hütte, der mit seinen bis zu den Knien aufgerollten grauen Hosen, dem grünen Armeehemd und dem breitkrempigen Tarnhut wie ein Gurkha aussah. Der Gurkha blickte uns ausdruckslos entgegen.

Nzé verlangsamte seinen Schritt und senkte die Stimme. »Doktor Marcellin ist ein großer Mann im Ministerium. Er verwaltet alle Elefanten. Aber sein Onkel – unser Onkel – ist noch größer. Er tötet die Elefanten. Er ist ein berühmter Jäger. Der größte Wilddieb des Landes.«

»Nzé, du holst die Sardinen«, sagte Marcellin mit einer gelinden Drohung in der Stimme. »Wir essen heute Foufou mit Sardinen.«

Nzé zog die Stirn kraus und schmollte. »Und das Fleisch, das wir kaufen, ist das für später?«

»Nein, wir kaufen kein Fleisch. Wir essen hier Foufou mit Sardinen.«

Nzé schlurfte zurück zum Boot und machte sich an den Vorräten zu schaffen.

Wir schüttelten dem Onkel die Hand; zwei Pygmäenjungen holten Stühle aus der Hütte, eine junge Bantufrau stellte eine Kürbisflasche mit Palmwein und sechs Emailletassen in die Mitte und verschwand. Nzé, der sichtlich unter dem Fleischentzug litt, kam mit dem Proviantsack, füllte die Blechnäpfe mit Foufou, fügte je eine Sardine hinzu, und dann begann Marcellins Streit mit seinem Onkel.

»Ich habe eine Erhebung über die Waldelefanten durchgeführt.« Mit Rücksicht auf uns sprach Marcellin französisch. »Eine staatliche Erhebung. Es sind nur noch wenige Elefanten übrig.«

Der Onkel gönnte uns ein erstes Lächeln. Seine Gesichtshaut

war merkwürdig glatt und faltenlos, seine Wangen gerundet wie die Lederflicken eines Fußballs. Er breitete die außergewöhnlich großen, muskulösen Hände aus. »Der Wald ist voll von Elefanten.«

»Es ist immer dieselbe kleine Herde. Sie wandert durch den Wald – von hier bis Gabun und zurück.«

»Aber ich habe viele große Stoßzähne und auch viele kleine.«

Marcellin schaltete um auf Lingala, und seine Stimme wurde schriller. Er zerteilte die Luft mit der rechten Handkante, und dann sprach er in einer Sprache, die wir noch nicht gehört hatten – voller Explosiva und Gutturale. Marcellins Onkel, an Respekt gewöhnt, beugte sich vor und fuchtelte mit dem Finger vor Marcellins Gesicht herum, als müßte er einen Hund zur Räson bringen.

Nzé, der Cousin und Onkel so beschäftigt sah, trank seine Tasse aus, ergriff die Kürbisflasche, füllte sich nach, trank sie erneut leer und füllte sie gleich noch einmal. Da er sich nun besser fühlte und seine gute Laune wieder zurückgekehrt war, nahm er die Tasse des schüchternen Manou und füllte auch sie nach.

Lary und ich hatten die Tassen zwischen die Knie geklemmt und hielten sie abwehrend mit beiden Händen zu. »Du brauchst mich gar nicht so anzugucken«, sagte Lary. »Schließlich warst du es, der den letzten Whisky weggegeben hat.«

»Nzé, in welcher Sprache sprechen sie?« fragte ich.

»Kaka. Die Sprache von Makao. Manou und ich, wir verstehen sie nicht. Wir sprechen Munoocouto, die Sprache von Impfondo. Das ist wenigstens eine anständige Sprache.«

Uns gegenüber stand eine große Hütte, vielleicht ein Lagerhaus; das breite Dach aus Palmblättern wurde von Wänden aus Lehmgeflecht getragen, den Eingang verschloß eine massive Doppeltür aus Holz. Links vom Lagerhaus stand eine Latrinenhütte, eine halbhohe Lehmwand mit einem offenen Dach; zwischen beiden wuchs ein großer Feigenbaum, und auf den Ästen des Feigenbaums huschte, hüpfte, trippelte es blau, gelb und kastanienbraun: eine Schar von fünf Blauen Schildturakos. Sie waren so groß wie Fasane, aber geradezu lächerlich lebhaft. Während ich zusah, rannte ein Vogel den Zweig entlang, ruckte mit dem blauen, schwarzgekrönten Kopf, spreizte den gelben Schwanz und die schwarzglänzenden Flügel (entblößte dabei den kastanienbraunen Bauch), setzte mit ein paar Flügelschlägen zum Gleitflug an, wobei er schrie wie ein Bussard und, als er an Höhe verlor, wieder umkehrte und sich in etwas Blaues verwandelte.

»Lary, du darfst jetzt die Stoßzähne fotografieren.« Marcellin hatte sich offenbar mit seinem Onkel geeinigt. Beide standen auf, und wir folgten ihnen in die Vorratshütte.

Der Onkel setzte sich auf einen flachen Hocker zwischen zwei gewaltige, braunglänzende Stoßzähne, deren Stümpfe neben seinen breiten Füßen standen, deren Spitzen aber gut 30 Zentimeter über seinem Kopf an der Wand lehnten. Zwei weitere, die an den Stümpfen schwarz waren (vielleicht waren sie längere Zeit vergraben gewesen), lagen am Boden und wölbten sich symmetrisch angeordnet zu seinen Füßen. Drei Seiten aus einer Illustrierten, die Abbildungen von großkalibrigen Gewehren zeigten, hingen über seinem Kopf an der Lehmwand. Ein Fell mit dunklen Flecken und einem schwarzgeringten Schwanz (laut Marcellin eine Waldginsterkatze) war rechts neben ihm an der Wand aufgespannt und eingerahmt von zwei weiteren, kleinen Stoßzähnen, links von ihm hielten Nägel das Fell einer grauen Katze mit buschigem Schwanz (Marcellin zufolge die im Dschungel lebende Unterart der Goldkatze).

Lary machte eine Aufnahme und auch eine mit Nzé sowie mit Manou, die unbedingt vor diesen Beweisen ihres Mutes und ihres Jagdglücks posieren wollten. Dann verabschiedeten wir uns, kehrten zum Boot zurück, weckten den Bootsführer, der unter einem Schirmbaum schlief, und machten uns auf den Weg nach Makao.

Der Fluß wurde schmaler, die schwimmenden Inseln aus Gras, Wasserhyazinthen und Papyrus wurden weniger, der dichte Bewuchs der klar abgegrenzten Ufer löste die Palmenhaine ab. Hin und wieder sahen wir einen Buntkormoran; einer hockte auf dem nackten Ast eines halbversunkenen Baums und hatte die Flügel zum Trocknen ausgebreitet, andere suchten Schutz unter dem überhängenden Ufergebüsch und zeigten uns lediglich ihren schwarzen Kopf, den gelben Schnabel, die nackte rote Gesichtshaut und die rubinroten Augen. Und zum ersten Mal fielen mir im Lianengewirr des Ufers zwei unscheinbare Vogelarten auf, sperlingsgroße. Aschgraue Fliegenschnäpper und die etwas größeren Weißstirn-Fliegenschnäpper, die wachsam das Treiben der Eintagsfliegen über dem Wasser verfolgten und manchmal einen Rundflug durch die niedrigen Fliegenschwärme machten.

»Orangeköpfchen!« Lary zupfte mich am Ärmel und wies auf zwei kleine grüne Papageien, die über den Bäumen den Fluß kreuzten. Bei Serle und Morel hießen sie »Black-collared lovebirds« – die einzigen Unzertrennlichen mit grünen Köpfen und die einzigen, die im primären Regenwald vorkommen. »Ich möchte dich ja nicht mit deiner Schwäche für die Naturforschung des 19. Jahrhunderts aufziehen, aber diese Orangeköpfchen sind *theoretisch* interessant und haben eine *wissenschaftliche* Bedeutung. W. C. Dilger hat ein einfaches und wirklich elegantes Experiment angestellt: Das Orangeköpfchen klemmt das Nistmaterial, das es heranträgt, zwischen die Schwanzfedern, ein anderer Unzertrennlicher trägt es mit dem Schnabel. Dilger hat die beiden Rassen miteinander gekreuzt, und die Hybriden trugen das Nistmaterial teilweise im Schnabel, teilweise mit den Schwanzfedern, aus denen sie es aber verloren. Das weist auf eine starke genetische Komponente in ihrem Verhalten hin, ohne Zweifel. Aber das heißt nicht, daß ich deinen Vorbildern aus dem 19. Jahrhundert, Francis Galton und Karl Pearson, glaube – oder ihren Nachfolgern aus dem 20. Jahrhundert, Burt aus England und James Catchell, Stanley Hall und Terman in den Staaten. Burts Vater war der Hausarzt von Galton, und der kleine Burt saß auf den Knien des alten Galton, daher sei ihm verziehen. Aber meiner Meinung nach muß endlich einmal gesagt werden, daß Terman nichts als ein mieser kleiner Rassist war. Und daß all diese Intelligenztests Blödsinn sind. Daß wir alle immer dazulernen können, daß es niemals aussichtslos ist, obwohl jeder Intelligenzquotient – aus einem dieser armseligen Tests, die auf weiße Mittelklasse-Amerikaner zugeschnitten sind –, multipliziert mit 100 und dividiert durch dein aktuelles Alter, besagt, daß man mit zunehmendem Alter immer dümmer wird. Irgendwann landet jeder bei einem IQ von 70 oder 80. Wir werden alle schwachsinnig!«

»Lary, worauf willst du eigentlich hinaus?«

»Diese Gegend hier, der Kongo!« Er nahm den Hut ab, hielt ihn an der Krempe fest und drehte ihn ständig im Kreis. »Alles, was hier gebraucht wird, ist Bildung. Keine Brachialmarxisten und auch nicht diese Endzeitmissionare mit ihren Neuigkeiten aus dem Mittelalter. Ein vernünftiger Unterricht von Leuten wie mir. Ein bißchen Technik, das ist alles.«

(Zwei plumpe, schwarze Vögel mit kurzen Schwanzfedern und dem Aussehen von Drosseln – Webervögeln? – Trauerdrongos? – kreuzten den Fluß mit unstetem, ruckendem Flug und verschwanden im Schilfdickicht zu unserer Linken.)

»Mendel hat es gut gemeint. Er hat einen Zipfel der Wahrheit erwischt. Nicht die ganze, beileibe nicht. Gene werden von Umweltfaktoren aktiviert oder deaktiviert, wir können uns entwickeln, alles wirkt auf sie ein. Zahllose Untersuchungen beweisen das – zum Beispiel Schiels' Arbeit in einem Waisenhaus in Iowa. In den dreißiger Jahren wurden dorthin alle Problemkinder abgeschoben und ihrem Schicksal überlassen. Aber zwei kleine Mädchen, nur neun Monate alt, hoffnungslose Fälle, waren selbst für das Waisenhaus zu sehr geschädigt, und Schiels steckte sie in eine Nervenklinik. Die aber war voller unheilbarer Erwachsener, und die nahmen sich der Babys an. Plötzlich hatten die Mädchen lauter Väter und Mütter und Onkel und Tanten, und ob du's glaubst oder nicht, nach sechs Monaten waren aus ihnen völlig normale, gesunde Kinder geworden. Als Schiels das bemerkt hatte, erwirkte er die Erlaubnis, die schlimmsten Fälle aus dem Waisenhaus, solche mit einem IQ um 64, in Nervenkliniken unterzubringen, und er behielt eine Kontrollgruppe mit einem IQ von 85/86 im Waisenhaus. Eineinhalb Jahre später waren die Kinder aus der Nervenklinik bei einem IQ um 90, und die Waisenhauskinder waren auf 70 abgefallen. Schiels hat seine Studie in den sechziger Jahren beendet – er hat alle seine früheren Patienten aufgesucht: Diejenigen, die ihre Kindheit in der Nervenklinik mit all ihren Anregungen verbracht hatten, führten eine normale Mittelklasse-Existenz, doch die anderen, die man ins Waisenhaus abgeschoben hatte, arbeiteten als Tellerwäscher, sie waren nicht verheiratet, sie lebten am untersten Rand der Gesellschaft. Die Gene sind also nicht an allem schuld; der IQ mißt keine angeborenen Qualitäten, die ersten fünf Jahre sind gar nicht so wichtig, alles ist wichtig. Wir können uns unser ganzes Leben lang entwickeln und lernfähig bleiben.«

»*Was* ist los?« fragte Marcellin hinter uns und nahm die Kopfhörer ab.

Lary drehte sich, noch immer den Hut in der Hand, zu ihm um und erklärte: »*Ich glaube nicht, daß Intelligenztests irgendwelche manifesten Fähigkeiten messen können.*«

Marcellin schaute Lary prüfend an und kam zu dem Schluß, daß die Strapazen ihm zu Kopf gestiegen waren. Er setzte die Kopfhörer wieder auf, schüttelte den Kopf und brüllte: »Ich auch nicht! Nur nicht durchdrehen! Ist alles in Ordnung!«

21

Spätnachmittags gelangten wir nach einer Biegung an einen See, der Wald war an einer Stelle gelichtet, drei Einbäume lagen dort an Land und ein beschädigter kieloben im flachen Wasser.

»Makao!« sagte Marcellin mit ungewohnter Begeisterung. »Wir sind da. Hier ist es!«

Der Pfad führte uns zu einem breiten Fahrweg, zu einer Reihe strohgedeckter Lehmhütten zur Linken, einem freien Platz und einer Schulhütte zur Rechten. »Marcellin! Marcellin! Doktor Marcellin!« riefen die Kinder. Frauen winkten, ein Mädchen, das vor seiner Hütte kniete und eine Maniokwurzel raspelte, sprang auf die Füße und ordnete die Frisur – jeder kannte ihn.

»Die Gästehütte!« sagte Marcellin und zog sein Gepäck zu einem gekalkten Gebäude mit einer schmalen Veranda und einem überhängenden Wellblechdach. »Makao!«

Nzé und Manou breiteten ihre Planen auf dem nackten Boden der Hütte aus, Marcellin, Lary und ich bauten unsere Zelte draußen auf. Die Kinder schauten zu, die Bantu trugen zerlumpte T-Shirts und Shorts oder Wickelkleider, die Pygmäen Lendenschurze oder Baströcke. Ein kleiner Junge (mit einer faustgroßen Schwellung auf dem Bauchnabel) trug einen winzigen Jagdbogen fachgerecht auf der Schulter und sah uns voller Ernst und Würde an. Ein noch kleineres Kind trug einen viel zu großen Arbeitsanzug, und die Hosenträger waren links mit einem glänzenden Messingknopf und rechts mit einem Holzknebel befestigt. Das Kind folgte Lary wie ein Schatten und starrte auf seinen Hut.

Makao sah seltsam aus, fand ich, es wirkte nicht wohnlich, irgend etwas fehlte. Von einigen Ölpalmen gesäumt, reichten die hohen Bäume des Dschungels bis direkt an die Hütten heran – sie hatten weder Höfe noch Vorgärten.

Links von uns lagen neun braune Ziegen mit hängenden Ohren auf dem glühendheißen Lateritboden, und hinter ihnen sahen wir das Zentrum des Dorfes, erkennbar am spitzen Runddach einer nach allen Seiten offenen Hütte, dem Versammlungshaus. Direkt unseren Zelten gegenüber stand eine einsame Hütte, 100 Meter von den Nachbarn entfernt. Aus dem Dunkel des Eingangs löste sich eine Gestalt und kam auf uns zu.

Die Kinder beobachteten sie einen Moment lang, wichen zurück und begannen erst wieder miteinander zu schnattern, als sie sich umgedreht hatten und die Straße hinabrannten. Die Ziegen rappelten sich in einer Staubwolke auf, sammelten sich zur Herde und hoppelten hinter den Kindern her.

»Dokou, ich habe Wein für dich!« rief Marcellin.

»Rotwein?« fragte der alte Mann mit tiefer, brüchiger Stimme und ließ sich auf einer Bank an der Veranda nieder. Er trug schwarze Stiefel, schwarze Hosen, ein kragenloses schwarzes Hemd, in dessen Ausschnitt ein klumpiger Kropf wucherte, und unter dem Kropf ein Halsband, an dem drei Fellbündel vom Aussehen erhängter Mäuse baumelten.

»Wein?« fragte Lary.

»Dokou, ich habe ihn den ganzen Weg von Brazzaville bis hierher getragen«, sagte Marcellin, setzte sich neben den Alten und legte ihm die Hand aufs Knie. »Er ist in meinem Gepäck versteckt. Nur für dich! Cavesco! Rotwein aus Spanien! Der Allerbeste!«

Manou und Nzé zogen noch eine Schulbank aus der Hütte heraus und setzten sich erwartungsvoll nieder.

»Tabak?« fragte Dokou, bedeckte Marcellins Hand mit beiden Händen und blickte ihm bohrend, mit blutunterlaufenen Augen ins Gesicht. »Tabak?«

»Die weißen Männer haben eine Pfeife für dich und Tabak aus England, von weit her.«

»Koko!« sagte ein dicker Mann mittleren Alters in schmutzigen weißen Shorts und im Unterhemd, dazu klopfte er an den Balken der Veranda.

Dokou schaute auf, legte die rechte Hand für einen Moment über die Augen und stand auf. »Später«, sagte er, schon im Gehen, zu Marcellin. »Morgen, wenn es dunkel ist.« Dann ging er mit überraschender Energie über die Straße zurück zu seinem Haus.

Der Dicke lehnte sich an die Verande und lächelte Marcellin an. »Eines Tages wird jemand deinem Dokou etwas antun. Jemand mit größeren Kräften. Das schwöre ich dir.«

Marcellin schwieg.

»Doch für diesmal, Marcellin Agnagna, wirst du morgen abend zu mir kommen, bevor du zu ihm gehst. Ich habe Schmerzen im Rücken. Ich brauche deine Medizin.« Damit drehte auch er sich um und ging.

»Wer war das?« fragte Lary. »Der Sheriff?«

»Der Häuptling. Das Oberhaupt der größten Sippe in Makao, mit der wichtigsten Abstammung. Wir müssen tun, was er sagt. Wir brauchen seine Pygmäen.« Marcellin erhob sich und nahm sein Gepäck. (Nzé betrachtete es mit schräg gehaltenem Kopf, wie ein einäugiger Fuchs ein Huhn betrachten mochte.) »Es ist schon spät. Wir müssen essen. Heute abend gibt's Sardinen, morgen gibt es Sakasaka! Ananas! Frauen! Zuckerrohr!«

Wir trugen die Bänke hinein und stellten sie in die Mitte des holperigen Lehmbodens. Termitenstraßen zogen sich die Wände hinauf wie braune Efeuranken und verloren sich im Gebälk des zerzausten Palmblätterdaches. Zwei quadratische Fensterlöcher in der Rückwand blickten auf ein gewaltiges Bambusdickicht. »Ich kenne hier keinen«, sagte Manou und klappte auf seiner Plane zusammen, als wäre er erschossen worden, deprimiert vielleicht von der Trostlosigkeit des Raums oder dem säuerlichen Geruch des Fledermauskotes oder auch vom Gedanken an die Nähe Dokous auf der anderen Straßenseite. »Ich habe Malaria. Ich fühle mich nicht gut. Ich kenne keine Frau in Makao. Ich war noch nie so weit von meinen Bekannten weg.«

»Ich auch nicht«, sagte Lary teilnahmsvoll.

Marcellin lachte.

»Überlaßt das mir«, sagte Nzé, hockte sich nieder und klappte die Füße des Campingherds auf. »Manou Jean-Felix Burono, ich, Nzé Oumar, schwöre beim Geist meines Großvaters von Dongou und auch bei diesem Kocher« (er zündete ihn an), »daß ich dir für morgen nacht ein junges Mädchen besorgen werde, ein Mädchen, das dir nicht auf die Nerven gehen wird, das jung und scheu ist, ein Mädchen mit Brüsten wie Kokosnüsse!«

»Mir fehlt meine Frau«, sagte Manou und zog an seiner Plane. »Vivie Charlotte. Und mein Sohn, der kleine Rocka – Rocka Prince.«

»Vielleicht sollte ich dich zurückschicken«, sagte Marcellin, der gerade die letzte Sardinenbüchse aus dem Proviantsack kramte, mit dem Rücken zu Manou. »Der Bootsführer bricht morgen früh auf. Du kannst mit ihm zurückfahren. Das ist deine letzte Chance. Der Weg durch den Wald nach Berandzoko, das wird hart. Der dauert Tage, und er ist nicht markiert. Du mußt mit den Pygmäen Schritt halten; wenn du zurückbleibst, bist du verloren, und die Leoparden holen dich. Und wer weiß? Vielleicht kriegen wir kein Boot in Berandzoko. Dort gibt es Wilddiebe und Bauern, aber keine Fischer. Wir könnten dort festsitzen.«

»Komm her«, sagte Lary und spannte Manous Moskitonetz aus. »Wir machen das jetzt ordentlich, und dann setz dich zu mir und iß diesen Saufraß mit mir. Sei mein Gast.«

Das Tageslicht verblaßte, Wolken von Moskitos flirrten in den Fensterlöchern. Nzé stellte zwei Kerzen auf den Boden, schob einen Topf mit Kaffeewasser auf den Kocher, und wir widmeten uns dem Maniokbrei in unseren Blechnäpfen.

»Marcellin«, sagte Lary, »ich denke andauernd darüber nach. Die Zentrifuge von Manfouété – wie ist die dort hingekommen?«

»Ich weiß alles darüber«, sagte Marcellin und entfernte den Deckel der Sardinendose. »Es ist keine schöne Geschichte. Die ersten Weißen, es waren Franzosen, kamen die Flüsse um 1901 herauf. Anfangs begnügten sie sich mit Handelsposten, und sie bezahlten das Elfenbein mit Dingen, die wir brauchten, mit Äxten und Hacken, Kleidern und Salz, Perlen für die Frauen – und später mit Spiralen aus Eisen- oder Messingdraht. Doch dann wollten sie Latexgummi. Das änderte alles, denn es ist langweilig, Gummi zu sammeln, und keiner hatte Lust dazu. Die Bäume, die man anzapfen muß, stehen weit verstreut und tief im Wald. Niemand scherte sich darum. Also sagten die Franzosen am Ibenga 1902, daß jeder drei Francs Steuer im Jahr bezahlen müsse. Man sollte sich die drei Francs verdienen, indem man den Franzosen Elfenbein, Gummi oder Fleisch lieferte oder ihnen als Lastenträger diente, man hätte seine Pflanzungen für Wochen vernachlässigen und seine Kinder hungern lassen müssen. Also bezahlte niemand die Steuer. Die Franzosen haben darauf Soldaten rekrutiert, an den Handelsposten Gefängnisse gebaut und die Häuptlinge samt Frauen und Kindern als Geiseln genommen. Den Häuptling Macpo haben sie mit Knüppeln totgeschlagen. Als Rache wurde der französische Agent Livry getötet und verspeist. Wir haben uns organisiert und sind in den Krieg gezogen. Unser Hauptquartier haben wir in Berandzoko aufgeschlagen. In dem Ort ging es wirklich kriegerisch zu, das kannst du mir glauben. Bis 1908 konnten wir den Ort halten! Wir haben die Handelsposten niedergebrannt, und die Verräter – die Afrikaner, die den Franzosen dienten – haben wir mit unseren französischen Macheten in Stücke gehauen!« Marcellin zerhackte mit der flachen Hand die Luft. »Tschick! Tschick! Tschick!«

»Bomaaah!« schrie Nzé.

Manou blickte zu Boden.

»Und die Zentrifuge?« fragte Lary.

»Das weiß ich nicht«, sagte Marcellin. »Die Zentrifuge, die bleibt ein Rätsel.«

Nzé warf eine Handvoll Kaffeepulver, zwei Handvoll Milchpulver und eine halbe Tafel braunen Zucker in den Kochtopf.

»Das ist ja eine Gruselgeschichte«, sagte Lary. »Einfach abscheulich. Dafür gibt es keine Entschuldigung.«

»Sie waren besser als die Engländer«, sagte Marcellin. »Wenn schon kolonisiert, dann von den Franzosen.«

»Warum das?«

»Weil sie uns mochten! Sie mochten uns so, wie wir waren. Sie haben unsere Frauen geheiratet. Sie hatten schwarze Geliebte, jede Menge von Geliebten. Sie haben keine Kricket-Clubs und ähnlichen snobistischen Kram gegründet, sie haben nicht ihre weißen Frauen mitgebracht und sich separiert. Sie haben uns gesagt, wir wären französische Bürger, und das war schon was wert, auch wenn sie es nicht so meinten. Sie mochten uns, sie wollten für immer hierbleiben. Und außerdem: Fast konnten sie uns verstehen. Sie bilden sich zwar ein, daß sie an die Vernunft glauben, die Franzosen, aber glaub mir, Lary, das tun sie nicht. In Frankreich gibt es mehr Astrologen als Priester. Und schon Priester gibt's einen Haufen! Das heißt: zwei große Gruppen von Franzosen, die an die Magie glauben. Und was sind Priester und Astrologen? Na?« Marcellin schob sein Gesicht bis auf zehn Zentimeter

Abstand an Larys heran. Lary schloß die Augen. »Kannst du mir das vielleicht sagen? Na? Zauberer sind sie! Sie sind Zauberer!«

»Okay«, sagte Lary und öffnete die Augen. »Einverstanden.«

»Ich selbst, ich glaube nicht an Zauberei. Ich mag das nicht. Wenn man erst damit anfängt, kann man nicht mehr aufhören. Ich bin Wissenschaftler. Ich denke mehr wie ein Engländer. Ich bin überzeugt, wenn wir sterben, verwesen wir in der Erde, und Schluß. Aber in Frankreich denkt man anders. Und auch in Makao denkt man anders.«

Früh am Morgen kroch ich aus dem Zelt und verschwand, den wasserdichten grünen Beutel mit der kostbaren Rolle Toilettenpapier fest umklammert, hinter der Gästehütte. Jenseits des Bambusdickichts stand einer jener vielstämmigen Bäume, wie wir sie in Impfondo gesehen hatten, sein Laub war dicht und dunkelgrün wie das einer Eibe, und die unteren Äste hingen herab bis auf die Erde. Innerhalb dieses Schutzkreises zogen sich Lichtstrahlen wie die Spannbänder eines Bongos über den Dschungelboden; das war eine perfekte Kinderhöhle, dachte ich, ein Ort, wo man vor Alpträumen sicher sein konnte.

Wir aßen den Foufou auf (und verbrauchten den letzten Zucker für den Kaffee); Nzé ging pfeifend davon und begann seine langen, den ganzen Tag beanspruchenden Musterungsgespräche, um sich eine Geliebte für die Nacht auszusuchen. Wir ließen Manou als Wache für das Gepäck in der Hütte zurück und gingen zum Schwimmen und zum Waschen an den Fluß.

Frauen (barfuß, in bunten Wickelkleidern) kamen uns auf dem roten Lateritpfad entgegen. Auf dem Kopf balancierten sie Plastik- oder Zinkgefäße mit Wasser, an den langen Hälsen traten die Sehnen hervor. Im Vorbeigehen wechselten sie mit Marcellin verhaltene Scherze in der Kaka-Sprache. Frauen, die mit uns hinabgingen, trugen die leeren Gefäße in der Hand, und sie kreischten vor Lachen über Marcellins Grüße und Sprüche, sie schnalzten mit der Zunge, warfen den Kopf zurück und schlugen sich auf die langen Schenkel: Marcellin war hier an diesem entlegenen Ort noch begehrter als in Brazzaville; Marcellin war der Held von Makao.

»Kann man sich etwas Dümmeres vorstellen?« fragte Lary, der

in seinen L. L. Bean-Stiefeln neben mir herschritt. »Eine dümmere Art der Zeitverschwendung? Kann man sich überhaupt eine energieaufwendigere Methode vorstellen, als das Wasser in einer Spülschüssel auf dem Kopf zu transportieren? Sich in dieser Bruthitze abzurackern? Mein Gott! Dabei braucht man nichts weiter als die simple Heimwerker-Ausführung eines Hydraulikbocks. Jeder weiß, was ein Hydraulikbock ist. Auf der ganzen Welt gibt es keinen Trottel, der so blöd ist, daß er nicht wüßte, wie man einen Hydraulikbock baut!«

»Klar doch«, sagte ich und hatte nicht die geringste Ahnung, was ein Hydraulikbock war. »Keine Frage.«

Das Mädchen, das sich am Abend zuvor durch die Haare gestrichen hatte, als es einen begehrlichen Blick von Marcellin auffing, stand jetzt im Wasser neben dem umgedrehten Rumpf einer schadhaften Piroge, dem Fluß zugewandt, zu ihrer Linken ein kleiner Haufen Wäsche auf dem glatten Holz, in der rechten Hand ein Stück Teerseife, in der anderen einen handlich runden Stein, mit dem sie ein T-Shirt rubbelte. Ihr rotes Wickelkleid war bis zur Hüfte hochgekrempelt, zwischen ihren nackten Schenkeln strömte das Wasser hindurch.

Wir legten unsere klebrig-klammen Handtücher über einen gelandeten Einbaum, zogen uns bis auf die Unterhosen aus, legten die schweißfeuchten Hemden, Hosen und Socken neben die Handtücher und wateten ins Wasser. Das Mädchen blickte Marcellin an, spülte das T-Shirt aus, griff mit der rechten Hand an die linke Schulter, löste einen Haken oder eine Nadel, und das Wickeltuch rutschte ihr von den Schultern auf die Hüfte, wo sie es neu befestigte. Anmutig fuhr sie mit der Teerseife über die langen Arme, unter die Achseln, über die Wölbungen und Erhebungen ihrer Schlüsselbeine und drehte sich dann ein wenig zur Seite, so daß das im Wasser gespiegelte Sonnenlicht ihre tiefhängenden Brüste mit den steifen Nippeln beleuchtete.

Als wir zur Hütte zurückkamen, fanden wir Manou in Erregung. Er war allein; von den Leuten, die sonst immer um Medizin und Zigaretten bettelten, war niemand zu sehen, auch keine Kinder. In der Hand hielt er eine Machete.

»Der Häuptling war hier!« sagte er. »Dr. Marcellin, er wollte dich warnen, Onkel, aber ich hab ihm gesagt, du wärest weg und unterwegs, du wärest zum Schwimmen gegangen.«

»Ich weiß«, erwiderte Marcellin. »Leg das Ding weg.«

Manou ließ die Machete auf der Stelle fallen. »Er heißt Dokou! Er wohnt da drüben.«

»Ich weiß«, erwiderte Marcellin.

»Heute morgen ist ein Mann gestorben«, sagte Manou, und das Weiße in seinen Augen wurde sichtbar.

»Setzen wir uns«, sagte Marcellin.

Wir setzten uns auf die Bank.

»Dieser Mann ...«

»Beruhige dich«, sagte Marcellin. »Wir beide haben dieselbe Mutter. Bei Lary und Redmond kommt es nicht darauf an. Sie sind nicht von hier. Aber meine Familie in Makao wirst du nicht blamieren. Manou, ich verspreche dir: Wenn du es wagen solltest, außerhalb dieser Hütte Angst zu zeigen, schicke ich dich zurück. Alle werden es erfahren. Hinter deinem Rücken werden sie immer sagen: ›Marcellin hat Manou zurückgeschickt.‹«

»Dieser Mann! Er mußte sterben, weil er nachts als Geist zum Haus von Dokou dem Zauberer gegangen ist. Er wollte die Schwester von Dokou dem Zauberer umbringen. Aber Dokou hatte den stärkeren Zauber. Am Morgen war Blut vor seiner Tür. Alle haben es gesehen. Der Mann ist danach krank geworden und gestorben.«

»Na und? Warum zitterst du? Was ist daran so erschreckend?«

»Dokou!« sagte Manou, drehte sich auf der Bank um und wies mit ausgestrecktem Arm zur offenen Tür. »Er wohnt da drüben!«

»Ich weiß«, sagte Marcellin.

Man hörte einen langen, allmählich ersterbenden Klageschrei, dann setzte ein vielstimmiges Geheul ein.

»Die Frauen«, sagte Marcellin. »Das Begräbnis.« Er stand auf, ging zu seinem Gepäck, legte den Gürtel mit vollständiger Ausrüstung, einschließlich der zwei Wasserflaschen, der Dokumententasche und der Machete aus Birmingham in der Segeltuchhülle, um, steckte sich sein Dienstabzeichen an, hängte sich den Sony-Walkman mitsamt Kopfhörern und das Fernglas um den Hals und setzte schließlich seinen Schlapphut auf. »Kommt, wir müssen hin. Wir müssen unseren Respekt erweisen. Auch du, Manou. Das Gepäck ist sicher. Niemand stiehlt, wenn die Frauen klagen. Samalé wird uns schützen.«

»Samalé?« fragte Lary. »Der Häuptling?«

»Nein«, sagte Marcellin.

Vor dem Versammlungshaus in der Dorfmitte teilte sich die Menge der Frauen und Kinder, um Marcellin durchzulassen – aber alle, auch die kleinsten Kinder, wandten ihre Gesichter ab, wie ich deutlich bemerkte. Wir blieben vor drei großen Trommeln stehen: Die mittlere war etwa 2,50 Meter groß und oben, wo sich das Trommelfell befand, etwa einen Meter breit. Der ausgehöhlte Baumstamm verjüngte sich nach unten, wo er von drei breiten, ausladenden Stützfüßen getragen wurde. Hinter der Trommel war ein Holzpodest aufgebaut. Die zwei seitlichen Trommeln waren kleiner, so daß sie von einem normal gewachsenen Mann bearbeitet werden konnten, aber immer noch beeindruckend: Die Lianenseile, die das Trommelfell hielten, die Knoten, mit denen sie verspannt waren, wirkten beunruhigend in ihrer Kraft.

Das an- und abschwellende Klagegeheul kam aus einer Hütte auf der anderen Seite der Straße, der Hütte, in der der Tote lag. Auf dem Platz zwischen den Trommeln und der Hütte tanzte ein drahtiger kleiner Mann (in einem roten T-Shirt und mit grauen Hosen, die am Knie abgeschnitten waren). Mit grotesk übertriebenen Tanzschritten paradierte er vor einer langen Reihe von Männern und halbwüchsigen Knaben. Den Takt zu seinem barfüßigen Tanz im Staub schlug er mit einem Schnappmesser gegen eine leere Bierflasche, seine Hüpfer und Drehungen wurden von den Männern und den Knaben nachgemacht, die immer einen halben Schritt hinter ihm blieben. Der Haupttrommler, mit nacktem Oberkörper, bestieg das Podest, der Tanzmeister verschwand in der Menge, die Männer und Knaben blickten auf die Trommeln, und der Tanz begann.

Die Klangwellen – rollende Berggipfel und tiefgerundete Talgründe – wogten über den Platz, durchsetzt mit komplizierten Gegenströmungen und dem unterirdischen Dröhnen der großen Trommel wie vor dem Ausbruch eines Erdbebens: dann war Stille.

Die Klangwellen verebbten im umliegenden Wald, das Beben des harten Lateritbodens unter unseren Stiefeln erstarb. Die Trommler mit ihren muskelbepackten Oberkörpern hielten die schweren Stöcke in die Höhe. Dann kam die Antwort aus dem Wald, ein langgezogenes heiseres Röhren.

»Samalé! Samalé!« schrie ein kleiner Junge neben mir.

Die Frauen und Kinder stoben mit Geschrei auseinander und rannten zu ihren Hütten.

»Schnell!« sagte Marcellin und packte Manou an der Schulter. »Lary! Redmond! Hier herein!« Und er schob uns hastig in die nächstgelegene Hütte.

Die Hütte war eng, dunkel und überfüllt, und es roch nach Rauch. Wir setzten uns auf Holzklötze an der Vorderwand und blickten durch die Ritzen hinaus. Das Gebrüll aus dem Wald hatte aufgehört, und die Trommeln begannen erneut; die Reihe der Männer formte sich zum Kreis und tanzte langsam um die Trommeln, wogte vorwärts und zurück, gefangen vom Anschwellen der Trommelklänge.

»Sie haben die Tür versperrt!« rief Lary. »Was zum Teufel ist Samalé?«

Ich blickte hinüber, bis sich meine Augen ans Dunkel gewöhnt hatten. Es stimmte. Die Eingangstür war mit drei Pfosten verrammelt; die Frauen und Kinder hatten sich in den hinteren Raum zurückgezogen und den Durchgang mit einer Art Lattenrost versperrt. Manou hockte daneben und sah aus wie ein getretener Hund; wir waren allein.

»Wenn ihr mich fragt, das ist kein guter Tod«, sagte Marcellin. »Das ist keine gute Beerdigung.«

»Was ist Samalé?« fragte Lary erneut. »Das Nachbardorf? Ein Kriegerkult? *Warum haben denn alle solche Angst?*«

»Lary, hier ist nicht der Ort für solche Gespräche«, sagte Marcellin, seine Stimme war kaum noch zu hören. »Ich sag es dir später, mein Ehrenwort. Dokou wird es erklären.«

Lary wandte sich wieder der Wand zu und blickte durch die Ritzen in die Außenwelt. Ein Bündel rauchgeschwärzter Kürbisflaschen, die im Halbdunkel wie umgedrehte Totenschädel aussahen, hing am niedrigen Dachbalken über seinem Kopf. Mit schleppender Stimme sagte er: »Mir ist wirklich so, als wäre ich schon seit vielen Jahren von Plattsburgh weg. Als hätte ich seit Urzeiten mit keinem vernünftigen Menschen mehr geredet.«

Das stachelte Marcellin zu einer Erklärung an. »Als wir angelegt hatten und ins Dorf gingen, habt ihr da einen Mann rennen sehen? Einen schmächtigen jungen Mann in hellroten Hosen, der so schnell rannte, wie er konnte?«

»Nein«, sagte Lary. »Zufällig nicht.«

»Er dachte, ich wär gekommen, um ihn zu verhaften, zu töten, zu erschießen.«

»Dann ist es kein Wunder, daß er weggerannt ist«, sagte Lary und lugte weiter durch die Ritze. »Das ist doch logisch.«

»Er ist ein Händler. Ich kenne ihn. Ich weiß alles über ihn! Das ist ein Dorf von Wilddieben. Er kommt her, um Elfenbein zu kaufen. Er ist aus dem Sudan. Er leiht den Pygmäen Gewehre, gibt ihnen ein paar Schachteln Zigaretten und zahlt 4000 CFA pro Kilo, das er in Brazzaville für 10 000 CFA weiterverkauft – oder er geht damit nach Zaire. 10 000 Stoßzähne pro Jahr werden nach Zaire exportiert. Er denkt, er wäre reich, weil er neue rote Hosen trägt. Aber in Wirklichkeit bleibt er der arme Schlucker. Es sind die Händler in Brazzaville, die das Geld machen, die Frau des Präsidenten, die Stoßzähne in ihrem Privatjet nach Belgien bringt, wie man sagt, und die Männer, die das Elfenbein nach Japan verkaufen.«

Lary sagte: »Bye, bye, Waldelefant.«

»Die Wälder meines Landes sind groß«, erwiderte Marcellin und hob die Stimme. »Sehr groß. Es gibt riesige Regionen von Sumpfwäldern, wo niemand hinkommt, wo nie jemand gewesen ist, keine Pygmäen, niemand. Die Elefanten dort sind sicher. Sie stehen unter meinem Schutz.«

Nach drei Stunden hörte das Trommeln auf, es krachten zwei Schüsse (über dem Grab abgefeuert, sagte Marcellin), die Frauen entließen uns ins Freie, und alle trotteten hinunter zum Fluß, um sich zu reinigen und zu waschen.

Nzé saß an die Verandabrüstung unserer Hütte gelehnt und spielte ein Instrument, das eine Kreuzung aus Harfe und Gitarre zu sein schien. Den bootsförmigen Schallkörper hatte er zwischen die Knie geklemmt, der lange Hals mit neun Wirbeln, die die Saiten spannten, krümmte sich über seinem Kopf. Ein völlig verwandelter Nzé, hingegeben und versunken, saß dort an der getünchten Betonbrüstung der Gästehütte, bewegte die Hände mit Geschick und spielte eine kleine, traurige Melodie, die nicht zum harten, grellen Tageslicht passen wollte.

»Nzé, wo hast du die her?« fragte Marcellin und nahm vor ihm Aufstellung. »Wo bist du gewesen? Hast du die geklaut?«

Nzé unterbrach sein Spiel und blickte konfus umher, als wäre er in anderen Sphären gewesen, dann sammelte er sich und setzte sein übliches verlegenes Grinsen auf.

»Ein Mädchen hat sie mir geliehen. Das schönste Mädchen von Makao. ›Nzé‹, hat sie gesagt, ›du spielst wie ein Geist, du hast verborgene Kräfte. Das sehe ich an deinen Augen. Leih sie dir aus, und denke an mich, wenn du spielst. Und nicht vergessen: Die Nacht verbringst du in meiner Hütte. Und zwar die ganze Nacht!‹«

»Wir müssen Hühner kaufen«, sagte Marcellin und setzte sich.

»Mit dem Essen hab ich alles arrangiert«, sagte Nzé und lehnte die Gitarrenharfe an die Wand. Er stand auf, rief etwas über die Straße, und fast sofort kam ein junges Mädchen aus Dokous Hütte. In der rechten Hand trug sie einen Eimer, und unter den linken Arm hatte sie ein Huhn geklemmt.

»Ich hoffe doch, daß es nicht *die da* ist!« sagte Marcellin, als sie näherkam.

Zu Lary gewandt, erklärte Nzé: »Wenn du die Nacht mit ihr verbringst, bist du am nächsten Morgen tot, noch bevor es hell wird.«

»Natürlich«, sagte Lary. Er hielt sich kurz die Augen zu und setzte sich auf die Brüstung. »Das ist doch logisch.«

Sie schenkte Lary ein kleines Lächeln, drückte Nzé den Eimer in die Hand, mir das Huhn und floh zurück über die Straße.

Das Huhn, das ich nun unter den Arm geklemmt trug, fühlte sich warm an und sah aus wie eine Rhodeländer-Henne, rotbraun mit gelben Beinen, genau wie die Hühner, die über den Pfarrhof meiner Kindheit gelaufen waren. Die Federn auf dem Rücken und in der Biegung des Halsansatzes fühlten sich fest und seidig an, und als ich es streichelte, schoben sich die halbtransparenten Lidschlagmembranen quer über die Augen.

Nzé setzte seinen Eimer ab, holte ein Stück Bindfaden mit Holzpflock aus dem Proviantsack, nahm mir die Henne ab und pflockte sie mit dem linken Bein auf dem Lehmboden der Hütte direkt neben dem Eingang an.

»Sieh zu, daß du sie sauber tötest«, sagte ich. »Sie ist eine Schönheit.«

»Das ist ein Huhn«, erwiderte Nzé.

»Nzé ist mein Bruder«, sagte Manou unvermittelt. »Ihr würdet sagen: Cousin. Er kann auf allem spielen. Immer wenn er will, kann er Musik machen.«

»Manou, geh zum Fluß Wasser holen«, sagte Nzé, und Manou sammelte die Wasserflaschen ein.

Nzé klatschte Sakasaka mit Fleisch aus dem Eimer in unsere Blechnäpfe und stellte Manous Portion auf der Bank ab. »Lary«, sagte Marcellin, als wir mit dem Essen begannen, »das mußt du verstehen. Mir bedeutet es natürlich gar nichts, aber die Leute hier glauben wirklich daran. Dieses junge Mädchen, sie ist fünfzehn Jahre alt, die Schönste des Dorfes, aber keiner rührt sie an.«

»Warum nicht?«

»Weil sie Dokous neue Frau ist! Dokou, der mächtigste Zauberer von hier bis Senegal! Er ist achtundsiebzig, ein alter Mann, der älteste in Makao. Und warum ist das so? Kannst du mir das sagen? Warum leben Zauberer so lange?«

»Ich kapituliere«, sagte Lary und beäugte mißtrauisch die knorpeligen, grauen Fleischklumpen in seinem frischen grünen Sakasaka aus Maniokblättern.

»Ihre Hoden verfaulen nicht! Sie werden nicht verrückt, sie schreien nicht vor Schmerzen oder sind voller Geschwüre, wenn sie sterben.«

»Wie bitte?«

»Sie werden nie krank. Sie sind die einzigen Männer ohne Geschlechtskrankheiten. Sie sind sicher. Wenn sie mit einer Frau schlafen, die nicht zu ihren Ehefrauen zählt, weiß es das ganze Dorf, und sie verlieren ihre Kraft. Wenn ein gewöhnlicher Mann mit der Frau eines Zauberers schläft, muß er sterben. Einfach so. Ein Sprung, und er ist tot.«

»Marcellin, was ist das für ein Zeug?« fragte Lary und kaute angestrengt.

»Elefantennase!«

Lary setzte den Blechnapf ab. Er stand auf, hielt sich, etwas vornübergebeugt, an der Ecke der Hütte fest, würgte zweimal und kotzte sein Essen aus.

»Er ist krank«, sagte Nzé besorgt. »Vielleicht hat er Malaria.«

Lary wischte sich den Mund mit dem Handrücken ab, dann besann er sich anders, holte einen glitschigen Klumpen von Taschentuch aus der Tasche und fuhr damit über Schnurrbart und Kinn, griff nach dem Blechnapf und schüttete den Inhalt in ein Gebüsch. Er verscharrte das gelblichgrüne Erbrochene im Staub, setzte sich wieder hin und nahm sich die Wasserflasche vor.

»Daß dir so schnell schlecht wird, nur auf ein Wort hin ... Ich wußte gar nicht, daß das möglich ist«, sagte ich.

»Es ist nicht plötzlich gekommen«, erwiderte er. »Es hat sich *schon seit langem* angebahnt.« Er nahm ein paar tiefe Züge aus der schwarzen Plastikflasche. »Marcellin«, fuhr er fort, »jetzt mal deine ehrliche Meinung. Wie siehst du den Tod dieses Mannes? Woran ist er wirklich gestorben?«

»Das ist kein Geheimnis, was den *Mechanismus* betrifft«, sagte Marcellin und holte sich Nachschlag, indem er mit dem Blechnapf in den Eimer fuhr. »Dokous erste Frau ist einundsechzig. Sie brachte dem Mann eine Botschaft von Dokou: ›Ich habe etwas mit deinem Palmwein gemacht.‹ Im ganzen Dorf hat sie es erzählt. Und plötzlich hatte das Opfer keine Freunde mehr. Niemand redet mit einem Mann, der mit einem Fluch beladen ist. Das Unglück nimmt seinen Lauf, und Leid ist ansteckend. Also haben ihn selbst seine vier engsten Freunde gemieden. Vier Monate lang haben sie in die andere Richtung geschaut, wenn sie ihm auf dem Weg zur Plantage begegnet sind. Auch im Dunkeln haben sie die Köpfe weggedreht, damit der Fluch nicht auf sie überging. Da wurde ihm klar, daß ihn all die Jahre der Freundschaft getrogen hatten, daß all der Palmwein, den er in Eimern aus seinen eigenen Bäumen gezapft und den Freunden gegeben hatte, vergeblich war. Die

Leute finden natürlich weitere Gründe, ihn zu ächten. ›Er hat dies, er hat das gemacht, er hat meine Frau angesehen, er hat bedrohlich mit der Axt gefuchtelt, ich hab ihm zweimal bei der Gartenarbeit geholfen, er mir nur einmal – der übliche Unsinn. Die Wahrheit ist: Keine Freundschaft hält der Angst im Dunkeln stand, dem nächtlichen Horror. Er starb an der Einsamkeit.«

Lary sagte: »Dasselbe wie bei uns. Niemand will sich mit Versagern abgeben. Es ist ansteckend. Die chronische reaktive Depression. Vier Monate reichen. Das kommt etwa hin.«

»Da brauchst du dir keinen Versager zu suchen«, sagte Marcellin. »Das Opfer muß kein Versager sein.«

»Ja«, sagte Lary, als Manou gerade zurückkam. »Der Schock, die Verzweiflung. Es dauert einen bis zwei Monate, dann weißt du, daß du abtreten mußt, Platz machen, damit die Dinge wieder ins Lot kommen.«

Vor der Hütte hatten sich Männer versammelt. Es waren dieselben, die die Seele des Toten aus dem Dorf hinausgetanzt und -getrommelt hatten. Mit fordernden, herrischen Baßstimmen riefen sie Marcellin etwas in der Kaka-Sprache zu. Marcellin übersetzte: Sie wollten westliche Medizin gegen ihre Kopfschmerzen, ihre Malaria, ihre Beulen und Tropengeschwüre und gegen ein rätselhaftes Jucken. Der Haupttrommler, ein Riese mit der Figur eines Speerwerfers, baute sich über mir auf und kratzte sich die enormen Unterarme, wobei er mit den Fingern das Kribbeln von Maden nachmachte. Seine Haut löste sich stellenweise in großen, flockenartigen Schuppen ab. Ja, sagte Marcellin als Übersetzer, der Trommler sei eine Ausnahme, ein starker Mann, bei ihm komme es nicht darauf an, aber die schwachen Männer und Frauen, Leute wie Manou eben – so fügte er hinzu –, die allerlei Fieber und Gebrechen hätten, für die könne es schrecklich werden. Sie könnten nicht mehr denken, nicht mehr arbeiten, nicht mal mehr Sex haben! Das Jucken würde sie Tag und Nacht quälen, und die Maden unter ihrer Haut würden keinen Moment stillhalten.

Aus dem Plastikbeutel im Medizinrucksack verteilte ich fünfzehn weißglänzende Chinintabletten für jeden, und von den Folienpackungen riß ich die entsprechende Anzahl anderer Tabletten ab: Fansidar für die Vivax-Malaria, die auch als Bösartige Malaria bezeichnet wird, dazu Paracetamol, Vitaminpillen, Savlon und Verbandmaterial – Vorräte, die mir in Oxford so übertrieben üppig vorgekommen waren und jetzt nur noch für eine freundliche Geste reichten. »Genug«, sagte Marcellin. »Gib nicht alles weg. Wir haben noch eine Reise vor uns. Wir brauchen es für uns selbst. Außerdem ist es jetzt Zeit, den Häuptling zu besuchen. Der Stammeshäuptling von Makao erwartet uns. Du wirst ein Polaroidfoto von ihm machen. Hast du noch Film?«

Ich grub den Apparat aus, eine Packung Filme, einen Satz Blitzlichter; Lary nahm seine Nikon. Wir ließen Manou und Nzé zur Verteidigung des Gepäcks zurück und gingen durchs Dorf, vorbei an schlafenden Ziegen und am Versammlungshaus zu einem breiten Hauptweg, der von niedrigen Dschungelgräsern gesäumt und von Hühnern bevölkert war. Die meisten waren mager, drahtig und hellbraun, aber es gab auch eine der vertrauten Rhodeländer-Hennen. Sie pickte Samenkörner auf, verteilte sie der Reihe nach an ihre vier Küken, und während ich zuschaute, breitete sie plötzlich die Flügel aus, nur daß sie schwarz, flink und nach hinten gebogen waren, und hob ab. Sie drehte über uns eine Runde, eine Komposition aus weißgestreiftem Schwarz, aus dem Gelb der Beine und der Flaumfedern, aus schwarzgestreiften Schwanzfedern, die zwischen den Bäumen verschwand. Die Küken rannten auf wackligen Beinen in alle Richtungen, um Deckung zu suchen.

»Der Trauerhabicht!«

»Ein Land von Banditen!« sagte Lary. Er nahm die Nikon von der Schulter und hielt sie schußbereit in der rechten Hand. »Man kann nie wissen. Vielleicht kommt gleich noch einer, ein paar Nummern größer«, sagte er. »Der Steinadler, der dich mitnimmt.« Er schaute nachdenklich drein. »Da wir gerade von so etwas reden – hast du die Muskelpakete von diesem Trommler gesehen?« (Ich hatte.) »Wirklich? Kannst du mir dann einmal verraten, wie der es mit seinen Bizeps und Trizeps, mit seinen Brust- und Rücken- und Deltamuskeln in so einer engen und stickigen Fehlkonstruktion von Hütte aushalten soll? Na? Unebene Fußböden, keine Fenster, keine Kopffreiheit, keine Rauchfänge und nicht einmal ein Dach, das den Regen abhält – wie kann der sich da drinnen überhaupt bewegen? Ich glaube, das ist auch eins dieser kleinen Geheimnisse, das hier jeder kennt, nur ich nicht. Ich vermute, er geht so in seinem Arbeitskostüm nach Hause wie ein Ritter in seiner Rüstung und ruft: ›Hallo, Liebling, ich bin wieder da!‹ Dann streift er sich die Muskeln ab, hängt sie an den Kleiderhaken und verwandelt sich in ein Gespenst.«

Marcellin blieb stehen, riß sich den Hut herunter und schlug sich damit aufs Knie; er beugte sich vor, drückte beide Hände mitsamt Hut vor den Bauch und stieß ein heulendes Gelächter aus, ein echtes, schrilles, heulendes Gelächter.

»Aber mehr Platz ist doch in den Hütten wirklich nicht!« sagte Lary, der nun ein wenig beleidigt war. »Das ist ja gerade ihre Besonderheit. Kein Wunder, daß es hier von Gespenstern nur so wimmelt. Die sind eine logische Folge der Bauverordnung des Zentralkomitees der Volkspartei. Eine Bautechnik unter aller Kanone. Mein Gott! Sie benutzen nicht mal Bauholz der Sorte 1. Dabei gibt es hier um das Dorf mehr Bauholz dieser Sorte 1 als im ganzen Staat New York. Und das auch noch umsonst! Man könnte sich davon zweistöckige Fachwerkhäuser mit hohen, luftigen Räumen voller Licht bauen! Man könnte Satteldächer draufsetzen, die die Hitze fernhalten. Man könnte sich sogar einen richtigen Spaß draus machen und ein Mansardendach ...«

»Und hier«, verkündete Marcellin mit einem unterdrückten Kichern. Er zwinkerte mir zu, biß sich auf die Lippe und hielt sich die Nase. »Und hier ist die Hütte des Erbhäuptlings von Makao.«

Der Häuptling saß im weißen Turnhemd, in Shorts und Sportschuhen auf einem Hocker unter dem palmblättergedeckten Vordach seiner Hütte. Im Sitzen schüttelte er Marcellin die Hand und wies mit einem Kopfnicken auf die Bank, die vor ihm stand. Marcellin setzte sich, Lary und ich setzten uns rechts und links neben ihn und nahmen die Hüte ab. Den Film und die Blitzlichter legte ich neben mich auf die Bank. Mit Rücksicht auf uns begann Marcellin seine Ansprache auf französisch: Er war ein offizieller Vertreter der Regierung, er besaß alle Vollmachten der Volkspartei, den Häuptling von Makao über die Gesetzesänderung des Zentralkomitees zu informieren, nämlich daß der Häuptling kraft seiner ererbten Rechte den umliegenden Wald mit sofortiger Wirkung wieder als sein Eigentum betrachten dürfe, daß er verpflichtet sei, alle Wilddiebe und Eindringlinge zu töten, daß die Bewahrung der Elefantenpopulation seiner Verantwortung unterstehe. Der Häuptling war verblüfft, blieb aber höflich. Er kratzte sich unter dem linken Arm, an der Brust, er blickte zu Boden, ließ die kratzende Hand zum Rücken wandern und antwortete in Kaka.

Während ich einem unterrangigen Hahn (er hatte einen stumpfen Kamm) zuschaute, der unter einem Mangobaum lustlos im Staub scharrte (offenbar genauso gelangweilt wie ich), und mich wunderte, daß so ein alter Vogel bis jetzt dem Kochtopf entkommen war, bemerkte ich etwas Graues, das in Kopfhöhe an den Baumstamm gebunden war: einen Schädel. Eine Lianenschnur war durch die linke Augenhöhle gezogen, eine andere verlief zwischen den dicken Stirnwülsten und dem scharf modellierten Knochenkiel am Hinterhaupt – ein Gorillaschädel. Der Knochenkiel hatte einst den mächtigen Nacken- und Kiefermuskeln Halt gegeben; es war der Schädel eines alten Männchens. Wie viele Kinder hatte dieses Tier gezeugt? Wie viele waren noch am Leben? »Ein Gorilla, ein alter Mann«, sagte Marcellin auf englisch und voller Bewunderung, nachdem er meinem Blick gefolgt war. »Ein Anführer. Er besitzt Macht, er schützt den Häuptling. Wenn der Häuptling von Makao schläft, paßt der Gorilla auf ihn auf. Wo sind die Pillen? Hast du die Pillen mitgebracht?«

»Hab ich vergessen«, sagte ich und sprang auf. »Ich gehe zurück und hole sie.«

Lary, der gleichzeitig aufgesprungen war, sagte: »Keine Sorge, ich gehe. Schon in Ordnung.«

»Du wirst hier gebraucht«, sagte ich. »Du hast die Polaroid.« Ich schob sie ihm unter den Arm.

Die Dämmerung war hereingebrochen, der Rauch aus den Hütten, in denen das Feuer für die Nacht geschürt wurde, stieg durch die Palmdächer nach oben. Ein Pärchen Fledermäuse, groß wie Amseln, mit breiten, gerundeten Flügeln, flatterte ziellos zwischen den Rauchwolken umher. Sie sahen ganz nach Urfledermäusen aus, einer archaischen Spezies; die schwerfälligen, angestrengten Flügelschläge waren von uneleganten Gleitphasen unterbrochen. Wahrscheinlich waren es Rundblattnasen, eine Fledermausart, die sich kaum von ihren 60, vielleicht sogar 100 Millionen Jahre alten Vorfahren unterscheidet.

Die primitiven Rundblattnasen, dachte ich, als ich am Versammlungshaus vorbeiging (die Ziegen waren verschwunden, irgendwo eingesperrt, damit sie vor den Leoparden sicher waren), hatten es einfach nicht nötig, sich weiterzuentwickeln, eleganter zu werden, schwertförmige Flügel auszubilden wie der Langzungenflughund Ostafrikas, der zielstrebig und schnell fliegt wie ein Alpensegler. Das träge, gleichförmige Leben war genau das richtige für sie; wahrscheinlich ernährten sie sich von schwärmenden Ameisen und Termiten, von Nachtfaltern und großen Moskitos.

Nzé und Manou lagen, der linken Wand zugewandt, auf ihren Planen; zu ihren Füßen ein Kerze. Aufgeplustert für die Nacht und fest schlafend stand die Henne auf ihrem angepflockten Bein rechts neben dem Eingang.

»Stör uns nicht«, sagte Nzé und hob den Kopf einen Zentimeter vom Kissen (einer sorgfältig zusammengelegten Armeehose). »Heute nacht werden wir nicht schlafen. Nicht dort, wo wir hingehen. Das erste Mal mit einem neuen Mädchen – da braucht man Kraft.« (Der Gedanke daran hatte ihn auf der Stelle munter gemacht, und seine Augen leuchteten im Kerzenschein wie die eines Buschbabys). »Du mußt stark sein wie die Elefanten im Wald – die mit den großen Stoßzähnen. Und bewegen mußt du dich wie ein Leopard.«

»Mögen dir Stoßzähne wachsen«, sagte ich und suchte meine Tachenlampe aus dem Rucksack. Als ich für den Häuptling Distalgesic und DF 118 ausgewählt hatte, war mir plötzlich, als würde sich mein Unterbauch verflüssigen (Salmonellen im Maniok? Die hartgeräucherten, innen angefaulten Elefantenrüsselstücke?). Ich griff mir den grünen Klopapierbeutel und rannte los zum Baum mit den diskret herabhängenden Zweigen.

Gerade noch rechtzeitig ließ ich die Hosen herunter, knipste die Taschenlampe aus und hockte mich hin. Mein Keuchen begleitete eine Peristaltik, deren Rückstoß einen Riesenkraken im Handumdrehen von null auf hundert beschleunigt hätte.

In der Nachtschwärze des schützenden Baumes herrschte eine umheimliche Stille. Keine Frösche fluchten wie die Raben oder quakten wie die Enten oder krächzten wie Jungdrosseln. Die Zikaden hatten ihr Geraspel eingestellt. Warum hatte ich nicht bemerkt, daß dieser Baum voller Dornen war? Sie stachen mich am Kopf, hinter den Ohren, sie umringten meinen Hals und bohrten sich durchs Hemd. Ich tastete nach der Lampe.

Ameisen, rotbraune Ameisen, etwa einen halben Zentimeter lang, rannten in wütenden Kolonnen über mein Hemd, mal nach links, mal nach rechts, berieten das weitere Vorgehen, krabbelten über die Härchen auf meinen Armen, hielten kurz inne und krallten sich dann kopfüber in mein Fleisch. Sie fielen von oben aus dem Baum, von den Zweigen, auf mich herab. In Panik verhedderte ich mich mit dem Toilettenpapier; ich zog mir die Hosen hoch (worauf sich eine gute Handvoll Ameisen in meinen Genitalien verbissen), rannte zur Hütte und streifte mir das Hemd ab, um die Schmerzen am Rücken loszuwerden.

»Nzé! Manou!« schrie ich und fiel über die Türschwelle. »Helft mir!«

»Du hast den toten Mann gesehen«, sagte Nzé. »Er ist dir im Wald begegnet.«

»Ameisen!« rief ich, riß mir die Stiefel herunter, wand mich aus Hosen und Unterhosen heraus und zuckte unter jeder neuen Serie von Bissen. »Mein Rücken! Holt sie mir vom Rücken!«

»Du bist nackt«, bemerkte Manou vom Fußboden aus. »Du tanzt.«

»Bienenameisen«, sagte Nzé, pflückte mir eine ab, warf sie auf den Lehmboden und zertrat sie. »Kein Grund zur Aufregung.«

Manou kam mir zu Hilfe, klopfte mich mit seinem Hut ab und sagte: »Kann sein, daß es beim ersten Mal ziemlich weh tut. Vielleicht bringen sie dich zum Tanzen, weil du sie nicht gewöhnt bist.«

»Bohmaaa!« sagte Nzé. »Er stellt sich an wie ein kleines Mädchen.«

Ich sammelte meine Sachen ein, schüttelte die verbliebenen Ameisen heraus, zog mich wieder an und lief in größter Anspannung hinaus. Während ich in der mondlosen Nacht meinen Weg durch das Dorf suchte, verwandelte sich die Hitze auf meiner Haut in ein juckendes Glühen, der Schmerz ließ langsam nach.

Im Licht der Paraffinlampe, die auf einem Tisch rechts neben dem Häuptling stand (unter ihr vier Polaroidfotos), waren Marcellin und der Häuptling immer noch ins Gespräch vertieft, in den Händen hielten sie Blechtassen mit Palmwein, zwischen ihnen auf der Erde stand eine noch halbvolle Kaffeekanne ohne Deckel, die ebenfalls Palmwein enthielt.

Lary saß mit geröteten Augen da, unglücklich, den Hut in den Händen. Sein Palmwein war unberührt, und die Enden seines Schnurrbarts hingen herab. »Was hat dich so lange aufgehalten?« fragte er.

»Die Ameisen«, sagte ich und überreichte dem Häuptling die Schmerzmittel (er nickte, schob sie in die Tasche und redete weiter). »Ich bin von Ameisen überfallen worden.«

»So, so«, sagte Lary.

»Es stimmt!«

»Sie haben Kaka miteinander geredet«, sagte Lary. »Die ganze Zeit.«

»Und du hast zugehört?« sagte ich und setzte mich neben ihn. »Das ist der einzige Weg. Die Berlitz-Methode. Ins Wasser werfen und schwimmen lassen. Lerne Kaka in zwanzig Lektionen.«

»Redso«, sagte Lary, »leck mir die Beulen.«

Nachdem alle Differenzen offenbar beigelegt waren, verabschiedeten wir uns vom Häuptling und gingen langsam durchs Dorf zurück, vorbei an Gelächter, Stimmengewirr und dem Protestgeschrei von Kindern. »Sie sind überreizt«, sagte Marcellin. »Samalé war da. Sie wollen nicht schlafen.«

»Dieses Gespräch mit dem Häuptling«, meinte Lary, »worum ging es dabei?«

»Er ist gar nicht so schlecht«, sagte Marcellin und grüßte einen vorbeihuschenden Schatten. »Er ist in Ordnung. Er hat versprochen, etwas gegen die Wilddiebe zu unternehmen. Er sagt, wir können seine Pygmäen nehmen. Aber wir müssen Michel Walengué Arbeit geben, dem Haupttrommler des Häuptlings und Kommandanten der Volksmiliz von Makao – und auch Antoine Mokito.

Er schuldet den beiden einen Gefallen. Wir müssen ihnen Arbeit geben, wenn sie uns darum bitten, und wir müssen alle anderen zurückweisen. Es ist wichtig, daß wir mit dem Häuptling keinen Streit bekommen. Ich mag keine Streitigkeiten, und deshalb bin ich so gut in meiner Arbeit. Ich bin der Beste. Ich mache mir keine Feinde. Ich bin nicht der Mann, der sich gern Feinde macht.«

»Marcellin, vielleicht kannst du mir helfen«, sagte ich und verfiel in seinen Sprechrhythmus: »Dokou und diese kleinen Fellbündel, die er um den Hals trägt – könntest du mir eins von denen beschaffen? Ich brauche eins. In Oxford habe ich viele Feinde. Ich brauche einen Fetisch, einen machtvollen Fetisch, um mich zu schützen.«

Marcellin verlangsamte die Schritte, irgend etwas in seiner Haltung versteifte sich. »Redmond, ich weiß nicht. Ich kann dir nichts versprechen. Aber ich werde es versuchen. Ich mag dich, also werde ich es versuchen. Aber es ist dumm. Es ist gefährlich – du solltest dich nicht auf diese Dinge einlassen. Wie ich schon sagte: Wenn du einmal anfängst, kannst du nicht mehr aufhören. Aber ich sehe zu, was ich tun kann. Ich werde ihn fragen. Es ist schwierig, und ich brauche Zeit, um mich darauf vorzubereiten. Es gibt bestimmte Regeln ...«

Zwei große Glühwürmchen leuchteten vor uns im Dunkeln; wir hörten ein Gejaule, Gekläff und Gefluche, als würde sich ein Wurf junger Füchse um ein Kaninchen balgen. »Marcellin! Doktor Marcellin!« – das war Nzés Stimme, dann folgte in höherer Tonlage ein Schrei von Manou: »Marcellin! Hilfe! Hilf uns!«

Nzé und Manou, beide nackt und beide mit Ameisen bedeckt, versuchten, die Stiftlampen in der Hand, sich gegenseitig zu säubern, und tanzten dabei vor Schmerz auf der Veranda herum.

»Treiberameisen!« schrie Marcellin, nahm den Hut ab und schlug ihn erst Nzé, dann Manou über den Rücken, wobei er eine Armlänge Abstand hielt.

Manou sagte: »Wir hatten schon geschlafen.«

Nzé sagte: »Sie sind direkt über die Planen gelaufen! Sie sind im Gepäck! Sie fressen alle Vorräte!«

Ich sagte: »Ihr werdet euch doch nicht anstellen wie kleine Mädchen?«

»Treiberameisen«, sagte Lary. »*Dorylus*. Donnerwetter! Nach den Angaben von Raignier und van Boven können die Heere dieser Ameisen aus 22 Millionen bestehen, die der Heerameisen in Südamerika nur aus zwei Millionen. Wollen wir doch mal sehen.« Und er ging in die Hütte.

»Lary! Redmond!« brüllte Marcellin. »Paßt auf eure Stiefel auf! Und auf eure Köpfe. Die lassen sich von oben runterfallen. Vom Dach!«

Fünf Marschkolonnen strömten von der Fensteröffnung neben dem Bambusgebüsch herein und schwärmten auf dem Lehmboden in alle Richtungen aus. Drei Kolonnen erklommen die Innenwand und verteilten sich im Dach, die vierte mündete in einen Ameisenklumpen, der Nzés und Manous Planen bedeckte und wie eine fließende Masse in die Rucksäcke und den Proviantsack hinüberwogte, die fünfte Marschsäule führte zu einem stachligen Riesenfußball aus Ameisenleibern, zuckenden Fühlern und krabbelnden Beinen, zu einem Ball, der sacht hin und her schwankte. Aus seinem Inneren drang ein schwaches, ersticktes Gacksen.

Lary, einen Meter entfernt, kniete sich auf den Boden und beugte sich vor, um den Ball näher zu betrachten. Dann sagte er: »Bye, bye, Rhodeländer-Huhn. Bye, bye, Pfarrhauskindheit!«

Marcellin brüllte draußen in der Kakaspache herum. Weiter entfernt hörte man Stimmen antworten.

Lary richtete seine Lampe auf die Marschsäule. »Diese Nachschublinie ist fünfzehn bis zwanzig Ameisen breit und stellenweise drei bis vier Ameisen hoch ... Sie bewegen sich auf den Rücken der unteren fort!« Er schaute noch näher hin, dann kroch er fast auf allen vieren und hellauf begeistert zu Nzés Schlafplane und ging direkt neben dem hyperaktiven Schwarm, der sich über den Proviantsack hergemacht hatte, in die Hocke. (Die Biologie ist ja so eine friedvolle Beschäftigung, dachte ich, voller Erfüllungen und Offenbarungen ...) »He, Redso«, sagte Lary, sein Gesicht nur wenige Handbreit über dem Ameisenchaos. »Hast du das gewußt? Es gibt *drei* verschiedene Sorten von Arbeitern in einer *Dorylus*-Marschsäule! Die großen mit den schwarzen Köpfen und Zangen sind die Soldaten, es sind *viel* mehr, als ich dachte; die nächstkleineren sind, glaube ich, die mittelgroßen Arbeiter, und die ganz kleinen, nicht größer als drei Millimeter – was glaubst du? –, das müssen die kleinen Arbeiter sein. In dieser Kombination werden sie mit jedem Tier fertig, das ihnen in den Weg kommt, egal wie groß, mit jedem Happen Fleisch, der nicht rechtzeitig die Kurve kratzt. Natürlich sind sie alle blind und führerlos, sie richten sich nur nach dem Geruch – wenn du das hier siehst« (ich sah es), »die an der Spitze laufen voran, dann drehen sie ab, und ihre Nachfolger kommen an die Spitze und so weiter; wenn die Wanderschaft zu Ende ist, bauen sie eine Burg, sie graben Tunnel und Kammern bis zu drei Metern tief in die Erde, die Königin spuckt Eier aus, sie pflegen ihre Larven und schicken neue Marschkolonnen aus, die alles in der Umgebung zerschroten, dann wandern sie weiter. Es ist unglaublich. Soviel Aktion und kein einziger Gedanke. Allein die Ameisen machen ein Drittel der tierischen Biomasse im Regenwald aus. Und ich vermute, daß wir im Grunde auch nichts anderes sind als alles andere hier, nenn es, wie du willst: Instinkte, Hormone, Produkte einer Millionen Jahre währenden evolutionären Auslese ...«

»Lary, Redmond, rauskommen!« brüllte Marcellin.

Die Dunkelheit wurde von einem Halbkreis aus Flammen erhellt; aus brennenden Palmwedeln hatte man eine Feuerbarriere errichtet. »Hier durch!« schrie Marcellin von der anderen Seite und zeigte auf eine Lücke.

»Alle haben geholfen!« sagte er und zeigte auf eine Schar von Bewohnern der Nachbarhütten, vom Feuer erleuchtete Gestalten, barfüßige junge Männer, die Bündel frischer Palmzweige anschleppten. »Michel Walengué ist hier – und Muko. Muko ist auch hier!«

»Die Ameisen«, sagte Michel Walengué, der Trommler, und lächelte dazu. »Sie fressen alles, nur Feuer fressen sie nicht.«

»Sie vertilgen die Milben und Flöhe«, sagte Marcellin. »Sie holen sich die Schaben aus dem Dach.«

»Sie haben unser Huhn gefressen«, sagte Nzé.

Marcellin legte einem Pygmäen, der neben ihm stand, den Arm um die Schultern. Der Pygmäe strahlte Autorität und Intelligenz aus, er hatte eine breite Brust, sehnige Beine, sein T-Shirt ging ihm bis fast zu den Knien, und er trug Turnschuhe, die etliche Nummern zu groß waren und keine Senkel mehr hatten. »Muko!« sagte Marcellin. (Muko grinste, blieb ruhig stehen, aber irgendwie in Abwehr gegen den besitzergreifenden Arm.) »Muko – ich kenne ihn schon immer. Er ist hier der beste Jäger von allen. Er kennt alle Tiere, alle Bäume. Er kommt mit uns – auf den großen Marsch durch den Dschungel. Und noch heute nacht wird er uns das Huhn ersetzen. Er nimmt das Gewehr, erlegt eine Duckerantilope, und morgen werden wir gut essen!«

Die spatenförmig verbreiterte Frontlinie einer Marschkolonne rückte von der Hüttentür aus gegen das Feuer vor, verharrte etwa einen Meter vor dem Flammenring, die gerade diensthabende Phalanx wedelte mit den Fühlern und tauchte in die hintere Linie ab, die nachfolgende Schlachtreihe tat es ihr nach, und allmählich setzte der Rückzug ein, die Armee kehrte ihre Stoßrichtung um und zog sich in die Hütte zurück, verließ im Verlauf einer halben Stunde das Gepäck, räumte das Dach und die Wände und wand sich in einem langen Zug durch das Fenster nach draußen und in den Wald zurück.

Nzé warf ihnen mit einem herzhaften Fluch das Hühnerskelett nach und rollte den von unzähligen Ameisenbissen zerzausten Strick auf. »Hier ist Foufou«, sagte er. »Foufou mögen sie nicht.«

In den Rucksäcken war keine einzige Ameise zurückgeblieben, nur ein muffig-säuerlicher Geruch. »Jetzt ist erst mal Ruhe«, sagte Marcellin. »Einen oder zwei Monate bleiben sie im Wald. Aber für Dokou ist die ganze Aufregung zuviel. Er sagt, heute nacht hat es keinen Zweck. Wir müssen ihn morgen besuchen, in der Schulhütte.«

In der Sicherheit des Zelts inspizierte ich meine Ameisenbisse, die Moskitostiche, die wunden Stellen an den Beinen und Hunderte kleine rote Pickel mit einem Blutpünktchen in der Mitte: die Stiche der Schwarzfliegen. »Lary«, sagte ich, »das Jucken in Makao – vielleicht kennen wir die Ursache: die Larven des Wurms, der die Flußblindheit erzeugt. Die bekommt man nur in Westafrika, aber ich habe gelesen, daß es noch eine Abart in den Waldregionen gibt. Beide Arten wandern unter der Haut und treiben dich zum Wahnsinn. Aber nur in Westafrika bohren sie sich auch durch die Augen. Hier wirst du also nicht blind, du wirst nur verrückt vor Juckreiz.«

»Redso«, sagte Lary, »nimmst du bitte einmal deine unappetitlichen Beine weg?«

»Heute morgen am Fluß, hast du da die Schwarzfliegen gesehen?«

Lary kramte seinen ›Martin Chuzzlewit‹ aus dem Rucksack. »Nein, aber da muß es ja von ihnen wimmeln. Wir hatten nur Augen für diese Frau. Geschieht uns recht.« Er schlug das Buch am Lesezeichen (einer umgeknickten Seite) auf. »Wahrscheinlich gibt es einen einfachen Test für deine Hypothese. Wenn es uns überall unaufhörlich und ohne Gnade juckt, dann wissen wir es.« Er schaltete seine Taschenlampe an und begann zu lesen. »Und noch etwas«, sagte er und blickte auf. »Hast du wirklich so viele Feinde in Oxford?«

»Das will ich doch nicht hoffen«, sagte ich verdutzt. »So etwas würde ich nicht aushalten. Wenn ich nur einen einzigen Feind vermuten würde – einen richtigen Feind –, wäre ich erledigt. Ich möchte von allen geliebt werden, vom Milchmann, einfach von allen.«

»Vom Milchmann? Bist du dir da sicher?«

»Ja.«

»Dann muß ich dir etwas sagen«, erwiderte Lary und drehte die Taschenlampe, um zu seinem Dickens zurückzufliehen. »Du hast ein Problem.«

Von links, aus Marcellins Zelt, kam ein drängendes, atemloses Geflüster – und als Antwort ein sattes, beglücktes weibliches Lachen.

Kurz nach dem Hellwerden – Marcellin, Lary und ich saßen auf der Veranda und schauten (frisch gewaschen vom Fluß zurück) Manou beim Kochen des Frühstücksmanioks zu – erschien Muko vor uns, barfuß, nur mit grauen Shorts bekleidet. Das Gewehr hatte er in der rechten Hand, und zwei Blauducker, mit Lianen zusammengeschnürt, hingen von seiner linken Schulter herab. Er legte sie vor der Hütte ab, nickte uns zu, sagte etwas in Kaka zu Marcellin und ging. Nzé, der ihm aus der anderen Richtung entgegenkam (gekleidet in seine kubanische Armeeuniform samt Käppi und offensichtlich todmüde), stolperte wortlos an

Muko vorbei und erklomm halb bewußtlos die Veranda nach seiner Nacht der Liebe und der Musik.

»Nzé!« sagte Marcellin, der es offenbar besser verstand, mit seinen Kräften hauszuhalten, und nach seiner Eroberung sogar noch munterer wirkte, »du häutest die Ducker!«

»Pah!« sagte Nzé verdrossen und ließ sich am Ende der Bank niedersinken. »Das kann Manou machen. Heute muß er alles machen. Er hat mich im Stich gelassen. Er hat sich nicht getraut. Er ist zu Hause geblieben! Ihre Schwester, die jüngere, die für Manou da war, die dünne, die ich nicht wollte – sie war so enttäuscht! Was sollte ich tun? Ich hab meine Musik gemacht, und dann hab ich sie beide genommen. Es ist Manous Schuld. Sie haben mich nicht schlafen lassen. Sie haben mich die ganze Nacht wach gehalten. Ich habe kein Auge zugemacht. Ich konnte überhaupt nicht schlafen.«

Marcellin lachte. »Recht so. Das hast du richtig gemacht«, sagte er. »So sind sie hier, die Mädchen im Dorf, das ist genau ihre Art.«

»Sie haben Krankheiten«, sagte Manou und verteilte den Maniok.

»Nzé und Manou«, sagte Marcellin, »ihr beide werdet die Ducker zubereiten, das Fleisch für heute und das zum Mitnehmen. Lary und Redmond, ihr kommt mit mir zum Fluß. Wir müssen alle unsere Sachen waschen. Im Dschungel können wir uns nirgends waschen. Wir müssen sauber sein. Und dann hat Dokou uns etwas Wichtiges zu sagen – in der Schulhütte.«

»Äh, das mit Dokou lassen wir vielleicht, trotzdem vielen Dank«, sagte Lary. »Vorläufig möchte ich kein Kaka mehr hören, wenn du nichts dagegen hast. Ich schlage mich lieber mit dem Gepäck herum. Es ist alles durcheinander. Da ist keine Ordnung drin ...«

Die Schulhütte (nicht viel größer als die Gästehütte, aber mit Sandfußboden, Wellblechdach und vier Fensterlöchern) war etwas abseits vom Dorf in Flußnähe gelegen. Drinnen, in der stickigen Hitze, erwartete uns Dokou. Er saß am Lehrerpult, würdevoll gekleidet in ein altes schwarzes Jackett, ein schwarzes Hemd, schwarze Hosen und Stiefel; vor sich hatte er vier weiße Plastikbecher in einer Linie aufgebaut.

Marcellin stellte die Literflasche Cavesco-Rotwein dazu, und ich legte mein Geschenk daneben: einen Plastikbeutel, der eine Bruyère-Pfeife aus Oxford enthielt, eine Tabaksbüchse mit Balkan-Sobranie, ein Schweizermesser, eine Packung Fansidar und 30 Chininpillen. Er braucht Jod, dachte ich und bestaunte ein weiteres Mal seinen üppig wuchernden Kropf sowie, halb sichtbar im Hemdausschnitt, die drei kleinen Beutelchen aus Affenfell.

»Der andere weiße Mann«, sagte Dokou und schob einen Becher an den Rand des Pults. »Wo ist er?«

Marcellin und ich drückten uns wie Schüler in die Bank der ersten Reihe. »Dr. Shaffer«, erklärte Marcellin, »er muß das Gepäck für die Träger vorbereiten. Wir brechen morgen in den Wald auf.«

»Dieser eine, ich wußte, daß er nicht kommt«, sagte Dokou. »Er hat seine eigenen Kräfte. Andere Kräfte. Er braucht meinen Schutz nicht.«

»Das ist wahr«, sagte Marcellin, und so unterwürfig hatte ich ihn noch nie gesehen. Er hielt den Kopf ein wenig gesenkt, seine Sprechweise war stockend.

Dokou schraubte die Blechkappe von der Weinflasche und füllte die drei Becher. Marcellin stand auf, beugte sich hinüber, nahm einen Becher, reichte den anderen an mich weiter und setzte sich wieder. »Auf unsere Sicherheit im Wald!« sagte er, und wir nahmen einen Schluck von dem wäßrigen Wein.

Dokou starrte mich mit seinen bohrenden und blutunterlaufenen Augen an. »Sie sind hier, um etwas über Samalé zu erfahren«, sagte er und legte seine gefalteten Hände aufs Pult. »Aber bald wird Samalé wissen, daß Sie etwas über ihn wissen, und das ist gefährlich. Er kann Ihnen nachts den Rücken aufschneiden, deshalb müssen wir ein Opfer bringen. Wenn ein Fremder Samalé zu sehen bekommt, bedeutet das den Tod. Ein einfaches Opfer ist nicht genug. In diesem Fall, wo ein Fremder das Geheimnis von Samalé erfährt, auch wenn der Fremde einen Freund hat, der Samalé nahesteht, wird Samalé nicht nur ein Huhn fordern, sondern zwei.«

»Tausend CFA«, sagte Marcellin.

»Ich bringe das Geld in der Nacht«, sagte ich zu Dokou gewandt. »Um Mitternacht, wenn Sie mir meinen Fetisch geben.«

Dokou warf einen flinken Blick zu den Fensteröffnungen. Aber die übliche Schar der schnatternden, kulleräugigen Kinder war nicht zu sehen. Nichts war von draußen zu vernehmen als der einsame Schrei einer Taube oder eines Kuckucks im nahen Wald – ru-ku-ku – und dahinter ein anderes Geräusch, vielleicht von einem Bartvogel, das klang, als würde jemand mit dem Messer an ein Glas klopfen: tink-tink, tink-tink.

»Hier können wir nicht über die anderen Kräfte reden«, sagte Dokou. »Das ist nicht der Ort für ein solches Gespräch.«

»Du mußt zuhören«, sagte Marcellin zu mir und spielte dabei mit seinem Weinbecher. »Auf deine Meinung legen wir hier keinen Wert.«

»Ein weißer Mann ist einmal gekommen«, sagte Dokou. »Vor langer Zeit. Er wollte im Wald nach Samalé jagen. Er hat drei Schachteln mit Munition verbraucht, aber er hat nie getroffen. Er hatte kein Glück. Er ist wieder gegangen.«

»Gut«, sagte ich. »Freut mich zu hören.«

»Sie haben Samalé gehört. Sie sind einer der wenigen Fremden, die seinen Ruf gehört haben. Das war Samalé. Das war nicht irgendein Mann. Manchmal setzt er sich direkt zu den Leuten, und sie können ihn hören. Aber das ist das letzte, was sie hören. Vom selben Moment an sind sie taub, als Mensch und als Geist. Ihr weißen Männer – am Tag seid ihr die Könige, das ist die Wahrheit. Aber in der Nacht, hier in Afrika, seid ihr Kinder, nichts weiter als kleine Jungen. Ein Neffe ging einmal zum Studieren nach Paris; sein Onkel wollte ihn zurückholen, also ging er nachts mit einem Freund los und flog mit einem Flugzeug nach Paris. Das Fremdenamt rief den Neffen an und sagte: ›Dein Onkel erwartet dich auf dem Charles de Gaulle.‹ Später fuhr der Neffe zurück in den Kongo, um zu forschen, und er kam in sein Dorf. Der Onkel hatte ein Modellflugzeug aus Holz in seiner Hütte. Am Tage war es nur ein Modellflugzeug, in der Nacht aber war es ein richtiges Flugzeug.«

Marcellin, der wahrscheinlich befürchtete, daß ich jetzt etwas Dummes sagen würde, legte mir beschwichtigend die Hand auf den Arm.

»Wenn Samalé ruft«, begann Dokou und hob die Stimme wie

zu einer Predigt, »ruft er zum Schutz der Lebenden und der Toten. Er ist ein Wesen voller Imaginationen und Mysterien. Er hat seinen Ursprung in der Savanne, in der Region von Ndélé, in der Republik Zentralafrika.

Eine Frau, die sich im Busch verlaufen hatte, hörte die Rufe eines seltsamen Tiers. Sie bekam Angst. Sie rannte und holte ihren Ehemann. Der Ehemann ging zu dem Ort. Es gelang ihm, das Tier zu zähmen. Das Tier befahl ihm, einen Unterschlupf zu bauen. Dieser Vorfall begab sich im Jahr 1900 oder ein wenig davor.

Es war in der Zeit vor dem Ersten Weltkrieg, daß der Stamm der Kaka ein ähnliches Tier aus der Republik Zentralafrika zur Gegend nördlich des Motaba-Flusses brachte. Erst nach Berandzoko, dann nach Makao, dann nach Séké und zuletzt nach Lilkombo und Zingo.

Dieses Geisterwesen wurde gezähmt, damit es für die Sicherheit und das Glück der Menschen sorgte. Um sie vor bösen Geistern und den Verwünschungen fremder Zauberer zu schützen. Im Krieg von 1914 half dieses Geistertier den Menschen bei jeder Gelegenheit, und es hat uns alles über die feindlichen Stellungen verraten.«

Dokou machte eine Pause, füllte seinen Becher nach, schloß die Augen (sein Gesicht war zerfurcht wie Eichenrinde) und trank.

»Die Deutschen kamen aus der Republik Zentralafrika und drangen in das Innere des Kongogebiets ein, sie bewegten sich auf Makao zu. Die Leute, die durch Samalé alarmiert waren, gingen dem Feind entgegen, und sie begegneten ihm an einem Platz mit dem Namen Banga, der am Weg von Makao nach Berandzoko liegt. Die Deutschen waren mit Gewehren bewaffnet, die Leute mit Bögen und Giftpfeilen und auch mit ein paar Kanonen – aber das Pulver für diese Kanonen stammte aus unserem Land. Nach der Schlacht von Banga zogen sich die Leute zurück, und es kam zu einer weiteren Schlacht, in Makao. Nach der Schlacht von Makao zogen sich die Leute in den Wald zurück, und die Deutschen besetzten das Dorf Makao. Hier schlugen sie ihr Lager auf.

Der Gouverneur oder Kommandant Mosusu, ein Offizier der Franzosen, kam zu Hilfe, als er durch Nola in der Republik Zentralafrika zog. Er machte mit einem Bataillon Soldaten Station in

Séké und gab allen, die in den Wald geflohen waren, Nachricht, daß sie nach Séké in sein Lager kommen könnten. Nachdem er die Einwohner der Region Séké wieder zusammengeführt hatte, bahnte sich der Kommandant Mosusu mit seinen Leuten einen Weg zum Land der Kabunga. Als der Gouverneur Mosusu das Gebiet durchquerte, räumten die Deutschen die Stellungen, die sie besetzt hatten, und der Friede kehrte wieder ein.

In der Zeit, als die Leute im Wald lebten, weit entfernt von ihren Dörfern an den Flüssen, folgten ihnen keine Soldaten, aus Angst, daß sie von den Kaka getötet werden könnten, die im Wald sehr gefährlich waren.

Die ethnische Gruppe der Kaka kommt aus Zentralafrika. Das Tier Samalé, ihr Totem, lebt auch bei den Bandas, wo es seine Ursprünge hat. Die beiden Gruppen können in ihren Sprachen miteinander sprechen.

Die Kaka-Gruppe wird durch die Dörfer Makao, Berandzoko, Séké, Beye und Lipondza-pape vertreten. Die Bewohner des Dorfs Bangui-Motaba kommen aus dem Land der Kabunga. Es gibt immer noch Pfade, bis zum heutigen Tag, die das Land der Kabunga mit dem Norden der Motaba-Region verbinden. Und es gibt noch Kaka in Zentralafrika, in der Gegend von Bayanga.«

»Aber wie sieht Samalé aus?« fragte ich, ungeduldig geworden.

Dokou überhörte meine Frage und goß sich Wein nach. Ohne uns eines Blickes zu würdigen, trank er seinen Becher aus, stellte ihn ab und fixierte die Rückwand des Klassenraums hinter uns.

»Das Tier Samalé wird immer von einem Paar adoptiert, das die Rolle von Vater und Mutter spielt. Nur die Nachkommen einer solchen Familie, nur solche, die den heiligen Geist haben, haben auch das Recht, dieses Tier als ihren Vater zu bezeichnen. Der Name des Tiers, Ngakola Samalé, kommt von seinen Ursprüngen. Seit die Ahnen im Land der Banda in Zentralafrika von seiner Existenz wußten, ist der Name Ngakola Samalé gleich geblieben und bedeutet in der Kaka-Sprache ›Beschützer des Dorfes‹.

Es gibt eine geheime Sekte, die mit diesem Tier verbunden ist, und jedes Mitglied muß eine Initiation überstehen. Die Taufe wird in der folgenden Weise vollzogen: Niemand außer den Angehörigen des Kaka-Stammes darf getauft werden. Für die Taufzeremonie müssen die Anwärter bestimmte Gegenstände vorbereiten: traditionelle Kostüme und andere, geheime Dinge. Diese Dinge stellen sicher, daß die Transformation gelingt. Dem Tier müssen eine Ziege und lebende Hühner zum Opfer gebracht werden. Die Ziege und die Hühner werden in Samalés Versteck im Wald, in der Nähe des Dorfes, zurückgelassen. Das Tier tötet die Opfer selbst – und hinterher werden die toten Tiere abgeholt und im Dorf zubereitet. Die fertige Mahlzeit wird wieder in den Wald zum Lager des Tiers gebracht. Samalé verspeist die Mahlzeit, und die leeren Teller werden zurückgeholt.

Vorher aber muß der Anwärter in Samalés Versteck gebracht werden, zum Lager dieses Tiers aus der Wildnis. Samalé schläfert den Anwärter ein, und der Junge schläft, als wäre er von einem Giftpfeil getroffen worden. Dann markiert Samalé den Anwärter mit dem Zeichen des Kreuzes.«

Plötzlich wieder ganz gegenwärtig, blickte Dokou mir in die Augen. »Samalé hat drei Krallen«, sagte er, und sein Atem ging schwer und röchelnd. »Drei an jeder Hand!« schrie er. »Samalé hat drei Krallen! Lang und krumm, hart wie Stahl, spitz wie Nadeln!« Er stand auf und beugte sich über das Pult, seine Pupillen waren geweitet, er bleckte seine gelben, unregelmäßigen Zähne. »Aber er schlägt nur mit zwei Krallen zu!« Er hob die rechte Faust, als wollte er mich schlagen, krümmte zwei Finger zu Haken und hieb damit vor meiner Nase in die Luft. Darauf ließ er sich auf seinen Stuhl zurückplumpsen, goß sich den Rest des Weins ein und trank ihn aus. »Das Essen wird zwei Tage danach von dem frisch Getauften als Opfer dargebracht«, redete er weiter, als wäre nichts geschehen. »Er reicht es in den Unterschlupf hinein, ohne den Empfänger anzusehen. Samalé schlitzt seine Arme.« (Dokou sammelte seine eigenen Opfergaben vom Pult.) »Die Wunden hinterlassen Narben und zeichnen den Jungen für sein ganzes Leben.« (Er öffnete die rechte Seite seines Jacketts und steckte Pfeife und Tabak, das Messer und die Tabletten in einen abgewetzten schwarzen Fellbeutel, der darunter verborgen war und vielleicht von einem schwarzweißen Kolobusaffen stammte.) »Während der ganzen Zeremonie ist der Anwärter unwissend. Er sieht nicht einmal das Tier, das seinen Körper zeichnet. Erst nach der Taufe wird der Getaufte dem Tier als Besucher zugeführt. Er wird dem Tier präsentiert.«

Dokou zog die Jacke über den Beutel, stand auf, steckte die leeren Becher in die Jackentaschen, griff sich die leere Weinflasche und schraubte sie wieder zu. »Ihr beide, ihr werdet hier noch eine Weile warten«, sagte er und schlurfte mit hängenden Schultern zur Tür. Alle Lebendigkeit war aus ihm gewichen. »Wir dürfen nicht zusammen weggehen.«

»Wie sieht denn Samalé nun *wirklich* aus?« fragte ich Marcellin, mit dem ich noch immer Seite an Seite in der Schulbank saß. Überrascht sah ich, daß auf seiner Stirn Schweißperlen standen und daß seine Hände zitterten. Ohne aufzublicken, scheinbar interessiert an den Kritzeleien auf der Schulbank, sagte er kleinlaut: »Darüber möchte ich nicht reden. Und Schluß. Keine weiteren Fragen, okay?«

Verwundert sagte ich: »Es tut mir leid.« Dann, um das Thema zu wechseln: »Letzte Nacht hattest du ja dein Vergnügen.«

»Und hier sitzen wir in der Schule.«

»Wie meinst du das?«

»Sie ist die Frau des Lehrers. Die Frau am Fluß, die du so angestarrt hast, als sie beim Waschen war. Die Frau mit den schönsten Brüsten, die ich je gesehen habe. Ihr Mann ist in der Republik Zentralafrika. Sie ist allein. Sie ist die Mutter von Zwillingen.«

»Zwillinge? Ich dachte, das wäre etwas Schlimmes. Ich dachte, solche Frauen werden aus dem Dorf verbannt, weil es bedeutet, daß sie mit einem Geist geschlafen haben und wie ein Tier im Wald geworden sind.«

»Es ist ein Unglück. Eine Katastrophe. Aber Dokou ist mächtig. Auf ihn hört jeder, alle Kaka-Angehörigen von hier bis nach Zingo. Er hat ihr geholfen. Er hat ihr vollkommenen Schutz gegen alle bösen Geister und bösen Wünsche gegeben. Jeder hat es erfahren. Sie ist jung, sie ist sehr arm, ihr Mann ist weggegangen, deshalb hat Dokou es umsonst getan. Er hat kein Geld von ihr genommen, er wollte nicht einmal Ananas oder ein Huhn. Auch als Frau durfte sie ihm nicht ihren Dank erweisen. Außer den eigenen Frauen darf keine Frau mit einem Zauberer schlafen. Also kam sie zu mir, um mir den Dank zu erweisen, und sie schenkte mir ihren Leib. Am Anfang war sie schüchtern. Sie hatte noch nie ein Zelt von innen gesehen. Aber da war noch etwas. Zuerst wollte sie sich nicht einmal küssen lassen! Aber sie erregte mich. Sie wollte mich nackt, ohne Kondom. Ich habe sie eine Stunde lang geliebt, vielleicht länger. Aber als sie den Orgasmus bekam, fing sie an zu weinen. Sie wandte ihr Gesicht ab und schluchzte. Sie weinte und weinte.«

»Das verstehe ich nicht.«

»Ich auch nicht. Das ist mir noch nie passiert. Vielleicht hat sie geweint, weil ihr Mann weggegangen ist, oder sie hat sich schuldig gefühlt, weil sie einen Orgasmus mit mir hatte, oder sie hat vor Freude geweint. Ich weiß es nicht. Sie wollte es nicht sagen. Mir hat das nicht gefallen.«

»Nein, ich meinte, ich verstehe nicht, warum sie dich besucht hat. Warum hat sie gedacht, sie könnte ihre Schuld gegenüber Dokou abzahlen, indem sie mit dir schläft?«

Marcellin stand auf, ohne mir zu antworten, und stumm verließen wir die Hütte. Auf dem halben Weg sagte er: »Auch damit hat es seine Bewandtnis. Mein Ehering. Ich bin ein zartfühlender Mann, ich bin gebildet. Wenn ich also mit einer anderen Frau zusammen bin, nicht mit meiner Ehefrau, ziehe ich den Ehering ab. Es ist eine Frage des Respekts. Und letzte Nacht hab ich meinen Ehering verloren. Am Morgen war er nicht mehr in der Gesäßtasche meiner Jeans. Ich habe im Zelt gesucht, ich habe überall gesucht. Er ist verschwunden.«

»Vielleicht hat sie ihn genommen.«

»Niemals! Das würde sie *keinesfalls* tun«, sagte Marcellin sichtlich schockiert. Er blieb mitten auf dem Weg stehen und verscheuchte mit der Hand eine heranstürmende Kinderschar. »Unmöglich. Keine Frau in Makao würde das einem Mann antun – es ist einfach nicht vorstellbar. Nein, es ist viel schlimmer. Ich werde die Vorstellung nicht los. Einerseits weiß ich, daß der Gedanke lächerlich ist, aber trotzdem geht er mir im Kopf herum. Immer im Kreis und immer schneller. Er ist sehr anstrengend. Innerlich fühle ich mich ein bißchen verzweifelt. Weil hier irgend etwas nicht stimmt.«

»Mach dir keine Sorgen, du wirst ihn schon finden. Er ist irgendwo in eine Zeltfalte gerutscht.«

»Das ist es nicht«, sagte er mit einem Seitwärtsruck des Kopfes, als müßte er sich von einem Krampf im Hals befreien. »Ich weiß, daß er weg ist. Und das Problem ist, ich bin mir sicher, daß er sich von ganz allein selbständig gemacht hat.«

Am Abend genossen wir eine Mahlzeit aus gekochtem Ducker, Maniok und Ananas (ein Geschenk von Antoine, dem Trommler), und Lary sagte, ihm fehle nur noch ein Glas Mac-Soundso oder auch ein doppelter Bourbon-Hirntod (denn er war kein Malzfanatiker) oder aber – ein wirklich verwegener Gedanke, der einen leicht um den Verstand bringen konnte – ein saftiges Sandwich mit Schinken, Salat und Tomaten, um sich rundum wohl zu fühlen. Doch da der morgige Tag eine Höllenstrapaze werden würde, mit oder ohne Rucksackschlepperei, sollten wir besser schlafen gehen.

Marcellin saß auf der Veranda und verhandelte mit einer Schar von Männern, die sich als Lastträger bewarben; Nzé ging an den Fluß, um sich zu waschen und auf die letzte Nacht mit den Schwestern vorzubereiten, und Manou, der nach einem durchschlafenen Tag so müde war, daß er kaum sprechen konnte, ruhte sich auf seiner Zeltplane aus.

Wir lagen im Zelt und hörten Marcellin Fragen stellen und Listen ausfüllen. »Die Bantu-Namen!« brüllte er. »Makano, Boniface ... Boutandzara, Pierre ... Bilebou, Albert ... Boyemba, Ambroise ...«

»Was zum Teufel soll eigentlich der ganze Quatsch?« sagte Lary, obwohl er sich recht friedlich auf dem Zeltboden ausgestreckt hatte. »Das möchte ich jetzt wirklich mal wissen. Was ist der Sinn von diesem Zauberkram, die psychische und die soziale Funktion all dieser Ängste? Warum ständig in Furcht und Schrecken leben wegen aller möglichen magischen Sprüche und Vorschriften, einem Zauber hier und einem Zauber dort, wenn es gar nicht nötig ist? Warum kann man nicht zu Dokou sagen: ›Tut mir leid, Alter, ich will dir ja nicht zu nahetreten, und bei allem Respekt vor deinem hohen Alter, deiner Weisheit und deiner Macht in diesem Dorf – steck dir dein Brimborium in den Arsch und laß mich in Ruhe.‹«

»Ich weiß nicht«, sagte ich, schob mir mein vom Hemd zusammengehaltenes Kissen aus Socken und Unterhose zurecht, knipste die Taschenlampe aus und versuchte es mir auf dem hartgebrannten Boden bequem zu machen. (»Die Babinga-Namen!« trällerte Marcellin draußen. »Muko ... Eko ... Bakamba ... Djele ...«) »Die gewöhnliche Antwort darauf ist, daß die Magie strukturbildend ist, dem Leben Sinn verleiht, und daß du darauf angewiesen bist, wenn dein Denken prälogisch ist, wenn dein Naturbegriff keine Unterscheidung zwischen objektiven und subjektiven Eindrücken und Ideen kennt – wenn Innen- und Außenwelt miteinander vermengt sind und keine klare Trennlinie existiert zwischen deinem eigenen Bewußtsein und dem eines vorbeilaufenden Leoparden oder der Fledermaus über der Hütte – oder dem Bambusdickicht, in dem die Treiberameisen ihr Wesen treiben. Ich glaube, auch unser Alltagsdenken ist zumindest teilweise davon geprägt, bei manchen mehr, bei anderen weniger, zu manchen Zeiten stärker als sonst – nach einem Schicksalsschlag, einem Schock oder Todesfall, oder wenn man krank wird oder sich verliebt – und häufiger in der Nacht als bei Tage. Aber hier sind die nächtlichen Alpträume nicht vom Leben abgekoppelt, sie werden nicht eingetütet und weggeworfen, sie bleiben immer bei dir, und sie begleiten dich, wenn du in den Wald gehst, sie lauern zwischen den Bäumen, und sie überfallen dich nach Einbruch der Dunkelheit.«

»Da hilft nur noch eine Kurpackung Tranquilizer«, sagte Lary, »oder der Onkel Doktor.«

»Genau. Also besorgst du dir einen Fetisch, der den Horror ein wenig in Grenzen hält, aber er muß auch selbst Ängste auslösen, denke ich. – Wird er funktionieren? Was passiert, wenn ich ihn verliere? Hilft er mir wirklich, oder war der Schweinehund, der mich umbringen will, schon vor mir beim Zauberer und hat ihm ein besseres Geschenk gebracht?«

Lary sagte: »Am besten, man bleibt in Plattsburgh.«

»Aber der springende Punkt daran ist, glaube ich, ganz einfach: Du weißt, daß der große Horror da draußen auf dich lauert, daß er nur darauf wartet, durch die Wand deiner Hütte zu krachen. Du kannst sicher sein, daß dir ein paar von deinen Kindern wegsterben, daß du irgendwann krank wirst, daß du selbst jung stirbst.

Also verordnest du dir einen Haufen kleiner Ängste, von denen du schon weißt, daß sie nicht ganz ernst zu nehmen sind, um den großen Horror, der da im Raum steht, ein wenig zu zerstreuen. Das Ganze ähnelt dem psychologischen Handel, den Christen und Moslems mit sich selbst abschließen: Du verzichtest freiwillig und lebenslang auf deinen klaren Verstand, du glaubst aus freien Stücken an einen Haufen von Märchen und alle möglichen Absurditäten, und als Gegenleistung für die Anstrengung, die es dich kostet, deine Vernunft jeden Morgen, wenn du aufstehst, ins Bett zurückzuschicken, wirst du von deiner großen Angst, der Angst vorm Tod, befreit. Dann kannst du dir wirklich einreden, daß du deine tote Mutter und deinen toten Vater wiedersehen wirst, daß deine toten Kinder gar nicht tot sind, daß deine toten Freunde noch immer vorm Kamin hocken und trinken und vielleicht sogar dein Lieblingshund irgendwo auf dich wartet ...«

»So gesehen«, sagte Lary mit Seelenruhe, »ist es gar kein so schlechter Handel.«

Um Mitternacht hörte ich Marcellins leisen Pfiff vor unserem Zelt. (»Besten Dank«, sagte Lary. »Ich bleibe hier, wenn es dir nichts ausmacht.«)

»Keine Lampe, Redmond«, zischelte Marcellin durch die Zeltklappe. »Ich will nicht, daß uns jemand sieht.« Ich zog mir die Stiefel an und folgte ihm hinaus über die Straße.

Marcellin klopfte zweimal gegen die Hüttentür, sie öffnete sich nach links und gab einen schmalen Durchschlupf frei, wir traten ein, und Dokou schloß sie hinter uns.

Er sah zehn Jahre jünger aus als am Vormittag (wahrscheinlich hat er lange geschlafen, dachte ich), er war barfuß, trug aber noch das schwarze Jackett, das schwarze Hemd und die schwarze Hose. »Samalé«, sagte er und winkte uns zu zwei flachen Holzstühlen links vom Feuer, das von Steinen eingefaßt war. Er selbst setzte sich auf einen dreibeinigen Hocker, neben sich einen kleinen Brettertisch, auf dem die weißen Plastikbecher und eine Kürbisflasche bereitstanden.

»Mr. Redmond«, begann er und schenkte dabei den weißlichtrüben Palmwein ein, »heute nacht werde ich Ihre Frage nach Samalé beantworten.« Seine Stimme war jetzt ohne Förmlichkeit, fast zutraulich. »Dr. Marcellin und Mr. Redmond, wir sind hier, um ernste Dinge zu besprechen, tiefe Dinge. Es gibt Kräfte, die ich Ihnen verleihen kann. Diese Kräfte werden Ihr Leben verändern.« Dokou stellte die Kürbisflasche in den Holzständer zurück. Er schaute sich langsam in der verräucherten Hütte um, als müßte er sich erneut mit etwas Wichtigem und Vertrautem bekannt machen, was sich irgendwo im roten Widerschein des Feuers, im orangegelben Glühen der Palmöllampe zeigte oder auf den Regalbrettern befand, die sich ringsum die Wände entlangzogen und mit einem Durcheinander aus rauchgeschwärzten Körben, verschlossenen Kürbisflaschen, Krügen und Töpfen vollgestopft waren. Sein Blick verweilte bei zwei Speeren (1,80 Meter lang, mit eisernen Spitzen und doppelten Widerhaken), die an der Rückwand lehnten; er starrte stundenlang, wie es mir schien, auf drei kleine Fellbündel, die über dem Türbalken hingen.

»Samalé ist wie der Gorilla«, sagte er, als er wieder zu sich zurückgefunden hatte, und er reichte uns die Becher mit Palmwein. »Er ist wie der Gorilla, er ist wie der Schimpanse, er ist wie ein Mensch. Und doch ist er anders als alle drei. Er hat keine Haare, er hat keinen Bart. Seine Arme sind länger als seine Beine. Die drei Schnitte, die er macht, von links nach rechts quer über den Rücken der Jungen, die drei Schnitte, die er von rechts nach links macht, diese Schnitte sind länger als die Wunden, die er auf den Armen der Jungen macht.«

(Also, dachte ich, muß Samalé manchmal doch mit allen drei Krallen kratzen – oder nur mit einer ...)

»Samalé ist ein Tier des Waldes. Und deshalb reichen bei uns die großen Bäume bis an den Dorfrand. Samalé ist unser Beschützer, die Bäume sind für ihn da.«

Dokou füllte Marcellins Becher nach. »Trink!« befahl er. »Trink, Marcellin! Heute nacht mußt du meinen Palmwein trinken!« Marcellin trank.

»Mr. Redmond, Sie müssen wissen, daß es noch ein anderes Tier gibt, für mich persönlich und für meine ganze Familie, das vererbte und traditionelle Tier derer, die mit besonderen Kräften ausgestattet sind, auf dem Land und im Wasser – das Krokodil. Haben Sie das Geld mit?«

Ich nahm zwei 500-CFA-Scheine aus einer Plastikhülle in meiner Beintasche. Dokou zog die faltigen Scheine durch die Finger und legte sie neben seinen unberührten Palmweinbecher. »Nun zu der anderen Angelegenheit, die Ihren Schutz betrifft. Sie sagen, Sie wollen zum Lac Télé. Aber jeder Zauberer von hier bis zum Senegal kennt die Gefahren des Lac Télé. Der Lac Télé ist ein Ort der verlorenen Geister. Er wird bevölkert von Geistern aus Dörfern, die es nicht mehr gibt. Die Geister vom Lac Télé empfangen niemals Opfer, weil alle Lebenden, die sie kannten, auch deren Kinder, inzwischen tot sind. Diese Geister sind sehr hungrig, sie wissen nicht, wer sie sind. Und deshalb sind sie gefährlich. Ich, Dokou, der ich hier heute nacht in dieser meiner Hütte sitze, warne dich, Marcellin, und Sie, Dr. Redmond: Starke Männer, gute Jäger, Männer von bester Gesundheit, sie gehen zum Lac Télé, und sie hören seltsame Töne, Töne, die sie nie zuvor gehört haben. Wenn sie durch den Wald nach Hause zurückgehen, fühlen sie sich krank. Wenn sie wieder im Dorf sind, sterben sie.«

Marcellin starrte zu Boden.

»Was kostet der Fetisch?« fragte ich.

Dokou blickte mir in die Augen. »10 000 Francs.«

Marcellin nickte.

Ich zog weitere zwanzig Scheine heraus. Dokou legte die ersten zwei dazu und schob das Bündel in die Brusttasche seines Jacketts, stand auf und verschwand im dunklen Eingang zu den inneren Räumen.

Marcellin sagte tonlos: »Redmond, das ist deine Schuld ... Du hast mich gezwungen, hierherzugehen ... Mein Leben lang habe ich das vermieden ... wollte ich davon frei bleiben ...«

Dokou stand wieder vor uns und hielt etwas in der Hand, das in schwarzen Stoff gewickelt war. Er setzte sich, legte das Bündel vorsichtig neben sich auf den Tisch, klappte den ihm zugewandten Zipfel auf und zog einen länglichen, hamstergroßen Beutel heraus, der an einer Schnur hing.

»Mr. Redmond, das ist ein Fetisch für Ihren Schutz«, sagte er und legte ihn in meine Hand. (Er paßte genau in meine hohle Hand und fühlte sich warm an – vielleicht gab es noch ein Feuer in einem der hinteren Räume. Ein Kragen aus blauem Stoff umgab den eingeschnürten Hals, das dicke braune Fell war stellenweise blankgewetzt und enthüllte eine weiße Haut.) »Mit dem Gebrauch des Fetischs sind keine besonderen Bedingungen und keine Ernährungsvorschriften verbunden«, sagte er und füllte Marcellins Becher nach. »Sie können essen, was Sie wollen. Aber es ist verboten, zu oft das Wasser zu überqueren. Dieser Fetisch, den Sie niemals öffnen dürfen, der Fetisch, den Sie nun in der Hand halten, Mr. Redmond, enthält den Finger eines Kindes. Der Geist dieses Kindes wird Sie schützen. Der Geist wird Sie vor Gedanken beschützen, die alt und traurig sind. Der Geist wird Sie von Krankheiten befreien. Der Fetisch selbst ist geheim. Nur Ihre engsten Freunde, die Männer, mit denen Sie jagen, dürfen ihn sehen. Ihre Frau darf ihn berühren. Aber wenn sie ihre intimen Stellen damit wäscht, verliert er sofort seine Kraft.«

»Ja?« brachte ich heraus.

»Marcellin, trink!« befahl Dokou.

Marcellin trank.

Dokou zog einen scheinbar identischen Fellbeutel aus dem schwarzen Tuch. »Marcellin, das ist kein gewöhnlicher Fetisch«, sagte er und beugte sich auf seinem Hocker vor, seine Stimme wurde plötzlich brüchig und heiser. »Nur ich selbst, Dokou, besitze einen solchen Schutz. Er gehört mir. Und ich möchte ihn dir geben.«

»Nein«, sagte Marcellin, bereits betrunken, und warf sich auf seinem Stuhl zurück. »Nein, ich will ihn nicht!«

»Dieser Fetisch«, sagte Dokou, »wird dich vor deinen Feinden schützen, vor Unglück, vor allem.« Seine Hand zitterte. »In diesem Fetisch ist der Atem von Samalé gefangen.«

»Ich hab es dir schon vorher gesagt«, erwiderte Marcellin. Er kreuzte die Arme über der Brust und stemmte sich gegen die Lehne. »Ich hab es dir schon hundertmal gesagt – ich will ihn nicht!«

Dokou legte die rechte Hand über den Fetisch; er stieß die Faust in die rechte Jackentasche, rappelte sich hoch und beugte sich über Marcellin. »Nimm ihn! Für den Lac Télé! *Du brauchst meinen Schutz!* Nimm ihn!«

Dokou hielt Marcellin die geschlossene Faust vor die Brust.

Dann öffnete er sie. In der Hand lag der Fetisch, und an der Schnur befand sich etwas Hellgelbes. Marcellin starrte mit stockendem Atem und halboffenem Mund, die Augen weit aufgerissen, auf Dokous Hand. Seine eigene Hand löste sich von der Stuhlkante und griff so steif, als gehöre sie zur Puppe eines Zauberers, nach dem Fetisch und dem Ehering.

»So ist es gut«, sagte Dokou, setzte sich wieder und trank zum ersten Mal aus seinem Becher. (Sein Kropf schwoll und hüpfte bei jedem Schluck auf und ab.) »Wie ich es erwartet hab. Hier in Makao helfen wir uns gegenseitig. Ich hab ihr geholfen, sie hat mir geholfen. Ihr Mann, der Lehrer, ist ein Fremder. Er ist nicht von hier, er ist ein Téké von der Hochebene. Sie wollte einen Sohn. Sie wollte einen Sohn für Samalé. ›Warte auf Marcellin, er wird kommen‹, sagte ich ihr. Ich habe dir einen Geist entgegengeschickt. Ich wußte, daß du kommen würdest. Ich wußte schon, daß du kommen würdest, lange bevor du im Fleisch gekommen bist, in körperlicher Gestalt. Aber ihr beide, ihr müßt jetzt gehen. Ihr habt meinen Schutz. Mehr kann ich nicht tun. Ich muß schlafen.«

»Marcellin«, sagte ich, als wir mit schleppenden Schritten wie alte Männer zur Hütte zurückgingen, »ich verstehe das nicht. Wie kannst du der Frau des Lehrers einen Sohn für Samalé schenken? Du bist nicht initiiert, du hast nicht diese Narben.«

»Als ich von Makao wegging, war ich tatsächlich noch zu jung. Aber das spielt keine Rolle. Es ist meine Sonderstellung, meine besondere Abstammung.«

»Welche Sonderstellung?«

Marcellin wandte sich mir zu. »Du weißt es wirklich nicht?«

»Was soll ich wissen?«

»Dokou – er ist mein Großvater.«

Ich kroch ins Zelt, zog die Stiefel aus und legte mich hin. Lary regte sich neben mir. Dann sagte er: »Dieser alte Schwindler – hat er dir etwa so ein Ding gegeben?«

Ich nahm den Fetisch aus der Tasche, beugte mich hinüber, wo ich im Dunkeln Larys Gesicht vermutete, und strich ihm mit dem weichen Beutel aus Affenfell sanft über die Wange.

Lary richtete sich auf und schrie.

22

Im Morgengrauen, am schmalen Pfad in den Wald, direkt hinter der letzten Maniokpflanzung, brach Muko, der Anführer unserer kleinen Kolonne, einen Zweig von einem Busch (spärlich mit dicken, dunkelgrünglänzenden Blättern besetzt, die aussahen wie Lorbeer) und peitschte sich damit Brust, Arme und Beine, dann seine Schultern, und auch der schwere Rucksack, der von einem Stirnband aus Lianen gehalten wurde, bekam ein paar Hiebe ab.

»Das machen sie immer so«, sagte Marcellin, der vor mir ging, auf meine Frage. »Er reinigt sich. Er klopft sich die Einflüsse des Dorfs heraus und leert seinen Kopf. Für ihn ist das Dorf ein fremder Ort voller Befehlsgeber und voller Demütigungen. Im Wald ist er wieder ein Mann.«

»Sie sollten immer im Wald bleiben«, sagte Lary hinter mir.

»Das können sie nicht«, erklärte Marcellin, als wir auf dem engen Pfad weitergingen. »Wie schon gesagt, die Babinga brauchen Spitzen für ihre Speere und Klingen für ihre Macheten. Sie müssen im Wald jagen, und sie müssen auf den Bantu-Pflanzungen arbeiten, nur damit sie ein bißchen Eisenkram kriegen. Aber sie mögen auch alte Kleider, Tabak und Palmwein – die guten Dinge des Lebens. Außerdem brauchen sie Stärke – sie sind verrückt nach Maniok.«

»Ausgerechnet Maniok!« sagte Lary.

»Kommt, wir müssen uns beeilen«, sagte Marcellin. »Wir brauchen einen Vorsprung. Muko will uns Dinge zeigen. Wir müssen schweigen. Michel Walengué und Antoine Mokito, Nzé und Manou sind Bantus, die reden ständig im Wald, so laut sie nur können.«

»Allerdings«, sagte Lary. »Das ist mir aufgefallen. Den ganzen Weg zum Pygmäenlager haben Nzé und Manou laut gebrüllt. Sechs Stunden und achtunddreißig Minuten. Welche Energieverschwendung! Und was ist ihnen plötzlich so wichtig? Worum geht es überhaupt?«

»Um die Leoparden. Zumindest werden sie dir das sagen«, erklärte Marcellin, und er beschleunigte seinen Schritt, um dicht hinter Muko zu bleiben. »Sie reden, um die Leoparden zu vertreiben. Aber ich glaube, es hat noch einen anderen Grund. Wenn du im Wald bist, darfst du niemals einen Geist überraschen. Wenn du mit einem Geist zusammenstößt, wenn du ihn auf dem Pfad erwischst, wirst du verrückt. Und zwar für immer.«

»Redso«, sagte Lary tonlos, als er sich in seinen großen Stiefeln näher an mich herangearbeitet hatte, »wir verlassen uns auf dich. Wenn du den ersten Tentakel oder irgendwas Weiches im Nacken spürst, laß es nicht dort kleben, sondern schüttel ihm die Pfote, wie es sich gehört. Und mit der anderen Hand nimmst du diesen widerlichen, räudigen Fellsack und streichelst ihm damit das Gesicht. *Bring ihn zum Schreien*, okay?«

Nach einer Stunde blieb Muko stehen, sagte etwas auf Kaka zu Marcellin und wies mit der Machete auf einen umgebogenen Schößling, dessen Rinde in mittlerer Höhe nach vorn geklappt war und dessen Blätter an der Spitze zu einer Spirale gebunden waren. »Das ist ein Pygmäenzeichen«, sagte Marcellin. »Es bedeutet: ›Ich bin in dieser Richtung auf Honigsuche gegangen.‹ Und Muko sagt, er wäre auch lieber auf die Suche nach Honig gegangen.«

Zwischen längeren Etappen, die wir, über Wurzeln stolpernd, über Stämme kletternd, durch Bäche watend, fast im Laufschritt zurücklegten, machten wir immer mal wieder halt, um uns von Muko etwas zeigen zu lassen, was er für einen wesentlichen Teil der Allgemeinbildung hielt (oder was gerade in Sichtweite war, wenn er sich ausruhen und eine Zigarette rauchen wollte). Wir bewunderten den Esolobaum, dessen glatte Rinde, zu Pulver gemahlen und in ein Getränk gerührt, bei Kindern gegen Durchfall hilft und dessen Nüsse (die aussehen wie Haselnüsse) von den Affen gern gegessen werden. Marcellin ergänzte, daß man sie ähnlich wie Zwiebeln auch zum Würzen von Raupen- oder Palmmadensuppe verwenden konnte. Wir aßen rote Bamoufrüchte, die unter ihren riesigen Bäumen verstreut lagen und eine Haut wie

Granatäpfel hatten. Darunter war eine weiße, klebrige Faserschicht, und im gelben Fruchtfleisch steckten vier Nüsse, die von Gorillas hoch geschätzt sind. Die Frucht roch wie vergorener Apfelsaft. Wir probierten auch pflaumengroße rote Früchte, die in ganzen Trauben vom Baum fielen, aber viel bitterer waren, als Pflaumen oder Trauben hätten sein dürfen. (»Wir brauchen solche Rinde, die den Durchfall stoppt«, sagte Lary, der sich des seinigen in einem Dickicht entledigte.) Wir sammelten herabgefallene Payos ein (und stopften die kastanienähnlichen Früchte in die Taschen), weil Marcellin meinte, man könne sie aufhacken und in dünne Scheiben schneiden. Diese Scheiben, zusammen mit dem Fleisch gekocht, würden sich in Cracker verwandeln und schmecken wie Kartoffelchips.

»Kartoffeln!« sagte Lary sehnsuchtsvoll.

Der Boden wurde trockener, die Bäume höher, das Gehen leichter, aber noch immer waren die Baumstämme mit weißen Flechten bedeckt. Von Revier zu Revier folgte uns fast ohne Unterbrechung der Ruf des Einsiedlerkuckucks, *tock-tock-buh, tock-tock-buh*, den wir schon bei Dokou gehört hatten, und schließlich gelangten wir in die gleißende Helle und die unverminderte Hitze der offenen Landschaft. »Der Himmel!« sagte Lary und schaute zum Wolkenteppich hinauf.

Vor uns erstreckte sich ein Korridor aus Grasland, vielleicht eine halbe Meile breit, gesäumt von Dickicht und Niederwald und stellenweise überragt von Baumriesen, die sich deutlich auch über den ringsum ansteigenden Urwald erhoben.

»Eine offene Feuchtsavanne!« sagte ich. »Ich hab davon bei Richards gelesen. Das sind kleine, natürliche Savannen inmitten von Wäldern. Nur nackter Boden und ein bißchen Gras, weil die Erde zu ausgelaugt ist, um Bäume zu ernähren. Richards schreibt, man findet sie in alten Flußniederungen, die ausgetrocknet sind, weil die Flüsse ihren Lauf geändert haben, aber es soll noch eine andere Sorte geben, die auf die Oubangui-Region beschränkt ist und *sehr interessant* ist, weil man *fast nichts über sie weiß*.«

»Wie ich schon bemerkte«, begann Lary, der sich hinhockte, um das kniehohe, stachlige Gras im knochenbleichen Sand zu fotografieren, »kein Forscher, der etwas auf sich hält, würde bis hierher kommen.« (Klick!) »Kein Botaniker würde so einen weiten Weg in Kauf nehmen.« (Klick!) »Keiner würde sich von diesem Sergeant Pepper zu einem *Payo*-Chip verschmoren lassen, nur um ein kleines lokales Problem« – er äffte meine Aussprache nach – »der *Oubangui-Region* zu lösen.«

»Vielleicht hast du recht«, sagte ich, während wir Marcellin folgten (mit seinem Schlapphut, dem olivgrauen Hemd, dem Gewehr, das er quer über die Brust trug, zwei Wasserflaschen und der grauen Kartentasche am Armeekoppel) und dem flink hüpfenden Rucksack mit Mukos Beinen darunter, die uns schon weiter vorausgeeilt waren. »Es gibt noch ein Buch, das auf seine Art genauso interessant ist, und zwar: ›Wege im Regenwald‹ von Jan Vansina. Sein Untertitel heißt: ›Zur Geschichte politischer Traditionen in Äquatorialafrika‹, aber daraus kannst du nicht auf den wirklichen Inhalt schließen. Er hat versucht, eine Geschichte der verschiedenen ethnischen Gruppen des Kongobeckens zu schreiben, meist mit Hilfe der vergleichenden Sprachwissenschaft, aber auch anhand früher Verwaltungsberichte, ethnographischer Schriften, Memoiren von Missionaren und sogar einer Untersuchung über die gegenwärtige Ausbreitung genetisch unterschiedlicher Bananensorten ...«

»So?« sagte Lary und blieb stehen, um einen Termitenbau zu fotografieren, eine zinnenbewehrte Burg, deren Hauptturm etwas über zwei Meter hoch aufragte. »Was für eine Geschichte?«

»Die Wanderungsbewegungen an den Flußläufen entlang und durch die Wälder, dann die Kriege, wachsende Ansiedlungen, größere Kanus, bessere Pflanzungen. Die Pygmäen ursprünglich als verehrte, weise Lehrer, dann als verachtete Sklaven. Die allmähliche Ausformung der Vorstellung vom Großen Mann, vom Häuptling, trotz der Notwendigkeit, alles miteinander zu teilen, einander gleichgestellt zu bleiben und keinen Neid zu erregen.«

»Was ist das Neue daran?«

»Die Sprachvergleiche. Das Wort der westlichen Bantus für ›Held‹ kommt von einem Verb, das ›verlorengehen, zum Geist werden‹, bedeutet. Und den Beginn der Handelstätigkeit im Südwesten bringt er mit dem Auftauchen eines neuen Worts für ›verkaufen‹ in Verbindung, das sich von der Verbkonstruktion ›eine Falle stellen‹ ableitet.«

»Verstehe«, sagte Lary, der inzwischen genug Fotos vom Termitenbau gemacht hatte. »Der Elefantenrüssel, den du gekauft hast ...«

»Aber das wirklich Interessante ist die Karte des Kongobeckens, auf der alle Punkte verzeichnet sind, wo irgendwelche Studien angestellt oder Entdeckungen gemacht wurden, und er klassifiziert seine Quellen nach einer Skala, die von ›erstklassig‹ bis ›unbedeutend‹ reicht. Aber dieses ganze Gebiet hier ist einfach nur mit ›Keine Daten‹ gekennzeichnet.«

»Armer alter Vansina«, sagte Lary. »Sergeant Pepper hat ihm seine Studenten abgefackelt.«

Marcellin wartete auf uns. »Ngombo!« sagte er und zeigte auf Spuren im Sand (Hufabdrücke wie von einem Charolais-Bullen). »Waldbüffel! Sie sind gefährlich. Lary, du darfst nie auf einen schießen.« (»Ganz bestimmt nicht«, sagte Lary und hockte sich nieder, angelockt von einem Fund im Sand.) »Du kannst ihn zwar töten. Du denkst: ›Ich hab's geschafft, ich bin in Sicherheit!‹ Aber dann stürzen sich die anderen auf dich. Sie sind kleiner als normale Büffel. Ihre Hörner zeigen nach oben statt zur Seite. Deshalb können sie sehr schnell durch den Wald rennen. Sie haben rauhe Zungen, sie essen das härteste Gras. Du hörst sie kommen und kriegst einen Schreck, du kletterst auf den falschen Baum und kriegst die Beine nicht hoch, du bist in der Falle. Sie umstellen dich, und dann lecken sie dich.«

»Sie lecken mich?« fragte Lary, ohne aufzuschauen.

»Sie lecken dir die Hosen von den Beinen, dann die Haut von den Muskeln, dann die Muskeln von den Knochen. Wenn sie weggehen, haben deine Beinknochen kein Fleisch mehr. Sie baumeln dir lose von den Kniegelenken!«

»Verstehe«, sagte Lary, stand auf und wies eine Handvoll kleiner schwarzer und weißer Schalenreste vor. »Aber was ist das? Teile von Schneckenhäusern?«

»Erdferkelscheiße!« (Lary ließ seinen Fund fallen.) »*Orycteropus afer*, das Erdferkel. Es ist wie ein Schwein, aber hat einen längeren Rüssel, längere Ohren, einen längeren Schwanz und dickere Vorderfüße. Und kräftige Krallen! Es frißt Ameisen, Termiten und Tausendfüßer. Was du da hattest, waren Teile vom Panzer der Tausendfüßer. Der Pygmäe ist verrückt nach Maniok, das Erdferkel ist verrückt nach Tausendfüßern!«

Das Flirren der Hitze über dem Sand und dem Gras schien in die Höhe zu steigen und Lary und Marcellin einzuhüllen, so daß ihre Umrisse unscharf wurden und zu flimmern begannen.

Marcellin erklärte: »Wenn du ein Erdferkel berührst, schreit es auf und schlägt einen Salto.«

»Hast du schon eins gesehen?« fragte Lary.

»Natürlich nicht! Sie bauen Burgen. Sie kommen nur nachts. Sie leben allein. Niemand weiß etwas über sie. Nur die Pygmäen wissen, wie das Erdferkel lebt.«

Das stimmt, dachte ich, schwindlig vor Hitze, nachdem wir gerade noch rechtzeitig den Wald mit seinem gedämpften Licht und der schwül-stickigen Luft erreicht hatten. Kein anderer Säuger hat Zähne, die von Röhren durchzogen sind und weder Zahnschmelz noch Wurzeln besitzen, dachte ich und stolperte auch gleich über eine Doppelschlinge aus Lianenwurzeln. Das Erdferkel hat im Tierreich keinerlei Verwandte. Das Erdferkel ist noch rätselhafter als Samalé, denn niemand weiß, wo es herstammt, es hat keine Vorläufer. Das Erdferkel ist so wurzellos wie seine Zähne. Das Erdferkel ist der einzige Vertreter seiner Spezies, seiner Familie und seiner Gattung. Seine Abkunft ist verlorengegangen, zum Geist geworden, ein Geist, der im Dunkeln den Höhlen der Unterwelt entsteigt ...

Ich blieb stehen und nestelte an der Halterung meiner Trinkflasche. »Alles in Ordnung?« fragte Lary hinter mir. »Redso, fehlt dir was?«

»Ich brauche Wasser«, sagte ich, löste die schwarze Flasche vom Gürtel und trank den letzten Rest. »Mir ist ganz komisch.«

Marcellin machte kehrt und kam den Pfad herab. »Du trinkst zuviel«, sagte er. »Einmal morgens vorm Losgehen, einmal abends vorm Bau des Nachtlagers. So muß es sein. Je mehr du trinkst, desto mehr schwitzt du.« Er stand über mir. Ich bemerkte, daß er dünner geworden war, seine Züge wirkten schärfer, seine Augen größer. »Du bist nicht wie Mike Fay, oder?«

»Nein, ich glaube nicht.«

»Du siehst kräftig aus, du hältst Schritt, aber du bist *schwerfällig*. Schau dir dein Hemd an!« (Ich schaute.) »Es ist naß! Du riechst! Du schwitzt!«

»Ich glaube, du hast recht.«

»Mike Fay, er geht ganz schnell mit kleinen Schritten. Er wird nie müde. Ich muß ihm *nichts* erklären. Er gibt niemals auf. Er kennt alle Pflanzen im Wald. Er ist ein Genie!«

»Natürlich«, sagte Lary. Sein Grinsen erstreckte sich bis in die Spitzen seines Barts, so daß die Barthaare sich sträubten wie die Schnurrhaare einer Katze. »Er ist ja auch Amerikaner.«

Marcellin machte sich wieder auf den Weg und verdoppelte das Tempo.

Lary raunte mir mit gedämpfter Stimme ins Ohr: »Das ist der größte Unsinn über die Belastungsphysiologie, den ich je gehört habe.« Er zog mir die leere Flasche aus der Gürtelhalterung und steckte mir seine volle hinein.

Immer wenn sich zwischen Wurzeln, Lianen und umgestürzten Bäumen eine gerade Wegstrecke zeigte, nahm ich einen Schluck, während der wahre Held, Sir Philip Shaffer, auf seinen Trank verzichtet hatte, so dachte ich, und auf dem Schlachtfeld gestorben war. (Nur konnte ich mich nicht erinnern, wo es gewesen war.) »Zutphen!« sagte ich laut, nachdem eine halbe Stunde vergangen war, ich mich mit Wasser vollgetrunken hatte und mich schon viel besser fühlte.

Wir passierten mehrere Erdferkelhöhlen (die aussahen wie die Eingänge zu Dachsbauen, nur doppelt so groß). Das seien nur provisorische Höhlen, sagte Marcellin. Das Erdferkel wandere nachts weit und grabe sich unterwegs ein. Wenn der Tag komme, verschließe es den Eingang mit loser Erde, lasse ein Luftloch und schlafe.

Wir holten Muko ein – besser: Muko hatte auf uns gewartet. Er hockte auf seinem Rucksack unter einem großen Baum und lutschte an dreieckigen Fruchtstücken, die er aus einer runden, gelbgrünen Frucht herausholte – eine Ikamou, erklärte Marcellin, aus der Familie der Ananasfrüchte, aber doppelt so sauer wie eine Zitrone. »Wenn das mal reicht«, sagte Lary und spuckte sein Stück aus.

Das Gelände wurde langsam hügelig, wir überquerten einen Bach und füllten unsere Wasserflaschen auf; das Licht veränderte sich ebenfalls. Durch das gleichmäßig dichte Laubdach wirkte es gedämpfter, kühler und diffuser. Wir liefen unbehindert durch einen Wald fast ohne Stolperwurzeln oder Lianen, der kaum Bodenbewuchs oder Gräser zeigte, einen Wald aus hohen Bäumen mit Stämmen ohne Verdickungen oder Stelzenwurzeln, doch begannen die knorrigen Äste schon kurz über der Erde und setzten sich den Stamm hinauf in dichter Folge fort, bis sie im Dunkelgrün der Kronen verschwanden. Nach einer Meile etwa kam mir die schweißgetränkte Erkenntnis, daß das Merkwürdige an diesem Wald gerade der Umstand war, daß er mir ganz vertraut vorkam. Abgesehen von der Form der Bäume, der drückenden Hitze und dem Zwielicht hätte es ein ganz normaler englischer Eichen- oder Buchenwald sein können.

»Marcellin, die Bäume hier – sie sind alle gleich.«

»Genau!« schrie Marcellin so laut wie sonst nur Nzé, ohne aufzuschauen oder seinen Schritt zu bremsen. »Wir nennen sie Mulapa. Bei Mike Fay heißen sie *Gilbertiodendron dewevrei*. Die Wurzeln reichen tief in die Erde, und sie leben mit einem Pilz im Boden. Sie kriegen alle Nahrung, die es hier gibt.«

Ich bückte mich und sammelte ein paar Samen ein, die überall verstreut waren – dunkelbraune, schrumplige, platte Riesenbohnen von fünf mal vier Zentimeter Größe. Marcellin, dachte ich, ist aus irgendeinem Grund noch immer böse auf mich. Aber ich werde über dieses Problem, sollte es eins sein, nachdenken, wenn wir Pause machen – falls das jemals geschehen sollte.

Über mir hörte ich ein Flügelrauschen wie von einem Schwan, nur unkoordinierter und noch viel lauter; auf einen Moment der Stille folgte ein Eselsschrei, dann ein langer Flötenton und schließlich ein gurgelndes Lachen. »*Grand calao!*« brüllte Marcellin unaufgefordert. »Der Große Hornrabe!«

Eine Stunde später kreuzten wir eine weitere kleine, umschlossene Savanne, doch das Gras wuchs etwa hüfthoch, und auch die Termitenbauten sahen mit ihren pilzförmig aufragenden Luftschächten anders aus. Als wir die Savanne durchquert hatten und ein paar hundert Meter tief in den dahinter gelegenen normalen

Mischwald hineingegangen waren, beschloß Muko, dort das Nachtlager aufzuschlagen. Er warf den Rucksack ab, schnitt mit der Machete einen jungen Baum, spitzte ihn mit vier gekonnten Hieben an und begann zu bohren.

»Hier gibt es Wasser«, sagte Marcellin. »Muko irrt sich nie, er hat ein Gespür dafür.«

»Ein murmelnder Bach«, sagte Lary. Er nahm den Hut ab, warf ihn auf die Erde, setzte sich gegen einen Baumstamm und fuhr mit den Händen durch das schweißnasse Haar. »Muko und die Wünschelrute. Ich schätze, daß es hier fast überall Wasser gibt. Jährliche Regenmenge bei 250 Zentimetern. Also was soll's?«

»Es ist Trockenzeit!« fuhr Marcellin ihn an. »Es ist nicht so einfach, wie du denkst! Es ist kompliziert! Es gibt sogar zwei Trockenzeiten!«

»Entschuldige, daß ich was gesagt habe«, erwiderte Lary, lehnte sich an den Baumstamm und schloß die Augen.

Verlegen tat ich so, als würde ich eine Pflanze studieren, doch dann widmete ich ihr einen ernsthaften Blick: ein unscheinbares Gewächs zwischen 150 und 180 Zentimeter Höhe, die häufigste Staudenpflanze des Waldes. Ihre regellos angeordneten länglichen Blätter hatten einen dunkelblauen und grünen Glanz, der mir vorher gar nicht aufgefallen war. Vielleicht enthielten sie ein Pigment, das außergewöhnlich lichtempfindlich war und ihnen das Wachstum im Halbdunkel ermöglichte, das in der Lage war, die letzten Lichtstrahlen unter dem dichten Dach aus Bäumen, Lianen und Schmarotzerpflanzen aufzufangen. Manche dieser Pflanzen standen in Blüte – die kleinen, purpurnen Blüten waren um eine Mittelachse geordnet –, und andere befanden sich in verschiedenen Stadien der Reifung: Die Blüten waren in kleine blaue, pralle Knoten verwandelt, die aussahen wie vollgesogene Zecken und weiter wuchsen, bis sie reiften und weiß wurden.

»Matoto!« sagte Marcellin, der neben mir stand und noch immer sein Gewehr in der Hand hatte. Er wirkte linkisch, als hätte er Schlagseite, seine Stirn war voller Schweiß, und seine Augen waren blutunterlaufen.

»Marcellin, was ist mit dir?«

»Mein Fuß tut weh«, sagte er und setzte sich neben Lary. Das

Gewehr legte er über die Knie. »Und ich bin innerlich verletzt.« Er starrte zu Muko hinüber, als wäre er vom Auf und Ab der hölzernen Brechstange und vom Spiel der Brustmuskeln gebannt, die sich beim Heben der Stange abflachten und beim Niederstoßen bündelten, bis ein Schwall schmutzigen Wassers aus dem Loch strömte, in dem Muko weiter herumrührte. »Mein klarer Kopf, mein Selbstvertrauen sind mir abhanden gekommen.«

Lary öffnete die Augen.

»Redmond«, fuhr Marcellin fort, »ich möchte jetzt nicht reden. Ich sage dir, wenn es soweit ist.«

»Was ist mit deinem Fuß?« fragte Lary.

Marcellin schnürte den rechten Stiefel auf, weitete den Schaft und zog vorsichtig den Fuß heraus. Er rollte sich die ehemals weiße Socke herunter und schob das Hosenbein nach oben. Von der entzündeten großen Zehe zog sich eine Schwellung über den Fußrücken; die Geschwüre an seinem Schienbein hatten sich geöffnet und sonderten eine wäßrige Flüssigkeit ab. »Das unter dem Zehennagel waren Sandflöhe. Ich hab die Eier mit dem Taschenmesser rausgeholt. Mit dem kleinen roten Messer, das du mir gegeben hast.«

»Und damit bist du den ganzen Weg gelaufen?« staunte Lary. »Das muß weh tun. Das muß wirklich saumäßig weh tun!«

Muko, mit seinem Wasserloch sichtlich zufrieden, kam herbei, um einen Blick auf den Fuß zu werfen. »Huuuuu!« machte er und nahm das Gewehr. »Huuuu!« – und schon war er im Wald verschwunden.

»Ich hab noch Flexopan übrig«, sagte Lary. »Eine ganze Flasche. Versteckt im Medikamentenbeutel. Im linken Fach ganz unten. Wenn das Gepäck kommt, werde ich dich kurieren. Meine Freundin Chris ist Krankenschwester. Ich weiß, was zu tun ist. Ich werde dich richtig verarzten, wie ein Profi.«

Marcellin quälte sich ein Lächeln ab. »So wie du meinen Zahn verarztet hast«, sagte er.

»Ka-ka-ka!« erhob sich plötzlich ein wütender Chor. »Ka-ka-ka!« Die explosive Kakophonie kam hinter einem Busch hervor. »Der Kaka-Vogel«, sagte Marcellin und wurde wieder munterer.

»Eine Unterart der Perlhühner. Er ist schwarz und lebt im Wald. Die Federn auf dem Kopf stehen in die Höhe. Er hat einen Geist gesehen! Muko kann mit den Hühnern sprechen. Er steckt die Finger in die Nase« – Marcellin steckte einen Finger in jedes Nasenloch –, »und dann macht er so: ›Kau-kau-kau!‹« (Es gab ein Flügelschwirren, das sich entfernte und übertönt wurde von Bantu-Stimmen, die sich näherten.) Marcellin zog die Finger aus der Nase. »Sie hören auf Muko; sie rennen zu ihm, ihm vor die Füße. Du mußt rufen: ›Kau-kau-kau‹, niemals ›Kaka-kaka‹. Wenn du die Finger in die Nase steckst und ›Kaka-kaka‹ rufst, fliegen sie weg.«

»Zu schade«, sagte Lary.

»Wieso schade?«

»Diese Kaka-Jungs sind in die falsche Schule gegangen. Du hast ›Kau-kau-kau‹ gesagt, und weg waren sie.«

»Nzé hat sie verscheucht.«

»Wenn du meinst«, sagte Lary.

»Bohmaaa!« rief Nzé und marschierte auf die Lichtung. »Ich hab gewonnen!«

Manou, zwei Schritt hinter ihm, rief: »Geschummelt!«

Michel, der Trommler, zwei Schritt hinter Manou, setzte den Rucksack ab und sagte: »Wir mußten langsamer gehen. Nzé und Manou, sie laufen wie die alten Weiber. Sie waren so weit zurück, daß wir umkehren und nach ihnen sehen mußten. Ohne uns hätten sie sich im Wald verlaufen. Als Leopardenbeute.«

»Bohmaaa!« rief Nzé und lachte vergnügt. »Das stimmt.«

»Habt ihr was gesehen?« fragte Marcellin.

»Büffel«, sagte Nzé. »Sie haben uns angegriffen. Aber ich habe sie geschafft. Ich hab sie kommen lassen. Klein-Manou hat geschrien: ›Hilfe! Hilf mir, Nzé!‹ Und ich hab gesagt: ›Keine Angst, Manou, Nzé ist ja da.‹ Sie stürzten sich auf uns. Die Hufe donnerten. Eine Riesenstaubwolke. Sie haben schlecht gerochen. Wie Manous Hosen. Der Leitbüffel hat mich fast erwischt. Seine Hörner waren wie eine Lenkstange. So breit wie bei meinem Fahrrad. Er senkte die Lenkstange. Vor seinem Maul stand Schaum. Er rollte mit den Augen. ›Was willst du?‹ sagte ich und nahm ihn bei den Hörnern. Boing! Ich bog sie nach unten. Wutsch! hat er sich überschlagen. Ka-rums! landete er auf dem Rücken. Rums-bums knallte er auf. Und schon war ich auf ihm drauf. ›Bohmaaa!‹ rief ich und zog die Machete. ›Okay, Junge‹, sagte ich und hielt sie ihm an die Kehle. ›Das soll dir eine Lehre sein. Heute werde ich dich nicht aufessen. Wir haben zu tun. Wir sind hier im Dienst, in geheimer Mission. Wir sind von der Regierung der Volksrepublik Kongo. Von der Parti Congolais du Travail, der PCT. Also hau ab, Junge. Und wenn du nächstes Mal wieder Leute wie uns angreifen willst, überleg's dir lieber vorher und such dir einen aus, dem du gewachsen bist. Vergreif dich nicht an Männern wie Nzé Oumar, einem berühmten, hochrangigen Offizier der Volksmiliz von Dongou.‹ – ›Zu Befehl, Herr Oberstleutnant Oumar‹, sagte der Büffel. ›Ich glaube, ich mach mich lieber davon.‹ Und alle sind sie weggerannt. ›Nzé, du hast mir das Leben gerettet‹, hat Manou zu mir gesagt. ›Du bist ein Held. Ich gebe dir all mein Geld. Meine Frau kriegst du natürlich auch, das ist gar keine Frage. Vivie Charlotte heißt sie.‹«

Nzé ließ sich erschöpft auf Antoines Rucksack sinken, rutschte zu Boden und schloß die Augen.

Lary und ich klatschten.

Nzé machte die Augen wieder auf und strahlte uns an. Er hob die rechte Faust und schüttelte sie.

»Du Lügner«, sagte Manou und legte sich flach auf den Boden. »Du bist Gefreiter, unterster Dienstgrad.«

»Welches Fahrrad meintest du?« fragte Marcellin, der unsere Payo-Nüsse einsammelte und in den Proviantsack warf.

»Das Fahrrad, das ich mir von Redmonds Geld kaufen werde«, sagte Nzé, und der Gedanke schien ihn zu beleben. »Von der Gefahrenzulage, die er mir zahlt, weil ich an den Lac Télé gehe. Oder vielleicht von dem Zuschlag, den ich kriege, weil er mein Essen so gut findet, besonders meine Saucen. Oder weil er meine Musik so gern hört. Ich werde auf dem Dampfer nach Brazzaville fahren, in einer Kabine, wie ein großer Boß. Und dann kaufe ich mir ein rotes Fahrrad mit Satteltaschen. Ein rotes Fahrrad mit Satteltaschen und einer Hupe vorne dran.«

»Nzé! Manou!« rief Marcellin. »Ihr werdet mein Zelt aufbauen. Ihr werdet Feuer machen und ein Räuchergestell bauen. Muko ist auf die Jagd gegangen.«

»Aber er hat nur eine Patrone mit«, sagte ich. »Die eine, die im Gewehr steckte.«

»Muko schießt nie daneben. Er stellt sich hinter einen Baum. Er ruft sich einen Ducker. Und bumms!«

Barfuß, in orangefarbener Hose und Jeansjacke, betrat Antoine die Lichtung. Den Rucksack trug er auf konventionelle Art. Hinter ihm kamen die fünf Pygmäen, die Stirn gegen Lianenstricke gedrückt, an denen ihnen die Packen und Bündel vom Rücken hingen. »Wir haben Honig gefunden«, sagte Antoine. »Viel Honig!«

Die Bienen, die ihm gefolgt waren, sammelten sich auf unseren Hemden. »Redso«, sagte Lary. »Wir haben mal wieder eine Bienenplage. Bauen wir unser verdammtes Zelt auf!«

»Mein Fuß!« sagte Marcellin.

»Gleich, gleich«, erwiderte Lary und schnitt sich eine Bienenklatsche zu. »Diese Schweißlecker kann ich nicht ausstehen.« Er steckte seine Machete weg, leckte sich den Zeigefinger und wischte sich die Trauben kleiner, stachelloser Bienen aus den Augenwinkeln. Mit der Bienenklatsche (einem Zweig mit großen Blättern) peitschte er sich den Rücken. Dann bearbeitete er seinen Bauch. Eine Honigbiene, die er übersehen hatte, verfing sich in seinem verschwitzten Brusthaar und stach zu. »Verdammt«, rief Lary und ließ die Bienenklatsche fallen.

»Du hast danebengehauen«, sagte Marcellin lachend. »Bienen mußt du einfach ignorieren. Mach's wie die Pygmäen.« Er beugte sich vor und wedelte mit der Hand über den Schweißbienen hin und her, die sich an seinem Beingeschwür labten. »Merde!« sagte er, fuhr wie elektrisiert auf und wischte sich mit einer heftigen Ellbogenbewegung eine Biene aus der Achselhöhle.

Als es dunkel war und die Bienen verschwunden waren, saßen wir auf unseren Bündeln und Rucksäcken um das Feuer, Muko zwischen Marcellin und den fünf Pygmäen, Nzé und Manou an den Kochtöpfen, Lary links von mir, Michel und Antoine zu meiner Rechten, und unser kleiner Kreis war umringt von den zwei Zelten, dem Räuchergestell und drei Laubdächern – eins für die Bantus, zwei für die Pygmäen –; Dächern aus Stangen und Blättern, die gegen den Dschungel hin bis zum Boden hinabreichten, aber nach vorne zum Feuer offen waren.

»Michel, du hast zwei Frauen?« fragte Marcellin, der ein Stück gekochter Duckerleber in seinem Blechnapf zerschnitt.

Michel, der Trommler, der neben mir auf dem Arzneipacken saß, gekleidet in blaue Shorts und ein weißes T-Shirt, aß wie die Pygmäen von einem Teller aus Blättern. Wie um die Frage abzuwehren, drehte er sich ein wenig nach rechts. Im Feuerschein waren die Narben auf seinem muskulösen Rücken gut zu sehen: drei Linien vom linken Schulterblatt, drei vom rechten, die sich über der Wirbelsäule kreuzten und an den Hüften ausliefen.

»Und keine Kinder!« sagte Marcellin. Er verschluckte ein großes Stück Leber.

»Meine Frauen, sie sind noch neu!« sagte Michel mit seiner gewaltigen Baßstimme. »Zu jung für Kinder.«

»Vielleicht sind sie streitsüchtig? Vielleicht streiten sie sich die ganze Zeit und lassen dich nicht ran?«

Alles lachte.

»In meinem Haus ist Friede«, sagte Michel und reckte die Brust. »Bei mir wird alles geteilt. Die eine kriegt das« (er machte eine Geste mit dem kurzen Dolch, den er in der Hand hielt), »die andere kriegt das. Da gibt es überhaupt keine Probleme.«

»Du brauchst einen Sohn«, sagte Marcellin mit vollem Mund. »Ohne Sohn, wozu lebt man da überhaupt?«

»Marcellin«, sagte Antoine (älter, ruhiger und schwermütiger als Michel), »und wozu lebst du? Hast du einen Sohn?« Er stand auf und ließ sich von Nzé den Blätterteller nachfüllen. »Ich glaube, du hast keinen Sohn!«

»Meine Frau ist schwanger. Ich hab schon eine Tochter. Vanessa Sweet Grace. Ich liebe meine Tochter. Aber bald habe ich auch einen Sohn. Dann wird bei mir alles anders. Dann werde ich nicht mehr mein Leben aufs Spiel setzen. Dann werde ich einen Untergebenen auf Expeditionen wie diese schicken.«

»Einen Sohn bekommst du?« fragte Antoine und setzte sich wieder hin. »Woher weißt du das? Hat Dokou dir das verraten? Es ist nicht leicht, aber es gibt Möglichkeiten. Nur teuer sind sie. Es kann genausogut eine Tochter werden.«

»Ich kriege einen Sohn. Aber mal zu dir, Antoine. Warum wolltest du mitkommen? Was ist da bei dir passiert? Wir hätten in aller Ruhe nach Berandzoko gehen können. Und nun müssen wir ständig aufpassen und Angst haben.«

»Ich wollte nicht mit. Michel auch nicht. Seit dieser Nacht, Marcellin, seit das passiert ist, sind wir nicht mehr in Berandzoko gewesen. Aber der Häuptling von Makao hat uns zu seiner Hütte gerufen, er hat nach uns geschickt. ›Ihr werdet mit dem jungen Marcellin Agnagna gehen‹, sagte er. ›Ihr werdet nach Berandzoko zurückgehen. Ihr werdet beweisen, daß wir keine Angst haben, nicht vor der Regierung, nicht vor den Männern von Berandzoko und auch nicht vor den Kräften ihrer Zauberer. Unser Dorf ist größer, wir sind stärker, unsere Ahnen sind mächtiger!‹ Das ist es, was er gesagt hat. Wir hatten keine andere Wahl.«

Marcellin stand auf, sandte Lary einen leeren Blick, stieß die rechte Hand in die Tasche seiner Jeans und zog sie so schnell wieder heraus, als hätte ihn eine Biene gestochen, dann trat er ans Feuer, bemerkte aber, daß er seinen Blechnapf vergessen hatte, holte ihn und kam gleich darauf zu dem Entschluß, daß er keinen Hunger mehr hatte. Er machte auf der Stelle kehrt, trat gegen seinen Packen und setzte sich darauf. »Der Häuptling von Makao, er hat mich belogen. Er sagte, er schuldet euch einen Gefallen. Er sagte, ihr sucht Arbeit.«

»Arbeit schon. Aber Lasten schleppen? Für diese Weißen?«

»Warum hat er es dann gesagt? Warum hat er mich belogen? Ich bin ein *chef de service*! Ich bin ein Beamter der Regierung. Ich habe meine eigene Abteilung! Ich arbeite im Ministerium!«

»Das zählt hier nicht«, sagte Antoine seelenruhig. »Hier weiß jeder, wer du bist. Du bist der Sohn von Dokous Tochter Mohansine Mopata. Wir kennen dich sogar in deiner anderen Gestalt, als Krokodil. Der Häuptling von Makao mag dich nicht, Marcellin Agnagna, er mag auch Dokou nicht.«

»Ich habe Töchter und Söhne und alles mögliche«, sagte Nzé, als er, gestärkt vom Essen, die Blechnäpfe einsammelte. »So viele, daß ich sie gar nicht zählen kann. Ganz Dongou ist voll von ihnen, Doktor! Und ein paar hab ich auch in Impfondo. Manou wird es dir bestätigen. Nur mein Großvater weiß, wie viele es insgesamt sind – und er ist tot, er ist ein Geist, also kann er gehen, wohin er will. Er kann auch nach Impfondo fahren. Soviel ich weiß, ist er unterwegs nach Brazzaville. Er fährt mit dem Dampfer!«

»Natürlich fährt er nicht nach Brazzaville!« sagte Manou, der seinen Packen neben Lary ablegte. »Er ist noch nie in Brazzaville gewesen.«

Marcellin stand auf. »Nzé, das war ein ernstes Gespräch, ein Gespräch unter Männern. Doch du bist ein Spinner, ein Quatschkopf, ein Clown.« Er ging zu seinem Zelt, ließ sich auf die Knie nieder und kroch hinein.

Nzé setzte sich auf den frei gewordenen Packen und warf die Blechnäpfe mit Geschepper vor sich auf den Boden. »Redmond«, sagte er, »wie wär's mit Zigaretten und einem neuen Feuerzeug?«

Ich griff in den Proviantsack und gab jedem eine Schachtel Zigaretten und ein Wegwerffeuerzeug. Muko und die anderen Pygmäen zogen sich beglückt unter ihr Laubdach zurück. Antoine und Michel wahrten ihren Gleichmut und verzogen sich ebenfalls. Nzé verstaute mit seinem schiefen Grinsen die Schachtel in der Brusttasche seines kubanischen Kampfanzugs, zog seine Oxford-Pfeife und die Büchse Balkan-Sobranie aus der Hosentasche, stopfte die Pfeife mit Daumen und Zeigefinger (und zur Seite gelegtem Kopf) und zündete sie mit dem neuen Feuerzeug an.

»Wie ein *colon*«, sagte er. »Wie ein Kolonialherr aus Frankreich.« Er sog den Rauch tief ein, stieß eine mächtige Wolke aus und begann zu husten. »Lary«, röchelte er, »wenn ich mit all meinem Geld nach Brazzaville fahre, gehe ich mit meiner Pfeife in ein berühmtes Restaurant, Le soir au village. Kennst du es?«

»Allerdings«, sagte Lary und warf mir einen Seitenblick zu. »Kann mich gut erinnern.« Er hustete zurück; ein trockenes, jeweils doppeltes Hüsteln.

»Nzé, du bist ein Lügner«, sagte Manou und nuckelte ungeschickt an seiner Zigarette. »Du hast nur einen einzigen Sohn in Impfondo. Ich kenne deinen Sohn. Er ist acht Jahre alt. Er klaut Bier bei der alten Frau, die den Laden am Markt hat, und betrinkt sich. Er hat keinen Vater. Keiner kümmert sich um ihn. Du besuchst ihn nicht einmal. Es ist schrecklich. Ich bin der einzige in unserer Familie, der ab und zu nach ihm sieht. Niemand sonst. Er ist klapperdürr, seine Mutter auch. Sie haben nicht genug zu essen.«

Nzé sagte: »Letztes Jahr hab ich ihn gesehen.«

Lary schien etwas mit seinem Stiefel zu verscharren. »Manou, du bist doch vernünftig. Vielleicht kannst du mir sagen, was hier vorgeht? Was das alles soll? Warum ist Marcellin so verstört? Warum ist er in sein Zelt gegangen?«

Manou drückte die Zigarette an einer Wurzel aus und steckte die ungerauchte Hälfte zurück in die Schachtel. »Ich weiß alles«, sagte er stolz. »Das ist mein Geschäft.« Er senkte die Stimme. »Das Ganze dreht sich um Antoine. Auch um Michel. Aber Michel ist nur mitgekommen, weil er der Freund von Antoine ist und um zu zeigen, daß er mutig und sehr stark ist. Außerdem hat er ein gutes Herz.

Der Onkel von Antoine in Makao ist plötzlich gestorben, obwohl er ganz gesund war. Einige Zeit bevor er starb, hatte er, wie jeder bestätigen kann, einen Streit mit dem alten Zauberer von Berandzoko. Der Onkel war in Berandzoko, um sich eine Ziege zu kaufen. Er bezahlte für die Ziege, eine junge, schöne Ziege. Der Onkel liebte seine Ziegen. In Makao hat er viele Ziegen gezüchtet. In der Nacht verschwand die neugekaufte Ziege aus der Einfriedung seines Freundes, und der Onkel bekam heraus, daß eine Frau des alten Zauberers diese Ziege gestohlen hat. Also fing er einen Streit mit dem Zauberer an, und der Zauberer verfluchte ihn. Der Onkel ging nach Makao zurück, und wenig später, bei bester Gesundheit, ist er gestorben.

Also ließ der Häuptling von Makao Antoine zu seiner Hütte kommen und sagte zu ihm: ›Du mußt den Tod deines Onkels rächen, oder wir werden alle in Schande fallen. Die Männer von Berandzoko werden denken, daß die Männer von Makao Feiglinge sind. Sie werden denken, daß sie in unseren Wald gehen und unsere Elefanten jagen können. Sie werden unsere Hühner und unsere Ziegen stehlen. Sie werden denken, sie können unsere Frauen heiraten, ohne uns etwas Nennenswertes zu bezahlen.‹«

»Manou, sprich *leise!*«, sagte Nzé, der, die Pfeife in der Hand, zu Boden starrte.

»Also nahmen Antoine und Michel ihre Messer und Macheten und zwei besondere Stangen, dicke, lange, sehr harte Stangen. Sie gingen nach Berandzoko, und sie gingen schnell. Als sie ankamen, war es noch hell. Sie versteckten sich im Wald. Und in der Nacht schlichen sie sich ins Dorf. Sie holten den alten Zauberer aus seiner Hütte. Sie zerrten ihn aus der Hütte und warfen ihn zu Boden. Sie wußten, daß es nur eine Methode gibt, einen Zauberer zu töten. Michel hielt ihn fest. Antoine brach ihm die Füße und dann die Knöchel mit der langen Stange. Der Zauberer schrie. Sie mußten schnell machen. Antoine zerschlug ihm die Beine, die Genitalien, die Hüfte, den Bauch, die Brust, den Hals. Sie trieben den Geist des Zauberers durch den ganzen Körper, bis er im Kopf Zuflucht suchte. Dann brachen sie ihm den Schädel. Sie schlugen ihn zu Brei. Sie trieben den Geist des Zauberers aus seinem Körper heraus. Der Geist mußte in den Wald gehen. Er hat keine Bleibe mehr. Jetzt sind alle vor ihm sicher.«

»Mein Gott!« sagte Lary und legte den Kopf in die Hände. »Mein Gott!«

»Manou, du hast es falsch erzählt«, sagte Nzé beinahe flüsternd und starrte unverwandt zu Boden. »Du mußt viele Leute fragen, wenn du ein Geheimnis erfahren willst. Nicht nur das eine oder andere Mädchen. Der Feigling ist nämlich *Antoine*. Antoines Onkel hat *richtig* in Berandzoko gelebt. Sein Onkel hatte Frauen in Berandzoko und eine Ziegenherde. Er ist nie auf Elefantenjagd gegangen. Er hat schwer gearbeitet. Er hatte eine Pflanzung. Er war reich. Die Männer von Berandzoko wurden neidisch. Als dann ein alter Mann im Dorf krank wurde und starb, gaben sie Antoines Onkel die Schuld. Sie sagten, der wäre ein Zauberer aus Makao. In der Nacht zerrten sie ihn aus der Hütte und brachten ihn um, wie du es erzählt hast – so wie man einen Zauberer umbringt. Das ist korrekt. Antoine in Makao hat davon erfahren. Aber statt in der Nacht nach Berandzoko zu gehen und auch nur einen Mann zu töten, um seinen Onkel zu rächen, ist er den ganzen Weg bis nach Impfondo gereist und hat den Mord beim Gericht angezeigt. Beim Gericht! Wozu soll das gut sein? Wer hat das Geld, bis hierher zu reisen? Es ist viel zu weit! Die Polizei kommt niemals her. Die Armee auch nicht. Die Regierung schickt alle zwei Jahre einen

Lehrer, damit er den Leuten den Kommunismus beibringt. Das ist alles, was man hier zu sehen kriegt – einen Lehrer.«

»Okay«, sagte Lary. »Wo ist also das Problem?«

»Jetzt sagen die Männer von Berandzoko, daß Antoine ein Feigling ist. Er hätte nicht das Recht, sie beim Gericht anzuzeigen. Sie haben keine Erfahrungen damit. Sie wissen nicht, wann das Gericht angreifen wird. Also sagen sie, wenn Antoine nach Berandzoko kommt, werden sie ihn töten. Aber ich selbst denke ...«

»Nzé!« brüllte Antoine mit seiner tiefen und gewaltig dröhnenden Stimme aus dem Dunkeln, aus dem Unterschlupf rechts hinter uns. Nzé zuckte zusammen und ließ die Pfeife fallen. »Nzé, Manou! Wer hat euch Babys diese Geschichten erzählt? Noch ein Wort, und ich drehe euch beiden den Hals um. Ihr seid Babys. Kleine Kinder wie ihr sollten bei der Mama bleiben. Aber ich sage euch: der Häuptling von Makao, *der weiß, was er weiß.*«

»Jetzt wird es brenzlig«, sagte Lary. »Zeit zum Schlafen.«

23

Marcellin weckte uns um vier Uhr morgens. Manou machte heißen, schwarzen, süßen Kaffee, wir aßen geräucherte Duckerlenden dazu, brachen dann das Lager ab und machten uns beim ersten Tageslicht auf den Weg. Muko übernahm die Führung, wir liefen wieder in der gleichen Reihenfolge wie am Tag zuvor (»... eine wohltuende Routine«, sagte Lary), und allmählich wurde unser Vorsprung vor den anderen immer größer.

Der Untergrund wurde feuchter, die Schlammlöcher und schlüpfrigen Rinnsale nahmen zu, die Löcher im Laubdach wurden häufiger, Lianen und Schmarotzer wuchsen üppiger. An manchen Stellen schlängelten sich die Lianen dick wie ausgewachsene Pythons von Baum zu Baum; in tiefhängenden Spiralen baumelten sie von den Ästen. Von dort, wo sie wurzelten, wanden sich ihre Stämme am Boden entlang und reckten sich dann einige Meter hoch bis zum ersten Halt an einem Baum, als hätten sie sich aufgerichtet und irgendwo festgeklammert. Es gab Hängeklimmer (mit rechtwinkligen Seitenzweigen und rückwärts gebogenen Widerhaken), Windepflanzen (deren Ranken sich in die Höhe schraubten wie Klematis) und Wurzelkletterer, die sich wie Efeu an ihre Wirte klammerten, die flachen Wurzeln fest an die Stämme gepreßt – oder vielleicht waren das auch die Wurzeln der Würgfeigen, die von einer Staude hoch oben im Baum herunterreichten, Wurzeln, die immer dicker und stärker wurden und schließlich ein Netz bildeten, das den Wirt einschnürte, seinen Wurzeln die Nahrung raubte und oben im Baum die Krone überschattete.

Mit derartigen Betrachtungen und der Suche nach ausgewachsenen Würgern, die auch die höchsten Baumriesen mit ihrem Geflecht umschnürten, wollte ich mich ablenken, während wir Meile um Meile durch den Wald liefen, auf Beinen, die, schon gefühllos geworden, wie automatisch ihren Dienst versahen.

Vorn blieb Muko stehen; Marcellin, halb geduckt, signalisierte mit der Hand, daß auch wir uns ducken sollten. Lary und ich krochen auf allen vieren weiter, und dann (als das Pochen in den Ohren nachließ) hörte ich ein Gekreisch wie von Elstern, gemischt mit dem Grunzen von Schweinen.

Ein großer, zottiger, schwarzhaariger Affe spazierte gemächlich auf einem Ast in fünfzehn Meter Höhe entlang, behutsam umrundete er ein Farnbüschel. Der lange Schwanz ragte in die Höhe, und die Spitze bog sich über seinen Rücken nach vorn. Über ihm hielten kleinere Affen ihre Mahlzeit ab (vielleicht zehn an der Zahl, nach dem Rascheln im Laub zu urteilen), und im Fernglas entdeckte ich das Leittier der Gruppe, das auf uns herabsah. Er hatte seinen schwarzen Oberkörper nach vorn gebeugt und warf heftig nickend sein grauschwarzes Gesicht hin und her; der weiße Nasenfleck tanzte zwischen den Blättern wie ein Schmetterling.

Ich kroch weiter vorwärts, um besser zu sehen, griff mit der linken Hand in eine stachlige Lianenranke und stieß einen Fluch aus. Die Affen erhoben eine Geschnatter und Gegrunze, dann verstummten sie und verschwanden.

»Der kleine Affe«, sagte Marcellin, »der *hocheur* auf französisch, der Kopfschüttler also, das war die Dunkle Weißnase. Habt ihr sie gesehen? Und auch die große, die Grauwangenmangabe?«

»Na klar«, sagte Lary mit seinem merkwürdigen, trockenen Doppelhusten. »Schimpfwörter können sie nicht ausstehen.«

»Machen wir eine Pause«, sagte Marcellin, setzte sich und lehnte sich gegen eine Stützwurzel. Muko kam zurück, ließ den Rucksack neben Marcellin zu Boden gleiten und setzte sich darauf. Marcellin nahm eine neue Packung Zigaretten aus der Brusttasche seines Hemdes, sagte etwas auf Kaka und reichte sie Muko.

Muko grinste, schob die Schachtel in den Rucksack, holte einen Zigarettenstummel aus der Tasche seiner Shorts und beugte sich vor, um ein Blatt von einer Pflanze abzupflücken, das er um den Stummel wickelte und mit seinem neuen Feuerzeug anzündete. Dann sog er mit geschlossenen Augen den Rauch ein.

»Dieser Baum hier ist ein *mukoko* oder *banga*«, sagte Marcellin und schaute an der rosafarbenen Rinde hoch. »Das beste Holz für Einbäume – weich genug zum Aushöhlen und trotzdem fest. Wenn es mit Feuer gehärtet wird, hält es viele Jahre lang.«

Muko blieb seiner 40 000 Jahre alten Abneigung gegen Flüsse, Boote und Fischfang treu und schaute gelangweilt drein.

»Marcellin«, sagte Lary und streckte sich auf einem Teppich aus Pflanzen aus, deren Blätter grün und weiß gestreift waren. »Warum bezeichnest du dich nie als Kaka? In Brazzaville haben wir Leute getroffen, die sich als Batéké oder Vili oder wie auch immer bezeichnet haben, und sie waren stolz darauf. Was ist mit den Kaka los? Gibt es irgendein Problem mit ihnen?«

»Nein, das nicht«, sagte Marcellin und stützte sich auf den Ellbogen. »Aber ich mag den Namen nicht. Kaka auf französisch ist ein schlechtes Wort. Es klingt wie *caca* – ein Stück Scheiße.«

»Verstehe«, sagte Lary.

»Und so fühle ich mich auch manchmal: wie ein Stück Scheiße.«

»Das geht uns doch allen so«, sagte Lary, nahm seinen Hut ab und zog die Krempe durch die Finger. »Mehr oder weniger häufig pro Tag. Meine Antwort lautet Whisky, einen oder zwei Schluck, mehr nicht.«

»Manchmal hab ich sogar Lust, aus dem Kongo wegzugehen, Lary. Ich würde gern ein weißer Mann sein, ein Engländer in Simbabwe. Das wäre ideal. Prächtige Farmen, die ganze Familie beisammen, große Häuser. So mag ich es.«

Ein Einsiedlerkuckuck rief in der Nähe, und dann begann plötzlich ein Krächzen, als ob ein ganzer Konvent von Raben durcheinanderschrie; es wurde immer schneller, immer hysterischer und verstummte wieder; vielleicht ein Grünschopf-Touraco ...

»Einmal hatte ich einen perfekten Job, direkt in Frankreich. Ich hab für Le Vicomte Paul de la Panouse gearbeitet. Ich hab ihm bei der Einrichtung eines Zoologischen Gartens geholfen. Er ging mit mir ins Maxim!«

»Nach ihm ist eine Fledermaus benannt«, sagte ich. »Irgendeine nordafrikanische Fledermaus, die am Rand der Wüste lebt.«

»Das stimmt! Er ist berühmt! Ich mag ihn – ein richtiger Aristokrat mit zwei linken Händen.«

»Und was ist passiert?« fragte Lary. »Was ging schief?«

»Er hat jemand anderen eingestellt, einen, der nicht einmal auf der Universität war.«

»Aber warum? Warum hat er das getan?«

»Weil ich schwarz bin!« brüllte Marcellin und sprang auf.

Am Nachmittag, fünf oder sechs Affenhorden später (bei denen Muko nicht stehenblieb), kamen wir an eine Reihe von Teichen, die zu einem schwach fließenden Gewässer gehörten. Im Halbdunkel des Waldes sahen sie schwärzlich aus, die Wasserfläche wurde von Schlittschuhläufern gefurcht und von Teichkäfern gekräuselt.

»Der Ipendza-Fluß!« sagte Marcellin. »Wir können baden gehen!« (Lary blickte mißtrauisch drein.) »Wir können uns waschen!«

Muko ging jagen, Marcellin, Lary und ich bedeckten uns kurz mit der schleimigen Nässe des tiefsten der Teiche, dann trafen die anderen alle miteinander ein.

»Ich bin krank«, sagte Nzé.

»Wir haben einen Schimpansen gesehen«, sagte Michel. »Er war unhöflich. Er hat sich hinter einem Baum versteckt.«

»Antoine hat einen Hyänenhund gesehen«, sagte Manou. »Einen schwarzen.«

Vergrault von den Schmetterlingen, bauten wir die Zelte und Schutzdächer in 30 Meter Entfernung von den Teichen auf einem flachen Erdhügel auf. Hellrote Schmetterlinge von der Größe der Kaiserfalter ließen sich auf unseren Stiefeln nieder (und auf dem dreieckigen Schweißfleck auf Larys Hemdrücken). Gelbe Schmetterlinge mit weißen Flecken, Schmetterlinge wie Kohlweißlinge, kleine und große schwarzweiß gemusterte Schmetterlinge (mit orangefarbenen Rundtupfen auf den Hinterflügeln) und große Schmetterlinge mit gerundeten braunen Flügeln, die gelb gefleckt, getüpfelt, gestreift und gekringelt waren – fliegende Herbstblätter mit Sonnenflecken –, sammelten sich an allen schlammigen Stellen.

»Das ist eine Schmetterlingstränke«, sagte Lary, »eine Flatterkneipe. Ich glaube, alle Waldtiere kommen her und trinken aus diesen Schlammteichen. Und dann kommen sie rauf auf diese kleine Anhöhe, weil sie sich hier sicher fühlen und wieder ihre Füße sehen können. Dann pinkeln sie hierhin und produzieren Schmetterlingswhisky. Wir kampieren in der städtischen Latrine.«

Muko, ein verlegenes Lächeln in seinem breiten, kräftigen Gesicht, kam mit leeren Händen von der Jagd zurück; Manou und Nzé verteilten griesgrämig den letzten Rest des geräucherten Duckerfleisches. Michel, Antoine und die fünf Pygmäen zündeten sich ihr eigenes Lagerfeuer fünfzehn Meter von uns entfernt an. Muko zuckte bedauernd die Schultern und setzte sich, das Gewehr noch immer umgehängt, neben Marcellin.

»Muko hat einen Sohn«, sagte Marcellin und blickte mich so bedeutungsvoll an, daß ich mich fragte, worauf er hinauswollte. »Du denkst vielleicht, weil die Babinga kein Eigentum haben, weil sie Jäger und Sammler sind, wie ihr das nennt, haben sie nichts an ihre Söhne zu vererben – aber da irrst du dich! Da hast du keine Ahnung! Da machst du einen großen Fehler!«

»Ja«, sagte ich verdutzt.

»Muko hier glaubt, er hat eine besondere Kraft« (Muko, der Kaka und Ngodi, die Sprache des Nordens, verstand, blickte höflich drein), »ein persönliches Geheimnis, etwas, was immer für ihn da ist und ihm Glück bei der Jagd bringt.« (»Außer heute abend«, sagte Nzé und lachte.) »Diese Kraft kann in einem Gegenstand verborgen sein, der ganz einfach und äußerlich unbedeutend ist, so lächerlich für euch Westler wie ein Gummiball – aus demselben Gummi gemacht, das wir euch als Rohmaterial für den amerikanischen Kaugummi verkaufen. Oder sie ist in der Klinge einer Axt versteckt. Muko wird mir nicht verraten, wo sich seine Kraft verbirgt, und jetzt verstehe ich es. Nicht so, wie du und ich es auf der Universität gelernt haben, sondern richtig, jede Minute an jedem Tag. Was passiert da also? Wie kann er seine Kraft an den Sohn weitergeben? Er muß sie ihm übertragen, die ganze Kraft, wenn er stirbt, und nicht vorher. Denn wenn er seine Kraft schon vorher an den Sohn weitergibt, während er selbst noch lebendig und gesund ist, wird er sterben! Der Sohn wird, ohne es zu wollen, den Vater töten mit der Kraft der Geister. Und jetzt kommen die Bedingungen der Übertragung, sie sind nicht einfach, und alles hängt von der Klarheit der Gefühle ab. Der Vater muß den Sohn mehr lieben als alles andere im Wald, so hat es Muko gesagt, und der Sohn muß ein kluger Sohn sein, voller Respekt für seinen Vater, er muß den Vater lieben, zu ihm aufschauen, ihm seine Zeit widmen, wie ihr sagen würdet, oder ihm Fleisch von der Jagdbeute bringen, so jedenfalls hat Muko das erklärt. Wenn du der Vater bist und siehst, daß dein Sohn wohlgeraten und kräftig ist, großzügig und freundlich, daß er voller Scherze und voller Lebendigkeit ist – eben alles besitzt, was ein Babinga schätzt –, dann bringst du ihm nach und nach bei, wie diese Kraft wirkt. Du bringst ihm bei, welche Pflanzen er braucht, um die Kraft freizusetzen. Du zeigst ihm die Pflanzen, die die Kraft für ihr eigenes Gedeihen braucht. Es ist nicht gut, jemandem ein Geschenk zu machen – und sei es ein Gewehr –, wenn er nicht weiß, wie man damit umgeht.«

»Und was macht der Vater, wenn es soweit ist?« fragte Lary sanft. »Wenn er weiß, daß er sterben wird?«

»Er ruft seinen Sohn zu sich. Der Sohn betritt die Hütte. Der Sohn hält den Vater am rechten Arm, und er hält ihn fest in der Hand. Mit dem letzten Atemzug des Vaters geht alle seine Kraft auf den Sohn über.«

Lary wandte sein Gesicht ab, rappelte sich hoch und verschwand im Zelt.

»Es ist also ein Fetisch«, sagte ich. »Eine Art Fetisch.«

»Jetzt nicht!« sagte Marcellin und stand ebenfalls auf. »Ich möchte mit dir reden. Ich bin wütend. Aber jetzt ist nicht die Zeit.« Er griff nach seinem Blechnapf und ging zum Teich, um ihn auszuspülen.

»Diese hellroten Schmetterlinge«, sagte ich nachts im Zelt, die Kopflampe auf Tafel 18 im ›Handbuch der Schmetterlinge Afrikas‹ von John G. Williams gerichtet, »sind unverwechselbar. Es gibt nichts, was ihnen auch nur entfernt ähnlich sieht. Die Blutroten Cymothoen. In den Wäldern Westafrikas und des Kongo.«

»KRVs«, sagte Lary. »Kleine rote Viecher.«

»Und die Kohlweißlinge sind Kongoweißlinge. Wie heißen die großen Schwarzweißen mit den Orangeflecken? Hier sind sie ja ... schau selbst ... mach weiter ...«

»Na ja, wenn du darauf bestehst«, sagte Lary hustend und setzte sich auf. »Ich will kein Spielverderber sein.« Er suchte unter der Tafel nach dem Namen und rief plötzlich begeistert: »Hör mal zu!

›In den Wäldern Westafrikas und des Kongo. Fliegt ganzjährig. *Cymothoe Beckeri, Schaffer.*‹«

Gegen Mittag des nächsten Tages blieb Muko stehen und untersuchte ein Stück aufgewühlter Erde. Angespannt, wachsam wie ein Ducker, ging er ein paar Schritte, bückte sich und schnüffelte an einem Bäumchen. »Was ist los?« (oder etwas in der Art) flüsterte Marcellin auf Kaka. Muko machte große, runde Augen und sprach hastig mit gedämpfter Stimme. Marcellin übersetzte: »Ein Leopard, ein großes Männchen. Heute morgen war er hier.« Marcellin nahm ein paar verstreute Blätter neben dem aufgewühlten Schlamm in Augenschein, als würden sie auch ihm etwas verraten. (Lary zwinkerte mir zu.) »Muko kann ihn noch riechen. Er sagt, dieser Leopard war nicht hinter dem Buschschwein her, er hat eine Antilope verfolgt. Er sagt, manche Leoparden wollen nur Buschschweine, manche nur Antilopen, aber alle sind sie wild auf Hunde.«

Wir schlichen so leise, wie wir konnten, hinter dem geräuschlosen Muko her, doch die Zweige krachten unter unseren Stiefeln wie Knallfrösche. 50 Meter weiter fing meine Nase einen penetrant muffig-süßlichen Geruch ein, der an Blut erinnerte, und dann sahen wir Spuren, die sogar Lary und ich erkannten: Elefantenspuren, so groß, daß man hineinfallen konnte.

»Der Leopard und der Elefant haben miteinander gekämpft«, flüsterte Marcellin mit einem Blick auf den zerwühlten Boden.

Muko pfiff leise hinter einem Baum: Das Hinterteil eines Blauduckers lag dort im Laub, von Bienen bedeckt. Die Rippen waren freigelegt, der linke Hinterlauf war abgerissen, der rechte war noch unversehrt.

»Eigentlich sollten wir das Fleisch essen«, sagte Marcellin. »Aber Muko glaubt, es ist gefährlich. Er sagt, wenn du sterben willst, wenn du willst, daß eines Tages ein Leopard vom Baum springt und dir die Kehle zerfetzt, dann sollst du Leopardenbeute mitnehmen.«

»Ich wäre ganz froh«, sagte Lary mit einem Blick in die Äste über uns, »ich hätte nichts dagegen, ganz allgemein gesprochen, wenn wir dieses Ding hier liegen ließen.«

»Der Leopard ist in der Nähe«, flüsterte Marcellin. »Auch die Elefanten.«

Wir folgten Mukos flinken, barfüßigen Schritten auf dem unsichtbaren Pfad durch den Urwald, der mir nun gar nicht mehr vorkam wie ein englischer Wald im Hochsommer: Die Lianen, die Farne, die vertrauten Pflanzen und Sträucher wirkten plötzlich ausgesprochen unheimlich. Ein paar Meter von uns entfernt schien der Wald belebt von huschenden dunklen Gestalten ...

»Die Elefanten haben hier übernachtet«, zischelte Marcellin, als er auf einer Lichtung stand. Mit dem Kopf wies er auf das grob kreisförmig zertrampelte Unterholz. Wir inspizierten mehrere Elefantenkothaufen (noch waren die Mistkäfer nicht dabei, sie zu zerlegen, zu Kugeln zu formen und wegzurollen), und wir betrachteten einen großen Baum mit senkrecht verlaufenden Rillen in der Borke, die bis in 1,80 Meter Höhe mit getrocknetem Schlamm verklebt waren. Ein *guma*-Baum, sagte Marcellin, ein Rubbelbaum für die Elefanten. Eine unsichtbare Horde von Dunklen Weißnasen und Grauwangenmangaben begann über uns ihr Elstergekreisch und Schweinegrunzen, ihr Truthahnkollern und Taubengurren. Um seine Spannung loszuwerden, schlug Marcellin mit der Machete gegen den Stamm. »Rauskommen!« schrie er zum Scherz. »Die weißen Männer wollen euch sehen!«

Es kehrte Stille ein, gefolgt vom Geraschel fliehender Affen hoch oben, und plötzlich begann das Dickicht links neben uns zu wogen, und zwischen Astsplittern und fliegenden Blättern sahen wir etwas Graues, das mit großem, langsam sich entfernendem Krachen das Weite suchte, dann war es wieder still.

»Wir haben es geschafft!« sagte Lary. »Wir haben einen garantiert echten Quadratzentimeter Elefantenarsch zu sehen gekriegt.«

»Uuuuuh!« sang Muko. »Uuuuuh!« Er stemmte das Gewehr über den Kopf und schrie Marcellin etwas zu.

In Mukos gewohntem Eiltempo marschierten wir weiter. »Es ist nicht seine Schuld«, sagte Marcellin über die Schulter. »Wahrscheinlich ist er von den Sudanesen bezahlt worden. Aber Muko sagt, daß er in seinem ganzen Leben erst vier Elefanten und drei Gorillas erlegt hat. Jedenfalls nicht genug, meint er.«

Muko blieb stehen, um uns Pflanzen zu zeigen, die etwa 1,50 Meter hoch waren, den wilden Ingwer, *Afromamum*, dessen scharfe rote Früchte, ein Leckerbissen für Gorillas, am Fuß des Stamms hervorlugten. Er untersuchte *Bamou*-Früchte, die von Schimpansen abgepellt, ausgesogen und weggeworfen worden waren; er wies auf kleine, dunkelbraune Termitennester aus getrocknetem Schlamm, die noch intakt an Ästen und Baumstämmen klebten oder abgerissen und auf dem Boden zerschmettert waren, weil sich die Schimpansen an den Larven gütlich getan hatten. Und schließlich kam er an sein Ziel, eins seiner alten Jagdlager, das dazu gedient hatte, Elefanten zu erlegen, das Fleisch zu verzehren und zu räuchern.

Auf der geräumigen Lichtung hatten ein wackliges Räuchergestell überlebt, ein Schutzdach für die Junggesellen und vier winzige halbkuglige Hütten, deren Abdeckungen aus Riesenphryniumblättern braun vertrocknet, morsch, aber noch intakt waren. Rund um den Platz waren zwölf Stangen in den Boden gerammt (damit das Fleisch aufgehängt und in Streifen geschnitten werden konnte, wie mir Marcellin erklärte).

Die Stämme der großen Bäume am Rand der Lichtung standen entblößt, die schnell nachwachsenden Pflanzen waren erst kniehoch, und während ich auf einer verwitterten Pygmäenbank ausruhte, staunte ich, daß sich an dem hellbraunen, glatten Baum rechts neben mir nur eine einzige Liana hochrankte, in so langgestreckten Spiralen, daß sie mit drei Umdrehungen bis in den Gipfel gelangte, während der graue Baum mit der rauhen Rinde zu meiner Linken von mindestens drei Sorten von Kletterpflanzen bewachsen war. Auch der Bewuchs mit Parasiten war unterschiedlich: der rechte Baum war fast nur von Moosen und Flechten besiedelt, doch in den höheren Ästen des anderen Baums sprossen und wucherten überall die Farne, Orchideen und andere, mir unbekannte Pflanzen, von denen ich nur wußte, daß sie ihre eigenen Nischen und Mikroklimate hatten, ihre besonderen Beziehungen zu bestimmten Arten von Ameisen, Wespen, Blasenfüßen und Milben, ihre verborgene Fehde oder Allianz mit dem Wirtsbaum und den anderen Pflanzen der Umgebung. Vielleicht leben die Botaniker deshalb so lange, dachte ich, weil sie ihre Ängste damit zerstreuen, daß sie sich in den verwickelten Details ihres Gegenstands verlieren – so wie Astronomen ewig leben, weil kein Kummer an die Größe des Universums heranreicht ... Eine Eule, gut sichtbar, kam aus einem Loch in halber Höhe des Baums mit der rauhen Rinde gekrochen; dunkelbraun mit weißen Querstreifen, mittelgroß – ein Afrika-Waldkauz. Er flog taumelnd auf den nächsten Ast, raufte sich das Gefieder und blinzelte bedeppert, als wäre er aus dem Schlaf gerissen worden, drehte den Kopf um 30 Grad, beäugte mich, ließ sich vom Ast fallen und flatterte ungelenk ins Waldesdunkel.

Kurz vor der Dämmerung erschien Muko zwischen den Bäumen, das Gewehr in der Hand, mit einem Lächeln, das seine Zahnlücken zeigte, und um die Schultern gelegt trug er eine Antilope, deren lange schwarze Beine ihm über die Brust hingen, die Fesseln in Höhe seines Bauches mit Lianen zusammengebunden. Er warf die Beute am Feuer ab, setzte sich auf eine Packtasche, legte das Gewehr neben seine Füße, zog eine zerknautschte Zigarettenschachtel aus der Gesäßtasche seiner Shorts und zündete sich eine Zigarette an.

Bei der Antilope handelte es sich offenkundig um einen Ducker: Die Hinterläufe waren länger als die vorderen, der Rücken bogenförmig gewölbt – wie geschaffen für eine schnelle Flucht durch das Unterholz, aber dieses Tier war größer als ein Blauducker; es hatte einen braunen Schopf zwischen den konischen Hörnern, eine schwarze Decke und einen langen Keil aus orangefarbenem Borstenhaar, der sich von der Mitte des Rückens bis nach hinten zog.

Marcellin kramte seine Pfeife heraus und setzte sich neben Muko. »Bemba!« schrie er mir nach, als ich zum Zelt ging, um den Haltenorth und Diller zu holen. »Es ist ein Bemba!«

Im Inneren des stickigen kleines Zelts breitete Lary die Plane aus. Er knotete sich ein Kissen aus seinem Hemd zusammen und legte sich die Stiftlampe, die Kopflampe und den ›Martin Chuzzlewit‹ in sinnreicher Anordnung zurecht. »Redso«, sagte er, während ich in meinem Rucksack wühlte, »darf ich dir vielleicht mit allem gebotenen Respekt einen Vorschlag machen? Es liegt mir fern, mich in dein Unterbewußtsein einzumischen und dich zum Herumbrüllen zu veranlassen, wie es hier offensichtlich gang und gäbe ist, aber wie wäre es, wenn du ein einziges Mal, nur für heute, deinen ganzen Krempel beiseite räumen würdest? Wie wäre es, wenn du, nachdem du gefunden hast, wonach immer du suchen magst, einfach weitermachen würdest und deine gottverdammten, madenzerfressenen schwarzen Socken, die du hier im Zelt umhergeworfen hast, einfach einsammeln und dorthin stecken würdest, so sie hingehören, nämlich in deinen hochgradig verkeimten und gesundheitsschädlichen Rucksack? Alles klar? Nicht eingeschnappt?«

»Verstanden«, sagte ich, hielt den Haltenorth und Diller mit der einen Hand in die Höhe und sammelte mit der anderen die Socken ein.

»Und wo hebst du diesen räudigen Beutel auf, deinen Fetisch? Hast du das Ding hier irgendwo ausgelegt?«

»Ich hab ihn in der Tasche. Dort ist er immer.«

»Mein Gott!« sagte Lary und kratzte an einer Ansammlung von Mückenstichen auf seiner rechten Wange. »Bei dir ist also wirklich eine Schraube locker.«

Von draußen kam ein halbautomatisches MG-Geknatter und ein durchdringendes Schädelknacken – direkt neben dem Zelt.

»Wilddiebe!« schrie Lary und machte einen Hechtsprung durch die Zeltklappe.

Dann kam das Geräusch zerreißenden Segeltuchs, splitternden Holzes, eines umkippenden Baums – ein dumpfes Krachen und danach Stille.

»Ein Baum!« schrie Lary.

»Uuuuh!« sang Muko.

Der Baum mit der rauhen Rinde lag in einem wüsten Gewirr von zerbrochenen Ästen und abgerissenen Lianen rechts hinter dem Zelt, ein großer Ast, der sich gelöst hatte, war drei Meter von der Zeltleine entfernt gelandet.

»Beinahe hätte er uns erschlagen!« schrie Lary. »Drei Meter!«

»Er wollte uns erschlagen«, sagte ich. »Aber er hat es nicht geschafft. Wir sind geschützt worden. Geschützt von der Macht des Fetischs!«

»Nun fang nicht damit an«, sagte Lary genervt und zupfte sich, schon beruhigt, am Schnurrbart.

»Dort!« schrie Marcellin, sprang auf die Füße und zeigte auf den glatten Baum. »Bamakou!«

Auf halber Höhe hatte sich dort ein Eichhörnchen mit olivgelbem Rücken und losen, silbergrauen Flanken in die Rinde gekrallt. Es bebte vor Angst, und sein kleines Herz pochte.

»Diese Eule vorhin wußte Bescheid«, sagte Lary und verrenkte den Hals, um das Eichhörnchen zu sehen. »Ich dachte, sie wäre nicht ganz dicht, ihre innere Uhr wäre aus dem Takt geraten. Aber da seht ihr mal: Eulen sind schlauer als Eichhörnchen.«

Ich schlug die Tafel 27 im Haltenorth und Diller auf: »Das Beecroft-Flughörnchen!« Doch als ich wieder hochblickte, war das echte und leibhaftige Flughörnchen verschwunden.

»Es ist geflogen!« sagte Lary. »Es hat die Beine ausgestreckt und seine Flughäute ausgebreitet. Es hat einen unwahrscheinlichen Gleitflug hingelegt!« (Er zeigte irgendwo ins Gebüsch.) »Bis dorthin!«

»So eine Scheiße!«

»Redso«, sagte Lary und legte mir die Hand auf den Arm. »Hat dir das deine Mutter nie gesagt? Man kann nicht *alles* aus den Büchern lernen. Empirie, Wissenschaft, sorgfältige Beobachtung. Darauf kommt es an. Du mußt besser hinsehen!«

Zum Abendbrot aßen wir gekochten Ducker (*Cephalophus sylvicultor*, den Gelbrücken- oder Riesenducker, aber ich verriet es Lary nicht), dazu Maniokpampe und vier in Palmöl gebratene Payo-Chips für jeden.

»Lary«, sagte Marcellin, der neben Muko auf einer Packtasche saß. »Du bist ein Wissenschaftler. Ich bin ein Wissenschaftler. Wir haben eine westliche Bildung. Aber Afrika kehrt nach Afrika zurück. Meine Leute werden von Tag zu Tag afrikanischer.«

»Ist das wahr?« fragte Lary und schob einen angebrannten, öligen Payo-Chip diskret unter den Maniokmatsch in seinem Blechnapf.

»Die Ausländer verlassen Brazzaville. Die Kubaner, die Chinesen, die Russen: alle gehen. Bald werden auch die Franzosen verschwinden.«

»Und warum das?« fragte Lary, noch immer mit seinem Napf beschäftigt.

»Weil wir es so wollen, Doktor Shaffer, deshalb!« sagte Marcellin und hieb mit dem Messer auf den Rand seines Eßnapfs. »Warum sollen wir uns ausbeuten lassen? Jetzt ist es an der Zeit, daß wir euch ausbeuten!«

Lary schaute auf.

»Ja, mein Freund, unsere Zeit ist gekommen! Afrika wird wieder Afrika. Wir nehmen das Beste vom europäischen Geist und lassen alles andere liegen. Du wirst staunen!«

»Warum soll ich staunen?«

»Muko zum Beispiel, er hat seine eigene Wissenschaft. Die Wissenschaft der Menschen, die den Wald kennen, die Wissenschaft der Menschen, die im Wald *leben*. Er hat seine eigene Ordnung, seine eigene Art, das Leben zu ordnen. Er braucht nicht eure künstlichen Systeme, die Klassifizierungen, die ihr den Dingen aufdrückt!«

»Und welches System hat er?«

»Nimm zum Beispiel das Bamakou, das Flughörnchen. In Mukos Welt ist das Flughörnchen halb Vogel, halb Säuger. Es ist ein Bindeglied zwischen den Vögeln und den Ratten. Es verbindet die Luft mit der Erde. Und wenn deine Frau schwanger wird, darfst du kein Flughörnchen essen, bevor das Kind laufen kann, bevor du weißt, daß dein Kind sicher ist, daß es ein Erdwesen ist, daß es nicht stirbt, wegfliegt, zum Geist wird.«

»Marcellin«, sagte Lary, stand auf und warf den Inhalt seines Blechnapfes ins Gebüsch. »Ich glaube, ich brauche meinen Schlaf.«

Im Zelt liegend lauschten wir den Schreien einer Eule, einer Serie von lauten, unregelmäßigen Schreien, die aus dem Gehölz ganz in der Nähe kamen. »Sie ruft nach ihren toten Küken«, sagte Lary und legte den ›Martin Chuzzlewit‹ beiseite.

»Vielleicht hat sie in dieser Baumhöhle nur geschlafen. Und außerdem, woher weißt du, daß es ein Weibchen ist?«

»Sag mir, Redso, woher hast du das gewußt mit dem Viscount

Banause oder wie er hieß – der Mann, bei dem Marcellin gearbeitet hat? Nach dem die Fledermaus benannt war?«

»Ich weiß es nicht. Wahrscheinlich stimmt es gar nicht. Nur so eine Halberinnerung aus dem Buch ›Ostafrikanische Säugetiere‹ von Jonathan Kingdon. Das ist ein richtiger Chronist, der Balzac der afrikanischen Säugetiere. Es ist das einzige Handbuch, das man einfach so durchlesen kann – der Roman der Evolution. Er ist ein weißer Afrikaner, ich hab ihn getroffen. Er ist ungefähr 1,90 Meter groß, hat einen langen Bart und eine dazu passende Stimme. Er wirkt noch wuchtiger als Michel!«

»Kann er schießen?«

»Wieso?«

»Kann er ein ordentliches Maschinengewehr bedienen?«

»Keine Ahnung.«

»Schreib ihm. Schick den Brief gleich morgen«, sagte Lary. Er nahm die Kopflampe ab, legte sich hin und zog die Plane bis an die Nase hoch, als läge er im Bett und würde sich mit einem richtigen Bettuch zudecken. »Weil ich so eine unangenehme Vorahnung habe, Redso – wenn ich weg bin und du ganz allein, wenn du ganz allein am Lac Télé bist, wirst du jemanden brauchen wie diesen Jonathan Kingdon, einen, der dir den Rücken freihält.«

Es war gerade vier Uhr morgens, als Nzé den Kopf ins Zelt streckte. »Sch-sch!« sagte er. »Doktor Lary, laß mich rein!«

Lary hustete seinen seltsamen, trockenen, eiligen Husten, knipste die Taschenlampe an und machte die Zeltklappe weiter auf.

»Ich sterbe«, sagte Nzé, der auf allen vieren kroch und Lary mit seinem rechten Auge anstarrte, während das linke irgendwo am Zeltdach umherirrte. »Meine Pisse, sie ist voller Eiter.«

»Der Preis der Sünde«, sagte Lary und ließ sich die Worte auf der Zunge zergehen. »Die Lustseuche von Makao.«

Ich öffnete die Kartentasche meines Rucksacks und suchte die medizinischen Tips heraus. Dann las ich Dr. Petersons ersten Eintrag vor: »Amoxil: ein Penizillin-Derivat, das sich für alle Arten bakterieller Infektionen eignet, besonders aber für Atem- und Harnwegsinfektionen und auch für venerische Infektionen. Als Dosis sind zumeist drei Kapseln täglich anzusetzen, aber bei

Gonorrhöe-Verdacht kann es von Nutzen sein, zwölf Kapseln auf einmal einzunehmen.«

Lary kramte die Packung aus dem Medizinvorrat und zählte Nzé zwölf lange, gelbe Kapseln in die Hand.

Nzé sagte kleinlaut: »Das sind zu viele.«

»Zu viele Mädchen«, entgegnete Lary energisch, schob Nzé aus dem Zelt und schraubte meine Wasserflasche auf. »Eine Woche lang keinen Sex!«

»Eine Woche lang?« rief Nzé. In seinem Blick malte sich Entsetzen.

Die Baumwipfel hoben sich allmählich vom Himmel ab, als wir ein langgezogenes Vogelgeschrei in absteigender Folge hörten, das mit einem nachgeschobenen, fast gehauchten *huu* endete. Das war die traurigste Stimme des Waldes, die Klage des Rotschnabel-Tokos, die in der kühlen Morgenluft ganz klar bis zu uns herüberklang, ein Ausdruck stillen Leids, der plötzlich von einem Chor abgehackten Gebells übertönt wurde, von Ausbrüchen obszönen Gelächters und einem ausgesprochen dreckigen Kichern: Eine Zoten reißende Horde Grauwangenmangaben behauptete ihr Territorium und steckte das Revier ab. Eine Stunde später, als wir schon auf dem Marsch waren, brüllte etwas mit fünffacher Lautstärke, mit einem dumpfen, von tief innen kommenden Röhren.

Marcellin warf sich herum. »Ein Gorilla!« schrie er und zeigte mir das Weiße in seinen Augen.

»Uuuuuh«, sang Muko.

»Bonzo!« sagte Lary.

»Sein Nest! Sein Lager!« sagte Marcellin und ging am Fuß eines großen Baums in die Knie. »Ein altes Männchen! Ein einsames altes Männchen!« Er legte die Hand in einen Kreis aus flachgedrückten Blättern und Zweigen.

»Woran merkst du das?« fragte ich und hockte mich neben ihn. »Am Geruch?« (Es roch streng.)

Marcellin stand auf. »Natürlich nicht! Ich bin doch kein Pygmäe!«

»Ich finde, die Pygmäen sind tolle Burschen«, sagte Lary und nahm einen Schluck aus der Wasserflasche.

Marcellin trat ein paar Schritte zurück und lugte in den Baum hinauf. »Das alte Männchen baut sein Nest am Boden. Seine Familie, die Frauen, die Kinder, bauen sich Schlafplätze in den Bäumen. Hier gibt es keine, also hat er keine Familie. Er ist alt, sehr alt. Er ist zu alt für Sex!«

»Gorillanester«, sagte Lary, der uns den Rücken kehrte und pinkelte, »darüber habe ich gelesen. Sie sind eine Kulturleistung, ein Stück erlernten Verhaltens, das über Generationen weitergegeben wird, eine kulturelle Erbschaft also. Die östlichen Flachlandgorillas haben keine Manieren. Sie urinieren und koten in ihre Nester. Die westlichen Flachlandgorillas jedoch sind gute Amerikaner. Sie machen nie ins Bett. Sie haben *Kultur*. Ihrer Ansicht nach sind die östlichen Flachlandgorillas *Tiere*.«

Gegen Mittag – wir liefen alle erschöpft in einer langen Reihe, Nzé und die anderen dicht hinter uns – sang mir plötzlich ein Baum ins Ohr: »Uuuuh!«

»Hört auf damit!« schrie Marcellin und krümmte sich vor Wut. »Hört auf damit!« krächzte er noch einmal, dann ging er weiter.

Im Dunstschleier vor meinen Augen verwandelte sich der Baumstamm in einen Pygmäen. Er stand unnatürlich starr und hielt seinen Speer senkrecht vors Gesicht. Diese Legenden, dachte ich, die Geschichten über Gnomen und Zwerge des Waldes, die sich unsichtbar machen können – die 4 000 Jahre alten ägyptischen Legenden, sie sind also wahr.

»Ich frage mich, warum die das nicht lassen können«, sagte Marcellin halb zu sich selbst und halb zu mir. »So was macht mich verrückt. Sie können dich umbringen, und du merkst es nicht einmal! Sie stehen so still, daß man sie nicht sieht, und dann erkennen sie einen ihrer Leute unter den Trägern und machen dieses Geräusch, dieses absolut dumme Geräusch – direkt in dein Ohr!«

Muko schlug einen schmalen, ausgetretenen Pfad ein und führte uns ein wenig bergab zu einem Pygmäenlager, einer halbverlassenen Ansammlung von zehn verwahrlosten Hütten und zwei Laubdächern, unter dessen einem vier nackte Kinder und drei junge Frauen in rotgefärbten Baströcken um einen Kochtopf saßen.

»Das sind schon die Vororte von Berandzoko«, verkündete Marcellin, zog den Hut und verbeugte sich tief vor den Frauen, als er an ihnen vorüberging.

Wir folgten Muko zurück in den Wald, einen anderen Abhang hinab, bis zu einem Flüßchen. Muko stieg hinein, das Wasser ging ihm bis zur Hüfte, und wir wateten ihm der Reihe nach hinterher, bis zu den Schenkeln im Wasser, das mit uns strömte und sich als feuchter Durchgang durch das dichte Ufergestrüpp eines größeren Flusses erwies. So kamen wir an den Ibenga.

Geblendet vom grellen Licht des Tages, das sich in der Oberfläche des braun und träge dahinfließenden Wassers spiegelte, blinzelten wir wie die Waldkäuze.

24

Marcellin nahm Muko das Gewehr ab und schoß in die Luft. »Für den Fährmann von Berandzoko!« sagte er. »Ein Signal.« Er öffnete den Verschluß, nahm die noch rauchende Patronenhülse aus rotem Kunststoff mit der glänzenden Messingkappe heraus und steckte sie in die Tasche. »Für den Sohn des Fährmanns von Berandzoko!« Er hielt den Lauf in die Höhe, blickte hindurch und blies eine Pulverwolke heraus. Dann ließ er den Lauf einrasten und schulterte das Gewehr wie zur Parade. »Der Fährmann, er hat so ziemlich den einzigen Einbaum, den es hier gibt. Ich sagte dir ja, Redmond, daß Berandzoko ›Dorf der Elefantenkämpfer‹ heißt. Diese Leute sind keine Fischer. Dein Plan hat einen Fehler. Vielleicht bleiben wir hier hängen – für immer. Du und Lary – ihr könnt in der Pflanzung arbeiten!«

Larys dickes blaues Baumwollhemd klebte ihm an Brust und Rücken, sein Bart war schweißdurchtränkt. Er zog die Unterlippe ein, als wäre ihm das Gebiß ein Stück in den Hals gerutscht, und sagte: »Von mir aus gern.«

»Redmond, du mußt die Träger bezahlen«, sagte Marcellin gut gelaunt und schob das Gewehr in eine Lianenschlinge. Antoine, Michel und die fünf Pygmäen setzten ihre Lasten auf einem trockenen Fleck ab. »15 000 Francs für jeden!«

Ich suchte die entsprechende wasserdichte Dokumententasche in meinem Rucksack und verteilte die kleinen Geldbündel, die ich mit Lary in Makao vorbereitet hatte. Antoine und Michel steckten die Scheine ein; Muko, mit seitlich geneigtem Kopf, tat so, als würde er sie zählen, doch die fünf anderen Pygmäen starrten nur höflich auf die knittrigen blauen Zettelchen in ihren Händen, dann blickten sie zu mir herüber, und schließlich schauten sie sich gegenseitig an, als hätte ich ihnen aus unerklärlichen Gründen eine Handvoll Blätter aus dem Wald geschenkt.

»Packt das weg!« brüllte Marcellin. »Versteckt es. Das ist *Geld*!«

Hinter einer kleinen Insel flußabwärts kam ein Boot zum Vorschein. Der junge Bootsführer, nackt bis auf ein paar zerschlissene Shorts, arbeitete angestrengt und hielt quer zur Strömung auf uns zu. Ja, sagte er hustend, zuerst würde er Doktor Marcellin und die beiden weißen Männer übersetzen, als nächstes die zwei Männer aus Makao (die er scheel anblickte), dann die anderen beiden, die jungen, und am Ende alle Pygmäen miteinander.

»Du schuldest ihm ein Huhn und zwei Patronen«, sagte Marcellin, als wir ans Ufer wateten, vorbei an dem üblichen, als Waschvorrichtung dienenden, halbausgehöhlten Baumstamm und einem offenen Reisigkorb voller geschälter Maniokknollen, die dort zum Wässern standen.

»Hier gibt es keine Boote«, sagte Lary mit leiser Stimme. »Kein einziges.«

Oben auf der Uferböschung, an der steilen Rutsche aus orangerotem Schlamm, erwartete uns ein alter Mann, dem ein schwarzweiß kariertes Hemd lose von den dürren Schultern hing. Seine skelettartigen Beine waren in schwarze Röhrenhosen gekleidet. »Willkommen!« schrie er. »Willkommen in meinem Dorf!«

»Redmond«, flüsterte Marcellin, daß es alle hören konnten, »ich hab vergessen, dich zu warnen. Dieser Mann ist ein alter Postbote. Er liebt die Franzosen!«

Lary fragte: »Gibt es hier etwa eine Post?«

»Bague! Xavier Bague!« schrie der alte Mann und wagte sich ein paar Schritte die Rinne hinab. »Ihr werdet bei mir wohnen!«

Lary sagte: »Der Brief! Du kannst den Brief aufgeben.«

»Xavier Bague!« sagte der alte Mann und schüttelte mir die Hand. Seine Finger krallten sich fest wie Zelthaken. »Sehr erfreut. Ich war Postbote in Brazzaville. Die Franzosen, sie haben mir ein Fahrrad gegeben! Ich habe keinen Tag gefehlt. 30 Jahre lang, keinen einzigen Tag!« Er schüttelte Larys Hand, und seine müden Augen leuchteten vor Freude. »Du bist Franzose? Du kommst aus Paris?«

»Ich bin Amerikaner.«

»Gut, gut«, sagte der alte Mann, dachte nach und vergrub die rechte Hand im weißgrauen Haar. »Wenn du also nach Paris zurückkommst, mußt du dem Präsidenten von Frankreich sagen: ›Gehen Sie zurück in den Kongo! Xavier Bague läßt ausrichten, Sie müssen zurück nach Afrika. Früher war alles besser, als die Franzosen noch da waren.‹ Da war noch Ordnung. Alles war in Ordnung. Nun ist nichts mehr in Ordnung. In Brazzaville gab es keine Arbeit mehr für mich. Ich mußte hierher zurückkehren, nach Berandzoko, in mein eigenes Dorf!«

»Verstehe«, sagte Lary und nahm den Hut ab.

Marcellin zwinkerte ihm zu. »Schon okay«, sagte er auf englisch. »Es gibt Komplikationen, ernsthafte Komplikationen. Aber wir wohnen in seiner Hütte.«

»Komplikationen«, wiederholte Lary für sich selbst. Ein großer blauer Schmetterling stieg aus dem roten Schlamm an seinem Stiefel hoch und flatterte davon in den Wald.

»Folgt mir!« sagte Xavier Bague. »Ihr werdet meinen Palmwein trinken! Ihr werdet meine Frauen begrüßen!«

So folgten wir ihm denn den breiten, heißen, roten Laterithang hinauf zur Hauptstraße von Berandzoko; seine zerrissenen Turnschuhe schlappten sanft über den harten Boden. Zu beiden Seiten, jeweils zehn Meter von uns entfernt, zogen sich zwei gewundene, mannstiefe und fünf Meter breite Schluchten den Hang hinab. 40 Meter dahinter, dicht am Wald, verliefen parallel dazu zwei Reihen von Hütten. Irgendein Adler, zu hoch, um noch bestimmbar zu sein, segelte über uns mit ausgebreiteten Flügeln im Aufwind. Soweit ist es nun gekommen, dachte ich, daß wir blindlings hinter einem Xavier Bague herstolpern, ohne zu wissen, zu welcher Mörderbande er gehört.

Lary schreckte aus seiner Versunkenheit auf und sagte: »Die Bodenerosion! Die Straße wird bald verschwinden.«

»Berandzoko ist alt«, erwiderte Marcellin. Er trat gegen einen Erdklumpen. »Das geht schon seit Jahren so.«

»Kanalisation! Regenrinnen! Mehr brauchen sie nicht. Sie müssen sich zusammentun. Die Männer müssen sich zusammenschließen, sich ein bißchen Zeit nehmen und endlich etwas *tun*!«

»Natürlich«, sagte Marcellin grinsend und schaute Lary mitleidig an, als hätte er es mit einem Fall von Hitzekoller zu tun. »Die Männer von Berandzoko, sie müssen ihre Streitigkeiten beilegen. Sie müssen zusammenarbeiten. *Action, take one*, wie die Amerikaner sagen.«

»Einfache Abflußrinnen aus Holz! Was ist daran komisch?«

»Nichts«, sagte Marcellin und paradierte mit dem Gewehr wie ein Tambourmajor. »Sie könnten sich einen Traktor kommen lassen.« Er prustete vor Lachen. »Sie könnten sich eine Planierraupe herpaddeln lassen.«

»Ja, meine Freunde«, sagte der alte Mann und drehte sich zu uns um. »Wir sind alle so glücklich. Ihr werdet bei mir wohnen!« Er führte uns durch eine flache, ausgetretene Stelle der rechts verlaufenden Schlucht, dann vorbei an einer großen, neugedeckten Hütte mit offenen Seitenwänden, dem Versammlungshaus, in dessen Schatten drei gescheckte Ziegen lagen und schliefen. Hinter dem Versammlungshaus stand ein mickriger Mangobaum. »Mein Baum!« sagte der Mann. Und hinter dem Baum stand eine Hütte aus rotem Lehm, die aussah wie alle anderen. »Meine Hütte«, sagte er strahlend, wobei zwei abgebrochene Zähne sichtbar wurden, »die beste in ganz Berandzoko!«

In der Frontmauer gab es keine Fenster, und die halboffene Tür war überraschend dick, wie zur Verteidigung gebaut. In einiger Entfernung vom Haus waren drei dicke Pfosten in den Boden gerammt.

»Zum Aufhängen von Elefantenfleisch«, sagte ich.

»Zum Wäscheaufhängen«, entgegnete Marcellin.

Xavier Bague sagte: »Hier entlang, Freunde! Ich habe Hühner. Viele Hühner. Ich habe viele Pygmäen!«

Im Hof stand einen Meter über dem Boden eine Miniaturausgabe der Hütte aus Lehm und Flechtwerk, umgeben von einem Lattenzaun und versehen mit einer Zugbrücke aus zusammengebundenen Stöcken.

»O fein!« rief Lary und machte damit seine erste lobende Bemerkung über die Dorfarchitektur des nördlichen Kongo. »Das ist ja ein wunderbares Hühnerhaus.«

Ein wenig davon entfernt, im Schatten der Büsche, saßen die Hühner selbst, jedes vergraben in einer Kuhle aus Staub.

»Das ist wegen der Leoparden«, erklärte Marcellin. »Die Hütte ist leopardensicher. Und wahrscheinlich versuchen in der Nacht auch Hunde, sich hineinzuschleichen. Es gibt hier viele Leoparden.«

Rechts neben dem Hühnerhaus kniete ein kleines Mädchen im weißen Kittel, eingehüllt in weißen Dampf, neben einem Kessel, der aus einer halbierten Öltonne bestand und in dem Wasser mit Maniokblättern für die Zubereitung von Sakasaka kochte.

»Meine Enkeltochter!« sagte Xavier Bague.

Die Enkeltochter blickte auf, wischte sich die glänzende Stirn mit dem Ärmel ab, bedachte uns mit einem abwesenden Lächeln und schob ein neues Stück Holz ins Feuer.

Der alte Mann schlurfte weiter, vorbei an einem Toilettenhäuschen zur Küche, einem qualmenden Schuppen aus Brettern und Pfosten, der ein wenig abseits vom Haupthaus stand. Davor, geschützt von meterhohen Staubblenden aus Flechtwerk, saßen zwei Pygmäen, eine alte Frau und ihre Tochter, mit geraden Rücken und angewinkelten Knien auf dünnen Baumstämmen, die Baströcke hinter sich zusammengerafft, und stampften Maniok in einem Trog, der aussah wie ein Kinderkanu. Eine beleibte Frau reiferen Alters, barfuß, in einem alten gelben Kleid und einem blauen Tuch, das über dem Kopf zusammengeknotet war, hielt eine weiße Emailleschüssel in der Hand und starrte uns entgeistert an.

»Meine zweite Frau«, sagte Xavier Bague, und sichtlich verließ ihn der Lebensmut.

Die zweite Madame Bague starrte unvermindert weiter, erst auf Lary, dann auf mich. Die Nachmittagssonne in ihren Augen verdüsterte sich zur Dämmerung, zum vorzeitigen Einbruch der Nacht, zur schwärzesten Dschungelfinsternis; ihre Mundwinkel machten eine energische Abwärtsbewegung, sie zog die Schultern hoch, preßte die Arme an die Hüften, die leere Schüssel kippte nach vorn, rutschte ihr aus den Händen und schepperte zu Boden.

Vielleicht, dachte ich, als wir vier uns wie Hunde, die einen Leoparden gewittert haben, zurückzogen – den Blick geradeaus, die Füße vorsichtig rückwärts tastend, zurück in die Sicherheit des Dampfschleiers der Enkeltochter –, vielleicht mag die zweite Madame Bague die Franzosen *nicht* so sehr wie ihr Mann. Und als wir an der alten Pygmäenfrau mit ihren flachen Brüsten vorbeikamen (die sich der Rundung des gewölbten Bauches anschmiegten), setzte ein wieherndes Gelächter ein, die erste Welle einer Erheiterung, die offenbar auf die Dauer von mehreren Wochen angelegt war. Mag sein, so dachte ich, daß die Gespenster der Franzosen, die in der kollektiven Phantasie der Hüttenbewohner herumgeistern, die jedes Gespräch belasten und jede Erinnerung befrachten, die arme Madame Bague schon vor langer Zeit schwerer gemacht haben, als sie es ohnehin ist, daß jene Franzosengespenster nun durch ihr leibhaftiges und völlig überraschendes Auftauchen diese ganz außergewöhnliche Erschütterung ausgelöst haben, dieses innerliche wie äußerliche Beben und Schütteln des ganzen Körpers, diesen einen langunterdrückten, zum Mond heulenden Schrei der Trostlosigkeit ...

Als wir uns hinter den Rauchvorhang geflüchtet hatten, sagte Lary: »Ich glaube, sie mag uns nicht.«

Wir machten zusammen kehrt und liefen zurück vor die Hütte. Draußen auf der Straße begann das Herz von Xavier Bague wieder zu schlagen. »Meine zweite Frau«, sagte er, »ist sehr stark. Eine starke Frau!« Er wurde noch munterer, als er auf der Straße Muko entdeckte. »Muko!« brüllte er. »Muko!« Dann zu uns: »Keine Angst, Freunde. Meine andere Frau, nur meine andere Frau wird für euch kochen. Verlaßt euch drauf!«

Lary nahm den Hut ab. »Vergiften wird sie uns«, sagte er.

»Ich selbst, ich habe nur eine Frau«, sagte Marcellin schwer atmend, aber irgendwie glaubhaft suggerierend, daß ihn Frauen im allgemeinen und Ehefrauen im besonderen noch nie in die Flucht geschlagen hatten. »Xavier Bague, du mußt deine Frau bändigen!«

Der alte Mann überhörte klugerweise diesen absurden Ratschlag und winkte Muko heran. »Mein Pygmäe«, sagte er. »Das ist mein Pygmäe.«

»Xavier Bague, das ist nicht möglich«, sagte Marcellin mit gerecktem Kinn. Auch er fand zu seiner Kraft zurück. »Das ist nicht dein Pygmäe. Das ist Muko, ein Mann wie du und ich. In diesem Land ist es verboten, andere Menschen als Eigentum zu behandeln.«

Xavier Bague zuckte die Schultern. »Mein Pygmäe!« sagte er und klatschte in die Hände.

Muko kam ungelenk auf uns zugerannt und blieb, unsicher lächelnd, vor dem alten Mann stehen. Er hatte seine Dorfkleidung angezogen; das lange braune T-Shirt ging ihm fast bis zu den

Knien, die blauen Turnschuhe waren mindestens drei Nummern zu groß und hatten keine Schnürsenkel. Seinen Lohn hielt er in der rechten Hand.

»Sein Vater gehörte meinem Vater«, sagte der alte Mann, nahm das Geld und steckte es in die Tasche. »Sein Großvater gehörte meinem Großvater.«

Muko trottete mutlos davon und verschwand hinter der Hütte.

»Palmwein!« rief der alte Mann und führte uns hinein. Drinnen im Dunkel winkte er uns an einen Tisch mit vier Holzstühlen und verschwand durch einen doppelten Vorhang im hinteren Raum.

»Der Fußboden ist uneben«, sagte Lary, als wir uns auf die wackelnden Stühle setzten.

»Marcellin Agnagna!« hörten wir Antoine von draußen rufen. »Ich muß mit dir sprechen! Hier draußen!« Marcellin ging wieder hinaus in die Sonne.

Lary ließ seinen Hut zu Boden fallen, stützte den Kopf auf die Ellbogen und sagte: »Ich möchte zum Grand Union.«

»Zu dem Kanal? O ja, das wäre wunderbar. Teichhühner, Wasserhühner, eventuell Reiherenten. Wir könnten nachts hingehen, mit einer großen Lampe. Es gibt dort jede Menge Wassermolche in den stillen Schilfgürteln, vielleicht sogar den einen oder anderen Kammolch, wenn wir Glück haben.«

»Nein, du Trottel«, sagte Lary müde. »Ich rede von meinem Supermarkt, bei Insidern GU genannt. Ich würde jetzt reingehen, mir ein Baguette kaufen, es der Länge nach aufschneiden, es mit Scheiben von Putenfilet belegen, ein bißchen Dijon-Senf drüber, darauf würde ich ein paar Salatblätter legen, Tomatenscheiben und Cheddar-Käse der Marke Grand Union.«

Marcellin und Antoine sprachen noch immer direkt vor der Tür miteinander, hastig, mit unterdrückten Stimmen.

»Knackig und kühl«, sagte Lary. Er beugte sich hinab und hob seinen Hut auf. »Doch unerreichbar.« Er legte den Hut vor sich auf den Tisch. »Absolut, vollkommen unerreichbar.«

»Palmwein!« schrie Xavier Bague und schob sich geschäftig mit einem Tablett durch die Vorhänge, auf dem zwei Emaillekrüge und vier Emailletassen standen. »Alkohol aus Mais!«

»Bis in alle Ewigkeit unerreichbar«, sagte Lary und starrte auf seinen Hut.

Marcellin kam wieder herein und setzte sich. Er sagte: »Das Gepäck ist da. Es ist an die Wand gestapelt.«

Xavier Bague goß einen Schluck klaren, etwas gelblichen Maisschnaps in jede der weißen Tassen. Lary achtete nicht auf ihn, sondern sagte auf englisch zu Marcellin: »Das war ja unglaublich. Muko und sein Geld. Muko ist ein toller Bursche, ein gottverdammter Held, wenn du mich fragst.«

»Muko? Er ist kein Held«, erwiderte Marcellin. Er umfaßte die Tasse mit beiden Händen und schnupperte das Aroma. »Wie ich schon zu Bague sagte« (der Alte setzte sich auf seinen Platz am Kopf des Tisches), »Muko ist ein Mann wie jeder andere, ein Mann wie du und ich. In der Nacht ist er hinter den Frauen der anderen Pygmäen her. Er sagt zu ihnen: ›Ich weiß, was Geld ist, und ich habe für Doktor Marcellin und einen weißen Mann gearbeitet. Ich bin ein Bantu, und ihr, ihr seid nichts als Pygmäen!‹«

»Muko, Muko, Muko«, sagte der Alte und kippte die Tasse hinunter. Er sandte mir und Lary einen schuldbewußten Blick, bevor er sie mit Palmwein nachfüllte. Dann wandte er sich nach rechts, zu Marcellin, und wechselte, sichtlich erleichtert, in die Kaka-Sprache über.

»Da haben wir's«, sagte Lary und griff nach dem Krug mit Maisschnaps. »Kaka, Gift und Komplikationen.«

Als sich meine Augen ans Dunkel gewöhnt hatten, musterte ich die gegenüberliegende Wand. Den Ehrenplatz in Kopfhöhe nahm eine Reklameseite aus einem französischen Medizinerblatt ein: Ein Plastikschädel starrte mit einem Augapfel und einer leeren Augenhöhle zu mir herüber. Der Augapfel war, wie der Beitext erläuterte, herausnehmbar, und den Schädel konnte man, wenn man wollte, in zwei Teile zerlegen. Unter dem Schädel hing eine Reihe von Familienfotos, die offenbar vor vielen Jahren in einem Fotoatelier von Brazzaville entstanden waren: steife Porträts vor einem weißen Hintergrund. Schwarze Kreuze, mit Kugelschreiber auf die Hemdbrüste der Männer und auf beide Oberarme der Frauen und der Kinder gemalt, zeigten an, daß die meisten Familienmitglieder bereits tot waren.

»Lary! Redmond! Xavier hat mir eben gesagt, daß seine Hauptfrau, seine erste Frau, uns heute abend Antilope kochen wird! Aber jetzt müssen wir den Dorfältesten besuchen. Er ist wirklich uralt. Pierre Welia. Jetzt ist gerade Sprechzeit. Sein Enkel zündet ihm die Pfeife an! Wir müssen uns beeilen!«

»Äh – nein, danke!« sagte Lary und stand umständlich auf. »Bitte kein Kaka mehr, wenn's dir nichts ausmacht. Ich – ich baue schon mal die Zelte auf. Ich geh raus.«

»Na gut«, sagte Marcellin und wandte sich zur Tür. »Redmond, du kommst mit. Ich stecke mein Tagebuch ein, mein blaues Notizbuch. Und du mußt Tabak mitbringen. Und 500 CFA für ein Huhn.«

An der Hüttenwand, in der grellen Hitze, kramte ich eine Büchse Balkan-Sobranie aus dem Medizinrucksack, dann folgte ich Marcellin den Weg hinab, der links von der linken Schlucht verlief. Lary, der glücklich war, weil er zu tun hatte, rief uns nach: »Marcellin, weißt du was? Deine Zeltösen sind unter aller Sau – absolut minderwertig!«

Die Ziegen und Hühner von Berandzoko hatten sich zu ihrem spätnachmittäglichen Bummel erhoben und trotteten in trägen Grüppchen zwischen den Hütten umher.

Ein kleiner Junge, vielleicht sieben Jahre alt, kam aus einem Eingang vor uns geschlüpft, rannte auf Marcellin zu und blieb vor ihm stehen. »Doktor Marcellin«, sagte er, dann versagte ihm die Stimme. Er blickte nieder auf seine nackten Füße, zog die staubige rote Turnhose hoch und kratzte sich mit seiner kleinen Hand am Nacken.

»Was gibt's?« fragte Marcellin und hockte sich vor ihm hin.

»Mein Vater, er hat mir versprochen ...«

»Natürlich!« sagte Marcellin und kramte in seiner Hosentasche. »Die Patronenhülse!«

Der kleine Junge beugte sich vor und musterte aus fünfzehn Zentimeter Abstand das rote Röhrchen in Marcellins ausgestreckter Hand, die glänzende Messingkappe, die geheimnisvollen Schriftzeichen, die Öffnung mit dem ausgeweiteten Zackenrand.

»Nimm sie nur«, sagte Marcellin sanft. »Sie gehört dir.«

Der Junge griff mit beiden Händen zu und preßte das Geschenk an die Brust. Ängstlich blickte er Marcellin ins Gesicht, als wäre nur zu klar, daß jemand, der verrückt genug war, sich von einem solchen Schatz zu trennen, ihn jederzeit zurückfordern konnte. Dann brach er, überwältigt von seinem Erlebnis, in Tränen aus und rannte fluchtartig zurück zu seiner Mutter in die Hütte.

»Er ist kurzsichtig«, sagte Marcellin und bahnte sich geduldig einen Weg durch eine Schar von Ziegen, die mit hängenden Köpfen und wedelnden Schwanzstummeln in ihre Beschäftigung vertieft waren, ohne sich stören zu lassen. »Auf so einfache Dinge kommt ihr wohl nicht, oder? Hier gibt es keine Brillen. Was für euch selbstverständlich ist, wird er nie bekommen. Er wird sein ganzes Leben im Nebel verbringen. Er kann nicht auf die Jagd gehen und nicht einmal ordentlich auf dem Feld arbeiten. Für ihn gibt es keine Arbeit, keinen Bürojob und keine Uhren zu reparieren. Keine Frau wird ihn haben wollen.«

»Was passiert also?«

»Er könnte Zauberer werden oder Sänger oder Geschichtenerzähler oder alles zusammen. Aber das ist schwierig. Es genügt nicht, das Zweite Gesicht zu haben. Man muß richtiges Talent besitzen.«

Die Hütten in Flußnähe waren größer als die anderen, und die Dächer erstreckten sich bis über fußhohe, pfostengestützte Veranden. Auf einer dieser Veranden, rechts neben der Eingangstür, saß ein beleibter Mann mittleren Alters in grünem T-Shirt. Die Hände auf die Knie gelegt, saß er reglos auf seiner Bank und starrte auf einen kleinen Grabhügel aus rotem Lehm. Der ebenfalls aus Lehm geformte Grabstein wurde von einem Kruzifix überragt, das in die Richtung des Flusses und des Mannes wies.

»Marcellin?«

»Ja, das ist eine traurige Geschichte«, sagte er, als wir außer Hörweite waren. »Der Mann ist ein Christ. Ein Missionar ist gekommen und hat ihn bekehrt. Keiner wollte mit ihm zu tun haben. Er bekam die Sakramente, und dann starb seine Tochter, zehn Jahre alt. Seitdem sitzt er dort, Tag für Tag um dieselbe Zeit, und wartet auf eine Antwort Gottes, warum seine Tochter sterben mußte, warum sie ihm genommen wurde. Natürlich bekommt er keine Antwort, und wenn er ewig dort sitzen bleibt. Für ihn wäre es wirklich das beste, wenn er ein Zauberer wäre oder zumindest an Zauberei glauben würde, an Hexerei, Magie, Animismus – oder wie die komischen Namen lauten, die ihr weißen Männer dafür erfindet. Dann könnte er wenigstens wütend werden. Dann könnte er etwas machen. Seine Freunde würden ihn verstehen und mit ihm reden. Die Leute würden wissen, wie ihm zu helfen wäre. Aber so sitzt er einfach nur da und grübelt und grübelt ...«

Von links kam ein schrilles, quakendes Kreischen aus dem Wald, es raschelte heftig in den Blättern. Ein Graupapagei flog aus Leibeskräften flatternd dicht über unsere Köpfe hinweg und schleppte einen afrikanischen Hühnerhabicht mit sich, eine schlanke, weiß-rotbraune Gestalt, die sich seelenruhig in seinem Schwanz- und Bauchgefieder verkrallt hatte und wie bei einem Paarungsflug ihr Opfer dicht an sich preßte.

»Das ist ein Vorzeichen«, sagte Marcellin mit einem Lächeln, das ihm im Gesicht gefror. »Und es ist deine Schuld. Wir müssen miteinander reden. Ich bin böse auf dich. Ich dachte, es würde sich legen, aber ich bin dir immer noch böse ...«

Marcellin betrat die Veranda der letzten Hütte zur Rechten, bevor es zum Fluß hinabging, es war die größte Hütte des Dorfes. Der Dorfälteste, Pierre Welia, thronte in einem Ledersessel; er trug einen grünen, flauschigen Hut, ein grünes Hemd, schwarze lange Hosen und Gummisandalen. Er nickte Marcellin zu und winkte uns mit seiner dürren Hand näher, als hätte er schon lange auf uns gewartet. Wir ließen uns auf den zwei verbliebenen Holzklötzen nieder, die auf dem Lehmboden der Veranda herumlagen, hinter zwei Frauen, acht Kindern und einem Hund (der aussah wie ein Border-Collie – schwarz mit weißer Brust und weißen Pfoten). Vor dem Sessel stand ein dreibeiniger Schemel, der Pierre Welias hohen Rang markierte, und auf dem Schemel lagen eine 30 Zentimeter lange Tabakrolle, die mit einem Faden verschnürt war, und eine Pfeife – eine kunstvolle Pfeife, eine Pfeife von Statur – mit einem Mundstück aus Bambus, einem langen Hals aus Ton und einem feingeriffelten Tonkopf.

Pierre Welia räusperte sich und spuckte links neben sich in das schwelende Feuer. Sein Enkel, etwa so alt wie der Sohn des Fährmanns, aber viel sicherer in den Bewegungen und selbstbewußter in der Befolgung seines Rituals, brach ein Stück von der Tabakrolle ab, bröselte den Tabak in den Pfeifenkopf, drückte ihn mit dem Daumen fest, zog einen Stock aus dem Feuer und zündete die Pfeife an, indem er tief inhalierte, hustete, sich krümmte und spuckte, dann den Stock fallen ließ und die Pfeife röchelnd dem Großvater übergab.

Pierre Welia lehnte sich behaglich zurück und paffte langsam mit geschlossenen Augen. Marcellin legte sein blaues Notizbuch auf die Knie, zückte den Kugelschreiber und wartete. Eine Pygmäenfrau ging auf dem Weg zum Fluß vorüber, vornübergebeugt, den Kopf gegen das Stirnband gepreßt, mit dem sie den Weidenkorb voller weiß geschälter Maniokknollen auf dem Rücken balancierte.

»Wir Kaka kommen aus dem Herzen Afrikas«, begann Pierre Welia mit weinerlich monotoner Stimme, ohne die Augen zu öffnen, »aus dem Dorf Ngombilo. Gejagt von den Moslems, zogen wir ins Land der Banda. Gejagt von den Banda, zogen wir an den Rand ihres Landes. Unser Häuptling, der Häuptling der Kaka, Berandzoko, der uns im Land der Banda vereint hatte, suchte den Häuptling der Banda auf. Dieser Häuptling sagte zu Berandzoko: ›Du sollst meinen Namen tragen, und nimm dies als ein Zeichen der Freundschaft.‹ Berandzoko verschloß sich diesem Ansinnen, und er zog in den Krieg gegen ein Nachbarvolk, die Ngodi, und hieb deren Häuptling in Stücke. Dann machte er sich auf nach Süden und erbaute sein erstes Dorf, Libassi, am Ufer des Ibenga, nördlich von hier, in der Nähe der Quelle.«

Pierre Welia öffnete die Augen und richtete sich auf. »Die weißen Männer waren gekommen!« schrie er und wies mit seiner Pfeife auf mich. Alle Kinder fuhren herum und starrten mich mit ihren schreckgeweiteten braunen Augen an. »Sie waren schon da! Sie waren schon an diesem Fluß, weiter unten, in Mimpoutou!« (Die junge Mutter, die mit einem blauen, im Nacken geknoteten Kopftuch vor mir saß, schenkte mir ein besänftigendes Lächeln, als wollte sie sagen: ›Keine Sorge, das ist nur die Geschichtsstunde!‹) »Nun, diese weißen Männer waren *schlau*. Sie sahen Bananenschalen im Fluß, die mit der Strömung an ihnen vorbeitrieben, und sie sagten: ›Aha! Flußaufwärts gibt es also Menschen! Menschen, die gern Bananen essen!‹ So sagten die weißen Männer zueinander.

›Fahren wir den Fluß hinauf, dann finden wir diese Menschen.‹ Und auf diese Weise haben sie Libassi entdeckt.«

Der alte Mann legte die Pfeife auf dem Schemel ab; mit der rechten Hand zog er verstohlen an einer Uhrkette, die am Gürtel befestigt war und in der Hosentasche verschwand. Ein Schlüsselring kam zum Vorschein, ein Stück Bindfaden und schließlich, für einen kurzen Augenblick, ein kleines, längliches, braunes Stück Fell.

»Die weißen Männer! Sie baten Häuptling Berandzoko, sein Volk weiter flußabwärts zu führen, wo es leicht erreichbar war, aber er weigerte sich, diesen Weißen zu folgen. Er weigerte sich, weil – wie soll ich sagen? Die Farbe ihrer Haut, sie erweckte kein Vertrauen!« Die Kinder, voller Mitgefühl für Häuptling Berandzoko, starrten mich erneut an. »Diese weißen Männer, dieselben, die die Kaka von Libassi entdeckt hatten – ihre Namen waren ›Bianzo‹ und ›Kotolongo‹ –, boten uns europäische Kleider an. Sie baten uns, die althergebrachte Tracht abzulegen, keine Kleider aus Baumrinde mehr zu tragen. Nun, dieser Vorschlag klang vernünftig, und nach langer Beratung nahmen ihn die Kaka an. Die Kleidung, die von den Weißen empfohlen wurde, hieß Ndimba, und sie war aus den Fasern der Raffiapalme gemacht.

Dann sandte Häuptling Berandzoko zwei Unterhändler aus, die flußabwärts fuhren bis nach Bas, ins Dorf, wo die weißen Männer lebten. Und danach folgten ihnen alle anderen den Fluß hinab, und das Dorf Berandzoko wurde gegründet. Kontakte entstanden zu den Leuten von Bas (Mimpoutou) und zu den Bozanga, ein Handel mit Fleisch aus dem Wald und mit Maniok und Bananen aus den Pflanzungen. Ein weißer Mann mit Namen Mamoquet kam mit einem anderen weißen Mann, der hieß Mayonga Giton, und sie eröffneten den ersten Handelsposten in Berandzoko. So wurden wir der Kolonialverwaltung bekannt, und sie fingen damit an, unser aller Namen zu registrieren. Sie versuchten uns zu bestimmten Tätigkeiten zu bewegen, etwa zum Sammeln von Gummi, und das brachte uns ein wenig Geld ein, mit dem wir die Waren der weißen Männer im Handelsposten kaufen konnten.

Die weißen Männer verteilten die Arbeit unter den Leuten. Die Stämme, die sie anstellten, waren die Banda, die Ngodi, die

Mbakolo und die Kaka. Die weißen Männer ließen die Kaka eine große Piroge bauen, und die Kaka bekamen die Aufgabe, von Berandzoko nach Dongou zu rudern – das ist ein weiter Weg, meine Kinder! Und er fiel uns sehr schwer, denn die Kaka sind auf dem Fluß nicht zu Hause. Aber auf diese Weise haben wir unser Geld verdient, und so konnten wir uns Waren im Handelsposten kaufen. Wir nahmen das Gummi, das die weißen Männer aufgekauft hatten, und wir fuhren mit ihm und mit unseren Frauen die ganze Strecke flußabwärts in der großen Piroge bis nach Dongou, weit, weit entfernt.« Der alte Mann machte eine Pause. »Und wer kann mir sagen, was dann passierte?« fuhr er fort und richtete den Blick auf den kleinen Jungen mit dem Hund in der ersten Reihe. »Was mußten sie dann machen?«

»Sie sind zurückgefahren!« sagte der kleine Junge auf Kaka (das Marcellin, der neben mir saß, flüsternd übersetzte). »Sie sind zurückgefahren, weil sie ihre Hunde dagelassen hatten!« Er schlang seinem Hund die Arme um den Hals. Der Hund, der mit dem Hinterteil zappelte, während er am anderen Ende halb erwürgt wurde, schüttelte die Umklammerung ab, leckte dem Jungen wie zur Entschuldigung die Knie und legte sich wieder hin, quer über seine Füße.

»Jawohl! Den ganzen Weg mußten sie zurückpaddeln, jedesmal, und immer gegen die Strömung. Und trotzdem empfanden die anderen Stämme – die Banda, die Mbakolo und die Ngodi, deren Aufgabe es war, die weißen Männer auf den Schultern oder auf Sänften zu tragen, diese Arbeitsteilung als ungerecht, und sie beschlossen, etwas gegen die Kaka zu unternehmen. Also gingen sie auf die Suche nach dem Fetisch, den man Congoala nennt – um gegen die weißen Männer zu kämpfen. Der Häuptling der Kaka, Manzindzaki, verweigerte aber dem Plan Komandas, des Häuptlings der Banda, seine Zustimmung. Daher drohte Komanda mit Krieg gegen die Kaka und gegen die Weißen gleichermaßen. Ein Teil der Kaka schloß sich darauf den Banda unter Komanda an, und der Fetisch wurde vorbereitet.

Genau zu dieser Stunde!« schrie Pierre Welia und wies mit der linken Hand auf den Abhang, in die Richtung der Hütte mit dem Grab (die rechte Hand, die voller Gichtknoten war, ruhte auf seinem rechten Knie und umschloß das längliche Stückchen Fell). »Am Handelsposten dort drüben, als gerade Gummi aufgekauft wurde, an einem Tag wie diesem!« Die Kinder saßen starr und voller Erwartung: Sie kannten die Geschichte genau. »Da griffen die Banda an!«

»Iiiijaaah!« jubelten die Kinder. »Huuusch!«

»Huuuu!« machte Marcellin und grinste mich an.

»Die weißen Männer griffen nach den Gewehren! Rums! Ein Banda tot! Rums! Zwei Banda tot!«

Der Hund richtete sich auf, jaulte und legte sich wieder hin.

»Die Banda hatten geglaubt, sie wären in Sicherheit, weil sie Congoala, ihren Fetisch, hatten; sie waren überzeugt, daß die Kugeln ihnen nichts anhaben konnten. Nach dieser Niederlage traten sie den Rückzug an. Die Banda, die Mbakolo und die Ngodi zogen sich für immer in den Norden zurück. Die Kaka lebten in Frieden in ihrem Land. Und sie waren nicht mehr die Freunde der Banda.«

»Und Samalé?« fragte ich. »Hat Samalé geholfen?«

Der Alte blickte mich an und sagte mit scharfer Stimme: »Samalé ist ein heiliges Tier!« Mit der linken Hand schob er sich den grünen Hut aus der Stirn. »Samalé stammt aus dem Land der Banda. Dieser Fetisch wurde verwendet für die Sicherheit und den Schutz der Menschen. Eine Frau entdeckte die Macht von Samalé. Sie gab diese Macht an ihren Gatten weiter. Der fertigte einen symbolischen Samalé für andere Männer und für den Schutz aller an, aber nicht für böse Zwecke. Als eure Christen kamen, eure Katholiken und Evangelisten, wurden sie freundlich empfangen, und alle fingen zu beten an, weil sie begriffen, daß Gott der Ursprung aller anderen Geister war. Die Kaka waren die ersten, die in den Wäldern des Motaba und des Ibenga siedelten. Und später kamen die Pygmäen aus dem Norden, aus den Gebieten der Bakando und der Bakota. Sie folgten den Wanderungen der Bantu. Berandzoko heißt in der Sprache der Kaka ›Elefantenarbeit‹: das Töten der Elefanten, das Schlachten und das Räuchern von Elefantenfleisch. Und das ist eine schwere Arbeit.«

»Und heute?«

»Wie das Leben heute ist? Heute denken die alten Männer, daß ihre Kinder und Enkelkinder sie ersetzen werden und weiter das

Dorf beschützen, denn hier, und nur hier, leben noch die Geister der Ahnen. All die Kinder, die zum Lernen oder zum Arbeiten in die Stadt gehen – wenn sie alt sind, kommen sie zurück ins Dorf, um hier ihre letzten Tage zu verbringen. Dann schließen sich ihre Geister den Geistern ihrer Ahnen an. Dann halten sie wieder Zwiesprache mit ihren Vätern und Großvätern – in den Hütten, im Versammlungshaus, in der Pflanzung, am Waldrand.«

Der alte Mann schob die Uhrkette mit dem Schlüsselring und dem Pelzding, das er in der Hand hielt, zurück in die Tasche; er beugte sich vor, strich seinem Enkel sanft über den Kopf und stand auf. Er schloß die Augen, streckte beide Arme aus wie ein Pfarrer und sagte: »Das Dorf Berandzoko wird ewig bestehen! Wir werden das Land der Ahnen nicht verlassen!«

Marcellin ließ ein glückliches Lachen hören und gab mir einen Rippenstoß. »Abflußrinnen«, sagte er in Larys Akzent, »Abwasserrohre!« Der alte Mann setzte sich wieder in seinen abgewetzten Ledersessel und lehnte sich müde zurück.

Die Schule war vorbei, die Kinder sprangen auf, bildeten zwei schnatternde Gruppen, die Mädchen links, die Jungen rechts, und liefen zum Dorf hinauf, die Mädchen gesittet, die Jungen wild. Der kleine Junge aus der ersten Reihe rannte jetzt, so schnell er konnte, den drei größeren Jungen nach, und der Hund, der sich seinem Tempo anpaßte, tollte mit erhobenem Schwanz hinter ihm her.

Die zwei Frauen, die lachten und fast genauso schnell schnatterten wie die Kinder, sammelten die Holzscheite ein und stapelten sie an der Wand auf. Die Geschichte und das Wissen, dachte ich, befreit die Menschen von ihren eigenen Grenzen und macht sie glücklich. »Na komm«, sagte Marcellin, »guck keine Löcher in die Luft. Jetzt wird nicht geträumt. Leg den Tabak und die 500 CFA auf den Schemel, schüttel dem Alten die Hand, und dann gehen wir.«

Auf dem Weg zu Xavier Bagues Hütte, wo wir wohnen sollten, faßte ich Mut: »Marcellin, warum bist du mir böse?«

Marcellin blickte sich um, als hätte er Angst, belauscht zu werden. Er senkte ein wenig den Kopf, ließ die Schultern hängen und wurde merklich kleiner. »Ich hatte einen klaren Verstand und ein reines Gewissen. Ich hatte keine Angst vor irgendwelchen Begegnungen. Ich konnte überall hingehen – ohne jede Furcht.«

»Sind es die Ehemänner?«

»Die Ehemänner?« rief Marcellin mit einem bitteren, verächtlichen Lachen, und er blickte zu Boden. »Doch nicht die Ehemänner!«

»Wo liegt dann das Problem?«

Zwei Jungen standen am Grund der linken Schlucht, spielten mit dem Mittelstück einer Papayafrucht Fußball und versuchten, es mit ihren kurzen Speeren aufzuspießen.

»Das Problem hast du mir angehängt, in der Nacht, als wir bei meinem Großvater in der Hütte waren. Der Fetisch – ich wollte ihn nicht. Ich habe mich immer dagegen gewehrt.«

»Was ist daran falsch? Was ist gegen einen Fetisch zu sagen?«

»Du Scheißliberaler«, sagte Marcellin leise, aber mit einer echten Wut, die mich erschreckte. »Was ist gegen einen Fetisch zu sagen?« wiederholte er, ohne aufzublicken, und äffte dabei meine Stimme nach. »Alles ist dagegen zu sagen. Ich hab ihn in der Tasche und muß ihn immer bei mir tragen. Wenn ich ihn verliere, bin ich erledigt. Und ich weiß genau, daß es so ist. Ich hab ihn ständig in der Tasche – und immer, wenn ich an den Lac Télé denke und die Angst kommt, berühre ich ihn, und gleich fühle ich mich besser.«

»Aber das ist doch gut, oder?«

»Gut? Das ist es natürlich nicht! Wenn du einmal mit dem Unsinn anfängst, kannst du nicht mehr aufhören. Du verlierst dein inneres Gleichgewicht, ein Stück deines Verstands. Du kannst nicht mehr klar denken, du handelst nicht mehr vernünftig. Dann wirst du in der Nacht von einem Speer getroffen. Du machst dumme Sachen, du gehst zum Lac Télé. Du kriegst eine Kugel in den Bauch – genau wie der Banda am Handelsposten!«

»Und die anderen Beschützer? Dein heiliges Tier? Das Krokodil? Auf dem Dampfer hast du mir davon erzählt. In der Nacht auf dem Oberdeck, als wir mit Marie Whisky getrunken haben. Du sagtest, ich würde bald begreifen, warum du über Krokodile promoviert hast, warum Krokodile eine solche Bedeutung für dich haben, für einen Mann mit deinen Vorfahren. Du sagtest, ich würde schon herauskriegen, was die Krokodile bedeuten, und zwar in einem Ort mit dem Namen Makao. Und das stimmte ja auch. Dokou hat es uns erklärt.«

»Du bist ein Lügner!« brüllte Marcellin.

Eine aufgeschreckte Ziege floh hinab in die Schlucht.

»Du bist ein Lügner«, wiederholte er und dämpfte die Stimme zu einem pathetischen Flüstern, nachdem er einen prüfenden Blick über die Schulter geworfen hatte. »Ich erforsche die Kokodile, *Crocodylus cataphractus* und *Crocodylus niloticus*, aber einzig für meine Dissertation am Museum für Naturgeschichte in Paris. Ich mache eine vergleichende Studie über die Wachstumsrate von Krokodilen. Ich bin Wissenschaftler. Ich habe *nie* gesagt, daß Krokodile irgendeine Bedeutung für mich haben.« Direkt hinter dem Versammlungshaus blieb er stehen, und er brüllte mir aus einem halben Meter Abstand ins Gesicht: »So ein Unsinn! Alles Quatsch! Du lügst!«

»Na, Jungs«, sagte Lary, der aus dem Zelt gekrochen kam, »habt ihr einen kleinen Krach? Laßt ihr endlich mal die Fetzen fliegen? Gerade hatte ich es mir mit einer Flasche fünfzehnjährigem Glenmorangie in meinem Lieblingssessel gemütlich gemacht und wollte mir die neueste Folge von ›Dallas‹ reinziehen, schon stört ihr mich dabei. Das ganze Dorf hört euch zu!«

»Und noch was«, sagte Marcellin, während wir mit Lary in die leere Hütte eintraten und uns an den kahlen Tisch setzten. »Wir müssen darüber sprechen. Es geht um Antoine. Um Antoine und Michel.«

Lary ließ eine Handvoll kleine, schwarze, leicht pelzige Nüsse auf den Tisch prasseln. »Palmkerne«, sagte er und hielt einen zwischen dem stummligen Zeigefinger und dem abgeplatteten Daumen in die Höhe. »Aus denen wird das Palmöl herausgekocht, und dann werden sie weggeworfen – bei den Zelten liegen sie überall rum. Ich mag sie. Ich sammle sie. Jeder Kern hat drei Falten in der Rinde, unterschiedlich verteilt. Nach grober Schätzung würde ich davon ausgehen, daß jedes zwanzigste dieser Zufallsmuster aussieht wie ein Gesicht, und bis jetzt hat jedes Gesicht einen anderen Ausdruck. Seht ihr?« (Der Palmkern machte ein lüsternes Gesicht.) »Wenn wir jemals wieder hier rauskommen«

– er schob den Kern zu den anderen und begann sie in einer Reihe auszulegen –, »nehme ich eine Auswahl von ihnen mit. Und immer, wenn ich in die Klemme gerate – wenn ich Ärger mit meinem Job habe, mit den Bürokraten oder irgendein bauliches Problem an meinem Haus, wenn ich die Einzelteile von irgendeinem verschissenen Vorkriegsgetriebe nicht mehr zusammenkriege oder was auch immer, dann werfe ich einen Blick auf diese verlorenen Gesichter, die sich auf meinem Schreibtisch aufreihen, und ich sage mir: ›Shaffer‹, sage ich, ›du glaubst also, du steckst in der Klemme? Dann erinnere dich mal lieber, wie es war, als du *wirklich* in der Klemme stecktest, Shaffer, und zwar in Berandzoko, wo es nicht die Spur eines Kanus gab, keine Fluchtmöglichkeit, rein gar nichts. Nicht das kleinste Holzspänchen, das einem Hoffnung auf die Existenz eines Einbaums machen konnte. Nicht der Hauch eines Gerüchts von einem versteckten Boot, das irgendwo wartet, mit einem Zettel dran für Redso, vom lieben Gott persönlich. Und nach meiner unmaßgeblichen Meinung gibt es hier nicht mal den Furz von einem rettenden Engel, der um Landeerlaubnis bittet, zumindest nicht in unserer näheren Umgebung ... Mein Gott, Redso, ich habe dich gewarnt. Und wie ich dich gewarnt habe ...«

»Es geht um Antoine«, wiederholte Marcellin, diesmal lauter werdend, und beugte sich über den Tisch. »Und es ist eilig. Es wäre schlecht, wenn Bague davon erfährt. Antoine hat mich heute etwas gefragt, draußen vor der Hütte, als sie das Gepäck dorthin brachten. Ganz hab ich es nicht verstanden. Er möchte, daß du, Redmond, ihm eine Ziege kaufst. 4000 CFA. Er hat darauf bestanden. Es war ihm sehr ernst damit. Aber die Ziege ist nicht für uns bestimmt, zum Essen, er braucht sie als eine Art Opfertier, für irgendein Ritual, eine geheime Zeremonie oder was weiß ich. Wir können ihm das nicht abschlagen, weil wir bei Bague wohnen. Wir haben seinen Palmwein getrunken, seinen Maisschnaps, und heute abend werden wir mit ihm essen. Wenn es dunkel geworden ist, essen wir Antilopenfleisch.«

Lary, der die Palmkerne von einer Hand in die andere gleiten ließ, sagte: »Da kann ich nicht folgen.«

»Ja, wißt ihr denn nicht?« sagte Marcellin mit wachsender Erregung. »Hab ich euch das nicht erklärt?«

»Komplikationen«, sagte Lary und klapperte mit den Palmkernen, als wären es Würfel.

»Jawohl, Komplikationen. Xavier Bague ist derjenige, der die jungen Leute aus seiner Familie zusammenrief und in jener Nacht zu der Hütte schickte, in der Antoines Onkel schlief. Sie haben Antoines Onkel aus dem Bett gezerrt, nach draußen geschleift und mit Knüppeln totgeschlagen.«

Es enstand eine Stille.

»Und damit haben wir zu tun?« fragte Lary.

»Das weiß ich nicht. Ich bin mir nicht sicher. Ich glaube nicht, daß es Ärger geben wird. Kein wirkliches Blutvergießen. Ich für meinen Teil vermute, daß der Mord – die Vergeltung meine ich – symbolisch stattfinden wird. Antoine und Michel wollten nicht mit uns hierherkommen. Der Häuptling von Makao hat es ihnen befohlen. Außerdem ist es schwierig, weil es ein Fall von Zauberei ist. Da bleiben immer Zweifel. Möglicherweise sagt sich Antoine: ›Vielleicht ist mein Onkel wirklich ein Zauberer gewesen. Ich kann schließlich nicht sehen, was sich im Dunkeln abspielt. Wie soll ich das wissen?‹ Andererseits sind wir hier in Bagues Hütte und beschützen ihn. Als ich erfuhr, was der Häuptling von Makao dachte, als mir Dokou erzählt hatte, was alles im Kopf des Häuptlings vorging – die Blutrache, die Vergeltung –, da mußte ich so handeln. Ich habe alles geplant. Aber ganz abgesehen von dieser einen Angelegenheit kann man Besuchern im allgemeinen leicht etwas in die Schuhe schieben. Es ist sehr bequem. Ihr habt schlechte Geister mitgebracht. Was immer passiert, ihr habt es getan. Selbst wenn ihr überhaupt nicht wißt, worum es geht. Auf irgendeine Weise ist es eure Schuld, und das seit vielen Jahren. Ihr seid nur so etwas wie die Manifestation einer alten Untat. Am Tage droht euch das Gift. Und in der Nacht: Tschick! Tschick! – die Machete. Wenn ihr tot seid, atmen alle auf, und der Zauberer sagt, daß nun die Probleme gelöst sind. Alte Gegner versöhnen sich nach vielen Jahren und sprechen wieder miteinander. Familien werden wieder vereint. Das Leben im Dorf – es wird viel besser.«

»Ist ja nett«, sagte Lary und fügte nicht mehr ganz so trocken hinzu: »Besten Dank!«

»Ich persönlich gehe davon aus, daß uns nichts passieren

wird«, sagte Marcellin irgendwie abwesend, kratzte dabei an einem Schorf auf seinem linken Handrücken und leckte verschmiertes Blut von den Fingern. »Die einzige Gefahr ist Antoine. Michel könnte ihm helfen, aber in diese Hütte müssen sie erst einmal hineinkommen. Sie haben es auf Bague abgesehen, und dies hier ist die stärkste Hütte des Dorfes. Sie wurde extra gebaut, um Antoine fernzuhalten. Und wir, wir werden draußen sein in unseren Zelten, ganz aus der Schußlinie.«

»Wer hat das Gewehr?« fragte Lary.

»Das hab ich«, sagte Marcellin. »Keine Sorge. Es ist in meinem Zelt versteckt. Und nun Redmond, hol das Geld für die Ziege, für das Opfer. Ich muß es noch vor Dunkelwerden zu Antoine bringen. Ich weiß, wo er ist, wo er sich versteckt hält. Aber wenn er mir mit Ausreden kommt, mit irgendwelchen Erklärungen, warum er das Gewehr braucht, dann haben wir nichts mehr zu lachen. Das ist dann ein schlechtes Zeichen für uns.«

Im Licht der Palmöllampe, die in der Raummitte von einem niedrigen Balken herabhing, und zweier unserer kleinen weißen Kerzen, die auf Untersetzern auf dem Tisch standen, tranken wir Palmwein und aßen geschmortes Antilopenfleisch mit Maniok und Sakasaka, bedient von der Enkeltochter, die noch immer im weißen Kittel war, und von Xavier Bagues erster Frau. Sie war so alt und dürr wie er selbst, doch gebeugt und fast bucklig. Ihre Wirbelsäule hatte sich vermutlich aufgrund von Kalziummangel nach vorn gekrümmt, und offensichtlich litt sie auch unter Jodmangel, denn am Hals hatte sie einen Kropf, der links geblähter war als rechts und die einzige Rundung an ihr darstellte. Die Brustpartie ihres roten Kleides mit westlichem Schnitt, das sie sicher vor langer Zeit bekommen hatte, als sie noch groß und geradegewachsen war, hing nun schlaff herunter; dafür spannte sich die Rückenpartie so fest über ihren Buckel, daß die halbkreisförmigen Armöffnungen in die Länge gezerrt wurden. Bei einer solchen Deformation, dachte ich, mußten ihre Wirbel ständig gequetscht, ihre Nerven eingeklemmt sein, doch trotzdem, auch ohne westliche Schmerzmittel, lief sie gut gelaunt und lachend umher, scherzte sie mit ihrem Mann und sprach fortwährend Kaka mit einer Stimme, die so tief und heiser war wie die von Dokou – mit einer Stimme von verblüffender Munterkeit. Und er liebte sie. Er lachte mit ihr; das alte Pärchen war ein Liebespaar. Kein Wunder, daß die zweite Madame Bague ...

»Mister Lary! Das ist meine Enkeltochter!« sagte Xavier Bague auf französisch und reichte seiner Frau den leeren Blechteller. »Sie mag dich!« (Es stimmte. Das Mädchen starrte Lary mit offenem Mund an, als wäre es Häuptling Berandzoko persönlich, der neben mir saß.) »Und jetzt kommt meine Frage: Magst du sie auch?«

Lary drehte sich auf seinem wackligen Stuhl zu ihr und schenkte dem kleinen Mädchen sein breitestes und freundlichstes Lächeln, ein Lächeln, das sie geradewegs in den siebenten Himmel katapultierte. »Sie ist ein liebes Mädchen«, sagte er, nicht sicher, ob er sich richtig verhalten hatte. »Ich mag sie sehr.«

»Gut! Dann wird es Zeit!« sagte Xavier Bague, musterte Lary mit inniger Zuneigung und hob seinen Palmweinbecher, um ihm zuzuprosten. »Auf deine Gesundheit und deinen Erfolg!«

»Ja, es ist schon spät«, erwiderte Lary und hob auch seinen Becher, um einen Toast auf Bague auszubringen, doch der Schluck, den er vom seiner Auffassung nach abscheulichsten aller Getränke nahm, fiel eher winzig aus. »Vielen Dank für die Bewirtung und die Gastfreundschaft. Auch an Madame Bague natürlich. Du hast recht, wir müssen uns jetzt schlafen legen.«

»Nein! Nein!« krächzte Xavier euphorisch. »Es wird Zeit, daß sie heiratet! Willst du sie heiraten? Gut. Du sollst sie bekommen. Du darfst sie heiraten, Mister Lary, aber unter einer Bedingung: Du mußt hier bei mir bleiben, und wir bauen dir eine Hütte. Eine wunderbare Hütte! Sie ist mein kleiner Liebling! Wir bauen dir eine Hütte, wie ich sie habe, und du wirst nie mehr wegwollen. Die beste Hütte von Berandzoko! Das Mädchen gehört dir. Du wirst in diesem Dorf leben! Du wirst für sie sorgen. Du wirst deine Tage in Berandzoko beschließen. Du wirst glücklich sein! So glücklich wie ich!«

»Vielen Dank«, sagte Lary kleinlaut, beinahe piepsend. Er saß steif wie ein Stock und glotzte Bague an. »Vielen Dank«, wiederholte er wie ein aufgezogener Teddybär, und seine Augen blieben starr.

Larys Gehirn, das nun wahrscheinlich gelähmt war und dessen

Optik klemmte, registrierte nichts mehr außer dem Abbild von Xavier Bague, und das stand auf dem Kopf. Also ergriff Larys Hypothalamus, dieser primitive, launische und eigenwillige Regulator der Reflexe des vegetativen Nervensystems, dem sowohl Verantwortung als auch jegliches höhere Pflicht- und Ehrgefühl abgingen, und dem Selbstbeherrschung völlig fremd war, seine einmalige Chance.

Lary glotzte Bague an.

Larys rechte Hand schob sich wie ferngesteuert über den Tisch, und sie breitete Finger aus, die sich um den Becher mit Palmwein schlossen, langsam und unaufhaltsam wie die Fangarme einer fleischfressenden Pflanze.

Marcellin, ebenfalls hypnotisiert, starrte leicht schielend auf Larys Hand, die sich, den Becher fest umklammernd, allmählich vom Tisch hob, wobei der milchige Palmwein hier und da über den Rand schwappte.

»Zuviel Glück!« schrie Xavier Bague und umarmte sich selbst vor Behagen. »Eine wunderschöne Hütte! Eine junge Frau! Und alles auf einmal! Ich verstehe. Xavier Bague versteht das sehr gut. Das ist ein Schock!«

Larys Hals reckte sich und wurde steif.

»Und was für einer!« fuhr Xavier Bague fort. »Die Aussicht, seßhaft zu werden! Ein eigenes Leben anzufangen! Und das alles auf einmal, alles hier, gerade als du es aufgegeben hattest, als du es am wenigsten erwartet hattest!« Bague umarmte sich noch immer, und einen Augenblick lang ruckte er heftig mit dem Oberkörper hin und her – wie eine tanzende Biene am Bienenstock (jede Menge Nektar, gleich um die Ecke) –, so daß ich schon glaubte, er würde an den Hüften auseinanderbrechen.

»Ja, ja, die Chance, etwas aus sich zu machen! Endlich mal zur Ruhe kommen, statt ständig umherzuziehen wie ein Rumtreiber!«

Larys Unterkiefer klappte herunter. Mehrere Bandscheiben seiner Nackenwirbelsäule widerstanden dem Druck nicht länger und flutschten aus ihren Lagerschalen. Larys Kopf kippte nach hinten, die rechte Hand winkelte sich akkurat, und der Inhalt des Bechers ergoß sich in seinen Schlund.

»Kuhpisse!« sagte Lary und kam wieder zu sich. »Kuhpisse mit

Sirup.« Er betrachtete vorwurfsvoll den Becher und nährte seinen Groll. »Genau das ist es, und ich sage es frei heraus!«

Xavier Bague, der sich freute, wieder einen Gesprächspartner zu haben, sagte: »Als ich so jung war wie du, Mister Lary, als ich auf Reisen ging, da hatte ich ein Ziel. Ich bin nicht nur so umhergezogen, wie es manche Leute tun. Ich war schon ein Mann, und ich *wußte*, was ich wollte. Ich habe Briefe ausgetragen!«

»Warum zum Teufel hab ich das getrunken?« fragte Lary bekümmert. »Diesen Becher voller Giftstoffe?« Er fixierte Marcellin, als wäre der dafür verantwortlich.

»Du wirst es überleben«, sagte Marcellin, ohne sich darin sehr sicher zu sein. »Der Palmwein ist weder pasteurisiert noch gefiltert. Aber hier in Berandzoko kannst du davon ausgehen, daß alles drin ist, was so in den Eimer kommt.«

»Pakete auch«, sagte Bague träumerisch. »Nicht jeden Tag, aber ziemlich oft, dort, wo die Franzosen wohnten. Manchmal sogar ganz große.« Plötzlich schreckte er hoch, vielleicht weil ihm einfiel, daß alle Briefe, das Maß seiner Tage, längst vergessen waren, daß er in der Gegenwart lebte und nur noch auf den Tod zu warten hatte. Er sank in sich zusammen, ausgelaugt und knochig, und beugte sich mit verschränkten Armen über den Tisch. »Meine Enkeltochter, Mister Lary«, begann er noch einmal, »wirst du sie heiraten?«

»Ich habe schon eine Frau«, sagte Lary. »Ich bin schon verheiratet.«

»Ja«, sagte der Alte und spielte mit seinem leeren Becher, als wollte er einen neuen Toast ausbringen. »Wirst du sie holen lassen? Deine Hauptfrau? Ihr werdet alle hier ...« Dann brach er ab und musterte eindringlich den weißen Emaillebecher in seinen Händen. »Die Franzosen haben recht«, sagte er leise, als hätte er sich zu einem grundlegenden und schmerzlichen Wechsel aller seiner Ansichten entschlossen. »Eine Frau reicht. Zwei Frauen – das ist eine zuviel ...«

»Das kleine Mädchen«, sagte Marcellin auf englisch zu Lary, »es mag dich wegen deines blauen Hemdes oder wegen deiner Jeans oder weil du gesagt hast, du kommst aus Nordamerika. Wenn diese Kinder überhaupt zur Schule gehen, werden sie von den ärmsten Junglehrern unterrichtet, die direkt vom College in Brazzaville kommen, und das sind *richtige* Kommunisten. Denn jeder Lehrer muß am Anfang zwei Jahre in einem Dorf im Landesinneren arbeiten. Aber wer in diese entlegene Gegend mitten im Urwald geschickt wird, wo man tödliche Krankheiten bekommen oder ermordet werden kann oder einfach verschwindet, ohne daß es jemanden interessiert, der – glaub mir, Lary – ist *wirklich* arm. Seine Familie hat weder Geld noch Macht noch Beziehungen zur Regierung, niemanden, der ihm einen netten Posten in der Savanne beschafft. Und diese Lehrer sind verbissen. Sie sind unsere Rote Garde. Sie erzählen den Kindern, daß Amerika der Feind ist und daß du, Lary, grausam und skrupellos bist, ein Dämon, ein Kapitalist, ein Kolonialist, schlimmer als die Franzosen. Du bist gekommen, um die Volksrepublik zu zerstören, weil hier alle Menschen gleich sind, weil hier alle frei sind und alles gerecht verteilt wird. Aber keine Sorge, es wird dir nichts passieren, denn keiner glaubt auch nur ein Wort davon. Alle wissen sie, und jedes Kind weiß es, daß Amerika das Land ist, in dem man so viel Fleisch essen kann, wie man will, wo man Bluejeans bekommt und wo keiner zum Zauberer muß, weil jeder Wunsch von allein in Erfüllung geht. In Amerika muß niemand sterben.«

»Aber wenigstens *gibt* es hier Schulen«, sagte ich. »Das ist schon etwas Besonderes. Schon der Versuch, an einem solchen Ort mitten im Dschungel eine Schule zu eröffnen, ist ein wirklicher Fortschritt.«

»Und in England? Gibt es dort etwa nicht in jedem Dorf eine Schule?«

»Äh, nein. Die Dorfschulen werden allmählich geschlossen. Aber es fahren Busse ...«

»Das war nur ein Witz! Schon gut! Liberale muß man ein bißchen ärgern. Nur ein Witz! Aber trotzdem, vielleicht solltest du wissen, selbst wenn du ein Liberaler bist und dir einbildest, völlig unpolitisch zu sein – vielleicht solltest du wissen, daß die Volksrepublik Kongo das erste Land der Welt war, das der Volkrepublik China ein Telegramm geschickt hat, um das harte Durchgreifen beim Massaker gegen die unbewaffneten Studenten auf dem Tiananmen-Platz zu begrüßen.«

»Aber was hat das mit den Dorfschulen zu tun?« fragte Lary.

»Eine ganze Menge«, sagte Marcellin und schaltete, als er merkte, daß Bague aus seinen Träumereien herausgefunden hatte, auf das Französische um. »Es ist diese Haltung, die dafür sorgt, daß die Dorfschulen eine Katastrophe sind. Und auch die Schulen in der Stadt, was das betrifft. Seit die Franzosen weg sind, sind die Schulen eine Katastrophe!«

»Als die Franzosen noch da waren«, begann Bague, der langsam wieder zu Kräften kam und aufstand, um sich aus einem schwarzen Plastikeimer, der hinter ihm in der Ecke stand, Palmwein nachzugießen, »hatten wir Krankenhäuser in jedem Dorf. Keine Schulen, aber Krankenhäuser, und die Wege im Wald wurden freigehalten und auch die Flüsse bis hier nach Berandzoko, und es gab Arbeit für alle – man konnte Geld verdienen!«

»Ja, das stimmt! Und wie das stimmt, mein alter Freund und Briefträger!« sagte Marcellin, der schon beim dritten oder vierten Becher Palmwein war. »Wir sind alle Freunde. Geben wir es ruhig zu. Keiner belauscht uns hier. Die Franzosen sind zivilisiert und intelligent, sie haben dieses Land gut verwaltet. Selbst der Abschaum der Franzosen, Männer, die sie aus den übelsten Orten Frankreichs hierhergeschickt haben, aus so schrecklichen Städten wie Marseille – selbst diese Männer oder wenigstens jeder fünfte von ihnen hat sich wirklich gekümmert, sie haben sich in dieses schöne Land verliebt, sie haben für uns gesorgt, sie haben Häuser gebaut, die Kranken behandelt, sie haben Sanitätsstationen in jedem Dorf eingerichtet. Sie haben Lebensmittel organisiert, sie haben Aufkäufer geschickt, die den *paysans* die Produkte abgekauft haben, sie haben dafür gesorgt, daß die Leute auf dem Land blieben. Sie haben uns verstanden. Sie haben unsere Frauen geheiratet!« Er goß sich nach, trank den halben Becher in einem Zug und faßte Lary, der ihm gegenübersaß, ins Auge. »Nicht wie die weißen Amerikaner! Nicht wie Doktor Shaffer! Die behandeln unsere Frauen wie ... wie *Pygmäen*! Die wollen unsere Frauen nicht haben, Xavier, sie wollen sie nicht einmal anfassen, sie wollen keinen Sex!«

Lary, der nüchtern war, sich wahrscheinlich nur ein wenig übel fühlte, weil ihm der bittersüße, fade und leicht klebrige Palmweingeschmack noch in den Zähnen hing, entgegnete: »Ich bin schon verheiratet. Und deine Enkeltocher, Xavier, sie ist noch ein Kind.«

»Was wollte ich gerade sagen, Bague? Wo waren wir stehengeblieben? Ach, natürlich! Die Bildung! Unsere Dorfschulen! Ich kann nur wiederholen: Sie sind ein Unglück, eine Katastrophe. Diese übereifrigen Idioten, die jungen Kommunisten, behandeln nichts als Marx und Lenin, manchmal sogar den Vorsitzenden Mao! Die Kinder kommen aus der Schule, und sie können nicht einmal einen Brief schreiben. In der Stadt, in den Schulen von Brazzaville, als die Franzosen noch da waren, konnten die Kinder Dissertationen schreiben! Und überhaupt, nach der Revolution gab es hier keine Ordnung mehr, jeder ging in die Stadt, und alles brach zusammen. Aber denkt dran, auch ihr, Lary und Redmond, daß wir so etwas nur sagen können, weil wir Freunde sind, weil wir unter uns sind und uns keiner zuhört!«

»Bewaffnete Miliz!« brüllte draußen eine undeutliche Stimme. »Im Namen der Volksrepublik! Aufmachen!«

25

Marcellin rappelte sich hoch und taumelte rückwärts, warf den Stuhl um und drückte sich flach an die Lehmwand links neben der Tür, als würde er damit rechnen, daß jeden Moment eine Kalaschnikow die Tür durchsieben könnte. Die linke Wange gegen die Wand gepreßt, schrie er durch einen Spalt im Türrahmen: »Weisen Sie sich aus!« Gleichzeitig fingerte er mit beiden Händen an der Dokumententasche, die er am Gürtel trug, um den Reißverschluß zu ertasten. »Genosse! Ich bin ein Offizier der Volksrepublik!«

Xavier Bague, der offensichtlich an solche nächtlichen Störungen gewöhnt war, stand auf. Seine alten Knochen knirschten in den Gelenken, er machte drei staksende Schritte zur Tür und schob den schweren Sperrbalken beiseite.

»Genosse!« brüllte Nzé und kam johlend vor Gelächter hereingetanzt, in der einen Hand die Mütze, in der anderen eine Rolle Tabak. »Hat da einer Genosse gesagt?«

»Nzé!« sagte Marcellin und versuchte, seine Papiere unauffällig wegzustecken, aber er fand die Öffnung nicht. »Sei ruhig! Mach nicht solchen Krach! Wo zum Teufel bist du gewesen?«

»Danke«, sagte Nzé und warf die Tabakrolle auf den Tisch. »Danke, Genosse.« Er streckte die rechte Hand aus. »Und jetzt die Papiere, wenn's recht ist.«

Der betrunkene Marcellin schob sie ihm automatisch hin, dann stieß er – wahrscheinlich auf Kaka – einen saftigen Fluch aus und schaffte es schließlich, sie in der Tasche zu verstauen.

Xavier Bague schloß verwirrt die Tür und setzte sich wieder.

Nzé steppte ausgelassen um den Tisch und sang in gelungener Imitation von Marcellins schriller Stimme ein kleines Liedchen auf französisch, das, grob übersetzt, folgendermaßen lautete: »Ich bin ein Offizier / der Volkesrepublik / und ich bin hochbedeutend. / Doch es ärgert mich gar sehr / das laß dir sagen« (Er klopfte Lary auf die Schulter.) – »und du dir auch« (Er patschte mir auf den Kopf) – »daß auch Nzé ein hoher Offizier aus Dongou ist.«

»Reiß dich zusammen!« sagte Marcellin und setzte sich. »Nzé, was soll das alles? Was ist denn in dich gefahren?«

»Das Ganja, Onkel«, sagte Nzé und setzte sich neben Bague auf die Tischkante. »Es war das Ganja! Ich hab mich an die Tür geschlichen und hab gelauscht, Onkel, aufmerksam gelauscht, für den Fall, daß der Vizepräsident des Volksparteikomitees von Berandzoko bei euch wäre, denn Ganja ist verboten. Und ich habe schlimme Sachen gehört; ich habe einen Offizier der Volksrepublik schlimme Sachen über unsere Parteischulen sagen hören. Sachen, auf die Gefängnis steht. In Dongou, Onkel, würden sie dich ins Gefängnis stecken!«

»Ich bin nicht dein Onkel!« sagte Marcellin abweisend. »Und wo habt ihr gesteckt? Wo ist Manou? Ihr solltet euch beide zur Verfügung halten, unter allen Umständen. Ich mußte mein Zelt selber aufbauen!«

»Er mußte sein Zelt selber aufbauen!« sang Nzé mit höhnischem Prusten, wirbelte sein kubanisches Armeekäppi in die Luft und fing es zu meiner Überraschung wieder auf.

»Ich hab es aufgebaut«, sagte Lary.

»Ich bin drüben auf der anderen Seite. Bei einem Bekannten von Antoine. Einem Mann mit drei Töchtern! Eine für mich, eine für Antoine und eine häßliche, magere für Manou! Der kleine Manou, Onkel, er kriegt die magere!«

»Antoine, er ist bei euch?« sagte Marcellin. »Weißt du, wo er steckt? In diesem Moment?«

Der alte Bague starrte geistesabwesend auf einen großen schwarzen Astknoten in der Mitte des Tisches und führte ein lautes, zorniges Selbstgespräch: »Diese Zustände in der Stadt ... alles hat sich verändert ... die Franzosen, die hatten noch Manieren ...«

»Also hab ich mir das Käppi in den Mund gesteckt, Onkel. Siehst du? So!« (Nzé stopfte sich das Käppi in den Mund.) »Und dann hab ich gebrüllt: ›Bewaffnete Miliz! Aufmachen!‹«

»Allerdings«, sagte Lary nüchtern. »Das haben wir gehört. Du Mistfink.«

Nzé nahm mit dem linken Auge den Palmweinkrug ins Visier,

mit dem rechten verweilte er beim Schädel mit dem herausnehmbaren Auge. Er setzte sein Käppi wieder auf, griff nach dem Krug, kippte sich den Rest hinter die Binde, sprang vom Tisch und machte sich am Eimer in der Ecke zu schaffen.

»Wo ist Antoine?« schrie Marcellin.

»Immer mit der Ruhe«, sagte Nzé und füllte den Krug nach. »Wir haben Ganja geraucht. Das beste und das stärkste.« Er setzte den Krug an die Lippen.

»Nimm einen Becher!« brüllte Bague. Er sprang auf, verlor die Balance und schoß taumelnd durch den Vorhang ins Hinterzimmer. Dort hörte man einen Topf oder eine Kürbisflasche fallen, es folgte ein sanfter Plumps, dann war es still.

Marcellin sagte: »Er ist hinüber. Jetzt schläft er, der gute Bague. Er wird es brauchen.«

Nzé trug den Krug zum Tisch zurück, nahm auf dem Weg noch einen weiteren Schluck und setzte sich auf Bagues Platz. Er goß sich Bagues Becher voll, lehnte sich zurück und trank ihn, ohne abzusetzen, aus, wobei sein Adamsapfel auf und ab hüpfte wie ein Jo-Jo. »Lary, mein alter Freund«, sagte er mit verschwörerischem Grinsen, »wie wär's mit einem Schluck?«

»Nein«, sagte Lary. »Besten Dank.«

»Antoine!« schrie Marcellin und packte Nzé am Arm. »Wo steckt er?«

»Wir haben Ganja, Onkel«, erwiderte Nzé und machte sich los. »Wie ich schon sagte. Das beste! Von einem Händler aus Zentralafrika. Er ist hier in Berandzoko. Er hat eine Uhr, eine goldene Uhr. Hier liegt das Ganja, hier auf dem Tisch. Kostet 2500 CFA. Onkel Redmond wird es bezahlen. Wir haben schon davon geraucht, Onkel, aber Antoine hat mehr geraucht als ich. Er liegt am Boden! Und Manou ist es schlecht geworden. Antoine hat gesagt: ›Nzé, nimm die andere Rolle und bring sie zu Marcellin. Die weißen Männer, sie werden zahlen. Und als Gegenleistung für dieses Geschenk, das mußt du ihnen sagen, das mußt du Marcellin sagen, brauche ich morgen das Gewehr. Morgen will ich auf die Jagd gehen, und ich muß das Gewehr haben. Das Gewehr – und viele Patronen!‹«

»Das sind ja großartige Neuigkeiten«, sagte Lary aufgeschreckt und machte Kulleraugen. »Wirklich reizende Neuigkeiten.«

»Nzé«, sagte Marcellin, und er schüttelte den Kopf, um seinen Palmweinrausch loszuwerden. »Schläft Antoine? Bist du ganz sicher? Gut! Ich hole meine Pfeife. Die Pfeife, die mir Redmond geschenkt hat. Die Pfeife aus Oxford. Die Pfeife aus England.« Er ging hinaus und ließ die Tür offen.

»Wenn ihr unbedingt wollt – okay«, sagte Lary und ließ sein merkwürdiges, trockenes Hüsteln hören, »aber ich rauche nicht, und ich sehe mir auch nicht an, wie ihr euch mit diesem Zeug das Hirn verkleistert und Blödsinn redet oder Blasen steigen laßt oder was immer ihr damit vorhabt.« Lary erhob sich. »Nur für den Fall, daß du es nicht bemerkt haben solltest, Redso: In diesem Höllenloch ist es heiß wie in einem Dampfbad. Wie in einem Dampfbad mit einer halben Million Moskitos als Gratiszulage. Wie in einem Brutofen für Malaria.« In der Tür drehte er sich um, noch immer hustend: »Tut mir leid, Redso, ich bin einfach fertig. Der Dschungel hat mich geschafft. Das Gehirn braucht Schlaf. Und du – du siehst furchtbar aus. Normalerweise, das muß man dir lassen, bist du ganz robust. Hab ich zumindest geglaubt. Aber wenn ich dich so ansehe ... Deine Glotzaugen! Wie ein Massenmörder! Geh schlafen, Redso. Du brauchst *Schlaf*.«

Marcellin drängte sich an ihm vorbei und kam wieder herein. »Ich hab die Pfeife. Wo ist das Ganja?«

»Rauschgift«, sagte Lary und ging.

Nzé schloß die Tür und schob den Balken durch alle sechs Ösen. »Sleeep«, sagte er, als er sich an den Tisch setzte. »Sleeep«, wiederholte er, um sein erstes englisches Wort auszuprobieren. Er schaute mich mit verklärtem Blick und einem schiefen Grinsen an, während er zwischen Daumen und Zeigefinger das Ende der spröden, schwärzlichgrünen Ganjarolle auf dem Tisch zerbröselte. »Sleeep. Bluejeans. Cowboy. Amourcar. Toyota! Nissan! United Hates!«

Marcellin, der seine Pfeife mit den gehäckselten Blättern, Stengeln und fünf Samenkörnern füllte, verbesserte ihn ernst: »Amerika! United States!«

Als die Pfeife zu seiner Zufriedenheit gestopft war, entzündete er sie mit der Kerze, die vor ihm stand, und vermied es sorgfältig, etwas von dem Wachs in die Pfeife tropfen zu lassen. Er lehnte sich zurück, inhalierte tief und kräftig, blies den Inhalt seiner Lunge als Rauchwolke in die stickige Luft und reichte die Pfeife an Nzé weiter. Nzé nuckelte an ihr mit einem feuchten Schmatzen wie ein Baby an der Mutterbrust, dann gab er sie an mich weiter. Diskret versuchte ich das nasse Mundstück zu trocknen, indem ich es in meine feuchte Achselhöhle klemmte und abwischte, darauf nahm ich einen tiefen Zug, der beißend, bittersüß und widerlich schmeckte und darin dem Palmwein gleichkam. Dann reichte ich die Pfeife über den Tisch an Marcellin zurück.

Wir saßen schweigend und ließen die Pfeife herumgehen. Lary hatte recht. Der Raum war voller Moskitos. Sie stachen mich in die Arme und sirrten mir in den Ohren. Warum hatte ich das nicht früher bemerkt? Gab es Malaria im Dorf? Mit Sicherheit. Warum ließen sie sich vom Rauch nicht vertreiben?

»Onkel«, sagte Nzé zu mir, und in seinem Gesicht stand noch immer dieses schiefe Grinsen. »Du drückst dich nicht, du machst alles mit.«

»Natürlich macht er alles mit«, sagte Marcellin und sackte ein Stückchen weiter vornüber. »Ständig mischt er sich in alles ein. Er mischt sich in unser Leben ein. Er ist ein widerlicher kleiner Liberaler. Oder ein fetter Agent. Je nachdem, wie man es betrachtet. Wirklich wahr. Aber eins ist ganz sicher, Nzé: Redmond ist so blöd, daß er nicht weiß, ob er den Arsch vorn oder hinten hat, wie wir auf englisch sagen. Das kannst du mir glauben. Ist überhaupt keine Frage.« Er ließ den Kopf auf den Tisch sinken und bettete ihn auf den linken Arm.

Nzé klopfte die Pfeife am Tischbein aus und machte sich daran, sie neu zu stopfen. »Gib mir noch Samenkörner, Onkel«, sagte er. Sein Grinsen wirkte nicht mehr frisch. »Samenkörner. Damit es kräftig wird.«

Marcellin preßte sich die rechte Hand vor die Augen. »Letzte Nacht hatte ich einen schrecklichen Traum.« Mit Daumen und Zeigefinger umspannte er die Stirn, und sein Mittelfinger spreizte sich herab bis zum Wangenknochen, so daß er mit dem linken Auge durch die Lücke spähte, ohne den Kopf vom Tisch zu heben. »Ich war zu Hause mit meinem Vater, meiner Frau und meinem Schwiegervater. Sie sagten: ›Warum läßt du deine Frau und dein

Kind im Stich? Deine Tochter Vanessa Sweet Grace schreit nach dir! Im Schlaf schreit sie nach dir. Sie braucht einen Beschützer. Einen Mann im Hause. Nun haben wir sie weggegeben. Denn du, du bist in den Wald gegangen!‹ Redmond, das ist deine Schuld – und deshalb mußte ich Ganja rauchen. Aber es ist nicht gut. Ich hab zuviel getrunken, und so kann mir Ganja nicht helfen.«

»Keine Sorge, Onkel«, sagte Nzé, »keine Sorge. Ich kümmere mich um deine Pfeife.«

»Antoine«, sagte Marcellin plötzlich und rappelte sich hoch. »Antoine! Hier drinnen bleibe ich nicht!«

Er torkelte zur Tür, warf sich dagegen, und irgendwie gelang es ihm, sie zu öffnen. »Redmond!« schrie er. »Mach sie hinter mir zu! So fest du kannst! Redmond! Ich habe dich hiermit gewarnt! In Afrika mußt du die Tür nachts fest verschließen!«

Er beugte sich noch einmal in die Hütte, wobei er sich mit der einen Hand an der geöffneten Tür und mit der anderen am Türrahmen festhielt. »Du glaubst, daß du mich verstehst«, sagte er lallend, »und ich glaube, daß ich dich verstehe. Manche Leute könnten annehmen, wir wären Freunde. Und ich habe jetzt raus, was du willst – du willst alles wissen. Stimmt's? Alles über Afrika. Das Geheimnis des Lebens.«

»Ja«, sagte ich ebenfalls lallend. »Das nehme ich an. Das will jeder. Aber es gibt keins.«

»O doch, es gibt eins, mein ahnungsloser Freund! Mein weißer Freund! Mister Unwissend! Und ich werde es dir *verraten*, weil du es verdient hast. Nzé, Redmond, hört ihr mir zu?«

Nzé stieß heftig auf.

Marcellin stand im Eingang und sang: »*Du vin / Du pain / Et du boursin / On ne jamais fait mieux.*« Darauf verschwand er in der Nacht.

Nzé und ich rauchten schweigend und reichten uns gegenseitig die Pfeife. Seine Augen, dachte ich, während ich ihn anstarrte, und Manous Worte fielen mir wieder ein: »Mit solchen Augen, da ist es klar, daß Nzé schöne Musik macht. Er hat besondere Kräfte. Mit solchen Augen kann er in die Geisterwelt hineinsehen. Und darum«, so hatte es mir Manou erklärt, »hypnotisiert er all die jungen Frauen in jedem Dorf, wo wir übernachten ...«

Gleich stehe ich auf und mache die Tür zu, sagte ich mir. Ganz bestimmt.

Die Pfeife ging aus; ich legte sie ab und kramte erfolglos in meinen Taschen nach dem Feuerzeug – nicht zu finden. Darauf beförderte ich mit aller Bedachtsamkeit den gesamten Inhalt meiner Taschen auf den Tisch. Als ich triumphierend aufblickte, war Nzé verschwunden.

Ich fühlte mich völlig entspannt und – endlich einmal – frei von den unterschwelligen Dauerschmerzen, wenn ich von den zwei kleinen Geschwüren am rechten Fuß und dem Jucken der Kriebelmücken-, Moskito- und Tsetsefliegenstiche am ganzen Körper absah. Doch ansonsten spürte ich nichts. Also stopfte ich mir eine neue Pfeife.

»Laß das sein«, sagte ich zu mir, als ich die Pfeife anzündete. »Du bist zu alt. Das ist hier etwas anderes als die erste Zigarette, als du noch jung warst. Außerdem ist dieses Marihuanazeug, das Ganja, nicht deine Sache. Kein Wunder, daß es nicht wirkt. Jetzt ein guter Whisky, das wäre was anderes, da hat Lary recht. Lary hat immer recht. Man braucht feste Gewohnheiten, Disziplin. Nicht dieses Ganja, von dem sie alle nur einschlafen. Schlafstörungen sind nicht dein Problem. Nie gewesen. Nein, du brauchst einen kräftigen Muntermacher. Kaffee wäre schon gut. Damit du deine Tage nicht verdämmerst bis zum Tod, und du merkst nicht einmal, daß er ins Zimmer tritt, daß er schon da ist, daß du allmählich in diesen dunklen Schacht sinkst, ein Stückchen Abfall, nichts weiter als ein Rattenschiß. Du mußt deinen Verstand zusammenhalten, das ist der ganze Trick, du darfst ihn nicht in den leeren Kosmos entlassen, in das endlose, unermeßliche Nichts – und du mußt diesem Irrsinn ausweichen, indem du dich in den Anblick deiner Füllhalterkappe versenkst, das Wasserhuhn beim Tauchen beobachtest. Aber wann kam der Tod? Der unausweichliche Tod? Vielleicht vor 1000 Millionen Jahren ...«

Und ich fand mich wieder im Biologiekabinett der Schule, gerade mal 25 Jahre zurückversetzt: der Formalingeruch, die Säureflecken auf den Labortischen, die Gashähne für die Bunsenbrenner, die Mikroskope mit den Messingtubussen und den schwarzen Objekttischen, glänzend in ihren Glaskästen, aufgereiht auf dem hinteren Wandbord; das frische und erregende Gefühl, dem Leben nachzuforschen; das Braun, Purpur und Grün eines aufgeschnittenen Frosches in der Sezierschale. »Nehmen wir die Grünalge«, sagte der annähernd kugelförmige Biologielehrer mit der Hornbrille, spuckte ins Taschentuch und wischte die Tafel ab, schob die linke Hand am Steißbein unter den Hosengurt und kratzte sich den Hintern, während er sich konzentrierte und mit der rechten Hand annähernd kugelförmige Algenkolonien an die Tafel malte. »Jungs, hier haben wir die Grünalgen – die freischwebenden Pflanzen der Tümpel, Pferdeschwemmen und Pfützen. Hier haben wir eine ganze Serie« – er unterbrach seinen Vortrag, aber seine rechte Hand malte weiter, und seine linke Hand kratzte weiter –, »oder sagen wir besser, wir hätten eine ganze Serie, wenn O'Hanlon und Winchester die Güte besäßen, nicht zu schwatzen wie die Fischweiber, und uns endlich arbeiten ließen. Die *Pandorina*! Die *Pleodorina*! Der *Volvox*! Hier also die *Pandorina*« (die unter seinen schwarzbehaarten Knubbelfingern ständig weiterwuchs und ihm allmählich zum Kunstwerk geriet). »Die *Pandorina*, Jungs! Eine Kolonie aus sechzehn Zellen – Zellen, die sich alle fortpflanzen, wenn sie die richtige Größe erreicht haben, die sich unendlich vermehren können und daher niemals altern. Wenn der Tümpel gesund bleibt, sind sie unsterblich! Aber die arme *Pleodorina*, von ihr könnten wir sagen – wie Winchester von mir oder, besser noch, von O'Hanlon sagen könnte –, daß sie mit einem Körper befrachtet ist, einem *Soma*. Hier haben wir eine Kolonie von 36 Zellen. Und wenn diese Kolonie eine Tochterkolonie ausbildet, müssen vier dieser Zellen sterben.« (Er machte ein Würgegeräusch.) »Ist das nicht traurig, Jungs?« (Er holte von tief unten eine neue Ladung Spucke hoch.) »Ja, Jungs, das ist traurig, wirklich traurig!«

Und der arme *Volvox* erst! Zu ihm kommt der Tod mit dem Koffer in der Hand, der Tod hängt bei ihm die Jacke an den Haken und macht es sich gemütlich. *Volvox* ist eine Kolonie aus 250 000 Zellen, und wenn sie sich fortpflanzt, überlebt nur eine von 1000 Zellen. Doch wie steht es mit uns? Hin und wieder reift ein Ei, und irgendeine Samenzelle zieht das große Los ...

Von draußen drangen die Schreie einer Eule zu mir, näher,

immer näher. Und noch näher die Pfiffe wie von einer Pfeifente, von einer ganzen Schar von Pfeifenten, so nah, daß sie bei mir in der Hütte hätten unter dem Tisch versteckt sein können. Ich hielt mich an der Tischkante fest, damit ich nicht vom Stuhl fiel, beugte mich seitwärts und blickte unter den Tisch.

Dort lag Nzé zusammengerollt wie ein Embryo, den Kopf zu meinen Füßen. Wenn er einatmete, schnarchte er sanft, und wenn er ausatmete, pfiff er wie eine Pfeifente. Eine Schabe der großen Sorte nahm mit aufgestellten Fühlern und mampfenden Mundwerkzeugen Schweißproben von Nzés Hals und hatte offenbar noch nicht entschieden, ob sie sich freuen oder ekeln sollte.

»Koko!« kam eine Stimme von oben, von der offenen Tür her. »Darf ich reinkommen?«

Wieder aufgerichtet, spachlos vor Schreck, starrte ich den Besucher an.

»Ich hab das Ganja gerochen«, sagte er über mir. »Es ist so dunkel draußen.«

Er war riesig, größer noch als der verrückte Sergeant von Manfouété, doppelt so breit in den Schultern, und er trug schwarze Stiefel, schwarze Hosen, ein schwarzes T-Shirt und ein abgewetztes, zerrissenes schwarzes Jackett mit glänzendschwarzen Aufschlägen wie bei einem Frack.

»Draußen ist es so dunkel und so einsam«, sagte er und zog die Jacke aus. Die Ärmel, die auf seinem massigen Bizeps festsaßen, wurden dabei von innen nach außen gekrempelt. Es waren extrem lange Ärmel, wie ich bemerkte, als er sie mit einem Griff durch die Armlöcher zurückkrempelte und geradeschüttelte. »Ich arbeite nachts«, sagte er mit dem Rücken zu mir und hängte seine Jacke an den oberen Nagel, jenen rostigen Nagel, an dem das Bild des Totenschädels mit dem herausnehmbaren Auge befestigt war. »Deshalb fühle ich mich einsam. Ich leide unter der Einsamkeit. Ich gebe sogar ohne weiteres zu – denn ich sehe, mit dir kann man reden –, daß ich manchmal denke, ich habe so wenig Freunde, daß ich mir nicht sicher bin, ob ich überhaupt existiere.« Er griff nach Marcellins Stuhl, der mir gegenüberstand. »Darf ich?« fragte er und setzte sich schon hin. Ich schob meinen Stuhl ein Stück zurück. Im Kerzenlicht war seine Gesichtshaut bleich, knotig und fleckig, um die Nase herum schuppig und fast weiß. Vielleicht ein Albino? dachte ich. Aber er hatte dunkle, intensive Augen. »Hast du mir zu rauchen angeboten?« fragte er.

Er lehnte sich zurück; die linke Hand war unter dem Tisch verborgen, mit der rechten hielt er die Pfeife. Zwei Finger umklammerten das Rohr von oben, einer drückte von unten dagegen; seine Nägel waren lang, hornig und verkrustet mit schwarzem Schmutz oder mit getrocknetem Blut, das konnte ich nicht erkennen. Der kleine Finger und der Daumen fehlten.

»Du guckst auf meine Finger«, sagte er gut gelaunt und stieß eine Rauchwolke aus dem Mundwinkel. »Das machen sie alle. Da gibt es nichts Aufregendes zu sehen. Man kann sagen, ich hab sie im Kampf verloren. Der reine Leichtsinn. Mit der Machete – das Übliche eben. Aber ich werde dir nichts vorlügen; warum sollte ich. Sagen wir so: Du bist ein Besucher, also spielst du keine Rolle. Die Seele geht auf die Reise, in jeder Nacht, in jedem Traum, und wenn du morgens aufwachst, erzählt dir die Seele alles – wohin sie gereist ist, was sie erlebt hat –, aber du vergißt sofort das meiste, oder? Natürlich vergißt du es. Wie kannst du da also noch eine Rolle spielen? Die einzige Frage von Belang für dich ist diese: Bin ich in deinem Traum oder bist du in meinem? Aber ja! Das Ganja, das du da hast, ist gut! Es ist stark! Und langsam fange ich an, dich zu mögen, trotz allem. Also trödeln wir nicht. Verschwenden wir keine Zeit mit Banalitäten. Ich weiß nicht, wann, aber irgendwann wird es mit Sicherheit hell. Daher laß dir erzählen, mein Freund, mein neuer Freund: Ich war ein Waisenkind, und das ist eine traurige Angelegenheit. Meine Mutter hat Zwillinge zur Welt gebracht wie die Tiere im Wald, deshalb wurde sie umgebracht, erwürgt, und mein Bruder mit ihr. Mein Vater wurde aus dem Dorf verjagt, wie es der Brauch verlangt.«

»Und du?« fragte ich.

»Du kannst ja sprechen!« rief er; er beugte sich vor und bleckte die Zähne, sein Gesicht ganz nah an meinem. »Das hilft. Ich finde, das hilft unendlich, wenn man jemanden zum Reden braucht.« Seine Zähne waren dunkelgelb, an den Wurzeln schwärzlich, aber kräftig und unversehrt. Sein Atem stank; er roch nach faulem Fleisch. Soll er sich doch die Zähne putzen, dachte ich. (»Zahnpasta braucht er!« foppte mich irgendeine innere Stimme. »Unsinn!« erwiderte ich. »Es ist die reine Bequemlichkeit. Er sollte sich das Fleisch mit einem Lianendorn aus dem Gebiß herausstochern, wie es alle tun.«)

»Und du?« wiederholte ich. »Was ist mit dir passiert?«

»Mir? Wie es üblich ist in solchen Fällen, wurde ich zu einem Zauberer gegeben. Wenig später brauchte er einen Finger und eine Weile danach einen Daumen. Als ich also alt genug war und als ich noch drei Finger an jeder Hand hatte, bin ich weggerannt. Ich bin in den Wald geflohen. Und eines Tages, oben im Norden, hat mich eine Frau gefunden, eine freundliche junge Frau, eine mutige junge Frau! Sie brachte mir Essen in meinen Unterschlupf, wenn es dunkel war. Eines Nachts merkte ihr Mann, daß etwas vom Essen fehlte, und er folgte ihr, er schlich ihr nach in den Wald. Er hat mich in meinem Versteck gefunden! Aber auch er war ein freundlicher Mann, ein mutiger Mann! Und weil ich ganz allein war – niemand hier, wie du schon verstehst, mein guter, netter, neuer Freund, niemand hier ist jemals allein, jeder weiß, was der andere treibt, so wie ich weiß, was du treibst –, und weil ich ganz allein im Wald war, mitten in der Nacht, ohne Angehörige, ohne Freunde, ohne jemanden, der für mich sorgte, wußte dieser Mann Bescheid. Er wußte auf der Stelle, daß ich ein Geist war. Und wegen seiner Frau, der mutigsten, schönsten Frau, die mir jemals begegnen wird, adoptierte er mich, und er machte ein Symbol aus mir, ein Zauberwesen, ein Symbol zum Schutz für sein Volk, die Kaka!«

»Und was willst du von mir? Du willst, daß ich dir glaube!«

»Mir glauben? Bilde dir nur nichts ein! Wen kümmert das? Wozu brauche ich deinen Glauben? Den Glauben von einem wie dir? Die Pfeife – sie ist alle.« Er reichte sie mir herüber. »Würdest du so nett sein? Aber diesmal ein bißchen besser stopfen, wenn ich bitten darf. Unten locker, aber dicht, und oben fest. So hab ich es gern. Dann zieht sie besser. Du, du bist ein Amateur, das sehe ich sofort. Um die Augen herum siehst du wüst aus. Du solltest dir einen Schlaf gönnen, einen langen, langen Schlaf.«

»Besten Dank«, sagte ich und zerkrümelte, wie es Nzé getan hatte, das kurz gewordene Ende der Ganjarolle. »Das ist nett von dir.«

»Und was ist das?« fragte er mit einem Blick aus seinen intensiven, schwarzen Augen auf den Inhalt meiner Taschen, der immer noch auf dem Tisch ausgebreitet war, wie ich mit einer plötzlichen Anwandlung von Angst bemerkte, direkt vor mir auf dem Tisch, so daß jeder ihn sehen konnte. »Ein Lappen!« (Er meinte mein – gelinde gesagt – angemodertes Taschentuch.) »Westliche Medizin!« (eine halbe Tube Savlon; der ausgequetschte Rest einer Tube Anthisan). »Ein Kugelschreiber! Papier!« (zerknüllt). »Nüsse!« (zwei Palmkerne mit wutverzerrten Fratzen, die ich aus Larys Sammlung gestohlen hatte).

»Und das hier« – er streckte seine Kralle nach dem Fetisch aus –, »das interessiert mich nun *wirklich*!«

Ich warf die Pfeife auf den Tisch, das Ganja auf den Boden, schnappte mir mit der rechten Hand, die schneller war als er, den Fetisch, stopfte ihn tief in die Hosentasche und umklammerte das warme, beruhigende Fell.

»Aha!« sagte er, erhob sich halb vom Stuhl und beugte sich mit aufgestützten Armen über mich, daß mir sein fauler Atem ins Gesicht blies. »Du glaubst also nicht an mich? Nun gut. Dann also: Her mit diesem Fetisch! Paß auf! Ich reiße ihn in Stücke! Mit diesen meinen Fingern reiße ich ihn in Stücke!« Er fuchtelte mir mit seinen Fingern vor der Nase herum. »Na los! Her damit! Ich will ihn in Stücke reißen! Mit diesen Fingern! Mit den Fingern, die du so abstoßend findest!«

Er setzte sich wieder, seine gigantische Brust pumpte, die schuppige, grindige Haut auf seiner Stirn war gerötet vom Schweiß. »Ihr Leute, ihr Weißen, ich dachte, ihr wäret Realisten. Ich dachte, ihr würdet an die Vernunft glauben.«

»Wieso Weiße? Du bist doch selber weiß!«

»Natürlich bin ich weiß. Aber nur, weil ich tot bin. Wie unwissend du doch bist! Die Geister der Toten sind immer weiß! Es gibt einen kleinen Busch, der hier wächst, mußt du wissen, einen Busch mit Blüten wie kleine Glocken, die ganz weiß sind. Doh, so wird er genannt. Du wirfst die Blätter ins Wasser, ins Schilf am Flußufer, und die Fische können nicht mehr atmen. Also kommen sie an die Oberfläche, und du erlegst sie mit der Machete. Tschick! Tschick! Du kannst damit auch Menschen töten.«

Ich schwieg.

»Wo waren wir gleich? Ich schweife ab. Das darf nicht sein. Wir haben keine Zeit zu verlieren. Ich bin hier, um dir zu helfen. Um dir zu raten. Wo waren wir stehengeblieben?« Er wischte sich die Stirn mit dem Handrücken ab. »Ach ja, natürlich, der Fetisch!«

»Der Fetisch?« fragte ich erschreckt.

»Reg dich nicht auf! Mein lieber Freund, ich werde ihn dir nicht wegnehmen. Meine linke Hand hier unten wird sich nicht rühren, ich werde ihn dir nicht aus der Tasche krallen! Seine Macht ist schon wirksam, wie ich sehe. Aber was da drinsteckt, ist nicht mein Atem, mußt du wissen. Ist dir das noch nicht in den Sinn gekommen? Keinen Moment lang? Nicht einmal einen halben Moment lang? Was du da in deiner Tasche festhältst, das könnte einer meiner Finger sein! Es ist ekelhaft, was du da mit dir herumträgst, wirklich ekelhaft. Wie steht es mit deinen eigenen Ursprüngen? Bist du deiner Kindheit nicht treu? Bist du nicht irgendeiner Sache treu?«

Ich nahm die Pfeife. Ich beugte mich hinab und hob das Ganja auf. Ich sagte: »Gibt es denn kein Kontinuum, keinen Zusammenhang zwischen dem Fetisch und anderen Dingen, mit denen man sich umgibt, in einer Höhle, einer Hütte oder einem Haus? Vertraute Dinge, die einen beruhigen?«

»Kontinuum! Relativismus! Wir sind ja so modern heut nacht! Ist mir recht, nur weiter so! Stopf mir die Pfeife! Ich könnte es auch selber. Ich würde es richtig machen. Aber es fällt mir schwer, diese Feinarbeit, verstehst du? Ich könnte mir natürlich die Fingernägel schneiden. Aber dann wäre ich meinen Job los.«

Ich reichte ihm die Pfeife. Er zündete sie an der Kerze an, die schon fast zerflossen war und von einer Wolke kleiner weißer Motten verdunkelt wurde. Alle gehörten zu einer Sorte, manche von ihnen waren am Wachs klebengeblieben und lagen tot auf dem Tisch.

Ich sagte: »Wenn du nicht mehr weiterweißt, wenn du Angst hast oder durcheinander bist, dann wirfst du erst einen Blick auf deine Höhlenbilder, bevor du jagen gehst, oder du besuchst das Geisterhaus, du betest in der Kirche oder du hältst deinen Fetisch fest. Du kannst dich besser konzentrieren, und das ist alles. Es gibt dir einen Orientierungssinn, eine Richtung. So etwas wie eine Lebenshilfe. Es hilft dir entscheiden, was dein wirkliches Lebensziel ist; ein Moment der Stille, und schon hilft es.«

»Was ist dein wirkliches Lebensziel?« fragte er und sog genüßlich an der Pfeife. »Was willst du am Ende erreichen?«

»Am Ende?« fragte ich zurück und dachte nach, nahm einen Schluck Palmwein und gurgelte damit, um meine verräucherte und brennende Kehle zu spülen. »Ich hoffe nur, daß ein paar Freunde von denen, die ich jetzt habe, mit mir durchhalten, bis ich, sagen wir, 80 bin; daß wir dann alle miteinander am Kamin sitzen und daß Klarheit einkehrt. Wir werden an das Vergangene denken, und die Zukunft wird sich erfüllen. Wir werden das Leben nüchtern genießen.«

»Was für ein Einfaltspinsel du bist!« Er richtete seine intensiven, beunruhigend dunklen Augen auf mich. »Das macht keiner. Niemand wäre dazu fähig.«

»Fähig wozu?«

»Ich meine gar nicht einmal deinen lächerlichen Wunschtraum – daß du ein angemessenes Alter erreichst oder gar 80 wirst – und daß, wenn der Fall tatsächlich eintritt, du und diese Freunde noch immer die Kraft haben, an gemeinsame Abende am Kamin auch nur zu denken, denn ihr werdet unter Rheuma leiden, ständig frieren und keine Zähne mehr haben. Und eine Altersdepression. Schon davon gehört?« (»Bitte, hör auf!« sagte ich.) »Nein, ich meine: *das Leben nüchtern genießen*. Was für eine verrückte Idee! Niemand tut das. Jeder braucht etwas: Alkohol, Tabak, Religion, Illusionen, Bücher.«

»Bücher?«

»O ja, Bücher. Ich selbst bin vernarrt in Bücher. Oft fliege ich nach Paris. In Paris gibt es *erstklassige* Bibliotheken. Ich fliege nachts, mit einem Holzflugzeug. Aber das weißt du natürlich.«

»Natürlich.«

»Neulich erst saß ich dort an meinem gewohnten Platz ganz am Ende des langen Saals, versteckt in der letzten Nische rechts, und meine Leselampe war das einzige Licht in der Dunkelheit. Diesen Saal der Blutsverwandtschaften, der Stammeserinnerungen, so hab ich ihn gern. Dort also, und das wollte ich sagen, kam mir plötzlich dieser Gedanke – ich dachte an Menschen wie dich –, und ich begriff, warum den Weißen dieses Afrika so vertraut erscheint, obwohl sie es doch in Wirklichkeit niemals verstehen werden, keine Sekunde lang. Ihr habt alle euren Freud gelesen ...«

»Freud!« schrie ich auf und erschrak vor mir selbst, doch ich war glücklich, weil die Angst für einen Moment verflogen war. »Ich weiß, was du sagen willst! Das ist mein Gedanke gewesen! Ich träume dich nur! Du bist nicht existent! Freud hat viel über die westafrikanische Ethnographie gelesen.« (»Ethnographie!« sagte er und kicherte in sich hinein; ein trockenes Geräusch wie das Rascheln der Schaben im Laubdach.) »Alles, was es im neunzehnten Jahrhundert so gab. Und als er dann das Unbewußte erfand oder entdeckte oder schuf, kappte er die Linie der spätdarwinistischen Evolution, all der Triebe und Wünsche der Vergangenheit, die durch Gebrauch, Mißbrauch und Gewohnheit ausgebildet und konserviert wurden – denn Darwin war in späteren Jahren natürlich zum Lamarckisten geworden wie auch Freud selbst –, er knickte diese horizontale Evolutionslinie ab, so daß sie nun senkrecht in die Tiefe geht, unten locker, oben fest, wie das Ganja, das tief in die Pfeife gestopft und dann – unter der dünnen Schicht des Bewußtseins – mit Glut belebt wird: Er erfüllte das afrikanische Dorf mit nächtlichem Leben.«

»Die Schreie, die Gewalt, Sex und Angst, nächtliche Tumulte – meinst du das?«

»Genau. Das alles miteinander vermischt.«

»Ja. Aber nicht so hastig. Nicht so hastig, mein guter, netter, neuer Freund. Wirst du mir noch eine Pfeife stopfen? Und konzentrier dich nur. Bitte schön, konzentrier dich! Kratz deinen ganzen Verstand zusammen. Tu es doch, wenn es dir so viel bedeutet. Wenn du wirklich Wert auf ein so banales Aperçu legst, dann mach nur weiter. Was mir wichtig ist, ist meine Pfeife. Wie gesagt: oben fest und unten locker. Und laß dir noch etwas erklären – ich kenne deine Gedanken. Es ist wirklich sehr ermüdend, aber was soll man dagegen tun? Wir können die Gedanken der Lebenden lesen. Glaub mir, das ist eine Quälerei, eine wirkliche Quälerei. Manchmal werden sogar sensible Seelen, wie ich es bin, bis zu Selbstmordgedanken getrieben. Nimm nur diese Nacht: Antoine drüben auf der anderen Seite hatte vor, das Dach dieser Hütte, in der wir hier sitzen, in Brand zu stecken.« (Ich blickte hoch zu den ausgedörrten, braunen Palmblättern, mit denen das Dach gedeckt war.) »Er wollte euch alle erschießen, beim Hinausrennen, er wollte so viele erwischen, wie er konnte, und machte sich Gedanken darüber, ob ihr alle auf einmal oder einer nach dem anderen aus der Tür kommen würdet, wie lange das Nachladen dauern würde, denn das Gewehr ist alt, eine Zwölfer mit einfachem Lauf, keine ideale Waffe, keine Kalaschnikow. Aber er hat sich geschworen: ›Lary und Redmond muß ich erwischen, denn sie spielen keine Rolle, und Marcellin, *weil* er eine spielt, dann Bague mitsamt seiner ganzen Familie, vor allem auch das kleine Mädchen. Ich muß meinen Onkel rächen! Ich muß meinen Namen reinwaschen! (Aber Nzé werde ich verschonen, denn seine Augen machen mir angst ...)‹ Nun weißt du Bescheid. Schrecklich. Es gibt Zeiten, da könnte ich mich erhängen. Es gibt sogar Zeiten, da wünsche ich mir den Feuertod!«

»Du bist der Teufel«, sagte ich mit einem törichten Lächeln und schämte mich schon dafür, während ich es aussprach.

»So? Meinst du?« Er schien kein bißchen beleidigt und verlangte nach der Pfeife, indem er mit den Fingernägeln klapperte. »Das sehe ich anders. Eure Engel und Teufel, eure Geister – sie sind so beschränkt, so stereotyp. Immer diese saubere Trennung von Gut und Böse. Die reinsten Ammenmärchen. Einen erwachsenen Menschen muß das langweilen, tödlich langweilen. Wir dagegen sind aufregend, lebendig, unberechenbar. Woher zum Beispiel willst du wissen, ob wir gekommen sind, um dir zu helfen? Oder um dich fürs Leben zu zeichnen?« Er lachte lauthals. »Aber sind wir überhaupt existent? Natürlich nicht! Geister sind nicht existent. Darauf kommt es gar nicht an. Nicht im geringsten! Na, komm schon, das bin doch nicht ich hier, ich als leibliches Wesen, das dich zum Zittern bringt« – mit der linken Hand kratzte er von unten an der Tischplatte wie eine Katze am Stuhlbein –, »das dich beben läßt wie eine Antilope! Nein, nein. Es ist das, was ich verkörpere. Es ist der Wahnsinn. Der klinische Wahnsinn. Und der, mein Freund, ist so real, wie nur etwas real sein kann.« Er stieß einen Seufzer aus. »Und diesen Wahnsinn, mein lieber, guter, netter neuer Freund, gibt es in *unglaublichen* Mengen. Besonders hier in dieser Gegend. Da hilft gar nichts. Dagegen ist kein Kraut gewachsen.« Er zündete die Pfeife mit dem Kerzenstummel an. »Kein Kraut, das irgendwie nützen könnte, wie es scheint.«

Die Morgendämmerung, dachte ich und schaute hinüber zum kalten Viereck aus Dunkelheit, das den Eingang ausfüllte – sie *muß* endlich kommen.

»Nun gut«, sagte er, lehnte sich zurück und sog heftig an der Pfeife. Sein linker Arm hing schlaff herunter, die gekrümmten Fingernägel berührten den Lehmboden. »Wenn du es so willst. Reden wir über den Morgen, Angelegenheiten des Tages, über Gesundheit, Bewegung, Vernunft, über das Laufen im Wald. Aber besonders über den Trost der Erinnerungen. Da du meinst, du wärest ein Realist« (er sprach das Wort gehackt aus – ›Re-a-list‹ – und hustete röhrend wie ein Leopard, weil er sich am Rauch verschluckt hatte), »wollen wir doch einmal deine Erinnerungen mit der nüchternen Realität konfrontieren. Nehmen wir zum Beispiel den Ort deiner Kindheit, mit dem du deine Leser schon gelangweilt hast – das Pfarrhaus, der mürbe Muschelkalk, die Gartenmauer, das verwunschene Gartenhäuschen, die Vögel, der Bach und all das –, verloren und vergangen. Nichts mehr da. Die blaue Pforte in der Mauer, die auf die Straße hinausführte, auf der steht jetzt: DRAUSSENBLEIBEN – DU BIST GEMEINT! Klingt wie Proust, findest du nicht? Im Haus wohnen die Zigeuner; der Schornstein ist durchs Dach gestürzt, der Salon ist eine Werkstatt, behängt mit lauter Werkzeugen, die Steinkugel auf dem Dach des Gartenhäuschens ist verschwunden, der Pfarrgarten, der Acker, sie sind jetzt mit Reihenhäusern bebaut, und der kleine Bach, in dem du Elritzen gefangen und Enten gehalten hast, er ist begradigt, und seine Ufer sind aus Beton. Na, wie findest du das? Was fällt dir dazu ein?«

»Ich habe nichts gegen Zigeuner. Nicht das geringste.«

»Natürlich nicht. Wie wäre es hiermit: Erinnerst du dich an den Tag, als die Misteldrossel, die in einem Baum am Ufer nistete, dicht über deinen Kopf flog und dabei eine halbe Eierschale fallen ließ, dir vor die Füße, auf den Rasen bei der Sonnenuhr?«

»Ja.«

»Wenn ich dir nun aber sage, daß die meisten Menschen, die du an jenem Tag gesehen hast, und alle Vögel, die dir an jenem Tag gesungen haben, heute tot sind?«

»Du Schweinehund!« schrie ich, sprang auf und wollte ihm einen Hieb versetzen, doch als ich seinen massiven Brustkorb sah, plumpste ich kläglich auf meinen Stuhl zurück.

»So ist es besser«, hörte ich ihn sagen, während ich auf die Tischplatte starrte, unfähig, wie es schien, auch nur den Kopf zu heben. »So ist es schon viel besser ...« Ich glotzte die Ganjakrümel an, zwei glänzende Kerne und ein Stückchen Stengel. »Endlich eine Gefühlsregung ...«

So deutlich, wie ich konnte, sagte ich: »Du dreckiger, nörgeliger, miserabler Lump. Da ist überhaupt keine Logik drin. Nicht ein bißchen. Zwischen Erinnerung und Gegenwart gibt es keine Verbindung. Wo liegt dein Problem?«

»Ich bin dein Problem«, sagte er mit einer schaurigen Grabesstimme. »Ich bin das Problem, das dich fortan begleiten wird wie dein Fetisch, wohin du auch gehst. Und die Logik? Mein lieber neuer Freund, das alles ist sehr logisch, o ja, aber es ist nicht deine Logik, es ist die afrikanische Logik. Die Gefühle verbinden alles miteinander, wie du soeben entdeckt hast.«

»Hau ab. *Laß mich in Ruhe.*«

Er schlug heftig mit der Pfeife auf den Tisch, und das Mundstück brach ab. »Guck mich an!« brüllte er. »Ich bin gekommen, um zu helfen, aber was passiert? Wie ich schon sagte: Du bist gezeichnet fürs Leben!«

»Was ist dein Rat?« fragte ich und starrte ihn wie elektrisiert an. »Welche Botschaft wolltest du mir bringen?«

»Du wirst sterben.« Seine Augen waren weit aufgerissen, sein Gesicht war bleich, sein Mund war schief. »Du wirst sterben am Lac Télé. Einen langsamen, elenden, qualvollen Tod. Und keiner ist schuld – nur du selbst!«

Er stand auf, geschmeidig wie eine Raubkatze, nahm die Jacke von der Wand und riß dabei den Nagel heraus. »Ich verabschiede mich nicht, denn du wirst mir bald folgen.« In der Tür blieb er noch einmal stehen. »Wir sehen uns noch«, sagte er, schon ein wenig lauter. Und von draußen, wo das Morgengrauen soeben begann, brüllte er zurück: »Auf ein baldiges Wiedersehen!«

Der Luftzug seines Atems, der den Worten folgte, blies die Kerze aus und wärmte mich, als er über die Tischplatte wehte.

»Macht nichts, ganz egal«, sagte ich mir trotzig wie ein Kind, und während ich zusammensackte und bewußtlos wurde, sagte ich noch: »Wenigstens eine Wasserschleichkatze muß es am Lac Télé geben und vielleicht ... sogar eine fliegende ... Maus.«

26

Eine Hand legte sich auf meine Schulter. Eine vertraute Stimme sagte: »Du hast in meiner Hütte geschlafen!« Ich hob den Kopf und löste damit eine Schmerzlawine aus, die mir den Rücken hinabschoß. Das ist die Wirbelsäule, dachte ich, richtete mich auf und rieb mir die rechte Gesichtshälfte, die auf dem Tisch gelegen hatte. »Zervikal«, sagte ich, um mich an etwas festzuhalten, egal, was es war, wenn es nur wirklich und unbezweifelbar existierte: »Thorakal.« Wörter wie diese fand ich tröstlich auf dem langen Weg, den ich brauchte, bis ich zu ihrer Bedeutung vorgestoßen war. »Lumbal.« Sie ließen einen nicht im Stich, lösten sich nicht auf und verschwanden nicht im Wald, wenn man sich ihnen näherte. »Sakral.« ... Antoine ... die Ziege ... Sakrament!

Der alte Bague, der mich noch immer bei der Schulter hielt, sagte: »Keine Sorge! Xavier Bague hat Erfahrung mit den weißen Männern. Sie schlafen oft auf dem Stuhl! Und wenn sie aufwachen, beten sie zu ihrem Geist, zu ihrem heiligen Geist!« – »Jesus«, sagte ich. – »Genau!« erwiderte Bague, und sein knittriges Gesicht strahlte so frisch, wie ein knittriges Gesicht nur strahlen kann. »Jesus! So hieß er!« Ich blickte zum Nagel an der Wand. Bague hatte ihn wieder eingeschlagen. »Du darfst gern in meiner Hütte bleiben! Heute nacht wirst du wieder hier schlafen! Auf deinem Stuhl! Auf deinem Lieblingsstuhl!« Mit der linken Hand hielt er mir einen weißen Emailleteller unter die Nase. »Frühstück? Maniok? Foufou?« fragte er. Auf dem Teller befand sich eine graue, erstarrte Rolle Maniok, die genauso geformt war wie das Ganja. Das Ganja? Wo war es geblieben? Verschwunden! Und Nzé? Ich lauschte. Keine Pfeifenten zu hören. Ich schaute unter den Tisch. »Er ist weg!« sagte ich. Bague hob die spärlichen und borstigen Augenbrauen: »Fühlst du dich gesund heute morgen?« Er rüttelte meine Schulter. »Bist du in guter Verfassung?« Ich stand auf, mir war übel, meine Füße waren taub, aber es gelang mir gerade noch, beim Anblick des Maniok den Brechreiz zu unterdrücken. »Natürlich!« rief Bague, als wäre es dumm von ihm gewesen, daß er nicht eher darauf gekommen war, und ging zum Eimer. »Möchtest du Palmwein?«

Ich stieß gegen die Tischecke, warf Bagues Stuhl um und war schon aus der Tür.

Lary, zurück von der Morgentoilette am Fluß, breitete das Handtuch zum Trocknen über das Zelt und fragte: »Hast du dich amüsiert?«

Mein Kopf fühlte sich völlig leer an, leer und kalt; die Kälte kroch mir den ganzen Rücken hinab. Ich krabbelte ins Zelt und schlief sofort ein.

»Es ist Mittag!« schrie Marcellin so laut, daß die Zeltstangen bebten. »Jetzt aber raus! Aufstehen! Antoine ist da! Geld! Er braucht Geld!«

»Was ist?« fragte ich erwachend, griff in der Bruthitze des kleinen, engen Zelts nach der Wasserflasche und schluckte die lauwarme Brühe. »Wozu will er Geld?«

»Die Ziege!« brüllte Marcellin, und seine Stimme wurde noch schriller. »Du mußt eine Ziege kaufen! 4000 CFA! Eine Ziege!«

Ich entdeckte meine Brille in einer Falte der verschwitzten Plane, tastete nach den Stiefeln und fand heraus, daß ich sie noch anhatte, verhedderte mich in den Zeltklappen und kroch mürrisch hinaus in die Sonne.

Lary und Antoine (in seinen orangefarbenen Hosen und dem Jeanshemd, seine nackten, blasenbedeckten Füße mit Heftpflastern beklebt, die ich ihm gegeben hatte) standen mit Marcellin in der Sonne, auf dem harten, roten Erdboden. Lary sagte auf englisch: »Ich hab ihnen gesagt, sie sollen dich nicht überfordern. Ich hab ihnen gesagt, du mußt schlafen. Mindestens eine Woche lang. Aber sie haben nicht auf mich gehört.«

Ich holte vier von den blau-purpurnen Tausendfrancnoten aus der wasserdichten Hülle in meiner Beintasche, aber aus irgendeinem Grund ergaben die Zahlen keinen Sinn, und ich starrte ratlos auf die großen Elefantenbullen, die auf der Rückseite der Scheine zu sehen waren. War die Rundung der Stoßzähne nicht übertrieben? Warum waren sie geformt wie Sicheln? Sicher hatte der Künstler ...«

»Kohl«, sagte Lary aus unerfindlichen Gründen. »Er hat Kohl ihm Kopf. Broccoli im Gehirn.« Er rupfte mir das Geld aus der Hand und gab es Marcellin, der es an Antoine weiterreichte. Antoine glotzte mich sprachlos an. Er war fast völlig kahl. Sein Schädel glänzte in der Sonne – genau wie die *Gilbertiodendron*-Kerne, nachdem ich sie mit meinem Stirnschweiß befeuchtet und an der Hose poliert hatte. Das erinnerte mich an etwas. »Lary«, sagte ich und grub in meiner rechten Hosentasche unter dem Fetisch nach. »Tut mir wirklich leid, aber ...« (»Häh?« fragte Lary und schob den Hut in den Nacken.) »Die hab ich aus deiner Sammlung geklaut.« – »Wirklich wahr?« Er nahm mir die Palmkerngesichter ab und steckte sie in die Tasche, wie etwa ein Mann in weißem Kittel das Geschenk eines Patienten wegstecken würde. Antoine, der mich noch immer anglotzte, wich zurück. Sein Schnurrbart war in der Mitte buschiger geworden, doch seine Enden hingen tiefer herab. Das kommt wahrscheinlich so, dachte ich, rein physiologisch betrachtet, wenn man im tätlichen Sinne unschuldig ist, aber einen Mord begehen *möchte* ...

In einem Tonfall, den ich noch nie an ihm vernommen hatte, sagte Marcellin: »Redmond, ist dir was passiert?«

Antoine, der im Weggehen leicht hüpfte, zumindest sah es in der flimmernden Hitze so aus, rief zurück: »Er ist krank! Er hat ein Fieber!«

Lary sagte zu Marcellin: »Tut mir leid. Wir bringen das in Ordnung. Schon gut.« Er nahm mich beim Arm. »Unten am Fluß«, sagte er sanft, und sein Griff fühlte sich an wie Handschellen, »dort ist es kühler. Gehen wir ein Stück.«

»Noch zehn Minuten«, sagte Marcellin und vollführte in seinen weißen Turnschuhen eine elegante Drehung, um Antoine nachzueilen. »Es ist wegen der Ziege. Ihr müßt dabeisein. Ob er Fieber hat oder nicht.«

»Dieses T-Shirt«, sagte ich zu Lary, »Marcellins T-Shirt. Da steht AFRICA vorn drauf!«

»Ja«, sagte Lary und steuerte mich durch die Schlucht. »Deine Augen funktionieren also noch. Hundertprozentig?«

»Was ist los?« fragte ich, und die Sonne brannte wie Feuer in meinen Nackenhaaren. »Was fehlt dir denn?«

»Nein«, sagte Lary. »Da verdrehst du was. Die Frage geht an dich, Redso. Was fehlt dir also?«

Das halbe Dorf, Frauen, Kinder, Pygmäen, alle schienen an uns vorbeizulaufen; tote Seelen, die in die andere Richtung wanderten. Aber Lary konnte man trauen, auf ihn konnte man sich verlassen, auch wenn man selbst der Tote war. Egal, wie beschäftigt er gerade war, ob er vor der Jagd zu den Ahnen betete oder eine Vorlesung vorbereitete, von der seine ganze Karriere, seine Zukunft abhing – wenn man wirklichen Kummer hatte, ließ Lary alles stehen und liegen und eilte zu Hilfe. Er würde zwar fluchen, aber er würde helfen. So war er eben. »Lary«, sagte ich und nickte den Vorbeigehenden zu, »sag mir: Sind wir in ihrem Traum oder sind sie in unserem?« Während ich das sagte, war mir klar, daß irgend etwas, ganz am Rande, nicht so recht stimmte und daß mir die Mitte ein wenig weggerutscht war; die Seele war Wasser holen gegangen oder wollte nur etwas in der Bibliothek nachsehen, die Vergangenheit mit einer Erinnerung vergleichen, irgend etwas Belangloses ...

Lary ließ meinen Arm los, ging einen halben Schritt voraus und schaute mir ins Gesicht. »In zwei Tagen«, sagte er, »bist du wieder okay.« Und du selbst, Lary, dachte ich, möchtest am liebsten wieder zurück nach Walney Island, beim Rauschen des Meeres dort oben im Norden deine Möwen und Krabben studieren, denn deine Augenfältchen sind wie Seesterne, und diese parallelen Schlängellinien im Sand bei Ebbe, die laufen dir über die Stirn ...

»Es hat sich herumgesprochen«, sagte Lary. »Marcellin hat es mir gesagt. Alle sind sie unterwegs zur Vorstellung. Antoine sticht eine Ziege ab. Sein Onkel, den Bague mit seinen Freunden ermordet hat, hatte Ziegen in seinem Hof. Also sticht Antoine eine Ziege ab, dann können Makao und Berandzoko weiterleben. Mir kommt das reichlich sinnlos vor, das hat keine Logik, weder in rechtlicher noch in anderer Hinsicht, das ist eben Kaka-Justiz – oder vielleicht nur Antoines Vorstellung von Gerechtigkeit. Ein Gast von Bague –

du nämlich – hat die Ziege gekauft, also hat Bague sie in gewisser Weise bezahlt, vermute ich. Marcellin sagt, sie schubsen die Ziege erst noch herum – die Schlachtvorschriften ein bißchen lockern, verstehst du? Ich denke aber, es ist besser, als wenn sie den perversen alten Bague umbringen. Pech für die Ziege.«

»Warum gehen wir dann in die falsche Richtung? Kehren wir um!«

»Nicht so hastig! Erst waschen wir uns das Gesicht, dann kommt die Show. Klar? Kaltes Wasser?«

»Kaltes Wasser.«

»Ach, übrigens, Redso«, sagte er mit ruhiger Stimme, »wenn es dich anstrengt, mußt du nichts sagen – aber was war letzte Nacht los? Nachdem ich gegangen war? Was ist dir passiert? Hast du das Zeug geraucht?«

»Das bleibt unter uns«, sagte ich und schaute in die Runde – Pierre Welia, der Dorfälteste, sein Enkel und der Hund winkten mit je einer Hand und, wie mir schien, einer weißen Pfote zu uns herüber –, »aber ich will nie wieder rauchen. Wenn wir hier jemals rauskommen, gebe ich meine Pfeifen weg. Und wenn ich noch einmal solche Fingernägel sehe ...«

»Was für Fingernägel?«

»Die Wahrheit ist, ich habe mich noch nie in meinem Leben so gegruselt.«

»Du glaubst, *du* hättest dich gegruselt! Du nimmst dieses verdammte Dreckszeug, das hier in dieser Hitze gewachsen ist, in dieser Schwüle, verseucht mit Chemikalien, die ausreichen würden, um dir die Eier wegzusprengen – und du erzählst mir, du hättest dich gegruselt! Es ist der *ganze* Ort, der gruslig ist. Steck deine lange Nase nicht immer nur in die Bücher! Sieh dich lieber um! Mach dir ein Bild! Ich sag dir, Redso, es ist die Realität hier – noch nie in meinem ganzen verdammten Leben haben mich reale Dinge so sehr gegruselt. Der verrückte Sergeant nicht, Sergeant Pepper von der Volks-was-weiß-ich-Bande nicht, der Sergeant von Manfouété auch nicht – wenn der Schnaps nicht gewesen wäre ...«

Schweigend gingen wir hinab zum verlassenen Ufer. Ein Blauer Schildturako rief: »Ko-ko-ko-ko.« Er will rein, dachte ich. Er klopft an die Tür ...

Wir zogen die Stiefel aus, rollten die Hosenbeine hoch und wateten bis zu den Knien hinein.

»Ich kann dir sagen: Die verschiedenen Gruppen hier, mit tödlicher Sicherheit hassen die sich.« Lary schöpfte Wasser mit den Händen und bespritzte sich das Gesicht. »Eines Tages holen die ihre Macheten raus und stutzen sich gegenseitig zurecht. Und diese Voraussage, Redso, beruht auf sorgfältiger, gründlicher Beobachtung aus nächster Nähe. Wenn du mich fragst, ich mag das Dorf auch nicht, aus irgendeinem Grund kommt es mir widerwärtig vor. Marcellin sagt, das liegt daran, daß die Leute kein geregeltes Leben führen – sie arbeiten kaum in den Pflanzungen, sie verbringen ihre Zeit mit der Elefantenjagd.«

Nachdem ich mich vergewissert hatte, daß ich nicht blind wurde, daß die Welt nur deshalb undurchsichtig wurde, weil ich meine Brille noch aufhatte und sie vom Wasser getrübt war, nahm ich sie ab und steckte sie in die Tasche.

»Wir sind hier gefangen. Hast du das gewußt? Genau, wie ich es vorausgesagt habe. Marcellin sagte ganz majestätisch zu mir: ›Ich habe Boten flußabwärts geschickt.‹ – ›Ach wirklich?‹ fragte ich zurück. ›In Einbäumen? Warum können wir dann nicht auch mit? Und wenn nur ein Platz frei ist, kannst du den für mich reservieren ...‹ – ›Nein, nein‹, sagte er. ›Zu Land. Sie gehen zu Fuß. Den ganzen Weg bis zum nächsten Dorf flußabwärts.‹ Also sagte ich: ›Marcellin, wir können laufen. Wenn die Boten zu Fuß gehen, können wir das auch.‹ Aber offenbar geht das nicht, weil überall Sümpfe sind. Nur die Pygmäen kommen da durch.«

Verdrossen tunkte Lary den Kopf ins Wasser und zog ihn gleich wieder heraus. »Auuuu!« schrie er, als hätte er einen Hieb mit der Machete bekommen. »Mein Ring! Mein Absolventenring!«

»Dein Ring?«

»Nicht rühren! Bleib, wo du bist!«

»Was ist passiert?«

»Mein Ring ist weg!« Er zog sein Hemd aus und warf es mir zu. »Hier ist eine Strömung«, sagte er. Das Kinn knapp über dem schlammigen Wasser, das Gesicht gefurcht vor Anstrengung, tastete er unten im Flußbett umher. »Dieser verdammte Fraß – ich bin so dünn geworden, daß ich den Ring verloren habe. Wenn er weg ist, Redso, dann drehe ich genauso durch wie du. Wirklich wahr ... Ekelmaniok und Palmwein ... wenn das so weitergeht, sind wir nur noch Haut und Knochen.« (Ein Blattgerippe, das in der Strömung trieb, verfing sich in seinem Bart.) »Wie der alte Bague – nichts als ein dürres Gerippe ....«

Plötzlich sprang er triumphierend in die Höhe, den rechten Arm ausgestreckt, das Blatt immer noch im Bart. »Ich hab ihn!« brüllte er. Etwas Goldenes blitzte in der Sonne.

»Dein Fetisch«, sagte ich.

»Nein, das ist kein Fetisch«, erwiderte er pikiert und steckte den Ring in die rechte Hosentasche. Er strich sich das Wasser aus dem Bart (und zerquetschte das Blattgerippe). »Aber er bedeutet mir sehr viel. Er ist mir kostbar«, erklärte er, während er zurück ans Ufer watete. »Redso, vergiß nicht, du bist ein privilegierter Engländer. Aber wo ich herkomme, bei mir zu Hause, wenn man sich da vorm Mittagessen im Hof schmutzig machte, mußte man hungern. Ich hab mich totgeschuftet, um mir diesen Ring zu verdienen! Ich hab während des Studiums in einer Gerberei gearbeitet. Ich mußte die Häute vom Lastwagen auf den Fabrikhof werfen. Und glaub mir: Im Winter waren diese Häute so kalt, daß sie mir an den Händen klebten, und so dick überfroren, daß sie schwer waren wie Wellblechplatten. Aber im Sommer erst: Da haben sie gestunken, weil das faule Fleisch noch dranhing, dann die Fliegen, dichte Wolken von Fliegen. Und die Maden sind mir den Nacken runtergekrabbelt.«

Um den Mangobaum neben Bagues Hütte hatte sich eine kleine Gruppe geschart. Als wir näher kamen, warf sich Lary in die Brust und rief: »Heute abend gibt's Ziegenkoteletts, Ziegenschnitzel, Ziegentournedos ...«

»Ziegenrumpsteaks«, setzte ich fort und war wieder ich selbst, getrieben von gewöhnlichen Begierden und einem ganz urwüchsigen Hunger. »Ziegenlenden!«

Aber die Ziege, die, mit einem Lianenstrick an den Baum gebunden, ergeben ihres Schicksals harrte, war nur ein kleines Zicklein, das uns flehend ansah und mit den Ohren zuckte.

»Wir sollten doch lieber beim Maniok bleiben, Lary.«

»Hast recht«, sagte Lary und wandte sich ab.

Antoine, der seine Machete an einem Stein wetzte, stieß einen falschen Lacher aus, als er uns entdeckte und sein Publikum vollzählig fand. Dann begann er, mit der Machete vor dem Tier herumzufuchteln. Das Zicklein hob den Kopf und meckerte. Antoine blickte beschämt in die Runde, nahm es zwischen die Knie und schlitzte ihm mit einem glatten Schnitt die Kehle auf.

Die Zuschauer gingen schweigend auseinander. Nur der schwarze Hund mit den weißen Pfoten blickte sich um, mit offenem Maul und hängender Zunge, und vom Fell seines Unterkiefers troff der Geifer. Marcellin, der in kompletter Ausrüstung neben uns stand, mit dem Tropenhelm auf dem Kopf, Kopfhörer und Fernglas um den Hals, den Sony-Walkman, die Machete aus Birmingham, die Dokumententasche und zwei Wasserflaschen am Gürtel, flüsterte: »Das wird nicht reichen. Bei weitem nicht.«

»Was wird nicht reichen?« fragte Lary verstört.

Marcellin schüttelte den Kopf. Er deutete stumm zu Antoine hinüber, der sich über das tote Zicklein beugte und die Hinterfüße mit dem Halsstrick zusammenband. »Später«, sagte er.

Antoine hängte das Tier an einem Ast auf und begann es mit der Machete zu häuten.

»Doktoren!« schrie Bague und kam hinter seiner Hütte hervorgelaufen. »Mein Pygmäe! Einer von meinen Pygmäen! Könnt ihr ihm helfen?«

»Malariapillen«, sagte Lary, während wir von Antoine weg zu ihm hinübergingen. »Kopfschmerzen, Rückenschmerzen, Fußverletzungen, alles, was du willst.«

Ein würdevoller Mann mittleren Alters mit einem Bart stand hinter Bague. Er trug nichts als einen ehemals weißen, schmutzverkrusteten Lendenschurz – zwei Stoffetzen, einer vorn, einer hinten, zusammengehalten mit einem Bindfaden um die Hüfte. »Er arbeitet in meiner Plantage«, sagte Bague. »Aber er fühlt sich nicht gut.« Die Augen des Mannes waren gerötet, auf seiner Stirn stand der Schweiß. Bague sagte etwas auf Kaka, und der Mann schob den vorderen Lendenschurz nach unten.

Knapp über dem Schamhaaransatz war ein offenes Geschwür, ein schwarzglänzender, handtellergroßer Entzündungskrater. Die rosa Öffnung in der Mitte, etwa drei Zentimeter tief, bewegte sich ein wenig, wenn er atmete.

»O Gott«, sagte Lary und wich einen Schritt zurück. »Den hat es erwischt. Ich hole das Floxapen. Ich hab noch Floxapen versteckt.« Und er stolperte davon.

»Xavier Bague«, sagte Marcellin, »dieser Mann, dieser Pygmäe – er soll nicht arbeiten!«

»Er will aber arbeiten«, erwiderte Bague und zuckte die Schultern. »Er braucht Maniok. Er hat eine Familie.«

Lary überreichte Marcellin das schwarze Fläschchen und sagte, mit verkniffenem Mund zur Seite blickend: »Eine Stunde vor den Mahlzeiten. Oder direkt vor dem Schlafengehen.« Marcellin übersetzte. Der Pygmäe, der mit stumpfer Miene dastand, weil er seine ganze Energie brauchte, um den Schmerz zu unterdrücken, nahm die Flasche entgegen.

Lary zog eine Tube Savlon, eine Binde und eine Sicherheitsnadel aus der Tasche. »Wir haben kein Verbandzeug mehr«, sagte er mit erstickter Stimme. »Du hast alles weggegeben, in Manfouété. Die Himbeerseuche.« Dann: »Hier, mach du es!« Lary weinte. Er weinte lautlos; dicke Tränen rollten ihm die Wangen herunter und verschwanden im Bart. »Es ist nicht nur seinetwegen«, sagte er schluckend. »Auch wegen der Kinder. Der Pygmäenkinder mit der Himbeerseuche. Sie müssen sterben, sie sind entstellt – das ganze Elend, völlig grundlos ... Eine Spirochäte ... Eine Spirochäte, die man für vierzig Penny beseitigen kann. Vierzig lausige Penny! Ich weiß nicht, Redso, ich weiß nicht, ob ich das durchstehe. Ich hatte schon so eine Vorahnung, wie das ist, wenn man die Menschen reihenweise sterben sieht. Man sollte doch meinen, daß *irgendwer* seinen Arsch in Bewegung setzt und hier hilft ...« Er stapfte los, hinunter zum Fluß.

Das Geschwür stank nach faulem Fisch. Ich strich das Savlon hinein, rollte dem Mann die Binde um den Bauch und befestigte sie mit der bereits angerosteten Sicherheitsnadel.

Er zog den schmutzigen Lendenschurz wieder hoch und ging, die Flasche und die Tube in der Hand, mit seinen kurzen, schnellen Pygmäenschritten davon, zurück zur Plantage.

Bague folgte ihm.

»Er wird sterben«, sagte Marcellin. »Noch drei Wochen, dann wird er sterben.«

»Was ist das?« fragte Lary beim Abendessen und starrte auf seinen Teller.

Ein Stück Darm, säuberlich um einen Fetzen Magenschleimhaut (die mit gelblichen Pickeln übersät war) gewickelt und geknotet, lag neben seiner Portion Maniok. Das Ende war nach oben gebogen und blinzelte ihn an wie ein schlimmes Auge.

»Das ist eine Delikatesse«, sagte Marcellin. »Gekröse. Wir haben das Gekröse der Ziege bekommen.«

»Kaldaunen«, sagte ich, um die Situation zu retten.

»Man weiß ja nie«, erwiderte Lary, der ein violettgraues, gummiartiges Stück probierte. »Das Leben hier ist voller kleiner Überraschungen. Nehmen wir nur dieses zufällige Beispiel: Man merkt immer erst hinterher, ob sich der Bissen abwärts oder aufwärts bewegt.«

Da er in diesem Fall die Bewegungsrichtung erraten konnte, schob Lary den Teller weg. Nachdem er offensichtlich überlegt hatte, ob er sich den Mund mit Palmwein ausspülen sollte, besann er sich anders und verschränkte die Arme. »Wo ist überhaupt Antoine? Wer hat das Fleisch bekommen? Und Manou? Wo steckt Manou? Ich mag ihn. Er fehlt mir.«

»Antoine hat das Fleisch für seine eigenen Zwecke verwendet«, erklärte Marcellin, »für ein Ritual oder was weiß ich. Und jetzt ist er weg. Die Leute hier, sie haben ihm das mit dem Ziegenopfer nicht abgenommen. Sie dachten, er wäre nur darauf aus, Bague umzubringen.« (Als Bague seinen Namen hörte, schaute er von seinem Teller auf und lächelte uns der Reihe nach an.) »Pierre Welia hat ihn gewarnt. Er sagte: ›Antoine, wenn du noch eine Nacht hierbleibst, dann wirst du dein Dorf nicht wiedersehen.‹ Aber wenn du mich fragst, ich glaube nicht, daß Antoine überhaupt fähig ist, seinen Onkel zu rächen. Antoine ist ein Schwächling. Er kommt her – der Häuptling von Makao schickt ihn her –, und was macht er? Er raucht Ganja bis zum Umfallen – zusammen mit Manou, der keinem Huhn etwas zuleide tun kann! Und was macht er dann? Er schlachtet die Ziege! Es hat ihm nicht einmal Spaß gemacht! Das konnte jeder sehen. Nein, Antoine wird seinen Namen niemals reinwaschen. Er ist erledigt.«

In der Nacht, beim Lesen mit der Taschenlampe im Zelt, blickte Lary von seinem ›Martin Chuzzlewit‹ auf und fragte mich: »Wie fühlst du dich?«

»Schon viel besser«, erwiderte ich und legte die ›Afrikanischen Schmetterlinge‹ beiseite. »Danke.«

»Dieses Zeug, Ganja, verursacht wahrscheinlich keine Dauerschäden, nur harmlose psychomimetische Erscheinungen, vermute ich, die ablaufen wie ein kurzer psychotischer Schub. Aber wie ich dich kenne, hast du dir eine lebensgefährliche Dosis verpaßt. Wenn du eine Woche lang nichts weiter als puren Whisky trinkst und dann plötzlich aufhörst, kannst du etwas Ähnliches erleben. Wahrscheinlich hast du das Zeug geraucht, bis du Visionen, periphere Sehstörungen nämlich, hattest – bis dir ein Gespenst erschienen ist, dein ganz persönlicher Geist –, hab ich recht?«

»Keine Ahnung.«

»Übrigens hab ich auch Probleme.«

»Du auch? Ist dir jemand erschienen? In der Nacht? Sind sie gekommen?« fragte ich übereifrig.

»Sei nicht albern«, sagte Lary indigniert. »Natürlich nicht. Bei mir läuft das nicht. Nein, was mir Sorgen macht, ist dieser Husten. Redso, ich glaube, ich hab Tbc. Ich werde diesen Husten nicht los. Ich hab schon dein Amoxil probiert, aber ohne Erfolg. Wer einen Herd in der Lunge hat, spuckt am Tag vier Milliarden Bazillen aus, und jede einzelne Bazille ist fähig, eine Infektion auszulösen. Eindrucksvoll, findest du nicht? Jedenfalls aus der Sicht einer Bazille. Die Tröpfchen trocknen in der Luft, und die Erreger fliegen mit den Staubpartikeln umher. Diese rote Erde, vermute ich, ist ideal dafür geeignet. ›Das Haupt der Sendboten des Todes‹, wie Bunyan sagt, das *Mycobacterium tuberculosis*. Eskimos, Indianer und Afrikaner sind aus irgendwelchen genetischen Gründen am anfälligsten. Der Erreger kommt also wahrscheinlich aus Europa. Die natürliche Auslese hatte einfach keine Zeit, sich hier durchzusetzen. Tbc ist endemisch. Und es gibt eine Variante, die ich wirklich nicht mag. Sie nistet sich in den Lungen ein, du bekommst so ein trockenes

Hüsteln, ein bißchen Fieber, weiter nichts, und dann macht sie sich in den Nieren breit – ohne auffällige Symptome. Nur stilles Leid, gerade so viel, daß es dir die Spitzenleistungen beschneidet, daß du nichts Richtiges mehr zustande bringst. ›Der arme Shaffer‹, werden alle sagen. ›Seit er im Kongo war, ist er nicht mehr der alte. Jeder hat ihn gewarnt. Und nun sieh ihn dir an! Seine Nerven sind hinüber. Fragen wir doch den jungen Mann, der gerade die Stelle angetreten hat – wie war doch gleich sein Name? –, ob er die Abteilung leiten will. Die Schwesternausbildung kann er gleich mit übernehmen.‹ Mit dir geht es bergab, und mit den Bazillen geht es bergauf. Sie werden immer munterer, sie breiten sich aus, wandern in die Blase, kriechen dir in die Eier und fließen dir aus dem Schwanz – Schmerzen erster Güte! Alle zehn Minuten mußt du pinkeln. Ein bißchen Blut und ein bißchen Eiter. Und du zitterst wie ein Rüttelsieb auf diesen Erntemaschinen ...«

»He, Lary«, rief ich, da ich mich tatsächlich schon schüttelte. »Hörst du endlich auf damit? Versuchen wir doch einfach zu schlafen, okay?«

Am Morgen hatte Lary sich mannhaft damit abgefunden, daß wir mindestens einen Monat, wenn nicht für immer, in Berandzoko bleiben würden, und machte sich daran, einen geregelten Tagesablauf festzulegen.

»Als erstes: Schwimmen!« sagte er, während ich einer großen, schwarzen, weißgebänderten Biene zusah, die fast zwei Zentimeter lang war (eine Holzbiene, die solitär lebt und sich mit ihren Kiefern in abgestorbene Äste und Stämme eingräbt) und über einem zerzausten Büschel von rosa Blüten vor dem Zelteingang brummte. »Erstens: Waschen und Schwimmen. Zweitens: Frühstücken – Ekelmaniok.« Als drittes kam ein Spaziergang in Larys hastigem Tempo durch die Pflanzungen, vorbei an dürren Maniokbüschen und den kleinen Feldern mit Ananas und Mais, Bananen-, Orangen- und Papayabäumen.

Viertens, nach dem Mittagessen (Maniok und Huhn, in der Hütte zusammen mit Bague und Marcellin – Nzé und Manou waren verschwunden, desertiert, ermordet, weggezaubert) die Siesta, und zwar im Schatten des nach allen Seiten offenen Versammlungshauses, wo wir mit geschlossenen Augen in Bagues lederbespannten Liegestühlen lagen, um in einen echten oder vorgetäuschten Schlaf zu versinken, in dessen Verlauf die Seele auf Wanderschaft ging und die verlassene körperliche Hülle nicht berührt werden durfte. Nach dem Erwachen behandelten wir (mit Marcellin als Kaka-Dolmetscher) die harmloseren Wunden und Verletzungen der kleinen Gruppe von Menschen, die sich inzwischen angesammelt hatte und schon auf uns wartete. Wir verteilten Vitamin- und Chinintabletten und hörten uns lange Krankengeschichten an, für deren Diagnose wir nicht gerüstet waren. Nach dem Abendessen – Maniok und Huhn, zusammen mit Bague und Marcellin in der Hütte – zogen wir uns ins dunkle Zelt zurück, schnallten die Kopflampen um und lasen eine vorgeschriebene halbe Stunde. »Mein Gott«, sagte Lary am ersten der solcherart geregelten Abende. »wenn ich daran denke, wo ich in diesem Moment sein könnte ...«

»Wo?« fragte ich pflichtbewußt.

»Im staatlichen Zentrum für Darstellende Künste! In Saratoga Springs, New York! Wo man auf dem Rasen sitzen kann, auf richtigem Gras. Wir sitzen auf einem ordentlichen Rasen und hören das Philadelphia Orchestra oder lassen das New York City Ballet tanzen, denn die haben dort ihr Sommerquartier, direkt in Saratoga Springs. Stell dir vor, ich könnte jetzt was aus dem Standardrepertoire sehen – zum Beispiel den ›Feuervogel‹ mit Kostümen und Ausstattung von Chagall ...«

Am Morgen des zweiten geregelten Tages war Lary zufriedener, aber am Nachmittag, in der Stunde, die eigentlich für die Siesta vorgesehen war, beobachtete ich aus dem Augenwinkel, daß er sich nicht mehr schlafend stellte, sondern zum ersten Mal sein bestes, oktavgroßes, schwarzes, vierfach gelochtes Ringbuch aufschlug, das in den weniger schwierigen Zeiten unbehelligt in der rechten Seitentasche seines Rucksacks geschlummert hatte. Was hatte er entdeckt? Auf welche essentielle Wahrheit war er gestoßen? Hatte er ein zentrales Geheimnis gelüftet? Ein einheitliches Prinzip, den Schlüssel zum Animismus? Neugierig geworden, löste ich mich vom heißen Leder, arbeitete mich aus dem knarrenden Stuhl hoch und schlich mich, so leise ich konnte, an ihn heran.

Lary zeichnete. Senkrechte, schräge und sich kreuzende Linien. »Das sind Drahtseile«, sagte er, ohne aufzublicken. »Gespannte Stahltrossen. Johann August Roebling, 1806 bis 1869. Ein Held. Einer von meinen Helden. Deutschamerikaner, geboren in Mühlhausen, hat am Berliner Polytechnikum studiert und ist dann nach Amerika gegangen. Hat eine Drahtseilfabrik in Trenton, New Jersey, gegründet und die Kabelhängebrücke an den Niagarafällen gebaut. Er wurde ausgelacht. Die anerkannte Methode beim Brückenbau waren Ketten. Er aber verwendete Drahtseile, und es funktionierte! Also gewann er mit seinem Entwurf auch den Wettbewerb für die große Brücke über den East River, die Manhattan mit Brooklyn verbindet. Das war ein Kerl! Und diese Brücke erst: Die Männer, die sie gebaut haben, mußten in gewaltigen Caissons« (zwei Vierecke am Fuß der Seite) »auf Grund gehen. Jeder dieser Senkkästen so groß wie zwei Fußballplätze, abgedeckt mit einer zehn Meter starken Platte aus Kiefernholz. Die Luft, die sie zum Atmen brauchten, wurde mit primitiven Pumpen nach unten gepreßt« (zwei lange Linien, die sich von oben herabschlängelten). »Und du mußt bedenken, daß das keiner zuvor gemacht hatte, daß nie jemand in solcher Tiefe bei diesem Luftdruck gearbeitet hatte. Das waren Kerle! Stell dir die Hitze vor, dazu die Angst. Sehr angenehm, meinst du nicht? Ich finde die Vorstellung, dort zu sein, *wirklich* angenehm.«

»Wie ist es ihnen da unten ergangen?«

»Sie haben getan, was zu tun war, und sind umgekommen, sehr viele jedenfalls. Bei dem Luftdruck unten im Flußbett, wo sie die Fundamente für die zwei Hauptstützen, die Brückentürme, legten, bekamen sie Gliederschmerzen, Magenkrämpfe, Kopfschmerzen, Schwindel und Lähmungen. Niemand wußte, was die Ursache war. Die Ärzte haben der Sache natürlich einen Namen gegeben – ›O ja‹, sagten sie, ›das ist die Caisson-Krankheit.‹ Und es waren die ersten Fälle dieser Luftdruck-Krankheit –, der ganze Körper ist voller Stickstoffbläschen, ein wandelndes Schaumbad. Das Buch von David McCollough, ›The Great Bridge‹ – das solltest du lesen.«

»Da hätten wir also Bernd Heinrich mit der Mechanik der Hummel und John Augustus Roebling mit der Brooklyn-Brücke. Noch jemand?«

»Brunel«, erwiderte Lary und zeichnete etwas, was aussah wie das offene Ende eines Ziegendarms. »Isambard Kingdom Brunel. Schon von ihm gehört?«

»Aber klar, den kennt doch jeder. Ein britischer Nationalheld. Er gehört zur Stammesgeschichte. Mit 27 Chefingenieur der Great Western Railway. Setzte die Verlängerung der Strecke durch und übernahm den Bau: seine Dampfloks fuhren bis Bristol; sein Dampfschiff Great Western fuhr auf den Atlantik hinaus und hat euch nach New York gebracht. Dann kamen die viel größeren Dampfschiffe aus Eisen, die Great Britain, schon mit Schiffsschraube, und die gigantische Great Eastern von 1858. Aber den Streß hat er nicht überstanden. Er drehte durch und starb noch vor der Jungfernfahrt ...«

»Genau«, sagte Lary und malte eine halbe Radnabe mit den dazugehörigen Speichen rechts neben das offene Ende des Ziegendarms. »Aber weißt du auch, daß er ein poetischer Mensch war?«

»Ein Dichter?«

»Den Box-Tunnel hat er so ausgerichtet, daß die Sonne genau an seinem Geburtstag hindurchschien.«

Am dritten Tag erschienen ein Bootsführer, drei Ruderer und der größte Einbaum, den wir je gesehen hatten, am Flußufer. Und in der Morgendämmerung des vierten Tages brachen wir auf, verabschiedet, wie wir empfangen worden waren: von der einsamen Gestalt Xavier Bagues.

27

»Vergeßt es nicht!« rief uns der alte Bague nach und winkte mit der linken Hand. In der rechten hielt er die Geldscheine, die ich ihm für das Logis (im Gegenwert von vier Hühnern pro Tag) bezahlt hatte, sowie die drei versprochenen Patronen. »Vergeßt es nicht!« schrie er. »Sagt es dem Präsidenten! Dem Präsidenten von ganz Frankreich! Xavier Bague läßt ausrichten, die Franzosen, sie sollen zurückkommen!«

Sein Geschrei verebbte hinter uns in den Bäumen, den Lianen und dem Schilf, das uns nun umschloß.

Der Bootsführer, ein gelenkiger, wortkarger Mann vielleicht Ende dreißig, gekleidet in ein braunes Baumwollhemd und Shorts, stand mit seinem langen Paddel im Heckteil des Einbaums. Zwei seiner halbwüchsigen Söhne, die ebenso gekleidet waren, außerdem aber braune Tuchstreifen als eine Art Turban gegen die pralle Sonne um den Kopf gewickelt hatten, standen an Backbord und Steuerbord vor ihm. Sein dritter Sohn, der jüngste, bediente schweigend das Bugpaddel, mit dem er das Kanu in der Strömung hielt und an Hindernissen im Wasser vorbeimanövrierte. Hinter ihm lag Manou auf den Bodenplanken und schlief, den Kopf auf den fast leeren Medizinrucksack gebettet.

»Dieser Manou«, sagte Lary, der neben mir in der Bootsmitte saß, sich an seinen Rucksack lehnte und den Hut ins Gesicht zog, »der muß ja Unmengen von Ganja geraucht haben! Wenn er nicht schwarz wäre, würde er jetzt ganz schön grün aussehen, vermute ich.« Lary schloß die Augen. »Sein Gehirn – es muß zernarbt und zerschunden sein ... gehäutet wie die Ziege.« Er räkelte sich zurecht und machte es sich bequem. »Kaldaunen«, murmelte er. »Kaldaunen.« Dann schlief er ein.

»Marcellin«, sagte ich und blickte über meinen Rucksack hinweg nach hinten. »Können die Paddler irgendwelche Lieder?«

Marcellin, der sich an den Proviantsack gelehnt hatte, hob den

Kopf. (Nzé lag mit geschlossenen Augen, beide Hände auf dem Hosenstall seiner Uniformhose, neben ihm.) »Lieder? Nein. Sie können paddeln, diese Leute, aber sie sind keine Fischer, sie sind keine *Paddler*. Sie sind Bauern. Bauern und Jäger. Und außerdem sprechen sie Botanga.« Marcellin drehte sich auf die Seite, bettete den Kopf auf den Arm und schloß die Augen. »Ich kann französisch, ich kann spanisch und englisch ... ich spreche Kaka ... aber Botanga, das kann ich nicht. Um die Wahrheit zu sagen: Ich will es auch nie können.« Dann wurden auch seine Atemzüge tief, langsam und friedlich.

Für Fremde ist das Leben in Berandzoko anstrengend, dachte ich, beängstigend, voller Mühen und unbekannter Gefahren. Nicht nur ich, auch die anderen sind in dem Moment, wo wir dem Dorf entkommen sind, in sich zusammengesunken. Also machte ich es mir auf meinem Rucksack bequem und begann zu dösen – doch ein huschender Farbfleck aus Kobaltblau und Kastanie machte mich hellwach: Das war ein Eisvogel, bestätigte ich mir, ein Eisvogel, wie wir ihn noch nicht gesehen haben, eine neue, seltene, unentdeckte, unbekannte Art ... Also kramte ich die ›Birds of West Africa‹ von Serle und Morel (inzwischen nur noch von Klebeband zusammengehalten) aus der Seitentasche und blätterte in den beschmierten, bekritzelten, von Moder befallenen Seiten. »Der grauköpfige Eisvogel ... in der Savanne weit verbreitet und häufig« – ein insektenfressender Eisvogel, der während der Regenzeit südwärts in die Wälder zieht. Jetzt darfst du nicht schlafen, dachte ich, denn das ist ein ganz besonderer Fluß: Niemanden verschlägt es hierher, es gibt keine Fischer, und außerdem reisen wir endlich einmal fast geräuschlos. Wir haben keinen Außenbordmotor, das ständige laute Gerede, das die Geister vertreiben soll, ist verstummt, kein Geräusch stört das Leben ringsum, nur das Eintauchen der vier Paddel ist zu hören, dazu Nzés Geschnarche und Larys Hüsteln im Halbschlaf.

Die Teppiche aus Wasserhyazinthen und die Schilfgürtel wurden schmal und säumten nur noch notdürftig die Ufer, mancherorts drängten sich die großen, dicht mit Lianen behängten Bäume bis ans Wasser, und irgendwann trieben wir beinahe direkt unter den Horden schnatternder und grunzender Mangaben hindurch. In einem großen, nur spärlich mit Schlingpflanzen besetzten Baum ruhte eine Gruppe Roter Kolobusaffen von ihrem Frühstück aus, flauschig wie Cockerspaniels, gedankenverloren wie alte Männer. Zwei saßen rittlings hoch auf einem dünnen Ast und ließen die Beine baumeln, und einer, im Fernglas klar zu erkennen, ruhte weiter unten auf einem dicken Ast, auf der Seite liegend, den Kopf in den Arm gebettet wie Marcellin, und ein altes Männchen saß abseits zwischen den Schmarotzerpflanzen, blickte, das Kinn auf der Brust, die Ellbogen auf den Knien, zu uns herab und zog eine Schnute.

Die Vögel des Motaba gab es hier auch – Flußadler und Geierseeadler, scharenweise Graupapageien, dazu Schlangenhalsvögel, Eisvögel und Hartlaubenten –, allerdings in größerer Zahl, und es gab Vögel, die mir vorher nicht aufgefallen waren. Ein schmuckes Pärchen Zwergglanzenten, kleiner noch als Reiherenten, schwamm durch die Wasserlilien. Das weiße Gesicht und die weiße Kehle des Erpels, das metallische, bläulich und violett schillernde Grün des Kopfes, das Seegrün der Schläfenpartie, das wieder andere Grün des Rückens, die lohfarbenen und weißen Flanken, der hellgelbe, kurze Schnabel machten ihn nicht, wie ich erwartet hatte, zum auffälligsten Gänsevogel des Binnenlandes, sondern tarnten ihn im Gegenteil so perfekt inmitten des metallisch-grünen Wasserlilienteppichs mit den grellweißen, weitgeöffneten Blüten auf der glitzernden Wasseroberfläche, daß mir zuerst das schlicht grün-braune Weibchen auffiel.

Ein Stück flußabwärts begegneten wir einem anderen kaum erforschten Vogel, einem Gelbschnabel-Spornkuckuck, der, groß wie eine Dohle, auf einem Zweig über dem Ufer hockte, zehn Meter entfernt, eingerahmt von Lianen. Sein langer, abgestufter, blaugrüner Schwanz war senkrecht nach unten gerichtet, sein purpur-blauer Körper steif und steil nach oben gereckt. Er drehte den dicken, raubvogelartig gebogenen, chromgelben Schnabel zur Seite und verfolgte uns mit einem scharlachroten Auge.

An einer sumpfigen Uferzone, die von vereinzelten Raffiapalmen gesäumt war, kreuzte vor uns ein kleiner Webervogel den Fluß – der Haubenprachtweber, lackschwarz, Kopf und Kehle karminrot – und zeichnete sich überdeutlich gegen das Grün und

Braun der Palmen und das dünne Blau des Himmels ab. Und weiter hinten, im Blätterdach des Hochwalds am rechten Ufer, hockte ein zimtbrauner Vogel mit breitem gelbem Schnabel und blauer Kehle auf einem kahlen Ast – die Blaukehlracke, eine echte Waldracke – und demonstrierte eine Pflichttreue, die auch Lary alle Ehre gemacht hätte: Sie sitzt den ganzen Tag wachsam an einem Fleck in der Mitte ihres Reviers, vertreibt die Eindringlinge – andere Racken, Habichte, Nashornvögel, Papageien – und erbeutet dabei nur die paar Insekten, die zufällig vorbeifliegen. Jeden Nachmittag um fünf Uhr aber verläßt sie ihren Stammplatz und schließt sich den Racken der Nachbarreviere an. Diese Schar, die auf ein paar hundert Exemplare anwachsen kann, beginnt dann ihre gemeinsame Jagd auf frisch geschlüpfte, geflügelte und über den Bäumen ausschwärmende Ameisen und Termiten. Die Racken jagen bis zum Anbruch der Nacht – in wilden Schwüngen und Haken über den Wipfeln kurvend, in langen, flinken, gewundenen Gleitflügen.

Also habe ich endlich eine Racke gesehen, dachte ich, streckte mich auf meinem Rucksack aus und zog mir den Hut übers Gesicht. Nicht gerade eine besonders schöne vielleicht, nicht so schön wie die Racke meiner Kindheit, der ich auf den breiten Kalksteinplatten der Gartenmauer auflauerte. Nein, es war nicht der Vogel, den ich damals ersehnt hatte, die europäische Blauracke, deren Blau strahlender war als das strahlendste Blau des Sommerhimmels, wie mein Vater behauptet hatte, die Blauracke, von der ich wußte, daß sie zwischen den Apfelbäumen auf dem Hauptweg landen mußte ... Aber da kam jemand den Weg herauf, ein Besucher, ein massiger Mann in einer schwarzen Jacke.

Auf allen vieren kroch ich auf der Mauerkrone zurück bis zum Ast des Kastanienbaums; ich sprang zu Boden, rannte am Teich vorbei, durch den Fahrradschuppen, den Anbau, die schwarze Tür, dann nach rechts an der verschlossenen Kellertür vorbei durch den dunklen Korridor, wo ich wie erstarrt vor Angst mit beiden Händen am Türknauf zum Arbeitszimmer meines Vaters rüttelte – und wo meine andere Zuflucht, die Flaggennachtschwalbe, auf Seite 173 im dritten Band des Bannerman ihr Gefieder durchs Mondlicht wehen ließ. Aber im Sessel meines Vaters saß ein Fremder, der

Besucher, zum Schiebefenster geneigt, das auf die Wiese hinaus blickte, die Wiese, wo der Grünspecht hinkam, um Löcher zu bohren und sich Ameisen herauszuholen. Die massige Gestalt des Besuchers verdeckte das halbe Fenster, und als er sich zu mir umdrehte, mir die Hand entgegenstreckte und ich seine Fingernägel sah, wurde es dunkel um mich, und ich verlor das Bewußtsein.

»Mimpoutou!« schrie Marcellin und riß mich aus dem Schlaf. »Frauen, Lary! Hühner!« Dann, als ein Stück schlammiges Ufer in Sicht kam und ein Boot, das dort festgemacht war – es war ein Boot aus Planken, mit einem Sonnensegel mittschiffs und einem 40-PS-Außenbordmotor am Heck –, sagte er leise: »Pastor Thomas«, und die Libido schwand aus seiner Stimme. »Das ist das Boot der Mission von Impfondo. Was macht er hier?«

»Ein Amerikaner«, sagte Lary *sotto voce*, als wir das Gepäck ans Ufer schleppten. »Ich werde mit einem Amerikaner sprechen!«

Der Bootsführer und seine Söhne verstauten das Gepäck in einer kleinen Lehmhütte, die gleich oberhalb des Flusses am Weg gelegen war und vielleicht als Gästehütte diente. Neben der Hütte bauten wir die Zelte auf, beobachtet von sechs kleinen Jungen. Einer von ihnen hielt uns mit beiden Händen den angeräucherten Kopf eines Schwarzharnisch-Hornraben entgegen und klapperte mit dem riesigen Schnabel, als wären es Kastagnetten.

»Nzé, Manou!« rief Marcellin. »Ihr macht Feuer und kocht Essen. Huhn mit Foufou und Ananas! Heute nacht bleibt ihr hier bei uns in der Gästehütte. Morgen früh fahren wir weiter.«

»Huhn?« frage Nzé. »Ananas?«

»Du wirst schon ein Huhn und eine Ananas auftreiben. Redmond gibt dir 1000 CFA. Du kaufst ein Huhn und Ananas, aber kein Ganja!«

Mürrisch nahm Nzé das Geld.

»Und ihr, Lary und Redmond«, fuhr Marcellin fort, und seine Stimme klang merkwürdig nervös, »ihr kommt mit mir. Wir besuchen Pastor Thomas, Pastor Gene Thomas.«

Während also der Bootsführer mit seinen Söhnen verschwand, um die Nacht bei seinen Verwandten zu verbringen, gingen wir in der Dämmerung durch das Dorf, erst an der Pygmäensiedlung vorbei – kleine, zerbröckelnde und verfallende Nachbildungen der großen rechteckigen Bantuhütten und gelegentlich auch halbrunde Schutzhütten –, dann kam eine Reihe einfacher Lehmhütten. An den herausragenden Dachsparren einer dieser Hütten hing ein lockeres Gebilde aus Lianenfasern mit einem runden Loch für das Gesicht, einem grobgeknüpften Brustteil und einem langen Rock aus Bastfäden.

»Eine Maske!« sagte ich begeistert. »Ein Tanzkostüm!«

»Du Idiot!« erwiderte Marcellin mit abgehacktem Lachen, aber schon entspannter. »Das ist eine Fischfalle. Sie bauen eine Fischfalle!«

»Für den Fischtanz«, sagte Lary.

»Pastor Thomas«, erklärte Marcellin, »hat in Amerika in einer Konservenfabrik gearbeitet, dann wurde er fromm und kam her – und jetzt ist er der King! Pastor Thomas ist in Impfondo ein großer Mann. Er handelt mit Diamanten, er rettet Seelen, er leitet die Mission. Er ist ein berühmter Evangelist!«

»Und ein Amerikaner«, ergänzte Lary mit seligem Grinsen. Er krempelte die Ärmel seines Hemdes herunter und knöpfte sie zu.

Ein kleiner brauner Jagdhund mit hochgekringeltem Schwanz, der weiß war wie die Blume eines Kaninchens, lief ein Weilchen vor uns her und bog dann, dem Essensduft einer Kochstelle folgend, links ab.

»Aber es ist wahr«, sagte Marcellin, als wir das Summen eines Generators vor uns hörten. »Pastor Thomas ist schon seit 34 Jahren hier. Er spricht Lingala und Sango und etliche Dialekte. Er hat eine große Willenskraft!«

Pastor Thomas sah aus wie ein Mann, der wußte, was er wollte. Athletisch und sonnenverbrannt, in einem fleckenlosen weißen Polohemd und rosa Hosen, aus deren Tasche ein Kamm ragte, redete er mit einer Gruppe von Bantufrauen vor einer langen Hütte am Fußballplatz der Schule. »He!« rief er, ließ die Frauen stehen und kam auf uns zu. »Besuch! Nie kriegen wir Besuch!« Er schüttelte Marcellin die Hand. »Wo kommst du her?« fragte er, zu Lary gewandt.

»Aus Plattsburgh«, sagte Lary.

»Ich aus Petersburg, Florida!« erwiderte Pastor Thomas und schlug Lary auf die Schulter. »Pastor Gene Thomas von der United World Mission!« Er strahlte Lary an, als wäre der ein Diamantenfund.

»He, Sandy«, rief er. »Ein Amerikaner!«

Sandy Thomas, gekleidet in eine rosa Bluse, einen rosa Rock und Gummilatschen, kramte unter dem Vordach der Hütte in einem grünen Blechkoffer, richtete sich auf, preßte beide Hände ins Kreuz, rieb sich die Hüften und schob sich dann die Sonnenbrille auf die Stirn. »Hallo!« sagte sie. »Wir würden euch hereinbitten, aber wir sind schrecklich müde.«

Wir stellten uns vor. Der grüne Koffer, dazu noch ein schwarzer, waren voller Arzneimittel in großen schwarzen Flaschen und weißen Schachteln. Ampullen, gebrauchte Spritzen, Binden und Plastikverpackungen lagen auf einem Klapptisch herum. Ich warf einen Blick durch die Tür. Von der Decke hing eine Glühlampe, ich sah einen kleinen roten Generator, einen tragbaren Kühlschrank und einen gedeckten Abendbrottisch.

»Wir müssen das noch wegräumen«, sagte Sandy. Eine Hand hatte sie in die Hüfte gestemmt, mit der anderen wies sie auf die medizinischen Abfälle. »Morgen machen wir weiter.«

»Was macht ihr denn?« fragte Lary. »Verarztet ihr alle?«

»Es ist die Himbeerseuche«, sagte Pastor Thomas. »Weißt du darüber Bescheid?«

»Sicher«, sagte Lary und strich sich über den Schnurrbart.

»Sie ist ein wahrer Fluch! Die Pygmäen werden davon befallen. Es ist schrecklich. Also haben wir uns an den Lions Club in Brazzaville gewandt. Sie haben die ganzen Medikamente gespendet. Alles.«

»Das ist die einzige Möglichkeit«, sagte Sandy und räumte Flaschen zurück in den Koffer. Ihre bloßen Arme und Beine waren, wie ich bemerkte, übersät mit Moskito- und Tsetsefliegenstichen, mit roten Quaddeln. »Wir fahren den Fluß hinauf. Es ist sehr schwer. Ich bin völlig erschöpft. Aber wir impfen so viele Pygmäen, wie wir können. Am ersten Tag müssen wir sehen, was wir für die Dorfbewohner tun können, ihre Krankheiten und zufälligen Verletzungen behandeln, Knochenbrüche und dergleichen, sonst läßt uns der Häuptling gar nicht erst an die Pygmäen heran. Es ist eine Plackerei! Aber die medizinischen Versorgungstrupps der Regierung, die aus Brazzaville kommen, verkaufen ihre Medikamente an die Apotheke in Impfondo und betrinken sich. Gibt man ihnen Geld in die Hand, verschwindet es.«

»So wahr mir Gott helfe, Marcellin«, sagte Pastor Thomas, »aber das stimmt. Die Franzosen damals haben die Krankheiten ausgerottet – Schlafkrankheit, Lepra, Tbc, Himbeerseuche, alles! Der Häupling mußte jeden aus seinem Dorf vorführen, oder er wurde schrecklich durchgeprügelt, aber sie haben die Krankheiten besiegt. So wahr mir Gott helfe, Marcellin, sie haben sie besiegt.«

»Die Schlafkrankheit, Tbc, Himbeerseuche, Cholera – sie sind alle wieder da«, sagte Marcellin und blickte zu Boden.

Pastor Thomas wandte sich an Lary. »Und was treibt ihr hier?«

Lary erklärte es ihm.

»Vögel! Mokélé-mbembé! Junge, ich könnte dir das eine oder andere über Mokélé-mbembé erzählen! Einer wurde vor 75 Jahren im Lac Télé erlegt. Die Leute hätten das ernst nehmen sollen, Lary. Ich sage dir, keiner nahm das Ungeheuer ernst, bis Roy Mackal hierherkam. Keiner hat sich dafür interessiert. Ich sage dir, Marcellin, wenn du das Ungeheuer findest, Junge, das wäre wirklich ein großes Ding, oder? Du weißt doch, daß ich mit Mackal gegangen bin. Da gab es ein gewaltiges Gebrodel in einer *moliba*, einer tiefen Stelle im Fluß. Aber gesehen haben wir nichts. Und was war das? Was soll es gewesen sein? Es heißt, wenn das Ungeheuer sich aufrichtet, gibt es ein sausendes Geräusch, und der Fluß fließt rückwärts! Und die Pygmäen in der Gegend am Lac Télé – man sagt, wenn man ihnen einen Stock in die Hand drückt und sie bittet, Mokélé-mbembé zu zeichnen, malen sie dir prompt einen Dinosaurier in den Sand. Und den hatten sie nicht in der Schule, oder? Na los, Marcellin, zeichne mir ein Okapi. Versuch's nur. Es ist gar nicht so leicht. Und die Pygmäen von hier sagen, es gibt große gestreifte Antilopen im Norden, im Wald. Antilopen, die sie nie zuvor gesehen haben. Fünf Mann waren dabei. Es *müssen* Okapis gewesen sein. Okapis im Kongo, das wäre wirklich ein Ding, was, Marcellin?«

»Liebling«, sagte Sandy, »wo ist das Schloß für den schwarzen Koffer?«

»Hier, Liebling«, sagte Pastor Thomas, griff in die rechte Hosentasche und reichte ihr ein kleines Vorhängeschloß mit Schlüssel. »Meine Frau ist Krankenschwester«, sagte er zu Lary. »Voll ausgebildet.«

»Aber ich nehme doch an, daß du alles machst«, sagte Lary zu ihr. »Weit über die Schwesternausbildung hinaus. Oder?«

»Wir haben einen Operationsraum in Impfondo. Einen der besten im ganzen Kongogebiet. Unsere Botschaft hat uns 10 000 Dollar dafür gegeben. Von den Engländern und den Franzosen kommt die Ausrüstung. Und unsere Heimatstadt hat die Stromversorgung spendiert.«

»Du operierst?« fragte Lary und nahm den Hut ab.

»Oh, nichts von Bedeutung«, sagte Sandy mit schmerzverzerrtem Gesicht und rieb sich das Kreuz. »Nur kleine Sachen. Amputationen und dergleichen.«

»Wir kümmern uns auch um die Toten«, sagte Pastor Thomas. »Sandy und ich, wir ziehen sie aus dem Fluß. Jede Menge nackte Pygmäen in Baströcken. Es ist fürchterlich. Die Fischer kommen und sagen uns, wo die Leichen sind. Ein zweites Mal wagen sie sich nicht dorthin. Die Angst vor den Geistern! Also fahren wir hin und hieven die Leichen an Bord. Vor ein paar Jahren haben wir ein blondes Mädchen gefunden. Sie trieb im Fluß, mit aufgeschlitzter Kehle. Wir haben sie begraben. Wir haben nicht herausbekommen, wer sie war.«

»Tote Weiße«, sagte Marcellin, »das ist natürlich etwas anderes.«

»Es tut mir leid, Marcellin, wirklich!« beeilte sich Pastor Thomas zu versichern, und er legte kurz die Hand auf Marcellins Arm. »Aber es ist so, als würdest du ein Mitglied deines eigenen Stammes finden, weißt du?« Dann wandte er sich an mich. »Redmond, ich bin vom Thema abgekommen. Ich vergesse ja deine Vögel! Es gibt hier einen Adler, einen riesigen Adler, der ganze Antilopen wegträgt. Er hat Krallen an den Ellbogen« (er hob seine Ellbogen) »und damit erledigt er seine Beute« (er preßte die Ellbogen zusammen). »Es muß also ein riesiges Vieh sein, glaub mir, Redmond. Die Leute haben mir früher seine Füße gebracht und zum Kauf angeboten. Sie waren gewaltig. Krallen so dick wie dein Daumen. Ich hab ihn selbst gesehen. Er ist über mir geflogen und hat den Himmel verdunkelt. Man sagt, er baut sein Nest auf großen Bäumen. Auf einzeln stehenden Bäumen. Aber du darfst dich dem Nest nicht nähern, Redmond, sonst trägt er auch dich weg. Ich könnte dir einen Pygmäen besorgen, der dir eins zeigt. Aber es gibt nur noch sehr wenige Adler von dieser Art, sehr wenige. Und Leoparden – als ich herkam, konnte ich jede Menge von Fellen für 300 Francs das Stück kriegen. Jetzt bietet mir keiner mehr welche an, und wenn doch, dann zu *lächerlichen* Preisen.«

»Das ist illegal«, sagte Marcellin.

»Marcellin, natürlich! Jetzt habe ich deinen Mokélé-mbembé vergessen! Marcellin nämlich, mußt du wissen, Redmond, ist der einzige Mann, dem ich glaube, daß er Mokélé-mbembé wirklich gesehen hat. Aber das Ungeheuer gibt es. Es wartet nur auf euch. Schaut euch die Karte an! Junge, diese Sümpfe sind unendlich! Und sie sind unerforscht!«

»Liebling«, sagte Sandy, »es ist spät. Ich bin müde.«

»Flußaufwärts gibt es die Himbeerseuche«, sagte Lary. »Wir haben ein paar schreckliche Fälle gesehen. Und da gibt es einen Pygmäen in Berandzoko mit einem richtigen Loch in der Bauchdecke, einem aufgebrochenen Geschwür. Man kann fast die Eingeweide sehen. Ihr könntet ihm helfen.«

»Sandy, Liebling«, sagte Pastor Thomas. »Wir sollten dorthin fahren. Ruh dich gut aus, Liebling, und wenn du es schaffst und die Kraft findest, Liebling, dann brechen wir auf.«

Um drei Uhr morgens wachte ich auf, weil es mir im Rücken kalt wurde.

»Einen Graben«, brummelte Lary. »Wir hätten einen Graben ziehen sollen.«

»Hä?«

»Es regnet.« (Es prasselte laut und eintönig auf die Leinwand.) »Hier drinnen steht das Wasser! Deine Sachen, deine Socken, deine ganze Unordnung, die du immer machst, alles ist durchnäßt!«

»O Lary, du bist so deutsch!«

»Bach!« antwortete Lary und versuchte, die Pfützen auf dem Zeltboden mit seinem schimmligen Handtuch aufzuwischen. »Beethoven, Schubert, Schumann« (er öffnete die Zeltklappe mit der anderen Hand), »Robert Koch, Paul Ehrlich« (er wrang das Handtuch aus), »Gottlieb Daimler, Karl Benz, Rudolf Diesel« (und tunkte das nasse Knäuel wieder in die Pfütze), »Karl von Frisch, Ernst Mayr und, wenn wir schon dabei sind, Pastor Thomas, der wahrscheinlich Deutschamerikaner ist. Und Sandy. Alles Helden.«

»Sie sind Missionare.«

»Hör mal«, sagte Lary und beugte sich zu mir herüber. »Spielt das eine Rolle? Von mir aus können sie an Elfen glauben, wenn es ihnen Spaß macht. Aber sie tun was. Sie haben sich festgelegt. Sie sind motiviert. Sie sind die einzigen in diesem gottverdammten Land, die entschlossen genug sind, um überhaupt was zu unternehmen. Sie heilen die Himbeerseuche!«

Wir schnallten uns die Kopflampen um, krabbelten hinaus in das auf uns herunterprasselnde kalte Wasser und kratzten mit unseren Macheten Rinnen in den Schlamm.

Beim ersten Tageslicht tranken wir im Schutz der kleinen Gästehütte Brühe aus Hühnerknochen und schluckten dazu Klumpen aus Maniok. »Wir sitzen hier fest«, sagte Marcellin. »Der Bootsführer fährt bei diesem Wetter nicht.« Aber gegen Mittag klarte das Unwetter auf, die Sonne kam heraus, unsere nassen Sachen begannen zu dampfen, die Schlammbäche versiegten, die Ziegen kamen unter den Dachtraufen vor, und zwei kleine Vögel zeigten sich im Busch neben dem Zelt. Ein Goldkuckuck (er legt seine Eier in den Nestern von Webervögeln ab), kleiner als eine Drossel, mit weißem Bauch, einem völlig durchnäßten grünen Schwanz, einem grünspanfarbenen Rücken und einem rostbraunen Kopf, saß auf dem obersten Zweig. Weiter unten, fast zum Greifen nahe, saß ein Frazer-Waldfliegenschnäpper, oben schiefergrau, unten weiß gestreift, ganz zahm und naß.

Der Fluß war über Nacht um mehr als einen halben Meter angeschwollen; wir trieben stundenlang mit der verstärkten Strömung und stoppten nur, um uns den Weg durch die Kronen umgestürzter Bäume freizuhacken, und einmal bei einem kleinen Dorf, wo wir drei Hühner kauften, vier Ananas und ein Büschel Kochbananen.

Spätnachmittags flog ein bussardähnlicher Vogel schnell und niedrig vor uns über den Fluß, oben schiefergrau, unten kastanienbraun, mit einem langen, grauen, weißgefleckten und weiß auslaufenden ruderartigen Schwanz – der Langschwanzhabicht, von allen Dschungelraubvögeln am leichtesten zu erkennen, ein Vogel, dessen Lebensweise völlig unbekannt ist und dessen Nistplatz noch nie entdeckt wurde.

Die Bäume wichen zurück und machten einem breiten Schilfgürtel Platz. Beim letzten Tageslicht bogen wir in einen Seitenarm ein, eine Abkürzung im Irrgarten der Wasserwege zwischen dem gewundenen Flußlauf, wie Marcellin uns erklärte.

Eine ganze Weile nach Einbruch der Dunkelheit stießen wir wieder auf den Hauptstrom und erreichten das Dorf Mimbéli, wo wir die Zelte und Planen auf einer notdürftig begradigten Fläche über der Anlegestelle aufbauten, dann sahen wir Marcellin zu, der vor der nächstgelegenen Hütte mit dem Familienoberhaupt in Lingala verhandelte (weil man in Mimbéli die Sprache Membéli spricht), stundenlang, wie es uns vorkam – und das wegen drei Hühnern, vier Ananas, vier Stücken Zuckerrohr und einem Bündel Bananen; anschließend gingen wir erschöpft zu Bett.

Als wir am Morgen aufbrachen – die Spinnweben an den überhängenden Zweigen glänzten silbern im Morgendunst –, sahen wir die zerzausten Gestalten zweier Schwarzharnisch-Hornraben, die kreischend über uns hinwegzogen. Und als wir, den Zickzackweg abkürzend, direkt ans Flußufer kamen, überraschten wir eine Wasserschlange mit grünem Rücken und weißem Bauch, die zusammengerollt im Schilf auf Frösche lauerte.

Grüppchen von Mantelaffen saßen eng aneinandergeschmiegt in ihren Futterbäumen und frühstückten mit langsamen, majestätischen Gesten zwanzig Meter über dem Ufer. Gelassen verfolgten sie unser Tun, und nur gelegentlich sprang ein nervöses Exemplar, ein neurasthenischer Kolobus, mit ausgebreiteten Armen und wogender weißer Mähne und Schwanzspitze ins Leere, um dann im Unterholz zu verschwinden.

Lary und ich kamen überein, daß die Grauwangenmangaben (schwarz mit langem Schwanz, langen Gliedmaßen) am frühen Morgen im unteren Bereich der Bäume und Lianen fressen, kläffen, kichern, brüllen und schnattern. Im Lauf des Vormittags klettern sie in die Baumkronen, kläffen und kichern weiter, wenn sie unter sich sind oder uns erblicken, haben aber keine Lust mehr zum Brüllen und sind schon zu weit oben, als daß wir sie noch schnattern hören könnten. Gegen Mittag, wenn sie des Nüsseknackens müde sind, wenn sie das Rindenkauen satt haben und ihnen übel ist von den weichen Raupen, finden sie sich auf einem Baum zusammen (und durch das Fernglas sah ich eine Mutter, die offensichtlich schlief, aber ihr Kind am Gängelband hielt, indem beide die Schwänze ineinanderhakten). Zwischen zwei und drei Uhr nachmittags haben sie wieder genug Energie, sich gegenseitig zu pflegen, aber um vier – legte der Bootsführer bei einer kleinen verlassenen Siedlung an, und so einigten wir uns darauf, daß uns das Nachtleben der Grauwangenmangaben für immer ein Geheimnis bleiben würde.

Vier lange Hütten bildeten ein zum Ufer hin offenes Viereck und umschlossen ein gerodetes Areal, auf dem hier und da kniehohe Sträucher und Triebe aufschossen, und die Palmblätter auf den Dächern waren zu einem uniformen Grau verwittert.

Nzé und Manou sammelten Feuerholz; Marcellin, Lary und ich bauten die Zelte auf und errichteten mit Hilfe herumliegender Stangen ein Schutzdach, während der Bootsführer und seine Söhne in dreißig Meter Entfernung ihr eigenes Lager aus Armeeplanen aufschlugen.

»Warum die ganze Mühe?« fragte Lary zu Marcellin gewandt, »warum schlafen sie nicht einfach in den Hütten?«

»Dort ist es nicht sicher«, sagte Marcellin und stieß einen Zelthaken in den feuchten Boden. »Sie werden dir sagen, daß es in den Hütten spukt. Die sind tabu. Aber ich glaube, es gibt einen einfachen Grund, ob sie ihn kennen oder nicht: Krankheiten. Vielleicht sind die Bewohner hier an Krankheiten gestorben, vielleicht lastet ein Fluch auf dem Ort, oder im Dach haben sich Insekten eingenistet, irgendwelche Seuchen, wer weiß?«

»Das meint auch Jonathan Kingdon«, sagte ich, während ich Lary half, seinen Graben ums Zelt zu ziehen. »Orte voller ruheloser Geister, Gegenden wie Lac Télé sind, wie er sagt, in Wirklichkeit die Brutstätte eines unentdeckten Virus, eines Virus, das sein Reservoir in irgendwelchen Halbaffen hat oder auch in einer Fledermausart, die auf das Gebiet begrenzt ist ...«

»Allerdings«, sagte Lary und grub weiter an einem Abflußkanal (mit Senkgrube). »Auf diese Weise haben wir uns die Bettwanze zugezogen. Alle anderen Bettwanzenarten ernähren sich von Fledermäusen. Wir haben zu lange in Höhlen gelebt. Eine der Wanzen ist dabei umgestiegen.« Er blickte auf und grinste. »Redso, wenn du bedenkst, wie viele Insekten noch unentdeckt sind und wieviel kleiner ein Virus ist – dann stell dir mal die Zahl der verschiedenen Retroviren vor, die an dem See, zusammengerollt wie Fadenwürmer, auf dich warten!«

»Bohmaaa!« Nzé schrie Manou an, der ihm zu Füßen hockte und versuchte, dem unwilligen Feuer Leben einzublasen. Nzé, wieder energiegeladen und redselig nach den ruhigen Tagen des Ganjaentzugs, und Manou, der seinen schüchternen Humor wiedergefunden hatte, führten einen Streit. »Onkel, entscheide du!« rief Nzé zu Marcellin hinüber.

»Was soll ich entscheiden?« fragte Marcellin, der sich einen Holzklotz zum Sitzen gesucht hatte und ihn zum Feuer trug. Lary und ich folgten ihm und taten desgleichen.

»Geröstete Bananen!« sagte Lary. »Luxus!«

»Gekochtes Huhn«, erwiderte Marcellin beim Hinsetzen.

»Gekochter Maniok, gekochte Bananen. Keine Verschwendung.«

»Dieser Manou«, begann Nzé, »der kleine Manou – er will in der Zentralafrikanischen Republik leben! Er will in Bangui wohnen, weil er für Bokassa schwärmt. Manou nennt ihn Kaiser Jean Bedel Bokassa den Ersten! Er sagt, Bokassa ist ein großer Mann, ein Held, doch ich, Onkel, ich könnte dort nicht leben – diese Leute wissen nicht einmal, wie man sich anzieht!«

Lary sagte: »Bokassa ist ein Kannibale. Er verspeist Schulkinder.«

»Okay«, sagte Manou und hängte den Topf übers Feuer. »Dann hat er eben ein paar Schulkinder verspeist. Aber er konnte wenigstens regieren, und das hat er auch getan. Er hat sein Land gut geführt. Außerdem haben dort viele Leute Schulkinder verspeist – und jetzt sind sie frei. Sie haben Fernsehapparate.«

»Bokassa steht unter Hausarrest«, sagte Marcellin. »Er wohnt in seinem eigenen Haus, und er sieht fern.«

»Und verspeist dabei TV-Dinner«, ergänzte Lary.

»Ich kannte eine Biologin in Oxford«, sagte ich. »Sie hieß Wilma George und hat ein kleines Nagetier erforscht, das Gundi genannt wird. Es lebt in der Sahara und in Äthiopien. Sie sagte, es sitzt auf Felsbrocken und pfeift und sieht aus wie eine Puderquaste. Jedenfalls nutzte sie die Gelegenheit und schrieb ein Kochbuch, ein Buch mit afrikanischen Rezepten. Ich ging zu einem Essen, das sie für ihre Studenten nach der Abschlußprüfung gab. Sie hatte die Ferien mit ihrem Mann in der Zentralafrikanischen Republik verbracht und war von Bokassa zum Souper eingeladen worden. Sie fragte ihn, wie seine Köche das Schweinefleisch zubereitet hätten, weil es so zart gewesen sei, und bat ihn um das Rezept. Darauf führte Bokassa seine Gäste in den Keller zu einem großen Kühlschrank. Er öffnete die Tür und zog ein Tablett heraus, und auf dem lag einer seiner Minister.«

»Oooaah!« grollte es aus dem Wald.

»Was ist das?« fragte Lary.

»Geister«, sagte Nzé.

»Das Waldkrokodil«, sagte Marcellin. »Das Männchen ruft nach seinem Weibchen.«

»Dieses Geräusch«, sagte Lary nachdenklich und schob die Hand unter den Hut, »es hat mir die Nackenhaare gesträubt. Sogar die Achselhaare stehen mir zu Berge.«

Marcellin fragte: »Und die Studenten von Wilma George, was hielten die von Bokassa?«

»Sie hat die Geschichte als Anekdote zum besten gegeben. Niemand schien sehr beeindruckt. Die Studenten waren junge Zoologen, und sie sagten: ›Wenn einer seine Minister umbringt und gerade Proteinmangel herrscht, dann ist es sinnvoll, sie zu verspeisen. Warum nicht?‹«

»Recht haben sie!« brüllte Marcellin mit beklemmender Aufrichtigkeit und schlug sich aufs Knie. »Das waren gute Studenten! Oxford-Studenten! Die besten überhaupt! Recht haben sie!«

»Kaiser Jean Bedel Bokassa der Erste«, sagte Manou mit Würde, als wäre das Gespräch aus dem Gleis geraten, »er ist so stark wie zehn Männer. Wie hundert Männer! Wie alle Männer, die er gegessen hat!«

»Verstehe«, sagte Lary, offensichtlich enttäuscht von Manou und von den Studenten im allgemeinen. Mit finsterer Miene schaute er Nzé zu, der ein sehr altes, sehr totes, halbverhungertes und halbausgenommenes Huhn mit den Fingern in Stücke riß und die Stücke in den Topf warf.

»Djo Ballard!« sagte Nzé, warf den Bürzel und die Krallen des Huhns in den Topf und wischte sich die Finger an der Hose ab. »Der ist mein Held. Bohaaa! Ein richtiger Kongolese. Er weiß, wie man sich anzieht. Ihr solltet ihn sehen! Er lebt in Paris!«

Lary fragte: »Djo Ballard? Ein Massenmörder?«

»Er ist ein Model«, sagte Marcellin lachend und tätschelte Larys Schulter. »Bei uns ist er berühmt. Er lebt in Paris. Wir im Kongo, wir haben uns von der Vergangenheit gelöst. Wir sind fortschrittlicher. Wir wissen, wie man sich anzieht.«

Er stand auf, lief in Richtung der Hütten und verschwand in der hereinbrechenden Dunkelheit.

28

Am frühen Nachmittag des Folgetages verwandelte sich der Fluß in eine schmale Fahrrinne am linken Rand eines mehrere Quadratkilometer großen Schilfsees, am nahen Ufer erhob sich vor uns ein flacher Hügel, und wir erreichten die kleine Grenzstadt mit dem Namen Enyélé. Ich zahlte den Bootsführer aus und schleppte zusammen mit Marcellin, Lary, Nzé und Manou die Rucksäcke und die halbleeren Packtaschen hinauf zum Volkssicherheitsamt, einem Flachbau aus Beton mit Wellblechdach und einem kleinen Betonanbau, dem Gefängnis. Zwei junge Männer in gelben T-Shirts hatten die Gesichter gegen die Gitterstäbe des Fensters gepreßt und riefen Nzé etwas zu.

Nzé ließ, wie aus seinen Gesten und dem Gelächter zu schließen war, die übliche Kanonade aus Grußworten, Scherzen und Sticheleien los, aber die Sprache klang fremdartig.

»Das ist Sango«, erklärte Marcellin. »Eine zentralafrikanische Sprache. Sie wird in Dongou gesprochen, wo Nzé herkommt. Aber hier spricht man auch Enyélé, das von der Südseite des Flusses, von Zaire, kommt.«

»Nzé, warum sind die beiden im Gefängnis?« fragte ich, während wir im Betonkorridor warteten.

»Nichts Ernstes«, sagte Nzé mit einem breiten und schiefen Grinsen. »Sie haben eine alte Frau ermordet. In einer Woche sind sie wieder draußen.«

Der Kommissar, eine große Gestalt mittleren Alters, saß mit sauber glänzendem Gesicht an seinem aufgeräumten Schreibtisch in einem kahlen Amtszimmer; seine Uniformhose hatte frische Bügelfalten. An der Betonwand hinter ihm lehnten ein Besen und eine Kalaschnikow. In der linken Ecke hing ein Strick mit Schlinge von einem Fleischerhaken an der Decke herab.

Marcellin zog einen der zwei Metallstühle vor dem Schreibtisch zu sich heran. »Dr. Agnagna«, sagte der Kommissar. »Bitte nicht hinsetzen, Sie sind schmutzig!«

»Wir waren im Wald«, entgegnete Marcellin und verrenkte sich, um seinen Hosenboden zu betrachten. »Wir sind monatelang im Wald gewesen!«

»Das interessiert mich nicht«, sagte der Kommissar, öffnete die Schreibtischschublade und hielt in seiner Erregung ein Paar stählerner Handschellen in die Höhe. »Hier können Sie nicht bleiben. Sie können im Regierungsgebäude schlafen. Es steht leer. Dort sind die Hornissen drin.«

»Den Stempel«, sagte Marcellin mit einem argwöhnischen Blick auf die Handschellen. »Sie müssen den Stempel nehmen.«

Als das Datum unserer Einreise in den Regierungsdistrikt von Enyélé säuberlich in unseren Pässen und Passierscheinen vermerkt war, schleppten wir das Gepäck durch den Schlamm hinüber zum spitzgiebligen Betonbau des Regierungsgebäudes. An jeder der zwei Lampenfassungen, die in einem Abstand von drei Metern an der Decke angebracht waren, hing ein kleines, papierfarbenes Hornissennest, eine Ansammlung nach unten offener Röhrchen. An jedem Nest saßen fünf zarte, braune Hornissen mit eingeschnürten Taillen, den Kopf nach unten.

»Kommt ihnen nur nicht zu nahe!« sagte Marcellin. »Bleibt immer an der Wand. Wenn sie stechen, wird es schlimm!«

»Prost Mahlzeit und grüß dich, Betonbett!« sagte Lary.

»Hier bleiben wir nicht«, sagte Nzé, neigte den Kopf zur Seite und peilte das Nest in seiner Nähe an. Die Hornisse in seiner Blickrichtung hob die Vorderfüße und putzte ihre Fühler. »Wir wohnen bei Freunden!«

»Ihr bleibt hier!« sagte Marcellin mit einem entnervten Seufzer. »Ihr paßt auf das Gepäck auf!«

Lary machte sich daran, seine Plane auf dem staubigen Betonfußboden auszubreiten, und mied dabei die Zimmermitte.

»Jetzt ist keine Zeit dafür«, sagte Marcellin. »Wir müssen Gérard suchen gehen. Gérard Burlion. Wir brauchen seinen Truck – und sein Schnellboot. Er ist Franzose. Ein Weißer. Er arbeitet für die Franzosen. Er ist Förster. Er schuldet mir einen Gefallen. Er mag mich. Und wir kommen weiter!« Zu Manou gewandt, sagte er: »Euch passiert hier nichts. Hier kommt keiner rein!«

»Hier spukt es«, raunte mir Lary zu, als wir auf die schlammige Straße hinausgingen. »Hornissen im Dach und Seuchen.«

Auf der Höhe des Hügels, auf dem die Stadt errichtet war, bogen wir nach links in eine planierte Straße aus gelbem Laterit ein, die vorbei an einem großen Generator und einer Wasserpumpe durch den Wald führte, und in einer Senke endete, wo mehrere Bungalows standen – und vor jedem Bungalow ein Toyota Landcruiser.

»Jawohl!« sagte Lary.

Gérard Burlion trat aus seiner vergitterten Glastür. Ein kräftiger Enddreißiger, blond, flink in den Bewegungen, mit gepflegtem, kurzem Vollbart, er trug ein T-Shirt, auf dem *Courier pour une fleur* stand, dazu blaue Skihosen und blau-weiße Turnschuhe. Wir spürten den kühlen Hauch einer Klimaanlage, und ich erhaschte einen Blick auf richtige Sessel, einen Bücherschrank mit Büchern, einen lackierten Tisch mit Zeitungen und Zeitschriften ... »Marcellin! Mein alter Freund! Monsieur Eléphant! Wie geht es dir? Und wer sind deine Freunde?«

Marcellin stellte uns vor und erklärte unser Vorhaben.

»Enchanté!« sagte Gerard und schüttelte uns die Hand, daß unsere Knöchel knackten. »Alles kein Problem! Ich wollte gerade zu meinem Vorarbeiter, ich komme mit in die Stadt. Und morgen fahre ich nach Impfondo. Ihr habt großes Glück. Ich hole euch am Morgen ab. Punkt vier!«

Im sportlichen Tempo, wie Lary es mochte, gingen wir wieder hinauf zur Stadt. Drei kleine braune Tauben, die auf dem Weg vor uns herumpickten, flohen im Tiefflug in den Wald.

»Marcellin«, sagte Gérard, »ich habe deine Anweisungen befolgt und ein bißchen für dich spioniert. Ich schätze jetzt, daß wöchentlich mindestens zwei oder drei Tonnen Jagdbeute durch Enyélé geschleust werden. Das meiste kommt aus Zaire. Es ist der schiere Wahnsinn. Bald gibt es keine einzige Antilope und keinen Elefanten mehr. Als ich noch Förster in Gabun war, habe ich praktisch jeden Tag Leoparden, Schimpansen und Gorillas gesehen. Aber in Gabun gibt es weniger Pygmäen. Dafür gibt es hier zu viele Pygmäen – die Händler leihen ihnen Gewehre und bezahlen sie mit ein paar Schachteln Zigaretten, und sie liefern ihnen dafür das Wild!«

»Wie lange sind Sie schon hier?« fragte ich und versuchte, Schritt zu halten.

»Ich? In Afrika? 24 Jahre! Ich fühle mich hier wohl. Ich bin ein Afrikaner. Das macht mir Freude. Es mag banal klingen, aber ich bin praktisch veranlagt, äußerst praktisch. In erster Linie bin ich Förster, in zweiter Linie Techniker. In Frankreich hat man für alles Maschinen und Fachleute, die sie instand halten. Aber hier bin ich für alles selbst zuständig.« Er zeigte auf die Wasserpumpe und den Generator. »Sehen Sie? Das hab ich gebaut. Und wenn es nicht funktioniert, ist das mein Fehler. Es gibt niemanden, auf den ich es schieben kann. So hab ich es gern.« (»Jawohl!« sagte Lary und steigerte sein Tempo.) »Aber, Marcellin, wie steht es mit deiner Elefantenstudie? Nun?«

»Sie ist fast fertig«, sagte Marcellin, der vor Anstrengung schwitzte. »Doktor R. F. W. Barnes von Wildlife Conservation International und der Abteilung Angewandte Biologie in Cambridge, Pembroke Street, er wird die Ergebnisse veröffentlichen – und den Ruhm einstreichen.«

»Ich habe darüber nachgedacht. Marcellin, du hast ein großes Problem. Ich kenne hier einen Pygmäen. Ein guter Freund von mir. Er arbeitet in meinem Holzlager. Wenn er will, kann er beim Jagen die Gestalt eines Elefanten annehmen. Eines Tages also hat er sich in einen Elefanten verwandelt, ist auf Jagd gegangen und hat eine Elefantenmutter mit ihrem Jungen erlegt. Und als er in mein Lager zurückkam, stellte er fest, daß zwei Pygmäen gestorben waren.« Gérard schnipste mit den Fingern. »Einfach so! Da hatte es der Pygmäe satt. Er verwandelte sich wieder in einen Elefanten, um sich an dem Bantu-Wilddieb zu rächen, der ihm das Gewehr geliehen hatte. Er brach in die Bantu-Pflanzung ein, trampelte den Maniok nieder, wälzte sich im Mais und warf die Bananenstauden um. Was sagt dein Computer dazu? Nun? Was soll er damit anfangen?«

»Wie meinst du das?«

»Marcellin, das ist doch klar! Der Elefant hat überall Spuren hinterlassen. Also werden sie auch in deiner Studie erfaßt. Jeder hat die Elefantenspuren gesehen, aber in Wirklichkeit stammen sie von einem Pygmäen.«

»Glauben Sie das wirklich?« fragte ich.

Gérard blieb auf der Stelle stehen. »Hier ist Ihr kürzester Weg«, sagte er und wies auf einen Pfad, der im Wald verschwand. »Ich muß weiter. Ich hab zu tun.« Der Blick, mit dem er mich maß, war plötzlich voller Verachtung. Er griff in die Hemdtasche, zog eine dunkle Sonnenbrille heraus und setzte sie auf. »Sie – Sie sind neu in Afrika. Das habe ich gleich gesehen. Wenn Sie nur ein Jahr lang hier gelebt hätten, würden Sie wissen, daß man niemals eine derartig dumme Frage stellen darf.« Ert ging auf der Straße davon, die er eigenhändig gebaut hatte.

Um drei Uhr morgens standen wir auf, fühlten uns wie gerädert vom Liegen auf dem Beton, aßen das restliche Huhn mit Maniok, packten die Taschen und warteten auf der Betonveranda von vier bis sieben (Lary war sehr still und stützte den Kopf in die Hände). Dann kam Gérard mit seinem Truck. Marcellin und Nzé setzten sich zu ihm in die Kabine, Lary, Manou und ich nahmen mit dem Gepäck auf der offenen Ladefläche Platz. Um die verlorene Zeit wettzumachen oder weil er früher Rennfahrer gewesen war oder beides, raste Gérard mit affenartiger Geschwindigkeit die schmale Waldstraße entlang, wirbelte Staubwolken auf, krachte in den Kurven durchs Unterholz, kippte hin und her und warf uns samt Gepäck und Todesangst auf der Ladefläche umher.

Zum Stillstand kamen wir vor einem Holzstapel aus zersägten Baumstämmen neben einer Anlegestelle, am Oubangui.

»Wenn du denkst, du hast jemanden gefunden ...«, sagte Lary, während er seinen Hut und den verstreuten Inhalt seiner Taschen vom Stahlblech der Ladefläche auflas. »Wenn du denkst, du hast den einzigen Menschen in dieser Gegend gefunden, der noch alle beisammenhat ...«

Wir schleppten unser Gepäck an schwarzen Dieseltanks vorbei, an einem Hebetraktor, einem Ladetraktor, einem zerbeulten Lastwagen und hinunter zu einem großen Einbaum, der neben einem kleinen weißen Schnellboot vertäut war. Drei Männer, einer von ihnen im blauen Overall, kamen hinter einem Schuppen hervor,

Gérard erteilte Anweisungen, dann schleppten sie ein Benzinfaß in den Einbaum, tankten den großen Außenbordmotor auf und verstauten unser Gepäck an Bord.

Der Mann im blauen Overall setzte sich ans Heck; Manou, Nzé und Lary plazierten sich mittschiffs, Marcellin und ich hockten vor ihnen auf der nächsten Sitzplanke, und Gérard, der das Boot vom Ufer abstieß, sprang in den Bug und setzte sich uns gegenüber.

Gérard war städtisch gekleidet (und trug ein grüngestreiftes Hemd, eine grüne Leinenjacke, eine Brieftasche und einen Dolch im Futteral am Gürtel, eine rehfarbene Leinenhose). Mit einem Blick auf die Uhr sagte er: »Wir sind spät dran. Es gab häusliche Probleme heute morgen.« Marcellin nickte, als wüßte er genau Bescheid.

Der Bootsführer zog die Reißleine, drehte auf, und wir kurvten auf den breiten Oubangui hinaus. Der Einbaum fuhr stromab nach Süden in Richtung Dongou. »Bohmaaa!« schrie Nzé und schüttelte die Faust.

Gérard beugte sich zu mir herüber. »Redmond, es tut mir leid, daß ich gestern so unhöflich war.«

»Sie waren nicht unhöflich«, sagte ich, noch immer beleidigt. »Kein bißchen.«

»Sie müssen verstehen, es gibt hier drei Sorten von Weißen. Erstens die Lehrer, die kein Geld verdienen. Sie kommen, weil sie ihre Arbeit lieben und ihrer Berufung folgen. Dann gibt es Anwohner, die hier aktiv sind, Leute, die sich dafür entschieden haben, immer hier zu leben, und die schwer arbeiten. Und schließlich gibt es die *petits blancs* – Weiße, die nur wegen des Geldes kommen, Männer, die Probleme haben oder von irgendeiner Firma hergeschickt wurden. Die haben keine Ziele, keine Vorstellungen. Sie finden es hier unerträglich. Sie hassen das Klima, sie hassen die Kongolesen. Mit solchen Leuten kann man nicht reden – es ist unmöglich.«

»White trash«, sagte Lary auf englisch und lächelte beglückt.

Auf einer fernen Sandbank, verloren unter dem riesigen grauen Himmel, ruhten vier schwarzweiße Gänse aus, vielleicht Höckerglanzgänse.

»Ich gehöre zur zweiten Sorte der Weißen«, sagte Gérard, der zusammengesunken dasaß und sehr schnell redete. »Mein Vater war Lehrer. Er hat Jura unterrichtet. Er hat zwölf Jahre in Brazzaville gelebt. Er hat eine Dissertation geschrieben und promoviert und wurde Justizpräsident auf Madagaskar. Das waren zwölf glückliche Jahre für uns Kinder in Brazzaville. Wir hatten ein kleines Boot, wir haben im Fluß gebadet. Ich habe sechs Schwestern und einen Bruder, und wir sind alle in Afrika geblieben! Das waren prägende Jahre. Danach lebte ich dreizehn Jahre in Frankreich. Ich war völlig verloren. Ich wußte nicht, was ich mit mir anfangen sollte. Mit fünfzehn verdiente ich mir mein Geld als Tellerwäscher im Hotel; ich arbeitete auf Baustellen – und dort bin ich auf die Schreinerei gestoßen. Ich hab meine Liebe zum Holz entdeckt.« Er streichelte den glattgescheuerten Dollbord des Einbaums. »Also ging ich auf die Forstschule nach Bordeaux. Meine praktischen Erfahrungen habe ich in Gabun gesammelt, wo ich große Maschinen bedient habe. Ich wurde Bauleiter beim Straßenbau, dann übernahm ich den Holzabbau. Ich habe meine Lebensaufgabe gefunden. Einen Beruf, der mich ausfüllt. Und heute bin ich glücklich. Ich arbeite von vier Uhr morgens bis zehn Uhr abends, Tag für Tag.«

»Das ist wie in Kuba«, sagte Marcellin begeistert. »Kuba in den frühen Jahren! Wir haben sechzehn Stunden täglich gearbeitet. Gegessen haben wir bei der Arbeit. Im Haus waren wir nur, um zu schlafen. Wer ein guter Arbeiter war, verdiente sich das Recht, ein Auto zu kaufen oder eine Waschmaschine. Wer eine Wohnung wollte, mußte auf der Baustelle arbeiten. Und so gab es auch Geld für Krankenhäuser und Schulen – und für Mütter wie meine, eine Frau mit neun Kindern. Im Kuba der frühen Jahre hätte sie vom Staat einen Orden bekommen, einen Mutterorden, und die Regierung hätte sie unterstützt.«

»Würde das hier auch gehen?« fragte Gérard.

»Nein, du weißt selbst, daß so etwas hier nicht funktioniert. Die Kongolesen arbeiten nicht gerne. Manche arbeiten zwar bis elf Uhr abends, aber die muß man mit der Lupe suchen.«

»Das ist das eine Problem. Dazu kommt, daß es keine industrielle Basis gibt. Und wenn ein Afrikaner viel Geld verdient, nimmt er sich viele Frauen. Ein Europäer oder Nordamerikaner dagegen gründet eine Firma und baut eine Familiendynastie auf.«

»Und wie steht es mit dir, Gérard?« fragte ich. »Hast du eine Frau?«

»Redmond, im Jahr 1979 hab ich mir mein Leben versaut. Es war sehr schwierig. Meine Frau stammt aus Zaire, und wir hatten ein Kind, doch 1979 habe ich sie nach Frankreich geschickt, nach Nizza, weil ich wollte, daß mein Kind eine richtige Ausbildung bekommt. Wir haben es hier mit einem Fernkurs versucht, aber das war sehr schwer. Man kann sagen, wenn die Mutter nicht selbst Lehrerin ist, ist es unmöglich! Ich schicke ihnen Geld. Und Urlaub kriege ich alle zehn Monate ...«

»Und die übrige Zeit lebst du wie ein Afrikaner«, sagte Marcellin und zwinkerte mir zu.

»So etwa.«

»In mancher Hinsicht gehöre auch ich zu der zweiten Sorte!« sagte Marcellin mit Nachdruck. »Ich arbeite bis elf Uhr nachts! Ich arbeite schwer! Und in Impfondo werde ich's dir zeigen, Redmond. Ich werde dir beweisen, daß wir keine Zeit verlieren. Wir werden die Regierungsexpedition innerhalb eines Tages mit Proviant versorgen. Länger brauchen wir nicht. Einen Tag! In zwei Tagen, von heute gerechnet, brechen wir auf in Richtung Westen.«

»Wo wollt ihr hin?« fragte Gérard.

»Nach Djéké, nach Boha, zum Lac Télé.«

»Zum Lac Télé? Marcellin, du bist verrückt! Dort könnt ihr nicht hin!«

»Ich weiß«, murmelte Marcellin und starrte auf die Bodenplanken. »Sie werden uns umbringen.«

Am Weg über der Anlegestelle von Dongou wartete Gérards Fahrer aus Impfondo in einem roten Landcruiser. Nzé half uns, das Gepäck umzuladen, dann machte er sich auf den Weg zu Frau und Kindern, eine kleine Gestalt mit brauner Reisetasche, die den Pfad zwischen den Kaktushecken hinauflief. Marcellin rief ihm nach: »Hôtel du Parti! Übermorgen früh! Pünktlich sechs Uhr!«

Gérard kletterte in den Fahrersitz; Marcellin und der Chauffeur setzten sich neben ihn, ich zwängte mich mit Lary und Manou zwischen das Gepäck, und Gérard dröhnte mit seinen Geländereifen die glatte, von den Brasilianern gebaute Teerstraße entlang bis nach Impfondo; die Straße, die uns vorher so gewöhnlich vorgekommen war.

Am Hôtel du Parti verabschiedeten wir uns von Gérard, Marcellin spürte den *patron* auf (der noch immer betrunken war), und wir bezogen unsere alten Räume im Anbau hinter den Betonsäulen und dem schmiedeeisernen Geländer der Betonveranda – Räume, die in unserer Abwesenheit größer, trockener und luxuriöser geworden waren: Die Fenster waren verglast, es gab Vorhänge, die man zuziehen konnte, die Tür ließ sich abschließen, und draußen gab es eine Wassertonne mit Gäste-Eimern, die man füllen und hineintragen und sich über den Kopf gießen konnte, nachdem man sich nackt in die Duschkabine gestellt hatte.

So nahmen wir eine Dusche, und ich bemerkte, daß Lary dünn geworden war; die Falten in seinem Gesicht hatten an Tiefe und Schärfe zugenommen, als hätte ihm ein Zauberer mit dem Messer Linien auf die Stirn und um die Augen geritzt.

Wir kauften eine Flasche Johnny Walker Red Label in Madame Langlois' kleinem Laden (derselbe Verkäufer, dieselben Flaschen mit Gintonic), nahmen einen Schluck, schlossen ab und gingen mit Marcellin in Yvettes Restaurant, vorbei an einem Bulldozer und rostenden gelben Lastwagen, die die Brasilianer hinterlassen hatten, bis zum Pfad im Elefantengras und dann die ausgefahrene Lehmstraße hinauf.

Als wir bei Fischsuppe, Maniokklumpen und Primusbier in der mit Leisten verzierten Hütte saßen, verkündete Marcellin, der ganz mit Gérards Energie aufgeladen war: »Morgen wird gearbeitet! Wir besorgen Lary ein Ticket – die Landebahn soll in Betrieb sein, das Flugzeug hat Benzin, und es kommt am Wochenende aus Brazzaville. Wir fahren mit Josephs Toyota zum Markt und kaufen Vorräte: Maniok, Speiseöl, Sardinen, Kaffee, Haferflocken, Trockenmilch, Zucker, Salz, Seife, Feuerzeuge, Tabak – und Zigaretten, zwei Flaschen Wein, zwei Flaschen Whisky und Schuhe, Schuhe und Kleider für den Häuptling von Boha. Sie haben Probleme mit ihren Füßen am Lac Télé. Es ist ein Sumpf! Ihre Füße faulen!«

»Und Kerzen«, sagte ich. »Und Klopapier. Und Erdnußbutter.«

»Medikamente«, ergänzte Marcellin. »Antibiotika gegen Tripper und Syphilis.«

»Extencilline gegen die Himbeerseuche«, sagte Lary. »Und Spritzen.«

»Übermorgen früh um sechs Uhr verabschieden wir uns von unserem Lary. Und Joseph wird Redmond und mich, Nzé und Manou nach Epéna fahren, wo ich den Kommissar kenne – und einen *pinacier*, der uns im Einbaum nach Djéké bringen wird. Von Djéké werden wir zu Fuß durch den Sumpfwald zu einem versteckten Dorf gehen. Ein Dorf, in dem es nur Hexen gibt. Das Dorf liegt an einem See. Den See findet man auf keiner Karte!«

Marcellin schüttete seine dritte Flasche Primus hinunter.

»Und dann, Redmond, werden wir, wenn du darauf bestehst und weil ich es dir in Brazzaville versprochen habe, nach Boha gehen und von dort zum Lac Télé. Aber ich warne dich: Boha ist ein Dorf, wie es kein anderes gibt. Es ist voller seltsamer Wesen. Voller böser Menschen und gewalttätiger Männer. In Boha gibt es Probleme, viel schlimmer noch als die in Manfouété.«

Er stieß den Stuhl zurück und stand auf. »In Boha kann ich nicht für deine Sicherheit garantieren – auch nicht für meine eigene. Aber jetzt muß ich mich von meiner Mutter verabschieden. Und danach, Redmond, werde ich die Nacht mit Florence verbringen. Florence wird mich trösten! Florence wird mir Mut geben!«

In der Nacht – wir lagen in unsere Planen gewickelt unter dem Moskitonetz, die Whiskyflasche war geleert – murmelte Lary, als er die Taschenlampe ausknipste und beiseite legte: »Ein komisches Gefühl, jetzt nach Hause zurückzufahren. Ich habe die Tage gezählt, mußt du wissen, jahrelang, wie es mir jetzt vorkommt. Mein ganzes Leben hat sich verändert. Ich mach mir Sorgen, Redso. Ich hab keine Worte dafür. Ganz tief drinnen bin ich verstört. Aber ich sage mir: ›Shaffer, jetzt geht's nach Hause. Du hast deinen Teil geleistet. Du hast Wort gehalten. Punkt.‹ Dann kriege ich diesen gewaltigen Adrenalinstoß. Kennedy Airport! Amerika! Chris! Ich kann es nicht glauben. Doch danach kommen diese Momente der Angst, die mir den Magen umdrehen wie in Enyélé, wo ich dachte, wir würden dort hängenbleiben, und auf der Fahrt, wo ich glaubte, wir würden das Ende der Straße nicht erleben ...«

»Kannst du nicht doch noch ein bißchen bleiben? Einen Monat? Zwei Monate? Drei?«

»Nein!« Lary setzte sich kerzengerade auf und knipste die Taschenlampe an. »Nein!« Eine kleine braune Schabe, gefangen im Lichtkegel an der linken Wand, duckte sich und erstarrte. »Ich muß zurück! Ich muß unterrichten! Ich verliere meinen Job! Das hab ich dir hundertmal gesagt. Eine Reise in den Nordosten, und das ist genug. Lac Télé ist deine eigene Angelegenheit. Du wirst jemanden brauchen ...«

»Du wirst mir fehlen.«

»Du wirst mir auch fehlen«, sagte er, knipste die Lampe aus und legte sich wieder hin. Sein Atem ging schwer. »Aber ich kann es nicht ändern. Ich erinnere mich vage daran, daß ich einen Job habe. Auf einem anderen Stern, in einem anderen Leben, Millionen Meilen weit entfernt. Ich bin Professor, mußt du wissen. Oder ich war es mal, wenn ich mich nicht irre ... Doch versteh mich nicht falsch. Vom Standpunkt des Lernens aus gesehen, Redso, war das für mich eine unglaublich reiche Erfahrung. Von den Geschichten kann ich ein Leben lang zehren. Sie sind nicht immer lustig ... ich bin mir nicht sicher, ob sie überhaupt jemals lustig waren ... und ich habe noch nie in meinem Leben einen solchen Horror erlebt, aber ...« Er streckte sich zurecht, seufzte und schlief ein.

Mit einem warmen Glühen im Bauch, einer Mischung aus Johnny Walker, Dankbarkeit und Zuneigung, sank auch ich in den Schlaf.

Am nächsten Morgen – unter dem grauen Himmel von Impfondo herrschte eine feuchtheiße Windstille – fuhren wir im gelben Toyota des Volksministeriums für Tierschutz in der kleinen Stadt umher und arbeiteten unsere Liste ab, fügten Munition hinzu (zwei Schachteln), weiße Basketballschuhe für Marcellin, Turnschuhe für Nzé und Manou, ein Notizbuch für Manou, Kugelschreiber, einen Sack Reis. (Aber es gab keine Antibiotika in der Apotheke, weder Penizillinampullen noch Spritzen.) Wir kauften

Larys Ticket in der kleinen Hütte des Flugbüros (und ich gab ihm zusätzlich 80 000 CFA, damit er aus dem Land herauskam). Am Morgen darauf stellte sich Manou um vier Uhr ein, Nzé kam um fünf, und Joseph, der mit seiner hängenden Unterlippe noch immer bekümmert aussah und leicht zitterte, als hätte er Fieber, kam mit dem Toyota um sechs.

»Lary! Mach dir keine Sorgen!« sagte Marcellin, als wir die neuen Vorräte in den Rucksäcken und Packtaschen verstauten. »Joseph wird sich um dich kümmern. Geh ihm nicht von der Seite. Es ist nicht leicht. Hier ist nicht Nordamerika. Es kann sein, daß Soldaten deine Papiere prüfen. Daß sie dein Gepäck auseinandernehmen. Ohne Joseph bist du aufgeschmissen! Und zum Flugzeug mußt du *rennen*! Um deinen Platz mußt du *kämpfen*!«

»Verstehe«, sagte Lary. »Kein Problem. Danke.«

Lary und ich umarmten uns auf die steife angelsächsische Art.

»Hier, unterschreib das«, sagte er mit gepreßter Stimme und feuchten Augen, nachdem er mich losgelassen hatte. »Unterschreib das.« Er zog sein bestes, schwarzes, vierfach gelochtes Ringbuch aus der rechten Tasche und hielt mir einen Kugelschreiber hin. »Bitte, unterschreib das.« Auf die rechte Seite neben die Skizze des Eingangs zum Box-Tunnel hatte er geschrieben: »Ich, Redmond, erkläre hiermit, daß ich mich aus eigenem, freiem Willen in die Todesfalle Lac Télé begebe und daß ich Lary seine Flucht nicht nachtragen werde.«

DRITTES BUCH

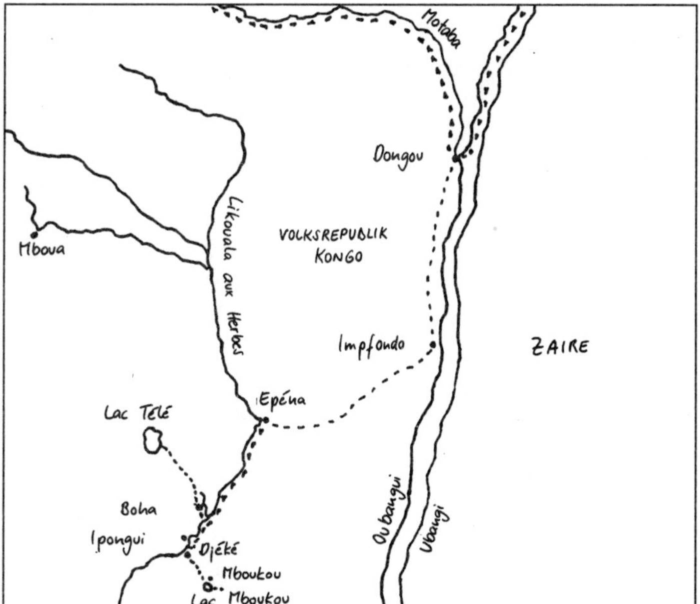

29

Der Junge lag ausgestreckt auf einem Holzpodest neben der Hütte unter einem Orangenbaum. Um sein Kinn spannte sich ein weißer Stoffstreifen, der an einem Holzscheit unter dem Nacken befestigt war, um den Kopf geradezuhalten. Sein Vater saß über ihn gebeugt auf einem Schemel, wedelte mit den Händen über seiner Stirn und schrie immer von neuem: »Ich habe mein Kind verloren! Mein armer Sohn! Mein Sohn ist tot!« Sobald er innehielt, begannen etwa zwanzig Frauen und Kinder, die hinter ihm auf Matten saßen, sich im Takt vorzubeugen und zu jammern.

Marcellin, Nzé und Manou und ich setzten uns auf die Wurzeln eines Mangobaums neben dem Eingang des kakteengesäumten Anwesens, zusammen mit unserem derzeitigen Übersetzer aus dem Bomitaba ins Französische, dem Kommandanten der Volksmiliz von Djéké, Léonard Bongou-Lami.

Djéké war mit Abstand das größte und sauberste Dorf, das wir bis jetzt gesehen hatten: Die Pflanzungen mit Maniok, Bananen und Kakao erstreckten sich über annähernd zwei Kilometer, und es gab sogar einen kleinen Laden. Nachdem wir Kaffee und Zucker für die Trauernden, eine Ziege für den Vater und ein Leichentuch für das tote Kind gekauft hatten, glaubte ich mich berechtigt, Fragen zu stellen.

»Was ist passiert? Woran ist der Junge gestorben?«

Der Kommandant stand auf, verschränkte die Arme und blickte stumm zur Seite. Marcellin legte den Finger auf den Mund, schaute mich an und schüttelte heftig den Kopf.

Immer neue Trauergäste trafen ein. Ich stellte mich neben den Kommandanten. »So ist es richtig«, murmelte ich im Bemühen, meinen Fehltritt, worin er auch bestanden haben mochte, wiedergutzumachen. »Ich finde es richtig, wenn sich alle der Trauer anschließen. Bei uns in England ist das nicht üblich.«

»Dieser Vater«, sagte der Kommandant zu mir und spuckte aus, »er hat seine eigenen Kinder umgebracht. Er hat es selbst getan.«

»Wie meinst du das?«

»Alle wissen es. Er ist hier ein mächtiger Zauberer. Er hat seine Frau umgebracht *und dann alle fünf Kinder.*«

Ohne sich umzusehen, ging er fort und gesellte sich einer anderen Gruppe von Zuschauern zu. Mehrere Männer drängten an uns vorbei und schleppten eine riesige Trommel, die mindestens 2,50 Meter hoch war, gefolgt von schnatternden kleinen Jungen mit Brennholz im Arm. Ich vermutete, daß sie einen Scheiterhaufen bauen würden, doch statt dessen zündeten sie drei kleine Feuer in der Mitte des Anwesens an. Bald erschienen die amselgroßen Rundblattnasen und kreuzten im Abendhimmel über den Lehmhütten, den Bananenstauden und Safou-Bäumen. Man konnte die Flügel knarren hören, wenn sie ihre Haken schlugen. Das Feuer rechts neben uns loderte auf; die Männer trugen die große Trommel von ihrem Ehrenplatz neben der Leiche fort und lehnten sie schräg übers Feuer, um das Trommelfell anzuwärmen.

Es wurde Nacht. Marcellin zog seine Pfeife aus der Hosentasche und stopfte sie mit dem Tabak aus einer der letzten Büchsen Balkan- Sobranie, zündete sie an und sog gierig den Rauch ein. Wider Willen warf ich einen prüfenden Blick auf die Pfeife ... sie schien unversehrt ... oder hatte er einen guten Klebstoff gefunden? ... oder, wahrscheinlicher, sein abgebrochenes Mundstück herausgedreht und das von Nzé oder Manou genommen, oder ...

Marcellins Geliebte für zwei Nächte, jung, eifrig und hübsch, kam und setzte sich zu uns. Sie blickte ihn an, fuhr rasch mit den Händen über die Innenseiten ihrer Schenkel und kicherte dazu.

Ein alter Mann lief auf den Ausgang zu und schrie mit zurückgeworfenem Kopf und ausgestreckten Armen ins Dunkel.

»Nach wem ruft er?« fragte Marcellin das Mädchen.

»Er sagt, daß sein Enkelsohn gern tanzte«, flüsterte sie. »Deshalb müssen wir Gott oder den Geistern zeigen, wie sehr wir ihn vermissen, indem wir tanzen. Und er ruft den Waldgeistern zu: ›Wenn es Gott war, der ihn geholt hat, den jungen Kotela, den wir Mourgas nannten, dann war es Gott. Aber wenn er durch einen Zauber umkam, dann, Geister, sucht den Zauberer heim und tötet ihn – *sofort!*‹«

»Redmond, ich glaube, hier ist es anders«, sagte Marcellin. »Die Zauberer der Bomitaba, sie sind organisiert. Sie halten geheime Versammlungen ab. Familien müssen einen Sohn oder eine Tochter an den Zauberer abliefern, und wenn so ein Kind stirbt, kommt es vor, daß die Leiche verschwindet. *Ils bouffent les enfants*. Sie essen Kinder.«

»In ihrer Einbildung, meinst du sicher. Nach Art der Geister.«

Marcellin umschloß den Pfeifenkopf mit den Händen. »Darüber habe ich lange nachgedacht. Die Leute sagen, wenn ein Kind begraben wird, das die Zauberer getötet haben, dann ist allen klar, daß es von innen her aufgegessen wird. Die Zauberer werden hier nicht reich. Aber sie müssen etwas für ihre Dienste bekommen. Ich glaube nicht, daß sie es umsonst tun. Und manchmal denke ich, sie nehmen das Fleisch.«

Die Trommel, mittlerweile spielfertig, wurde in der Mitte des Anwesens aufgestellt, und für den Trommler wurde ein Podest herbeigeschleppt. Die Männer bildeten die eine Hälfte des Kreises um die Trommel, die Frauen die andere Hälfte, dann begann der Frohsinn und der Tanz. Der Trommler erzeugte ein durchdringendes Dröhnen, begleitet von den schärferen Schlägen eines anderen Mannes, der den Holzkörper der Trommel mit zwei kurzen Stöcken bearbeitete. Nzé und Manou stahlen sich davon, um sich ihre Mädchen für die Nacht zu suchen, und ich schloß mich mit Marcellin und seiner Geliebten dem Tanz an: fünf Schritte vorwärts, eine halbe Drehung nach links, eine halbe Drehung nach rechts, fünf Schritte zurück und das immer wieder von vorn. Nach zwei oder drei Stunden, als wir nach Marcellins Auskunft den Mozambique, den Mobenga und den Ekogo hinter uns gebracht hatten, verabschiedete er sich für eine Weile von dem Mädchen, und wir gingen im Mondlicht zu unserer Gästehütte. Auf kakteengesäumten Wegen liefen wir an den Grundstücken vorbei, deren gejätete Gärten von Brotfrucht- und Mandarinenbäumen, von Safou-, Avocado-, Zitronen- und Mangobäumen überschattet waren. Kinder mit großen runden Augen und aufgeregt-flinken Bewegungen rannten an uns vorbei, um ihren tanzenden Eltern Zitronen zu bringen, oder sie waren nur in ihre heimlichen Spiele vertieft, die ihnen das Fest an diesem Abend gestattete. Und unter der Obhut des Mondes am ungewohnten Sternenhimmel, unter dem wachsamen Auge des orangerot glimmenden Spionagesatelliten, den die Russen über der Marxistischen Volksrepublik Kongo positioniert hatten, und unter der Nachwirkung von Tanz und Gesang schwelgte ich für einen Moment im Gefühl, daß Djéké ein Dorf der Idylle sei, ein Ort, an dem nichts Böses geschehen könne.

In der Gästehütte zündete Marcellin eine Kerze an, und ich holte die Kürbisflasche mit Palmwein hervor, die ich am Nachmittag erstanden hatte. Nzé und Manou schoben das Wellblech, das als Tür diente, zu und schlossen sich uns an.

»Redmond! Onkel!« sagte Nzé, der auftrumpfend, schieläugig und verschwitzt in seiner kubanischen Armeeuniform und dem Käppi der Volksmiliz von Dongou vor mir stand. »Ich brauche 500 CFA!«

»Nichts gibt's«, sagte Marcellin. »Erst machst du Essen!«

»Unser kleiner Manou ist billiger als ich, Redmond«, sagte Nzé und legte ihm den Arm um die Schulter. »Er hat heute keine abgekriegt. Er ist noch zu jung.«

»Djéké ist voller Krankheiten«, sagte Manou, der auf einem der plumpen Stühle saß. »Alle Mädchen hier haben Krankheiten.«

Ich holte die 500 CFA (ein englisches Pfund) aus dem Rucksack. In Djéké war ein Pfund pro Nacht der gängige Preis. »Aber Nzé – der Tripper, den du dir in Makao eingefangen hast, der hat uns die letzten zwölf Amoxil-Tabletten gekostet.«

»Eure westliche Medizin hat überhaupt nicht geholfen«, erwiderte Nzé und schüttete seinen Palmwein in einem Zug hinunter. Er nahm den Topf mit dem vom Abend übriggebliebenen Mangabengulasch vom Tisch und trug ihn hinaus zur Feuerstelle. »Ich habe noch drei Tage danach getropft.« (Um uns zu beeindrucken, drehte er sich um und markierte mit der anderen Hand den Eiterstrom, der ihm entflossen war.) »Aber als ich die Flasche mit dem Rindenwasser getrunken habe, die mir der Zauberer gegeben hat, der Zauberer in Berandzoko, war der Tripper sofort weg. Er hat es so gemacht, wie es mir mein Großvater beigebracht hat. Und das hat geholfen. Deshalb bin ich jetzt geheilt.« Er hockte sich vor das Feuer und brüllte weiter über die Schulter: »Mein Großvater war der mächtigste Zauberer in Dongou. Das weiß jeder. Alle kennen sie die Geschichte. Der Häuptling von Dongou nämlich, er war auch mächtig auf die Art der Geister, und in der Nacht, in jeder Nacht, hat er alle Männer geküßt, alle Jungen in der Stadt. Jawohl. Das wußte jeder. Und wenn du am Morgen aufgewacht bist und bist scheißen gegangen und hast Samen in deiner Scheiße gefunden, dann hast du gesagt: ›Aha! Der Häuptling von Dongou war wieder da!‹«

Wir lachten.

»Wartet!« rief Nzé, sprang auf die Füße und streckte theatralisch die Hand in die Höhe. »Ich bin noch nicht fertig. Einmal hat er nachts meinen Großvater besucht, aber mein Großvater hat den Kampf gewonnen und dem Häuptling die Kleider weggenommen. Als es hell wurde, hat er ihn gezwungen, im Schlaf splitternackt durch Dongou zu laufen, von einem Ende ans andere und zurück, und sein Schwanz stand dabei in die Höhe. *Das* war ihm eine Lehre!«

»Das ist nicht so lustig, wie ihr glaubt«, sagte Manou. »Denkt nur an den armen Vater: Er hat nur einen einzigen Fehler gemacht bei der Hochzeit seines Onkels, und das ist lange her. Er kam ohne Geschenke, ohne ein Getränk oder Geld, und deshalb sagte sein Onkel, der Zauberer: ›Also gut. Wenn du einmal heiratest und Kinder hast, werde ich sie alle töten. Ich warte ab, bis sie vierzehn oder fünfzehn werden, und dann, wenn du sie mehr liebst als alles andere auf der Welt, dann werden sie langsam sterben, direkt vor deinen Augen.«

»Das habe ich anders gehört«, sagte Marcellin. »Er hat die Kinder ganz bestimmt selbst umgebracht, aber er hat es nicht mit Absicht getan. Er ging zu einem Feticheur und holte sich einen Fetisch zu seinem eigenen Schutz, und das war ganz in Ordnung. Doch dann wollte er einen Fetisch, der ihn zu einem erfolgreichen Fischer machen sollte, und das war sein Fehler. ›Tu das oder das in eine Flasche‹, sagte ihm der Feticheur, ›etwas, was dir wirklich kostbar ist, und wirf sie in den Fluß.‹ Als sein erstes Kind starb, ging er zu einem anderen Feticheur, und der sagte ihm: ›Ja, was hast du denn anderes erwartet? Als du all deinen Kindern die Locken abgeschnitten und sie in die Flasche gesteckt und in den

Fluß geworfen hast, da hast du die Zukunft deiner Kinder weggeworfen. Das ist doch ganz einfach. Wenn du nicht sofort die Flasche wiederfindest, werden alle deine Kinder sterben.‹ Aber so einfach war es nicht. Der Fluß hier hat schwarzes Wasser, und man kann nicht hineinsehen. Er ist drei Monate lang mit seinen Netzen durch den Schlamm gewatet und hat nichts gefunden. Und jetzt ist sein letztes Kind gestorben.«

»Was glaubst du, woran sie wirklich gestorben sind?« fragte ich. »An erblicher Leukämie oder an der Bluterkrankheit?«

»Du mit deinen typischen Fragen der Weißen!« sagte Marcellin und goß sich Palmwein nach. »Davon reden wir überhaupt nicht. Und gerade du, du weißt das sehr gut. Das ist nur der äußerliche Mechanismus. *Der spielt dabei gar keine Rolle.*«

Nzé gab jedem einen Schlag Affengulasch mit Maniok.

»Und warum willst du nicht nach Boha und zum Lac Télé, Marcellin? Hat das auch mit der Hexerei zu tun?«

»Das verstehst du nicht, Redmond. Du begreifst einfach nicht, welches Risiko ich eingehe. Sie werden mich umbringen. Wie ich dir sagte: Boha ist ein Dorf, wo es anders zugeht als irgendwo sonst. Sie jagen den Gorilla und den Schimpansen. Das ist für sie das wertvollste Fleisch. Sie jagen mit besonderen Spießen, die fast vier Meter lang sind. Die jungen Männer reizen den Gorilla-Mann, bis er angreift und sich aufspießt.« Er stellte den Blechnapf ab. »Jawohl. Da gibt es alle Arten von Problemen. Die jungen Männer, die dem traditionellen Häuptling gehorchen, ermorden die jungen Männer, die dem Vizepräsidenten des Dorfkomitees gehorchen und in die Partei eintreten wollen. Sie bringen sich gegenseitig mit zweischneidigen Dolchen um. Fast alle Männer von Boha saßen schon einmal oder mehrfach wegen Mord im Gefängnis. Immer, wenn die Polizei in Epéna genug Benzin hat, kommt sie mit der Armee und verhaftet wieder einen ganzen Haufen Mörder.«

»Und was passiert dann?«

»Sie bringen sie ins Gefängnis von Epéna und sperren sie fünf Tage lang ein. Fünf Tage – das ist die Strafe für einen Mord im Familienkreis oder unter dem Einfluß der Hexerei. Und das ist es immer: Hexerei oder eine Familienangelegenheit. Der Politkommissar des Volksdistrikts von Epéna hat einmal einen Polizisten nach Boha versetzt, aber der ist weggerannt.«

»Das überrascht mich nicht.«

»Und wir, wir werden auch wegrennen.«

»Warum? Warum sollten sie hinter dir her sein?«

»Weil sie glauben, daß ich ihren *Häuptling* ins Gefängnis gesteckt habe. Und das ist die tödlichste Beleidigung, die man diesen Männern antun kann – daß man ihren Häuptling einfängt. Sie haben einen blutigen Schwur geleistet, daß sie mich umbringen werden, wenn ich mich je wieder in Boha blicken lasse. Ich hab eine Freundin dort – die Mutter eines jungen Mannes, der in meiner Abteilung in Brazzaville für mich arbeitet. Sie wurde geschickt, um es meiner Mutter in Impfondo auszurichten.«

»Warum hast du denn den Häuptling verhaftet?«

»Ich hab es nicht getan. Ich schwöre dir, daß ich nichts damit zu tun habe. Es war nach meiner letzten Expedition, nach der Großen Kongolesischen Expedition, als wir den Dinosaurier gesehen haben. Ich habe nichts weiter getan, als in meinen Bericht zu schreiben, daß der Häuptling 75 000 CFA von uns verlangt hat, damit wir seinen Wald betreten konnten. Ich hatte keine andere Wahl, Redmond, weil ich doch mit dem Minister in Brazzaville unsere Kosten abrechnen mußte. Und als der Politkommissar des Volksdistrikts von Epéna den Bericht sah, sagte er, das wäre illegal, denn diese Wälder wären nicht das Eigentum des Häuptlings von Boha, sondern Eigentum der Partei. Er sagte, man muß dem Häuptling von Boha erst beibringen, daß er nicht der Herrscher eines unabhängigen Staates ist. Also hat er die Armee gerufen und ist mit großen Motorbooten und vierzig Soldaten flußabwärts gefahren und hat am frühen Morgen den Häuptling festgenommen, als er noch bei seinen Frauen schlief, und hat ihn nach Epéna gebracht und dort für drei ganze Tage ins Volksgefängnis gesperrt.«

»Aber Marcellin, das ist doch lächerlich. Du bist der Hauptverantwortliche für den Tierschutz in der ganzen Volksrepublik Kongo. Du persönlich nimmst eine sehr bedeutende Stellung ein. Du kannst dich doch nicht als Chef bezeichnen, wenn es Gebiete gibt, in die du dich nicht hineintraust. Das ist doch widersinnig. Wir *müssen* einfach zu deinem Dinosaurier ...«

»Jetzt ist's genug«, sagte Marcellin, sprang auf und warf seinen Palmwein um. Er bebte vor Wut, und einen Moment lang dachte ich, er würde zuschlagen. »Ich gehe«, sagte er. »Ich gehe jetzt zu meinem Mädchen.«

Nzé schob mit verstörtem Blick das Wellblech zur Seite, aber Marcellin vergaß auch in der größten Wut nicht die Grundvorbereitungen auf eine Liebesnacht; er griff in die Seitentasche seines Rucksacks, zog die Flasche mit dem Aftershave heraus, schob sie unter sein Hemd, sprühte sich ein, steckte sie wieder weg und entschwand, umgeben von einer Duftwolke, in die Nacht.

»Du hättest ihn nicht ärgern sollen«, sagte Nzé. Er lugte um die Ecke, indem er den Kopf ein wenig zur Seite und ein wenig nach oben drehte, so daß er mit seinem guten Auge geradeaus und nach links sehen konnte. Als er sich überzeugt hatte, daß Marcellin wirklich fort war, stürzte er sich auf den Rucksack, schnappte sich die Zauberflasche und sprühte sich so ausgiebig voll, daß er niesen mußte, schob sie wieder zurück, vollführte zur Übung ein paar Beckenstöße gegen die Wand und folgte Marcellin mit dem Ruf »Er ist nicht der einzige, der eine Frau hat!« in die Dunkelheit.

Manou saß mit aufgestütztem Kopf vor seinem unberührten Palmwein.

»Was ist mit dir?« fragte ich. »Glaubst du etwa auch, daß es dort gefährlich ist?«

»Natürlich ist es dort gefährlich«, sagte er mit einer Stimme, die selbst für ihn ungewöhnlich leise war. »Sie werden auch dich umbringen.«

»Warum denn mich? Was hab ich mit der Sache zu tun?«

»Alles. Die weißen Männer sind schuld. Der ganze Ärger kommt nur von weißen Männern wie dir.«

»Ich verstehe nicht.«

»Es ist einfach. Marcellin will, daß die Weißen den Lac Télé besuchen. Er sagt, sein Minister wird die Gegend zum Nationalpark erklären und ihn reich machen. Er hat den Männern von Boha gesagt, wenn sie nicht mitmachen, holt er die Armee und läßt das Dorf verlegen. Aber die Männer von Boha können nicht wegziehen. Der See ist zwar drei Tage weit entfernt im Wald, aber dort leben die Geister ihrer Ahnen. Wenn die Dorfbewohner noch weiter wegziehen, müssen alle sterben. Die Geister können sie nicht mehr schützen.«

Während er noch sprach, mischte sich unter die herüberklingenden Trommelschläge und Gesänge ein neues Geräusch – halb gestöhnte, halb geschriene Schmerzenslaute, die sich in kurzen Abständen wiederholten und ins Unerträgliche steigerten.

»Kein Grund zur Sorge«, sagte Manou, nickte in Richtung des Lärms und trank von seinem Palmwein. »Sie sagen, so schreit er immer, wenn er wach ist. Ich hab ihn heute morgen gehört, als du im Wald warst. Sie haben ihn in eine Hütte am Dorfrand gesperrt, gleich hier neben der Pflanzung. Er kann sich nicht rühren. Sie haben ihn eingeschlossen, und nur seine Frau darf ihn besuchen. Die Hütte ist von außen verrammelt. Er hat einen ermordet, einen Freund, und der Sohn des Freundes sagte: ›Du hast meinen Vater erschlagen, und dafür mußt du leiden, bis du stirbst. In all den Jahren, bis du stirbst, wirst du in deinem Haus büßen. Du kannst nicht mehr pissen. Du wirst Tag und Nacht schreien.‹ Jetzt hat er also überall Beulen – an den Beinen, am Schwanz und am Bauch, er ist ganz aufgedunsen, er kann sich nicht mehr bewegen, und er schreit zum Beispiel: ›Ich habe Manou erschlagen! Ich habe Redmond erschlagen! Vergib mir, Manou! Vergib mir, Redmond! Ich wußte nicht, daß ich ein Zauberer bin! Ich habe nicht geahnt, daß ich ein Zauberer bin!‹«

»Das ist ja schrecklich«, sagte ich. »Das klingt wie ein schwerer Fall von unbehandeltem Tripper. Was er braucht, ist Penicillin. Wir müssen ihn mitnehmen. Wir bringen ihn ins Krankenhaus.«

»Er war schon im Krankenhaus, in Impfondo, dreimal war er dort, Redmond, aber es hat nicht geholfen, *weil es mit Hexerei zu tun hat*. Verstehst du denn das nicht?«

»Nein«, sagte ich, und die Schreie dröhnten mir in den Ohren. »Ich habe noch eine Dose Trimethoprim. Das könnte helfen. Die gebe ich ihm. Morgen früh gebe ich sie seiner Frau.«

»Das ist reine Verschwendung«, sagte Manou, stand auf und ging in den Seitenraum, wo er seine Plane ausgelegt und sein Moskitonetz aufgespannt hatte. »In ein paar Tagen ist er tot. Besser, du gibst mir die Pillen. Ich hebe sie für meinen kleinen Sohn auf. Für den Fall, daß ihm was passiert.«

Mit dem Beschluß, mich all dem zu entziehen und mich schlafen zu legen, löschte ich die Kerze und streckte mich auf dem Lehmboden aus.

Das Trommeln und Singen schien noch an Stärke zuzunehmen, aber die Schreie ließen langsam nach und verstummten schließlich. Ich zog einen Pullover gegen die plötzliche Nachtkälte über, schob mir als Matratze ein Hemd unter den Hintern, rollte ein anderes zusammen mit der Hose zum Kopfkissen, deckte mich mit der Plane zu und konnte vor dem Einschlafen gerade noch den Refrain des Mobenga-Tanzes hören, die Klage des Mannes, der seine 500 Francs losgeworden ist: *Oyo mama, oyo mama / Oyo / Alouka mbogo ya ofe le*: O Frau, o Frau, du nimmst mein Geld und gibst mir nichts dafür.

30

Beim ersten Tageslicht begann unser angepflocktes Hähnchen einen guten Meter neben meinem Kopf zu krähen. Seine Provokation wurde sofort vom örtlichen Champion erwidert, der anscheinend direkt vor unserer Tür sein wütendes Geschrei erhob. Aber das Trommeln war vorbei, und auch die nächtlichen Schreie waren nicht mehr zu hören. Ich rieb mir die Hüften, um sie wieder mit etwas Leben zu erfüllen, zog die Stiefel an und hängte mir das Fernglas um, naschte ein paar Löffel Maniok mit Affengulasch (roch und schmeckte wie ungewaschener Unterleib), zerrte polternd das Türblech beiseite, schob mit dem Fuß das Hähnchen aus dem Weg und sog tief die dunstige Morgenluft ein. Irgendeine Verrückte lachte mich aus. Verdutzt schaute ich umher und stellte fest, daß das hysterische Kichern aus dem Wipfel eines struppigen Baumes kam. Es war ein Eisvogel, ein azurblau schillernder Farbtupfer im grauen Morgendunst mit orangerotem Schnabel, einem grauen Köpfchen und schwarzen Flügeldecken. Ich entschied, daß es sich um den Blaubrüstigen Kongo-Eisvogel handeln mußte, ein mißratener Sproß seiner Familie, der niemals fischen geht, im Wald lebt, sein Nest in Termitenbauten auf hohen Bäumen errichtet und ausschließlich Frösche, Skorpione, Krebse, Schaben, Käfer, Heuschrecken, Kröten, Spinnen und Tausendfüßler verzehrt. Nachdem er seinerseits entschieden hatte, daß ich zu groß war, um noch von Interesse für ihn zu sein, stieß er einen letzten verächtlichen Lacher aus und stürzte sich steil nach unten, um dicht über dem Boden davonzuschwirren.

Hinter einem Busch bei der Maniokpflanzung hockend und mit meinem Durchfall beschäftigt, erhaschte ich gerade noch rechtzeitig einen Blick auf einen großen, schwarzweißen Vogel, den Geierseeadler, der hoch oben in Richtung Fluß kreiste. Und auf dem Rückweg über eine Brache störte ich das Liebesleben einer Dominikanerwitwe –, eines sperlingsgroßen Vogels mit weißem Bauch, dunkelblauem Rücken, hellrotem Schnabel – und einem Schwanz aus zwei langen schwarzen Federn, die, doppelt so lang wie der Vogel selbst, senkrecht nach unten gerichtet waren, während das liebestolle Federbündel im höchsten Stadium sexueller Erregung hin und her flatterte. Drei stumpfbraune Weibchen (die ihre Eier – wie der Gemeine Kuckuck – in fremde Nester schmuggeln) stocherten im Boden herum, ohne sich um das leidenschaftliche Liebeswerben einen Meter über ihren Köpfen zu kümmern. Als sie mich sahen, flohen die Weibchen in den struppigen Baum, und das Männchen folgte ihnen mit zuckendem Schwanz.

In der Hütte war inzwischen Marcellin eingetroffen, nach seiner Liebesnacht wieder besänftigt, und half Nzé und Manou beim Einpacken der Vorräte für die nächsten sechs Tage. »Redmond!« rief er, während er das Gewicht meines Rucksacks prüfte. »Léonard sagt, daß er mit uns kommt. Nach Mboukou ist es nur ein Tagesmarsch. Kein Problem. Wir tragen unsere Rucksäcke selbst. Die leichten sind für Nzé und Manou, weil sie noch so *klein* und immerzu krank sind, die schweren für dich und mich. Und Léonard – er ist sehr stark. Ich mag ihn. Für Léonard etwas, was ihm das Kreuz bricht!«

Wir schleppten die Rucksäcke hinaus und reihten sie an der Hüttenwand auf. Léonard, der dienstfrei hatte, erschien in einem roten Baumwollhemd mit weißen Diagonalstreifen, schwarzen Hosen und Turnschuhen; wir brachten das Hähnchen und die übrigen Vorräte in seiner Hütte in Sicherheit, halfen uns gegenseitig beim Aufsetzen der Rucksäcke und machten uns auf den Weg zum versteckten Dorf an dem See, der auf keiner Landkarte verzeichnet war.

»Redmond«, sagte Marcellin, als wir die letzte Kakaoplantage passierten, »afrikanische Frauen, die können sich wirklich bewegen. Die sind nicht wie weiße Frauen! Ich hatte einmal eine Stewardeß in Brazzaville, die hat mich die ganze Nacht geschaukelt, als wäre ich ihre Negerpuppe. Es war furchtbar!«

Aufgescheucht von der Erinnerung an diese Schmach, vielleicht auch noch immer beeindruckt von Gérard Burlion, hielt Marcellin mühelos mit Léonards militärischem Marschtempo Schritt: Nzé, Manou und ich, zu angestrengt, um auch nur zu reden, folgten ihnen, so gut es ging, in Blickweite und blieben nur einmal stehen, um dem gebieterischen Schrei eines Kronenadlers oben im Laubdach zu lauschen (den gegrunzten und geschnatterten Erwiderungen der Weißnasen, dem heftigen Rascheln im Laub, dem Aufschrei, dann der Stille) – und sechs Stunden später erreichten wir Mboukou.

Sieben Hütten standen auf einer Lichtung am Ende eines kleinen Sees – Hütten, die mit dem Unterholz verwachsen schienen –, und gebaut waren sie aus Knüppelholz und Flechtwerk unter Dächern aus Palmwedeln. In der Mitte der verwilderten Lichtung, unter einem alten Mangobaum, war die geschwungene Seitenwand eines Einbaums auf vier Pfosten befestigt und diente als Bank, und zur Linken sah man einen umgedrehten Bootsrumpf ohne Bug, der etwas erhöht gelagert war und ein Hühnerhaus darstellte. Hinter einem einzelnen Papayabaum (an dem sieben grüne Früchte unterschiedlicher Dicke wie schwellende Brüste hingen) wand sich ein Pfad zum undurchdringlichen Waldrand hin und führte zu einer Hütte, die noch kleiner war als die anderen. Ihre Wände waren dicht aus Brettern gefügt, und die Tür aus kräftigen, lianenverschnürten Knüppeln verschloß fest den Eingang. Vor der Tür auf der Erde warteten zwei Emailleschüsseln.

Das Dorf lag still und friedlich im Abendlicht, einem Licht, das die Szenerie zum Leuchten brachte, obwohl der Himmel grau war, und bei dem es sich vielleicht um den Widerschein des Sees handelte. Die Hütten waren ohne Ebenmaß, alle Wege krumm, und nirgends gab es scharfe Kanten, gerade Linien oder Flächen. Ringsum wurden die Dschungelgräser von roten Blüten wie Klatschmohn überragt. Niemand fiel über uns her, niemand wollte etwas von uns. Zwei nackte kleine Jungen hockten über einem Loch, das sie in den Staub gescharrt hatten, und warfen abwechselnd eine Handvoll Palmkerne in die Höhe: Wer die Kerne fing und verhinderte, daß sie ins Loch fielen, hatte gewonnen. Kerne, die danebenfielen, zählten nicht. Die winzigen Händchen waren so flink, daß man kaum sah, wie sie die Kerne fingen – und das Spiel war viel zu ernst, als daß sie hätten aufblicken und uns sehen können.

Wir luden die Rucksäcke neben der Gemeindebank ab und

begannen die Zelte aufzubauen. Ein barfüßiger junger Mann mit freiem Oberkörper und schmutziger weißer Hose kam mit einem meterlangen Wels, den er unter den Kiemen hielt, vom See herauf.

»Jean!« rief Marcellin. »Jean Molengui! Kommst du morgen mit uns? In den Wald?«

Jean Molengui nickte, als würde er Marcellin jeden Tag sehen.

»Und der Fisch? Wieviel? 1000 CFA?«

Jean Molengui lächelte, ich zahlte, und Marcellin nahm den Fisch. Léonard und Jean Molengui gingen schweigend miteinander fort. »Hier!«, schrie Marcellin zu Nzé hinüber, »für Abendbrot und Frühstück! Fisch mit Reis!«

»Immer ruhig, Onkel«, erwiderte Nzé und nahm ihm den dicken, braungrauen, glitschigen Fisch mit den langen Barteln und dem kleinen, lanzettförmigen Schwanz ab. »Nur keinen Lärm.«

»Warum?« fragte ich. »Was ist los?«

»Leise«, sagte Nzé und klatschte den Fisch auf die Erde. »Oder ihr weckt sie auf.«

»Wen wecken wir auf?«

Manou, der beim Feueranzünden war, erhob sich und flüsterte mir ins Ohr: »Die Geister.«

»Hä?«

»Da drüben«, hauchte Manou. Den Arm fest an den Körper gedrückt, wies er mit ausgestrecktem Zeigefinger auf die kleine Hütte, die ein wenig abseits stand. »Sie wohnen *dort* ... Sie sind in ihrem Haus. Sie schlafen.«

»Woher weißt du das?« flüsterte ich. »Wer hat dir das gesagt?«

»Die Mädchen in Djéké. Jeder weiß es. Und die Mädchen haben uns gewarnt.«

»Das stimmt«, sagte Marcellin (und selbst er drosselte seine Lautstärke). »Alle Leute hier glauben fest daran. Alle in Djéké. Mouadanka, Thérèse Mouadanka, die Alte, die Großmutter – sie ist eine Hexe. Sie hat sehr viel Macht. Sie hat sieben Töchter. Diese sieben Töchter haben teil an ihrer Macht. Und diese sieben Töchter« (er machte eine schweifende Geste), »sie leben in diesen sieben Hütten!«

(»Pst!« zischte Nzé, trat einen Schritt zurück und warf einen schiefen Blick über die Schulter.)

»Die Alte«, erklärte mir Manou mit weitaufgerissenen braunen Augen, »die mußt du erst um Erlaubnis bitten, wenn du in den Wald willst, Redmond. Oder du verläufst dich. Du verläufst dich so, daß du nie wieder rauskommst.«

»Und mit dem See ist es noch schlimmer«, sagte Nzé. »Selbst wenn ich, Nzé Oumar, auf eigene Faust auf dem Mboukou-See fischen würde, ohne zu fragen, ohne ihre Erlaubnis, würde ich sofort untergehen – plumps! Keiner würde mich wiederfinden. Ihr könntet Tag und Nacht mit Netzen nach mir fischen, und ihr würdet mich niemals finden. Keinen Zipfel, nicht einmal« (er dachte einen Moment nach) »– nicht einmal einen Schuh!« Dabei blickte er kummervoll auf seine neuen Turnschuhe hinab. »Dieses Dorf – *es wird von Frauen beherrscht.*«

»Dann gibt es ja genug für dich zu tun«, sagte ich.

»Nein, Onkel, bitte keine Späße. Nicht hier. Hier schneiden sie die Männer in Stücke. Ohne einen Laut. Und wenn du im Wald bist, und du siehst schöne Frauen, Onkel, dann mußt du aufpassen. Du mußt auf ihre Füße blicken. Schau auf ihre Füße! – das hat mir Glossina gesagt – Wenn sie auf dich zukommen, und ihre Füße berühren nicht den Boden, dann mußt du rennen! Rennen, so schnell du kannst! Von denen gibt's hier jede Menge, von den Geisterfrauen, viel mehr als in Djéké, denn hier, aus diesem Ort, da kommen sie her.«

»Glossina?« fragte Marcellin. »Das ist doch eine Tsetsefliege!«

»Sie ist groß«, sagte Nzé, klatschte den Oberarm gegen die Hüfte und hatte die Geister schon vergessen. »Sie ist fett! Sie ist scharf auf mich!«

»Mag was dran sein oder nicht«, sagte Marcellin zu mir, während wir weiter eng zusammengeschart auf der Lichtung standen, als hätten wir Angst, wären Schuldige oder führten etwas im Schilde. »Aber geh nicht in die Nähe des Geisterhauses. Sieh nicht hin und sprich nicht drüber – und wehe, du wagst ans Fotografieren auch nur zu denken! Heute abend gehen wir zu Mouandankas Hütte. Wir müssen ihr die Aufwartung machen. Wir schenken ihr eine Flasche Wein, eine Stange Zigaretten – und ich habe noch sieben Büchsen mit Sardinen ... Aber wir können hier nicht die ganze Zeit stehen bleiben! Los, Holz sammeln! Feuer anmachen! Und dann gehen wir schwimmen im See!«

»Ohne mich«, sagte Nzé, der sich wieder auf seine Schuhe besann. »Und ohne Manou. Wir warten hier. Wir baden später, im Fluß von Djéké.«

Etwa fünfzig Meter weit im Wald hinter den Zelten, wo ich auf der Suche nach trockenen Ästen umherlief, sah ich etwas Stumpfweißes und Braunes, halb verdeckt von totem Laub, in der Erde stecken. Ich kniete nieder, rüttelte ein wenig – und hielt einen Elefantenzahn in der Hand. Dreizehn Zentimeter lang, sechs Zentimeter stark an der dicksten Stelle, war der Zahn an der Kaufläche überzogen von zwölf gewellten Zahnschmelzrippen. Die vier gut sichtbaren Wurzelkanäle an der Unterseite waren so groß, daß ich die Spitze meines kleinen Fingers hineinstecken konnte. Nach weiterer Suche fand ich einen zweiten Zahn (kleiner, mit fünf Zahnschmelzrippen) und, näher bei den Zelten, ein zehn Zentimeter langes, spindelförmiges Schneckenhaus.

»Die Männer hier sind gute Jäger«, sagte Marcellin, der auf der Bank saß und den Zahn studierte. »Sie kennen den Wald – sie leben vom Wald. Sie sind keine Bauern, sie sind Jäger. In Djéké und Boha sagt man, sie sind Pygmäen. Aber sie sind Bantus. Das erkennt man sofort – du mußt nur auf ihre Nasen sehen! Sie sind Bantus wie ich auch. Pygmäen – das ist eine glatte Beleidigung. Nur weil sie im Wald leben, glauben die Leute, sie wären primitiv. Vielleicht sind sie hierher geflohen, als die Franzosen kamen – sie haben sich im Wald versteckt und sind dort ansässig geworden, oder vielleicht, ich weiß es nicht, sind sie die Nachkommen von entlaufenen Sklaven, von Kriegsgefangenen anderer Bantugruppen. Wir müssen sie fragen, Redmond. Frag die alten Männer!«

»Die Zähne«, sagte ich, »was ist mit ihnen?«

»Sie haben ein paar Elefanten erlegt und die Reste weggeworfen ...« Marcellin zählte die Zahnschmelzrippen. »Dieser hier mit den zwölf Rippen – ein Elefant bekommt drei Milchgebisse, und das erste Erwachsenengebiß mit vier Rippen entsteht zwischen dem zwanzigsten und fünfundzwanzigsten Lebensjahr; das zweite mit acht Rippen um das fünfundzwanzigste bis dreißigste; das dritte Gebiß mit zwölf Rippen, dieses hier, wenn sie dreißig bis vierzig sind; dann bekommen sie noch ein letztes Gebiß mit sechzehn Rippen, und das müssen sie behalten, denn wenn es abgenutzt ist, zwischen sechzig und siebzig, können sie nicht mehr fressen, und sie sterben. Diese beiden Elefanten waren wenigstens alt genug für die Fortpflanzung. Die Leute hier in Mboukou, sie sind keine richtigen Wilddiebe. Sie kennen wahrscheinlich jeden Elefanten in ihrem Gebiet, und sie überjagen sie nicht. Sie sind nicht wie die Leute aus dem Sudan, sie töten nicht, was sie erwischen können, und verschwinden dann wieder ...«

»Und Mouadanka hält alle fern.«

»Mit Angst und Schrecken! Das ist der beste Schutz, den es gibt! Aber ich denke nicht, daß sie es aus diesem Grund tut. Ich denke, Mouadanka weiß nicht, daß es so funktioniert. Ich denke, sie glaubt wirklich fest an ihre Zauberkräfte. Und das muß sie auch, Redmond. Wenn sie nur so tut, als würde sie von ihrer Fetischhütte aus den See und den Wald kontrollieren – dann funktioniert der Zauber nicht.«

Große blaue Libellen kreuzten in zuckendem Flug vor uns über dem Boden und dem breitblättrigen Gras. Ein kleiner Nashornvogel, kleiner noch als eine Ringeltaube, mit hochgewölbtem, hellrotem Schnabel, braunem Rücken und Schwanz und reinweißem Bauch, der Rotschnabel-Zwergtoko, der eine Vorliebe für Sumpfwälder hat, ließ sich für einen Moment im Papayabaum nieder.

»Ein *Calao pygmée*«, erklärte Marcellin und legte die Zähne zwischen uns auf die Bank neben das Schneckenhaus. »Jetzt gehen wir schwimmen.«

»Dieses Dorf gefällt mir«, sagte ich. »Es ist so anders, so friedlich.«

»Die Männer sind auf der Jagd. Aber du hast recht, hier ist es friedlich. Hier gibt es nie Ärger. In Mboukou haben die Frauen das Sagen. Ohne Übertreibung. Wenn du ein Problem hast, dann gehst du zur Alten, und sie nimmt es dir ab, sie sagt dir, was zu tun ist. Sie sammelt alle Probleme ein – und kümmert sich um sie. Wenn du willst, kannst du ihr dein ganzes Leben anvertrauen; du kannst sagen: ›Hier, Thérèse Mouadanka, hier ist mein Leben. Bitte nimm es und behalte es.‹ Und dann hast du keine Sorgen mehr. Deshalb leben hier alle im Frieden – nur sie selbst nicht. Du wirst es nachher sehen: Sie ist ein Wrack. Zwar sind alle ihre Töchter verheiratet – jede hat einen Mann gefunden –, aber die Männer sind völlig eingeschüchtert. Sie haben schreckliche Angst davor, mit anderen Frauen zu schlafen. Denn ihre eigenen Frauen, die Töchter der Alten, sind ebenfalls Hexen. Diese Männer haben nicht einmal ein Mädchen in Djéké! Weil die Alte alles sieht. Sie sieht bis nach Djéké!«

Marcellin blickte abwesend zu Manou hinüber, der den Kochtopf an einem Ast über das Feuer hängte, dann zu Nzé, der den Wels flüchtig mit der Machete gesäubert hatte und den Rumpf in gleich große runde Stücke schnitt.

»Jean Molengui«, sagte Marcellin und versenkte sich in den Anblick des zerteilten Fisches, »er ist sehr friedfertig, und wahrscheinlich ist er glücklich. Er macht Musik. Er macht Musik mit allem, was ihm in die Hände fällt. Alle Männer hier machen Musik. Die Frauen haben das gern.«

»Kunst, Musik, Wissenschaft – alles machen die Männer nur, um den Frauen zu gefallen. Das ist der Punkt – sie müssen ihr Rad schlagen wie die Pfauen. Jeder Fortschritt ...«

»Stell dir das vor!« schrie Marcellin und sprang von der Bank auf. »Kein Sex! Kein Ärger! Lieber möchte ich tot sein!«

Wir gingen also schwimmen, wie ich glaubte. Ich zog mich aus und sprang vom Ende eines Baumstamms ins tiefe, schwarze Wasser, um mit kräftig ausgreifenden Zügen im kühlen Naß ... »Zurück!« hörte ich durch das Gluckern in meinem Ohr. »Zurück!« Es war Marcellins Schrei, lauter als je zuvor, völlig hysterisch. »Redmond! Krokodile!« Er stand auf dem Stamm und fuchtelte mit den Armen. »Das größte Krokodil, das ich kenne! Es wohnt gleich um die Ecke! Das Krokodil! Das Krokodil!«

Ich dachte an meine weißen, ungeschützten Genitalien, die wie ein Fischköder an mir baumelten. Zwischen mir und dem Baum lag eine unheimlich lange und tintenschwarze Strecke von zwanzig Meter Wasser.

»Begreifst du es denn nie?« sagte Marcellin, zu wütend, um

noch zu fluchen, während ich mich zitternd in Sicherheit brachte. »Begreifst du es nie? Du darfst niemals schwimmen. Wenn ich schwimmen sage, meine ich waschen. Und wenn das Wasser tief und undurchsichtig ist, darfst du höchstens einen Schritt hineingehen. Nicht weiter.« Er machte sich das Haar naß, rieb sich unsere Seife hinein und tauchte vor meinen Füßen ab. »Idiot!« brüllte er, als er wieder hochkam. Er hat Angst um mich gehabt, richtige Angst, dachte ich, wir müssen wohl Freunde sein ... »Idiot!« wiederholte er, zog sich an Land und griff nach seinem klammen Handtuch. »Idiot!«

Nach der Fischsuppe ging ich mit Marcellin zur kleinen Hütte hinüber, der Hütte der Alten, die den Zelten gegenüberstand und uns die Rückfront zuwandte.

Auf der anderen Seite wartete Thérèse Mouadanka schon auf uns. Sie hockte im Eingang und wurde vom Herdfeuer hinter ihrem Rücken beleuchtet. Vor ihr, auf drei Raffiamatten, die im Halbkreis angeordnet waren, saßen drei Frauen, um die herum rund zehn Säuglinge und Kleinkinder hockten, lagen, nuckelten, kuschelten und (im Falle eines kleinen Jungen) herumkullerten, quieksten und die Beinchen in die Luft streckten. Jean Molengui, Léonard und drei andere Männer saßen weiter abseits und waren im Dunkel nur schemenhaft zu erkennen.

Marcellin kniete nieder; er legte ihr die Flasche Cavesco-Rotwein und die Stange Marlboro zu Füßen und stapelte vor ihr, Hemd- und Hosentaschen leerend, die sieben Sardinenbüchsen auf; er entfernte sich rückwärts, noch immer gebückt, und setzte sich neben den Matten auf die Erde. Ich setzte mich auf den leeren Fleck neben ihm.

Thérèse Mouadanka, die nichts trug außer einem Bastrock, war alt, kahlköpfig, mager wie ein Skelett und imposant. Ihre langen, flachen Brüste waren schrumplig, ihre spitzen Ellbogen ruhten auf den ebenfalls spitzen Knien; sie hatte das kräftige Kinn auf die gefalteten Hände gestützt, die lang und ausdrucksvoll waren, und so unterzog sie uns ihrer Prüfung. Der kleine Junge hörte auf zu strampeln, rollte sich auf den Bauch und bedeckte den Kopf mit beiden Ärmchen. Alles war still.

Sie nickte Marcellin zu.

Marcellin erklärte, daß wir gekommen seien, unseren Respekt zu bezeugen, daß sie, die Dorfälteste, Thérèse Mouadanka, den amtlichen Parteiauftrag erhalten habe, alle Ausländer zu töten und alle Wilddiebe, die in ihrem Wald angetroffen würden, daß er, Marcellin Agnagna, Leiter der Abteilung Tierschutz der Volksrepublik, um Erlaubnis bitte, mit seinen Assistenten Nzé Oumar, Manou Burond, dem Kommandanten der Volksmiliz von Djéké, Léonard Bongui-Lami – und diesem weißen Mann hier – ihren See zu befahren und ihren Wald zu betreten. Und daß der weiße Mann die Geschichte ihres Volkes zu vernehmen wünsche.

Thérèse Mouadanka schaute mich an oder drehte den Kopf ein Stückchen weiter. Da ihr Gesicht im tiefsten Schatten lag, war es unmöglich, ihre Augen zu erkennen, und ihre tiefe Stimme wirkte körperlos. »Der Gründer des Dorfes Mboukou hieß Tokoméné«, sagte sie mit einer wegwerfenden Handbewegung. »Als er das Dorf Mboukou gegründet hatte, ging er in den Wald und zog in das Dorf Moukendenda, das verlassen war. Die Bewohner von Mboukou stammen aus Moukendenda. Die Bewohner von Mboukou gehören zur Gruppe der Bakolou. Alle Sprachen, die von dieser Gruppe gesprochen werden, sind ähnlich, und die verschiedenen Völker dieser Gruppe können sich verstehen.

Manbenguela, der Häuptling des Dorfes Mokala, das jetzt ein Teil des Dorfes Djéké ist, regelt auch die Angelegenheiten der anderen Stämme in Djéké. Er ist kein Pygmäe, sondern ein Bakolou.

Die Bewohner von Mboukou sind nicht aus dem Wald gekommen, denn sie hatten Angst vor den Weißen, den *colons*. Sie sind tief in den Wald geflohen und haben sich erst nach langer Zeit wieder gezeigt. In der Vergangenheit gab es eine Art von Sklaverei, die aus der Übermacht gewisser Gruppen entstand, einer Übermacht, die es ihnen erlaubte, sich Diener bei schwächeren Stämmen zu holen. In Kriegszeiten haben die siegreichen Stämme die Verlierer als Geiseln genommen und sie zu Sklaven gemacht.

Seit der Gründung dieses Dorfes ist der Mboukou-See immer so geblieben, wie er war. Seine Gestalt hat sich nicht verändert.

Wenn die anderen Bantus in Djéké uns für Pygmäen halten, dann nur deshalb, weil wir mit dem Wald verbunden sind. Wir lieben den Wald, weil unsere Ahnen im Wald gelebt haben. Sie haben nie in Laubhütten gelebt wie die Pygmäen, zusammen mit den Geistern des Waldes, sondern immer in richtigen Dörfern. Sie haben gelebt wie zivilisierte Menschen in wohlgeordneten Dörfern. Und deshalb sind wir keine Pygmäen.«

Thérèse Mouadanka verstummte und saß reglos mit gefalteten Händen da.

»Ist das alles?« flüsterte ich Marcellin zu.

»Pst!« zischte er und sagte: »Thérèse Mouadanka, Häuptlingsfrau von Mboukou! Haben wir deinen Segen? Dürfen wir deinen See und deinen Wald besuchen?«

»Marcellin Agnagna, du hast meine Erlaubnis. Aber nicht meinen Segen. Du, Jean Molengui und der weiße Mann dürfen den See und den Wald besuchen. Am Tage wird euch nichts geschehen. Aber über Nacht im Wald zu bleiben – das, Marcellin Agnagna, ist gefährlich. Dich und den weißen Mann – euch werde ich nicht schützen. Ihr werdet von einem mächtigen Geist verfolgt werden. Ich werde euch den Namen des Geistes nicht nennen. Daher habt ihr keine Gewalt über ihn. Dieser Geist kommt in der Gestalt eines Leoparden. Zu eurem Schutz müßt ihr auf die Kräfte eurer eigenen Ahnen vertrauen. Du, Marcellin Agnagna, und du, der weiße Mann, ihr werdet ganz allein sein!«

»Was ist mit den anderen?« fragte Marcellin, und seine Stimme klang nicht mehr sehr fest.

»Die anderen werden hierbleiben bei mir in Mboukou. Wenn die *petits* in den Wald gehen, werden sie aufhören zu existieren – für immer!«

Thérèse Mouadanka stand auf. Sie schwenkte die Hand vor ihrem Publikum, als würde sie eine Hühnerschar vertreiben, und zog sich in die Hütte zurück. Die Geschenke ließ sie auf der Erde liegen.

Früh am nächsten Morgen fuhr Jean Molengui, der barfuß und mit freiem Oberkörper, bekleidet nur mit seiner schlammigen weißen Hose, im Heck des Dorfeinbaums stand, mit Marcellin und mir und einem Rucksack pro Mann über das tintige Wasser des kleinen Sees. Er hielt auf das andere Ufer zu, und das Blatt seines

Paddels zog eine Fahne träg aufsteigender weißer Bläschen hinter sich her.

»Marcellin«, sagte ich, während wir uns gegenübersaßen und uns an der Bordwand in der Mitte des Fischerbootes festhielten, »hast du auch diese Schreie in der Nacht gehört? Die Frauen haben gerufen wie die Hexen, von Hütte zu Hütte, bis zwei Uhr morgens! Wie ist das nun mit deinem Frieden? Und mit der Angst vor den Geistern?«

»Die Frauen haben nicht geschrien. Sie haben auch nicht gerufen. Sie haben sich unterhalten. Und sei nicht albern: Wie kann man denn die Geister in der Nacht wecken? Sie sind doch schon wach! Sie sind mit deiner Seele draußen im Wald, sie sind in deinen Träumen, sie wechseln ihre Gestalt, sie jagen, sie sind weit weg. Und außerdem: Als du schon schlafen warst, kam Jean und hat sich zu mir ans Feuer gesetzt. ›Worüber reden die Frauen?‹ hab ich ihn gefragt. ›Was finden sie so komisch?‹ Jean hat eine Weile zugehört und es mir aus dem Bomitaba übersetzt. Und rate mal, was es war! Rate mal, was sie so komisch fanden!«

»Keine Ahnung.«

»Dich.«

»Mich?«

»Ja, dich, Redmond. Sie sagten, dein Bart ist zu lang, und du riechst schlecht.«

»Ich rieche? Wie ein weißer Mann?«

»Nein«, sagte Marcellin und fing an, sich zu schütteln. »Sie sagten nur, du riechst. Sie sagten, du mußt sehr faul sein. Du solltest deine Sachen öfter waschen.«

»Oh«, sagte ich verlegen und schnüffelte unter der Achsel. »Verstehe.«

»Die Frauen, Redmond, haben es gern, wenn sich die Männer waschen und nicht vor Schmutz starren, weißt du?«

»Ja. Sicher. Ich meine, es tut mir leid. Das sind schlechte Manieren.«

»Schlechte Manieren!« Marcellin krümmte sich. »Schlechte Manieren! Aber es ist wahr!«

»Was ist wahr?« fragte ich gereizt.

»Daß du riechst!« prustete Marcellin und ließ die Bordwand

los. »Du riechst wirklich wie ein Weißer! Schon immer! Du stinkst wie ein Buschschwein!«

Jean stieß ein unterdrücktes Gurgeln aus, verlor den Halt im Heck, heulte auf vor Lachen und jagte den Einbaum in den Uferschlamm zwischen zwei großen, verdrehten Stelzenbäumen.

»Auf, auf!« schrie Marcellin. »Jetzt jagen wir Buschschweine! Die merken nichts! Die können uns nicht riechen!«

Jean, das Gewehr in der rechten Hand wie einen kurzen Speer, führte uns in einem einstündigen Eilmarsch durch den feuchten Wald (so schnell, daß ich auf nichts achten konnte außer auf meine Füße, die Stelzenwurzeln und die tückischen Schlammlöcher), über einen Streifen offener Feuchtsavanne (mit Büffelspuren) und zurück in den Wald, eine Anhöhe hinauf – bis zu seinem Jagdlager.

»Wir sind da«, sagte er mit einem schüchternen Lächeln, als wären wir im Paradies angekommen. »Das ist mein Lager. Ich hab es selbst gebaut.«

Ich sank auf meinen Rucksack nieder, trank einen Schluck aus der Wasserflasche, nahm den Hut ab, wrang das Schweißband aus und trocknete die Brille am Hemdzipfel ab. Ich steckte die Flasche weg, setzte den Hut auf, das Schweißband und die Brille, und allmählich kehrten meine Lebensgeister zurück.

Rechts neben mir, unter den Stelzenbäumen der Anhöhe, sah ich ein schräges, offenes Schutzdach aus Knüppeln und Riesenphryniumblättern und darunter ein Schlafpodest, dessen Stangen mit Lianen zusammengebunden waren. Vor mir stand ein Räuchergestell, ein Haufen Brennholz lag daneben.

»Das ist mein Jagdlager«, wiederholte Jean, der noch immer dastand und sich wie ein kleiner Junge freute. Auf seiner Stirn zeigte sich nicht die Spur von Schweiß. »Ich hab es selbst gebaut.«

»Gute Arbeit«, sagte Marcellin, der wie ich auf seinem Rucksack zusammengebrochen war und schweißüberströmt nach Atem rang. »Sehr bemerkenswert.« Er zwinkerte mir zu. »Das beste Jagdlager, das ich je gesehen habe. Und Jean, du kannst mir wirklich glauben, ich habe eine Menge gesehen!«

Wir machten ein Feuer, um die Leoparden abzuschrecken, breiteten unsere Planen auf dem Knüppelbett aus, schoben die Rucksäcke darunter und gingen, diesmal gemächlicher, auf Jagd. Unweit des Lagers blieben wir stehen und untersuchten die tiefen Elefantenspuren, die überall im Schlamm verstreut waren (»Das waren schwere, ausgewachsene Tiere«, sagte Marcellin. »Eine große Herde. Aber keine Jungtiere dabei.«) Dann blieben wir stehen, damit Jean und Marcellin im Flüsterton über die frischen Finger- und Fußspuren und den fasrigen Kot einer Gorillafamilie beratschlagen konnten, die ihre Nacht auf und unter zwei jungen Bäumen verbracht hatte (ein großes rundes Nest aus zerdrückten Blättern am Boden, drei kleinere Nester aus Ästen, Zweigen und Blättern zehn Meter über uns). Irgendwo links begannen die Weißnasen ihr grunzendes Gekreisch. Jean ließ die Machete fallen, stellte das Gewehr an einen Baum, legte ein Blatt zwischen die Daumen und zirpte wie ein Affenadler. Sofort war Stille. Er steckte die Finger in die Nase und grunzte wie eine Weißnasen. Es blieb still. Er schnitt einen Zweig mit der Machete und schlug damit auf den Boden. Jetzt kam das Schnattern, Kreischen, Grunzen hoch oben aus drei verschiedenen Richtungen, aber die Affen wagten sich nicht näher. Jean zuckte die Schultern.

Hinter uns rührte sich etwas im Unterholz. Jean griff nach dem Gewehr und warf sich herum. Irgend etwas Großes bewegte sich auf uns zu.

»Der Leopard!« schrie Jean, ging in die Knie und riß das Gewehr hoch.

»Ein Gorilla! Ein Gorilla!« brüllte Marcellin. »Dort! Dort!«

Ich schaute, so angestrengt ich konnte, aber ich sah nichts außer sonnigen Flecken und dunklen Schatten im Laub, außer Wurzelstelzen, Büschen und Wasserlöchern.

»Er hat sich aufgerichtet!« schrie Marcellin. »Er hat mir ins Gesicht gesehen!« Marcellin zitterte, als hätte ihn ein Gorilla bei der Schulter gepackt.

»Sie sind neugierig«, sagte Jean, der bedeppert daneben stand. »Sie kommen und sehen nach, was du treibst.« Er hob die Machete auf. »Ich dachte, es wäre der Leopard ... derjenige, den die Großmutter ...«

Eine halbe Stunde später blieb Jean wieder stehen und hockte sich neben die Wurzelstelzen eines kleinen Baums. Er schlug einen Ast ab, schnitt ihn zu und schob das Ende in eine dunkle Höhlung, den Eingang zu einem Bau knapp über dem Gemenge aus Schlamm und welken Blättern am Fuß des Baums. Der Baum selbst war wie die anderen überwachsen von weißen Flechten, zarten Farnen und Pflanzen mit dunkelgrünen, reifigen Blättern wie Pfeilspitzen, die an einem einzigen Stengel von den graubraunen Astgabeln herabhingen. Vorsichtig schob Jean den Knüppel tiefer, und ein tiefes Knurren kam aus dem nassen Loch. »Es ist zu Hause!« flüsterte Marcellin erregt. »Sie sind da drin!«

»Wer ist da drin?« fragte ich und starrte. (Das Knurren, dachte ich, war viel zu laut für dieses kleine Loch.)

»Das Waldkrokodil natürlich!« sagte Marcellin, und er lauschte angestrengt mit seitlich geneigtem Kopf. »Was denn sonst? Das Stumpfkrokodil *Osteolaemus tetraspis*. Vielleicht zwei davon. Manchmal findet man sie als Pärchen.«

Mit ihren Macheten durchtrennten Jean und Marcellin die Stelzenwurzeln in einem Halbkreis, und der Baum kippte um. Marcellin schnitt sich ebenfalls einen Knüppel und half Jean, den Eingang zu vergrößern. Jean schob den Ast hinein; das Knurren wurde lauter, und der Ast ruckte zur Seite. »Wir haben es!« sagte Jean. »Es hat angebissen!«

Die beiden stemmten sich in den Schlamm und zerrten aus Leibeskräften – heraus kam ein meterlanges Krokodil, das sich am Ende des Astes verbissen hatte. Es war dunkelbraun mit einem rötlichen Schimmer am Kopf und sparsam gestreuten, aber überraschend weißen Zähnen.

»Das kleine!« sagte Marcellin. »Es gibt zwei Unterarten. Zwei Waldkrokodile. Das andere ist viel größer – und schwarz.«

»Was fressen sie?«

»Frösche, Tausendfüßler, Insekten, Vögel – alles, was sie kriegen. Sie kommen nachts heraus und laufen überall herum.«

»Sie schmecken gut«, sagte Jean und fesselte die Vorderbeine mit einer Liane auf dem Rücken. »Wir werden es heute abend essen.« Das Maul wurde in die Gabelung zweier gekreuzter Stöcke eingekeilt und fest verschnürt.

»Nein!« sagte Marcellin. »Ich nehme es. Ich will es lebend – für meine Sammlung.«

Jean richtete sich auf, kniff den Mund zu einem schmalen Spalt zusammen und blickte ihn finster an.

Mit einem Rauschen und Prasseln, das sich anhörte wie ein undichter Dampfkessel, zog ein Bienenschwarm über uns hinweg.

»In Europa und Nordamerika«, sagte Marcellin mit einem Blick nach oben, »bauen die weißen Männer kleine Hütten für die Bienen. Sie halten die Bienen in kleinen Hütten.«

»Ach, Marcellin!« sagte Jean erleichtert. »Was bist du für ein Lügner! Eine Hütte für die Bienen!« Er lachte und legte ihm das schwere, gefesselte Krokodil in die Arme. »Eine Hütte für die Bienen!« Er nahm Machete und Gewehr und setzte, ein Liedchen summend, den Weg fort.

»Huu, huhuu, huhuu!« Der laute, volltönende Ruf, den wir täglich im Wald hörten, bestand aus fünfzehn bis zwanzig Tönen, die hoch einsetzten, dann langsam tiefer und leiser wurden und erstarben. Dazu kam ein höherer, monotoner Ruf – tuurk-tuurk-tuurk –, der Tempo und Lautstärke hielt, ein metallischer, unheimlicher Klang, der aus derselben Ecke kam, sich aber unmöglich genauer lokalisieren ließ. Das ist bestimmt ein Vogel, sagte ich mir, ohne dafür irgendwelche Beweise zu besitzen, ohne das Wesen auch nur von ferne erblickt zu haben (und wenn Krokodile knurren können ...), und an diesem späten Nachmittag beschloß ich, um meinen inneren Widerstreit beizulegen und zu der einfachen Lösung zu kommen, daß *beide* Rufe vom Rotschnabelzwergtoko stammten. »Jauauau!« ertönte schon wieder ein anderer Schrei, diesmal schwächer, dann hörte man Stimmengewirr, Rufe von Frauen und Kindern in einem Dorf, das noch weit weg sein mußte ...

»Schimpansen!« sagte Marcellin, blieb stehen und lauschte mit weit offenem Mund. »Redmond! Chimps!«

»Sie sind weit weg«, sagte Jean und stapfte ins lichte Unterholz. »Zu weit zum Jagen. Es ist schon spät.« Dann: »Seht mal!« Er bückte sich. »Wie ich vermutete. Ich hab sie gehört.«

Es war eine große braune Schildkröte, die an einem purpurweißen Pilzgewächs geknabbert hatte. Sie zog ihren lederhäutigen

Kopf ein und drückte sich flach auf den Boden. Jean schnitt ein Stück Liane ab, umwickelte sie fest und gab sie mir zum Tragen. Sie war etwa sechsunddreißig Zentimeter lang, vierundzwanzig Zentimeter breit, und der Panzer war in der Mitte geborsten und platt gedrückt. Der rechte Vorderfuß fehlte. »Ja«, sagte Marcellin, »so was hab ich schon gesehen. Die Elefanten! Einer hat ihm auf den Panzer getreten, und ab war der Fuß!«

Als wir wieder auf dem trockenen, beinahe festen Boden der Anhöhe waren, legte Marcellin das Krokodil neben dem Schlafgestell ab. Jean tötete die Schildkröte mit einem einzigen Machetenhieb; er nahm sie aus und stieß sie, den Bauch nach oben, ins Feuer, um sie im Panzer zu garen.

»Jean«, sagte Marcellin und ließ sich neben mir auf einem Holzklotz nieder, »diese Gegend, sie ist voller Wild. Es wimmelt hier von Großwild – Elefanten, Gorillas, Schimpansen –, und ich habe drei verschiedene Affenarten gehört: den Roten Stummelaffen, die Kappenmangabe und die Weißnasen. Und das nur einen halben Tag vom Dorf entfernt. Kannst du mir das erklären? Geht ihr hier nicht auf die Jagd? Der Gorilla – er ist gekommen und hat mich angesehen!«

Jean nahm einen Stock und schob die Schildkröte näher an den Rand des Feuers. »Das ist unser Wald«, sagte er. »Wir sorgen für ihn. Der Wald gehört zu uns.«

»Aber seid ihr nicht oft hier?«

»Die Frauen und die Kinder kommen oft her. Zweimal im Jahr. Die Männer auch. Wir feiern, wir machen eine Party. Wir gehen fischen, alle miteinander. Alle Frauen – die ganzen Familien zusammen.«

»Ihr geht fischen?«

»Wir lassen das Wasser aus Teichen ab. Aber wir nehmen nur die großen Fische. Wir essen viele Fische und räuchern die übrigen und tragen sie in Körben zurück ins Dorf. Das ist eine gute Methode.«

»Und die Jagd?«

Jean zog die halbgare, angekohlte Schildkröte aus dem Feuer. »Marcellin, uns geht es hier gut. Unseren Müttern ging es gut, unseren Großmüttern ging es gut. Sie haben uns alles beigebracht. Wir wissen, was zu tun ist. Wir hören auf die Geister. Wir achten diesen Ort. Er gehört zu uns. Er gehört unseren Ahnen. Und niemand sonst hat hier etwas zu suchen. *Absolut niemand!*«

Ich stand auf und holte die Blechnäpfe aus dem Rucksack.

»Aber die Jagd! Was bedeutet das für die Jagd?«

»Das ist doch klar«, sagte Jean. Er nahm die Machete und zerstückelte den Kadaver. »Wir sind nicht wie die Männer in Djéké. Wir gehen nicht los und schießen unsere Pfeile auf alles, was sich bewegt. Wir warten ab. Wir sind zivilisiert. Wir töten die alten Tiere. Wir töten das kranke und das verletzte Wild – wie diese Schildkröte.« (Er kaute ein Stück Schildkröte.) »Marcellin, du hast selbst gesehen – diese Schildkröte war ein Geschenk der Geister, ein Geschenk der Ahnen! Wir haben nicht nach ihr gesucht. Wir haben sie nicht einmal gejagt!«

»Und Schimpansen?« sagte Marcellin, der ein verkohltes Bein mit Krallen in den Fingern hielt. »Gorillas? Jagt ihr die? Mit besonderen Speeren?«

»Schimpansen? Gorillas? Mit besonderen Speeren? Natürlich nicht! Warum sollten wir? Sie sind schwierig. Sie sind gefährlich. Sie greifen an! Wir haben Antilopen, Affen, Fische, Buschschweine – und Buschschweine, Marcellin, sind das Beste!«

»Und Schimpansen? Hast du schon Schimpansen gegessen?«

»Ja. Sie schmecken gut. Willst du einen? Willst du einen Schimpansen erlegen?«

»Nein, Jean Molengui. Das wäre gegen das Gesetz. Und außerdem sind sie wie wir. Wenn du einen Schimpansen ißt, bist du ein Kannibale.«

»Sie sind überhaupt nicht wie wir! Sie sind nicht einmal wie Pygmäen! Sie wohnen auf den Bäumen!«

»Sie sind wie wir. Wir alle sind nichts anderes als Affen!«

Jean lachte. »Marcellin, Marcellin! Was bist du für ein Lügner!« Er schüttelte den Kopf. Dann kam ihm ein Gedanke. Er starrte mich an, sein Lachen erstarb, dann auch sein Lächeln. »Die Kannibalen«, sagte er und blickte in seinen Napf, »das sind die weißen Männer. Jeder weiß das. Alle Weißen sind Kannibalen, alle!«

»Hä?« fragte ich und fühlte mich ertappt.

»Wie meinst du das?« fragte Marcellin.

»Man findet sie in den Konservenbüchsen. Man findet oft Finger in den Büchsen. Würstchen und Finger.«

»Das kann nur ein Versehen sein«, sagte Marcellin. »Ein Unfall in der Fabrik.«

Jean setzte seinen Napf ab und stand auf. »Marcellin, das ist kein Versehen!« Er griff nach seiner Machete, ging zum Rand der Lichtung und schien dort die Stärke der Jungbäume zu prüfen, indem er ein Bäumchen umbog und wieder losließ und das nächste probierte. Ich sah vom Feuer aus zu und dachte an Roger Casements Bericht über die Praktiken in der Privatkolonie des belgischen Königs Leopold vor 100 Jahren – an die Bestrafungen, die nicht weit von hier im südlichen Kongo vollzogen wurden, wenn die Einwohner nicht genügend Rohkautschuk ablieferten, an die Berge abgehackter Hände ...

»Laß gut sein!« flüsterte Marcellin. »Dann bist du eben ein Kannibale. Was soll's. Ich glaube, Jean will dir Pfeil und Bogen bauen. Möchtest du einen? Bist du gut mit dem Bogen? Schon ein paar Studenten in Oxford erlegt? Oder auch mal ein Mädchen? War es lecker? Ein Kind? Nur so zum Knabbern?«

»Früher hatte ich mal Pfeil und Bogen – und einen Köcher. Ich hab ein Huhn getroffen. Ein rennendes Huhn.«

»Ein Huhn!« brüllte Marcellin. »Du bist verrückt!«

»Wartet!« sagte Jean und kam mit einem Lianenende und einem schlanken, auf zwei Meter zurechtgeschnittenen Schößling zurück. »Wartet!« Er zog seinen Holzklotz vom Feuer weg. »Jetzt werde ich richtig zu euch sprechen. In eurer eigenen Sprache. In der Sprache der Weißen. In einer Sprache für alle.« Er ließ sich auf seinem Klotz nieder und verknotete das Ende der Liane fest mit dem Ende des Bogens. »Auch die Gorillas und die Schimpansen verstehen sie. Sie kommen und hören zu. Sie kommen her, Marcellin, und sie hören meiner Musik zu.«

Jean stützte das verknotete Ende des Bogens auf die Erde. Sein Bizeps schwoll wie eine Papaya, und er spannte den Bogen kräftig durch. Mit der rechten Hand hielt er ihn gekrümmt, mit der linken band er das freie Ende der Liane fest, so daß noch etwa ein Viertel der Bogenlänge überstand. Er griff sich einen Stock und holte ein kleines Holzstück aus der Hosentasche; er lehnte sich zurück, streckte die Beine halb aus und kreuzte sie über den Knöcheln (seine bloßen Zehen standen eng und gerade). Er nahm das geknotete Ende des Bogens in die linke Hand (in der er auch den Stock hielt), stützte den Bogen mit der Wölbung aufs linke Knie, so daß ihm das freie Ende über die rechte Schulter ragte, und drückte die Lianensaite gegen das rechte Ohr.

Indem er die Saite mit dem Stock anschlug, mit den Zähnen anriß, mit dem Holzstück in der rechten Hand die Tonhöhen griff und dabei die Saite mit Daumen und Zeigefinger zupfte, spielte Jean Molengui die traurigsten Lieder, die ich je gehört hatte: leise, zarte, federnde Melodien voller Melancholie.

Die Nacht kam, und wir lauschten immer noch. Ein Waldkauz schrie, und dann hörte man ganz in der Nähe ein seltsames Schnarren wie von einem Ziegenmelker. »Jetzt ist's genug«, sagte Marcellin plötzlich mit erstickter Stimme. »Jean, bitte, es ist genug! Das sind die Toten. Die ganze Zeit spielst du von den Toten. Du spielst mit dem Tod!« Marcellin lief stolpernd hinüber zum Schlafgestell, zog sich die Plane über den Kopf und drehte sich weg.

In der Morgendämmerung wurde ich von einem lauten, mißtönenden ka-ka-ka geweckt, dem vereinten Alarmgeschrei einer Kette Haubenperlhühner, die beim Scharren im Laub irgendwo links von uns aufgeschreckt worden waren. Ihr seid uralte Vögel, dachte ich, 45 Millionen Jahre alt, und so klingt ihr auch, ihr aufgeregten alten Tanten. Ich richtete mich auf und brachte dabei das Gestell zum Wackeln. Jean links neben mir rührte sich ein wenig, Marcellin rechts neben mir ebenfalls. Ich merkte, daß ich durchfroren und steif war, daß die Stangen meinen Rücken vorübergehend in eine Wellenlandschaft verwandelt hatten und daß Hände und Gesicht von Moskitostichen angeschwollen waren. Trotzdem, dachte ich. Verglichen mit dem *Archaeopteryx*, dem 150 Millionen Jahre alten, plattgedrückten Federvieh, das vielleicht, vielleicht auch nicht, der Vorfahr der modernen Vögel ist, seid ihr Hühnertanten da drüben noch immer jung wie Frühlingsküken. Marcellin hob den Kopf. Seine Augen waren mit einer dicken Kruste verklebt. Meine auch, wie ich mit dem Finger feststellte. Vielleicht ist das der Staub aus dem trockenen Laubdach, murmelte ich, oder Termitendreck oder Pilzsporen oder ... Ich widmete mich meinen Beinen, und nachdem ich sie eine Weile kräftig gerubbelt hatte, spürte ich wieder das beruhigende Kribbeln in den Zehen. Aber wenn schon die Vögel glauben, sie wären alt, was sollen dann die engsten noch lebenden reptilischen Verwandten des Dinosauriers Mokélé-mbembé sagen – die Süßwasserkrokodile, unser erbeutetes Krokodil? Es hat sich in 230 Millionen Jahren kaum verändert, es ist nur 5 Millionen Jahre jünger als die frühesten und kleinsten Dinosaurier; sein Herz hat zwei separate Kammern, es hält das arterielle und das venöse Blut sauber auseinander, und sein Gehirn hat eine echte Hirnrinde, das Krokodil ist also lernfähig, es nicht das Opfer seiner Instinkte, es könnte zur Schule gehen. Aber wenn es so schlau ist, dachte ich und war erleichtert, daß ich schon die Zehen bewegen konnte, warum lebt es dann in so einem traurigen Loch? Dann könnte es doch ruhig lernen, daß man nicht knurrt, wenn man zu Hause ist, und irgend jemand könnte ihm beibringen, daß man sich nicht in jeden Stock verbeißt, der durch den Briefschlitz geschoben wird. Mit Genugtuung nahm ich zur Kenntnis, daß der durchdringend dumpfe Schmerz, der vom Geschwür auf dem rechten Fußrücken und von den zwei wunden Stellen unterhalb des linken Knöchels ausging, sich zurückmeldete und daß mein zentrales Nervensystem beschlossen hatte, trotz aller Widrigkeiten einen weiteren Tag zu funktionieren. Nun war ich vollends wach. Ich kroch vom halbmeterhohen Schlafgestell herunter und stand auf. Jean und Marcellin, die nicht mehr versuchten, sich zu rühren, waren offensichtlich gelähmt.

Aber wenigstens hatte mir niemand einen Knüppel ins Maul gesteckt, Arme und Beine auf dem Rücken gefesselt und mich auf die Erde geworfen. Es muß bessere Aufbewahrungsmöglichkeiten für Krokodile geben, dachte ich. Vielleicht konnte ich es einfach anpflocken ... Ich sah neben Marcellins Schlafplatz nach. Möglich, daß ich die Seiten verwechselt hatte. Also schaute ich am Boden neben Jean nach. Auch dort lag es nicht. Es war also doch ein schlaues Krokodil! Es war geflohen!

»Marcellin! Das Krokodil! Es ist geflohen!«

Marcellin schreckte hoch. »Das Krokodil?«

Jean richtete sich auf. »Geflohen?«

»Das Krokodil! Es ist weg! Abgehauen!«

»Das Krokodil«, sagte Marcellin. Er lugte über die Kante des Schlafgestells. »Verschwunden«, sagte er mit traniger Stimme. »Weggelaufen.«

Mit einer ruckartigen Bewegung, als hätte ihn ein Skorpion gestochen, sprang Jean auf die Füße; die Plane segelte beiseite. Er ging neben mir in die Knie und tastete auf allen vieren den Boden neben Marcellins Bettkante ab, wo das Krokodil gelegen hatte. »Keine Spuren«, sagte er mit einer seltsam zitternden und tonlosen Stimme.

»Natürlich nicht«, sagte Marcellin, der ihm von oben her zuschaute. »Der Boden ist trocken.«

Jean hockte sich auf die Hinterbacken und schloß die Augen. Er beugte sich langsam vor, bis seine Stirn den Boden berührte.

»Hä? Jean?« fragte Marcellin.

Jean stand auf. Er starrte auf die Stelle, kreuzte die Arme, umfaßte die Schultern und wiegte den Oberkörper hin und her.

»Ist okay«, sagte Marcellin mit aufgerissenen Augen. »Es ist weg. Es ist weggelaufen.«

Jean ging um das Gestell herum und holte sich Machete und Gewehr. »Weggelaufen?« sagte er leise. »Mit den Stöcken? Ohne Spuren?«

»Was könnte denn passiert sein?« fragte ich. »War jemand hier? In der Nacht?«

»Ja«, sagte Jean aufgeregt. Er legte Machete und Gewehr ab und faltete seine Plane zusammen. »Das war keine gewöhnliche Leopardin. Sie hat keine Spuren gemacht. Wir müssen gehen. Wir müssen diesen Ort verlassen. Wir müssen hier weg.«

Marcellin stand auf und streckte sich. »Gehen? Jetzt schon? Wir sind doch gerade erst gekommen! Wollten wir nicht ein paar Tage bleiben?«

»Nein«, sagte Jean und schob die Plane in meinen Rucksack. »Wir müssen gehen. Jetzt. Die Großmutter hat mir gesagt, ich soll es nicht tun. Wir müssen hier weg. Ich hätte euch niemals herbringen dürfen. Und dann noch ein Weißer, Marcellin. Das ist sehr, sehr schlimm. Sie hat mir auch einen Traum geschickt, einen schrecklichen Traum.«

Jean zerrte meine Plane vom Gestell und warf sie zu Boden.

»Einen Traum?« fragte ich und hob die Plane auf.

»Ich träumte, ich hätte einen kleinen Sohn bekommen.« Er zog Marcellins Plane vom Gestell herunter. »Den Sohn, den ich mir immer gewünscht habe, den ich mir am meisten wünsche. Im Traum, da hat er mich angelächelt, und dann war er tot. Das ist schlimm, Marcellin. Das ist sehr schlimm.«

»Was hast du dann gemacht?« fragte Marcellin und legte hastig seine Plane zusammen.

»Ich bin ruhig geblieben.« Er stopfte die schmutzigen Blechnäpfe in Marcellins Rucksack. »Ich bin ganz ruhig geblieben. Wenn du heulst und schreist, dann bringst du dich um deine Kräfte und stirbst auch.«

»Redmond, wenn das ein Leopard war, dann war er nur einen Meter von uns entfernt«, sagte Marcellin, während er mir half, den Rucksack zu schultern – mit einer Stimme, die von inbrünstigem Selbstmitleid getragen war. Er brachte die Tragegurte durcheinander. »Ein Biß in den Kopf, und ich hätte tot sein können!«

Nzé und Manou saßen einsam und bedrückt nebeneinander auf der Bank neben den Zelten. »Marcellin!« schrie Nzé, als er uns entdeckte. Er sprang auf und wedelte, überwältigt von einem Adrenalinstoß der Freude und Erleichterung, mit beiden Armen. »Marcellin! Onkel! Doktor! Marcellin! Wir müssen hier weg!«

Ich sagte: »Erst muß ich waschen. Ich muß meine Sachen waschen.«

»Das kannst du in Djéké machen«, sagte Marcellin mit unbeweglicher Miene. »Wir müssen die Zelte abbauen, Léonard suchen und losgehen.«

Jean gab Marcellin das Gewehr zurück und berührte ihn flüchtig an der Schulter. Ich sagte auf Wiedersehen und dankte ihm. Er schenkte mir ein trauriges und dünnes Lächeln, wandte sich ab und ging hinüber zu den Hütten.

Als wir noch beim Packen waren, kam ein junges Mädchen in

einem verblichenen rosa Kleid, das ihr etliche Nummern zu groß war, aus der Hütte der Großmütter und trug eine Kürbisflasche zu uns herüber. Sie übergab Marcellin die Flasche und sah uns dabei nicht an, sondern blickte angestrengt zu den Papayafrüchten über unseren Köpfen auf. Ihre Haut war auffällig glatt und makellos. »Thérèse Mouadanka«, begann sie mit singender Stimme, »sie hat eure Mütter und Großmutter und deren Mütter und Großmütter besucht. Sie sagt, es waren gute, freundliche, starke Frauen, gutwillige Frauen. Oder die Leopardin – sie hätte euch gefressen.«

Sie ging mit sorgfältig gewählten Schritten durch den trockenen Schlamm, als würde sie in den eigenen Fußstapfen zurücklaufen.

»Diese Flasche«, sagte Marcellin, »ist voller Honig.«

31

Früh am Morgen des folgenden Tages – Manou räumte in der Gästehütte von Djéké die Töpfe und Eßnäpfe in einen alten Maniokbeutel, und ich war gerade dabei, unsere Lasten neu auf die Rucksäcke zu verteilen – hörten wir von draußen das übliche »Koko!«, und begleitet wurde der Gruß vom ebenfalls üblichen Donnerschlag gegen irgendeinen beliebigen Gegenstand in Türnähe, wenn er nur haltbar genug war, um einen solchen Hieb zu überstehen. Und kaum war der Schlag gegen diesen Gegenstand – im vorliegenden Fall gegen das Wellblech – erfolgt, wurde die Hütte von dem üblichen Gebrüll im Kommandoton erfüllt. Fast jeder Bantumann, dem ich begegne, dachte ich entnervt, hat eine Stimme wie Muddy Waters, außerdem Kopfschmerzen, eine Beule, die dringend verarztet werden muß, und mindestens eine Ehefrau mit Malaria. Diesmal waren es unsere Ruderer – Léonard mit drei jungen Vettern –, und ich teilte Paracetamol aus, Pflaster und fünfzehn glänzendweiße Chinindragees für jeden. Léonard schwor bei der Ehre der Volksmiliz, daß er die Büchse mit dem Trimethoprim der Frau des sterbenden Mannes bringen werde; und als er zurückkam, trugen wir das Gepäck zur kombinierten Wasch- und Anlegestelle am Seitenarm des Likouala-aux-Herbes.

Léonard verstaute das Gepäck in der Mitte des Einbaums, Manou stellte den Flechtkorb mit dem jungen Hahn in den Bug, dann setzten wir uns ins kurze Gras am Ufer, um auf Nzé und Marcellin zu warten. Ein Stück von uns entfernt saß eine junge Mutter auf dem Rumpf eines umgedrehten und halbversunkenen Einbaums, dessen graues Holz vom Schrubben und Schlagen der Wäsche glattgescheuert war. Ihr indigoblaues Baumwollkleid bedeckte knapp die Brüste und ließ ein Stück des muskulösen Rückens und die üppigen Arme frei; ihre Haare standen wie vier Stacheln – nach jeder Seite zwei Zöpfchen – in die Höhe. Rechts neben ihr waren gespülte Töpfe und Pfannen aufgestapelt, zu ihrer Linken die Kleider, und zwischen die Knie hatte sie ihren kleinen

Sohn genommen. Sie knuddelte ihn mit der einen Hand, und mit der anderen schöpfte sie einen Topf voll Wasser und goß es ihm über den Kopf. Er heulte auf, als ginge es ihm ans Leben; er schrie wie am Spieß, als ihm die Seife in den Augen brannte; er gurgelte wie ein Ertrinkender, als ihm die Mutter die Haare spülte, doch im selben Moment, als alles vorüber war und sie ihm ein Küßchen gegeben hatte, riß er die Augen auf, strahlte uns an und klatschte in die Hände. Wir alle klatschten ebenfalls, und überwältigt von diesem Erfolg ging er in Deckung, indem er den Kopf zwischen die Brüste seiner Mutter schob. Die Mutter lächelte, sagte etwas zu Léonard und ließ das Kind zum Planschen ins flache Wasser gleiten. Mit viel Gelächter setzte sie das Geplänkel auf Bomitaba fort. »Sie meint, du kannst nicht tanzen«, erklärte mir dann Léonard. »Sie sagt, du schüttelst dich nur am ganzen Leib wie ein Hund, der aus dem Wasser kommt. Du mußt deine Beine gebrauchen lernen, Redmond, wie es sich für einen richtigen Mann gehört. Du sollst den anderen nicht mit deinen großen Stiefeln auf die Füße trampeln.«

»Das stimmt«, sagte Manou schläfrig, legte sich auf den Rücken und kaute an einem Grashalm. »Und du sollst nicht so mit deinen Armen fuchteln.«

Vom Weg her kam ein Schrei. Es war Nzé. »Fünfmal!« brüllte er. »Fünfmal, für 500 CFA! 100 CFA pro Schuß! Und guckt mal, was sie mir noch gegeben hat!«

Er hob triumphierend die Arme, in jeder Hand eine Ananas.

Marcellin traf ein, und sofort war es mit der guten Laune vorbei. Schon im Näherkommen bellte er seine Fragen heraus wie ein Nazi. Warum waren wir so früh von der Hütte weggegangen? Wo war sein Frühstück? Und warum, wollte er beim Einsteigen wissen, lag sein Rucksack ganz unten im Boot? Warum hatte das Boot keine Bodenbretter? Sollten etwa seine Hemden naß werden? Wer hatte ihm das angetan?

»Das war Manou; das hat alles Manou gemacht«, sagte Nzé und zwinkerte mir mit seinem guten Auge zu.

Vielleicht ist er sauer, weil er das Mädchen verlassen mußte, dachte ich, oder ich hab ihn wieder mit irgend etwas beleidigt –

doch dann, während ich zusah, wie er seinen Rucksack nach oben zerrte, in einer Seitentasche wühlte, seinen Walkman herauszog, mit Ingrimm eine Bob-Marley-Kassette einwarf, die Kopfhörer überstülpte, sich gegen das Gepäck lehnte und die Augen schloß, dämmerte mir allmählich, daß Marcellin Angst hatte. Er war überzeugt, daß es in Boha Ärger geben würde.

Manou und Nzé setzten sich hinter das Gepäck, die drei Ruderer stellten sich in einer Linie ins Heck und Léonard nahm seinen Platz direkt vor mir und direkt hinter dem Hahn im Korb ein. Die junge Mutter hob ihren kleinen Sohn auf den Arm, um uns zum Abschied zu winken, und wir bahnten uns den Weg zum Hauptstrom.

Die Flußniederung des Likouala war eine schmale Savanne, die sich zu beiden Seiten über etwa eine Meile erstreckte, bevor der Hochwald begann. Eine halbe Stunde lang blieben wir alle stumm wie Marcellin, doch dann begannen die drei Neffen mit ihrem ersten Ruderlied. Gleichzeitig mit dem Eintauchen der langen Paddel und dem Beugen der Knie verlangsamte sich das Tempo, um sofort schneller zu werden, wenn sie das Paddel herauszogen und sich zum nächsten Schlag aufrichteten. »In der Trockenzeit brennen wir das Gras ab«, sagte Léonard, »aber nicht, um Wild zu erbeuten, auch nicht, um Maniok zu pflanzen, sondern um die Wege in den Wald freizuhalten.« Er legte sein Paddel für eine Weile an die Bordwand und wies mit breiter Geste auf das hohe Gras und die vereinzelten Bäume am Ufer, auf die Teppiche aus Wasserlilien. »Ich finde es hier schön«, sagte er. »Als ich in Brazzaville war, hat mir das alles gefehlt.«

»Warum warst du in Brazzaville?«

»Ich wollte reich werden. Ich habe auf einer Baustelle Arbeit gefunden. Aber arme Leute wie ich können in der Stadt nicht reich werden – alles kostet Geld. Du mußt sogar dafür bezahlen, daß du in einem Haus wohnen kannst! Dann erst merkte ich, daß ich reich war, als ich in meinem Dorf lebte. Hier lebst du von dem, was dir die Erde gibt, du kannst Maniok pflanzen, wo du willst, du kannst dir ein Boot bauen und im Fluß fischen – ich fühle mich hier glücklich. Ich bin sofort zurückgefahren.«

»Und jetzt bist du der Kommandant der Volksmiliz.«

»Ach *das!*« sagte er lachend. »In Djéké ist das nur ein Witz. Nur ein Grund, damit ich ein Paar Hosen von der Regierung kriege. Gilbert Badiledi ist der Ehrenkommandant, doch ich bin der Diensthabende Kommandeur, und deshalb kann ich dem Generalstabschef, dem Dienstvorsteher und dem Feldwebel Befehle erteilen, und ich kann mich mit dem Politoffizier streiten, der die Parteilinie vertreten soll, und ich kann zum Stammeshäuptling und zum Vizepräsidenten des Dorfkomitees gehen, sooft ich will, und dann haben wir jede Menge Volksmilizionäre, die fast so überflüssig sind wie Nzé – und *ich* kann es mir leisten, sie anzuschreien.«

»Du solltest mal nach Dongou kommen und das dort sagen«, ließ sich Nzé hinter dem Gepäckberg vernehmen. »Bring ein paar Frauen mit und sag das in Dongou. Wir würden dich ganz schön auseinandernehmen. Wir haben richtige Uniformen, richtige Häuser, eine Bar – und lauter solche Sachen«, sagte er, drehte sich um und schlief wieder ein.

»In Boha«, fuhr Léonard fort, »da ist das kein Witz. In Boha haben sie die Offiziere umgebracht. Es gibt keine Volksmilizionäre mehr in Boha.«

»Léonard Bongou-Lami«, sagte Marcellin, der die ganze Zeit gelauscht haben mußte, »in Boha wirst du mit deinen drei Neffen die erste Nacht mit uns verbringen.«

»Nein, Marcellin Agnagna, nicht für alles Geld, das du in deinem Rucksack hast. Nicht für alle jungen Mädchen, die du mir vielleicht anbieten wirst. Noch bin ich bei Verstand. Außerdem hab ich einen kleinen Sohn. Er braucht einen Vater.«

»Ich bin hier der offizielle Vertreter der Regierung«, sagte Marcellin und richtete sich auf. »Ich befehle dir, eine Nacht lang zu bleiben.«

»Du kannst mir befehlen, was du willst«, sagte der Kommandant und ruderte mit frischem Eifer weiter. »Eine Stunde, und mehr nicht. Selbst in dieser einen Stunde mußt du dir den Rücken freihalten. Die dort in Boha haben Gelübde abgelegt.«

Wir fuhren an einem langen weißen Sandstrand entlang, dessen blendende Helle beinahe in den Augen schmerzte. Vielleicht stammte dieser Sand von dem weichen Sandstein, der sich einst vor 225 Millionen Jahren, als das Kongobecken noch ein großer See war und man hier auf Schritt und Tritt Sauriern begegnete, herausgebildet hatte. Ein Stückchen weiter flußaufwärts kamen wir zu einem flachen, mit Baum- und Buschwerk bewachsenen Hangabbruch aus dunkelgrauer Erde. Kleine blaugrüne Vögel mit zwei langen, spitz zulaufenden Schwanzfedern, Scharlachspinte aus der Familie der Bienenfresser, saßen im Geäst und putzten ihr Gefieder, oder sie kreuzten nach Schwalbenart, jedoch mit orangerot leuchtenden Bäuchen, flach über dem Wasser und dem Savannengras. Wenn sie zu ihren Plätzen zurückgekehrt waren, wetzten sie die Schnäbel an den Zweigen, wahrscheinlich im Bemühen, den erbeuteten Bienen oder Wespen vor dem Verzehr das Gift auszuquetschen. Etwas tiefer in denselben Büschen saßen vereinzelte Pärchen einer verkleinerten und neurotischeren Bienenfressersorte mit grünem Rücken und gelber Kehle. Durch das Fernglas verfolgte ich, wie einer von ihnen das Bein hob, sich mit der Kralle ausgiebig am Hinterkopf kratzte und sich dann beiläufig wie ein Fliegenschnäpper auf ein vorbeifliegendes Insekt stürzte, hellbraune Flügelunterseiten aufleuchten ließ und den alten Platz wieder einnahm. Und auf dem Ast eines toten Baums, dessen Stamm von einem Savannenbrand geschwärzt war, entdeckte ich einen winzigen scharlachroten Fleck, den ich zuerst für die Blüte irgendeiner Schmarotzerpflanze hielt, der sich dann aber im Fernglas als die Kehle eines kleinen Vogels, eines Schwarzen Bienenfressers, entpuppte. Schwarz wie das verkohlte Holz des Baumes, auf dem er saß, zuckte er mit dem Schwanz, als wir uns näherten, und schoß davon. Die Uferböschung war auf etliche hundert Meter Länge von Nistlöchern übersät; größere fanden sich in unregelmäßiger Häufung, kleinere in weiteren Abständen.

Léonard zeigte mit einer Kopfbewegung auf einen Baum am linken Ufer, dessen dünne Zweige und kleine Blätter weit über das Flußufer hinausragten. »Das ist ein Fischerbaum«, sagte er. »Wenn die Früchte reif sind und gelb werden, fallen sie ins Wasser, und die Fische sammeln sich. Für jeden Fisch eine kleine Frucht. Dann ist es Zeit, mit den Netzen zu kommen.«

Wir passierten ein kleines Dorf, das hinter Ölpalmen auf einer Anhöhe gelegen war und laut Léonard Ypongui hieß. Immer, wenn sich auch nur der kleinste Hinweis auf die Nähe menschlicher Wesen zeigte – das Klatschen von Paddeln in einem Seitenarm, Rauch über einer der einsamen Hütten am Ufer, wo gelegentlich Fische gefangen und getrocknet wurden –, brüllten Léonard und seine drei Neffen Bomitaba-Begrüßungsworte in die Landschaft, und wenn sie erwidert wurden, tauschten sie über hundert Meter und mehr ihre Neuigkeiten aus, wobei sie die Lautstärke steigerten, bis die Entfernung selbst für Bantustimmen zu groß wurde.

An einer Stelle, wo es vergleichsweise ruhig zuging, an einem weißen Sandstrand, sah ich einen krähengroßen braunen Vogel im Flachen waten, den ich sofort erkannte: Der große breite Schnabel wurde durch einen nach hinten ragenden Federschopf ergänzt, so daß er einem Amboß ähnelte. Der Vogel mit dem Namen Hammerkopf stakste langsam durchs Wasser, den Blick angestrengt auf die Oberfläche gerichtet, während er mit den Füßen den Grund aufwühlte, um kleine Fische, Weichtiere und Käfer nach oben zu spülen. Er ließ uns nahe herankommen und stieg dann mit ruckartig schießender Bewegung und überraschend breiten Flügeln in die Höhe, um mit ausgestrecktem Kopf leicht und flink wie eine Eule an uns vorbeizufliegen. Der Vogel bildet seine eigene Art, und seine wissenschaftliche Zuordnung ist fast so geheimnisvoll wie seine Rolle in der Mythologie. Hier und da glaubte man, daß er den Reihern oder den Flamingos oder dem Schuhschnabel zuzuordnen sei, doch neuere Eiweißuntersuchungen stellen ihn in die Nähe des Storches, während Hautparasiten und Federkleid eher auf die Zugehörigkeit zu Regenpfeifern, Schnepfen und Strandläufern schließen lassen. Doch in seinem Verhalten ist er ganz und gar eigen.

Hinter der nächsten Flußbiegung war es plötzlich leicht zu begreifen, warum der Vogel in der älteren afrikanischen Naturbeschreibung einen Sonderplatz einnimmt. In der Astgabel eines Baums, etwa zehn Meter über dem Boden, hing ein seltsames Gebilde: eine riesige, stachlige Kugel aus angeschwemmten Ästen und Treibgut, die ein Einstiegsloch und ein kleines Schutzdach an der Seite hatte – das Nest des Hammerkopfs. In ganz Afrika läßt man den Vogel in Ruhe, schon sein Name ist häufig tabu, denn er gilt als der Zauberer unter den Vögeln. Es gibt keine befriedigende Erklärung dafür, warum dieser gerade mal krähengroße Vogel für sein Nest einen solchen Aufwand betreibt. Der Hammerkopf bringt alle anderen Vögel dazu, ihm das Nest zu bauen, und er holt auch die Schwalben aus der Luft, um sich das Einschlupfloch ordentlich verputzen zu lassen.

Den Beobachtungen von Wilson und Wilson in Mali zufolge bauen jedoch Männchen und Weibchen ihr Nest gemeinsam und ohne fremde Hilfe. Obwohl sie den ganzen Tag Fische und Frösche fangen, bringen sie es dank einer Bauwut, die Lary alle Ehre gemacht hätte, zu beachtlichen architektonischen Leistungen: Jeden Morgen von Tagesanbruch bis zehn Uhr sind sie mit ihren Bauarbeiten beschäftigt, und am Abend, wenn sie von der Arbeit nach Hause kommen, legen sie noch ein paar Stündchen zu, nämlich von vier bis Punkt sechs. Es dauert eine Woche, bis sie die Nistschale in der Astgabelung aus Stöcken, Schilfrohr, Gras und Schlamm zusammengebaut haben – und in diesem Stadium werden sie nicht selten vom Milchuhu vertrieben, einem großen Vertilger von Igeln, der auch junge Affen und Warzenschweine, Iltisse, Reiher, Enten und selbst andere Eulen, insbesondere den Fleckenuhu, nicht verschmäht. Aber wenn alles gutgeht, beginnt das nächste Stadium des Nestbaus, das einen ganzen Monat beansprucht. Jetzt ziehen sie die Seitenwände hoch, indem sie Stöckchen miteinander verflechten, und dann wird das Dach allmählich darübergesetzt, indem bis zu einem Meter lange Stöcke senkrecht in das Flechtwerk gerammt, mit querlaufenden Zweigen aufgefüllt und oben zusammengebunden werden. Langsam arbeitet sich das Vogelpärchen nach oben; einer innen, einer auf dem Dach, und wenn das fertig ist (und so kräftig, daß ein Mensch auf ihm stehen kann), wird es mit weiteren Stöcken, Schilfrohren und Grasbüscheln überhäuft, und zum Schluß werden Einschlupfloch und Nistkammer mit reichlich Lehm schön glatt verputzt. Jetzt ist die Gelegenheit für eine beliebige Schleiereule günstig, einfach einzuziehen; ein Waran kann sich durch den Eingang zwängen, eine Ginsterkatze kann sich drinnen gemütlich zusammenrollen – oder eine größere Schlange, vorzugsweise die Speikobra, geruht, ihre Siesta im Nest abzuhalten. Doch wenn es dem Hammerkopf gelingt, sein vielbegehrtes Bauwerk (das perfekt isoliert ist und eine gleichbleibende Innentemperatur hat) für sich zu behalten, dann brüten Männchen und Weibchen gemeinsam, und sie gelangen durch den Einschlupf, indem sie ihn niedrig anfliegen und in einer sogenannten Aufruckbewegung im letzten Moment die Flügel schließen.

Aber diese ganze Arbeit ist mit fürchterlichen Mühen verbunden, und doch leisten sich die Hammerköpfe, wenn das Nest fertig ist, nicht nur das Vergnügen, sich jeden Morgen acht- bis zehnmal zu paaren, sondern sie veranstalten außerdem noch Partys, die an Freizügigkeit kaum zu überbieten sind. Es werden acht bis zehn Hammerköpfe eingeladen, ledige, verheiratete und geschiedene, die sich irgendwann am Tag in Nestnähe auf einer Sandbank, einer Felsplatte oder im flachen Gras einfinden. Dann bilden sie Pärchen, und das Männchen berennt das Weibchen mit gesenkten Flügeln und einer in der Erregung abwechselnd aufgestellten und abgeklappten Federhaube. Danach laufen die Paare Seite an Seite im Kreis umher, und es beginnt eine Orgie von (technisch betrachtet) Scheinbegattungen. Zwar ist es ihnen nicht erlaubt, ihre Geschlechtsöffnungen in aller Öffentlichkeit aneinanderzureiben, aber davon abgesehen bleiben keine Wünsche offen. Der werbende Vogel hockt sich hin, und der andere steigt auf und balanciert mit flatternden Flügeln, und dann hebt der untere Vogel – bebend vor erotischer Spannung – den Schwanz, der obere Vogel klappt den seinen nach unten, und so pressen beide ihre Schwänze zusammen. Sogar ein wenig Soixante-neuf verschmähen sie nicht, und die ganze Party wird begleitet von lauten Duetten oder ganzen Chören ihrer gurrenden Lustlaute. Männchen besteigen Weibchen, Weibchen besteigen Männchen, Männchen besteigen Männchen – nur die Lesben haben das Nachsehen.

Trotz aller Mühsal und Enttäuschungen (manchmal bauen sie drei Nester pro Brutperiode und kommen dennoch nicht zum Ziel) pflegt also der Hammerkopf seine Hobbys und erreicht ein gesegnetes Alter: Der durchschnittliche Brutertrag liegt (laut Urban, Fry und Keith, 1986) sehr niedrig, nämlich bei 0,13 pro Jahr und Vogel, und da die Population zu wachsen scheint, bedeutet das, daß der Hammerkopf im Durchschnitt mindestens zwanzig Jahre alt wird.

Ich war noch tief in meine Träumereien über das Geschlechtsleben der Vögel versunken und fragte mich gerade, warum von allen Vögeln meines Wissens nur der Strauß, der Nandu, der Emu und der Helmkasuar, die Steißhühner, Enten und Wehrvögel einen Penis besitzen und wie wohl einem Hammerkopf zumute sein mochte, wenn er beim Einschlüpfen in sein kühles, weiches Nest geradewegs in die Fangzähne einer Speikobra hineingeriet, als Léonard den Einbaum nach links zu einem kleinen Zufluß hinübersteuerte und mir klar wurde, daß wir gleich in Boha ankommen würden.

32

Das träge Flüßchen machte einen Bogen nach rechts und eröffnete zur Linken den Blick auf das Hochufer und die Palmen von Boha. Zwei Fischer säuberten ihre Netze am ersten Weg, der zum Wasser herabführte; einer der beiden winkte uns zu, doch der andere drehte sich um und rannte hastig das Ufer hinauf.

Wir machten an der Landestelle ein Stückchen weiter flußauf fest.

»Schnell!« befahl Marcellin, griff nach dem Gewehr am Boden des Einbaums und hechtete an mir vorbei. »Lauf hoch ins Dorf und misch dich unter die Frauen und Kinder. Laß dich nicht abdrängen!« In seinen weißen Basketballschuhen rannte er den Hang hinauf, daß die Kiesel zur Seite spritzten. »Nzé! Manou!« brüllte er über die Schulter. »Bleibt an mir dran! Léonard! Du und die drei Paddler, ihr folgt mit dem Gepäck. Ihr bleibt eine Stunde. Nur eine Stunde. Redmond zahlt euch in einer Stunde aus. Ich verspreche es.«

Nzé, Manou und ich fanden ihn wieder, als wir oben ankamen. Er hatte den Arm um einen alten Mann gelegt, beide standen vor dem offenen Verschlag einer Kochhütte. »Bobé!« schrie er, ohne den Mann aus der Umarmung zu entlassen. »Bobé! Mein alter Freund!«

Bobé wirkte verdutzt, aber glücklich, und zeigte sein breitestes Lächeln. Er war barfuß und trug zerfetzte, schmutzige weiße Baumwollhosen, die er hochgekrempelt hatte, dazu eine rotweißgestreifte Schlafanzugjacke, die den knochigen Brustkorb und den faltigen Bauch freiließ. Mit zerstreuter Gebärde wies er auf den Tragbalken des Verschlags, an dem zwei Fangnetze hingen, ein weitmaschiges für Buschschweine und ein engmaschiges für kleine Waldantilopen.

»Ja, Bobé! Du warst einmal ein großer Jäger!« krähte Marcellin und verdrehte die Augen, daß man das Weiße sah, weil er die Türen der beiden gegenüberliegenden Hütten, die Lücke zwischen den Hütten und die Pfade vor und hinter den Hütten gleichzeitig im Blick behalten wollte. »Du hast ein Netz für Buschschweine! Und ein Netz für Antilopen!« Er zog Bobé noch enger an sich und klammerte sich mit dem linken Arm so fest an seine Schultern, daß sich das zahnlose Lächeln des Alten zur Schmerzgrimasse verzog. Mit der rechten Hand hielt er das Gewehr wie eine Pistole: die Handfläche auf dem Kolbenhals, die Finger am Abzugsbügel. Der Lauf schwenkte ständig, Marcellins Blicken folgend, zwischen den Türen und Fenstern der beiden Hütten und dem Pfad vor uns und hinter uns hin und her und strich dabei immer wieder dicht an Nzés Nase vorbei. Nzé fixierte den Gewehrlauf wie gebannt und ortete ihn mit seinem guten Auge rechts neben sich, doch als die Mündung wieder umschwenkte und sich in ein schwarzes Loch mit Stahlrand direkt vor seiner Nase verwandelte, zog er den Kopf zurück und legte ihn schräg wie eine Ente, so daß nun sein anderes Auge zuständig war, das den Gewehrlauf ein Stück weiter links vermutete.

Eine Schar Kinder, die der Lärm angelockt hatte, sammelte sich zwischen den Hütten.

»Mondélé!« riefen sie. »Mondélé! Mondélé!«

Nzé stampfte plötzlich auf, langte hinüber und nahm Marcellin das Gewehr ab.

»Gut«, sagte Marcellin. Seine Stimme klang wieder normal – als wäre er aus einer Trance erwacht. »In Ordnung, Nzé. Du nimmst das Gewehr. Und bleib dicht an mir dran.«

Er ließ Bobé los, der gegen einen Pfosten taumelte und sich die linke Schulter rieb.

Die Kinder umringten uns, und der Lebhafteste, ein Junge von fünf oder sechs, hielt mir eine Heuschrecke zur Besichtigung entgegen. Er drückte die beiden Hinterbeine mit den Fingern zusammen, und als ich mich bückte, um das Hellgrün des Hinterteils zu bewundern, das Gelb des Rückens, der mit einer dünnen Schaumschicht überzogen war, die weißen Tupfen auf dem rot-schwarzgelben Kopf, rammte er mir das Insekt unter die Nase. Ich sprang zurück, und in der Nase brannte mir ein ätzender Gestank wie von einem toten Marder. Warnfarben, dachte ich verzagt beim Niesen; das muß eine dieser Waldheuschrecken sein, die pflanzliche Gifte umwandeln und sich mit einem solchen Gestank umgeben, daß kein Insektenfresser, der noch bei Sinnen ist, sich in ihre Nähe wagt. Die Kinder hüpften vor Vergnügen, der Junge ging mit jenem still-versonnenen Lächeln fort, das nur ein großer Triumph zuwege bringt – und plötzlich verschwanden alle Kinder zwischen den Hütten.

Vier breitschultrige junge Männer kamen gelassen auf uns zugeschlendert. Ich ging ihnen entgegen, um ihnen die Hand zu schütteln, doch sie ließen mich stehen und bauten sich um Marcellin auf. Nzé nahm das Gewehr von der Schulter, richtete den Lauf auf ihre Beine und tätschelte den Kolben. Marcellin sah nicht sehr souverän aus. Niemand verzog eine Miene.

»Ihr kommt mit uns«, sagte der Anführer auf französisch. »Wir sprechen uns am Tisch des Vizepräsidenten des Dorfkomitees.«

In der Schweigepause, die Marcellin offensichtlich nutzte, um dieses Anerbieten zu durchdenken, hefteten sich meine Augen wie gebannt auf ihre T-Shirts. Der Anführer mit dem bulligen Gesicht trug einen Spruch des World Wide Fund for Nature auf der massigen Brust: »Ne tuez pas les gorilles et les chimpanzés«; mit einer Schnur um die Hüfte hatte er einen Dolch an seiner Seite befestigt, der knapp 40 Zentimeter lang war und in einer plumpen, mit Draht umwickelten Scheide aus Holz steckte. Der eine Gehilfe trug ein blaues Unterhemd, auf dem die Aufschrift »Woods Hole Oceanographic Institution« prangte, der andere warb auf grünem Grund für Harley Davidson, und der dritte führte die bizarrste Brustzier spazieren – die Witzzeichnung von einem Popcorn essenden Mann, der mit Stielaugen auf eine vollbusige Frau am Swimmingpool glotzt, während der Gatte von links her naht; das Ganze versehen mit dem Text: »Ein wunderschöner Tag für Bill – doch aufgepaßt! Es könnte Ärger geben!«

Voller Verdruß darüber, daß Boha offenkundig ein vielbesuchter Ort war, teilte ich unseren Vorgängern die entsprechenden Hemden zu – die ersten drei dem Amerikaner Philip Lobel aus Woods Hole, der Marcellin zufolge für sich in Anspruch nahm, 45 neue Arten von Fischen im Lac Télé entdeckt zu haben, während ich das letzte der japanischen Dinosaurier-Jagdexpedition von 1988 zuschrieb. Aber da kam auch schon der Kommandant mit seinen drei Neffen und dem Gepäck, Marcellin nickte auffordernd, und wir folgten dem Mann mit dem Messer ins Dorf.

Es war viel kleiner als Djéké, mit gewundenen Pfaden, die von der einen kurzen Hauptstraße abzweigten, mit weniger Gärten und nur vereinzelten Hütten aus gelben und weißen Lehmziegeln neben den vorherrschenden Lehmhütten mit Blätterdach.

Ich blieb einen Moment stehen, um einem Mann mittleren Alters mit kahlgeschorenem Kopf zuzusehen, der an einem Brennofen arbeitete. Er besserte seine Lehmhütte aus und baute an einem zweiten Haus auf seinem Anwesen; schwitzend, barfuß, mit nichts als einer alten Turnhose bekleidet, schob er Holzscheite in die zwei Feuerlöcher des mannshohen Brennofens aus Lehmziegeln, der mit Erde zugedeckt war, damit er die Hitze hielt. Er blickte sich um, wischte sich mit der Hand über die Augen und schenkte mir, im Rauch stehend, ein freundliches, zahnlückiges Lächeln. Gleichzeitig spürte ich, daß sich eine kleine Hand von hinten in die meine schob.

Der lebhafte Junge, nun ohne Grashüpfer, blickte strahlend zu mir auf. Er sah ganz neu aus, bereit fürs Leben und noch unberührt von Krankheiten aller Art, und er sprach hastig Bomitaba mit mir, über ein Problem von solcher Dringlichkeit, daß mein Unvermögen, ihm zu antworten, offenbar keine Rolle spielte. Marcellin und die anderen waren verschwunden, und so erlaubte ich meinem neuen Führer, daß er mich nach rechts auf einen Seitenpfad zog. Sein Trupp, inzwischen auf etwa zwanzig Kinder angewachsen, folgte in respektvollem Abstand, rief aber immer noch: »Mondélé! Mondélé!« und zeigte mit Fingern auf mich, um es zu beweisen.

Wir blieben stehen, während der Junge angestrengt, aber ständig weitersprechend und ohne meine Hand loszulassen, den Boden unter einer Ölpalme absuchte, in der eine Kolonie von Webervögeln nistete. Ob er zwischen dem herabgefallenen Nistmaterial nach Grashüpfern, Jungvögeln, Käfern oder Schlangen suchte, konnte ich nicht ausmachen; über uns zwitscherten und tschilpten die sperlingsgroßen Männchen, die mit schwarzen Köpfen, safranfarbenen Kehlen und hellgelben Bäuchen hektisch mit Nestbau, Imponiergehabe und Streitereien befaßt waren. Sie flogen über den Fluß zu einer Senke mit Riedgras und kamen mit Halmen im Schnabel zurück, die sie in ihre hängenden Nistkörbe einwebten; sie balgten sich mit den diebischen Nachbarn, die an den Enden der Halme zerrten, oder lockten die stumpfbraunen, unscheinbaren Weibchen an, indem sie sich an die nach unten weisenden Nistöffnungen klammerten und mit den Flügeln schwirrten, als wären sie Kolibris, die im Flug Nektar saugen.

Dann gelangten wir, wie ich dachte, an sein eigentliches Ziel – er zog mich an der Hand, wir betraten, alle Kinder im Gefolge, ein kleines Anwesen und blieben vorm Eingang der Hütte stehen, wo in einem Käfig unter dem Dachvorsprung eine traurige Rotbuggrüntaube hockte. Der Junge sprach mit ihr, und der Vogel neigte den Kopf und lauschte. Eins der Kinder schob ein Stückchen Papayafrucht durch das Gitter. Der Vogel war grün bis auf einen purpurnen Schulterfleck, eine schwarze Flügelbinde und die gelben Beine, doch sein überraschendstes Merkmal war der Schnabel, dessen Oberteil den unteren leicht überragte: an der Spitze blau und dann bis zum Stirnansatz von einem glänzenden Scharlachrot. Die stille, in fester Einehe lebende Taube ist so schreckhaft, daß sie, wie man sagt, schon beim Knall einer Flinte tot vom Baum fällt, und sie begann mir gerade leid zu tun, als mich der Junge an der Hand weiterzerrte, den Weg hinab zu einer anderen Hütte. Fünf kleine Kinder und zwei Frauen, die eine mit einem Baby auf dem Schoß, saßen auf einer Bastmatte neben der Hütte, als wären sie dort zur Schau gestellt. Die Frauen blickten hoch und lächelten. Hinter ihnen standen Marcellin, Nzé, Manou, Léonard und seine drei Neffen.

»Wo zum Teufel hast du gesteckt?« fragte Marcellin.

Der Junge ließ meine Hand los, und alle Kinder stoben davon, zurück auf dem Weg, den wir gekommen waren.

Marcellin trat vor und baute sich über mir auf. »Ich dachte, ich hätte dir gesagt, du sollst dich nicht abdrängen lassen«, brüllte er mir ins Ohr. »Tu einfach, was ich dir sage. Verstanden? Du kapierst überhaupt nichts. *Du hast total den Überblick verloren.*«

Und du hast den Verstand verloren, dachte ich trotzig – bis plötzlich ein Gefühl der nackten Angst meinen Magen zusammenkrampfte wie bei einem nahenden Durchfall. Vier junge Männer in seltsam aufgeschlitzten Tarnanzügen standen reglos unter einem

Safoubaum, zwanzig Schritt entfernt. In der rechten Hand hielten sie extrem lange Speere, die geschmiedeten Spitzen auf den Boden gestellt, die Schäfte an die Schulter gelehnt.

»Woher haben sie diese Uniformen?«

»Von den Japanern«, sagte Marcellin, ohne sich umzudrehen. »Von meiner letzten Expedition. Und jetzt, Redmond, *keine weiteren Fragen.*«

Ein schmächtiger, nervös wirkender Mann mittleren Alters trat aus der Hüttentür. Im Küchenanbau entdeckte ich Kürbisflaschen, Blechtöpfe und -pfannen, einen großen Holzmörser und ein Reibebrett für Maniok, dessen Reibsteinchen ein verschlungenes Muster bildeten.

»Seid ihr bereit?« fragte der schmächtige Mann, hob die Hände und massierte sich den Schädel, als hätte er Kopfschmerzen.

»Ja, Monsieur Vizepräsident«, sagte Marcellin. »Jetzt können wir sprechen.«

Nzé, der ungewöhnlich ernst dreinblickte, lud durch und bezog Posten neben der Tür. Der Kommandant und die drei Paddler setzten sich in den Schatten des Küchenverschlags, und die vier Krieger blieben reglos und stumm unter dem Safoubaum stehen.

Marcellin, Manou und ich folgten dem Vizepräsidenten in die Hütte. Ein kurzer Durchgang führte an zwei Schlafräumen vorbei in den Hauptraum, in dem ein Tisch mit acht Stühlen stand. Ein Vorhang versperrte den Blick in einen links gelegenen Raum, und es gab außerdem eine Hintertür zum Hof, die offenstand.

Ringsum an die Wände waren in Augenhöhe Bastvierecke genagelt, und an ihnen waren verblichene Familienfotos befestigt, die von Moder und den weißen Spuren irgendeines Bohrkäfers oder denen von Termiten überzogen waren. Ein Polaroidfoto aber war noch frisch und gut erkennbar. Ein junger, schnurrbärtiger Mann aus Boha, in dem ich einen der draußen stehenden Krieger zu erkennen glaubte, blickte dem Betrachter entgegen, in der rechten Hand eine blutbeschmierte Machete, in der linken den abgetrennten Kopf eines Schimpansen. Den Kopf, der etwas größer war als sein eigener, hielt er vor die Brust, das Gesicht des Schimpansen war sehr bleich, der Mund stand offen, um die Nasenlöcher sah man Blutspuren, und die offenen Augen blickten uns an.

»Wer das mit Schimpansen machen kann«, sagte Marcellin, »kann es auch mit Menschen.«

»Natürlich«, bestätigte der Vizepräsident.

Ich nahm mir einen Stuhl in der Mitte des Tisches gegenüber der offenen Tür, die Sonne draußen schien grell auf den ausgedörrten Boden, mein Ausblick wurde durch einen Mangobaum begrenzt, der fünfzehn Meter entfernt stand. An der Wand links neben mir hing ein Zeitungsfoto, das Porträt des Präsidenten der Volksrepublik Kongo (und aller Dorfkomitees), Colonel Denis Sassou-Nguesso, mit roter Fallschirmjägermütze, Uniform und dunkler Brille. Er stützte sich mit beiden Händen auf ein Balkongeländer, am Gürtel trug er eine große Pistole. Ich stellte mir die müßige Frage, ob es sich dabei um den Dienstrevolver handelte, mit dem er Gerüchten zufolge das Gehirn seines Vorgängers an die Wand des präsidentiellen Speisezimmers gespritzt und sich selbst ins Amt geschossen hatte. Das war schon eine seltsame Sache, sagten die Leute nicht ohne Bewunderung: Zwei Männer gingen hinein, um zu frühstücken, und nur einer kam wieder heraus. Irgendwie hatte es Capitaine Marien Ngouabi fertiggebracht, beim Frühstück ums Leben zu kommen. Hinter mir hing ein weniger denkwürdiges Foto, das auch aus einer Zeitung herausgerissen war: die Reklame für eine Firma mit dem Namen Socicom, die Toilettenpapier der Marke Lotus herstellte und ein rosa Baby von hinten zeigte, das auf einer großen Papierrolle thronte wie auf einem Töpfchen.

Marcellin setzte sich neben mich und befahl Manou, sich an die Tür zu stellen. Die Männer mit den exotischen T-Shirts traten ein, ohne Manou zu beachten, und setzten sich uns gegenüber. Ihr Anführer, der Hüne, der den Slogan zum Schutz der Gorillas und Schimpansen quer über der Brust trug und den Dolch an seiner Seite, saß links neben Marcellin am Kopf des Tisches, der Vizepräsident mir zur Rechten am anderen Ende. Der Hüne stützte die Ellbogen auf den Tisch und verschränkte die Arme, so daß jede seiner gewaltigen Pranken einen noch gewaltigeren Bizeps umfaßte, und forderte unsere Papiere. Marcellin öffnete den Reißverschluß seiner Gürteltasche und holte unseren Dienstauftrag vom Generalsekretariat für Forstwirtschaft und die Passierscheine vom Ministerium für Forschung und Umweltschutz heraus. Von Hand zu Hand wurden sie um den Tisch gereicht.

Im Durchgang hinter uns waren schlurfende Schritte zu hören, eine alte Frau kam hereingehastet, griff Marcellin am rechten Arm, zog ihn vom Stuhl und zerrte ihn zur Tür hinaus.

Der Hüne richtete jetzt den Blick auf mich. »Deine Papiere sind in Ordnung«, sagte er, als wäre es das einzige, was in Ordnung war.

»Es ist mir eine Ehre, hier zu sein«, sagte ich.

Marcellin kam zurück und setzte sich. In seinen Augen war wieder der wütende Blick.

»Alles deine Schuld«, zischte er mir auf englisch zu. »Das war die Mutter meines Freundes in Brazzaville. Sie wollen mich umbringen. Sie sagt, wir müssen sofort fliehen. Ich hätte meine Kalaschnikow mitbringen sollen. Ich wußte nicht, daß wir hierher kommen würden. Du hast gesagt, du müßtest nicht nach Boha. Du hast mich belogen. Was wird nun aus meiner kleinen Tochter? Was soll aus ihr werden? Du hättest mir eine Pistole mitbringen müssen. Eine Pistole, das wäre viel besser. Mit einer Pistole wäre ich sicher.«

»Marcellin«, sagte der Vizepräsident, »das Dorfkomitee will nur eins wissen: Warum hast du unseren Häuptling ins Gefängnis geworfen? Jetzt hat er sich versteckt. Es ist eine große Schande. Weil du wieder in unser Dorf gekommen bist, hat er seine Frauen genommen und sich im Wald versteckt.«

»Warum? Wozu?« sagte Marcellin und sah sehr verstört aus. Seine Worte steigerten sich zu einem spitzen Schreien. »Welchen Nutzen hat er davon?«

Manou ließ sich an der Wand zu Boden rutschen und steckte den Kopf zwischen die Knie.

»Warum hast du unseren Häuptling ins Gefängnis geworfen?« fragte der Hüne mit seiner abnormen Baßstimme.

»Ich war es nicht«, sagte Marcellin und wandte sich absurderweise zu mir um. Mit leerem Blick glotzte er mich an.

»Marcellin Agnagna«, sagte der Hüne. »Wenn du die Fragen des Dorfkomitees beantwortest, hast du dich an den Vizepräsidenten des Dorfkomitees zu richten, nicht an einen Weißen.«

»Ich war es nicht«, wiederholte Marcellin, diesmal mit Blick auf den Vizepräsidenten. »Ich bin kein Soldat. Ich bin kein Politiker. Ich habe nicht die Befugnisse des Politkommissars des Distrikts Epéna. Ich bin ein Wissenschaftler. Was immer in Epéna passiert sein mag, ich hab nichts damit zu tun.«

»Du bist also ein Wissenschaftler«, sagte der Hüne und zeigte mit einem schwieligen Finger auf Marcellins Kopf. »Und deshalb bist du mit einer Bombe gekommen, um alle Fische in unserem See zu töten und uns verhungern zu lassen.«

»Das war keine Bombe. Das war ein Sonograph. Das war ein Gerät zum Messen der Wassertiefe.«

»Du kannst uns viel erzählen«, sagte der Riese und zerklatschte ein Moskito auf seinem Arm, daß es knallte wie ein Pistolenschuß.

»Es gibt hier in der Partei Leute, die auf mich neidisch sind«, sagte Marcellin, und sein Blick huschte von einem Komiteemitglied zum nächsten. »Sie machen einen großen Lärm und bezichtigen mich zu Unrecht. Zu mir habt ihr nichts gesagt, aber dann habt ihr dem Politkommissar erzählt, daß Agnagna mit Gorillas handelt. Das ist falsch. Ich war noch nie in eine krumme Sache verwickelt. Ich halte mich an die Gesetze. Ich muß stark sein. Die Wahrheit ist, wir haben eine unterschiedliche Mentalität, ihr und ich. Ich gehöre nicht zu eurer Welt. Und deshalb seid ihr neidisch auf mich. Ich hatte einen Jäger beauftragt, für mich einen jungen Gorilla zu suchen. Ich brauchte einen Gorilla für den Zoo in Brazzaville, damit die Leute aus der Stadt hingehen und ihn ansehen können. Jedes Land von Bedeutung hat einen Zoo. Nun will ich mit eurem Häuptling sprechen. Aber er hält sich versteckt. Und da liegt das Problem.«

»Du hast einen Gorilla getötet«, sagte der Hüne. »Du verbietest uns, die Schimpansen und Gorillas zu jagen, die uns und unseren Ahnen gehören – und dann tötest du einen Gorilla.«

»Das war ein altes Männchen. Er saß im Baum direkt über unserem Kanu. Er wollte uns angreifen« – Marcellin geriet wieder in eine verräterische Erregung –, »er wollte ins Boot springen und es kentern lassen. Deshalb hab ich auf ihn geschossen.« Er hob eine imaginäre Flinte. »Er hing einfach so im Baum, und das Blut lief runter. Es tropfte ins Wasser. Ihr würdet nicht glauben, wieviel Blut der hatte. Also hab ich noch einmal geschossen. Es war Notwehr.«

»Ich glaube dir nicht«, sagte der Hüne und beugte sich so weit über den Tisch, daß er mir fast den Blick auf die offene Tür versperrte. »Wir haben tote Schildkröten im See gefunden, als du mit den kleinen gelben Männern dort warst. Wir haben tote Antilopen im Wald gefunden. Die Antilopen und die Schildkröten, sie gehören uns.«

»Ich habe drei Expeditionen hierhergeführt«, Marcellin wurde wieder lauter. »Ich habe dem Häuptling viele Geschenke gebracht. Ich habe auch dem Dorfkomitee viele Geschenke gebracht. Ihr solltet mir danken. Ich mache euer Dorf berühmt. In fernen Ländern kennt man eure Namen. Und ich frage euch: Kann ich es etwa verhindern – ist es etwa meine Schuld, *wenn sich die Leute in meiner Begleitung nachts in Tiere verwandeln und auf Jagd gehen, ohne daß ich es merke?* Na? Bin ich dafür verantwortlich?«

»Schon möglich«, sagte der Hüne und schien irgendwie zu schrumpfen, als hätten sich die Argumente plötzlich gegen ihn gewendet. »Aber unser Häuptling versteckt sich im Wald. Er hat nichts zu sagen.«

»Der weiße Mann hat Geschenke für ihn«, sagte Marcellin. »Er hat eine Pfeife aus England, ein Messer, Tücher für seine Frauen und zwei Paar Schuhe.«

Es entstand eine Pause. »Du bleibst, wo du bist«, sagte der Hüne schließlich. »Wir werden entscheiden, was wir mit dir machen.« Er nahm seinen Stuhl und trug ihn hinaus. Seine Gehilfen und der Vizepräsident folgten ihm und stellten ihre Stühle draußen im Kreis auf. Die Krieger erschienen schweigend und postierten sich hinter dem Kreis.

»Steh auf, Manou«, sagte Marcellin. »Deine Mutter ist auch meine Mutter. Benimm dich wie ein Mann.«

»Ich hab Malaria«, sagte Manou, erhob sich schwankend und hielt sich an der Wand fest. »Ich zittere am ganzen Leib.«

»Du zitterst, weil du Angst hast«, sagte Marcellin und starrte vor sich auf den Tisch. »Ich hab deiner Mutter versprochen, daß ich einen Mann aus dir mache.« Dann, ohne aufzublicken, sagte er zu mir: »Du hast mich reingeritten, Redmond. Ich hätte Soldaten mitnehmen müssen. Du hättest die Soldaten, die mir die Regierung angeboten hat, nicht ablehnen dürfen. Hier braucht man

Kalaschnikows. Diese Leute haben keine Bildung. Sie töten Gorillas und Schimpansen und sich gegenseitig, und heute nacht werden sie wahrscheinlich uns umbringen. Es gibt da ein Dorf im Süden, das Ärger machte, als wir die Mayombe-Region zum Nationalpark erklären wollten. Also sind wir mit Soldaten dorthin und haben das ganze Dorf verlegt. Das müssen wir hier auch machen. Wenn ich am Leben bleibe, werde ich das in meinem Bericht betonen. Wir müssen diese Mörder hier wegschaffen. Lac Télé ist zu kostbar, um solchen Leuten überlassen zu bleiben. Wir müssen sie hier wegschaffen und Touristen herbringen, Geld machen und die Tiere schützen. Ich habe schon Pläne dafür entwickelt. Das Ministerium für Forstwirtschaft hat meine Pläne gebilligt.«

Ein kleiner Junge mit laufender Nase lugte hinter uns um die Ecke und hielt einen gelben Plastikfußball in die Höhe. Er wischte sich mit der einen Hand die Nase, und mit der anderen warf er mir den Ball zu. Ich stupste ihn zurück.

»Sprich nicht mit ihm«, sagte Marcellin. »Er ist ein Spion.«

Der Hüne trat nun in die Türöffnung und verdunkelte mit seiner Gestalt den Raum. »Wir haben uns entschieden«, dröhnte er. »Wir werden mit dem Häuptling sprechen. Er wird wissen, was zu tun ist. Der Vizepräsident, er bringt euch zum Haus des Schulmeisters.«

Draußen im Küchenanbau aßen der Kommandant und seine drei Paddler Foufouklumpen aus einem Topf. Nzé saß auf der Bastmatte und scherzte mit den zwei Frauen, schnitt Grimassen für die Kinder und zeigte ihnen, wie sein Gewehr funktionierte. Als wir zu ihm hinüberblickten, legte er gerade den Verschlußhebel um, nahm die Patrone heraus, schob sie wieder hinein, legte an und zielte blinzelnd über Kimme und Korn auf eine Palme. »Paff!« machte er, und die linke Hand verwies mit schweifender Geste auf die Heerscharen, die er mit einem einzigen Schuß erledigt hatte. Die Kinder kreischten, sprangen hoch und ließen sich rückwärts fallen, röchelten im Todeskrampf, blieben eine Weile starr liegen und richteten sich auf, um das Spiel zu wiederholen.

Marcellin machte einen Hechtsprung und schnappte Nzé am

Kragen seiner Uniformjacke. »Ich hab dir gesagt, du sollst Posten stehen«, zischte er. »Ich hab es satt, dein Gealbere. Immer alberst du herum!«

»Ich mache Rekrutenwerbung«, rief Nzé lachend und entwand sich Marcellins Griff.

Wir nahmen unser Gepäck und folgten dem Vizepräsidenten am Safoubaum vorbei zu einer Freifläche ohne Bewuchs, dem Schulsportplatz, der am anderen Ende von einer Reihe flacher Lehmziegelhütten, den Klassenräumen, begrenzt war. Die weißen und braunen Hütten waren strohgedeckt, und direkt hinter ihnen begann der Hochwald. Die Lehrerhütte, ebenfalls aus Lehmziegeln, aber mit Wellblech gedeckt, stand am rechten Rand neben einer Hütte für die Ziegen und einer mit schrägen Wänden überbauten Latrine.

»Wo sollen wir die Zelte aufbauen, Marcellin?« fragte ich.

»Nein, Redmond, ich möchte nicht im Schlaf mit der Axt erschlagen werden. Nicht einmal dir gönne ich das. Ich weiß, daß du was gegen Moskitos und Zecken hast – aber heute nacht schlafen wir in einer festen Hütte, die nur einen Eingang hat. Nzé und Manou werden vor der Tür schlafen.«

»Denk an Djéké, mein Freund«, sagte Léonard zu mir, nachdem er sich gebückt und zur Seite gedreht hatte, um einen unserer Rucksäcke an der Hüttenwand abzusetzen. »Denk an Djéké, wo du noch glücklich warst, Redmond. Achte auf meine Worte! Denn auf die eine oder andere Weise werden es die Männer in Boha schaffen. Du wirst es bereuen, daß du jemals am Likouala warst.« (Er legte mir die Hand auf den Arm und blickte mir besorgt in die Augen.) »Du wirst dir wünschen, du hättest den Namen unseres Flusses nie gehört, mein Freund.«

Mitgenommen kramte ich im Banknotenbeutel meiner Beintasche herum und bezahlte ihm seine 12 000 Francs. Er und seine drei Neffen drehten sich weg und gingen ohne ein weiteres Wort und ohne sich umzusehen davon. Der Vizeprädident lächelte nervös, winkte uns mit zögernder Geste in den Gemeinschaftsraum und verschwand ebenfalls. Plötzlich wirkte die Hütte isoliert und beängstigend still.

Mit Marcellin stapelte ich das Gepäck auf dem Lehmboden hinter dem auch hier vorhandenen grob gezimmerten Tisch samt Stühlen auf, während Nzé und Manou die Holzklappen bereitlegten, die als Verschluß für die Fensterlöcher dienten. In jedem der drei Schlafräume, einer links neben dem Eingang, zwei hinten, stand ein großes, aus Brettern gebautes Bett; für ein Zelt reichte der Platz nicht aus.

»Richtige Betten!« schrie Nzé. »*Wir können es in richtigen Betten machen!*«

»Nirgends werdet ihr es machen«, sagte Marcellin. »Ihr schlaft an der Tür. Und Redmond schläft bei mir.« Er gab dem Bett im rechten Hinterzimmer einen kräftigen Tritt. Man hörte ein Rascheln wie von trockenen Blättern. »Wanzen«, sagte er.

Ich ging auf die Knie und untersuchte den trockenen Lehmboden unter dem Bett. Dunkelbraune, platte, etwa halbzentimeterlange Insekten eilten auf zwei lange Bodenrisse zu. Marcellin trat noch einmal gegen das Bett, und es regnete erneut Krabbeltiere. »Mich stört es nicht, wenn sie stechen«, sagte er. »Manche Leute spüren es kaum.«

Das ist sie also, dachte ich, meine geheime Angst, die viel realer ist als die Vorstellung von einem Boha-Dolch im Bauch. Ich versuchte mich zu erinnern, wo ich gelesen hatte, daß Bettwanzen das HIV-Virus genau eine Stunde lang in ihren Blutvorrat herumtragen und damit als Erklärung dafür dienen, daß auch Dreijährige und alte Großmütter an Aids erkranken: Die Wanzen, schäumend vor Wut, wenn ihr Wirt aus dem Bett springt, sondern einen Tropfen des erbeuteten Bluts ab, und ein weiterer Tropfen quillt aus der Saugnadel am Ende ihres Rüssels, wenn sie sich, schäumend vor Gier, auf jeden stürzen, den sie zwischen den Laken finden. Mir klangen die Worte des Tropenarztes vom Radcliffe Hospital in den Ohren: »In den Kongo? Hochinteressant!« hatte er mit einem verträumten Blick gesagt. »Wirklich äußerst interessant. Das ist die Überlappungszone von HIV 1 und HIV 2. Wenn Sie mir ein paar frische Blutproben schicken könnten, wäre ich Ihnen wirklich dankbar. Im Ernst!«

»Marcellin, du kannst doch hier übernachten«, begann ich mit schwankender Stimme und erfüllt vom Gedanken an die vielen Frauen, mit denen er in seinem hyperaktiven Leben geschlafen hatte – waren es 500? Waren es mehr als 1000? – »Ich gehe in den anderen Raum. Und Manou kann wie immer mit Nzé zusammen schlafen.«

Marcellin brüllte los, als wäre ich 50 Meter weit weg. »Ich will nicht allein sterben! Nur ein Feigling würde mich allein sterben lassen! Und außerdem«, fuhr er, etwas ruhiger geworden, fort, »ist das alles deine Schuld. Ohne dich wäre ich nicht hier. Sie werden in der Nacht einen Speer durchs Fenster rammen. Ohne dich wäre ich nie wieder nach Boha gefahren. Nie wieder!«

»Du wirst mir noch dankbar sein«, sagte ich und konnte plötzlich seinen Anblick nicht mehr ertragen. Ich fragte mich, warum seine nässenden Beingeschwüre nicht abgeheilt waren, obwohl er zweimal eine Floxapen-Behandlung von uns bekommen hatte. »Dies ist die Expedition, auf der wir deinen Dinosaurier aufspüren werden. Wir werden ihn porträtieren.«

Marcellin setzte sich auf die Bettkante, umklammerte die Knie und wippte sacht vor und zurück. »Nicht mal Doubla«, murmelte er wie im Selbstgespräch. Dann, noch immer wippend wie ein verzweifeltes Kind, betastete er mit beiden Händen seinen sprießenden Bart. »Vielleicht nicht einmal Doubla würde einen Weißen erstechen. Vielleicht weiß sogar Doubla, daß es gewaltigen Ärger gibt, wenn er einen Weißen umbringt. Das ist nicht gerecht. Das ist nicht in Ordnung. Aber so ist es nun einmal.« Er zuckte die Schultern und blickte mit einem hilflosen Lächeln zu mir auf.

»Natürlich werde ich neben dir schlafen«, sagte ich beschämt. »Ich werde an der Fensterseite liegen.« Aber meine Angst konnte ich nicht zum Schweigen bringen: »Gibt es hier sehr viel Aids?«

»*Le Sida*, meinst du?« fragte er, schon wieder bei Kräften. »In meinem Land? Im Kongo? Natürlich nicht! Du bist hier völlig sicher. Das weiß doch jeder. Es ist eine Krankheit der weißen amerikanischen Kapitalisten. In Pointe Noire, in der Hafenstadt an der Küste, sagt man, gibt es drei oder vier Fälle. Wenn die weißen amerikanischen Schiffe dort anlegen – du wirst es mir nicht glauben, Redmond, aber es gibt den einen oder anderen afrikanischen Jungen, der es für Geld macht. Das sind dort die Vili. Das Volk der Vili lebt an der Küste.«

Na gut, dachte ich, die Wanzen kommen erst kurz vor dem

Hellwerden. Ich muß früh aufstehen, als wären wir im Dschungel. Ich muß um vier Uhr morgens aufstehen. »Wer ist Doubla?«

»Er ist der gefährlichste Mann von Boha. Man nennt ihn Doubla, weil er für alles das Doppelte verlangt. Und auch deshalb, weil er einen doppelten Charakter hat. Er ist stark, er ist der beste Fischer weit und breit, er ist ein großer Jäger, und du denkst, er ist dein Freund. Doch dann verliert er die Beherrschung. Er hat hier schon drei Männer umgebracht. Vielleicht auch mehr.«

»Werden wir ihn treffen?«

»Natürlich. Wir müssen ihn mitnehmen. So ist es am besten. Du mußt ihm einen Job geben, oder er nimmt an dir Rache. Wir werden Doubla mitnehmen, weil er gefährlich ist, dann Vicky, weil er der Lieblingssohn des Häuptlings ist, und zwei andere. Mitkommen wollen alle. Sie sind scharf auf das Geld.«

»Was machen sie mit dem Geld?«

»Sie paddeln flußabwärts und kaufen Bier in Epéna.«

Jemand schlug gegen die Tür. Marcellin sprang auf.

»Verpiß dich!« riefen Nzé und Manou im Duett aus dem vorderen Schlafraum.

»Koko!« sagte ein stämmig gebauter junger Mann in einem goldenen T-Shirt und einer blauen Badehose. Er trug eine Sonnenbrille, die so undurchsichtig dunkel war, daß ich mich fragte, wie er seinen Weg gefunden hatte. Er blieb im Eingang stehen. »Chef«, sagte er, »ich hab etwas am Hals.«

In der Annahme, daß er wie üblich ein paar Pillen wollte, ging ich zur Arzneitasche, um das Paracetamol herauszuholen. Er folgte mir, zog den Halsausschnitt seines T-Shirts herunter und beugte sich vor. Der ganze Nacken war mit Blasen bedeckt und von einem nässenden gelben Schorf überzogen, als wäre er in ein Feuer geraten.

»Was ist passiert?«

Er hob die Hände vor die Brust und wies meine Frage ab.

Ich schmierte Savlon auf die Wunde, gab ihm die Tube und kam mir überflüssig vor. Er drückte sich zur Tür hinaus.

Manou und Nzé hatten sich ihr Nest im vorderen Schlafraum zurechtgemacht. Nzé lag in seiner Plane auf dem Bett, Manou auf dem Boden, und sie rauchten die Zigaretten, die ich für die Träger gekauft hatte. »Geh und kauf uns ein bißchen Palmwein«, sagte Nzé mit einem schiefen Grinsen.

»Ihr werdet gestochen. Die Betten sind voller Wanzen.«

»Zu Hause werde ich auch gestochen«, sagte Nzé stolzerfüllt und blies Ringe in die Luft. »Wir haben nämlich Betten zu Hause.«

Der Vizepräsident erschien im Eingang und blieb bescheiden stehen. »Meine Schwester hat Malaria«, sagte er. Ich zählte ihm fünfzehn Chininpillen in die Hand. »Der Häuptling wartet«, sagte er. »Er will euch jetzt sprechen. Ihr sollt mir folgen.«

»Nzé, du nimmst das Gewehr mit«, sagte Marcellin. »Manou, du bleibst hier und paßt auf das Gepäck auf.«

»Mir ist schlecht«, sagte Manou und blieb auf dem Boden liegen. »Laßt mich nicht allein.«

»Benimm dich wie ein Mann«, sagte Marcellin mechanisch, hängte sich den Walkman an den Gürtel und drapierte sich die Kopfhörer – Symbole des Reichtums und der Amtsgewalt – um den Hals. Er kramte in der Geschenketasche und suchte die zwei Paar Leinenschuhe heraus, die ich in Impfondo gekauft hatte, eins für den Häuptling und eins für die Hauptfrau des Häuptlings; ich klemmte mir die Rolle aus rotem Stoff unter den Arm und steckte das Schweizermesser ein, die letzte Pfeife von Savory in Oxford und die letzte Büchse Balkan-Sobranie.

Als wir in der Mittagshitze den Sportplatz überquerten, kamen wir an einem Busch vorbei, dessen orangefarbene Blüten sich über dem Gras am Rande des Platzes nach allen Seiten ausbreiteten wie die Zacken eines Seesterns. Nektarvögel umflatterten die Blüten und malten Kreise und Zickzacklinien aus metallischem Grün und Purpur in die Luft, hier leuchtete es scharlachrot auf, dort huschte es bläulich. Ich entschied, daß es sich um zwei Arten handelte, und die ebenfalls winzigen, doch braun-weiß-oliv gefärbten Vögel, die flatterten wie Zaunkönige, waren ihre Weibchen.

»Hör auf damit«, sagte Marcellin und zog mich am Hemdzipfel weiter. »Jetzt ist keine Zeit für deine Träumereien.«

Der Vizepräsident ging stumm vor uns her und bog mit hochgezogenen Schultern in einen schmalen Pfad ein.

»Was fehlt ihm denn?« fragte ich.

Ich hab's dir hundertmal erklärt«, sagte Marcellin. »Es ist hier wie überall: Der Politkommissar sucht sich einen niedrig geborenen Mann, der in der Schule war und sich Kommunist nennt, und macht ihn zum Vizepräsidenten in seinem Dorf. Die Regierung will die Macht der Häuptlinge brechen. Andere Niedriggeborene verbünden sich mit dem Vizepräsidenten, und so wird jedes Dorf gespalten.«

Der Pfad führte an einer kreisrunden Grube vorbei, die etwa sechs Meter breit und drei Meter tief war. Auf halber Höhe ging die schwärzliche Erde in gelben Lehm über; zwei Frauen knieten im Schlamm am Boden der Grube, ihre Wickelröcke hatten sie an den Hüften hochgebunden. Die eine schabte den Lehm von der Wand, die andere warf ihn mit einem Holzspaten auf einen Haufen am oberen Rand. Ein wenig weiter hinten sah man ein überdachtes Gestell aus Pfosten und dicht aufgesetzten Querstöcken, das darauf wartete, verfüllt zu werden. Nach der Fertigstellung würden Bretter über die Grube gelegt werden, ein Loch in die Mitte geschnitten, ein Schutzdach darübergebaut, und die Familie hatte eine neue Latrine.

»Die Männer hier schwatzen, trinken Palmwein und kämpfen«, sagte Marcellin. »Die Frauen machen die Arbeit.«

Wir betraten das eigentliche Dorf, dessen Hütten ebenfalls fast ausschließlich aus Lehm und Fachwerk mit Laubdächern errichtet waren, nur daß sie verwahrloster aussahen als in Djéké – mit Ausnahme einer besonders großen, an deren Wänden der Lehm glattgestrichen war wie eine Mörtelschicht und an deren Fassade in großen, weißen Lettern zu lesen stand: BOHA PILOTE DINOSAURE.

»Wer wohnt dort? War er dabei, als du Mokélé-mbembé gesehen hast?«

»Den Mann kann man nicht ernst nehmen«, bellte Marcellin. »Und jetzt müssen wir ruhig sein. Wir müssen uns konzentrieren. Wir müssen uns geistig bereithalten. Wir müssen stark sein, wenn wir vor dem Häuptling stehen.«

Wir gingen die breite Hauptstraße hinauf und blieben vor einem verwilderten Anwesen stehen. Vor uns erhob sich eine lange, fensterlose, brüchige Lehmhütte mit Palmdach, und in ihrem Eingang, auf einem dreibeinigen Hocker, saß der Häuptling von Boha.

Er war viel jünger, als ich erwartet hatte, vielleicht Ende dreißig, ein stattlicher Mann mit markanten und ebenmäßigen Zügen, mit einem sorgfältig gestutzten Oberlippenbärtchen. Über seine Stirn verlief ein dicker roter Strich, der sich in zwei Schwingungen unter den Brustmuskeln wiederholte, ein ockerfarbenes Lendentuch, bestickt mit roten, gelben und blaugrünen Blümchen, bedeckte seine Genitalien, dazu trug er ein Paar Adidas-Laufschuhe.

In der rechten Hand hielt er einen Speer, der an seinem rechten Innenschenkel ruhte; die widerhakenbewehrte Spitze ragte weit über seinen Kopf. Die linke Hand ruhte auf dem linken Schenkel, und an seiner rechten Schulter hing ein großer, gefüllter Beutel aus Lianenfasern, der wohl die königlichen Fetische enthielt. Feierlich, ohne sich zu rühren, blickte er uns entgegen. Ein gelber Hund mit schwarzen Flecken an Ohren, Augenbrauen und Schnauze schlief zu seinen Füßen.

Zwölf Krieger mit Speeren bildeten einen Halbkreis vor der Hütte, der außer dem Eingang auch drei leere Stühle umschloß; ein alter Mann mit braunem Hemd, löchrigen grauen Hosen und roten Plastiksandalen stand zur Linken des Häuptlings und richtete seinen Speer erst auf uns und dann auf die drei wartenden Stühle. Dann senkte er den Speer noch ein wenig tiefer und richtete ihn auf Nzé, um ihn zu einer Gruppe von Frauen und Kindern zu weisen, die gaffend am Rand des kleinen Platzes stand. Wir nahmen unsere Plätze ein, der Vizepräsident links, Marcellin in der Mitte und ich neben dem alten Mann. Der Kreis der Krieger schloß sich dicht hinter uns.

Der Häuptling beugte den Kopf nach links: Der alte Mann, sein *porte-parole*, sein Sprecher, beugte sich vor, bis sich sein rechtes Ohr den hoheitlichen Lippen näherte; und der Häuptling sprach mit leiser Stimme. Als die Anhörung beendet war, richtete sich der Alte auf, hielt den Speer in die Höhe und stakste in die Mitte des Kreises, atmete tief durch und intonierte seine Rede in Bomitaba.

Der Hund erwachte, schnappte nach einer Fliege, richtete sich auf und kratzte sich hingebungsvoll mit dem Hinterlauf die Flanke, bearbeitete dann dieselbe Stelle mit den Zähnen, bis er sich wohler fühlte, das Interesse verlor und sich wieder schlafen legte.

Am Ende der Verlautbarung stießen einige der Krieger im Kreis und ein paar andere weiter hinten zustimmende Schreie aus. Wenn der Alte beschloß, jemanden zu Wort kommen zu lassen, wies er mit gesenktem Speer in dessen Richtung. Wollte er den Sprecher zum Schweigen bringen, hielt er den Speer waagerecht wie eine Barriere. Als die Debatte beendet war, wandte er sich wieder zum Häuptling, nahm dessen Befehle entgegen und trat in die Mitte des Kreises.

»Der weiße Mann wird 75 000 Francs an den Häuptling von Boha bezahlen«, rief er auf französisch, »außerdem 20 000 Francs an den Vizepräsidenten des Dorfkomitees. Falls die Regierung noch einmal mit Soldaten kommt, um unseren Häuptling ins Gefängnis von Epéna zu bringen, müssen sie auch ihren Vizepräsidenten mitnehmen. Der weiße Mann wird unsere Gewohnheitsrechte respektieren.«

»Das ist viel zuviel!« sagte ich.

Der Alte nickte. Der Krieger rechts hinter mir senkte seinen Speer und piekste mich sanft zwischen die Schulterblätter.

»Das ist ein sehr guter Preis!« sagte ich.

Der Alte lächelte, verbeugte sich vor der versammelten Gesellschaft und winkte zwei Krieger zum Ablegen der Geschenke heran. Zu dritt verbeugten sie sich ein weiteres Mal vor dem Häuptling, bevor sie sich in seine hoheitliche Nähe begaben. Die zwei Krieger gingen in die Knie und breiteten die Geschenke zu Füßen des Häuptlings aus. Der beugte sich ohne Umstände vor und steckte Messer, Pfeife und Tabak in seinen Schulterbeutel. Er stand auf, lehnte seinen Speer gegen den Dachvorsprung, bückte sich, um die Schuhe und die Stoffrolle aufzuheben, und verschwand im Dunkel des Eingangs. Der Alte nahm den Hocker auf und folgte ihm hinein. Der königliche Hund ließ sich davon nicht stören und träumte von der Jagd auf Buschschweine. Nur sein Schwanz machte ab und zu eine peitschende Bewegung.

»Bring deinen Stuhl mit«, sagte Marcellin und lächelte wieder – seit Djéké zum ersten Mal. »*Es wird alles gut*. Du wirst zahlen, und ab jetzt sind wir sicher.«

»Warum den Stuhl?«

Er nahm den Schlapphut ab und klappte die Krempe hoch, um sich ein flotteres Aussehen zu geben. »Du wirst ihn brauchen. Es gibt noch zwei weitere Palaver. Als die Franzosen abzogen und die Leute hier aus dem Wald kamen, um Boha aufzubauen, kamen sie aus drei verschiedenen Dörfern, und daher gibt es hier drei Häuptlinge. Aber die zwei anderen sind nicht gefährlich. Sie haben keine Macht. Wir lassen sie reden, weil wir gute Manieren haben. Wir geben ihnen keine Geschenke. Du mußt nichts bezahlen.«

Hinter mir juchzte es. »Aber mich mußt du bezahlen, Onkel!« sagte Nzé und juchzte erneut. In der einen Hand hielt er das Gewehr, die andere streckte er mir fordernd entgegen. »Jetzt ist es hier sicher. Keiner wird Nzé umbringen. Mein Großvater war der mächtigste Zauberer von Dongou. Das hat dich gerettet! Deshalb sind wir noch am Leben!«

»Natürlich.«

Sein Gesicht verzerrte sich zu einem entgleisten Grinsen, einer Mischung aus schadhaften Zähnen, gerunzelten Narben, geweiteten Nasenlöchern und schielenden Augen, die vor Glück strahlten. »Du bist mein Onkel, und du mußt mir Geld geben. Ich kaufe Ananas, und ich suche eine alte Frau, die für uns kocht, und ich beschaffe zwei, drei, vier Eimer mit Palmwein.«

Ich gab ihm bei weitem zu viele von meinen kleinen Geldscheinen.

Er ließ das Gewehr zu Boden krachen, schloß die Augen, schob die rechte Hand unter die linke Achselhöhle, ließ den Oberarm dagegenklatschen und umarmte sich selbst.

»Warum machst du das?« fragte ich. Ich bückte mich und sicherte das Gewehr – ein nervöser Tick, den ich mir angewöhnt hatte. »Warum klatschst du dir den Arm an die Seite, als würdest du mit dem Flügel schlagen?«

»Ich muß keinen Fetisch mit mir herumschleppen«, sagte er und hüpfte von einem Bein auf das andere. »Mein Großvater hat mir einen hier eingenäht« (Er zeigte auf die Narbe am linken Handgelenk) »und einen zweiten hier« (eine größere Narbe am linken Oberarm), »und wenn ich so mache« – klatsch! –, »wünsche ich mir etwas, und es geht *garantiert* in Erfüllung« (Er schnipste mit den Fingern). »Mein Großvater hat das für mich getan. Er sagte: ›Mein kleiner Nzé, immer, wenn du das so machst, hast du so viel Vergnügen wie zehn Mann, aber alles für dich allein.‹«

»Was hast du dir gewünscht?«

»Ein junges Mädchen«, sagte er, ohne mit dem Gehüpfe aufzuhören, »mit Riesentitten und einem fetten Arsch. Dem schönsten, jüngsten und fettesten Arsch von ganz Boha. Das hab ich mir gewünscht, Onkel.«

Ich gab ihm 500 Francs.

»Nun komm schon«, sagte Marcellin. »Mir nach.«

»Und eins für den kleinen Manou«, redete Nzé weiter, und der Edelmut dieses Einfalls ließ ihm die Brust schwellen. Jetzt tanzte er im Kreis um mich herum. »Ich suche ihm eine Schüchterne und Sanfte. Mit winzigen Titten und langen Beinen, das hat er nämlich gern.« Er hielt eine imaginäre Frau im Arm. »Die Sorte Mädchen, die dir nie in die Augen guckt. Die Sorte, die immer nach unten guckt und kichert.«

Ich gab ihm weitere 500 Francs.

Er nahm das Gewehr und meinen Stuhl und hampelte neben mir her. »So einen wie dich gibt's nicht noch einmal«, sagte er zwischen zwei Pirouetten. »Du teilst alles mit den anderen. Du sprichst mit den Arbeitern. Du lachst mit den Arbeitern. Und im Wald fällst du andauernd auf die Nase, aber du stehst immer wieder auf. Du weißt nicht, wo du die Füße hinsetzen sollst, aber du kommst immer wieder hoch. Ich habe beschlossen, dich Onkel zu nennen. Du bist mein Onkel!«

Ich sah ihm ins Gesicht. Ich dachte: Das sind die ersten freundlichen Worte, die ich seit Monaten gehört habe.

»Also, Onkel«, fuhr er fort, während wir durch eine Herde erschreckter Ziegen stolperten und ein anderes Anwesen betraten, das ebenfalls ziemlich verwahrlost aussah. »Wenn ich meinen kleinen Sohn nach dir nenne – wenn ich ihn Nzé Jean Félix Nkombe Marcellin Manou Redmond Oumar nenne, gibst du mir dann 75 000 Francs und 20 000 für meine beiden Frauen? Na, wie wär's?«

Als wir in unsere Hütte zurückkamen, hatte sich Manou bereits erholt. Er saß mit zwei jungen Männern seines Alters am Tisch und rauchte. Er hatte seine Kopflampe umgeschnallt, die nicht angeschaltet war und ihm auf dem Kopf thronte wie ein Fez. »Marcellin, hier sind die jungen Träger, die du wolltest«, sagte er großspurig, »Nicholas und Jean Poulain. Sie sagen, daß Monsieur Victor Embingui und Monsieur Ange Moutaboungou, auch bekannt als Doubla, uns besuchen werden, wenn es dunkel ist.«

Wir schüttelten uns die Hand, und Marcellin setzte sich zu ihnen, um die langwierigen Preisverhandlungen aufzunehmen. Ich griff mir meinen Rucksack und schlich mich in den Schlafraum, getrieben von der Sorge, ob es mir gelingen würde, die tarnende Klebefolie über dem letzten Banknotenbündel in dem wasserdichten Fach unter der Abdeckklappe meines Rucksacks zu entfernen, 75 000 Francs für den Häuptling abzuzählen und 20 000 für den Vizepräsidenten und das Versteck wieder zu verschließen, ohne erdolcht, ausgeraubt, aufgespießt und enthauptet zu werden wie der Schimpanse des Vizepräsidenten.

Manou kam mir hinterhergeschlichen.

»Verschwinde!« sagte ich.

»Pst!« machte er und zupfte mich am Ärmel. »Komm mit mir raus. Ich muß dir was sagen.« Mit lauter Stimme verkündete er: »Ich zeige Redmond jetzt die Schule«, dann schob er mich zur Tür hinaus.

Die Sonne hatte ihre Kraft verloren, und aus den großen Bäumen hinter der Schule kam der Lärm der afrikanischen Graupapageien, die sich dort zur Nachtruhe versammelt hatten. Ihr schrilles Gelächter, ihre Pfiffe und Schreie erfüllten den Sportplatz, als wären keine Ferien und die Kinder noch in ihre Spiele vertieft.

Manou warf einen letzten verschwörerischen Blick in die Runde und winkte mich in eine Schulhütte. Die Schulbänke waren in schlichter Manier aus Dschungelbäumen zusammengezimmert, und wir setzten uns in die Mitte der ersten Reihe, dorthin, wo wir am weitesten von den Fensterlöchern entfernt waren. Das Thema der letzten Stunde war noch auf der Tafel zu sehen, eine Reihe von Gleichungen, die ich nicht verstand.

Er legte Notizbuch und Kugelschreiber, die ich ihm gegeben hatte, vor sich auf die Bank, und seine Miene war noch besorgter als sonst. »Ich habe mit Nicholas und Jean Poulain gesprochen«, flüsterte er. »Sie sagen, daß die Sache mit dem Lac Télé eine Tradition hat. Der Häuptling von Boha – er erfährt von den Geistern alles, was am See vorgeht, aber während der Hochwasserperiode oder wenn wir fischen gehen, können auch gewöhnliche Menschen wie du und ich das Ungeheuer Mokélé-mbembé sehen. Der Häuptling, er sagt, daß es in früheren Jahren zwei Ungeheuer im See gab. Die Pygmäen, die im Wald am See lebten, haben eins von ihnen getötet. Es gab also ein männliches und ein weibliches Ungeheuer, und alle Pygmäen, die bei der Jagd auf das Ungeheuer dabei waren, sind gestorben – bis auf einen, der sich geweigert hat, von dem Fleisch zu essen, und es könnte sein, Redmond, daß er noch am Leben ist.

Die ersten Anwohner am See, das waren die Pygmäen. Und immer wenn sie fischen gingen, wenn sie ihre Reusen aufstellten, hörten sie seltsame Schreie, und die Erde bebte, und große Wellen kamen von der Mitte des Sees. So haben sie von der Existenz des Ungeheuers erfahren. Selbst heute noch, in unserer Zeit, wird das Ungeheuer einmal im Jahr munter. Es läuft am Seeufer herum, und in der ganzen Gegend, bis nach Boha sogar, spürt man, wie die Erde bebt, und man hört die unheimlichen Schreie. Das ist wie das Grollen in der Erde und das Heulen in der Luft, wenn ein Tornado kommt.«

Er wischte sich einen Speicheltropfen von der Spitze des Lippenbärtchens, stand auf und lehnte sich aus dem Fenster, das auf den Wald zeigte, schaute nach rechts und links und setzte sich wieder hin. »1982, das war das Jahr, als Doktor Marcellin das Ungeheuer gesehen hat, es stand im Wasser am anderen Ufer, aber er hatte nur eine kleine Nikon-Kamera, und vor Schreck hat er sie fallen lassen. Als er sie im tiefen Schlamm wiederfand, war das Monster verschwunden.

Am Anfang, da wurde die Sache mit dem Ungeheuer dadurch bekannt, daß die Pygmäen in den Teichen Fische fingen. Aus den Teichen im Wald wird in der Trockenzeit das Wasser abgelassen, und man holt die Fische aus dem Schlamm. Da hörten die Pygmäen Bäume umstürzen. Bumm! Bumm! Das Wasser stieg, und die kleinen Teiche, wo sie ihre Fische fingen, liefen über und wurden zu einem großen See. Mokélé-mbembé, er lief dort immer im Kreis, und wo er ging, da fielen die Bäume um, und so hat er den Lac Télé gemacht. Und das Wasser überschwemmte den Maniok, den die Pygmäen um ihr Dorf gepflanzt hatten, deshalb beschlossen sie, um ihr Land zu kämpfen, und so bauten sie dort, wo das Ungeheuer auf seinem Weg zum See eine breite Schneise gemacht hatte, wo das Ungeheuer morgens zur Arbeit und abends zurückging, eine Barrikade, um es zu töten. Sie bauten sechs Barrikaden, eine nach der anderen.

Als nun das Ungeheuer mit seiner Arbeit unten im See fertig war, ging es zurück zu dem Platz, wo es gewöhnlich schlief – und es sah die sechs Barrikaden. Durch die ersten fünf ging es durch, und es zerstörte sie ohne Mühe, aber an der sechsten Barrikade stießen ihm die Pygmäen die Speere ins Fleisch, und es fing an zu bluten. Es blickte sich um nach seiner Frau, und es schrie nach ihr, doch sie rannte weg, und das Ungeheuer starb.«

Ich konnte die Gleichungen an der Tafel nicht mehr erkennen, die Papageien waren verstummt, Zikaden begannen zu zirpen und zu sägen – und von irgendwo kam ein Schrei, als würde ein Baby abgestochen.

Vielleicht ist es das, dachte ich, daher der Name Buschbaby. Und in der Vorstellung sah ich vor mir, was ich insgeheim sehen wollte: ein Tier wie ein Eichhörnchen, aber mit sehr viel dichterem Fell, einem langen, geringelten Schwanz, einer feuchten Schnauze, großen Fledermausohren – und die Hände eine spinnenartige Variante meiner eigenen. War ein Buschbaby hoch oben im Laubdach von einer Zibetkatze überrascht worden oder von einem Uhu, als es gerade auf seine kleinen Pfoten pinkelte, um den Weg durch die nächtlichen Baumkronen zu markieren, den Pfad von der gemeinsamen Schlafhöhle ins Jagdrevier, auf der Pirsch nach Motten und Käfern, Raupen und Vogeleiern?

Manou stieß mich an und riß mich aus meinen Träumen. Er knipste die Kopflampe an und schlug sein Notizbuch auf. »Hier«, flüsterte er mir ins Ohr, »ich habe eine Karte gezeichnet.«

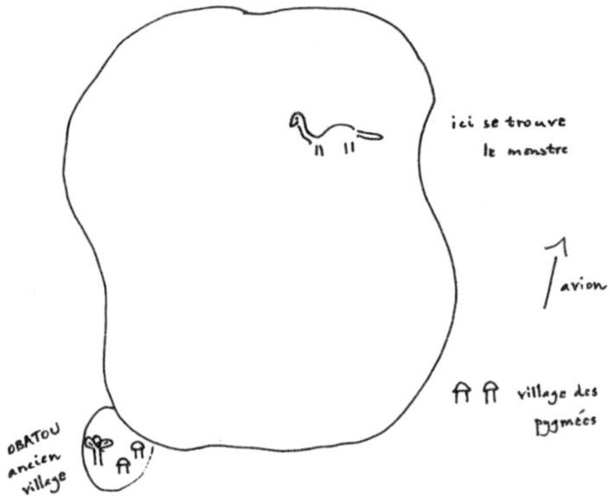

Ein kleiner roter Käfer, den das Licht angelockt hatte, krachte mitten in den Lac Télé. Er klappte die Flügel unter die glänzenden Flügeldecken, torkelte nordostwärts, um den Dinosaurier zu besichtigen, breitete die Flügeldecken wieder aus und flog im Zickzack davon ins Dunkel.

»Hast du gesehen?« sagte Manou erregt, sein Atem streifte mein Gesicht. »Ich hab es an die Seite geschrieben. Hier. Kein Flugzeug kommt über den Lac Télé. Kein Pilot würde das überleben. Ein Satellit würde vom Himmel fallen. Nichts kann dieser Kraft widerstehen.«

Er stand auf und schob Notizbuch und Kugelschreiber zurück in die Tasche. »Selbst ein weißer Mann kann Mokélé-mbembé sehen«, sagte er mit einer neuerworbenen Autorität. »Es ist kein heiliges Tier, es ist ein Mysterium. Aber es gibt noch einen anderen See, einen heiligen See, viel kleiner als Lac Télé, doch ganz in der Nähe. Das ist der See, wo die Geister der Ahnen schlafen. Niemand darf sie stören, indem er dort fischen geht. Wenn du Fisch aus diesem See ißt, und wenn es nur ein winziger Bissen ist, mußt du sterben. Doktor Marcellin ist auf seiner letzten Expedition dorthin gegangen, zusammen mit dem Führer Dokombo. Nicholas und Jean Poulain haben es mir erzählt. Sie sagen, das ist auch eins seiner Verbrechen, und das ist der Grund, weshalb ihn die Leute aus Boha töten müssen, früher oder später. Sie müssen ihre Ahnen rächen. Sie haben Dokombo aus Boha verbannt. Er wird sein Dorf nie wiedersehen.«

Im Mondschein liefen wir über den Sportplatz zurück. »Redmond«, sagte er, »Nzé hat Angst davor, an den Lac Télé zu gehen. Er hat Angst, und ich, ich habe auch Angst.«

»Es wird ein großes Abenteuer.«

»Ja«, sagte er zögernd, »ich werde es meinen Frauen erzählen. Und dann halten sie vielleicht mehr von mir.«

Er blieb stehen. »Der Mann, den du am Hals behandelt hast ...«

»Ja?«

»Er hat einen mächtigen Fetisch.«

»Wirklich?«

»Niemand kann ihn leiden. Er hat sich mit dem Vizepräsidenten verbündet. Der Zauberer hier hat versucht, ihn zu töten, mit der Kraft der Geister, in der Nacht. Aber er hat sich gewehrt: Noch vor Sonnenaufgang fuhr er mit dem Kanu nach Epéna und kaufte sich diese dunkle Sonnenbrille, und nun können ihn die Blicke des Zauberers nicht mehr treffen. Er versteckt die Brille in einem Kürbis, wenn er schlafen geht. So haben Nicholas und Jean Poulain ihn erwischt – im Schlaf und ohne Brille. Sie packten ihn, fesselten ihn und erhängten ihn an einem Ast. Aber er wollte nicht sterben. Da bekamen sie es mit der Angst. Sie nahmen ihn wieder ab und ließen ihn laufen.«

Manou hielt mich am Arm fest und blickte mir aus großer Nähe ins Gesicht. Absurderweise fiel mir eine Passage aus Mary Kingsleys Buch ›Reisen durch Westafrika‹ ein: »Menschlichen Augäpfeln, besonders denen von Weißen ... wird eine große Zauberkraft zugeschrieben.«

»Redmond«, sagte er, »sie wollten, daß ich dich frage, als einen Weißen: Glaubst du, daß sie es mit der Machete schaffen werden, daß sie ihn damit erledigen können?«

»Jesus!« stöhnte ich.

»Sie glauben nicht an Jesus«, sagte Manou. »Das ist ein Geist der Franzosen.«

Die Hütte war erfüllt von Kerzenlicht und Frohsinn, es waren Frauen da, und es gab viel zu essen. »Onkel!« schrie Nzé, der glücklich und verschwitzt am Tisch stand. »Hier ist Palmwein!« (Er kippte mir einen Becher aus dem Zinkeimer ein.) »Sakasaka!« (Er nickte einer alten Frau, die neben ihm stand, auffordernd zu, und sie füllte den Brei aus Maniokblättern, vermischt mit Fischbrocken, aus ihrem Kochtopf in unsere Blechnäpfe.) »Ananas!« (Es lagen vier Ananas und zwei reife Papayas auf dem Tisch.) »Frauen!« (Er legte den Arm um ein wuchtiges Mädchen, das rechts neben ihm saß. Sie schaute kichernd zu mir auf, das grell gelbgrüne Wickelkleid konnte ihre Brüste nur mit Mühe ihm Zaum halten, ihr üppiges Hinterteil quoll über den Rand des Stuhles.) »Sie ist reich!« brüllte er überdreht, und sein Augenzwinkern geriet zu einer grotesken Verformung der rechten Stirnhälfte. »Ihr Vater ist ein Bootsführer! Er fährt immer nach Epéna! Sie ist gut genährt, Onkel!« (Er kniff sie in den Oberarm.) »Wenn ich sie nehme, habe ich gleich zwei auf einmal!«

»Hör auf zu brüllen!« brüllte Marcellin am anderen Ende des Tisches. Er wandte sich einem Mann zu, der links neben ihm saß, einem Mann mit schmalem Schädel, tiefliegenden Augen, einem zottigen Backenbart, der sein zerfurchtes Gesicht einrahmte, einem Oberlippenbart und einem spärlichen Kinnbart. »Das ist Monsieur Ange Moutaboungou, Redmond, auch bekannt als Doubla. Morgen wird er mit uns zum Lac Télé aufbrechen. Am Lac Télé kann uns alles mögliche zustoßen. Deshalb feiern wir jetzt eine Party.«

»Manou!« brüllte Nzé mit verdoppelter Lautstärke, während ich Doubla gerade die Hand schüttelte und mich neben ihn setzte. »Manou! Fast hätte ich's vergessen – ich hab eine Frau für dich. Dort!« Er zeigte in die gegenüberliegende Ecke, wo ein junges Mädchen, den Palmweinbecher in der Hand, hinab auf ihren Schoß starrte. Sie musterte Manou flüchtig, lächelte und sah wieder nach unten. Manou, entmutigt, setzte sich verlegen neben die Tür. Alles lachte.

Nzé leerte seinen Becher in einem Zug, goß sich nach und setzte sich zu seiner fülligen Geliebten an die Wand. »Ich möchte Fela Anikulapo Kuti sein«, sagte er, schon viel ruhiger, beinahe abwesend, als hätte ihn eine großartige Idee ergriffen.

»Wer ist das?« fragte ich.

»Ein nigerianischer Sänger«, sagte Marcellin grinsend. »Er wohnt in Lagos mit seinen 27 rechtmäßigen Ehefrauen – und in einem besonderen Bau neben seinem Haus hat er noch 250 andere. Allerdings ist er sehr reich, und ich nehme nicht an, daß er den ganzen Tag auf der Straße herumläuft und Unsinn treibt.«

»Ich hätte das auch nicht nötig«, sagte Nzé eingeschnappt. »Bei mir müßten sie vor dem Haus Schlange stehen. Und ich hätte eine Dusche und ein richtiges Waschbecken und so viel Palmwein, wie ich will.«

»Whisky würdest du haben«, sagte Marcellin. »Johnny Walker Black Label.«

Ein massiger Mann mit breiter Brust kam hereinstolziert und knallte die Tür hinter sich zu. »Koko!« sagte er.

»Vicky!« rief Marcellin. »Hier ist Wein! Setz dich her! Vicky, hast du etwa wieder deine Frau verprügelt? Wir haben sie schreien hören. Sie hat einen schrecklichen Lärm gemacht. Warum tust du so etwas? Das macht man nicht! Du sollst sie nicht immer verprügeln. Sag mir: Wozu soll das gut sein?«

»Sie ist noch jung«, sagte Vicky mit einem breiten, gewinnenden Lächeln. »Sie braucht es zur Erziehung.«

»Na, komm schon, Redmond«, sagte Marcellin nach dem Essen, »du willst doch sonst immer mit den alten Männern reden. Besuchen wir Bobé! Er kennt die Geschichte von Boha. Und er hat uns heute das Essen geschickt. Hier ist seine Frau. Zeig deine guten Manieren!«

Also ließen wir Doubla und Vicky, Nzé und Manou und ihre neuen Freundinnen in der Hütte zurück, wo sie die Zigaretten rauchten, die für die Träger bestimmt waren, und sich betranken. Langsam gingen wir durch das Dorf, die alte Frau zwischen uns. Ihr graues und dünnes Haar wuchs nur noch am Hinterkopf, und sie trug ein Kleid mit Rüschen um die Schultern, ein Partykleid, das ihr früher einmal gepaßt haben mochte, jetzt aber leer über der Brust hing. Sie ließ mich nicht den Kochtopf tragen und wies mit einer Handbewegung den Strahl der Taschenlampe ab, mit dem ich ihren Weg ausleuchten wollte. Sie wollte keine Hilfe, und sie murmelte auf Bomitaba vor sich hin, eine abgehackte Litanei, die sich mit dem nächtlichen Gekeife der Zikaden mischte.

»Sag ihr, daß wir noch nie ein so gutes Sakasaka gegessen haben.«

»Sie kann weder Lingala noch französisch«, erklärte Marcellin. Und mir kam erneut zu Bewußtsein, wie abgeschottet und bedrängt die eigene Welt sein konnte, wie einsam und übermächtig die Vorstellungen und Träume werden mußten, wenn bereits zwei oder drei Dörfer weiter im Umkreis eine andere, unverständliche Sprache gesprochen wurde.

Bobé, noch immer in der rotweiß gestreiften Schlafanzugjacke, saß, eine Laterne zu Füßen, in seinem Verschlag unter den Netzen, Reusen und Körben, und erwartete uns.

»Willkommen!« rief er. Er sprang auf und schüttelte uns die Hand. »Willkommen in meinem Haus!«

»Bobé, deine Frau ist unzufrieden«, sagte Marcellin.

»Sicher nicht euretwegen«, erwiderte Bobé, verbeugte sich mit der Laterne in der Hand und wies uns ins Haus. »Unzufrieden ist sie meistens. Sie beklagt sich, daß sie alt ist. Als ich sie geheiratet habe, war sie die Schönste von Boha, aber jetzt ist sie alt. Jetzt bin ich der einzige, der sie noch ansieht wie ein Mann. Sie macht sich Sorgen um unseren Sohn, um Doubla. Aber ich sage ihr, daß Doubla ein Mann mit eigenen Söhnen ist. Er ist stark und gefürchtet, und ich bin stolz auf ihn. Aber sie macht sich Sorgen, daß die Soldaten kommen und ihn nach Epéna mitnehmen.«

Er legte den Arm um sie und sagte etwas auf Bomitaba. Ihr empfindsames Gesicht wurde von einem Lächeln erhellt, und sie verschwand durch den Vorhang im Hinterzimmer. Bobé bot uns die geschnitzten Lehnstühle an, die um einen flachen Tisch gruppiert waren, und setzte sich zu uns. Die Wände waren geschmückt mit den Spiralhörnern der Sumpfantilopen. Eine schlanke Trommel stand auf einem Dreifuß neben Marcellin in der Ecke.

»Die hat Bobé selbst gemacht«, sagte er und fuhr mit dem Finger über die Fugen der aneinandergesetzten Ringe aus ausgehöhlten Baumstämmen.

»Alles hier habe ich selbst gemacht«, sagte Bobé mit einem verhaltenen Lächeln, das seine unversehrten Zähne sichtbar machte. »Tische, Stühle, alles.«

Die alte Frau kam wieder herein, stellte drei leere Büchsen mit der Aufschrift ›Norwegian Mackerel‹ auf den Tisch, überreichte Bobé eine Kürbisflasche mit Palmwein und verschwand. Schweigend goß Bobé ein. Wir fischten die eine oder andere ertrunkene Biene, Fliege oder Raupe aus dem Schaum, schnipsten sie auf den Boden und tranken.

»Ich dagegen, ich bin gern alt«, sagte Bobé und räkelte sich wohlig. »Ich war immer glücklich. Früher war ich der beste Jäger von ganz Boha, und ich kannte auch die besten Plätze für die Reusen. Aber jetzt bin ich alt und weise, und stolz bin ich auf andere Dinge. Ich bin stolz darauf, daß ich die Geschichte meines Volkes verstehe. Ich kenne alle Geschichten. Meine Enkel kommen mich besuchen, alle Jungen in Boha kommen zu mir, und ich erzähle ihnen, wie es früher war, ich erzähle ihnen von den *colons*, den Franzosen, und wie die Kommunisten uns beim Bau der Schule geholfen haben, ich erzähle ihnen, wo man jagen muß und wo man in jedem Monat die Reusen aufstellen muß. Sie haben den alten Bobé sehr gern. Wenn du zum Zauberer gehst, mußt du dafür bezahlen. Wenn du zum alten Bobé gehst, will er nichts von dir als deine Freundschaft. Ja, ich bin immer glücklich, außer wenn meine Kinder und meine Enkel sterben, dann bin ich so traurig wie meine Frau. Dann sind wir alle miteinander traurig. Es gibt viele Tote in Boha.«

»Könntest du uns von der Geschichte deines Volkes erzählen?«

»Du brauchst kein Blatt vor den Mund zu nehmen«, sagte Marcellin zu Bobé. »Er ist zwar ein Weißer, aber er achtet unsere alten Bräuche. Er hat sich verpflichtet, die üblichen Gebühren zu bezahlen. In voller Höhe.«

»Das habe ich gehört«, sagte Bobé zu mir, »und du hast dich meinem Sohn Doubla anvertraut. Nun – wir haben eine lange Geschichte.«

Er richtete den Blick auf einen Punkt irgendwo hinter der Trommel, und seine Stimme veränderte sich, aus der verhaltenen Altmännerstimme wurde ein leiser Beschwörungsgesang. »Die ersten Bewohner von Boha stammen aus dem Dorf Bongoye, in der Nähe der Ebene von Sakoua«, intonierte er. »Der Pfad Nguelo verbindet das Dorf mit dem Lac Télé. Die Leute von Bongoye zogen fort, um das Dorf Bombolo zu gründen. Nach Bombolo gründeten sie das Dorf Ngouamounkale. Das Dorf Ngouamounkale ist auch bekannt unter dem Namen Alt-Boha. Der Pfad, der zum See führt, berührt das Flüßchen Marawa. Der erste Häuptling nannte sich Mountelola.«

»Diese verlassenen Dörfer«, unterbrach ich seine Aufzählung, »gibt es noch heilige Orte in ihrer Nähe?«

Es kostete Bobé sichtlich Mühe, sich von der Erzählung zu lösen, und erst jetzt nahm er mich wirklich zur Kenntnis. »In den alten Zeiten«, erklärte er mit seiner normalen Stimme, »hatten die Bewohner von Boha einen heiligen Ort namens Etoho. Er war berühmt dafür, daß er die Fruchtbarkeit der Frauen steigerte. Die Leute gingen dorthin, um zu sprechen, sie sprachen dort, um Kinder zu bekommen, um das Dorf wachsen zu lassen.«

»Und wo kommen wir alle her?« fragte ich und war stolz auf meinen Einfall. »Das ist es, was ich wissen möchte. Was ist der Ursprung des Lebens?«

»Das ist ganz einfach«, sagte er, füllte die Makrelenbüchsen nach und lehnte sich wieder zurück. »Da kann ich dich beruhigen. Der Ursprung des Lebens beruht auf einem Symbol mit dem Namen Bolo. Bolo verkörpert alle Schöpferkräfte. Es ist ein allumfassendes Symbol. Es umfaßt alle Geister, die guten und die bösen. Auch die Zauberei beruht auf dem Symbol Bolo. Das Symbol verleiht bestimmten Menschen eine Kraft, die normalerweise aus den Träumen kommt. Träume haben immer eine Bedeutung, weil bestimmte Träume immer eine Botschaft darstellen. Die Macht der Träume haben nur wenige, sehr begabte Menschen wie zum Beispiel die Häuptlinge und manche Zauberer. In unserer Tradition gibt es kein System für die Deutung aller Träume, wie das bei anderen Stämmen der Fall sein soll. Aber es ist normal, daß die Häuptlinge dem ganzen Dorf ihre Träume mitteilen, egal, ob sie gut oder schlecht waren. In manchen Fällen gehen Dorfbewohner zum Häuptling und erzählen ihm ihre Träume, der erklärt sie, und er verbreitet sein Wissen nach der Art einer Zeitung. Jeder behält die Worte des Häuptlings im Kopf, und er verbreitet die Botschaft durchs ganze Dorf, bis in die letzte Hütte.«

Bobé hatte sich gerade zum dritten Mal eingegossen und wollte die Büchse zum Mund führen, doch er hielt auf halbem Weg inne, offenbar gebannt von dem Ding oder Wesen, das sich hinter der großen Trommel verbarg.

»Bobé, alter Freund«, sagte Marcellin sanft. »Wir sind noch hier. Ist alles in Ordnung?«

»Ja, Marcellin«, sagte er zögernd und verwirrt, als käme er gerade von einer weiten Reise zurück. Er stellte die Büchse mit fahriger Bewegung auf der Tischkante ab und verschüttete dabei ein wenig Wein. »Ist schon gut. Ich habe nur zugehört. Ich habe Anweisungen bekommen, eure Forschungen zu unterstützen. Da gibt es etwas Neues, was ich euch erzählen muß, das wichtigste Ereignis in der jüngeren Geschichte unseres Volkes. Man sagt mir, es wäre gut, wenn unsere Geschichte aufgeschrieben wird, so daß andere Menschen unser Wissen teilen können. Aber es ist nicht das Wissen, das uns die Regierung aus Epéna schickt, in Gestalt dieser jungen Männer – jedes Jahr ein anderer. Es ist ein anderes Wissen als das der Regierung, das in der Schule herrscht.«

Es wird die Verlegung des Dorfes sein, eine neue Pflanzung oder der Plan einer Landkommune, dachte ich, nahm die Kürbisflasche in die Hand und befühlte ihre glatte Oberfläche, die schwarz gefleckt war wie alles andere, was im Dachgebälk lagerte und vom Rauch des Hüttenfeuers durchzogen wurde.

»Es ist uns bekannt geworden«, sagte Bobé nun wieder mit seiner feierlichen Stimme und einem glasigen Blick, der fest auf die Trommel gerichtet war, »es ist uns bekannt geworden, daß ein heiliges Tier mit dem Namen Yombé im Wald von Boha lebt. Dieses Tier ähnelt dem Schimpansen und dem Gorilla, aber seine oberen Gliedmaßen sind sehr viel länger. Es lebt vegetarisch und ernährt sich vor allem von zwei Pflanzensorten, die es in unserem Wald gibt. Dieses Tier wurde schon mehrfach gesichtet, aber sein Geheimnis besteht darin, daß man ihm niemals in die Augen blicken darf. Vor zehn Jahren haben zwei Jäger aus Boha auf das Tier geschossen, aber nicht mit dem Pfeil, sondern mit einem Gewehr. Das Tier, das auf einem Baum saß, fiel herunter – und verschwand. Ohne die geringste Spur. Die Jäger kehrten ins Dorf zurück und erzählten ihre Geschichte. Kaum waren sie fertig, fielen sie tot um.

Ich, Bobé, bestätige euch, so wahr ich hier vor euch sitze, daß auch ich dieses Tier gesehen habe. Auch ich sah es auf einem Baum hocken. Langsam drehte das Tier den Kopf. Aber die Geister der zwei toten Jäger retteten mir das Leben. Sie riefen nach mir, ganz leise, in meinem Kopf, da fiel mir ihre Geschichte ein und wie sie starben. Ich senkte den Blick und schaute auf den Weg. Ich kehrte zu Frau und Kindern zurück. Deshalb bin ich, Bobé, heute noch am Leben. Und damit habe ich dich, Mister Redmond, in meinem Haus gewarnt, weil man mir versichert, daß du unsere Traditionen respektierst, und auch, weil du ein guter Bekannter meines Freundes Doktor Marcellin bist. Wenn dir dein Leben lieb ist, schaue diesem Tier, solltest du ihm im Wald begegnen, um keinen Preis in die Augen.«

Er preßte seine Altmännerhände vors Gesicht, dann blickte er uns wieder mit seinem zaghaften Lächeln an, und seine gewohnte Stimme kehrte zurück. »Ich bin müde«, sagte er. »Von solchen Dingen zu sprechen erfordert Mut. Und jetzt bin ich sehr müde. Wir werden uns wieder sprechen. Vielleicht besucht ihr mich noch einmal.«

Mit Verblüffung stellte ich fest, daß ich die Kürbisflasche noch in der Hand hielt.

»Was hältst du davon?« fragte ich, als wir zu unserer Hütte zurückkehrten.

Ein streunender Hund, der dem des Häuptlings ähnelte, aber eine räudige Stelle auf dem Rücken hatte, kam aus dem Dunkel und trottete hinter uns her. Immer wenn ich mich umblickte und »Fasanen!« zu ihm sagte, wedelte er mit dem Schwanz und spitzte die Ohren. »Warum kannst du mir nicht den einzigen in Afrika lebenden Fasan, den Kongo-Pfau, aufspüren?« Ein Tier, so selten, daß es erst 1913 entdeckt wurde (von dem großen Ornithologen des Belgischen Kongo, dem Amerikaner James P. Chapin, der damals nur eine einzige Feder fand, die »quergestreifte sekundäre Schwanzfeder einer Henne ... entnommen dem Hut eines Eingeborenen in Avakubi in der Ituri-Region« – eine Feder, die ihm über 23 Jahre keine Ruhe ließ, bis er 1936 den Vogel schließlich fand und benannte). »Wenn du nur das schaffen würdest«, sagte ich laut, »dann wärst du schon ein ziemlich raffinierter Köter.«

»Ich glaube, du solltest wissen, daß ›Bolo‹ ›Vagina‹ bedeutet«, sagte Marcellin.

Ich lachte.

»Was ist daran komisch?« fuhr er mich an.

»Tut mir leid«, sagte ich, erschrocken über die Heftigkeit seiner Reaktion.

Mein unbekümmertes Ausschreiten verwandelte sich unversehens in ein Schlurfen. »Ich dachte, du wolltest damit sagen, daß der alte Bobé sich einen Scherz mit mir erlaubt hat.«

»O nein!« bellte Marcellin und wurde ebenfalls langsamer. »Deshalb hast du nicht gelacht. Warum sollte der alte Bobé sich über dich lustig machen? Hast du nicht gesehen, wie müde ihn das alles machte? *Es ist für ihn gefährlich, so etwas zu sagen*. Hast du nicht gemerkt, welche Angst er hatte? Und dann lachst du! Wie kannst du es wagen, den alten Bobé auszulachen! – Und überhaupt!« brüllte er jetzt und trat gegen einen Erdklumpen, der auf dem Weg lag. »Das Ganze hat genauso viel Sinn wie der Aberglaube von euch Weißen! Was sind denn das für Fetische, die ihr alle um den Hals tragt? Eure kleinen Kreuzchen? Was sind denn das für Perlenschnüre, die ihr in den Taschen durch die Finger zieht, wenn ihr eure Zaubersprüche murmelt? Na? Und eure unsäglichen Riten? Eure kannibalischen Symbole? Stimmt es oder stimmt es nicht, daß ihr alle sieben Tage das Fleisch und das Blut eures großen weißen Stammeshäuptlings eßt und trinkt, als wäre das die normalste und vernünftigste Sache der Welt? O nein, du hast nicht das Recht, uns auszulachen, den alten Bobé, die Afrikaner. Nicht das geringste Recht.«

»Ich bitte um Entschuldigung. Außerdem bin ich kein Christ, wie ich dir schon sagte. Ich glaube nicht daran. Ich trage kein Kruzifix, und ich habe nie im Leben einen Rosenkranz gebetet.«

»Einen Rosenkranz gebetet!« äffte Marcellin mich nach und mußte nun selbst lachen. »Du hast so deine kleinen Ausdrücke, um die Sache zu kaschieren, oder etwa nicht? Wenn es uns betrifft, redest du von einem Fetisch, oder einem Ju-ju oder Gris-gris – aber wenn es euch betrifft, dann ist es plötzlich etwas Feierliches, etwas ganz anderes. Dann ist es ein *Rosenkranz*, nicht wahr? Ein *Kruzifix*. Damit ist die Sache dann gerechtfertigt. Oder etwa nicht?«

»Wie ich schon sagte. Ich glaube nicht daran.«

»Ob du es nun glaubst oder nicht, mein Freund – es steckt in deinem Kopf. Ich hab darüber nachgedacht, ständig, seit dieser Nacht bei Dokou. Ihr erzählt mir, das wäre ganz normal, das wäre ein Teil eurer Kultur, und ihr glaubt, ihr wärt absolut vernünftig. Ihr glaubt, ihr hättet die Vernunft und die Wissenschaft gepachtet, ihr glaubt, bei euch Weißen wäre es heller Tag und bei den Afrikanern schwarze Nacht. Ich stimme dir sogar zu: Ihr baut Autos und Außenbordmotoren und Flugzeuge, wir nicht. Aber was soll das mit den drei Göttern in einem, mit eurem großen heiligen Geist, der überall ist, mit den Tausenden von Geistern, die Flügel haben und einen Kranz aus Strahlen auf dem Kopf? Was soll das mit dem bösen Geist, der Hufe hat wie eine Ziege und einen langen Schwanz, der am Ende zweigeteilt ist? Wie kann man da über die Afrikaner die Nase rümpfen? Soll das etwa besser sein als Bolo? Und was ist das Wissenschaftliche daran? Und was soll das mit eurem anderen Gott, der ein Mensch geworden ist und sich an ein Stück Holz nageln ließ, damit er euch alle retten konnte – was hat das zu bedeuten? Wo liegt da der Sinn?«

»Da gibt es keinen Sinn. Das ist eine Sache des Glaubens. Der Glaube bedeutet, daß man Vernunft und Wissenschaft an den Nagel hängt. Wenn du gläubig wirst, dann knallen dir die Sicherungen weg, dann fliegen dir die Dichtungen raus, dann wirst du mit voller Absicht zum Trottel. Auf diese Weise lebt es sich angenehmer.«

Marcellin hörte nicht zu.

»Kein Wunder, daß wir uns vor den Weißen gegruselt haben, als sie mit ihren Gewehren kamen, uns umbrachten und ständig davon redeten, daß sie ihren Gott essen. Kein Wunder, daß wir gedacht haben, ihr wärt Kannibalen. Und noch was: Euer Gott hatte nie eine Frau. Sieh hier: Keiner könnte schwärzer sein als ich« (er leuchtete sich mit der Taschenlampe auf den Arm), »ich bin der schwärzeste Afrikaner, den ich kenne – und ich habe den stärksten Sextrieb von allen, die ich kenne. Das ist vererbt, das steckt in der Haut. Ich denke ständig drüber nach. Tag und Nacht.

Und wenn ich nicht jede Nacht eine Frau habe, werde ich krank. Jetzt bin ich krank. Du müßtest mir das Doppelte zahlen, weil ich für dich mein Leben aufs Spiel setze, und dann müßtest du mich noch einmal doppelt bezahlen, weil du mich zwingst, den ganzen Tag zu laufen und allein, ohne eine Frau, im Zelt zu schlafen. Und das über Monate! Wir wissen nicht, wie ihr Weißen euch überhaupt vermehrt. Ihr habt einen Gott, der ohne Sex zur Welt gekommen ist! Und dann hatte er nie eine Frau! Und was soll das mit der Mutter des Gottes, die ihr überall als Fetisch aufstellt, eine Frau, die nie einen Mann hatte, mit ihrem idiotischen Grinsen und dem Baby auf dem Arm? Wenn das nicht der komplette Blödsinn ist, dann weiß ich nicht, was es sonst sein soll.«

Irgendwo am Dorfrand setzte plötzlich ein wütendes Trommeln ein. Marcellin schwieg eine Weile, dann redete er weiter: »Liebe deinen Nächsten wie dich selbst!« sagte er, und der Strahl seiner Taschenlampe irrte aufgeregt durch die Kaktushecken. »Was seid ihr doch für Heuchler!« Seine Stimme kippte über, sein schrilles Falsett verriet ehrliche Entrüstung. Der Hund drehte um und schoß davon. »Liebe deinen Nächsten! Und da kommt ihr mit euren Gewehren, zerstört unsere Familien und verkauft uns in die Sklaverei, Männer, Frauen, Kinder – alle. Ihr Weißen habt die Juden verbrannt, in nur ein oder zwei Jahren, es waren ja bloß sechs Millionen. Ihr sagt, das war ein großes Verbrechen. Wohl wahr! Aber was ist mit uns? Wer redet über unseren Holocaust? Allein aus dem Kongo habt ihr dreizehn Millionen in die Sklaverei verkauft. Was sagst du dazu? Und das ging über Jahrhunderte. Keiner wußte, ob er lange genug lebte, um seine Kinder großzuziehen, ob er seinen Söhnen die Jagd beibringen, ob er einen Garten mit ihnen anlegen konnte. Vielleicht kannst du mir verraten, was wir verbrochen haben, um so etwas zu verdienen? Ihr Weißen sagt, daß die Zauberei ein großes Übel ist. Mag ja sein. Aber dann sag mir bitte das eine: Was ist das für ein Gott, der euch erlaubt hat, uns so zu quälen?«

Schweigend betraten wir die Hütte. Doubla und Vicky waren fort, die Kerzen waren auf dem Tisch zerflossen, die Eßnäpfe und Palmweineimer waren leer, der Lehmboden mit Kippen übersät. Vor die Schlafkammern hatten Nzé und Manou Planen gehängt.

»Hier halte ich's nicht aus!« sagte Marcellin und machte eine Drehung um die eigene Achse, wie ich sie noch nie an ihm beobachtet hatte. »Ich bin wütend auf dich und deine Sorte. Ich schlafe in Bobés Hütte.« Er nahm seinen Rucksack und ging.

»Ist er weg?« flüsterte Nzé hinter seinem Vorhang hervor.

»Ja. Er ist unzufrieden mit mir.«

»Aber ich bin *sehr* zufrieden mit dir«, flüsterte er weiter. »Das waren die besten 500 Francs, die du je für mich ausgegeben hast.«

»Wie meinst du das?«

»Steck mal den Kopf durch unsere neue Schlafzimmertür, Onkel, und schau dir das an. Aber stolpere nicht und mach keinen Lärm. Bitte, Onkel, versuch dich zu beherrschen.«

Ich schob den Kopf durch den Vorhang.

»Ist sie nicht ... uuumpf?« sagte Nzé stolzerfüllt und küßte sich dabei die Fingerspitzen. Er saß nackt auf der Bettkante, ein Handtuch über dem Schoß, und er strahlte. »Ich schwör dir, Onkel: Sie ist saftig wie eine reife Papaya. *Und besser als eine ganze Flasche Whisky.*«

Das Mädchen schlief, von der Plane zugedeckt, ihr Kopf ruhte auf Nzés zusammengerolltem T-Shirt, ihr gelbgrünes Kleid lag auf dem Boden.

»Sie nimmt überhaupt kein Ende«, sagte er und lüftete behutsam die Plane. »Schau dir das an!«

Sie lag auf der rechten Seite, ihre Brüste quollen herab, der linke Arm verdeckte die Brustwarzen, und ihre Hand hing entspannt über die Bettkante. Das Licht der Kerze, die auf einem Holzklotz brannte, brachte ihre schweißfeuchte, makellos jugendliche Haut zum Glänzen; ihr Gesicht war das friedlichste, das ich, wie mir nun schien, seit vielen Jahren gesehen hatte.

»Zuerst haben wir es in der Schule gemacht«, sagte Nzé, und in seinem Triumph rollte er mit den Augen wie ein Chamäleon. »Da mußten wir hin wegen Vicky und Doubla. Sie konnte es nicht mehr abwarten! ›Halt dich zurück!‹ mußte ich immer zu ihr sagen. ›Halt dich zurück!‹«

»Und dann?«

»Hab ich sie hergebracht und auf dem Bett noch einmal

genommen. Und weißt du was? Sie hat gesagt, ich bin Spitze! Das ist eine Begabung, die mir mein Großvater mitgegeben hat. Sie ist völlig erledigt. Ich bin wirklich Spitze. Ich mache sie alle fertig. Es gibt nichts Besseres als das, Onkel.«

»Da bin ich mir sicher.«

»Ich werde sie gleich wecken. Wir gehen tanzen. Und dann nehme ich sie noch einmal! Kommst du mit, Onkel? Kommst du mit tanzen?«

»Nein, lieber nicht. Für heute habe ich genug. Ich will noch schwimmen, dann gehe ich schlafen.«

»Gut, aber störe nicht Manou mit deinem Getrampel – und deinem Herumwühlen im großen Rucksack. Stör ihn bloß nicht! Sie haben miteinander geredet. Geredet! Er braucht ewig, bis er seinen Mut zusammennimmt. Er ist kein bißchen wie ich. Er ist nervös wie ein Dieb!«

Ich ging in die hintere Schlafkammer, beleuchtete das Wanzenbett mit der Taschenlampe und nahm mir den Rucksack vor. Bemüht, das Knistern der glitschigen Plastiktüten in Grenzen zu halten, wühlte ich mein schimmliges Handtuch und irgendwelche Seifenreste hervor und machte mich auf den Weg zum Fluß.

Am Ufer quakten die Frösche wie wild. Ich erkannte die Badestelle an dem üblichen alten Einbaum, der umgedreht im Wasser lag, zog die Stiefel aus, steckte meine Brille vorsorglich in den linken Stiefel und die Taschenlampe in den rechten, legte die Kleider über die Stiefel und watete ins Wasser. Mit jedem Schritt sank ich bis über die Knöchel in den Schlamm ein – und dann begann das Wasser an meinen Genitalien zu stacheln wie ein Ginsterbusch. Ich beschloß, der Sache auf den Grund zu gehen, holte meine Brille, schnallte mir die Lampe um und stieg wieder ins Wasser.

Ein Schwarm kleiner Welse stand im ruhigen Wasser der von der Strömung abgeschnittenen Badestelle, ihre Barteln starr wie Hörner, die Kiemen und Flossen offenbar mit Stacheln bewehrt. Ich ließ die etwa zwölf Zentimeter langen Fische in Ruhe schlafen, brachte Lampe und Brille zurück ans Ufer und wusch mir ein paar Meter abseits den Angstschweiß dieses Tages ab. Einen kleinen Sauropoden aus der Kreidezeit aufzuspüren kam mir plötzlich wie eine ganz normale wissenschaftliche Leistung vor, während der

Anblick zweier langer Affenarme zwischen den Lianen, die Begegnung mit dem Blick des unbekannten Affen Yombé, entsetzlich sein mußte. Vielleicht empfand man noch eine gelinde Überraschung, bevor einem das Gehirn explodierte, die Augäpfel aus dem Kopf schossen und in elegantem Bogen über die Bäume hinweg in der Hütte des Zauberers landeten – direkt in seinem Fetischbeutel.

Aber irgendwas muß es doch mit dem See auf sich haben, dachte ich, während ich mich mit dem schmierigen Handtuch abrieb, mich anzog und durch die warme Nacht zur Hütte zurückschlenderte. Das Flußwasser im Gehörgang dämpfte den Klang der Trommeln. Mackal war fest davon überzeugt, daß im See ein Saurier lebte, teils, weil es sich um die wahrscheinlich älteste unberührte Dschungelregion handelte, teils auch, weil die Pygmäen seiner Meinung nach den Saurier beschrieben hatten. Und die Berichte der Pygmäen waren verläßlich, wenn sie nicht gerade dazu dienen sollten, die Bantus zu erschrecken. Schließlich waren es die hartnäckigen Behauptungen der Bambuti-Pygmäen gewesen, die dem englischen Kolonialbeamten und Naturforscher Sir Harry Johnston zum größten Triumph seiner Karriere verhalfen, zur Entdeckung der Waldgiraffe, genannt Okapi (strenggenommen entdeckte er nur zwei Fellstreifen, die von den Pygmäen als Gürtel getragen wurden). Wie auch Mackal war Johnston besessen von der Idee, eine ausgestorbene Art lebend aufzuspüren, und so befand er, daß die zwei Fellstreifen dem Vorfahren des Pferdes gehörten – dem *Hipparion*. Er schickte sie an P. L. Sclater, den Vorsitzenden der Zoologischen Gesellschaft von London, der das rätselhafte Tier in seinem Sitzungsbericht vom 10. Februar 1901 entgegenkommend *Equus (?) johnstoni* taufte. Doch dann erhielt der schwedische Leutnant Eriksson, der im Sold des Kongo-Freistaats stand, zwei Schädel und ein komplettes Fell: Das Tier hatte gespaltene Hufe, und sein Schädel ähnelte dem der Giraffe. Und am 10. Juni 1901 wurde es von Sir Ray Lankester zu einer neuen Gattung erklärt, die er, der Pygmäenbezeichnung ›Okapi‹ folgend, *Okapia* nannte. Johnston, noch immer vernarrt in die Idee, ein ausgestorbenes Wesen entdeckt zu haben, änderte diesen Namen sofort in

Helladotherium tigrinum. (Tatsächlich gibt es eine fossile Giraffe *Helladotherium*, Schädel und Gebiß unterscheiden sich jedoch von denen des Okapi, und obwohl das Okapi weiße Streifen auf den samtig rotbraunen Vorderläufen hat, kann man es schwerlich als »getigert« bezeichnen. Außerdem nahm ihn sowieso niemand ernst.)

Aber jetzt wußte ich, daß die Geschichte vom Kongosaurier nicht das geringste mit den Pygmäen zu tun hatte. Deren Gebiete lagen weit nördlich des Lac Télé. Hier waren »Pygmäen« nichts weiter als die verächtliche Bezeichnung für die Bantus, die beim Einmarsch der Franzosen in die Wälder geflohen und zu lange dort geblieben waren: Die Leute von Boha und Djéké waren der Ansicht, daß kein anständiger Bantu im Dschungel lebte – richtige Bantus bauten sich ordentliche Hütten und Plantagen an den Flußufern, sie liebten Licht und Sonne, und nur Pygmäen und Tiere drückten sich im ewigen Zwielicht des Dschungels herum. Mir fiel die kürzlich erlassene Verfügung des Generals André Kolingba ein, des Diktators der Zentralafrikanischen Republik. Er hatte befohlen, daß die Pygmäen fortan nicht mehr als Tiere, sondern als Menschen zu gelten hätten.

Nzé und sein Mädchen waren zum Tanzen oder in die Schule gegangen; Manou und seine verschüchterte Flamme waren ebenfalls verschwunden, und ich blieb allein in der Hütte. Zu müde, um mir die Stiefel auszuziehen, breitete ich eine Plane über das Bettgestell, deckte mich mit einer zweiten Plane zu und versuchte zu schlafen. Es war aussichtslos. Léonards Stimme hallte mir durch den Kopf und beschwor mich, dem See fernzubleiben – nicht wegen des Anblicks von Mokélé-mbembé, sondern weil wir seinen Schrei hören würden, das gräßliche, langgezogene, weithin dröhnende Geheul, das einem für immer den Verstand rauben würde, wenn man es einmal gehört hatte.

Beiläufig fielen mir die Wanzen ein, und wütend darüber, daß mein Verstand offensichtlich schon jetzt gelitten hatte, tastete ich nach der Taschenlampe, stand auf, zerrte die Planen vom Bett und breitete sie auf dem Lehmboden aus. Während ich mich im Dunklen zurechtlegte, kam mir wie von ungefähr ein verstreutes Zitat in den Sinn. Es stammte aus dem Buch ›Die Evolution des Menschen und der Gesellschaft‹ von C. D. Darlington und lautete: »Afrika, die älteste Heimstatt des Menschen, ist zugleich der Hort der gefährlichsten Krankheiten des Menschen.« Der Autor hatte dabei nur an Polio, Diphtherie, Enzephalitis I und II, Lepra, Gelbfieber, Lungenentzündung, Bilharziose, Schlafkrankheit, Gonorrhöe und Malaria gedacht. Doch das brachte mich auf die kongolesische Bodenmade.

Mittlerweile nämlich hat sich die Tumbufliege ziemlich gut an die menschlichen Gewohnheiten angepaßt. Das Weibchen legt seine Eier im uringetränkten oder kotverschmutzten Boden ab, manchmal auch in feuchten Kleidern und Bettüchern. Wenn die winzigen Larven schlüpfen, bohren sie sich in die Haut und verursachen furunkelartige Schwellungen mit einer kleinen, dunklen, feuchten Öffnung, ihrem Luftloch. Besonders gern mögen die Larven Babys, und an ihnen wiederum bevorzugen sie den Hals. Aber auch Ratten, Katzen, Hunde und Affen verschmähen sie nicht. Der nächste Verwandte der Tumbufliege, die kongolesische Bodenmade, verhält sich da wesentlich loyaler und bleibt dem Menschen treu. Das Weibchen – genau wie eine Schmeißfliege, nur braun – legt seine Eier in den Staub des Fußbodens. Bei Tage lauern die Larven in den Spalten und Rissen des Lehms, in der Nacht aber kommen sie gekrabbelt und saugen Menschenblut.

Soviel ich wußte, übertrugen die kongolesischen Bodenmaden keine Krankheiten. Was das betraf, waren sie unbescholten wie Blutegel. Wenn das aber einfach nur noch niemand nachgeprüft hatte, dachte ich und saß schon aufrecht, hatte die Taschenlampe angeschaltet und suchte meine nackten Arme nach kribbelnden Maden ab.

Du bist ein falscher Hund, sagte ich mir. Den ganzen Tag hast du deine Angst unterdrückt, und jetzt drehst du durch. Wenn du dich gleich vernünftig verhalten hättest, wenn du dich in dem Moment, wo dieser Hüne mit dem Dolch auftauchte und Marcellin abstechen wollte, auf den Weg gesetzt und losgeheult hättest, würdest du jetzt friedlich schlafen wie ein Buschschwein. Wenn es also eine winzige Wahrscheinlichkeit gibt, daß HIV zusammen mit dem Malariaerreger übertragen wird, dachte ich und sah mich die Rechenaufgabe an die Schultafel schreiben (denn eine Untersuchung an 520 Krankenhauspatienten in Zaire hatte einen hohen Anteil von Kranken ergeben, die zusammen mit den Antikörpern gegen das *Plasmodium falciparum* auch solche gegen HIV besaßen), und wenn die Chance groß ist, daß es von Wanzen übertragen wird (die als Überträger von Hepatitis B bekannt sind), wieviel Prozent beträgt dann die Wahrscheinlichkeit, daß auch die kongolesische Bodenmade von HIV-Erregern nur so strotzt?

»Auf jeden Fall«, sagte ich laut, während ich aufstand und die Planen wieder auf das Bettgestell legte, »möchte ich lieber von einer Wanze gebissen als von einer Made ausgesaugt werden. Und daran ist überhaupt nichts Verrücktes, im Gegenteil: Das ist völlig normal.« (Ich zog die Stiefel aus.) »Kein Mensch von gesundem Verstand möchte Maden im Bett haben. Aber Wanzen? Was kann man schon gegen Wanzen tun?«

Ich legte mich also wieder aufs Gestell und versuchte, an etwas Nettes zu denken: an mein kleines Kinderzimmer im Pfarrhaus; an die Amsel, die im Sommer jeden Abend auf dem Dach des Fahrradschuppens unter meinem Fenster saß und mich in den Schlaf sang; an die Ringeltauben in der Kastanie, doch es half alles nichts. Ich war zu verstört, um meine Träume in eine angenehmere Richtung lenken zu können; hartnäckig schob sich Bruce Chatwin dazwischen, der einzige meiner Bekannten, der an Aids gestorben war.

»Redders!« klang mir die vertraute Telefonstimme in den Ohren, viel zu früh am Morgen. »Nicht mal Bunin« (beispielsweise) »kann mich noch fesseln. Ich halte das nicht länger aus. Ich hab das Schreiben so satt. Er steht mir bis hier« (mit einer Energie vorgebracht, daß einem das Trommelfell platzen konnte). »Und wenn man nicht mehr schreiben kann, dann muß man spazierengehen« (o Gott). »Ich komm dich jetzt abholen« (Panik). »Was treibst du?«

»Ich bin im Bett.«

»Auf mit dir! Trink zwei Glas grünen Tee. In einer halben Stunde bin ich da.«

Dann beschäftigte mich die Frage, wer oder was Bunin war; bei Bruce konnte man nie sicher sein. Ein neuer Strawinski aus Albanien? Der Rufname des letzten Sklaven von Zentral-Mali? Ein patagonischer Leuchtturmwärter? Schriftrolle 238½ aus einer Höhle im

Negev? Oder nur der Exilkönig aus Tomsk, der ihn zum Tee besucht hatte? Ohne mir ganz schlüssig geworden zu sein, wankte ich schlaftrunken aus dem Haus.

Ein weißer 2 CV kam in die Einfahrt geknattert. Auf das Dach war ein Surfboard geschnallt. Chatwin stieg aus, die zwei Hunde seiner Frau Elizabeth wieselten ihm um die Füße.

»Na, komm schon! Es wird gleich hell! Ich muß diese Rabauken auf die Bergfarm nach Wales bringen. Wir gucken uns den Lebensbaum am Südportal von St. Mary und St. David in Kilpeck an, wir liefern die Hunde ab, wir schauen bei meiner alten Freundin Lady Betjeman vorbei, und dann laufe ich mit dir über den Black Hill.«

»Und wozu ist das Surfboard gut?« fragte ich argwöhnisch.

»Ach ja, das ist mein neues Hobby. Du nimmst dein Auto und fährst heute abend allein zurück, und ich gehe morgen früh zum Windsurfen im Bristol-Kanal.«

Und bist wahrscheinlich zum Abendessen in Dublin, dachte ich.

Am Fuß der Black Mountains parkten wir die Autos und holten unsere Stiefel heraus. Ich meine schwarzen Gummistiefel, er seine Lederstiefel aus einem so feinen Leder, daß Hermes sofort mit ihm getauscht hätte. Ich schnallte mir den Rucksack um (mit nichts drin außer einem Brotlaib und zwei Flaschen Wein), er hängte sich den kleinen Tornister aus dunkelbraunem Kalbsleder um (mit nichts drin außer einem Montblanc-Füller, einem in Wachstuch eingeschlagenen Notizbuch aus *echtem Maulwurfsleder*, einem Exemplar ›Krieg und Frieden‹ in der Übersetzung von Aylmer Maude, einem Exemplar ›Am offenen Meer‹ von Strindberg und dem elegantesten Fernglas, das ich je gesehen hatte).

»Das hat mir Werner Herzog geschenkt«, sagte er, und seine blauen Augen leuchteten begeistert. »Er möchte den ›Vizekönig von Ouidah‹ verfilmen. Und Jean-Louis Barrault hat diesen Tornister extra für mich entwerfen lassen. Aber du könntest dir wirklich mal ein Paar anständige Stiefel leisten, Redders. The Canadian Mocassin Company. Sag einfach, daß du mit mir befreundet bist.«

Mit kräftig federnden Schritten machte er sich auf den Weg durch Heidekraut und Blaubeeren, in einem echten Nomadentempo. Nach ein paar Minuten war ich schon zurückgefallen und mußte mir Mühe geben, nicht zu schnaufen wie ein alter Lokschuppen.

»Da haben die Zwillinge gewohnt, über die ich geschrieben habe«, sagte er, drehte sich zu mir um, ohne sein Tempo zu mindern, und zeigte auf ein langes, schindelgedecktes Farmhaus, das abseits der Straße im kleiner werdenden Tal unter uns stand.

»Und ... dort ... war ...« Seine Worte schossen an mir vorbei, wurden vom Wind erfaßt und fortgetrieben. Der Aufstieg in diesem Tempo war schon anstrengend genug und ihm etwas auf seinen wilden, unaufhörlichen Monolog zu erwidern eine Unmöglichkeit – was mir gerade zupaß kam, weil ich schon zu lange mit ihm befreundet war, um ihm noch gestehen zu können, daß ich bei aller Bewunderung für ›In Patagonien‹ sein Buch über die Black Hills noch nie so richtig gelesen hatte.

»Da drüben ist ein Hippie-Camp«, rief er und nickte nordwestwärts in Richtung der Wolkenwand, die einen dunklen Regenschleier auf uns zutrieb. Er lachte wiehernd. »Die Einheimischen haben eine Heidenangst vor denen. Die denken, sie werden in ihren Betten stranguliert. Als ich beim König von Afghanistan war, hatte er einen alten englischen Colonel bei Hof. ›Königliche Hoheit‹, sagte der Colonel, ›Sie müssen mir erlauben, daß ich all diese Hippies aus Ihrem Land jage. Sie müssen mir gestatten, daß ich all diese Hippies auf Lastwagen verfrachte und über die Grenze schicke.‹«

Unten auf der Landstraße nach Llanthony liefen wir durch einen Hagelschauer, und Bruce erzählte von dem Albatrosweibchen, das sich nordwärts auf die falsche Erdhalbkugel verflogen hatte, ein Nest auf Shetland baute und auf den Freier wartete, der niemals kam, dann von der Zugfahrt, die er von King's Cross aus nach Norden gemacht hatte, um den Vogel zu sehen, und davon, daß sein einziger Mitfahrer im Schlafwagenabteil ein Feuerländer gewesen war (»auf dem Weg zu den Nordsee-Bohrinseln – dort gibt es die einzigen Männer, die mit der Bootsleine durch den Ring einer Boje treffen«), dessen Siedlung Bruce auf der Patagonienreise besucht hatte.

Er erzählte von seiner Liebe zu den Hirtenvölkern des Sudan, von den römischen Münzen, die er aus der Türkei herausgeschmuggelt hatte, über die Gestalt eines prähistorischen Rads, das die Iren als eine ethnische Untergruppe der Kaukasier (so glaube ich zumindest) kenntlich machte, und von seinem wirklichen Traum – dem russischen Roman, den er eines Tages schreiben würde.

Hinter uns näherte sich das Geräusch eines Motors, der sein letztes gab, es knallte dreimal heftig, und ein rostzerfressener Lieferwagen kam auf uns zu. Ich sprang zur Seite und drückte mich in die Hecke, aber Bruce, völlig abwesend, lief weiter in der Straßenmitte. Erstaunlich langsam, wie es mir vorkam, stieß das Auto gegen den Tornister von Jean-Louis Barrault. Und ähnlich langsam schlug der unverdrossen weiterredende Bruce (»Ganz geradeaus erzählen, genau wie Tolstoi. Ohne Tricks!«) einen perfekten Salto. »Ohne Tricks!« sagte er gerade, als er in den Straßengraben trudelte.

»Ihr blöden Hunde!« brüllte Bruce und rappelte sich wieder hoch. »Das war nun wirklich unnötig!«

Ein junger Mensch mit Pferdeschwanz sprang aus der Fahrerkabine. »Sorry, Squire«, sagte er. »Tut mir leid. Ehrlich. Was soll ich sagen? Das ist nämlich so – ich hab da keine Bremsen dran.«

»Wirklich wahr?« sagte Bruce. »Ist ja spannend. Können wir mitfahren?«

Gerade von einer monatelangen Tour durch den Dschungel zwischen Amazonas und Orinoko nach Hause gekommen, wollte ich meine Rückkehr in einem Londoner Restaurant mit einem Muschelessen feiern, doch statt dessen bekam ich eine sechsmonatige Hepatitis A. Im Halbschlaf, mit geschlossenen Augen auf der Seuchenstation des Churchill Hospitals in Oxford liegend, hörte ich eine vertraute Stimme.

»Pst«, machte die Stimme. »Nichts verraten. Ich bin gar nicht hier.«

Ich öffnete ein Auge. Es stimmte also. Hepatitis A erzeugte Delirien. Man bekam Erscheinungen.

»Pst, ich bin in Frankreich. Bill Buford ist hinter mir her. Ich soll eigentlich was für ›Granta‹ schreiben. Aber da du auch hier bist, kann ich genausogut Reuters anrufen und es hinter mich bringen.

Ich hab dir ein paar Leberpillen mitgebracht. Sie sind von Elizabeths Guru in Indien. Ich lasse mir hier die Ziernarben aus dem Gesicht wegmachen. Ich liege gleich nebenan. Hör mal, ich mach dasselbe für dich, wenn du vor mir stirbst. Wirst du mein literarischer Nachlaßverwalter?«

»Ich mache alles, was du sagst. Ich will nur schlafen.«

»Warte, da ist noch was, was du wissen solltest. Als ich hier eingeliefert wurde, sagten sie, ich hätte eine tödliche Krankheit, eine Pilzerkrankung des Knochenmarks, die ich mir in einer Höhle in China geholt haben muß. Etwas ganz Seltenes! Sie ist so selten, daß ich der zehnte dokumentierte Fall der ganzen Medizingeschichte bin! Und sie haben mir auch gesagt, warum ich sie gekriegt habe, Redders, nämlich, weil ich Aids habe. Sie sagten, ich hätte noch sechs Monate, höchstens ein Jahr zu leben. Also gut, dachte ich, Bruce ist ein Hundename, und das werde ich nicht hinnehmen. Mit meinem Nomadenbuch komme ich nicht weiter – ich weiß nicht, wie ich das Material aus den Notizbüchern zu Papier bringen soll, und ich werde nicht zuschauen, wie ich allmählich verfalle, schwachsinnig werde und unter mich mache.

Also fuhr ich nach Genf. Es gibt dort in den Alpen eine gruslige Stelle, einen unwiderstehlichen Felsabsturz in der Nähe der Jungfrau – und da wollte ich runterspringen. Oder, wenn ich das nicht schaffte, wollte ich an den Niger fahren, mir einfach die Sachen ausziehen, mein Lendentuch anlegen, in die Wüste gehen und mich von der Sonne wegbleichen lassen.

Aber das Knochenmark war schneller. Ich brach auf dem Gehsteig zusammen. Jemand fuhr mich im Taxi zum Krankenhaus, Elizabeth rettete mich und brachte mich hierher. Ich war so schwach, daß ich nicht mal flüstern konnte. An einem Freitag kam ich hinein, und sie dachten, bis Montag wäre ich tot. Dann setzte mir Juel-Jensen diesen Anti-Pilz-Tropf, Elizabeth pflegte mich Tag und Nacht, und ich kam durch. Das habe ich alles den beiden zu verdanken.

Ich hab mein großes Buch fast fertig – da kommt eine schreckliche Figur mit einer Darmverschlingung drin vor, sie heißt Hanlon, und in den Notizbüchern wächst außerdem noch ein kompletter Roman. Ich sehe ihn schon fast vor mir. Er spielt in Prag, und ich werde ihn ›Utz‹ nennen. ›Utz‹! Eines Tages, Redders, mußt du es den Leuten sagen, aber jetzt noch nicht. Es ist ein Märchen. Es ist schon alles da. Fix und fertig. Und die Moral ist ganz simpel: Bring dich niemals um. Unter keinen Umständen. Nicht mal, wenn man dir sagt, daß du Aids hast.«

Zum letzten Mal sah ich Bruce in Elizabeths lichtdurchflutetem Haus, das südwärts in ein Tal bei Oxford schaut; er lag in seinem Schlafzimmer, Bücher auf der Bettdecke, das Manuskript eines jungen Schriftstellers, den er betreut und ermutigt hatte, in einem Karton neben dem Bett. Kassetten von jungen Musikern, um die er sich gekümmert hatte, stapelten sich auf dem Nachttisch, an den Wänden hingen seine neu gekauften russischen Ikonen.

Obwohl er sehr schwach war und so dünn, daß man seine weißen Knochen in den Armen sehen konnte, stand das Telefon nicht still. Er rief an und wurde angerufen und redete mit Freunden in aller Welt.

»Im Moment, Redders, kann ich nicht mal einen Stift halten. Es wäre lächerlich, wenn ich jetzt loslegen würde, und ich hasse das Diktieren. Aber sobald ich mich besser fühle, fange ich den russischen Roman an. Der wird etwas. Ich sehe ihn fast lückenlos vor mir. Ohne Tricks!«

Sein Grinsen ging in einem Hustenanfall unter. Als ich ihn verließ, strahlte das Zimmer im Sonnenlicht. Ich nahm seine Hände. Ihm kam ein Gedanke, und er stieß einen kurzen Lacher aus.

»Redders! Deine Hände sind so weich. Ich glaube dir nicht, daß du jemals weg gewesen bist. Du liegst nur im Bett und denkst dir alles aus.«

Das waren seine letzten Worte für mich. Und er hatte recht, dachte ich. Ich muß unbedingt Bunin lesen. Und ein Surfboard kaufen.

Aber das bringt's nun auch nicht mehr.

Ein lautes Rappeln unter dem Wellblechdach brachte mich wieder zu Bewußtsein. Widerstrebend machte ich mir klar, wo ich mich befand – und dann schrie draußen jemand. Irgend etwas knallte auf das Bett und streifte mich kratzig am Arm. Jesus! dachte ich, rutschte zur Seite und griff nach der Taschenlampe auf dem

Rucksack. *Sie haben einen Speer durch den Fensterladen geworfen!* Ich machte Licht.

Am Kopfende saß eine riesige, flauschige, weißbäuchige, graue Ratte und glotzte mich an, mit Augen, die so weit aufgerissen waren wie meine, mit geblähten Backen und aufgestellten Ohren, die wie Löffel geformt waren. Ihr Schwanz hatte eine weiße Spitze und war viel zu lang. Wir fixierten uns gegenseitig, beide mit hastigem Atem, das Brustfell der Ratte hob und senkte sich mit heftigen Pumpbewegungen, mein Herz zuckte wie ein ganzer Klumpen aufgescheuchter Maden in der Brust.

»Schon gut«, sagte ich zitternd. »Du bist eine Ratte.«

Die Ratte, angewidert von der Banalität dieser Feststellung, sprang gegen die Wand, versuchte Halt zu finden, rutschte ab und trippelte zur Tür hinaus.

»Sie ist so sauber«, sagte ich, dann: »Du mußt sie nachschlagen«, und darauf: »Du mußt mit diesen Selbstgesprächen aufhören.«

Ich holte meinen Haltenorth und Diller aus dem Rucksack; da saß sie, auf Abbildung 26, noch immer erschreckt, aber mit einer erhobenen Pfote wie ein Boxer: die Gambische Buschhamsterratte.

In Afrika hatten offensichtlich nicht nur die Saurier merkwürdige Gewohnheiten, auch die Ratten benahmen sich seltsam, selbst für Rattenverhältnisse. Die Gambische Buschhamsterratte zum Beispiel kotet mit Vorliebe im Handstand.

Ihr Lebensraum erstreckt sich Haltenorth und Diller zufolge von »Wald bis Trockensavanne, bis in Höhen von 3500 m, häufig in Siedlungen und Gebäuden«; ihre Behausung findet sich in »selbstgegrabenen oder vorgefundenen Erdhöhlen und in Termitenbauten, sie besteht aus zahlreichen Kammern und mehreren Ausgängen, vornehmlich aber nistet dieses Tier unter umgestürzten oder in hohlen Baumstämmen, in Felsspalten und Gebäuden usw. Die Wege zu den Futterplätzen markiert das Männchen mit Urin, es hinterläßt Kotpellets im Handstand und reibt das in die Höhe ragende Hinterteil an Gegenständen, um Duftmarken zu setzen.«

Meine Gambische Buschhamsterratte hatte sich offensichtlich bei ihrem Handstand auf dem Deckenbalken vertan, war mit dem Hintern gegen das Wellblech geknallt und kopfüber aufs Bett gepurzelt. Und die Backen waren vermutlich deshalb so aufgeblasen, weil sie schon vorhatte, »ihre Backentaschen zweckentfremdet zu nutzen und unverdauliche Gegenstände wie Nägel, Münzen, Kronenkorken, Kugelschreiber usw. zu sammeln und in einer unterirdischen Kammer zu horten.«

Ich hatte mich gerade davon abgebracht, die Kugelschreiber im Rucksack nachzuzählen, als ich wieder diese Schreie hörte, aus derselben Richtung, etwa hundert Meter entfernt – aus Vickys Hütte. Es war Vickys Frau, die ihre nächtlichen Erziehungsmaßnahmen über sich ergehen ließ. Da ich schon einmal dabei war, schlug ich das Zwerg-Buschbaby nach.

Es glotzte mich auf Abbildung 48 an, wo auch der Bärenmaki zu sehen war, der größer ist, schwerer, dickfelliger, mit kleineren Ohren und ohne Schwanz. Die Zeilen eines Gedichts von James Fenton, Reisegefährte meiner Borneotour, kamen mir in den Sinn:

> Es radeln die Capybaras auf den Zweirädern
> kreuz und quer über den schattigen Platz
> und schubsen die Angwantibos von den Dreirädern;
> die alte Ratz macht vor Schreck einen Satz.
> Voll Tücke stechen sie mit den Bleifedern,
> die Händler fliehn in rasender Hatz.
> Doch dann gehn sie auf 'nen Schluck in die Bar
> und saufen sich eins, als wär's gar nicht wahr.

Auf ihre Art lasen sich Teile der wissenschaftlichen Beschreibung des echten Bärenmakis genauso vergnüglich: »Der Penis ist mit einem Knochen ausgestattet, das Präputium ist nicht mit hornigen Stacheln, sondern mit Warzen versehen, das Skrotum ist bis zur hornigen Unterseite behaart. Die Klitoris ist lang und wurzelförmig verdickt, von der Gestalt einer Rübe; im Winkel der Vulva sitzt eine kleine hornige Verdickung, die eine Duftdrüse enthält.«

Der Angwantibo ist mit unseren Vorfahren verwandt; warum haben wir den Penisknochen verloren? Hatte Richard Dawkins damit recht, daß dies eine Folge sogenannter Ehrlichkeitssignale war, eine Antwort auf den Selektionsdruck der Weibchen, auf ihr Bemühen, den bestmöglichen Vater für ihren Nachwuchs zu finden? So wie der Seidenband-Paradiesvogel (zum Beispiel) seine absurd verlängerten Schwanzfedern wehen läßt (ein lästiges Hindernis im Vogelalltag), um den Girls (möglicherweise) zu demonstrieren, daß er nicht an Durchfall leidet und folglich frei von Parasiten ist, demonstriert vielleicht auch der Mann, der seinen Penis mit Blut aufpumpen kann, daß er gut in Form ist, keine Krankheiten hat und nichts allzu Böses im Schilde führt – einen Penisknochen hingegen kann jeder alte Zausel schwenken. Ich hielt das für eine geniale und zutiefst vergnügliche Idee, bis ich bei der Überlegung endete, wie unvorteilhaft es in dieser Gegend sein mußte, einen langen weißen Schwanz mit sich herumzuschleppen, wo der Maniok für rasante Verdauung sorgte und wo meine Ehrlichkeitssignale zweifellos nur eine einzige Botschaft signalisieren würden: die nackte Angst.

Schließlich wurde mir das alles zuviel, und ich schlief ein.

33

Als ich aufwachte, war es schon hell, und ich war mit kleinen roten Stichen übersät. Ich zählte die Francs für den Häuptling und den Vizepräsidenten ab, dann ging ich schwimmen, um das Ganzkörperjucken zu besänftigen. Bei meiner Rückkehr war Manou wieder da, er bewegte sich mit doppelter Energie, und seine Augen strahlten.

»Sie mag mich«, sagte er.

»Natürlich mag sie dich. Sie weiß, wie stark du bist, wie schnell du heute durch den Wald laufen wirst.«

»Ganz so war es nicht«, sagte Manou stolzgeschwellt. »Sie hat gesagt, sie liebt meinen Körper. Und meinen Hut.«

Nzé kam hinter seinem Vorhang vor; er stützte sich kurz am Tisch ab, als hätte er soeben einen Klaps auf den Hinterkopf bekommen. »Meine ist zu ihrer Mutter gegangen«, murmelte er und stopfte sich Foufou aus dem Gemeinschaftstopf in den Mund, mit der anderen Hand rieb er sich die dicken Augen. »Sie ist schlafen gegangen, ins Haus ihrer Mutter. Sie hat immerzu geschrien, Onkel. Jedesmal. Sie wollte, daß ich aufhöre. Sie sagte, ›Nzé, das war die beste Nacht meines Lebens‹, und ich sagte, ›Ja, du dicker fetter Wonneproppen, für mich auch. Das war das Beste, was ich je auf einer Schulbank gemacht habe.‹«

Marcellin, der wieder grimmig dreinschaute, kam mit Doubla, Vicky, den Brüdern Nicholas und Jean Poulain und dem Vizepräsidenten. »Was treibt ihr hier?« schrie er Manou und Nzé an. »Warum seid ihr noch nicht fertig? Warum steht das Gepäck nicht draußen? Der Häuptling wartet! Die Träger sind da!«

Wir stopften alles in die Rucksäcke und Beutel und reihten sie an der Hüttenwand auf. Vicky, Doubla und die Brüder waren barfuß, wie ich bemerkte. »Schuhe sind hier kostbar«, sagte Marcellin. »Keiner trägt Schuhe im Wald.«

Vicky hängte sich den kleinsten Rucksack über. »Doubla, ich schwöre dir, das ist der schwerste von allen«, sagte er. Er zog den rechten Zeigefinger über die Kehle, und schnipste, die Hand zur Seite schleudernd, mit den Fingern. Doubla grinste, zog Vicky den Rucksack herunter und schnallte ihm eine der großen Packtaschen über. Ich zahlte dem Vizepräsidenten das Geld aus und gab den Trägern die Hälfte ihres Lohns im voraus. Nzé nahm das Gewehr, schulterte es wie ein guter Milizionär, und so folgten wir dem Vizepräsidenten durchs Dorf bis zum Anwesen des Häuptlings.

Der Häuptling stand in zwangloser Aufmachung vor seiner Hütte, ohne rote Farbe und ohne Fetischbeutel, er trug eine verschlissene braune Baumwollhose und seine neuen Laufschuhe, in der rechten Hand einen Speer, zu seiner Linken stand der dienstbereite Sprecher. Vicky stellte uns in einer Reihe rechts vom Häuptling auf. Eine Kinderschar wurde von drei Kriegern vor der verfallenen Hütte am Rand des Anwesens in Schach gehalten; der Junge, der mir die Heuschrecke in die Nase gerammt hatte, drängte sich nach vorn und winkte mir zu. Ich winkte zurück. »Laß das!« zischte Marcellin.

Der Häuptling machte eine halbe Drehung zum Waldrand, der hinter ihm lag, stand mit senkrecht erhobenem Speer in Habachtstellung und rief in den Wald hinein. Vicky, Doubla und die zwei Brüder senkten die Köpfe. Der Häuptling hielt inne, legte die linke Hand hinters Ohr und lauschte mit offenem Mund. Ein Zwergbartvogel stieß einen Schrei aus, in der Stille war er so laut zu hören, als würde jemand tief im Wald mit dem Messer gegen eine Flasche klopfen. Der Häuptling, offenbar zufrieden mit dem, was er gehört hatte, nickte dem Sprecher entspannt zu. Der alte Mann senkte den Speer in meine Richtung, und ich, mittlerweile versiert in solchen Dingen, legte das Geld in seine aufgehaltene Hand. Er trat zurück auf seinen Standplatz, überreichte die Scheine dem Häuptling (der sie in die linke Hosentasche stopfte und in seiner Hütte verschwand) und führte uns mit bedächtigen Schritten zum Wald. Am Dach der Häuptlingshütte lehnte eine Reihe von Speeren, und jeder der Träger nahm im Vorbeigehen einen Speer in die rechte Hand und hielt ihn im Winkel von 45 Grad vor die Brust, so daß die Spitze links von ihm auf den Boden wies.

Gegenüber unserer Hütte, am anderen Ende des Sportplatzes, verstellte uns der alte Mann mit seinem Speer den Weg und sortierte unsere Reihenfolge nach seinem Belieben: Vicky ging voran mit mir im Gefolge, nach mir kam Marcellin, dann Doubla und die Brüder, darauf Manou und ganz am Ende Nzé.

»Nzé wird jetzt zwei Schüsse abgeben«, sagte der Alte.

»Das ist doch Unsinn«, platzte ich heraus, »reine Munitionsverschwendung!«

»Der Häuptling hat es genehmigt!« rief der Alte. »Er wird alles, was euch am See passiert, verfolgen und überwachen.« Er drehte den Speer sehr schnell in den Händen, so daß die Spitze in der Sonne blinkte. »Ihr müßt den Geistern nur sagen, daß ihr mit seinem Segen kommt. Ihr braucht seinen Schutz, mein Freund! Ihr braucht seine Hilfe nötiger als eure Patronen!«

Nzé schoß in die Luft, die afrikanischen Graupapageien kreischten und schimpften irgendwo rechts. Er lud durch und feuerte noch einmal. Wir waren unterwegs.

Zu unserer Rechten passierten wir eine struppige Maniokpflanzung, der Weg wand sich durch dickes Gebüsch und nachwachsenden Jungwald, dann kamen wir in den richtigen Wald. Es ging wieder voran, unter den vertrauten Bäumen entlang, weg von den ständigen Spannungen des Dorflebens: Immer, wenn wir in den Dschungel gingen, dachte ich, war das wie eine Flucht, während Marcellin das ganz anders empfand. In seinem Tagebuch, das ich heimlich las, wann immer sich die Gelegenheit bot, hatte er notiert und dick unterstrichen: *»Wenn wir in den Wald gehen, ist es so, als würden wir in den Krieg ziehen. Ob wir je zurückkommen, ist ungewiß.«*

Wovor hatte er solche Angst? Vor Leoparden? Krankheiten? Schlangen? Vor Unfällen? Oder war die Sache komplizierter? Verbarg sich vielleicht, so fragte ich mich, unter all der kubanisch-marxistischen Ausbildung, der französischen Pharmazie und Biologie von Montpellier noch ein Rest der alten Urängste? Teilte er wirklich noch den Glauben seines Großvaters an die Macht des Fetischs? War er deshalb so angespannt, auch ohne im Moment die Rache der Männer von Boha fürchten zu müssen? Einfach weil er glaubte, sich durch einen verwunschenen Wald zu bewegen, bedroht von Geistertieren, von Yombé? Oder war er gar von Zwangsvorstellungen beherrscht wie jener Sasabonsum, der die

Hauptrolle in Mary Kingsleys ›Westafrikanischen Studien‹ (1899) spielt: »Sehen Sie, wir haben diesem Geist vorzuwerfen, daß eine Seite von ihm Fäulnis und Verwesung ist, die andere Seite Leben und Gesundheit. Ob wir den nächsten Tag erleben, hängt einzig davon ab, an welche dieser beiden Seiten wir geraten. Da dies so ist und da die Pfade im afrikanischen Busch schmal sind, trägt dieser Geist dazu bei, daß Abendspaziergänge nicht sonderlich beliebt sind ...« Oder aber, dachte ich (und diese Möglichkeit fand ich nicht verlockend), Marcellin fürchtet, daß Doubla, Vicky und die Brüder den heimlichen Auftrag haben, uns im Dschungel zu ermorden.

Vicky bahnte uns den Weg, und ich folgte ihm, wobei ich mich zwingen mußte, nicht fortwährend auf den 40-Zentimeter-Dolch zu starren, den er in seiner hölzernen Scheide mit einem Bindfaden an der linken Hüfte befestigt hatte. In seinem zerrissenen Tarnanzug bewegte er sich mit Geschick, der schwere Rucksack wippte ihm auf dem Rücken. Da er in der rechten Hand die Machete trug, hielt er seinen 4-Meter-Speer in der linken, die Spitze dicht über dem Boden, und der Schaft zuckte wild hinter seinem Rücken, wenn er auf dem schmalen Pfad in den Lianen stocherte oder auf das Unterholz einhackte. Wenn ich ihm zu nahe kam, mußte ich fürchten, daß er mir in die Augen stach.

Ich zog die linke Wasserflasche aus der Gürtelhalterung, nahm einen Schluck und versuchte, genauso wie Vicky zu laufen: Mit kurzen, flinken Schritten tapste er auf seinen nackten Sohlen leichtfüßig voran.

Der Schweiß sickerte durch das Schweißband unter meinem Hut und lief mir über das Gesicht. In der schwülen Treibhausluft geriet ich in Trance.

In Afrika, fiel mir auf, konnte man nur dann allein sein, frei von brüllenden Mitmenschen, wenn man so durch den Wald lief oder wenn man nachts schlaflos auf der Plane lag – jeder, der sich absonderte, war in Gefahr, Einsamkeit führte in den Wahnsinn, ein einzelner war eine leichte Beute der schweifenden Geister, Freunde mußten immer beisammenbleiben und reden. Aber wenigstens theoretisch hat der Fetisch seine Vorteile, dachte ich wirr, den Blick auf den Weg geheftet, nämlich dann, wenn man versucht, den Animismus mit der eigenen Erfahrungswelt zu verbinden, und vielleicht ist das der Grund, weshalb das Christentum und der Islam im Inneren des Kongo so wenig Einfluß gewonnen haben. Das Christentum hat keine Antwort auf die einfachste aller Fragen: Wie kann ein Gott, der jeden liebt und alles geschaffen hat und alles vollbringt und überall zugleich ist, dein Kind sterben lassen? Und überhaupt: Ist es wirklich nötig, daß es 2000 verschiedene Hautkrankheiten gibt? Wenn man an den Fetisch glaubt, dann ja. Dann ist das Leiden nichts Besonderes, und daß die Kinder sterben, ist normal, denn die Götter, so wie sie beschaffen sind, lieben nur sich selbst. Und man kann nichts weiter tun, als sich vor ihnen in acht zu nehmen, ihnen Geschenke zu machen, sich freizukaufen und ihnen ansonsten aus dem Weg zu gehen. Sie kümmern sich nur um einen, wenn man mit seinen Opfergaben in Verzug gerät. Und dann kommen sie, wie zum Beispiel Tando, der hohe Gott der Aschanti, in Gestalt von Unwettern und Hungersnöten, um ganze Dörfer zu bestrafen. Oder, wenn mehr Präzision gefragt ist, suchen sie dich (Mary Kingsley zufolge, deren Bericht kein bißchen veraltet wirkte) in Gestalt eines kleinen Jungen heim, eines hilflosen Waisenkinds, das vor deiner Tür steht und weint. Und wenn es eingelassen und getröstet wird, bringt es die ganze Familie mit einer verheerenden Krankheit um.

Ich beschloß, auch diesen Gedankengang abzubrechen, und schaute mich um: Manche der kleinen Bäume hatten Stelzenwurzeln, es gab kaum noch Büsche und Bodenbewuchs, auch die breiten Gräser wuchsen spärlicher. Offenkundig näherten wir uns dem Sumpfwald.

Vicky blieb plötzlich stehen und lehnte den Speer an einen Schößling. Er setzte den Rucksack ab und bückte sich, um gelbe Früchte von der Größe kleiner Äpfel aufzulesen, die im Umkreis von zwanzig Metern verstreut lagen und die ich nicht gesehen hatte, weil mir der Schweiß den Blick verschleierte.

»Die Gorillas und Schimpansen essen sie gern«, sagte er und grinste mich an, daß seine weißen Zähne in dem breiten, braunen und verschwitzten Gesicht blitzten wie ein Leuchtsignal. »Koste mal!«

Mit der Machete köpfte er die Frucht wie ein Frühstücksei,

reichte sie mir und nahm sich eine neue; unter der faltigen Haut saß eine Schicht orangefarbenen Fruchtfleischs, die eine Kugel aus weißem Flaum umschloß. Vicky holte sich das Weiße heraus, entfernte einen Klumpen brauner Samenkörner, ich tat es ihm nach und hatte den Mund voller süßlicher Fäden.

»Mokélé-mbembé«, sagte Vicky aus unerfindlichem Grund und zwinkerte mit den Augen.

»Malombo«, sagte Marcellin, der uns gerade eingeholt hatte. Nun kamen auch die anderen, und alle machten sich über die Früchte her.

»Von jetzt an, Nzé, gehst du direkt hinter mir, mit dem Gewehr«, sagte Marcellin.

Malombo – mir fiel ein, daß Mackal dies als die Hauptnahrung von Mokélé-mbembé bezeichnet hatte, und ich erwartete schon fast, daß sich ein braunfaltiger Saurierkopf an einem langen Giraffenhals von hinten über meine Schulter schob und mir die Frucht aus der Hand fraß. (Hat er kalte Lippen? fragte ich mich, oder waren die Dinosaurier tatsächlich Warmblüter?). Zumindest aber wäre mit seinem gräßlich jodelnden Geheul zu rechnen, das uns alle in den Wahnsinn treiben würde. Doch statt dessen ertönte im selben Moment genau über uns das übliche Grunzen und Schnattern – das Alarmgeschrei von etwa zehn Weißnasen, nach dem Rascheln im Laub zu urteilen, und ein altes Männchen saß gut sichtbar über uns und fraß, wie es schien, die Malombofrüchte direkt vom Baum.

Doubla stürzte sich auf Nzé, um ihm das Gewehr zu entreißen, und zerrte am Kolben. Nzé hielt es mit beiden Händen am Lauf fest; die Weißnasen drehte sich gemächlich um, zeigte uns ihren enorm langen schwarzen Schwanz und verschwand mit einem Satz im Nachbarbaum.

»So ist es richtig, Nzé«, sagte Marcellin. »Immer schön das Gewehr festhalten.«

»Aber er schielt doch!« sagte Doubla wütend. »Das sieht doch jeder! Der trifft doch nicht mal, wenn man den Affen an den Pfosten bindet!«

»Wart's nur ab«, sagte Marcellin, aber er klang nicht sehr überzeugend.

Der Wald wurde feuchter, die Stelzenwurzeln nahmen zu, und wir hörten die Weißnasen noch öfter, aber die Männer aus Boha unterhielten sich schreiend auf Bomitaba, und Nzé erzählte in der Sprache Lingala brüllend seine Geschichten aus Dongou für Marcellin und Manou (der lieber seine Kräfte sparte und schwieg). Und so bekamen wir kaum etwas zu sehen außer gelegentlichen graufasrigen Gorillaexkrementen am Wegrand, vorzugsweise dann, wenn es gerade durch ein Ingwerdickicht oder durch eine Kolonie von Riesenphrynium ging. Wir blieben stehen, um eine frische, rattenschißförmige Kotschnur zu untersuchen, die, wie Doubla behauptete, von einer Schleichkatze stammte. Also holte ich Haltenorths und Dillers ›Säugetiere Afrikas‹ aus Vickys Rucksack und ließ Doubla aus den schnuppernden Schnauzen, Fellzeichnungen und pelzigen Schwänzen von 27 Schleichkatzensorten auf den Tafeln 33 bis 37 die Sorte heraussuchen, die er meinte: die Sumpfmanguste. Offensichtlich war das ein sehr empfindsames Tier (»Stimme: schnurrt bei Wohlgefühl, knurrt, schnaubt und spuckt bei Gefahr oder bei Reizung, in der Erregung ein abgehacktes, ansteigendes Bellen, in der Wut sträubt sich das Fell«), aber Einzelheiten über Vermehrung und Lebensweise waren nicht bekannt. Und wenn man von dem fehlenden gelben Ohrensaum absah, glich sie der Langnasenmanguste aufs Haar, die ebenfalls im nördlichen Sumpfwald des Kongo gesehen worden war – eine Manguste, deren »Zitzenzahl, Drüsen und Penisknochen« noch immer unbekannt waren und von der »bis jetzt lediglich 30 Exemplare berichtet wurden ... Habitat: ausschließlich der Regenwald. Über die Lebensweise ist nichts bekannt.«

»Warum war es denn nicht diese?« fragte ich aufgeregt. »Sieh mal: *nur 30 Exemplare berichtet!*«

»Warum nicht?« sagte Doubla und zuckte die Schultern. »Wenn es dir lieber ist?«

»Aber Redmond!« sagte Marcellin streng. »Ich bin Wissenschaftler, und ich sage dir, das ist ganz unwahrscheinlich. *Was wir hier haben, ist nichts weiter als ein Häufchen Scheiße!*«

Na gut, wollte ich sagen, als ich das Buch wieder im Rucksack verstaute und wir uns in Gang setzten – was deinen Mokélémbembé betrifft, haben wir nicht einmal dieses eine Stückchen

Scheiße, oder? Und da wir gerade dabei sind: Ich möchte wetten, daß ein satter Haufen Saurierscheiße eine wahre Augenweide für uns wäre – ich wäre sogar zufrieden mit einem Kotklümpchen, das ihm am Arsch baumelt, oder einem garantiert echten Saurierpopel. Oder einem abgeschnittenen Fußnagel, vielleicht auch einer weggeschmissenen Zigarettenkippe, wenn das nicht zuviel verlangt ist.

Beim Gedanken an die vielen Weißnasen stieß mir auf, daß Mokélé-mbembé es in den vergangenen 67 Millionen Jahren verdammt schwer gehabt haben mußte.

Bei Mackal konnte man lesen: »Eine der aufregendsten Tatsachen über Afrika ist, daß mindestens seit dem Ende der Kreidezeit vor 65 Millionen Jahren im Kongobecken keine größeren klimatischen oder geophysikalischen Veränderungen mehr stattgefunden haben ... Die Arten entwickeln sich und überleben, weil sie sich an die Veränderungen ihres Lebensraums anpassen. Wenn aber die Lebensbedingungen über lange Zeiträume hinweg unverändert und stabil bleiben, ergibt sich im Umkehrschluß, daß einige gutangepaßte Arten überleben und sogar florieren können, ohne ihre Physis oder ihr Verhalten wesentlich zu ändern. Das finden wir im zentralwestafrikanischen Sumpfwald bestätigt, wo zum Beispiel Krokodile über 65 Millionen Jahre hinweg unverändert geblieben sind. Niemand weiß, wie viele weitere archaische Wesen sich in dieser riesigen, scheinbar unveränderten, alterslosen und weithin unerforschten Urwaldregion verbergen.«

Aber die Chromosomenanalyse der Meerkatzen hat ergeben, daß sie erst in jüngerer Zeit in verschiedene Arten zerfallen sind, und zwar während der letzten großen Eiszeit, die ihren Höhepunkt vor etwa 18 000 Jahren erreichte. Auch Afrika war von Kälte und Trockenheit betroffen, die großen Urwälder schrumpften bis auf ein paar Restgebiete in den Küstenregionen am Äquator, um den Kamerunberg im fernen Westen und die Ruwenzori-Kette im fernen Osten Afrikas. Die Vorfahren der heutigen Meerkatzen zogen sich mit den Wäldern in die verschiedenen Richtungen zurück, wurden aufgespalten und isoliert – lange genug, um sich in etwa 27 Arten auseinanderzuentwickeln (mit weißen, gelben, roten oder blauen Nasen, mit langen schwarzen Schnurrbärten, weißen Vollbärten, Ziegenbärten, orangefarbenen Ohrpuscheln, gelben oder grünen Backenbärten und bunt wie das Federkleid der Vögel). Als es wieder regnete und sich die Wälder erneut ausbreiteten, trafen die Meerkatzenarten aufeinander, nun mit etwas unterschiedlichen Gesichtsmarkierungen, Ernährungsgewohnheiten und Körpermaßen ausgestattet, so daß man in manchen Gegenden an guten Tagen durchaus auf sechs verschiedene Arten treffen kann, die sich alle im selben Baum verköstigen.

Auch andere Waldtiere haben sich in dieser Weise auseinanderentwickelt – innerhalb von zehn Millionen Jahren dürfte die Vegetation des Kongobeckens an die zwanzigmal zwischen Regenwald und Savanne gewechselt haben. Aber die großen Flüsse, gespeist aus dem Regenwasser der Gebirgsränder, versiegten nicht, auch dann nicht, als sie, arg reduziert, durch den Sand der Kalahari-Wüste flossen, die sich nach Norden ausgedehnt hatte und hier am Äquator mit der von Norden kommenden Sahara verschmolz.

Auch der große Sumpfwald war immer dort geblieben, wo er jetzt war. Und tatsächlich, wenn wir es mal von der anderen Seite betrachten, aus der Perspektive des Mokélé-mbembé, dachte ich mit neuer Erregung (ich nahm einen schlafwandlerischen Schluck aus der Wasserflasche und rannte fast in Vickys Speer), dann gewinnt Mackals Darstellung entschieden an Überzeugungskraft. Die Sauropoden haben sich vor 225 Millionen Jahren entwickelt – und in den nachfolgenden Jahrmillionen dürften die Vorfahren von Mokélé-mbembé beim Malombo-Frühstück (ohne Malombos natürlich, denn die hatten sich noch nicht entwickelt) so manche häßliche Überraschung erlebt haben, wenn sie das eine oder andere Mal vom Meer überflutet wurden. Aber wir können uns wunderbar ausmalen, wie sie in der späten Kreidezeit, vor, sagen wir, 72 Millionen Jahren, ihre Loch-Ness-Hälse und Rückenbuckel aus dem Wasser streckten, umgeben von wiedererkennbaren Pflanzen – Eichen, Hickorys, Magnolien oder, was am Lac Télé wahrscheinlich war, Mammutbäumen und Spießtannen – und wiedererkennbaren Vögeln: Möwen, Enten, Watvögeln und Reihern. Es gab Schlangen, Frösche, Salamander, natürlich wimmelte es von Krokodilen, und auch sonst ging es nicht sehr gemütlich zu: Die Möwen, Enten, Watvögel und Reiher dürften sich so manches Mal ins Federkleid gemacht haben, wenn der Quetzalcoatlus vorüberflog, ein Flugsaurier mit der Flügelspannweite einer Spitfire.

Aber für Mokélé-mbembé verlief das Leben friedlich bis vor etwa sechs Millionen Jahren, als sich die Ränder des Kongobeckens hoben und der Kongo-Fluß zu einem gewaltigen See anschwoll, zu einem See, der fünf Millionen Jahre lang an seine Ufer schwappte (und die blendendweißen Sandstrände produzierte), bis sich der Strom unterhalb des heutigen Malebo-Sees durch das Küstengebirge gesägt hatte und seine Wasser über 32 Katarakte ins Meer ergoß. Die Überbleibsel dieses gewaltigen Sees waren noch immer gegenwärtig: der Sumpfwald am Zusammenfluß von Oubangui und Kongo, die flachen Seen Tumba und Mai Ndombe südlich davon und vielleicht auch Lac Télé, nur einen Tagesmarsch von uns entfernt.

Ich hab einfach Pech, dachte ich gelinde enttäuscht (und verlor auch sofort meine innere Glut, ich merkte, daß ich müde und schweißdurchtränkt war und daß sich die Tsetsefliegengeschwüre an den Füßen und Knöcheln wieder entzündeten), ich hab einfach Pech und bin ein bißchen zu spät gekommen, nur 67 Millionen Jahre zu spät. Wirklich schade, daß ich den großen Blitz verpaßt habe, als ein Felsbrocken von zehn Kilometern Durchmesser in den Pazifik krachte und die Erde mit seinem außerirdischen, iridiumhaltigen Staub überdeckte, Wasserdampf und Gesteinspartikel in die Atmosphäre jagte, monatelang die Sonne verdunkelte, die Erde im Eis erstarren ließ und sie dann gräßlich aufheizte (die Partikel sanken zu Boden, aber der Dampf erzeugte einen Treibhauseffekt), worauf die Pterosaurier und die Dinosaurier, unter ihnen auch Mokélé-mbembés Urahnen, das Zeitliche segneten (vermutlich starben sie am Hitzschlag).

Trotzdem, so munterte ich mich auf, im Vergleich mit den großen Aussterbewellen war das Verschwinden der Dinosaurier nicht die schlimmste der kosmischen Katastrophen. Damals wurden nur alle Landtiere, die mehr als 25 Kilo wogen, ausgelöscht, von den Meerestieren wurden nur einige Hauptgruppen, wie die Ammoniten, mit gnadenloser Gründlichkeit ausradiert, und das Leben in den Oberflächenschichten der Ozeane war lediglich für 10 000 Jahre zum Erliegen gekommen. Auf der Aussterbeskala von

Raup und Sepkoski (eine Prozent-Darstellung des Aussterbens von Meerestierarten auf der Grundlage von 3800 fossilen Arten) macht das Ende der Saurier ganze elf Prozent aus. Diese Zahl ist kaum beeindruckend, wenn man sie mit den Zerstörungen vergleicht, die ein anderer vom lieben Gott geworfener Ziegelstein vor 245 Millionen Jahren am Ende des Perms anrichtete, als 96 Prozent aller Meerestierarten ausgelöscht wurden.

Über uns rauschten Flügel, die einem Quetzalcoatlus hätten gehören können, es folgte ein Schrei wie von einem Dinosaurier – und ein Pärchen Hornraben holte mich in die Gegenwart zurück. Sie waren so groß wie Kormorane und gänzlich schwarz bis auf einen weißen Tupfer am Schwanz; sie landeten auf einem Ast hoch oben rechts, schwenkten ihre gewaltigen Schnäbel und beäugten uns. Durch die Brille sah ich dunkelblaue Kehllappen, die sich auf und ab bewegten wie ganze Bündel von Adamsäpfeln, der gewaltige Hornbuckel hatte sich wie eine Molluske auf dem oberen Schnabel festgesetzt.

»Buschschweine!« rief Vicky und beugte sich über Wildspuren auf dem Weg. »Viele! Mit Babys!« Er rieb sich den Bauch. »Buschschweine schmecken am besten. Noch besser als Gorillas.«

Mir kamen die Abdrücke verdächtig groß vor. Vielleicht stammten sie nicht vom roten Flußschwein (mit rötlichbrauner Decke, weißer Rückenmähne und weißen Pinseln an den Ohren), sondern vom Riesenwaldschwein, das bei weitem nicht so exotisch aussieht, ganz schwarz ist, aber beinahe doppelt so groß. Das Riesenwaldschwein wurde erst 1904 beschrieben, drei Jahre nach dem Okapi (und auf ganz ähnliche Art: Colonel Richard Meinertzhagen erhielt ein paar Hautstücke und einen Schädel in Ostafrika und sandte alles an die Zoologische Gesellschaft in London). Aber nein, entschied ich, Mokélé-mbembé schlägt mir aufs Gemüt, alles in diesem Wald kommt mir schon verwunschen und seltsam vor. Wenn das so weitergeht, werde ich Yombé bald ins Auge blinzeln. Ich muß endlich aufhören, in diese Träumereien abzugleiten …

»Die Spuren sind von gestern«, sagte Doubla, der mit Marcellin eintraf und den aufgewühlten Matsch inspizierte. »Es hat keinen Sinn, Buschschweine zu jagen, wenn Nzé den ganzen Tag plappert wie ein Waschweib. Das sieht doch jeder, daß der kein Jäger ist. Der trifft ja nicht mal seine angepflockte Ziege.« Er zog mir die rechte Wasserflasche aus dem Gürtel, schraubte die Kappe ab, nahm einen gewaltigen Zug, schraubte die Kappe mit einer bösartigen Drehung des Handgelenks wieder zu, steckte die Flasche zurück, wischte sich den Mund mit dem Handrücken ab und rotzte mit entsetzlicher Wucht und Zielsicherheit auf Marcellins linken Stiefel. »Marcellin Agnagna«, sagte er, »ich warne dich. Wenn du mir das Gewehr nicht gibst, kriegst du Ärger – die Männer von Boha haben keine Lust zu hungern.«

Drei Stunden später schlugen wir unser Lager auf einer winzigen Lichtung am Wegrand auf, neben dem schwarzen Brandfleck eines alten Lagerfeuers, in dessen Asche es perlmuttern schimmerte: die Innenseiten der Schuppen eines Waldkrokodils. Hunderte Bienen und vier Arten von Schmetterlingen suchten am Rand der Feuerstelle nach Nahrung, die Schmetterlinge klappten mit den Flügeln, flatterten umher und schubsten sich gegenseitig: Es waren kupferfarbene Schwalbenschwänze, deren schwarze Flügel grünschillernd aufleuchteten. Eine kleinere Sorte, vielleicht Acraea-Schwalbenschwänze, waren braun und hatten scharlachrote Tupfen, und ein sehr großer Schmetterling, schwarzbraun mit gelben Streifen und Punkten, möglicherweise ein Nymphalid, war so eifrig damit befaßt, die Schlammbrühe mit dem Krokodilsaft aufzusaugen, daß ich die geschlossenen Flügel zwischen Daumen und Zeigefinger nehmen konnte. Sein Bauch war unnatürlich gebläht, und er flog im tiefen Zickzack davon, verschwand im Schatten und tauchte wieder auf, wenn die Sonne ihn beleuchtete, bis er sich zwischen den Baumstämmen verlor.

Vicky, Doubla und die Brüder schnitten Pfosten und Querstreben aus Schößlingen und bauten aus unseren Planen ein Schutzdach am Rand der Lichtung, ich schlug mit Marcellin am entgegengesetzten Rand die Zelte auf, Nzé zerhackte einen morschen Stamm mit der Machete, Manou legte die Scheite für das Feuer zurecht – und die Bienen, die sich bisher an der Feuerstelle verköstigt hatten, verlagerten ihre Aufmerksamkeit nun auf uns.

Doubla und Vicky spitzten zwei Pfosten zu, vergrößerten eine

Schlammkuhle zum Wasserloch und füllten die Wasserflaschen und Nzés Kochtopf. Es wurde dunkel, die Bienen verschwanden, und der Baumstamm neben meinem Zelt wurde von grünen Pünktchen erleuchtet – eine ganze Gesellschaft weiblicher Glühwürmchen, die ihren großäugigen, nachtschwärmerischen Gatten heimleuchteten.

Nzé klatschte uns säuerlichen Maniokbrei und zwei Sardinen pro Mann in die Näpfe, und wir suchten uns einen Platz auf den Baumwurzeln im Umkreis des Feuers. »Nicholas! Jean!« rief er mit seinem schiefen Grinsen. »Eure Mädchen in Boha hatten noch nie so einen Liebhaber! So was kannten sie gar nicht! Das haben sie mir gesagt! Seht mal, was sie mir gegeben haben!« Er griff in den Proviantsack und holte eine kleine Kürbisflasche mit Palmwein heraus, die mit Blättern verstopft war. »Selbst du, Doubla, kannst was abkriegen, aber nur, wenn du Nzé behandelst wie den Häuptling von Boha.«

»Den Teufel werde ich tun«, sagte Doubla müde.

»Ein bißchen munter, bitte«, sagte Nzé und goß uns Palmwein in die Becher. »Nehmen wir einen letzten Drink, denn in ein oder zwei Tagen, wenn wir an den Lac Télé kommen, ist alles möglich. Ich kann euch sagen, was ich tue: Ich werde einen Mokélé-mbembé erlegen. Oder vielleicht« (er machte eine Pause und neigte den Kopf zur Seite, als müßte er gründlich nachdenken) »sogar mehr als einen. Und dann ist Nzé der Held von Dongou!«

»Hör auf damit«, sagte Manou leise. »Solche Scherze macht man nicht. Davon hast du keine Ahnung.«

»Klar habe ich die!« rief Nzé. »Außerdem kann ich euch zum Lachen bringen, wann immer ich will. Ich hab die Macht dazu – und ihr könnt nichts dagegen tun.«

Er stellte den Becher hin, stand auf und drehte sich mit schwungvoller Gebärde zu mir um. Er fixierte mich mit dem rechten Auge und machte seine hängenden Schultern breit. »Ich werde jetzt Redmond das Sprechen beibringen«, sagte er. »Ich bringe ihm Lingala bei, damit er sprechen lernt wie ein Mensch.« Er beugte sich vor und fuchtelte mir mit dem Zeigefinger vor der Nase herum, als wäre ich ein Schüler. »ICH WILL ESSEN!« schrie er. »MAKATA-ELLOKO-MOLOMOU!«

»Makata«, wiederholte ich pflichtschuldig, »elloko-molomou.«

Alles brüllte vor Lachen, selbst Doubla lachte, es war ein Bellen von erschreckender Kraft. Vicky schlug sich auf den Schenkel, verschüttete seinen Wein und stampfte mit den Füßen im Matsch.

»Nzé, das reicht«, sagte Marcellin. »Wenn er das nun im Dorf sagt? Was sollen dann die Leute von mir denken?«

»Sie werden denken, daß er nicht ganz richtig im Kopf ist«, sagte Nzé mit einem idiotischen Zwinkern in meine Richtung. »Und sie haben recht damit.«

»Redmond«, sagte Marcellin, »wenn du wirklich Lingala lernen willst, dann halte dich an mich. Mir kannst du vertrauen. ›Ich will essen‹ heißt *Na liki ko liya biliya. Makata elloko molomou* jedoch« (er fing an zu brüllen) »sagt Nzé immer zu den Mädchen im Dorf. Es heißt: ›Mein Schwanz ist wunderschön.‹«

Ich streckte mich wohlig auf der Plane aus, geborgen im Schutz des kleinen Zelts, ich drehte meine strapazierten Füße hin und her, wackelte mit den entzündeten Zehen, spannte die schmerzenden Wadenmuskeln und schätzte, daß ich mindestens zwanzig Kilo abgenommen haben mußte und so fit war wie nie zuvor in meinem ganzen Leben. Ich wunderte mich, warum ich so fröhlich war, und schob mich ein wenig zurecht, um den Wurzeln unter der rechten Schulter auszuweichen, und bekam unverzüglich zwei Stiche in den Rücken, die sich anfühlten, als hätte ich zwei Spritzen mit kochendem Wasser bekommen.

Ich verfluchte mich dafür, daß ich die allabendliche Suche nach Insekten vergessen hatte, knipste die Taschenlampe an, setzte die Brille auf und zerquetschte mit Haltenorths und Dillers ›Säugetieren Afrikas‹ zwei Bienen auf der Plane. Eine weitere erwischte ich, als sie gerade über meinen durchgeschwitzten Rucksack krabbelte, dann noch drei, die betäubt auf meinen Socken im linken Stiefel hockten. Ich zog das Hemd aus und verrenkte mir den Arm hinterm Rücken beim Versuch, die Stacheln mit der Pinzette des Schweizermessers zu erwischen. Ich rieb Anthisan auf die Schwellungen, wickelte einen frischen Verband um das große Geschwür am rechten Fuß, das sich auf dem Tagesmarsch wieder geöffnet hatte, und wartete vergeblich, daß der brennende Schmerz im

Rücken nachließ. Ich schnipste die toten Bienen vom Haltenorth und Diller und schlug das Riesenwaldschwein nach.

Wenn du eins hörst, wirst du es erkennen, dachte ich, denn abgesehen davon, daß sie grunzen wie jedes wohlerzogene Schwein, können sie auch brüllen, daß du denkst, es wäre ein Leopard, außerdem beherrschen sie ein schrilles Meckern, daß du glaubst, es wäre eine Waldantilope; und der sehr laute Schlachtruf des Ebers schwillt zu einem volltönenden Trompeten an, daß du annimmst, es wäre ein Waldelefant – und dieses Trompeten endet in einem röhrenden Grunzer, daß dir kein Zweifel mehr bleibt: Es kann sich nur um einen hirngeschädigten Löwen handeln, der sich im Dschungel verlaufen hat. Aber dann dürfte schon alles zu spät sein, denn angreifende Riesenwaldeber geraten in eine solche Raserei, daß »ihre Augenwinkel schäumen«, und nicht einmal ein Leopard hat die Nerven, sich in ihre Nähe zu wagen.

Ein sanfter, aber beharrlicher Regen trommelte auf das Zeltdach. Ich schonte die kostbaren Batterien, legte mich auf die Seite, schob mir zwei halbverweste T-Shirts unter den Hüftknochen, legte mir eine zusammengerollte Hose als Kissen zurecht und dachte, halb wach, halb träumend, über Darwins Cousin Francis Galton nach, den Wegbereiter der Genetik und der Statistik, den Entdecker der Hochdruckzonen und des Fingerabdrucks, den Vorwegnehmer des freudschen Unbewußten. Nach einer von ihm erfundenen Methode, dem Assoziationstest, schrieb er 100 Wörter, die mit A begannen, aus dem Wörterbuch auf separate Zettelchen und deckte sie mit einem Buch ab. Dann zog er einen Zettel und maß sich mit der Stoppuhr vier Sekunden Zeit zu, um so viele Einfälle wie möglich zu produzieren. Er empfand dies als eine überraschend mühevolle und abstoßende Tätigkeit, und als er die Resultate 1879 in der Fachzeitschrift ›Brain‹ veröffentlichte, begründete er seine Zurückhaltung im Detail damit, daß es sich um Vorstellungen handele, die ein Gentleman unmöglich offenbaren könne, denn sie »legen die Fundamente des menschlichen Denkens mit einer seltenen Deutlichkeit bloß und offenbaren die seelische Anatomie mit einer solchen Direktheit und Wahrhaftigkeit, daß man wenig Neigung zeigen wird, dies der Öffentlichkeit kundzutun.« Er befand, daß der vielleicht »stärkste Eindruck aus diesen Experimenten von der Vielschichtigkeit der seelischen Arbeit im halbbewußten Zustand herrührt und von dem gültigen Material, das sie für die Annahme noch tieferer Schichten der Seelentätigkeit liefern, die gänzlich unterhalb der Bewußtseinsschwelle liegen und für seelische Phänomene verantwortlich sind, die sich anders nicht erklären lassen.« Das war reichlich zehn Jahre, bevor Freud die Methode der freien Assoziation anwandte, um seine Version des Unbewußten zu entdecken oder zu erschaffen. (Freud war Abonnent von ›Brain‹ und bezog sich auf Arbeiten des Neurologen Hughling Jackson im Januar- und im Oktoberheft von 1879, aber Galtons Artikel hat er möglicherweise übersehen. Gewiß ist nur, daß er dessen Vorleistung nie gewürdigt hat.)

Aber was mich vor dem Einschlafen am meisten beschäftigte, war ein anderes, nur scheinbar triviales Galton-Experiment: Ihn faszinierte das Phänomen des sogenannten Götzendienstes, und er beschloß, seiner Wirkungsweise auf den Grund zu gehen. Also machte er sich auf die Suche nach einem möglichst beliebigen Götzensymbol und verfiel auf das Witzblatt ›Punch‹. Er nagelte ein Titelblatt an die Wand seines Arbeitszimmers und zwang sich zu einer allmorgendlichen Andacht vor dem Bild, bei der er seine Ängste und Hoffnungen herausstammelte, bis das Experiment so gut funktionierte, daß er es abbrechen mußte. Jedesmal, wenn er seinen Club betrat und das Witzblatt auf dem Zeitungstisch liegen sah, bekam er einen trockenen Mund und einen Schweißausbruch, und seine Knie begannen zu zittern. Hier im Dschungel, dachte ich, hat diese Macht des ›Punch‹ überhaupt nichts Geheimnisvolles an sich.

Um den Bienen zu entgehen, brachen wir das Lager um halb fünf ab und machten uns im Morgengrauen auf den Weg. Der Regen hatte aufgehört, aber die Wolken hingen in den Bäumen, und es wurde nicht richtig Tag. Wir hörten wenig außer dem gelegentlichen Schnattergrunzen der Mangaben, und stündlich raste ein Schnellzug über uns hinweg – ein brausender Bienenschwarm, der es offenbar sehr eilig hatte. Dazu kamen die vertrauten Hintergrundlaute des Dschungels: das langgezogene, kummervolle Hu-hu-hu aus manchmal fünfzehn oder mehr gleich langen Tönen, denen ein leises Echo folgte, als kämen sie von weit her – ein Geisterschrei, hinter dem sich, wie ich entschieden hatte, nichts anderes verbarg als der Ruf der Silberschuppentaube, einer großen Taubenart, die in den höchsten Baumwipfeln nistet; und die gleichen Rufe, ähnlich laut, aber in fallender Folge, eine Art spektrales Lachen, das hoch und abgehackt ansetzte und immer tiefer und langsamer wurde, schrieb ich dem Rotschnabel-Toko zu (der seinen Wald gern feucht und sumpfig hat); zu guter Letzt folgte etwas, was ich ohne Ausflüchte einem Geist unserer Ahnen zuschreiben mußte, da ich schließlich nicht alles auf die Vögel schieben konnte: ein Geräusch, das klang wie der Ruf eines ruhiggestellten Ziegenmelkers.

Gegen Mittag erreichten wir eine kleine Lichtung, die mit der Machete freigeschlagen worden war. Alle blieben stehen und warfen das Gepäck ab.

»Was hat das zu bedeuten?« fragte ich.

»Nichts«, sagte Marcellin. »Nur ein Stück Aberglaube. Du bleibst hier bei uns.«

Doubla stieß seinen Speer senkrecht in den weichen Boden, die Männer aus Boha reihten sich zum Gänsemarsch und schlugen einen Pfad ein, der zur Rechten weiterführte. Ich lief hinterher.

»Zurück!« brüllte Marcellin. »Das ist verboten. Du darfst nicht am Speer vorbei!«

Ich blieb dicht hinter Nicholas, und wir liefen schnell den Pfad entlang, der sauber und gerade in das Dickicht des Sekundärwaldes geschnitten war. Nach 500 Metern etwa gelangten wir zu einer weiteren freien Stelle unter einem Safoubaum; es war der Platz eines ehemaligen Dorfes.

Vicky, Doubla und die Brüder stellten sich im Halbkreis um den Baum und senkten die Köpfe. Ich stellte mich neben Vicky, nahm den Hut ab und tat es ihnen nach, die Hände hielt ich auf dem Rücken.

Vicky nahm Habachtstellung ein, den Speer hielt er mit beiden Händen senkrecht vor sich, dann rief er etwas in den Wald, zwischen die Schirmbäume, als würde er sich mit seinen Nachbarn ein paar Hütten weiter unterhalten. Ab und zu machte er eine Pause, um zu hören, was die Toten ihm zu sagen hatten.

Eine dünne Ameisenstraße mit dunkelroten Ameisen führte, wie ich nun bemerkte, aus den wachsartigen Waldgräsern heraus zu meinem linken Stiefel, überquerte die kahle Lichtung in gerader Linie und verschwand in den Gräsern auf der anderen Seite.

Vicky nahm mich beim Arm. »Wir können gehen«, sagte er mit einem echten Lächeln. »Es ist gut, daß du mitgekommen bist. Wir freuen uns darüber.«

»Was hast du ihnen gesagt?«

»Ich hab ihnen gesagt, daß wir mit einem weißen Mann zum Lac Télé gehen wollen, und habe um Nahrung gebeten und um Schutz davor, daß wir etwas Bestimmtes zu sehen bekommen.«

»Mokélé-mbembé?«

Vicky lachte.

»Nein«, sagte Doubla und hieb in die Luft, um die Frage abzuschneiden. »Du kannst dir einen Schimpansen oder einen Gorilla darunter vorstellen, aber es ist gefährlicher. Wir wollen keine Namen nennen.«

»War das euer altes Dorf?«

»Der Vater meines Vaters hat hier gespielt«, sagte Vicky. »Er hat hier mit seinen Brüdern und Schwestern gespielt. Hier ist er aufgewachsen und zum Mann geworden. Er war ein großer Häuptling.«

»Warum seid ihr an den Fluß gezogen?«

»Sie haben Angst bekommen. Sie hatten Angst vor den seltsamen Dingen in diesem Wald.« Er zerquetschte ein Moskito auf dem Arm. »Es gibt komische Geräusche in diesem Wald.«

»Keine Fragen mehr«, sagte Doubla. »Es reicht. Wir dürfen sie nicht länger stören.«

Marcellin saß (breitbeinig, übellaunig, die Hände auf den Knien) auf der Wurzel eines Urwaldriesen, die so dick war wie ein mittlerer Baum, zur Hälfte aus dem Boden ragte und in etwa acht Meter Entfernung im toten Laub verschwand. Mindestens vier verschiedene Lianenarten, die einen vereinzelt und dick wie Taue, die anderen dünn und ineinander gekringelt, hingen hinter ihm herab und schlängelten sich auf dem Waldboden weiter.

»Redmond!« brüllte er auf englisch, als wir uns näherten. »Ich hab nachgedacht. Wenn wir jemals lebend hier rauskommen – wenn der Häuptling von Boha uns tatsächlich verziehen hat –, dann bist du tief in meiner Schuld.«

Er schaukelte mit den Beinen und schlug mit den Absätzen gegen die Wurzel, auf der er saß. Bei jedem Tritt flogen kleine Fetzen grauer Flechte von der Wurzelrinde weg. »Das ist die längste Expedition, die ich jemals gemacht habe.« (Klack!) »Vor dieser habe ich schon acht andere Expeditionen geführt.« (Klack!) »Ich habe die Population der Waldelefanten dieses Landes erforscht. In England und Amerika bin ich bekannt für meine Arbeit über Mokélé-mbembé. Ich bin Wissenschaftler, ich gehöre nicht hierher. Ich will nicht noch mehr Zeit im Kongo verlieren. Welche Zukunft habe ich hier? Und was wird aus meiner Tochter? Wie soll sie hier eine Schulbildung bekommen? Hä? Du, Redmond, mußt deine Schuld ableisten. Du mußt mir eine Anstellung in Oxford beschaffen. Ich will ein Oxford-Professor werden.«

»Aber so funktioniert das nicht«, sagte ich bestürzt. Plötzlich hatte ich Mitleid mit ihm; vielleicht war *das* Marcellins geheime Leidenschaft, der Traum, der ihn vorwärtstrieb. »Ich habe keinen Einfluß in Oxford«, sagte ich. »Nicht den geringsten. Und selbst wenn, wäre es nicht so einfach, wie du denkst. Die Jobs sind knapp in England. Es gibt zwei Millionen Arbeitslose.«

»Ich glaube dir nicht. Ich glaube dir kein Wort, Redmond. Du sagst das nur so – du sagst das nur, weil ich ein Schwarzer bin. Ich verstehe, mein Freund. Zwei Millionen! Das sind mehr Leute als die gesamte Bevölkerung des Kongo. Ich glaube dir kein Wort!«

Er hörte auf, mit den Absätzen gegen die Wurzel zu treten, und blickte durch mich hindurch auf irgendeinen Punkt im Waldesdunkel. Er sah verzagt aus und trauriger, als ich ihn je erlebt hatte; seine Schultern schienen einzusinken, und die Hände hingen ihm schlaff im Schoß. »Du könntest es doch wenigstens versuchen«, sagte er mit einer Stimme, die so dünn war wie ein Flüstern.

»Vielleicht ein Stipendium«, sagte ich unschlüssig. »Das könntest du wahrscheinlich bekommen. Du könntest deine Dissertation abschließen.«

Marcellin starrte auf seine Stiefel »Ich bin kein Student!« brüllte er, sprang auf und zog die Machete. (Ich machte unwillkürlich einen Satz rückwärts und kam mir sofort albern vor.) Mit einem Machetenhieb schlitzte er eine dicke Lianenschlinge an, die über seinem Kopf hing. Nach einem anfänglichen Sturzbach floß das Wasser in einem fingerdicken Strahl aus der Liane. Er zog die Liane herunter, hielt den Mund unter den Strahl und trank. Nach ihm kam Doubla, der ebenfalls trank und sich das Wasser ins Gesicht und in den Nacken spritzte, dann folgten wir anderen. »Siehst du«, sagte Marcellin sanft, »ich weiß auch ein paar Sachen. Ich weiß, von welchen Lianen man trinken kann und welche dich umbringen.«

Vicky rammte den Speer in den Boden (um hinter uns den Weg zu sperren? Um den Ahnen zu sagen, daß wir lebend zurückkehren wollten?), und wir machten uns wieder auf den Weg. Marcellin übernahm die Führung. Wie der giftige Biß einer kleinen Schlange breitete sich die Scham in mir aus, vom Weg unter meinen Füßen bis hoch in den Schädel, während der Schweiß in Strömen floß und ich das wahnwitzige Tempo halten wollte, das Marcellin vorlegte. »Du Fettsack«, erklang der vertraute Refrain in mir. »Du hast dich an deinen unverdienten Privilegien überfressen, an all den Vorteilen, die du nur deshalb hattest, weil du in diesem Land dort geboren bist« – und ich dachte an den ockerfarbenen Quader der Bodleian Library in Oxford, getaucht in das Licht der Morgensonne, an die hohen Flügelfenster, an die vielen Bücher, alle, von denen ein Mensch nur träumen konnte, Reihe um Reihe bis hoch unter die Decke, und Meilen von Regalen auch in den Kellermagazinen unter den alten Pflastersteinen und dem geharkten Kies, dann an Marcellins wacklige Bürobaracke in Brazzaville mit nichts darin außer zwei Heften des ›Journal of Cryptozoology‹. Ich dachte an den jungen Marcellin und seinen Vater, die die Mutter in Impfondo im Stich gelassen hatten und in die Hauptstadt gezogen waren, in den ärmlichsten Teil des Armenviertels mit einer offenen Kloake hinter der Hütte, und ich stellte mir vor, wie der kleine Junge jeden Abend in die Stadt lief, um seine Schularbeiten unter der Straßenlaterne zu machen, durchdrungen vom Ziel, das Stipendium zu gewinnen, das ihn nach Kuba bringen würde. Dann versank der Pfad hüfttief im schlammigen Wasser, und ich ließ es schnell sein, an irgend etwas anderes zu denken als an die unsichtbaren Wurzeln, in denen sich die Beine verfingen, die mir die Schienbeine aufscheuerten und mich auf den Rücken warfen (wenn sie höher als erwartet waren) oder kopfüber nach vorn (in allen anderen Fällen). Marcellin vor mir, noch immer in Rage, arbeitete sich heftig rudernd voran, und als ich gerade wieder einen Mundvoll fauler Blätter ausspuckte, meinen Hut einfing und die Brillenbügel fester unter das Schweißband klemmte, baggerte Vicky an mir vorbei und rief grinsend: »Schwimmen sollst du lieber im Fluß. Das ist sauberer.« Er erkletterte einen umgestürzten Baumstamm, suchte mit bloßen Füßen Halt an der glatten Rinde und zog mich hinauf.

Langsam wateten wir zusammen weiter, von einem Stamm zum nächsten, und manche von ihnen waren, wie ich jetzt sah, gefällt worden, um so etwas wie einen Knüppeldamm zu bilden. Schließlich war das Wasser nur noch knietief, der Boden stieg leicht an, und als wir nur noch bis zu den Knöcheln im Schlamm wateten, wurde der Pfad wieder erkennbar, und ich fand Zeit, mich ein wenig umzusehen. Die Urwaldriesen und die dicken Stämme waren seltener geworden, fand ich, der Bodenbewuchs war dünn, die Bäume wirkten kleiner als gewöhnlich, als wären sie alle von einer Sorte oder gar künstlich angepflanzt. Viele hatten Stützwurzeln, die sich etwa in Meterhöhe wie mißratene Äste vom Stamm lösten und wie die Streben eines umgestürzten Weidenkorbs in den Boden senkten, und manche von diesen Bäumen schwebten frei über dem Dschungelboden, gehalten nur von einem Gewirr aus Stelzenwurzeln, die ineinander verschlungen und verwachsen waren und aussahen, als könnten sie sich jeden Moment strecken, den Baum schultern und sich wie eine Krabbe durch den Schlamm bewegen.

Hier und dort ragten die Wurzelknäuel aus dem faulenden Laub wie verknotetes Gedärm: Luftwurzeln oder Atemwurzeln oder Pneumatophoren oder Kniewurzeln. Kniewurzeln wurden sie genannt, sagte ich mir, weil sie sich nach einem ausstreckten, wenn man nicht aufpaßte, wenn man gerade die fleischig fahlen Blütenbüschel betrachtete, die aus einer Lianenschlange hervorbrachen, um die Fledermäuse anzulocken – und einem dann auf die Kniescheibe einschlugen wie auf eine gefangene Maus. Kniemäuse, Flugmäuse, Flattermäuse, Flederwische, Flügelhexen auf der Jagd nach Babys zum Tee am Strand von Brighton. Galtons Wortassoziationen wuselten mir durchs leere Hirn, während es stundenlang so weiterging – und plötzlich waren da Lichtblitze vor uns, als würde jemand zwischen den Bäumen Spiegel in die Höhe halten, die Lichtblitze flossen zusammen, wurden größer und beständiger und verwandelten sich in einen mannshohen Lichtstreifen hinter den Bäumen, und dann lag vor uns eine Wasserfläche von drei oder vier Kilometer Breite – ein Labsal für die Augen, ein richtiger Horizont zum ersten Mal seit Monaten. Wir waren am Lac Télé.

34

»Warum seid ihr zurückgeblieben?« fragte Marcellin, der sich wieder auf einer Wurzel niedergelassen hatte.

»Wegen Redmond«, sagte Vicky. »Er kippt immer um.«

»Er ist eben nur ein fetter Söldner«, sagte Marcellin und lachte. »Aber trotzdem hab ich mein Versprechen gehalten, oder nicht, Redmond? Was sagst du nun?«

Vielleicht 200 Meter entfernt kreiste mit ausgebreiteten schwarzen Schwingen ein Pärchen Schreiseeadler über dem See. Der kurze Schwanz war keilförmig gefächert, Kopf und Hals von blendendem Weiß. Sie führten einen Dialog aus scharfen, durchdringenden Schreien, die deutlich herüberklangen. Das Sonnenlicht glänzte auf der streifig gekräuselten Wasserfläche; nach der Enge des Waldes war diese entgrenzte Weite ein so erhebender und feierlicher Anblick, daß ich einen Moment lang alles für möglich hielt, was man diesem scheinbar kreisrunden See, dessen Waldsaum am anderen Ufer zu einem dünnen Moosgürtel schrumpfte, nachsagen mochte. »Das ist schön«, sagte ich, um passende Worte verlegen und schon abgelenkt durch einen Trupp von acht Schlangenhalsvögeln, die vor uns von links nach rechts kreuzten und so groß wie Pelikane wirkten, obwohl ich wußte, daß sie kaum größer als Enten waren. Im Wasser gab es keine Inseln, keine Markierungspunkte, keine Bojen oder Baumstämme: Es war unmöglich, Entfernungen abzuschätzen, und entsprechend leicht, einen auftauchenden Fischotter für einen Saurier zu halten.

Doubla und die anderen trafen ein, und Nzé rannte geradewegs auf das flache Ufer zu, um sich, schlammdurchtränkt wie wir alle, ins Wasser zu stürzen. Doubla setzte ihm mit beängstigender Energie nach und packte ihn so fest am Arm, daß er aufjaulte wie ein geprügelter Hund. »Warte!« sagte Doubla. »Du schadest uns allen. Du bringst unsere Kinder um!«

Vicky machte einen Schritt nach vorn, senkte den Kopf und rief etwas über den See. Ein Pärchen violetter Nektarvögel, das Männchen ein pflaumenblaues und weißes Federbüschel, das Weibchen weiß und bräunlichblau, kam links von Vicky aus einem Busch geflattert, zog hinter ihm eine Runde und verschwand, wie von einer Bö erfaßt, im Lianendickicht zur Rechten. Offenbar hatten sie nachgeschaut, was am Ufer vor sich ging, waren zum Schluß gekommen, daß keine Gefahr bestand, und hatten sich beruhigt zurückgezogen.

Vicky wandte sich zu uns um. »Die Geister des Sees sagen mir, daß wir willkommen sind«, sagte er feierlich und fing gleich darauf zu grinsen an. Nzé, der wieder freigelassen war, legte das Gewehr ab, warf sich am Ufer auf den Bauch und trank aus dem See wie ein Buschschwein.

Wir liefen ein Stück am Ufer entlang, vorbei an Palmen, Stelzenbäumen und Lianen bis zu einer Landzunge, wo vier gefällte Bäume lagen: Marcellins altes Lager. Einer der Bäume ragte als provisorische Anlegestelle ins Wasser, und zwei kleine Fischerkanus, halb versunken, waren daran festgemacht.

»Die hab ich gebaut«, sagte Doubla und wirkte plötzlich freundlich. »Ich hab sie hier gebaut.«

»Doubla, du nimmst das Gewehr!« brüllte Marcellin, als hätte es nie einen Streit darum gegeben. Wir brauchen Fleisch!«

Nzé, zu müde, um zu protestieren, gab das Gewehr wortlos ab und zog sogar eine Handvoll Patronen aus der Brusttasche seiner kubanischen Uniformjacke. Doubla zeigte aufrichtige Freude, gab mir einen Klaps auf den Rücken und verschwand im Dschungel, ohne Marcellin eines Blickes zu würdigen.

Vicky und die Brüder errichteten aus den Planen ein Schutzdach in der Mitte der Landzunge, Manou und Nzé machten Feuer. Marcellin baute sein Zelt am einzigen freien Fleck auf, der noch verblieben war, drei Meter vom Ufer entfernt, und ich stellte meins daneben. Im Amazonaswald konnte man das unmöglich tun, dachte ich beiläufig. Keiner würde so nahe am Wasser schlafen, aus Angst vor den Anakondas, und ich versetzte mich für einen Moment in die Rolle einer Anakonda: Etwa einen halben Meter ihrer Körperlänge würde sie brauchen, um sich fest um eine Baumwurzel unter Wasser zu wickeln, einen weiteren halben

Meter, um lautlos ans Ufer zu gelangen, zweieinhalb Meter, um den scharfen Säugergeruch am Zelteingang zu erschnuppern, weitere 30 Zentimeter (allerhöchstens), um ihren rattenbrauen Kopf durch die Öffnung zu schieben, dann mußte sie nur noch mein Gesicht packen, indem sie ihr Gebiß mit den etwa 50 spitzen, nach hinten gekrümmten Zähnen ansetzte, ihre massiven Muskeln eine oder zwei Sekunden lang zusammenziehen – und schon läge ich gut eingewickelt unter Wasser. Wenn sie die verbürgte Rekordlänge einer Anakonda von zwölf Metern hätte, würden ihr noch gute acht Meter Spielraum bleiben, hätte sie nur die Durchschnittslänge von schlappen sieben Metern, blieben ihr immer noch drei Meter, und da es ebenfalls verbürgt war, daß sie einen zwei Meter langen Kaiman ohne größere Anstrengung verschlingen konnte, würde sie auch mich mühelos verdrücken, mitsamt Stiefeln, Brille, Kamera, Fernglas und mehreren Tuben Savlon in der Hosentasche. Aber was, fragte ich mich, wußte Marcellin schon über Pythons?

»Marcellin!« rief ich. »Gibt es hier Pythons?«

»Pythons?« rief er zurück und streckte, wieder munter geworden, den Kopf aus dem Zelt. »Und ob es die gibt! Das ist hier der beste Ort für Pythons im ganzen Kongo. Beim letzten Mal hab ich sie überall am See gesehen, sie hingen in den Bäumen über dem Wasser, vielleicht alle 500 Meter eine. Sie waren riesig, Redmond. Sieben oder acht Meter. Der Rekord liegt bei knapp elf Metern! Sie verschlingen Leoparden! Sie schlucken ganze Krokodile!«

Triumphierend kam Doubla mit einem Blauducker über der Schulter zurück; die Vorderläufe hatte er duch einen Schnitt zwischen den Knochen und Sehnen der Hinterläufe gesteckt.

»Da hast du!« sagte er und warf Nzé die Beute vor die Füße. »Mit einer Patrone! Ein *mboloko*!«

»Na und?« sagte Nzé beleidigt. »Mein Großvater hat überhaupt keine Munition gebraucht. Er hat sich nachts in einen Leoparden verwandelt, und morgens hatten wir Buschschwein zu essen, wann immer wir wollten.«

Zu meiner Überraschung lachte niemand.

Nzé und Manou brachen den Ducker auf, die Männer aus Boha plauderten am Feuer auf Bomitaba, Marcellin saß abseits auf einem Stamm, den Kopf in die Hände gestützt, und starrte zu Boden. Die Dunkelheit zwischen den Baumwurzeln im Wald breitete sich langsam nach oben aus bis in die Baumkronen, dann kroch sie hinüber zu dem ins Wasser ragenden, zerklüfteten Baumstamm und hüllte den See ein. »Wir sind schon zu lange in diesem Wald, Redmond«, sagte Marcellin unvermittelt. »Das ist nicht gut. Gestern nacht hatte ich einen schrecklichen Traum. Ich träumte, ich käme gerade nach Hause, und als ich die Tür aufmachte, flog der Kühlschrank in die Luft. Er explodierte, und mein kleines Mädchen war voller Blut, meine Frau hat geschrien, und ich habe die Kleine in den Armen gehalten, bis sie tot war. Es gibt nichts, was sie mir ersetzen kann, und mein Leben hat keinen Sinn mehr. Das ist die ganze Sache nicht wert.«

»Ich glaube nicht, daß Kühlschränke explodieren.«

»Dieser aber doch. Ich hab einen sehr guten Kühlschrank. Das neueste Modell aus Frankreich.«

»Ich hatte auch einen Alptraum«, sagte Nzé und hockte sich hin, das gehäutete und aufgeschlitzte Tier vor sich auf dem Boden. Er arbeitete mit der Kopflampe und der Machete, mit der linken Hand warf er Muskelfleisch, Herz, Leber, Milz und andere Innereien in den Topf, wie sie kamen. Angesichts dieses Überflusses war sein innerer Friede wiederhergestellt, und sein Schielen hatte wieder eine verwegene Note. »Ich habe geträumt, mein Schwanz ist explodiert.«

»Das wurde auch Zeit«, sagte Doubla.

»Ich hatte wieder diese Krankheit, Onkel, und deine Medizin hat nicht geholfen, für meinen Schwanz war das alles zuviel, und deshalb ist er mitten in der Nacht mit einem gewaltigen Knall explodiert. In ganz Dongou konnte man es hören. Und alle Mädchen sagten sich: »Da geht es hin, mein ganzes Glück!«

Wir applaudierten ihm.

»Solche Krankheiten, wie du sie hast, sind leicht zu heilen«, sagte Doubla. »Du brauchst dazu nur ein ganz junges Mädchen. Du mußt eine Jungfrau ficken. Das kostet zwar eine Menge Geld, aber die Ausgabe lohnt sich.«

»Es ist furchtbar«, sagte Marcellin auf englisch zu mir, »aber die Leute glauben das tatsächlich. Es gibt hier Mädchen, die sind acht, neun, zehn Jahre alt, und sie haben Syphilis und Tripper, außerdem noch Verletzungen da unten. Diese Leute haben keine Bildung.«

Nach dem Essen kroch ich ins Zelt, setzte meine Kopflampe auf, schaltete sie an, und als ich wieder draußen stand, sah ich zu meinem Erstaunen, daß das Zeltdach weiß geworden war. Tausende kleiner Motten bedeckten die Leinwand, sie waren von einem durchscheinenden Weiß, und ihre roten Augen glühten im Lampenlicht wie winzige Zigarettenstummel. Ich betrachtete sie und fragte mich dabei, warum sie sich zu meinem Zelt hingezogen fühlten, was sie da trieben (war das ihre Mahlzeit, eine Paarungsszene oder nur die Ruhe auf der Flucht?), was es für einen Sinn haben sollte, so weiß und im Dunkeln sichtbar zu sein, wenn man eine Motte war (vielleicht waren sie giftig und das Weiß ihr Warnsignal?), ob sie nicht zufällig eine der seltsamsten Schmetterlingsarten Afrikas waren, *Pseudopontia paradoxa* (die lange für eine Motte gehalten wurde, doch nun eine eigene Unterfamilie bildet). Ich fragte mich, warum ich so unwissend war, warum ich mich plötzlich so elend und so endlos müde und der ganzen Sache überdrüssig fühlte, als sich Manou auf seine leise Art an mich heranschob.

»Ich muß dir etwas sagen«, flüsterte er. »Setzen wir uns ans Wasser. Es braucht uns niemand zu hören. Es ist wichtig.«

»Wo brennt's denn?« fragte ich mit übertriebenem Eifer und war schon wieder gut gelaunt. Wir setzten uns auf einen Ast des Anlegebaums und machten die Lampen aus.

»Ich hatte auch einen Traum«, sagte er leise. »Es war eine Schlange oder ein Traum oder ein Fetisch. Aber es bedeutet dasselbe.«

»Ein Fetisch?«

»Es war gestern und hat die ganze Nacht gedauert, während es regnete. Direkt neben uns. Genau da, wo Nzé und ich geschlafen haben. Es war nur so, daß Doubla und Vicky und die beiden Brüder auf der anderen Seite der Lichtung zuviel über den Regen gesprochen haben.«

»Aber was war es nun?«

»Der Regenfetisch – oder eine richtige Schlange. Das wissen wir nicht. Ich hab unter dem Blätterdach geschlafen. Sie haben soviel Krach gemacht, Doubla und die anderen, sie haben immer geredet, deshalb konnten wir nicht fragen. Du kannst in der Nacht nur nach dem Namen fragen, wenn es still ist.«

»Und was ist passiert?«

»Wir haben es danach gespürt, eine Weile später, direkt unter der Plane, die du uns gegeben hast. Es war wirklich da, oder es war ein Traum, und es hat sich im Dunkeln bewegt.« Er drückte den Rücken durch, als würde ihn jemand von hinten schieben. Er blickte zum Mond hoch, der über dem See stand, seine Augen waren groß wie Antilopenaugen. »Nzé hat zu seinem Großvater gebetet, aber sein Großvater konnte uns nicht helfen. Der Regenfetisch, er war zu stark.«

»Es war eine Höhlenpython, nichts anderes! Sie leben unter der Erde im Kongowald und jagen Ratten und Mäuse in ihren Gängen!«

»Ob das nun eine Schlange war oder nicht, sie ist gekommen, um uns zu warnen!«

»Uns zu warnen, wovor?«

»Vor diesem Ort hier. Wir sollen nicht herkommen. Und hast du die Wellen gesehen?«

»Welche Wellen?«

»Sie kommen aus der Mitte des Sees. Alle haben sie gesehen. Marcellin hat sie gesehen. Es ist etwas in der Mitte des Sees, das von unten Wasser hochdrückt, *genau so, wie der Regenfetisch in der Nacht unseren Rücken nach oben gedrückt hat*. Diese Wellen, mein Freund, kommen nicht vom Wind.«

Ich war still.

»Nzé und ich, wir haben Angst. Es ist eine große Ehre für uns, hier zu sein, Redmond. Keiner aus meiner Familie außer Marcellin ist jemals an diesem heiligen Ort gewesen. Ich werde meinen Kindern erzählen, daß ich am Lac Télé war, und sie werden es ihren Kindern und Kindeskindern erzählen. Aber das ist genug. Morgen müssen wir zurück.«

»Ich habe auch geträumt«, log ich und war stolz auf mich, weil ich glaubte, endlich den Bogen rauszuhaben. »Wir haben Mokélé-mbembé gesehen, und er hat uns alle reich gemacht.«

Manou stand auf. »Du darfst dich nicht über mich lustig machen«, sagte er beleidigt. »Marcellin kannst du an der Nase herumführen, aber mich nicht, mein Freund. Ich sehe die Geister in deinem Gesicht.« Ruckartig drehte er sich um und ging zurück ans Feuer.

Ich kroch ins Zelt, verschloß sorgfältig den Eingang, zog die Stiefel aus, nahm Brille und Lampe ab und wickelte mich in meine Plane. Ich spürte weder Wurzeln noch Höhlenpythons unter mir, der Boden schmatzte, als ich mich umdrehte; zum ersten Mal seit Monaten hatte ich es wieder so weich wie auf einer Matratze. Von der Unterhaltung am Feuer hörte ich nur ein Gemurmel, der See schwappte sanft gegen das Ufer, und aus dem Chor der Frösche hörte ich einen Ruf heraus, der mir neu war; ein Doppelquaken, das klang wie das Gekläff einer Füchsin in einer Novembernacht in Wiltshire.

Jemand begann zu schnarchen, aber mit einer solchen sonoren Tiefe und Lautstärke, daß nicht einmal der Hüne aus Boha als Verursacher in Frage kam. Vor mir entstand die Vision von Mokélémbembé mit Hoden groß wie Bierfässer, und als das Schnarchen mit einem tiefen Uhuuu zu Ende ging, gefolgt von drei kürzeren und helleren Rufen, wurde mir klar, daß es sich um ein Pärchen Afrikanischer Fischeulen – *Scotopelia peli* – handelte (sehr groß und braun, mit dicken, runden Köpfen), die in den Bäumen versteckt saßen und soeben übereingekommen waren, die ehelichen Zärtlichkeiten einzustellen (sie bleiben sich lebenslang treu und schlafen eng aneinandergeschmiegt), das Revier zu behaupten und auf Fischfang zu fliegen (sie lauern auf Turbulenzen an der Oberfläche flacher Gewässer und greifen die Beute mit den Krallen).

Als das Männchen erneut rief (man sagt, sein Schnarchen ist zweieinhalb Kilometer weit zu hören), fragte ich mich, ob es mir je vergönnt sein würde, die Kongo-Maskeneule zu hören, die nur in einem einzigen Exemplar von 1951 bekannt ist, doch war das statistisch eher unwahrscheinlich. Dann versuchte ich mir den Mijnheer Pel vorzustellen, von dem die Fischeule ihren Namen hat und der in der Mitte des 19. Jahrhunderts für zehn Jahre Gouverneur der Holländischen Goldküste war. Offenbar handelte es sich um denselben Pel, der seinen Namen dem Pel-Flughörnchen geliehen hatte, einem hübschen schwarzbraunen Eichhörnchen, das von der weißen Nasenspitze bis zum Ende des weißen Schwanzes an die 70 Zentimeter mißt, sich bei Dunkelheit aus seinem Nest im hohlen Baum wagt, die pelzige Flughaut ausbreitet und bis zu siebzehn Meter weit von Baum zu Baum segelt.

Vielleicht hatte Seine Exzellenz, der Gouverneur der Holländischen Goldküste, beliebt, in klaren Nächten, nach Besorgung seiner Amtsgeschäfte, mit dem Katapult in den Wald zu schleichen, sich auf einer Lichtung auf den Rücken zu legen und auf alles zu schießen, was sich über ihm durch die Lüfte bewegte: fliegende Eichhörnchen von Katzengröße, fliegende Eulen mit Katzenfischen, Flügelhexen mit Katzen auf dem Besen, fliegende Holländer auf Katamaranen – natürlich auch auf Quetzalcoatlus, den Flugsaurier des Lac Télé mit der Flügelspannweite einer Hellcat.

Doch nein. Er hätte niemals ganze zehn Jahre in Westafrika überlebt. Ein Hobby bot zwar einen gewissen Schutz, aber übertriebener Eifer endete unweigerlich im Fieber: die Sterblichkeitsrate der weißen Beamten im Belgischen Kongo betrug 77 Prozent, und, wie ich Lary schon in Brazzaville erklärt hatte (wo steckte er? War er gesund und munter? War er aus dem Land gekommen? War er bei seiner Chris in Plattsburgh? Ich sollte lieber aufhören, an so etwas zu denken ...), waren 85 Prozent aller britischen Händler und Regierungsangestellten an der Westküste entweder dort gestorben oder für den Rest ihres Lebens invalide. Viel wahrscheinlicher war es, dachte ich, daß Mijnheer Pel eines späten Nachmittags am Tisch der geräumigen Residenzveranda saß, eine schlanke Steingutflasche mit altem Genever neben sich gestellt hatte, eine ellenlange holländische Sumatra rauchte und so versunken an seiner Monographie über eine seltsame neue Eule schrieb, eine Eule mit Stachelschuppen an den Krallen wie ein Fischadler, daß er sogar das Heimweh nach den Lederrücken seiner Bibliothek naturgeschichtlicher Werke (mit handkolorierten Lithographien) in den komfortablen Räumen der Kromme Waal 22 in Amsterdam vergaß (ich hatte ihm eine beneidenswerte Adresse verpaßt) und er keine Sekunde an das Schlittschuhlaufen auf der stillen Gracht draußen vor den Fenstern dachte. Bei Sonnenuntergang würde er Schreibfeder und Kladde im Ebenholzsekretär verschließen, die Zigarre im Sandtrog ersticken und sich ins residentielle Schlafzimmer zurückziehen, wo mindestens zwei seiner schwarzen Mätressen mit hohen Brüsten und zarten Schultern, schmalen Handgelenken und dem gewissen Schub im Becken auf ihn warteten, mit nichts bekleidet als mit nassen, engen, weißen, staatseigenen Tennisblusen aus Seide. Nach all den fischenden Eulen und fliegenden Hörnchen war der Gedanke an soviel Glückseligkeit zuviel für mich. In meinem Kopf brannte eine Sicherung durch, und ich schlief ein.

Im Morgengrauen vor Sonnenaufgang, nach einem Frühstück aus gekochten Duckerbrocken und Reis, setzte ich mich mit Marcellin und Doubla (der ein Uniformhemd und zerschlissene braune Shorts trug) auf den Anlegebaum, und zu dritt schöpften wir mit den Eßnäpfen ein Fischerkanu leer. Dicker Nebel hing reglos über dem See.

»Wo genau hast du den Dinosaurier gesehen?« fragte ich.

Marcellin zuckte, als hätte ich eine ungehörige Frage gestellt. »Da drüben«, sagte er und zeigte mit dem Eßnapf nach links. »300 Meter weit draußen. Aber wer weiß? Vielleicht war es nur eine Erscheinung ...« Seine Stimme wurde vage, und er blickte angestrengt auf den Boden des inzwischen ausgeschöpften Bootes, als hätten die Axtspuren im Holz eine geheime Bedeutung. »Ich komme sowieso nicht mit«, sagte er. »Ich kann diesen See nicht ausstehen. Ich fühle mich nicht gut. Ich bin erledigt. Ich hab Malaria. Ich bleibe heute im Zelt. Ich bleibe den ganzen Tag im Zelt.«

Er kroch auf dem Baumstamm zurück an Land, gebrechlich wie ein alter Mann, ließ sich zu Boden fallen, warf den Eßnapf hin, kroch in sein Zelt und machte den Eingang zu.

Doubla zwinkerte mir zu, tippte sich mit dem rechten Zeigefinger an die Nase und schenkte mir ein Lächeln, das fast so breit war wie das von Vicky. Seine Zähne waren in bester Ordnung, wie ich bei dieser Gelegenheit bemerkte. Wenn hier jemand eins in die Fresse bekam, dann ganz bestimmt nicht Doubla, dachte ich.

»Unser Häuptling hat große Macht«, sagte er und schüttelte den Kopf vor Bewunderung. »Er läßt Marcellin leiden. Er wird sich an ihm rächen – wart's nur ab. Marcellin hat unseren Häuptling ins

Gefängnis von Epéna gesteckt. Unser Häuptling steckt ihn nun auch ins Gefängnis – ins eigene Zelt. Unser Häuptling sieht alles, was hier am See passiert. Das ist unser See. Er gehört uns, den *paysans*.«

Ich holte meinen Hut, das Fernglas und den Gürtel mit den Wasserflaschen aus dem Rucksack, ich löste, einer Eingebung folgend, die Plastiktüte mit dem letzten Bündel 1000-Franc-Noten von der Klappe des Rucksacks und schob sie in die Beintasche meiner Hose, dann folgte ich Vicky und Doubla zum Boot. Nzé, Manou und die beiden Brüder schauten zu.

Vicky holte die zwei langen Paddel aus ihrem Versteck im Stelzendickicht, Doubla plazierte seinen Speer am Steuerbordrand des Einbaums und stieg mit einer solchen Leichtigkeit ein, daß ich ihm ohne Bedenken folgte. Das kleine Boot kippte nach links, schluckte einen Eimervoll Wasser und richtete sich wieder auf. Ich zog das andere Bein nach, und der Bug stieg in die Höhe, zwei weitere Eimervoll Wasser schwappten ins Boot. »Setzen!« brüllte Doubla. Er hing schief im Boot, ein Bein in die Luft gestreckt, und ruderte mit den Armen, um die Balance zu halten, gleichzeitig wies er mit dem Kinn auf einen kleinen Holzblock in der Mitte des Bootes.

Ich hockte mich auf den Klotz, die Knie reichten mir bis an die Ohren. »Aber ich will paddeln!« sagte ich.

»Paddeln?« Doubla bog seinen drahtigen Leib durch wie einen Flitzbogen und fing einen Eßnapf ein, der im Wasser zu seinen Füßen trieb. Er drückte ihn mir in die Hand. »Bleib, wo du bist! Schöpfen mußt du! Wenn du dich bewegst, saufen wir ab. Das ist mein Boot. Ich hab es gebaut. Du mußt schöpfen!«

Am Ufer krächzte Nzé vor Lachen, er nahm Haltung an und salutierte. »Schöpfen, Onkel! Schöpfen mußt du, oder ihr sauft ab. Mokélé-mbembé hat großen Appetit.« Manou schaute beklommen drein. »Rühr dich bloß nicht weg«, brüllte Nzé weiter, als Vicky das Boot abstieß. »Du fällst andauernd hin. Deine Beine funktionieren nicht!«

Aus Marcellins Zelt kam kein Laut, kein Lebenszeichen. Er hat sich die Kehle durchgeschnitten, dachte ich, während wir überraschend schnell dahinschossen und die Landzunge hinter uns im

Nebel verblaßte. Ich gab mir Mühe, solche Gedanken zu unterdrücken, und konzentrierte mich halb auf das Schöpfen, halb auf den Anblick von Doubla, der vor mir im Bug stand. Er stieß das Paddel mit lautem Klatschen ins Wasser, zog es mit leicht eingeknickten Knien durch, schob das braune Wasser mit den weißen Bläschen an mir vorbei und holte das Paddel ein, drückte den Rücken durch, setzte seinen Griff erneut an und wiederholte das Ganze. Die Härchen an seinen Beinen bildeten kleine, verstreute Knöllchen – als wären sie gerade ausgesät worden und hätten noch reichlich Platz zum Wachsen. Ist ja klar, daß er böse auf mich ist, dachte ich, während mir auf dem Holzklotz der Hintern taub wurde, schließlich hat er dieses winzige Holzding, das selbst an einem bewachten Badestrand lebensgefährlich wäre, eigenhändig gebaut. Er ist *stolz* darauf.

Doubla und Vicky führten eine Unterhaltung auf Bomitaba, besser gesagt, sie schrien, als müßten sie durch ganz Boha rufen, um sich verständlich zu machen, obwohl sie kaum einen Meter vor und hinter mir standen. Sie wollen nichts sehen, dachte ich. Sie wollen, daß Mokélé-mbembé sich auf den Grund des Sees verkriecht. »Bitte!« brüllte ich verzweifelt und erreichte, daß sie eine Sekunde lang ihr Gebrüll unterbrachen. »Wenn wir einen Gorilla zu sehen kriegen, gebe ich euch 5000 Francs! Dasselbe gilt für einen Python, einen richtigen, ausgewachsenen Python. Und für Schimpansen, egal, welcher Größe.«

Doublas Paddel blieb in der Luft stehen. Er wandte den Kopf zu mir um. »5000?«

Von hinten klatschte mir Vickys nasses Paddel gegen den Arm. »Für mich auch?«

Doubla und Vicky stellten das Gebrüll ein. Lautlos tunkten sie das Paddel ins Wasser, zogen es kaum hörbar durch und hoben es mit einer seitlichen Drehung heraus, so daß das Wasser kaum bewegt wurde. Ihre Unterhaltung setzten sie flüsternd fort.

5000 Francs, dachte ich entsetzt, während ich möglichst geräuschlos weiterschöpfte. Das sind ja zehn Hühner!

Als die Sonne aufging, wurde der Nebel immer weißer und dünner, löste sich auf und verschwand. Drei Tsetsefliegen erschienen über dem Kanu, umsummten Doublas Beine im flinken Zickzack und landeten zwischen den Haarknöllchen auf seiner rechten Wade. Sie waren braun, hatten große Köpfe und waren etwa einen Zentimeter lang. Sie klappten die Flügel zusammen wie eine Schere und stachen zu. Sein Bein zuckte, beim Einholen des Paddels schlug er mit der rechten Hand zu und erwischte zwei von ihnen, ohne seinen Rhythmus zu unterbrechen. Ich inspizierte meine Beine und erblickte sechs Fliegen, die auf meiner Hose saßen. Das liegt an diesem scharfkantigen Klotz, auf dem ich sitze, dachte ich. Der betäubt mich von der Hüfte abwärts. Ich kann nichts dagegen machen, ich kann die Stechrüssel, die sich durch die Hose in meine Haut bohren, nicht spüren. In ein paar Stunden beginnt die Schwellung. Wie seltsam, dachte ich, daß ein Insekt mit einer Reproduktionsrate, die unter der des Kaninchens rangiert, solch ein Erfolgsmodell sein kann. Diese Fliege ist das konservativste Wesen von ganz Afrika: Beide Geschlechter leben ausschließlich von Blut (der Säuger, Krokodile und Warane in Flußnähe), und das Weibchen brütet die Eier einzeln (insgesamt nur etwa zwölf; bei einer Lebensdauer von sechs Monaten) in ihrem Körper aus. Sie ernährt die wachsende Larve mit einem milchdrüsenartigen Organ in der Nähe ihrer Mundöffnung, und sie atmet durch zwei schwarze Knötchen am Hinterleib, die aus dem Eileiter herausragen. Wenn die Larve ausgewachsen ist, sucht die Mutter eine dunkle, feuchte Stelle im Waldboden, wo sich die Raupe verpuppt und einen Monat später als erwachsene Fliege auskriecht.

Hinter dem dichten Saum aus lichtgierigen Büschen und Lianen am Seeufer erhoben sich die Uferbäume, ebenfalls mit sonnengewöhnten Lianen, Farnen und Orchideen bewachsen, zu einer auffällig gleichförmigen Höhe, die nur gelegentlich von Kletterpalmen oder vereinzelten, gleichmäßig gestreuten Baumgruppen überragt wurde.

Und die Tsetsefliege, dachte ich, überträgt die Trypanosomen, die Erreger der Schlafkrankheit, an der Mensch und Tier zugrunde gehen und der die Bewahrung dieser riesigen Waldgebiete zu verdanken ist. Das Trypanosoma, ein Einzeller mit Geißelschwanz, lebt hier schließlich schon seit dem Beginn des Proterozoikums vor zweieinhalb Milliarden Jahren, damit zwei Milliarden und 75 Millionen Jahre länger als die Pflanzen, die sich in Süßwasserseen wie diesem entwickelten, hitzebeständige Samen hervorbrachten und widerstandsfähige Gewebe und Stengel, die so kräftig waren, daß die Pflanzen aufs Land vordringen konnten.

Wenn man es so betrachtet, auf lange Sicht, dachte ich und war froh, daß ich die Stiche nicht spürte, dann haben wir diesen Fliegen eine Menge zu verdanken. Aber, meldete sich eine schüchterne Stimme, wenn du die Krankheit selbst kriegst, wirst du das ganz anders sehen. Und überhaupt: Woher willst du wissen, ob du sie nicht schon hast? Schließlich treffen die Symptome, wie sie im ›Medizinischen Handbuch der Reise- und Tropenkrankheiten‹ von Elaine Jong aufgezählt sind, ziemlich genau auf dich zu, oder? Die westliche Variante der Schlafkrankheit, die hier endemisch ist, beginnt fünf bis zehn Tage nach dem Stich der Tsetsefliege mit zarten Bläschen, die sich in Geschwüre verwandeln und nach zwei oder drei Wochen verschwinden (*davon hattest du jede Menge*). Als nächstes kommen Fieberschübe, Kopfschmerzen und Herzrhythmusstörungen (*dir sehr vertraut*), dann vorübergehender Hautausschlag (*der sich hier eher hartnäckig zeigt*), gefolgt von zunehmender Stumpfheit, Müdigkeit und einer Umkehrung des Schlafzyklus (*du könntest jahrelang schlafen*), dies wiederum von Bewegungsstörungen, Lähmungserscheinungen und Parkinson-Zittern abgelöst (*das hattest du schon in Oxford, wenn du betrunken warst*) und dies von Reizbarkeit und manischen Schüben (*wird wohl so sein*), Stupor und Marasmus (*fast jeden Morgen*), bis schließlich der Tod eintritt (*kann jeden Moment passieren*).

Eine Behandlung ist möglich, wenn man dich dazu bringt, ins Krankenhaus zu gehen, aber es ist fraglich, ob du überhaupt auf eine Behandlung Wert legst. Suramin ist ein gutes Mittel, es ist nur nicht sonderlich wirksam und führt zu Proteinurie, Fieber und Schock. Melarsoprol ist vielleicht besser, weil es sich um eine nette Arsenverbindung handelt, die nichts weiter als Sehstörungen und akute Enzephalitis verursacht. Möglicherweise wirst du dich deshalb für Pentamidine entscheiden, das lediglich Bauchkrämpfe, einen kalten Abszeß und einen Spontanabort hervorruft.

»Still!« zischte Doubla, da ich mir fortwährend auf die Beine klatschte.

Er duckte sich, legte sanft das Paddel ab, griff mit der rechten Hand nach dem Speer, flüsterte Vicky etwas zu, und das Kanu bewegte sich langsam vorwärts. Ein brauner Buckel, wie die Rundung eines Schilds, ragte vor uns aus dem Wasser. In einer einzigen, fließenden Bewegung reckte sich Doubla zu voller Größe, drückte den Rücken durch und schleuderte den Speer mit einer Wucht, die auch dann beeindruckend gewesen wäre, wenn er auf festem Grund gestanden hätte.

Das Wasser schlug an der Stelle zusammen, wo die Schildkröte aufgetaucht war, und breitete sich in konzentrischen Wellen aus. Der Speer ragte leicht vibrierend einen Meter neben dem Ziel aus dem Wasser, knapp 2,50 Meter seiner Länge waren sichtbar. Nehmen wir also an, dachte ich, daß sich der Speer 30 Zentimeter tief in den Schlamm gebohrt hat. Dann ist der See 100 Meter vom Ufer entfernt knapp 1,50 Meter tief. Vielleicht gibt es in der Mitte ein paar tiefere Stellen, oder Mokélé-mbembé ist ein sehr kleiner Saurier – oder ein besonders platter.

Doubla stieß das Kanu in eine Uferstaude aus riesigem Pfeilwurz, trennte eine grüne Samenkapsel ab, schnitt sie in zwei Hälften, kratzte die Samen heraus und reichte mir die Schalen. »Nimm die zum Schöpfen«, sagte er, stieß sich wieder ab, hielt sich aber dicht am Ufer und umrundete jede kleine Landzunge.

Beim Ausgießen des Wassers, das mir um die Knöchel schwappte, störte ich direkt neben mir einen Schwarzschopfreiher aus seinem Schilfnest auf. Das dunkelbraune und rote Gefieder erinnerte an einen herbstlichen Buchenwald, als er rauschend ins Gehölz flog und die langen, gelben Beine schaukelnd hinter sich her zog.

Der Schwarzschopfreiher ist nun wirklich ein seltener Vogel, dachte ich (der große Forscher James P. Chapin sah ihn auf all seinen Kongofahrten und Expeditionen Richtung Osten nur zweimal), und wenn man seinen Ruf zum ersten Mal hört, ein tiefes Trompeten wie ein Nebelhorn, einfach oder doppelt und einige Minuten lang wiederholt, entweder nachts oder im Morgengrauen, ist man eher geneigt, an ein Ungeheuer zu denken als an einen scheuen braunen Vogel. Wenn dem so ist, dachte ich, müssen

Doubla und Vicky, erfahrene Fischer, diesen Ruf schon öfter gehört haben. Ich werde ihnen das Bild im Serle and Morel zeigen, nahm ich mir vor, und dann sehen, ob sie den Ruf imitieren können.

Ich zählte fünf vereinzelte Fischadler über uns am Himmel, das anheimelnde Schnattergrunzen der Weißnasen klang aus dem Wald zu uns herüber, und als wir an einem Busch vorbeifuhren, der mit seinen blaßrosa Blüten wie ein Rhododendron aussah, glitt ein Königspython, schwarz mit gelber Zeichnung und einen knappen Meter lang, von den unteren Zweigen ins Wasser.

Ich entschied, daß ich beinahe glücklich war, ungeachtet meines tauben Hinterns, der mir abhanden gekommenen Beine und der Tsetsefliegen, die ich nicht erschlagen konnte, als Doubla einen umgestürzten Baum umrundete und etwas erblickte, was ihn in seiner geduckten Jägerhaltung erstarren ließ. Er hatte ein Sitatunga gesehen.

Die Sumpfantilope, viel größer als ein Ducker, stand in 50 Meter Entfernung bis zu den Knien im See und sah aus, als würde sie schweben, vom Wasserspiegel gelöst durch den Lichtreflex, der ihren sanftbraunen Bauch und den weißen Kehlfleck aufleuchten ließ.

Wir näherten uns langsam, bis Vicky versehentlich mit dem Paddel plätscherte. Das Sitatunga drehte den Kopf, die langen Ohren zuckten in unsere Richtung, die großen braunen Augen weiteten sich. Mit zurückgeworfenen Spiralhörnern, kräftig arbeitenden Schultermuskeln und dünnen Läufen, die das Wasser aufwühlten, preschte die Antilope ans Ufer, ließ den weißleuchtenden Schwanz aufblinken wie ein Kaninchen seine Blume und floh in den Wald.

Doubla stieß einen gräßlichen Bomitaba-Fluch aus, legte den Speer zurück an seinen Platz, spuckte in die Hände und nahm das Paddel wieder auf. Ich war schlicht erleichtert, daß die Sitatungas am Lac Télé offenbar ihr Fluchtverhalten verändert hatten. Gewöhnt ans Leben im Marschland, ausgestattet mit einem fettigen, wasserabweisenden Fell und gespreizten Spalthufen, sind sie besonders gut auf die Fortbewegung im Schlamm eingerichtet (das Weibchen baut ein verstecktes Nest aus niedergetretenen Pflanzen im Schilf, wo die neugeborenen Kälbchen etwa einen

Monat liegen), und normalerweise fliehen sie vor Leoparden und Menschen ins Wasser, wobei sie notgedrungen die Nasenspitze herausschauen lassen und für Jäger mit dem Kanu eine leichte Beute werden, wenn sie sich einmal durch die Kräuselung des Wassers verraten haben. Doch unser Sitatunga war ein schlauer alter Bock. Es wußte, daß Menschen, wenn sie auf einem Baumstamm treiben, mit Krokodilen und Pythons zu vergleichen sind.

Wir fuhren weiter an rosa blühenden Büschen entlang, die man im Wald nur selten zu sehen bekam, und fast genauso rar waren die schlanken Büsche mit orangefarbenen, ährenförmig angeordneten Blüten. Beide Sorten waren mit dunkelroten Flecken übersät, die ich erst für Blüten einer anderen Pflanze hielt, einer Kletterpflanze oder eines Parasiten, doch als wir uns weiter näherten, erwiesen sie sich als junge Blätter desselben Strauches. Ich fragte mich gerade, ob das Rot einen Schutz vor Raupen darstellte – vielleicht waren die Schmetterlinge darauf trainiert, ihre Eier auf grünem Grund abzulegen? –, als ein dröhnendes Brüllen ertönte, das das Schilf neben uns erzittern ließ, der Warnschrei eines männlichen Gorillas.

Vicky und Doubla stießen das Kanu in ein Pfeilwurzdickicht, und wir krochen auf allen vieren an Land (was mir recht war, weil meine Beine noch immer empfindungslos waren und meine Augen in der Dämmerung vom grellen Seelicht geblendet). Nichts regte sich, doch dann knackte es im Ingwergebüsch zu unserer Rechten, und Vicky schrie »Sieh dort!« Er zeigte auf die Äste über uns. »Eine von seinen Frauen! Das Männchen rennt weg. Sieh nur, das ist eine von seinen Frauen!«

Sie saß gut sichtbar in einer Astgabel, und durch das Fernglas schaute ich ihr direkt ins glänzendschwarze Gesicht mit den abgewandten Augen unter der vorspringenden, mächtigen Stirn, der platten Nase, den zwei hufeisenförmigen Nasenlöchern, den breiten, dünnen Lippen. Sie wirkte außerordentlich menschlich, und ich wurde von dem absurden Verlangen gepackt, ihre Hand zu nehmen und sie zu beschwichtigen.

Sie zögerte und schien unschlüssig, was sie tun sollte. Sie stand auf, hielt sich mit einer Hand am Ast über ihrem Kopf fest, die andere umfaßte ihren Leib, dann setzte sie sich wieder. Sie trug etwas im Arm. Ich sah zwei zarte schwarze Arme, die ihre Brust umklammerten. Sie hielt ein Kind im Arm.

»Wir brauchen ein Gewehr«, flüsterte Doubla mir ins Ohr. »Rums!«

»Sie hat ein Junges«, sagte ich und senkte das Fernglas in der Sorge, sie könnte es als Drohsignal deuten, als ein Starren aus großen Augen. »Wir müssen sie in Ruhe lassen.«

»Sie schmecken gut«, sagte Doubla und markierte einen Speerwurf. »Sie machen stark.«

»Ihr dürft sie nicht essen«, sagte ich pathetisch, nahm ihn bei seinem sehnigen Arm und zog ihn zurück zum Boot. »Es sind geschützte Tiere!«

»Geschützte Tiere! Ihr Weißen habt Ideen! Eßt ihr in England etwa keine Gorillas? Und ob ihr das tut! Ihr seid reich. Eure Wälder müssen von Gorillas nur so wimmeln!«

»Es gibt keine Gorillas in England oder irgendwo sonst auf der Welt. Es gibt sie nur noch hier und in Ostafrika. Ihr müßt sie schützen.«

Mit einem wütenden Laut riß sich Doubla los. Vicky brach einen Zweig mit rosa Blüten ab, schnupperte an ihnen, küßte sie und warf sie ins Wasser. »Jetzt mußt du zahlen«, sagte er.

Ich zog die Plastiktüte mit den Tausendernoten aus der Hosenbeintasche und gab jedem fünf Scheine. Als wir wieder im Einbaum saßen, verging mir selbst der Reflex des Fliegentötens. Das hastige Paddeln, das Flüstern, die regelmäßigen Pausen, wenn sie die Paddel stillhielten, um auf Schimpansen zu lauschen – es war schon anstrengend, dieser Intensität und gebündelten Konzentration auch nur zuzuschauen.

Ein weiteres großes Sitatunga, aber mindestens 200 Meter entfernt, spritzte mit den Beinen sonnenglitzernde Wasserfontänen in die Höhe, als es ans schützende Ufer floh. Acht Schlangenhalsvögel, vielleicht aus demselben Trupp, den wir schon gestern gesehen hatten, flatterten vorbei; die ausgestreckten Hälse, die steifen, keilförmigen Schwänze und die schwarzen Flügel verschwammen in der flimmernden Hitze, die schwer über dem See lastete – eine schweißtreibende Bruthitze, die auf den Handrücken brannte.

Wir machten neben einer Raffiapalme fest, die sich schräg über das Ufer neigte. Ihre Krone schien direkt aus dem Wasser aufzusteigen wie eine riesige Sumpfpflanze.

Vicky studierte mein Gesicht mit ausdrucksloser Miene, als müßte er überlegen und eine Entscheidung treffen. (Ich schaute zurück und dachte: sein Kraushaarpolster ist mindestens sechs Zentimeter dick, seine Augen sind so groß und braun und feucht wie die eines Buschbabys.) »Hier haben Pygmäen gelebt«, sagte er mit ruhiger Stimme. »Das war ein Pygmäendorf. Sie haben hier gewohnt, und dann sind sie gestorben, alle auf einmal. Wir brauchen ihren Schutz. Wir müssen um ihren Beistand bitten.«

Ich nahm den Hut ab, senkte den Kopf und verschränkte die Hände hinter dem Rücken. Am oberen Rand meines Blickfelds sah ich Vickys Kampfjacke schwellen, und sein Schrei war so unerwartet laut, daß ich für einen Moment die Balance verlor – als hätte mich die Schallwelle nach hinten geworfen. Das Gebet ist also wichtiger, dachte ich, selbst wenn es den Ahnen anderer Leute gilt, als der Lohn von zehn Hühnern für das Aufspüren eines Schimpansen. Offensichtlich sind am Lac Télé die Naturgesetze außer Kraft; sie werden hier gebrochen wie das Licht in den Hitzewellen über dem Wasser. Das ist der einzige Ort in Afrika, wo Bestechung nicht funktioniert.

Als die lautstarke Anrufung der Geister vorbei war, stiegen wir wieder ins Boot und hatten nichts gesehen außer einem einsamen Strandläufer auf einem treibenden Baumstamm, der mit dem Kopf ruckte und mit dem Schwanz wippte, als wir uns näherten, dann mit fahrigen Flügelschlägen und kurzen Gleitphasen davonflog, als wären wir im Hafen von Poole und nicht im Land der Dinosaurier.

Kaum waren wir gestartet, legten wir wieder an. »Das ist gut, Redmond!« brüllte mir Vicky aus einem halben Meter Entfernung zu, als wir an Land gingen, er schlug mir auf den Rücken und bleckte sein enormes Gebiß. »Es ist gut, zu den Ahnen zu beten! Ich hab den Geistern erzählt, daß wir mit einem weißen Mann kommen, der die *Bräuche respektiert*, und sie sagten, es wäre *gut*! Du wirst Gorillas und Schimpansen sehen. Du wirst unsere Tiere sehen. Es ist gut, daß du die Bräuche respektierst! Das haben mir die Ahnen gesagt!«

Wir liefen ein paar Meter durchs Gebüsch und kamen an eine freie Stelle, wo ein kleiner Baum gefällt worden war. »Dieser Ort, er gehört den Ahnen von Doubla«, sagte Vicky und hielt seinen großen, breiten Daumen vor die Nase, als würde er mich in ein Geheimnis einweihen. »Hier sind sie fischen gegangen.«

Doubla fuhr mit der Hand über sein Stoppelkinn und den kurzen Oberlippenbart, er zupfte am schütteren Backenbart, und sein Gesicht erstarrte zu einer Maske, die noch undurchdringlicher war als seine gewohnte Miene. Er rief, lauschte, antwortete, lauschte erneut, schüttelte den Kopf und setzte sich auf den Stamm des gefällten Baums. Wir setzten uns dazu. Ich nahm die Wasserflasche aus dem Gürtel und reichte sie Vicky. »Sag mir«, begann er und nahm einen Schluck, »wer liebt dich mehr als dein Vater und dein Großvater?«

»Meine Mutter und meine Großmutter?« riet ich und verfehlte völlig den Sinn der Frage.

Doubla und Vicky lachten.

»Diese Weißen!« sagte Doubla und griff nach der Wasserflasche. »Die Mütter lieben dich für das, was du bist. Väter lieben dich für das, was du *tust*.«

»Hört mal«, sagte ich und fühlte mich wie ein Ethnograph des 19. Jahrhunderts, »sicher werdet ihr mir an diesem heiligen Ort die Wahrheit sagen. Ich möchte eines sehr gern wissen: Habt ihr Mokélé-mbembé jemals gesehen?«

»Was für eine dumme Frage«, sagte Doubla und blickte ehrlich erstaunt. Die Wasserflasche verharrte kurz vor seinem Mund. »Mokélé-mbembé ist doch kein Tier wie ein Gorilla oder ein Python. Und Mokélé-mbembé ist auch kein heiliges Tier. Es erscheint den Menschen nicht. Es ist ein mystisches Tier. Es existiert nur, weil wir es uns vorstellen. Aber sehen tut man es nie. Man *sieht* es einfach nicht.«

Eine halbe Stunde später, an einer Stelle, die mit zwei gekreuzten, in den Schlamm gerammten Stöcken markiert war, legten wir wieder an. Noch mehr Gebete, dachte ich verdrossen.

»Doubla hat es gefunden«, sagte Vicky. »Es wird inzwischen fertig sein. Krokodileier! Heute abend werden wir gut essen!«

Wir kämpften uns durch das Schilf ans morastige Ufer, dann ging es eine schmale Wildspur entlang bis zu einem Haufen aus Laub, Zweigen und aufgeworfener Erde, der etwa einen Meter hoch und knapp zwei Meter breit war. Aber irgend jemand war schon vor uns dagewesen. Die Nestmulde war offen, und weiße Schalenreste lagen im Laub verstreut. Die größeren Schalen erlaubten die Schätzung, daß die Eier etwa sechs Zentimeter groß und oval gewesen sein mußten und vielleicht vom Panzerkrokodil stammten. Doubla wühlte im Haufen und fand nichts.

»Der Zoko hat uns die Mahlzeit weggefressen«, sagte Vicky.

»Was ist das? Eine Sumpfmanguste?« fragte ich erregt. Oder hatte sich die Eier gar die Langnasenmanguste geholt? (»... bis jetzt lediglich 30 Exemplare berichtet ... lebt ausschließlich im Regenwald. Über die Lebensweise ist nichts bekannt.«)

Vicky schüttelte den Kopf.

»Die Tigerginsterkatze?« (katzengroß, gedrungen, schwarzgetüpfelt auf Ocker, langer, buschiger Schwanz mit schwarzen Ringen. »Habitat: dichte Gehölze und Primärwald, Lebensweise: weitgehend unbekannt«)

Doubla blähte den Brustkorb und die Backen wie ein Ochsenfrosch.

Vicky zischte wie eine Schlange.

»Ein Kleinzahn-Weißwangenotter?« (»Lebensweise: kaum bekannt«)

Vicky hielt seinen Hintern fest und schwenkte ihn hin und her, er öffnete den Mund, entblößte alle 32 Zähne und ging mit krallenartig erhobenen Fingern auf mich los.

»Mokélé-mbembé?«

»Noch viel schlimmer als Mokélé-mbembé«, sagte Doubla mit einem seiner trockenen Lacher (die klangen wie das Knurren eines Hundes, der im Begriff ist, dir das Bein abzubeißen). »Der Zoko ist ein *richtiges* Ungeheuer. Er ist größer und schneller als ein Mensch. Und wenn du ihn reizt – dann greift er an!«

Vicky drückte die Ellenbogen in die Hüfte, imitierte ein Wesen, das sich schwerfällig über den Waldboden schob und streckte die Zunge heraus.

»Ein Waran!« schrie ich. »Es war ein Nilwaran!« (bis zu zwei

Meter lang und mit dem Gespür für sichere Eiablagen ausgestattet – er kratzt Löcher in Termitenhügel, die von den Insekten wieder verschlossen werden)

Wir hörten ein entferntes Rufen.

Vicky zischte wie ein Waran. »Was hab ich dir gesagt? Schimpansen!«

Wir eilten zum Boot zurück, Vicky und Doubla paddelten mit heftigen Stößen auf die Stimmen zu und bogen in einen Wasserlauf ein, einen abgeschiedenen und stillen Zufluß, der mit Wasserlilien überwachsen war.

Doubla benutzte das Paddel zum Staken und schob das Boot ins Schilf, dicht neben einen Busch, der voller weißer Blüten war, halb Weißdorn, halb Wiesenkerbel. Wir stiegen aus und versanken bis zu den Knien im Morast.

Möglichst lautlos wateten wir, bis wir festen Grund erreichten, die Gespräche der Schimpansen wurden lauter und kamen direkt von vorn. Ich griff in den schwarzen Schlamm und beschmierte mir Hemd und Gesicht.

Wir überquerten zwei sumpfige Bäche (indem wir uns auf umgebogene Schößlinge stellten und den langen Speer als Stütze benutzten). Auf allen vieren krochen wir eine trockene Strecke – und rutschten auf dem Bauch bis zu einem Baum, auf dem ein altes Männchen saß – in halber Höhe auf einem dicken Ast zog er sich Zweige an die erstaunlich beweglichen Lippen, knabberte wählerisch an ausgewählten Blättern und mampfte gedankenverloren vor sich hin. Er war fast glatzköpfig, hatte große Ohren, tiefliegende braune Augen und ein schwarzes Gesicht.

Wir lagen flach im Schlamm; Doubla steckte in jedes Nasenloch einen Finger und stieß ein schrilles, nasales Grunzen aus, als würde er einen Ducker locken. Der alte Schimpanse hörte auf zu kauen, beugte sich vor und blickte nach unten, reckte den Kopf nach beiden Seiten, um durch die Zweige zu sehen, entdeckte uns und pinkelte. Dann stützte er den Ellbogen am Stamm auf, fuhr sich mit der Hand über die Glatze und übers Gesicht, dachte eine Weile nach und blickte sich um.

»Uaaaa!« sagte er.

Sofort zeigten sich weitere Schimpansen in den Bäumen um

uns herum, alle hatten, soweit ich es, im Schlamm auf den Knien liegend, erkennen konnte, schwarze Ohren und Gesichter, schwarze Handflächen und Fußsohlen. Erwachsene Tschegos, sagte ich mir zu meiner Vergewisserung, die in den flachen westafrikanischen Regenwäldern vertretene Variante, bei der nur die ganz jungen Äffchen weiße Gesichter haben.

Sie hangelten sich näher heran und sammelten sich im Umkreis, bis einer nur noch 30 Meter entfernt war. Ein anderer saß direkt über uns und zwei weitere, wie ich bemerkte, schlichen sich von hinten an uns heran.

Das alte Männchen stellte sich auf seinen Ast, riß das Maul auf und bot uns seine erschreckend vampirartigen Eckzähne dar. Dann brüllte er mit kurzen, schnellen und ohrenbetäubenden Kreischlauten. Er stampfte auf dem Ast herum und ohrfeigte den Baumstamm, er griff in die Zweige und schüttelte sie mit einem Zorn, über dessen Zielrichtung es keinen Zweifel geben konnte.

Die anderen taten es ihm nach, die Kehlsäcke blähten sich und die Felle sträubten sich vor Wut, sie brüllten alle ihren Schlachtruf, ein Huuuu-Huuuu-Huuuu, das immer weiter anschwoll, immer schneller wurde und in ein tumultartiges Gekreisch und Ästeschütteln mündete. Das Männchen über uns ließ seinen Kot auf uns herabregnen, eine wahre Schrotladung von Affenkötteln. Es war ein wenig deprimierend, der Gegenstand dieser geballten Ablehnung zu sein; kein Wunder, daß selbst die sozial völlig unsensiblen Leoparden in so einem Fall lieber das Weite suchen. Das ist aber nun eine sehr wirksame Darbietung, dachte ich herablassend. Dann wurde mir (schon weniger herablassend) klar, wie groß diese Affen waren. Und mir fiel Jane Goodall ein, die über die Vorlieben der Schimpansen berichtet hatte: Wenn sie sich ein Vergnügen gönnen wollten, eine richtige Mordsgaudi, schnappten sie einen jungen Pavian oder Kolobusaffen bei den Beinen, klatschten ihn mit dem Schädel gegen einen Stamm, rissen ihn in Stücke und fraßen ihn auf.

Hinter uns begann ein Stampfen und Bodenschlagen, daß mich plötzlich die Angst befiel. In diesem Hexenkessel der Drohungen und Beschimpfungen waren Vernunftgründe nicht mehr angebracht.

Doubla und Vicky dachten offenbar genauso, sie sprangen auf und schlugen brüllend mit den flachen Macheten gegen den Baum. Die Schimpansen ließen mich zu Boden und ergriffen die Flucht.

Als wir das Lager erreichten, war es schon dunkel. Nzé, Manou und die Brüder liefen uns entgegen und begrüßten uns, doch Marcellin blieb schweigend am Feuer sitzen.

»Habt ihr es gehört?« flüsterte Manou tonlos und griff nach meinem Arm, kaum daß ich festen Boden unter den Füßen hatte. Er starrte mich so verängstigt an, wie ich ihn noch nie gesehen hatte.

»Was sollen wir gehört haben? Was ist passiert?«

»Am Nachmittag hat er gerufen. Wir haben es alle gehört.« Er stieß einen dünnen, schrillen Schrei aus: OOOO-OOOO-OOOO. »Nzé hat es auch mit der Angst bekommen. Ich glaube, das geht nicht gut aus. Wir leben nicht mehr lange genug, um uns Fahrräder von dem Geld zu kaufen, das du uns geben wirst. Wer Mokélé-mbembé brüllen hört, muß sterben.«

»Das waren die Schimpansen!« brüllte ich wie ein Bantu, durchdrungen vom Glauben, mit dieser großen Entdeckung meine erste wissenschaftliche Leistung vollbracht zu haben. »Das war das Geschrei der Schimpansen! Ihr seid einfach nicht an offene Flächen gewöhnt und wißt nicht, wie die Affenschreie dann klingen! Das könnt ihr auch gar nicht. Das hier ist die größte Wasserfläche in Hunderten von Meilen Umkreis!«

»Wir haben Mokélé-mbembé gehört«, sagte Manou, den meine Logik nicht im geringsten beeindruckte. »Jetzt müssen wir sterben.«

Nach dem Essen ergab es sich, daß ich mit Doubla allein war, als wir die Eßnäpfe neben dem Einbaum ausspülten. Das Kreuz des Südens strahlte hell über dem See.

»Was denkst du, Doubla«, sagte ich leise, »warum hat Marcellin geschworen, den Dinosaurier gesehen zu haben?«

»Begreifst du denn nicht?« sagte Doubla und schenkte mir sein erstes aufrichtiges Lächeln. »Damit lockt er Idioten wie dich hierher und macht eine Menge Geld.«

Die Fischeule des Mijnheer Pel begann zu schreien.

35

Am nächsten Morgen machte ich mich mit Doubla und Vicky auf die Suche nach einem Python. Wir fuhren mit dem Einbaum in südlicher Richtung und ließen Marcellin im Zelt weiterschlafen und die Brüder mit dem Gewehr auf Jagd gehen. Nzé und Manou blieben mit ihrer Angst allein.

Doubla und Vicky paddelten schweigend, drei Meter vom Ufer entfernt, an hängenden Palmwedeln entlang, an Büschen, die mit ihren mehltaubestäubten Blättern über das Wasser ragten, an Papyrusstauden und Riesenphrynium vorbei, deren Stengel zwei Meter hoch aus dem Wasser ragten. An vielen Stengeln und Blättern klebten noch die flachen, spröden, gegliederten Hüllen der Libellenlarven, die aus dem See geklettert waren, sich dort festgehakt hatten und dann als himmelblaue Libellen ausgekrochen waren.

Und fossile Libellen, dachte ich, als Doubla das Kanu an einem umgestürzten Baum vorbeimanövrierte, dessen sonnengebleichte, nackte Äste aus dem Wasser ragten, fossile Libellen finden sich in Gesteinen, die 330 Millionen Jahre alt sind, 105 Millionen Jahre älter als die ersten Saurier. Die Vorfahren der heutigen Libellenlarven konnten sich also durchaus von Mokélé-mbembé belästigt gefühlt haben, wenn er mit seinen fünfkralligen, lederigen Saurierfüßen im Schlamm umherstapfte und an den Uferpflanzen knabberte. Aber Marcellins Beschreibung zufolge war Mokélémbembé nur ein kleiner Dinosaurier, klein genug jedenfalls, um genausogut ein Waldelefant zu sein, der den seichten See durchwatete und den Rüssel zum Atmen aus dem Wasser streckte (Mokélé-mbembés Hals). Doch wenn man schon partout einen Saurier erblicken will, warum dann nicht einen richtig eindrucksvollen, zum Beispiel den *Breviparopus*, dessen erhalten gebliebene Fußspuren auf eine Körperlänge von 50 Metern schließen lassen? Diese Spinnweben hier, dachte ich, und versuchte den Durchmesser des größten der vielen Netze zu bestimmen, die sich zwischen den Ästen des toten Baums ausspannten und im Morgendunst silberweiß leuchteten – die sind nun wirklich beeindruckend. Ich schaute näher hin und stellte fest, daß in jedem der Netze 100 und mehr Spinnen lauerten. Das waren also soziale Spinnen – eine große Rarität und eine ziemlich abartige Lebensweise für eine Spinne: Nur vier Arten von annähernd 30 000 sind als gesellig bekannt. Und wann haben sich die Spinnen entwickelt? ... Vielleicht vor 395 Millionen Jahren ...

Der Dunstschleier hob sich, die Sicht wurde klar, und wir kamen unter einem Baum vorbei, der reineclaudenartige Früchte trug. Fünf riesige Therapsiden rappelten sich aus dem Geäst heraus, breiteten ihre ledrigen Membranhäute aus und flogen schwerfällig über die Baumwipfel davon ... Da aber alle Therapsiden – säugerähnliche Flugechsen – beim großen Kometeneinschlag vor 245 Millionen Jahren ausgelöscht wurden, vom selben Kometen, der 96 Prozent aller Meerestierarten umbrachte, das Paläozoikum beendete und den Beginn des Mesozoikums einleitete, mußte ich mich damit abfinden, daß selbst hier an diesem prähistorischen See, wo alle Naturgesetze außer Kraft waren, nicht mit Therapsiden zu rechnen war, sondern lediglich mit dem Hammerkopf-Flughund, dem größten Flattertier Afrikas, *Hypsignathus monstrosus*. Diese Fruchtfresser mit einer Flügelspannweite von 90 Zentimetern paaren sich in Brunst-Kolonien: 30 bis 150 Exemplare hängen sich in 12-Meter-Abständen an Fluß- oder Seeufern in die Bäume, und mit ihren gewaltigen Stimmapparaten, ihren geblähten Backentaschen, geweiteten Nasenhöhlen und trichterförmig aufgesperrten Schlünden wetteifern sie mit ihren Rufen (ein schmetterndes Quaken aus der Nähe, ein metallisches Klirren aus der Ferne) um die Gunst der vorbeifliegenden Weibchen. Die Weibchen sind nur halb so groß wie die Männchen, sie haben normale, wohlgeformte und elegante Flughundköpfe, und sie sind von der Musik ihrer Freier zutiefst angerührt. Wie gewiefte Musikkennerinnen fliegen sie nächtelang die Reihe der Sänger auf und ab und erwählen schließlich nach sorgfältiger Prüfung das Männchen mit dem vermutlich mächtigsten Organ. Dabei kommen die Weibchen zu recht einhelligen Ergebnissen: Zwei oder drei Männchen besorgen das ganze Geschäft der Begattung. Diese sexuelle Auslese produziert immer größere Männchen mit immer lauteren

Stimmorganen und, da das Musizieren ihnen eine gewaltige Anstrengung abverlangt, mit einer immer kürzeren Lebenserwartung ...

Das Kanu schaukelte bedenklich, als Doubla plötzlich seinen Speer schleuderte. Vor uns im Wasser tat sich etwas, dann platschte es laut; Vicky beschleunigte das Boot mit heftigen Paddelstößen, Doubla griff nach dem ragenden Schaft, der sich gerade entfernen wollte, und hebelte einen Wels von 1,20 Meter Länge an Bord, den er mit dem Speer durchbohrt hatte. »Das sind zwei Fische!« sagte er und betastete den geschwollenen Welsbauch. »Ein Wurf, zwei Fische. Er konnte nicht wegtauchen, er hatte gerade einen Fisch verschluckt!«

Vicky legte an einer kleinen Insel an, die fünf Meter vom Ufer entfernt war. Auf der Insel standen eine große Raffiapalme, ein struppiges Gebüsch mit rosa Blüten und ein offenes Schutzdach aus kräftigen Pfosten und Palmblättern. Doubla schrie ein Gebet oder eine Anrufung über den See, dann sagte er mit einem flüchtigen Lächeln »Willkommen!« zu mir. »Das ist Doublas Insel. Sie gehört mir.« Er setzte sich auf einen Stamm neben dem Räuchergestell, ich setzte mich neben ihn, und Vicky, barfuß und in seinem Kampfanzug, hockte sich auf einen Wurzelknoten der Palme. Doubla sagte: »Redmond, hier gibt es keine Riesenschlangen. Wir sind hierhergefahren, um wegzukommen, weg von Marcellin. Marcellin ist verstört. Der Häuptling von Boha nimmt Rache an ihm. Und eines kannst du mir, Ange Moutaboungou, glauben: Wenn der Häuptling von Boha Rache nimmt, dann ist es nicht gut, in der Nähe des Opfers zu sein. Selbst wenn er dein Freund ist – du mußt ihm aus dem Weg gehen.«

»Es gibt hier keine Riesenschlangen?« fragte ich.

»Im Januar, Februar, März, April – wenn es trocken ist und die Flüsse und Wasserlöcher im Wald leer sind. Dann kommen die Buschschweine, die Antilopen, die Büffel und Elefanten – alles kommt hierher zum Trinken. Dann sind auch die Pythons da, richtige große Pythons, sie fressen sich hier satt und machen ihre Babys. Wenn jetzt Trockenzeit wäre, hätten wir auf diese Entfernung vielleicht schon 50 oder 60 Pythons gesehen. Dann ist es hier gefährlich! Aber jetzt« (er blickte zum schweren grauen Himmel auf), »jetzt kommt die Regenzeit. Ich glaube, schon heute nacht. Wir müssen also meine Schildkröteneier sammeln, heute nacht fangen wir Krokodile für Marcellin, und morgen, wenn der Regen anfängt, müssen wir zurück. Wenn wir bleiben, kommen wir nie wieder raus. Das Wasser steigt, und der Wald ist ein Sumpf. Du mußt in den Bäumen leben!«

»Vicky«, fragte ich, »wer liebt dich denn nun mehr als dein Vater und dein Großvater?«

»Die Ahnen!« brüllte Vicky und stand auf. »Die Geister, die Ahnen!« Er formte die linke Hand zum Trichter, schlug heftig mit der flachen rechten Hand auf die Öffnung und erzeugte einen scharfen Knall. »Sie lieben dich gewaltig!« (Peng!) »Sie lieben dich und lieben dich!« (Peng! Peng!)

»Aber nicht immer und nicht alle«, sagte Doubla grimmig. »Es gibt noch einen anderen See in der Nähe, einen kleinen verbotenen See. Die Geister an diesem See sind nicht unsere, sie gehören nicht zu uns. Alle Leute in diesem Dorf dort sind umgekommen. Für immer. Und wenn du die Fische aus diesem See ißt« – er zog den rechten Zeigefinger über die Kehle und schnipste, die Hand zur Seite schleudernd, mit den Fingern –, »mußt du sterben, einfach so!«

Auf dem Rückweg hielten wir an einer Wegmarke aus gekreuzten Stöcken und gruben die kleinen, runden, weißen, lederartigen Schildkröteneier aus einem Laubhaufen. Jeder bekam zwei zum Kosten; wir bissen hinein und saugten sie aus (wie Hühnereier, nur ölig). Die restlichen verstauten wir in Hemden und Jackentaschen und nahmen sie mit ins Boot.

Marcellin kam mit zittrigen Bewegungen und blutunterlaufenen Augen aus dem Zelt gekrochen und klagte über Fieber. Nach einem fast schweigenden Abendessen (Schildkröteneier und Welssuppe) schnitt Vicky eine lange Stange zu, Doubla fertigte eine Schlinge aus Lianenfasern, Marcellin nahm die Taschenlampe, Vicky machte das Boot los, und sie fuhren auf Krokodiljagd am Ufer des Sees.

In der Dämmerung sah ich durch die offene Zeltklappe auf den See hinaus und entdeckte fünf Falken – kurzer Hals, lange, spitz zulaufende Schwingen, leicht gegabelter Schwanz, im Flug hastig und flatterig wie Fledermäuse –, die zum Trinken steil auf die ruhige Wasserfläche niederstießen. Mit dem Fernglas konnte ich erkennen, daß der Hinterkopf, die vorderen Flügeldecken, die Schulterfedern, die Bürzelfedern und Schwanzfederschäfte ein zimtfarbenes Dreieck bildeten. Es waren also keine Falken, sondern enge Verwandte der Blauracke, meines Kindheitsvogels – genannt Breitschnabelracke. Dann befiel mich ein absurder Glücksrausch, zusammen mit dem Gedanken: Sie sind doch noch zu mir gekommen – es gibt also noch Orte, wo der Besucher in der schwarzen Jacke, Samalé, die nächtliche Erscheinung mit den langen Armen, keine Macht hat, wo man sicher vor ihm ist ... Aber ich möchte so nicht denken, dachte ich, fuhr unwillkürlich mit der rechten Hand in die Tasche und tastete nach dem kleinen Bündel aus Fell, Knochen und Bindfaden, dem Fetisch (wenn ich ihn nun verloren hatte?). Was für ein Unsinn, dachte ich, ich will das nicht, das ist magisches Denken. »Allerdings!« raunte die Stimme des Manns in der schwarzen Jacke. Sie kam aus der Dunkelheit, die sich hinter dem Zelt auftürmte. »Und du kannst nichts dagegen tun!« sagte er direkt hinter mir durch die Zeltleinwand. »Denn selbst jetzt, mein lieber, guter, unschuldiger Freund, mein neuer Freund, denn selbst jetzt nistet sich das magische Denken, wie du es nennst, in deinem Unterbewußtsein ein. Du bist davon angesteckt, du bist für immer gezeichnet. Nun, ich hätte dir genausogut das Kreuz brechen können.« Er lachte, und es war wieder dieses trockene Rascheln der Schaben im Dach. »Aber warum denn so ängstlich? Warum so verstört? Mein lieber neuer Freund, das ist die Sprache des Fetischs. Oder wie soll ich es ausdrücken?« Ich spürte ein weiches, dumpfes Poltern hinter dem Zelt, es war, als würde er von einem Bein aufs andere springen, als würde er seine Waden und Füße trainieren ... »Vielleicht muß ich es anders sagen, damit ihr Weißen es versteht. Wie du ja weißt, fliege ich nach Paris, nachts natürlich, in einem Holzflugzeug. Ich gehe in die Bibliothek und lese die Bücher. Ich bin vernarrt in Bücher! Also laß dir sagen, die Sprache des Fetischs ist so, wie Tolstoi die Sprache der Ehe beschreibt, der langjährigen Ehe. Eine Sprache, die mit deiner Logik, deinen Prämissen und Schlußfolgerungen nichts anfangen kann. Es ist die Sprache der Träume, mein Freund, unwirklich und verworren. Ständig widerspricht sie sich in allem – außer im Ausdruck des Gefühls, das dem Traum zugrunde liegt. Und dieses Gefühl ist mächtig, es ist klar, und es ist wahr. Natürlich nur im Moment, mein Freund, denn weil du hier bist, als ungebetener Gast, bist du mit mir verheiratet wie alle anderen.« Ich hörte am Rascheln des Laubs, daß er sich entfernte, seine Beine streiften durch das breitblättrige Gras, dann schrie Nzé nach mir. »Redmond, ein Affe!« Schon gut, dachte ich, als ich aus dem Zelt kroch, es ist das Fieber ... eine Fieberwelle ... ich habe Marcellins Fieber. Die Brüder kamen von der Jagd zurück, auf bloßen Füßen stiegen sie durch das Unterholz; Jean trug das Gewehr, Nicholas einen toten Affen.

Jean überreichte Nzé das Gewehr und zwei Patronen, Nicholas gab mir den Affen. Offenkundig erschöpft, ohne ein Wort, ließen sie sich auf die Schlafplattform sinken. Sie legten sich auf den Rücken, Seite an Seite, und bedeckten die Augen mit dem rechten Arm.

»Es ist eine Brazza-Meerkatze«, sagte ich und sah dem Affen in die Augen, die noch nicht stumpf waren, Augen, die von einem schwarzen Gesicht umrahmt waren, von einer orangefarbenen Stirn, der weißen Nase, dem weißen Schnurrbart und dem langen weißen Backenbart, der aussah wie frisch gekämmt.

»Nicht anfassen, Onkel«, sagte Nzé und lehnte das Gewehr, den Lauf in den Boden gebohrt, an eine Stelzenwurzel. »Sie sind schmutzig, die Affen. Du kriegst Flöhe, du kriegst Krankheiten.« Er setzte sich neben Manou auf den Stamm am Feuer, knöpfte die Brusttasche seiner inzwischen zerrissenen Uniformjacke auf, holte eine frische Schachtel Zigaretten hervor, streifte das Zellophan ab, warf es ins Feuer und schaute zu, wie es schrumpfte und aufflammte, zog zwei saubere weiße Zigaretten aus der Packung, gab eine Manou und zündete beide an. »Es ist schrecklich, Onkel, wie du alles anfaßt.«

Ich legte den Affen auf das Räuchergestell. Sein Fell war seidenweich, der Körper olivfarben, der Schwanz schwarz, der Penis rosa und der Hodensack blau. Es war ein ausgewachsenes Männchen in voller Brunstfärbung – ein dominantes Leittier mit einem eigenen Trupp von Weibchen und Jungen (sie leben im Sumpfwald, lieben das Wasser und sind ausgezeichnete Schwimmer) –, und wenn es weitere Männchen in seiner Horde gibt, sind sie Untergebene; egal, wie alt sie sind, ihre körperliche Entwicklung wird psychologisch gestoppt, und sie behalten das braune Fell der Kindheit, ein Braun, das die Schamfärbung des Weibchens imitiert. Jetzt also, dachte ich und streichelte ihm den Rücken, hat jemand anders die Chance, seine wahren Farben zu zeigen und Nachkommen zu zeugen.

»Hör auf damit, Onkel!« sagte Nzé. »Wasch dir die Hände im See! Das ist schmutzig!«

Ich setzte mich ans Ende ihres Stammes.

»Ich habe beschlossen«, begann Nzé und nahm einen tiefen Zug aus der Zigarette. »Ich habe beschlossen, Onkel, daß ich, Nzé Oumar – nur um den Menschen Freude zu schenken, um Gutes zu tun, wie es ihr Weißen, ihr Christen, es von uns verlangt ...«

»Tu anderen nur, was man dir selbst tun soll«, sagte Manou.

»Genau«, erwiderte Nzé. »Das hätte ich nicht besser formulieren können, und wenn ich eine Woche lang nachgedacht hätte. Und deshalb tue ich's den Mädchen in all den Dörfern. Ich tue es zum Wohl dieser Regierungsexpedition, ich tue es im Dienst der Partei! Im Dienste der Regierung der Volksrepublik! Und daher kriege ich mehr Krankheiten als alle anderen. Das ist nicht gerecht. Warum soll ich, Nzé Oumar, als einziger leiden? Das möchte ich wirklich einmal wissen!« Er blies Manou eine Rauchwolke ins Gesicht. »Der kleine Manou dagegen, der ist kein guter Christ, Onkel. Der behält seinen Schwanz für sich.«

»Ich hab's einem Mädchen in Boha getan! Ich schwöre es!« sagte Manou entrüstet.

»Nein, nein, Manou. Ich tue es immer und überall. Hör auf einen, der älter und klüger ist als du – Nzé Oumar, einen Mann, den die ganze Familie bewundert und achtet.«

»Keiner achtet dich. Nicht mal Staline!«

»Staline? Sie ist ja auch viel zu jung! Wie soll sie sich darüber eine Meinung bilden, über etwas von dieser überragenden Bedeutung?«

Manou blickte mich an, verdrehte die Augen und zuckte die Schultern.

»Jawohl, Onkel, es ist Zeit, daß auch Manou ein Opfer für das Wohl der Regierungsexpedition bringt, für das Wohl der Partei, er kann sich also ruhig eine Krankheit holen. Und wenn es nur eine harmlose ist. Er kann den Affen häuten.«

»Wir werden ihn nicht häuten«, sagte Manou düster und blickte zu Boden. »Wir werden ihn sengen. Wir werden ihm das Fell über dem Feuer abbrennen. Wir werden ihn am Stück braten.«

»Ja, ja«, sagte Nzé und zündete eine neue Zigarette an seinem Stummel an. »Immer bin ich es, der sich aufopfert. Und was krieg ich dafür?«

»Ananas«, sagte ich.

»Jawohl, Onkel!« brüllte Nzé, sein Kummer war vergessen, er knallte sich den Ellbogen in die Hüfte. »Und Sakasaka! Und Räucherfisch! Papayas! Foufou! Nach einer Nacht mit mir, Onkel, sind sie so zufrieden, so glücklich. Bohmaaa! Sie geben mir mehr, als ich essen kann!«

»Krokodile!« schrie Marcellin am Anlegebaum und watete an Land. »Die großen sind weggeschwommen, aber wir haben ein junges, ein *Crocodylus cataphractus*, Redmond – und ein Baby!« Er trat in den Feuerschein und hielt ein Krokodil in den Armen, das 1,20 Meter lang war und dessen flache und gerade Schnauze mit einer Schnur zugebunden war. Er legte es auf den Boden und behielt die Hand auf dem schwarzen Rückgrat. »Das Panzerkrokodil! Eine echte Schönheit! Wir haben es mit der Schlinge gefangen!« Die Flanken waren olivbraun und schwarz gefleckt, die Hinterfüße hatten Schwimmhäute und Krallen, und auf dem Kamm des seitlich abgeflachten, 60 Zentimeter langen Schwanzes zog sich eine Reihe schwarzer und cremefarbener Zackenschuppen entlang wie bei einem Stegosaurus. Ohne sich zu rühren, beobachtete uns das Krokodil aus seinen hochliegenden Kugelaugen. Vicky legte ein 20 Zentimeter langes Krokodilbaby daneben. »Das junge Krokodil ißt Fisch«, sagte Marcellin und warf den Kopf hin und her. »Es schwenkt immer die Schnauze, weil es nicht geradeaus gucken kann. Und das Baby – es frißt Moskitolarven!«

»Marcellin«, sagte Doubla, »ich baue heute abend einen Korb, und morgen kann Jean die Krokodile tragen. Die Regenzeit kommt. Wir müssen morgen zurück.«

»Und Mokélé-mbembé?« fragte ich.

Alles schwieg.

»Ich weiß nicht so recht«, sagte Marcellin und strich dem Krokodil über die Flanke, ohne aufzuschauen. »Ich hab darüber nachgedacht. Vielleicht kommt Mokélé-mbembé nur manchmal her. Vielleicht wohnt er im Sangha-Fluß.«

Ich kroch in mein Zelt, schnallte die Kopflampe um, löste den Plastikbeutel mit den Banknoten aus der Kartentasche des Rucksacks und zählte den restlichen Lohn für Doubla, Vicky und die Brüder ab. Doch wie ich es auch drehte, die kleinen Scheine reichten nicht aus, um für jeden die genaue Summe zu ergeben. Jean mußte sich eine 10 000-Franc-Note mit seinem Bruder teilen, und Doubla mußte eine 10 000-Franc-Note mit allen vieren teilen. Würden sie das Geld wechseln können? Natürlich! Der Bootsführer brachte alle vierzehn Tage Bier aus Epéna zum Verkauf, und für alle Fälle gab es diesen Laden in Djéké ... Es wurde merklich kühler, Wind kam auf, die Blätter über dem Zelt fingen an zu rascheln und zu flüstern. Aus der Ferne hörte man es donnern – Mokélé-mbembé am anderen Ende des Sees –, und ich schlief ein.

Als wir im Morgengrauen aufbrachen, ging ein heftiger, wütender Regen nieder; und am späten Nachmittag des zweiten Tages regnete es noch immer unvermindert, als wir, durchnäßt und schweigend, erschöpft vom Waten durch Wasserlöcher und Schlammbäche, kurz vor den Pflanzungen von Boha auf den Sprecher des Häuptlings trafen. Der barfüßige Alte ging langsam mit gesenktem Kopf durch den Regen, er trug nichts als einen Lendenschurz aus frisch geflochtenen Blättern. In der rechten Hand hielt er seinen langen Speer, in der linken ein kurzes, zweischneidiges Schwert mit einem Holzgriff. Vom Rücken hing ihm ein Korb aus Lianen und Rindenstreifen, der mit Blättern ausgelegt war. Darin lagen ein barschähnlicher Fisch und eine Axt aus Stein, die mit Lianenschnur am Stiel befestigt war.

»Eine Steinaxt und ein Lendenschurz!« sagte ich begeistert zu Marcellin auf englisch, ohne mir etwas dabei zu denken. »Schade, daß die Pfeilspitze und das Schwert aus Eisen sind, sonst könnte er glatt aus der Steinzeit kommen!«

»Von wegen Steinzeit!« sagte Marcellin erbost und wrang seinen Hut aus. »Dem armen Alten tun die Eier weh. Sie tun ihm weh, wenn er Hosen trägt. Seine Eier sind geschwollen. Sie sind riesig. Er hat eine Hydrozele und Elephantiasis. Er ist alt, Redmond, und er wird bald daran sterben.«

Und das alles von einem Mückenstich, dachte ich, während Nzé von dem Alten den Befehl erhielt, zwei Schüsse abzugeben und damit unsere Ankunft mitzuteilen. Die winzigen Wurmlarven der *Wuchereria bancrofti* gelangen aus dem Mückenrüssel in die Blutbahn (der Alte sortierte uns wieder in derselben Reihenfolge wie beim Aufbruch), und als ausgewachsene Würmer – das Weibchen weiß, schlank und acht Zentimeter lang, das Männchen nur drei – siedeln sie in den Lymphgängen der Geschlechtsorgane und der Gliedmaßen (im Gänsemarsch liefen wir hinter dem Alten zur Hütte des Häuptlings). Die Beine und der Hodensack sind fast immer betroffen: Es bildet sich eine Elephantiasis, eine faltige Wucherung von Haut und Unterhaut, die unvermindert schwellen kann, bis der Hodensack mehr wiegt als der Rest des armen Opfers dieser Krankheit. (Die Krieger versammelten sich, der Häuptling zeigte sich in der Tür, und Vicky erhielt wegen seiner adligen Abstammung das Vorrecht, die Geschichte unserer Reise auf Bomitaba zu intonieren) Die gestaute Lymphe tritt aus der Haut des Hodensacks aus, und in den feuchtwarmen Falten gedeihen die Bakterien, vornehmlich Streptokokken, aufs beste. Mir fiel ein besonders grusliger Satz aus dem Standardwerk von Dion R. Bell, ›Vorlesungen zur Tropenmedizin‹, ein. Die fortgeschrittene Elephantiasis kann nur operativ behandelt werden, doch auch das ist vergeblich, wenn die Gliedmaßen betroffen sind; aber die Operation des Hodensacks kann ein erfreuliches Ergebnis zeitigen – es gelingt nämlich fast immer, die Hoden zu retten »und den Penis freizulegen, der auch dann, wenn er völlig von Skrotalgewebe überwuchert war, seine normale Gestalt behält.«

Vicky hatte seinen Vortrag beendet und stand wieder bequem.

Der Häuptling war unbemalt, aber er saß auf dem Thron, den Speer mit der geflügelten Spitze senkrecht vor sich, und er flüsterte seinen Kommentar in das geneigte Ohr des Sprechers. »Der Häuptling von Boha!« schrie der Alte auf französisch. »Er hat alles gesehen! Genau so, wie ihr es beschrieben habt. Er hat die Regenzeit aufgehalten. Das war eine schwere Arbeit! Ihr seid entlassen.«

Wir stapelten das Gepäck an die Hüttenwand; die leere Hütte des Schulmeisters war jetzt gemütlich und vertraut wie ein Heim, wir schüttelten Doubla, Vicky und den Brüdern die Hand und verabschiedeten uns vorläufig.

»Wie fühlst du dich?« fragte mich Nzé, als er beim Hereintragen des Gepäcks dicht neben mir ging.

»Ein bißchen schlecht.«

»Schlecht, Onkel? Ich – ich bin verletzt!« Er hob seine Uniformjacke hoch. Die Haut auf der Brust war beidseitig wundgescheuert und blutete stellenweise. Ein zweitägiger Marsch und eine Nacht im Regen, dachte ich, konnten unmöglich zu solchen Verletzungen führen, wenn nichts anderes beteiligt war. Machte die Gonorrhöe die Haut besonders empfindlich? Und überhaupt (ich gab ihm eine Tube Savlon aus dem Medizinrucksack): Es ist zwar recht vernünftig, medizinische Bücher zu lesen und Ratschläge zu beherzigen wie die in Werners ›Wo es keinen Arzt gibt‹, aber an Ort und Stelle ist dann doch ein richtiger Arzt vonnöten – zumindest jemand, der über die Himbeerseuche und über Extencillin Bescheid weiß ...

»Sieh mal«, sagte Manou und hob sein Hemd, »ich bin auch verletzt! Genauso schlimm. Nur mache ich nicht so ein Geschrei. Ich jammere nicht!«

»Wovon kommt das? Wie kann man so wund werden? Ist das die Gonorrhöe?«

»Ich und Gonorrhöe?« rief Manou empört. »Noch nie hatte ich so was Ekliges! Wir sind nicht wie ihr! Wir sind zivilisiert! Ich und Nzé, wir gehen nicht aus lauter Übermut in den Wald. Dazu noch bei einem solchen Regen. Das können die Pygmäen machen. Wir sind das nicht gewöhnt. Wir leben in der Stadt. Wir haben ein Zuhause!«

Nzé machte wieder sein Liebesnest in der Kammer neben dem Eingang zurecht, indem er eine feuchte Plane vor die Tür hängte, eine Kerze anzündete und fröhlich vor sich hin summte; Manou holte den dreibeinigen Campingofen aus dem Reissack, leerte meine Wasserflaschen in den Kochtopf und setzte Foufou auf. Marcellin löste die Lianenknoten an Doublas Tragekorb, hob das größere Krokodil heraus und packte es auf den Tisch. Ich hielt die lange, schuppige Schnauze zu, und Marcellin legte es an die Leine. Er wickelte unsere Fallschirmschnur um den Leib hinter den Vorderfüßen, ein zweites Mal vor den Hinterfüßen und band das freie Ende an das Bein eines Stuhls, den er mit einem Rucksack beschwerte und in die entfernteste Ecke schob. Das Krokodil, in seine archaischen Grübeleien versunken, ließ alles friedlich mit sich geschehen.

Nzé klebte zwei Kerzen mit Wachstropfen auf die rauhe Tischplatte, Manou füllte die Näpfe, und wir setzten uns zu unserem Abendessen aus Foufou und den letzten Sardinen.

»Der Bootsführer Mombété«, sagte Marcellin und schüttete den Rest seiner Wasserflasche in den Napf, »er wird in einer Woche hier erwartet. Das ist sein regulärer Tag. Er bringt Bier aus Epéna. Er hat eine große Piroge mit einem kleinen Motor. Wir werden mit ihm zurückfahren.«

»Epéna!« rief Nzé. »Eine Stadt! Wir werden feiern! Onkel Redmond, du kaufst Bier, wir betrinken uns und machen eine Riesenfete – weil wir noch am Leben sind. Niemand ist gestorben! Keiner ist im Dschungel umgekommen!«

Marcellin matschte eine Sardine in seinen Foufou und schaute zur Tür. »Noch ist es nicht vorbei«, sagte er. »Wir sind noch nicht frei. Wartet nur! Jetzt, wo wir scheinbar mit allen befreundet sind, werden Vicky oder Doubla kommen und sich das Gewehr ausleihen. Und der Häuptling von Boha wird seine Rache nehmen.« Marcellin starrte in seinen Napf. »Ja«, sagte er langsam, »ja. So zumindest würde ich es machen.« Dann zischte er: »Nzé! Laß dieses Schmatzen! Ich hab dir gesagt, daß ich es nicht mehr hören kann. Man ißt nicht mit offenem Mund. Mach den Mund zu, wenn du ißt!«

»Das kann ich nicht«, sagte Nzé verdutzt und mit offenem Mund. Die Schwanzflosse einer Sardine klemmte zwischen seinen Schneidezähnen. »Onkel, wenn ich mit geschlossenem Mund esse, kriege ich keine Luft!«

»Natürlich kriegst du Luft! Und hör auf, alle Leute Onkel zu nennen. Ihr zwei, Nzé und Manou, ich verbiete euch, in andere

Hütten zu gehen und dort mit Mädchen zu schlafen. Ich bin für euch verantwortlich. Ich habe euren Müttern versprochen, daß ich euch heil zurückbringe. Diese Mädchen, die öffnen hier für andere die Türen.«

»Nicht mit mir, Onkel!« sagte Nzé, saugte sich die Flosse mit einem lauten Schmatzer aus den Zähnen und stieß die Faust in die Luft. »Bohmaaa! Die Mädchen lieben mich!«

»Marcellin«, sagte ich, »da wir schon mal hier sind, wollen wir nicht die Gelegenheit nutzen und nach Norden weiter? Nach Mboua? Du hast gesagt, von dort, vom Bene-Toukou-See, geht ein Pfad, den die Pygmäen benutzen. Das hast du mir gesagt. Ein Pfad, den wir benutzen können – vom Bene-Toukou-See bis zum Ndoki-Fluß. Immer durch den Dschungel! Dann weiter nach Ouesso! Wie wär's? Einen Monat oder zwei? Was denkst du? Dann zurück auf dem Sangha. Was sagst du dazu?«

»Ich sage nur: Du bist verrückt!« Marcellin blickte mit offenem Mund vom Napf auf und kaute seinen Maniok.

»Ohne mich, Onkel«, sagte Nzé, »diesmal nicht. Ich bin verletzt. Ich bin innerlich krank. Ich hab genug.«

»Ich habe eine Frau«, sagte Manou, »ich habe einen kleinen Sohn!«

»Na kommt schon! Was ist ein Monat nach so langer Zeit? Wo ist der Unterschied?«

»Redmond«, sagte Marcellin und leckte sich die Finger ab, »du bist erschöpft. Wir alle sind erschöpft. Und du – du bist verrückt geworden. Du fragst mich, was ich denke, und ich werde es dir sagen. Ich kenne das schon von Weißen wie dir – es passiert was mit ihnen im Wald, jedesmal. Irgendwie werden sie verrückt. Sie wollen nicht zurück. Immer wollen sie bleiben!«

»So ist es nicht.«

»Noch einen Monat? Du bist verrückt. Zwei Monate? Das ist der Sumpfwald! Die Regenzeit kommt. Wahrscheinlich ist sie schon da.«

Ich schwieg.

»Und überhaupt, Redmond, hast du das Geld dazu?«

»Äh, nein ... Aber ich schicke es! Ich schicke das Geld und Geschenke. Jede Menge Geschenke!«

»Du willst sie schicken?« Marcellin lachte. »Und wenn die Regierung wechselt? Wenn wir nach Brazzaville zurückkommen und sie dich als Spion verhaften? Als kapitalistischen Spion? Sie stecken dich ins Gefängnis – ins Gefängnis von Brazzaville!«

»Koko!« rief jemand von draußen und stieß die Tür auf. Der Mann mit der dunklen Brille trat ins Kerzenlicht, etwas Kleines, Schwarzes drückte sich an sein T-Shirt.

»Doktor«, sagte er zu mir. »Mein Hals, er ist geheilt. Deshalb bin ich gekommen. Ich bin gekommen, um dir zu danken.« Er warf mir das schwarze Bündel grob gegen die Brust.

Zwei kleine Ärmchen umklammerten mich.

»Ein Gorillababy«, sagte er zu Marcellin gewandt. »Es ist ein Junge.«

Das Gorillababy drückte das kleine, traurige, schwarze Gesicht an meinen Hals; ich küßte es auf den Kopf, es roch nach frischen Blättern.

»Marcellin Agnagna, euer Weißer, er hat mich geheilt, das ist wahr. Aber er hat auch Ärger in Boha gemacht. Der Häuptling von Boha, er ist wütend. Alle wissen es. Im Wald, Marcellin Agnagna, hat euer Weißer an Ange Moutaboungou, genannt Doubla, 10 000 Francs bezahlt, die er mit Victor Embingui und den Brüdern Nicholas und Jean Poulain teilen sollte. Aber jetzt geht Doubla durchs Dorf. Er trägt seinen Speer und sein Messer. Er schreit: ›Wenn jemand mein Geld will, das Geld, das mir, Ange Moutaboungou, gehört – dann soll er es sich holen!‹«

»Wir beschaffen uns kleine Scheine«, sagte ich. »Wenn der Bootsführer kommt. Nächste Woche, der Bootsführer aus Epéna.«

»Euer Weißer hat auch 10 000 Francs an Nicholas Poulain bezahlt, die er mit seinem jüngeren Bruder Jean teilen soll. Aber Nicholas Poulain, er weigert sich, 5000 Francs an Jean Poulain zu bezahlen. Deshalb hat sich Jean an ihm vergriffen. Er hat ihn verprügelt. Er hat ihn zusammengeschlagen. Manche sagen, daß Nicholas tot ist. Andere sagen, er schläft, aber er hat die Besinnung verloren. Er liegt in seiner Hütte.«

»Das ist ja furchtbar«, sagte ich. »Es tut mit leid, ich habe wirklich nicht ...«

»Genosse Agnagna, das ist deine Angelegenheit. Du bist von der

Regierung der Volksrepublik. Du bist ein Kommunist. Ich bin auch Kommunist. Deshalb gib mir jetzt die 20 000 Francs. Du kannst mir vertrauen. Ich werde sie gerecht teilen, und dieses kleine Problem ist gelöst.«

»Du?« Marcellin stieß den Stuhl zurück und stand auf. »Du ein Kommunist? Du bist noch nicht einmal Mitglied des Dorfparteikomitees! Du bist ein Niemand! Du tötest Gorillas und kommst her und verlangst Geld von *mir*! Ich könnte dich ins Gefängnis bringen! Verschwinde! Raus mit dir!«

Der Mann mit der schwarzen Brille wich zurück, drehte sich hastig um, stieß mit dem Kopf gegen die Tür und floh.

Erschreckt vom Lärm, biß mir der kleine Gorilla in die Brust.

»Das hast du gut gemacht, Onkel«, sagte Nzé ehrfurchtsvoll mit offenstehendem Mund. Dann schwand die Bewunderung aus seiner Stimme. »Er wird wiederkommen! Mit seinen Freunden. Und wenn er ein Gewehr hat?«

»Es gibt keine Gewehre in Boha. Diese Leute sind zu gefährlich. Die Armee hat alle Gewehre beschlagnahmt.«

»Er hat keine Freunde«, sagte Manou und räumte die Näpfe weg. »Jeder will ihn umbringen.«

»Aber es ist nicht gut.« Marcellin setzte sich an den Tisch und stützte den Kopf in die Hände. »Man kriegt kein Gorillababy, ohne die Mutter zu töten – und das ist schlecht. Denn wenn sie Gorillas jagen, wenn sie Gorillafleisch essen, dann führen sie etwas im Schilde. Dann machen sie sich stark.«

Nzé zeigte auf den Gorilla in meinem Arm. »Dann essen wir lieber den und werden auch stark.«

Ich drückte das Gorillababy fester an mich für den Fall, daß es Nzé verstanden hatte.

Marcellin lachte. »Von Babys wird man nicht stark. Du brauchst ein großes Männchen! Einen Silberrücken! Der ist zehnmal stärker als jeder Mann, selbst hier in Boha! Nur, die Weibchen – es gibt viele Männer in Boha, die stärker sind als ein Gorillaweibchen. Doch das hält diese Leute nicht davon ab; sie essen die Weibchen trotzdem, die Gorillamütter – und sie stoßen die Gorillakinder im Dorf umher, bis sie tot sind.« Er streichelte den kleinen, runden Hinterkopf des Gorillas (der mich wieder biß). »Redmond, du mußt ihn nicht behalten. Es ist schrecklich, ein Gorillababy zu pflegen. Sie sind noch schlimmer als Schimpansen. Sie lassen dich nicht mehr weg. Sie schreien! Es hat keinen Zweck. Das ist die Wahrheit. Es hat keinen Zweck, ihn zu retten. Du machst dich fertig, für nichts und wieder nichts.«

»Ich behalte ihn.«

»Ach, wirklich?« Marcellin lächelte breit. »Und was wird aus den zusätzlichen Monaten? Aus dem Bene-Toukou-See? Dem Ndoki-Fluß und Ouesso? Aus dem Sangha?«

»Kannst du vergessen.«

»Gut, Redmond. Ich wäre sowieso nicht mitgekommen. Wir würden es nicht durchstehen. Sieh dich nur an! Dein Gesicht! Von dir ist nichts mehr übrig! Du bist weggeschrumpft. Du bist völlig hinüber. Erledigt. Du bist krank, ich bin auch krank. Und du mußt dich nicht um einen Gorilla kümmern.«

»Wir werden ihn retten. Wir holen ihn hier raus. Wir bringen ihn zu Madame Leroy ins Waisenhaus.«

»Welchen Sinn soll das haben? Sie überleben nicht. Die Überlebensrate ist sieben Prozent!«

»Dann lohnt es sich schon.«

Marcellin strich sich über den Stoppelbart. Er zupfte an den Haaren seines Kinnbarts. »Okay, ich gehe zu Bobé. Bobé baut uns eine Kiste, einen kleinen Käfig.«

»Er kommt in keinen Käfig.«

»Wie meinst du das? Wo soll er schlafen?«

»Bei mir.«

»Damit willst du schlafen?« Manou schob seinen Stuhl zurück. »Er soll mit dir zusammen schlafen?«

»Warum nicht?«

»Aber Redmond«, sagte Marcellin mit sanfter Stimme und machte eine Pause. »Er scheißt. Er scheißt in dein Bett. Er scheißt dich von oben bis unten voll!«

»Das macht mir nichts aus.«

»Das ist ein Tier«, sagte Manou. »Es ist dreckig, es stinkt.«

»Ich bin auch dreckig, und ich stinke.«

»Das ist kein Mensch«, sagte Nzé und kratzte sich die Brust. »Wenn du dich im Dschungel verläufst, wird er dir dann helfen?

Wird er deine Hemden waschen? Niemals. Also bring ihn um. Schmeiß ihn weg!«

»Redmond, du bist verrückt geworden«, sagte Marcellin. »Ich weiß nicht. Ein bißchen verrückt eben. Aber ich gehe jetzt zu Bobé. Der wird wissen, was zu tun ist. Er wird wissen, warum sie uns einen Gorilla angehängt haben. Ich verstehe es nicht, aber Bobé wird mir weiterhelfen.«

»Und die Krokodile?« fragte Manou.

»Du, Manou, füllst die Wasserflaschen im Fluß. Du bist jetzt in Sicherheit. Heute nacht machen sie nichts. Doubla wird betrunken sein. Und sich prügeln. Du hältst also das große Krokodil feucht, und für das kleine tust du etwas Wasser in den Kochtopf. Nimm es aus dem Korb und steck es in den Kochtopf, da geht es ihm gut, da kann es die Nacht verbringen. Und morgen früh bezahle ich einen Jungen, daß er eine Schabe fängt – Heuschrecken, Tausendfüßler, Palmraupen. So was hat es gern!«

Nzé wandte sich zu mir. »Das ist ein Tier, Onkel. Wir müssen es töten. Sonst können wir keine Mädchen herbringen, Manou und ich. Sie werden nicht reinkommen. Nicht in eine Hütte mit einem Gorilla. Sie machen einen Bogen um uns. Bring es um!«

»Niemand wird es umbringen!«

»Die Weißen sind wirklich furchtbar«, sagte Marcellin und erhob sich vom Stuhl, seine Stimme klang böse. »Erst bringen sie uns Gewehre, dann sagen sie, wir sollen unser Wild nicht töten. Erst sind sie grausam, dann gleich darauf sentimental. Mir kommt das Kotzen!« Er blieb im Eingang stehen. »Wenn du so sentimental bist, mit diesem Gorilla zu schlafen, dann schlafe ich in Nzés Zimmer auf dem Fußboden.« Wütend riß er die Tür auf, kam noch einmal zurück, schnappte sich seinen blauen Rucksack und ging wieder los. »Damit es klar ist: Ich schlafe in Bobés Hütte. Nun kannst du sehen, wo du bleibst.«

»Treib irgendwo Milch auf!« schrie ich ihm nach. »Irgendwelche Trockenmilch! Und Obst!«

Ich stand auf (der Gorilla klammerte sich mit seinen kleinen schwarzen Händen und Füßen an mich), klemmte mir die Taschenlampe zwischen die Zähne, nahm meinen Rucksack und ging in das rechte Hinterzimmer, meine vormalige Schlafkammer. Das Fensterloch mit der halboffenen Holzklappe und das Bettgestell mit den tausend lauernden Wanzen kamen mir längst nicht mehr so bedrohlich vor. Ich ließ den Rucksack neben das Bett plumpsen, legte die Taschenlampe auf die Bettplanken, öffnete den Rucksack mit der linken Hand, zog zwei Planen und ein Hemd heraus und schaffte es, den Gorilla noch immer im Arm, die eine Plane als Laken auszubreiten und das Hemd zum Kissen zu rollen. Vorsichtig legte ich mich aufs Bett, zu müde, um die Stiefel auszuziehen, und ließ den Gorilla los, auf die Gefahr hin, daß er vom Bett springen und aus der Tür rennen würde.

Er krabbelte höher und schob mir den Kopf unter das Kinn. Ich nahm die Brille ab, plazierte sie auf dem Rucksack, dann legte ich beide Hände auf den Rücken des kleinen Affen, auf sein dichtes, rauhes Fell. Er zitterte, ob vor Angst oder Kälte, konnte ich nicht entscheiden. Unter dem Wellblechdach begann ein Gecko zu zirpen. Oder war es eine dieser überdimensionalen Waldheuschrecken? Auch darüber konnte ich mir nicht klarwerden. Natürlich nicht, dachte ich, das weiß doch jeder: Wer zum ersten Mal Mutter wird, kann nicht mehr geradeaus denken, sondern gehorcht nur noch dem Nestbautrieb. Also zog ich die zweite Plane herauf. Der Gorilla hob den Kopf und musterte mich mit seinen schwarzbraunen Pupillen, die an den Rändern milchig weiß waren. Die schwarze Haut seiner flachen Stirn war von drei senkrechten Sorgenfalten gefurcht, einem Fächer der Angst. »Keine Sorge«, sagte ich, »wir nennen das eine Plane. Das ist ein großes Blatt.« Sein Mund war ein wenig geöffnet und innen rosa, sein Atem roch süß wie der eines neugeborenen Kalbs. Schwarze Runzeln überzogen die Nasenwurzel und liefen seitlich an der flachen Nase herab: Ich rieb meine Affennase (lang und schmal) an seiner Nasenspitze mit den großen, breiten Nasenlöchern; die Nase war warm und trocken. »Deine Nase ist so trocken. Müßte sie nicht kalt und feucht sein? Bist du gesund?« Zu müde zum Reden, ließ er den Kopf wieder sinken. Ich nahm sein kleines, schwarzes, zartes Ohr zwischen Daumen und Zeigefinger und zwickte es sanft. »Aber wie sollen wir denn schlafen?« sagte ich und schlief ein.

Der Strahl der Taschenlampe weckte mich. »Du hast deine Taschenlampe angelassen«, hörte ich Marcellin sagen. »Du verschwendest deine Batterien.« Er saß auf der Bettkante. Auf meiner Brust lastete etwas Schweres, Warmes, Feuchtes. Ich drehte mich um und griff nach der Brille, das Ding auf meiner Brust zwickte mich. »Ein Gorilla!« sagte ich. »Ich hab mit einem Gorilla geschlafen!«

Marcellin prüfte mein Hemd. »Er hat dich bepißt«, sagte er und reichte mir die Brille. Der Gorilla öffnete die Augen, blickte mich an, zog eine Schnute und gähnte.

»Es ist bald Morgen«, sagte Marcellin und dämpfte die Stimme. »Bist du wach? Hörst du zu?«

»Ja.«

»In der Nacht hatte ich ein langes Gespräch mit Bobé. Und Doubla ist gekommen. Ich hab großen Ärger.«

»Wir haben immer großen Ärger.«

»Nein, nur hier. Nur in Boha. Überall sonst in diesem Land ist es sicher. Wir sind nicht in Zaire. Wir haben eine gute Regierung.«

»Da bin ich ganz deiner Meinung.«

»Jetzt hör zu. Wir haben nicht viel Zeit. Wir müssen uns beeilen. Ich reise ab.«

»Du reist ab?« Ich richtete mich auf und legte den Arm um den Gorilla. Der blaue Rucksack stand neben Marcellin auf dem Boden.

»In der Nacht hat Bobé einen Boten in ein anderes Dorf geschickt, damit ein Fischer von dort kommt, ein Freund von ihm. Der Fischer bringt mich nach Djéké. Ich treffe ihn in einer Stunde oben am Ufer des Hauptflusses, außer Sichtweite. Der Häuptling von Boha hat einen Eid abgelegt. Der Häuptling hat geschworen, jeden umzubringen, der mir bei der Flucht hilft. Aber du bist in Sicherheit. Weil Doubla außerdem gesagt hat, daß er jeden mit dem Speer durchbohren wird, der dich oder deinen Gorilla auch nur anrührt. Weil du ein Freund von Bobé, seinem Vater bist. Du hast Palmwein im Haus seines Vaters getrunken. Abgesehen davon hat er dich gern, sagt er.«

»Wirklich?«

»Ja, er mag dich – weil du verrückt bist. Und jeder weiß es. Alle sagen, du hast einen mächtigen Fetisch. Du sprichst mit ihm in deinem Zelt.«

»Tue ich das? Im Schlaf? Rede ich im Schlaf?«

»Nein, am Tage, am Lac Télé. Die Brüder Nicholas und Jean Poulain, sie haben zwei Stimmen aus deinem Zelt kommen hören. Aber es war keiner da außer dir. Du warst allein!«

»Was wird mit Manou? Und Nzé?«

»Das sind doch *petits*! Sie sind nutzlos. Nzé kann nicht mal kochen. Sie sind unwichtig. Keiner wird sich an ihnen vergreifen!«

»Und die Krokodile? Wie soll ich mich um die Krokodile kümmern?«

»Die nehme ich mit. Nzé hilft mir. Er wird sie zum Einbaum tragen und auf einem Umweg zurückkommen. Du bleibst mit Manou hier. Ich nehme die Krokodile und das Gewehr. Wenn ein Mann Krokodile hat, ist es schwierig, ihn umzubringen. Wenn man Krokodile besitzt, Redmond, hat das etwas zu bedeuten.«

»Das hast du schon einmal behauptet.«

»Hier, ich hab etwas für dich. Von Bobé.« Er öffnete den Reißverschluß seines Rucksacks, holte zwei kleine, zerbeulte Büchsen heraus und stellte sie auf meinen Rucksack. »Milchpulver. Wir haben unser Bestes getan. Mehr konnte seine alte Frau nicht auftreiben. Und du, Redmond, wirst mir 40 000 CFA schulden. Hier bringe ich dir 20 000 in kleinen Scheinen.« (Er schob sie unter eine der Milchbüchsen.) »Das ist mein eigenes Geld, damit du Obst und Maniok im Dorf kaufen kannst, Papayas und Ananas für euch drei und den Gorilla. Und die anderen 20 000 schuldest du mir, weil ich Madame Bobé im voraus bezahlt habe: Sie bringt euch jeden Abend, wenn es dunkel ist, Maniok und Fischsuppe und Sakasaka. Du magst doch Sakasaka!« (Er tätschelte mir hastig die Schulter.) »Ich hab daran gedacht! Und das übrige Geld – tut mir wirklich leid. Nur durch deine Schuld sind wir hier. Ich wäre nie wieder nach Boha gefahren. Nicht in 100 Jahren! Der Rest ist also für den Fischer und für mich zum Leben in Djéké – für Essen und Palmwein.«

»Für Palmwein?«

»Irene ist ganz wild auf Palmwein.«

»Wer ist Irene?«

»Das junge Mädchen. Mein Mädchen in Djéké, das du getroffen hast. Sie will einen Job bei mir in Brazzaville. Im Ministerium. Aber sie ist zu jung. Und es gibt kein Geld. Es ist unmöglich!«

»Dann begleichen wir die Sache jetzt.« Ich streckte mich nach meinem Rucksack aus. »Ich habe vier Zehntausender.«

»Nein!« Marcellin knipste die Lampe aus und stand auf. »Heb es für mich auf. Bei dir ist es sicherer. Redmond, ich habe Angst. Ich weiß nicht, was passieren wird. Bobé ist alt. Seine Absichten, sie sind nicht immer die besten. Du hast es selbst gesehen – die Männer von Boha sind Riesen, richtige Riesen. Sie haben Kraft. Sie sind ans Kämpfen gewöhnt. Was ist, wenn sie uns verfolgen? Wenn sie uns jagen in ihren langen Kanus? Vielleicht muß ich schwimmen! Ans Ufer schwimmen und durch den Wald fliehen!«

»Onkel!« zischte Nzé vom Eingang her. »Komm schon! Beeil dich!«

»Warte!« sagte ich und machte die Taschenlampe wieder an. »Wann sehen wir dich wieder? Wo treffen wir uns?«

»In sechs Tagen! Frühmorgens an der Landestelle!«

Im vorderen Raum der Hütte beugte sich Manou im Dämmerlicht über den Campingofen auf dem Lehmboden und kochte Reis zum Frühstück; ich holte meinen Becher, hockte mich daneben (der Gorilla hing mir an der Brust und hatte den Arm um meinen Hals gelegt) und mischte das Milchpulver mit Zucker und Wasser, bis es dem entsprach, was ich mir als Milch aus den paradiesischen Brüsten der Natur vorstellte – dick wie Mehlkleister und fett wie belgische Schokolade.

Manou warf einen Blick in den Napf und verzog das Gesicht. »Davon wird ihm übel.«

Also kleckste ich die Häfte davon in Marcellins großen, blauen Plastikbecher, verdünnte beide Hälften mit Wasser und stellte die Becher auf den Tisch. Ich setzte mir das Baby aufs Knie, wie es sich gehörte, und wie jede gute Mutter nahm ich den blauen Becher in die Hand, machte appetitanregende Schmatzgeräusche und kippte den Inhalt behutsam in den Mund des Babys.

Die kurzen Beine und die langen Arme des Babys schossen nach vorn. Die kleinen Finger und Zehen grabschten sich den blauen

Becher mit erschreckender Kraft: Das Baby nuckelte und schmatzte, es gurgelte und spuckte wie ein Geysir.

Ich blickte auf meine klebrige und nasse Hose. »Wir sollten lieber eine Plane unterlegen.«

Manou wischte sich die Milch aus dem Gesicht. »Du solltest es lieber draußen machen.«

Als die Milch zu drei Vierteln geleert war, löste das Baby den Fuß vom Becher und stellte ihn wieder auf meinen Schenkel. Es hob den Becher mit den Händen und schüttete den Rest der Milch schwungvoll über den Kopf nach hinten.

Manou lachte.

Das Baby drehte sich auf seinem Hintern, auf seinem weißen Fellpuschel, um zu sehen, wo die Milch gelandet war. Es erblickte meine bekleckerte Brille, mein triefendes Gesicht, und sofort strahlten seine Augen, der rosa Mund öffnete sich, es ruckte auf und ab und lachte ebenfalls – mit einem heiseren Hecheln. »Hah-hah-hah-hah«, machte es.

»Selber Haha«, sagte ich, legte die Brille auf den Tisch und versuchte es mit dem zweiten Becher.

Manou quietschte haltlos. »Er macht es wieder!«

»Hör auf, Manou! Hör auf zu lachen. Du machst ihn nur übermütig. Was wir brauchen, ist Disziplin. Außerdem bin ich jetzt darauf eingestellt.« Ich hielt den Becher fest in der Hand.

Als der Becher halb leer war, holte das Baby kurz und kräftig aus und boxte mich in die Brust.

»Gut, das war's«, japste ich. »Jetzt gehen wir an den Fluß. Jetzt waschen wir uns.« Das Baby hüpfte auf meiner verschmierten Hose auf und ab und machte »Hah-hah-hah-hah-hah!«

»Er will ihn waschen!« jaulte Manou, krümmte sich und fiel auf einen Stuhl. »Die lassen sich nicht waschen! Sie hassen das Wasser! Sie sind schmutzig! Sie stinken! Und du wirst genauso stinken!«

Meine Kleider entsprachen nun vermutlich dem Gorillastandard: sie schmeckten gut, und der fremde Schweißgeruch war mit Milch und Zucker gemildert. Das Gorillababy nuckelte an meinem Hemd, als ich es im Morgengrauen über den verunkrauteten Sportplatz trug, vorbei an einem Bambusgebüsch, an den niedrigen Büschen mit den orangefarbenen Blüten, am Safoubaum mit den dunkelgrünen Blättern und den kleinen rosa Früchten, dann den schmalen Lehmpfad entlang, der zum Fluß führte.

Der Vizepräsident, mager und nervös, kam mir entgegen. Kaum hatte er den Gorilla erblickt, verlor er auch schon seine Zurückhaltung und Ängstlichkeit. »Koko!« brüllte er, als stände er vor der Tür, und klopfte zweimal grob auf den Kopf des Gorillas. Mit einer Schmerzzuckung, die den ganzen kleinen Körper durchfuhr, schnappte das Gorillababy nach mir.

Ich schrie dem Vizepräsidenten ins Gesicht: »Laß das! Was soll das? Warum machst du das?«

»Das haben sie gern«, sagte er mit einem Lächeln und zuckte die Schultern. »Habt ihr keine Gorillas zu Hause in eurem Dorf?«

»Nein!« sagte ich wütend und schob mich an ihm vorbei.

Dieser Vizepräsident ist ein Sadist, dachte ich und setzte mich auf einen verkohlten Stamm am Wegrand. Das ist ja oft so bei diesen nervösen Typen, bei diesen mordlüsternen Einzelgängern ...

Ein junger Mann, den ich noch nie gesehen hatte, ging barfuß, mit nacktem Oberkörper, in einer Khakihose und mit einem roten Tuch über der Schulter zur Badestelle und blieb vor uns stehen. »Gorillon!« rief er und beugte sich vor. Gerade noch rechtzeitig hielt ich die rechte Hand schützend über den Kopf des Affenbabys. »Koko!« brüllte er. Seine Fingerknöchel krachten auf meinen Handrücken nieder wie eine Stahlkralle.

»Großer Gott!« sagte ich, schüttelte die getroffene Hand und schützte das Baby mit der anderen. »Was soll das? Wozu ist das gut?«

»Das haben sie gern«, sagte er verwundert. »Gibt es denn bei euch keine Gorillas? Keine Gorillas im Dorf?«

»Nein!«

»Das haben sie gern. Das macht man so. Es heißt: Hallo, Monsieur le Gorille, guten Morgen!« Dann drehte er sich weg, murmelte noch einmal: »Keine Gorillas haben sie«, schüttelte seinen unversehrten Kopf und ging zum Waschen.

»Dieser Schweinehund«, sagte ich zu meinem Gorilla und bewegte vorsichtig jeden einzelnen Finger meiner rechten Hand.

»Dieser halbwüchsige Schweinehund. Ich glaube, er hat mir die Hand gebrochen. Die Mittelhandknochen, so heißen die nämlich. Du hast sie auch. Diese fünf Knochen hier« (ich breitete seine kleine Lederhand in meiner aus) »zwischen dem Handgelenk und den Fingern, siehst du?« Das Baby blickte zu mir auf und schielte mich an. »Das hat dieser Schweinehund gemacht. Er hat mir die Mittelhandknochen zerhauen.« Das Baby legte die rechte Hand auf den Schädel. »Ja, mein armer Kleiner. Hast wohl schreckliche Kopfschmerzen? Wahrscheinlich Gehirnerschütterung. Oder einen Bluterguß? Würde mich nicht wundern. Ich glaube, wir gehen hier nicht mehr lang, solange wir hier sind. Wir waschen uns nachts, mit der Taschenlampe. Was meinst du? Und unsere Spaziergänge machen wir im Wald. Einverstanden?«

In sicherem Abstand folgte ich dem jungen Mann, aber als der Fluß in Sicht kam, klammerte sich der Gorilla fest an mich und begann zu wimmern, mit einem kläglichen, leisen Ton, der sich allmählich zum Schrei steigerte ... Ich machte kehrt und lief schnell zur Hütte zurück.

Manou und Nzé saßen eng beieinander am Tisch und aßen Reis. Ein gefüllter Napf mit einem Löffel darin stand an meinem Platz.

»Ich erzähle es gerade Manou, Onkel. Ich hab's geschafft!«

»Was hast du geschafft?« Ich setzte mich und legte mir die Frage vor, ob Gorillas halbgaren Reis mochten.

»Ich hab uns alle gerettet!« (Ich bot dem Gorilla einen Löffelvoll an. Er rümpfte seine Runzelnase.) »Wir sind in Sicherheit!«

»Da bin ich aber froh.«

»Ja, Onkel. Das solltest du wirklich sein. Ich hab mit den Leuten geredet. Auf dem ganzen Rückweg. Im ganzen Dorf. ›Nzé Oumar‹, hab ich mir gesagt, ›denk an deinen Großvater! Sei ein Mann!‹ Mein Großvater hat zu mir gesagt, Onkel, ›mein kleiner Nzé‹, hat er gesagt, ›wenn du Ärger mit einem Freund hast, dann hau ihm auf die Brust, niemals auf den Rücken. Sei ein Mann!‹ Also, Onkel, hab ich allen im Dorf erzählt, ›unser Weißer, ihr wißt doch. Ich sollte euch vielleicht warnen. Er hat einen Fetisch. Einen mächtigen Fetisch. Er spricht sogar mit ihm. Und diesen Fetisch, den hat er von Dokou. Von Dokou aus dem Norden, ganz weit weg. Von dem großen, berühmten Dokou!‹«

»Haben sie denn hier jemals von Dokou gehört?«

»Natürlich nicht, Onkel! Aber ich habe mir gesagt, ›Nzé Oumar, du bist aus Dongou. Du bist nicht wie diese Leute hier. Du bist viel *raffinierter*.‹ Also bin ich direkt auf sie zu, dicht an sie ran, wie man es bei einem Geheimnis macht, und ich habe gesagt: ›Dieser Fetisch, das ist kein gewöhnlicher Fetisch. Ganz und gar nicht. Unser Weißer, der hat seinen Fetisch von Dokou. Und ihr wißt ja, wen ich meine – Dokou, den mächtigsten Zauberer des Nordens. Niemand reicht an ihn heran. Niemand hat solche Kräfte wie Dokou. Wenn ihr den nicht kennt, dann seid ihr wirklich Hinterwäldler.‹ Und was haben sie gesagt? ›Dokou? Natürlich kennen wir den!‹«

»Gut gemacht!«

»Aber manches hab ich auch verschwiegen, Onkel. Das hab ich ihnen nicht gesagt. Weil ich *raffiniert* bin. Ich habe nicht gesagt: ›Ihr werdet's nicht glauben, aber im Norden nehmen sie Palmöl für die Lampen.‹«

»Wieso? Was wird denn hier verwendet?«

»Auch Palmöl. Aber sie tun so, als wäre es Petroleum. Das benutzen nämlich die zivilisierten Menschen – Petroleum. Wir zu Hause haben Petroleum.«

»Was meinst du damit: Wir sind in Sicherheit? Wieso sind wir in Sicherheit?«

»Der Fetisch, Onkel! Zu jedem, den ich gesehen hab, hab ich gesagt, ›mir gefällt es hier in Boha. Ihr seid so gut zu mir. Besonders eure Mädchen! Eure schönen, dicken Mädchen! Also tue ich euch einen Gefallen. Ich verrate euch ein Geheimnis. Das ist gefährlich, aber ihr wart ja so gut zu mir! Hört zu, ein wichtiger Rat – und ein Geheimnis. Wenn ihr böse Absichten gegen unseren Weißen habt, wenn ihr unserem Weißen was tut – und das trifft auch auf mich und Manou zu, weil wir für ihn sorgen, aber besonders trifft es auf mich, Nzé Oumar, zu, weil ich die ganze Arbeit mache, und glaubt mir, das ist gruselig, besonders nachts im Wald, wenn er seine Gestalt ändert.‹ Was wollte ich sagen? Ach ja, die Warnung. ›Wenn ihr unserem Weißen was tun wollt, dann könnt ihr mir leid tun. Denn sobald ihr ihn berührt, werdet ihr weiß. Wie die Toten. So wie er.‹«

»Gut gemacht!«

»Ja, Onkel. Keiner will so aussehen wie du. Das – das ist der wirkliche Horror!«

Manou und Nzé lachten wieder, der Reis und die Intrigen hatten sie munter gemacht, und sie gingen auf die Suche nach ihren Mädchen.

Sechs Tage noch, dachte ich. Mit Reis vollgestopft saß ich auf der Kante des Bettgestells und hielt das Gorillababy im Arm. Was sollten wir solange machen? »Was sollen wir machen?« fragte ich laut. »Wie sollen wir die sechs Tage durchstehen? Wir können nicht schwimmen. Wir können uns nicht waschen. Wir können nicht mal durchs Dorf gehen, ohne auf den Kopf geschlagen zu werden. Die werden dir den Schädel brechen. Im Moment, denke ich, könnten wir ein bißchen spielen.« Ich öffnete seine rechte Hand und fuhr mit dem Finger über die breite, schwarze, faltige Handfläche. »Kauf dir 'ne Kuh, ein Kälbchen dazu«, sagte ich. Das Gorillababy verfolgte den Kreis, den ich mit dem Finger zog, und sein Blick zeigte die äußerste Konzentration eines Wesens, das kurz vorm Begreifen ist. »Wackelt mit dem Schwänzchen, kille, kille, Gänschen!« sagte ich und kitzelte ihn unter dem Arm (der Oberarm war viel länger als der Unterarm).

Nach dem dritten Mal blickte er zu mir auf, seine Augen blitzten, sein Mund stand offen (aber nicht so weit, daß man die Zähne sah), und er zog die Lippen zurück – er lächelte.

»Ja«, sagte ich verzagt, »ich bin eine lausige Mutter, ich hab schon jetzt keine Ausdauer mehr.«

Sein Daumen war so kurz, daß er nicht an die Wurzel des Zeigefingers heranreichte; die Finger waren kurz und stummelig wie die von Lary.

»Zu schön«, sagte ich, »wenn Lary jetzt da wäre. Er könnte sich nützlich machen, oder? Na, was könnte er machen?« Das Gorillababy lächelte wieder. »Genau! Ein Spielchen!«

»Lesen, spazierengehen, schlafen, essen«, sagte ich. »Ich weiß, es klingt schwachsinnig, aber so ist es nun mal. Mehr als das bleibt uns nicht.«

Also holte ich aus dem Rucksack das letzte überlebende Taschenbuch, eine weitgehend verfaulte Penguin-Ausgabe von Gontscharows ›Oblomow‹ – auf deren Umschlag Chagalls riesiger, grüngesichtiger Fiedler über den Holzhütten und der Backsteinkirche eines russischen Dorfes schwebte –, und steckte das Buch in meine Beintasche. »Erstens: die Schule!« sagte ich und trug das Gorillababy aus der Hütte. »Da gibt es erstklassige Freizeitangebote! Und einen gottverdammten Sportplatz. Zweitens: eine Radtour durch den Dschungel. Drittens: zum Grand Union (der kein Kanal ist, wie manche glauben, aber du bestimmt nicht), denn dort holen wir uns ein wunderschönes Sandwich mit Dijon-Senf und noch was drauf. Viertens: Wir bauen ein Haus, strikt nach der Staatlichen Dingsda-Norm, nur denke ich, daß wir uns was Besseres leisten. Weißt du, wir nehmen diese 8x25-Zöller als Tragbalken. (Okay, das klingt nicht ganz richtig.) Und dann bauen wir uns so ein Auslegerdach. Oder war das eine Brücke? Eine Mauer?«

»Snusch!« nieste der kleine Gorilla. »Hah-hah!«

Am Rande des Sportplatzes, dicht neben der Schulhütte, pickten zwei kleine, erdbraune Tauben, vielleicht Afrikanische Turteltauben, im spärlichen Gras, trippelten mit ruckenden Köpfen umher, und als wir uns näherten, erhoben sie sich mit einem scharfen Doppelschlag der rotbraunen Flügel und strichen lautlos und dicht über dem Boden davon in den Wald.

Wir setzten uns in die erste Bank rechts von der Tür, vor die große, breite Fensteröffnung. War das hier, wo Nzés Mädchen, das besser war als eine ganze Flasche Whisky, vor Lust geschrien hatte? Wahrscheinlich nicht. Eher dort hinten in der dunklen Ecke. »*Calme-toi*«, sagte ich zu dem Gorilla.

»Snusch!« antwortete er mit einem Nieser.

»Ich hoffe, das ist nur der Staub und keine Lungenentzündung.« Ich holte mein Buch heraus. »Denn du kriegst alle unsere Krankheiten, mußt du wissen, und wir kriegen eure: alle Arten von Wurmparasiten, Malaria, Gelbfieber, Gelbsucht, Himbeerseuche, sogar Arthritis, Herzkrankheiten, Leberzirrhose! Und da wir schon von Leberzirrhose reden«, flüsterte ich ihm ins Ohr, um mich zu trösten, »der arme Lary! Ich glaube einfach nicht, daß er mit seiner jungen Krankenschwester Chris unter einer richtigen Dusche Autowäsche macht, mit guter Seife, mit Shampoo, heißem Wasser und Sex. Du etwa? Mit flauschigen Handtüchern? Keine Spur! Ich kann einfach nicht glauben, daß er all die Stiche und Wunden und Tropengeschwüre los ist, all den Moder, den Schleim, die Gorillapisse. Natürlich nicht!« Der Gorilla schüttelte den kleinen, runden Kopf und drehte sich zur Seite; er blickte aus der Fensteröffnung. »Nein, so etwas glauben wir nicht! Du und ich, wir lassen uns nicht von unseren Eifersuchtsanfällen unterkriegen! Ich stimme dir also zu: Wahrscheinlich liegt er in der Universitätsklinik von Plattsburgh, wenn seine Universität eine besitzt, und er hat die eine oder andere harmlose Kongo-Krankheit, nichts Gravierendes, weißt du, nur die neue, resistente Tbc. Hoch interessant! Ein wahres Geschenk für die medizinischen Koryphäen, wenn es dort welche gibt. Ein Geschenk von uns beiden. Und vielleicht hat er auch irgendeinen Wurmparasiten im Blut, mikroskopisch klein, eine ganz neue Sorte. Völlig unerforscht. Nicht mal *vorstellen* konnte man sich das Ding! Na?« Ich drehte seinen pelzigen Kopf zu mir herum. »Was denkst du?«

Das Gorillababy zog die Augenwülste hoch, schürzte die Lippen und jaulte.

»Tut mir leid. Das war wirklich geschmacklos. Ich entschuldige mich. Ich hab vergessen, daß ihr Gorillas eine hochentwickelte Moral habt.« Also schlug ich den Gontscharow auf. Ich mag diesen Oblomow, dachte ich, denn das ist einer wie ich, dem es schwerfällt, morgens aufzustehen.

Mein Gorilla heulte, daher nahm ich ihn von meiner Brust weg und setzte ihn vor mich aufs Pult. Er zog die Lippen ein und schloß den Mund; er warf den Kopf zurück und schaute beklommen im Schulraum umher; er verhakte die Füße in meinem Hemd und legte mir die Arme um den Hals. »Na gut, dann les ich dir was vor. Das machen die Mütter auch.

Paß auf. Diesmal bin ich noch nicht sehr weit. Der junge Oblomow, das Kind Oblomow, ist bei der Amme wie du auch, und seine alte Amme erzählt ihm Geschichten wie ich auch. Sie ›füllte die Erinnerung und Vorstellung des Knaben mit der Iliade des russischen Lebens, hervorgebracht von unseren Homers in fernen Tagen, als der Mensch den Fährnissen und Rätseln des Lebens und der Natur noch nichts entgegenzusetzen vermochte.‹ – Das ist doch noch immer so, oder? Je mehr wir wissen, um so erschreckender ist der Tod. Meinst du nicht auch? Du und ich, wir sind das Produkt aus Ursuppe mal vier Milliarden Jahre aufeinandergehäufte Zufallsmutationen (und des Diebstahls irgendeiner Bakterie), das Produkt einer Entwicklung, die durch nichts gesteuert wurde als durch natürliche und sexuelle Auslese. Tragisch, meinst du nicht? Oder die spannendste Geschichte der Welt oder beides zugleich – je nachdem, wie man es sieht. Aber – schau mich an – wenn du erwachsen wirst, sollst du erkennen, so bald wie möglich, bevor *und* nachdem all diese Sexualhormone dich zeitweilig zum Trottel gemacht haben, daß alles andere – Wissenschaft und Kunst, Literatur und Musik, selbst die Geschichte der Religionen, wenn es sein muß – eine Zugabe ist, und die mußt du genießen, in jeder Minute, die dir vergönnt ist. Wirst du mir das versprechen?«

Mein Gorilla starrte mich an, mit festem und hartem Blick; dann schaute er auf das Pult hinab und brachte ein brüchiges Knurren hervor wie ein junger Hund.

»Jetzt bist du wohl sauer? Schmollst du etwa? Aber natürlich, du hast ja recht. Du bist nicht in die Schule gekommen, damit deine Mutter dir was vorquatscht. Das kriegst du den ganzen Tag zu hören, und es macht dich verrückt. Ich verstehe: Ich soll weiter vorlesen!

Wo waren wir? Ja, hier: ›noch nichts entgegenzusetzen vermochte, als er‹ – *er* bedeutet der Mensch oder die Gorillas oder die Menschenaffen im allgemeinen – ›als er beim Gedanken an Werwölfe und Waldgeister erzitterte und Aljoscha Popowitschs Beistand gegen die Widrigkeiten erbat, die ihm von allen Seiten zusetzten, und als die Lüfte, die Wasser, die Wälder und die Steppen voller Wunderdinge waren. Des Menschen Leben in jenen Tagen war ungewiß und schreckerfüllt; es war gefährlich, über die heimische Schwelle zu treten, denn wilde Tiere mochten ihn zu allen Zeiten überwältigen‹« (die schwarze Hand eines wilden

Tiers packte den rechten Zipfel der Buchseite), »›ein Räuber konnte ihn töten oder ein böser Tatar ihn aller seiner Güter berauben – oder er verschwand gar vom Antlitz der Erde, ohne eine Spur zu hinterlassen. Auch Himmelszeichen erschienen ihm, Säulen oder Kugeln aus Feuer‹ – das sind die Blitze, die euch im Wald erschrecken –, ›oder ein Flämmchen flackerte über einem frischen Grabe‹ – Methangas, das wir von uns geben, wenn wir verfaulen –, ›oder irgendeine Kreatur irrte durch den Wald, die eine Laterne zu schwenken schien, gräßlich lachte und die Augen im Dunkel glühen ließ‹« (der mit dichtem braunem Haar bewachsene Kopf irgendeiner Kreatur schob sich in mein Blickfeld) – »Hör auf! Wie soll ich lesen, wenn du deinen Kopf dazwischenhältst! ›Und so geschahen auch den Menschen viele seltsame Dinge: Ein Mann, der seine Jahre unbeschwert und ohne Mißgeschick durchlebt hatte, konnte plötzlich‹« (das wilde Tier verschlang die obere Hälfte der Seite) »›seine Rede verwirren oder mit wilder Stimme schreien oder im Schlafe wandeln ...‹« Das wilde Tier schrie mit wilder Stimme. Es packte Gontscharows ›Oblomow‹ und schleuderte ihn über meine Schulter. Die bräunlich vermoderten Seiten flatterten panisch und landeten sechs Meter hinter mir auf dem Lehmboden.

»Okay«, sagte ich beleidigt und setzte auch ihn auf den Boden. »Jetzt kannst du dich amüsieren. Spiel! Na los, spiel schon!«

Er patschte mit den flachen Händen auf den trockenen Lehm; er verdrehte die Augen; er rollte die Lippen auf und entblößte seine weißen Zähne; er riß den rosa Rachen auf, und er schrie – ein lautes, schrilles, drei Sekunden dauerndes Kreischen.

Ich nahm ihn wieder hoch und drückte ihn an mich, legte den rechten Arm um seinen Rücken und schob mit der linken Hand seinen Kopf unter mein Kinn. Er kuschelte sich an mich, hörte auf zu schreien, zog sich zusammen und entleerte sich in einem fließenden Strom über mein Hemd und meine Hose.

»Das war es also«, sagte ich und war zufrieden, ein Rätsel im Verhalten kindlicher Gorillas gelöst zu haben. »Deshalb warst du so aufgeregt. Du mußtet mal scheißen!«

»Oooooh!«

»Und das kannst du nur, wenn du dich sicher fühlst, wenn du

dich an deine Mutter klammerst. Natürlich kannst du nicht hinter den Busch gehen, wenn dort der Leopard lauert.« Ich nahm die Brustzier aus gelbem, scharf riechendem Durchfall in Augenschein. »Was macht denn deine Mutter in solchen Fällen? Einfach ignorieren? Oder wischt sie es mit Blättern ab? Denn es scheint ja wohl keinen Zweifel zu geben: Du hast vor, mich zu bescheißen, bei Tag und bei Nacht, sehe ich das richtig?«

»Snusch!« machte er und grinste. »Hah-hah!«

»Du hast es gern, wenn man mit dir redet, nicht wahr?« (Er nahm die rechte Hand von meinem Hals und kratzte sich unter dem linken Arm.) »Aber ich weiß nicht, ob ich das durchhalte. Nicht den ganzen Tag. Aber beinahe hätte ich's vergessen. Deine Mutter hatte eine Lösung für das Problem. Sie ist nicht aufrecht gelaufen, nicht mehr als ein paar Meter. Zu riskant. Sie hatte ihre Erfahrungen. Sie hat dafür gesorgt, daß du nach unten hängst, direkt über dem Boden ...«

Er drückte alle viere gegen meine Brust und drängte mich zu irgend etwas.

»Unser Spaziergang ist jetzt dran«, sagte ich und küßte ihn auf den Kopf (wo er noch immer nach frischen Blättern roch). Ich holte mein Buch, steckte es in die Tasche und trug ihn hinaus.

Ich warf einen Blick auf unsere Hütte. Ist ja seltsam, dachte ich. Keiner steht an der Tür und wartet auf Medizin, keine Kinder drängen sich um die Fensterlöcher, sie liegt ganz verlassen da, es ist niemand in Sicht.

Unter einem schlanken Baum hindurch, dessen Rinde weißer war als Birkenrinde, gingen wir in den Wald. Auf dem untersten Ast des Baums saß ein kleiner Nashornvogel mit schwarzblauer Brust- und Rückenfärbung, einem weißen Bauch und einem gelben Fleck auf dem Schnabel. »Das ist ein Trompeterhornvogel«, sagte ich. Aber der Trompeterhornvogel dachte gar nicht daran zu trompeten. Er ruckte mit dem Kopf, schaute uns an – und bellte. Mit einem höhnischen Kichern ließ er sich vom Ast fallen, seine weiß blitzenden Flügel entfalteten sich in wildem Schwung (unheimlich leise, ohne jedes Flügelrauschen), und nach einer langen Gleitphase über den halben Sportplatz, einem weiteren Flügelschlag und einem zweiten Gleitflug verschwand er in gerader Linie, aber welligem Flug über den Bäumen in Richtung Lac Télé.

»Heute haben wir Pflanzenbestimmung«, sagte ich, als wir uns durch das Dickicht des Waldrands zwängten. »Du kennst natürlich alle. Aber wir nennen dies hier einen Schirmbaum und das dort eine Ölpalme und die Pflanze da drüben ... na, du weißt schon ... wahrscheinlich hat sie sowieso nur einen lateinischen Namen ... und fünf Minuten in der Bibliothek bringen dich wieder auf Kurs – das hat mein alter Lehrer immer gesagt, wenn ihm etwas entfallen war. Aber du siehst doch auch, daß wir hier im Sekundärwald sind, oder? In einem Wald, der schon einmal gerodet wurde, vor zwanzig Jahren vielleicht, oder die größeren Bäume sind gefällt worden, weil man Holz für die Hütten oder die Einbäume oder die Schulbänke brauchte.« Er rülpste mir ins Ohr. »Woher ich das weiß? Ganz einfach: Bis auf ein paar große Bäume wie den mit der grauen Rinde und den vielen schlanken Stämmen ist der Wald hier durchgehend niedrig, siehst du? Das Laub hat ein etwas blasseres Grün, und der Bewuchs ist unregelmäßig – es gibt plötzliche Häufungen von Lianen« (deren stachelbewehrte Ranken ich gerade von meiner Hose lösen mußte), »dann wieder dunkle Stellen unter den dichten Bäumen, wo man bequem gehen kann wie im Primärwald. Aber du hast recht, wir müssen bei der Wahrheit bleiben – sag mir immer, wie du es siehst, so gut du eben kannst. Versprich mir das! Ich schwindle nämlich ein bißchen, weil ich ohne Risiko voraussetzen kann, daß es im Umkreis eines älteren Dorfes nichts anderes als Sekundärwald gibt. Aber ist es nicht interessant, daß alle Bäume hier etwas gemeinsam haben? Sie wachsen sehr schnell, sie leben nicht lange, zwanzig bis fünfzig Jahre, und ihre ganze Energie stecken sie – nun, in was?«

»Hah!«

»Genau! Gut gemacht!« (Ich drückte ihn.) »In die Verbreitung ihrer Samen!« (Er rülpste.) »Sie produzieren Riesenmengen von Samen und umhüllen sie mit Fruchtfleisch, das die Vögel und Fledermäuse unwiderstehlich finden – und sie verteilen ihre Gene über den ganzen Wald. Denn bevor die Bantus kamen (aus der Sicht eines Baums war es erst gestern) und größere Flächen für ihre Dörfer und Pflanzungen rodeten, mußten diese helligkeitsliebenden Bäume und Sträucher auf eine natürliche Nische warten – darauf, daß ein großer Baum umstürzte, daß der Wirbelsturm eine Schneise riß, daß Mokélé-mbembé durch den Wald stapfte, daß Waldelefanten von einem Futterplatz zum anderen wanderten und ihre Straßen freitrampelten ...«

Er biß mich in die Brust.

»Was soll das?«

»Hah-hah!«

»Nein, das ist nicht lustig. Paß lieber auf: Die Samen dieser Bäume findest du auch überall im Primärwald. Wenn du irgendwo eine Bodenprobe nimmst, auch im tiefsten, unberührten Urwald, findest du die Samen. Wohingegen die Urwaldriesen des Primärwaldes langsam wachsen, Hunderte von Jahren leben und sich überhaupt nicht um die Verteilung ihrer Samen kümmern. Meist produzieren sie riesige Keimlinge, die einfach runterfallen und ein paar Meter weit kullern. Manche dieser Bäume bringen Früchte hervor, die Leute wie du und die Buschschweine gern essen und die mit dem Kot etwa eine halbe Meile weit verstreut werden, und das war's dann auch schon.«

Eine Schar afrikanischer Graupapageien kreischte über unseren Köpfen.

»Hah!« sagte mein Gorilla und biß mich erneut.

»Hör auf damit, das tut weh!« Ich beugte mich über ihn und biß ihn zart ins rechte Ohr.

Er blickte mich verdutzt an, mit hochgezogenen Augenwülsten, die milchweißen Ränder seiner Pupillen wurden sichtbar, und er nahm eine grundlegende Neubewertung unserer Beziehung vor. Dann rieb er sich das Ohr und kuschelte sich an mich.

»Vielleicht möchtest du etwas? Na, was denn? Stell ich mich dumm an?«

Er stieß einen leisen Klagelaut aus.

»Was tust du denn immer um diese Zeit?«

Er verstärkte seinen Klammergriff.

»Jetzt hab ich's! Eine Siesta! Der ganze Trupp legt sich aufs Ohr. Ist es das? Deine Mutter macht dir ein Nest zurecht, du schläfst ein paar Stündchen, und am späten Nachmittag gibt es wieder was zu futtern. Stimmt's?«

»Snusch!«

»Na gut. Suchen wir uns einen Baum, wo es ein bißchen ruhig ist. Aber ein Nest im Baum, das kann ich nicht. Nicht in meinem Alter. Tun wir eben so, als wären wir zwei alte Männchen. Machen wir uns ein Bett aus Gras und Laub am Fuß des Baums. Okay? Reicht dir das?«

»Uuuf!«

Also suchte ich eine ebene Stelle ohne Wurzeln unter einem mittelgroßen Baum aus und trat die Pflanzen platt. Die dunkelbraune Rinde des Baums war von grauer Flechte überzogen, und aus dem Stamm sprossen kleine Büschel mit zehn bis fünfzehn grünen Früchten, die sich von oben her orange zu färben begannen. »Siehst du das?« Ich griff eine Handvoll Blätter aus einer brusthohen Staude (oder war es ein Zwergbaum?). »Das nennt man einen Stengelblüter, glaube ich zumindest – wenn die Blüten und die Früchte direkt oder an kurzen Stielen aus dem Stamm wachsen. Oder sind es dann Stammblüter?« Ich wischte mit den Blättern am Durchfall herum. »Jedenfalls verstehst du schon das Prinzip. Es hat keinen Zweck, sich auf die Verteilung durch den Wind zu verlassen, wenn die Luft so stockig ist wie hier unten.« Ich legte mich auf den Rücken, und wir blickten hinauf in die dichte Krone des Baums über uns. »Wenn diese Früchte sich orange färben, sind sie für die Vögel bestimmt. Wer Fledermäuse anlocken will, braucht sich nicht zu färben. Der muß nur riechen. Je stärker, desto besser. Der muß stinken wie wir.«

Er grunzte wie ein zufriedenes Schweinchen.

»Was macht deine Mutter jetzt? Ein Nickerchen? Nehmen wir es an. Aber für dich kann es gefährlich werden, wenn du ein großes Männchen bist, ein Silberrücken, und deine Weibchen in der Brunst sind – du weißt schon: wenn sie ein Baby wollen. Diane Fossey hat einen männlichen Berggorilla beobachtet (und bei euch ist es wahrscheinlich genauso), als zwei Weibchen seines Harems brünstig waren oder läufig oder liebestoll, wie immer du es nennen willst. Und gerade als das Männchen vor Erschöpfung in die Knie ging und nichts weiter wollte als schlafen, tauchte ein anderes großes Männchen auf. Denn der Lärm bei der Paarung, das Jaulen und Wimmern der Weibchen, das Knurren, Keuchen und Brüllen des Männchens, der Triumphschrei, wenn er es geschafft hat, das treibt einen jungen, wandernden Gorilla zum Wahnsinn. Jedes reife Männchen in Hörweite, jeder Silberrücken, der allein durch den Wald streift und von einem Harem träumt, wird zum Berserker. Und dann kommt die große Bewährungsprobe, gerade dann, wenn man nichts anderes will als nur schlafen.«

»Hah«, sagte er schläfrig und schmiegte sich an meine Brust.

Ein schwarzer Schwalbenschwanz mit einem hellgrünen Band auf den Flügeln flatterte taumelnd vorbei, dicht über dem Boden, als wäre er in Trance oder als hätte er gerade nichts Dringendes zu erledigen.

»Nein, das ist kein bißchen lustig. Meistens seid ihr freundlich und friedfertig: Ihr nehmt Rücksicht aufeinander und lauft langsamer, wenn jemand im Harem verletzt, alt oder krank ist, ihr laßt die Jungen auf euch herumtoben, ihr laßt euch in die Nase zwicken und den Finger in die Ohren stecken, auch mitten in der Siesta. Aber wenn der Eindringling kommt, dann heißt es raus aus dem Bett. Dann mußt du dich vor ihm aufstellen, mit kurzen, energischen Schritten, die Arme starr und die Ellbogen nach außen gekehrt. Dein Fell muß sich sträuben. Du darfst dir nicht anmerken lassen, daß du für heute erledigt bist. Du mußt ihm zeigen, wie kräftig, wachsam und selbstbewußt du bist. Du drehst den Kopf zur Seite, präsentierst deine Seitenansicht und musterst heimlich den Rivalen. Denn der agiert ebenfalls, er macht haargenau dasselbe, nur daß er ausgeruht und voller Tatendrang ist. All die erfolglosen Jahre haben ihn zornig gemacht, und er schäumt vor Gier.«

»Uuuf.«

»Ja, es ist schrecklich! Denn wenn du so nicht weiterkommst, mußt du deine Kräfte mobil machen. Du starrst ihm in die Augen. Du reißt dein Maul auf, so weit du kannst, und zeigst ihm, daß deine Eckzähne noch spitz und intakt sind. Du trommelst dir auf die Brust, und dann mußt du, fürchte ich, etwas produzieren, was George Schaller beim Berggorilla als ›das explosivste Geräusch in der ganzen Natur‹ bezeichnet – dein Gebrüll. Danach gibt es nur noch eins: Du gehst auf ihn los. Und wenn er sich nicht einschüchtern läßt, mußt du kämpfen. So bösartig, wie es nur geht. Auf die eine oder andere Weise mußt du ihm nahe genug kommen, um ihn in den Kopf zu beißen.

Nun geht es ums Ganze. Denn wenn du unterliegst, wenn der Rivale dich aus deinem Harem vertreibt, tötet er alle deine Kinder (und greift die Mütter an, die ihre Kinder beschützen wollen), damit die Weibchen möglichst bald wieder brünstig werden und seine eigenen Kinder zur Welt bringen.«

(Ein großer Schwarzkäfer mit weißen Punkten auf den Flügeldecken und Kiefern wie zwei schwarze Hauer – der größte Käfer, den ich je gesehen hatte – krabbelte näher, blieb stehen, hob die Fühler und krabbelte auf der Jagd nach irgend etwas weiter durch das Gras neben mir.)

»Und du? Du leckst dir die Wunden in sicherer Entfernung; du treibst dich in der Umgebung herum, um noch einen Blick auf deine Lieben zu erhaschen; aber es hat keinen Zweck. Dein Selbstvertrauen ist hin, dein Serotoninspiegel sinkt ins Bodenlose, du wirst depressiv und bist zu nichts mehr zu gebrauchen. Du wirst ein altes Männchen, zu dem nie wieder jemand nett ist, du streifst einsam durch den Wald bis ans Ende deiner Tage.«

»Uuuf«, sagte er und grunzte.

»Wie man dem entgehen kann, willst du wissen? Irgendeine Lösung?«

»Uuuf.«

»Es tut mir leid, aber du mußt dir die richtige Mutter aussuchen – das ist der einzig sichere Weg. Du mußt der Erstgeborene des ersten Weibchens sein, das sich an einen jungen Gorilla bindet, und deine Mutter muß immer das Lieblingsweibchen bleiben und den Harem dominieren. Dann hast du jede Menge Privilegien, und dein Selbstvertrauen wächst. Es sieht so aus, als würde alles andere vor allem davon abhängen, wie groß dein Selbstvertrauen ist. Das entscheidet, ob du überhaupt einen Harem aufbaust und wie lange du ihn halten kannst. Wie Freud schon sagte: ›Wenn man der unbestrittene Liebling der Mutter gewesen ist, so behält man fürs Leben jenes Erobergefühl, jene Zuversicht des Erfolges ...‹ Er wird die Welt erobern. Doch wie viele Männer können das von sich sagen? Und welcher Mann von halbwegs klarem Verstand will schon die Welt erobern? Trotzdem hast du mal wieder recht. Korrigiere mich, wenn ich mich da irre, aber soviel ich weiß, hatte Freud nicht viel über Söhne zu sagen, die zuschauen mußten, wie ihre Mutter von Speeren durchbohrt und zu Steaks verarbeitet wurde.«

»Huhuhu!« rief ein Rotschnabel-Zwergtoko ganz in der Nähe. Oder war es eine Rotaugen-Taube oder ein Rotbrust-Kuckuck? Etwas Rotes flatterte oben durchs Laub, rote Flecken unter meinen Lidern, die sich tanzend verflüchtigten ...

»Ja, du mußt deine Mutter verinnerlichen, sie als perfekte Mutter tief in deinem erwachenden Bewußtsein verankern, als eine Mutter, die immer zu dir steht, egal, was du tust. Vielleicht ist dir dann eine normale Sexualität verwehrt, aber ich glaube es nicht. Auf diese Weise ist auch Darwin damit fertig geworden. Seine leibliche Mutter starb, als er acht Jahre alt war, und alles, woran er sich erinnerte, war ihr Morgenrock aus schwarzem Samt und ein ›merkwürdig konstruierter Arbeitstisch‹. Doch ich glaube nicht, daß ihn seine Idealmutter jemals auch nur einen Moment lang im Stich gelassen hat ...«

Eine kleine, schwarze und zarte Hand schob sich über meine Backe und verschloß mir den Mund.

Als ich aufwachte, war ich von großen, schwarzblauen Fliegen und kleinen schwarzen Schweißbienen bedeckt, die der Durchfall angelockt hatte. Mein Gorilla schlief noch, sein Atem ging schnell und flach neben meinem rechten Ohr. »Nur weiter«, flüsterte ich den Fliegen und Bienen zu und blieb möglichst still liegen. »Freßt, soviel ihr könnt. Und einer von euch könnte noch den Mistkäfern Bescheid sagen.« Ich schaute an den grüngrauen Flechten des Baumstamms hoch und versuchte vergeblich, mich an den Namen des Mannes zu erinnern, der entdeckt hatte, daß Flechten in Wirklichkeit eine Symbiose von Pilzen und Algen darstellen, von Grün- oder Blaualgen, die den Bakterien eng verwandt sind. Fossile Formen dieser Cyanobakterien, die unter Einwirkung von Licht und Luft zur Photosynthese fähig sind und Sauerstoff erzeugen, wurden in drei Milliarden Jahre alten Gesteinen gefunden. Euch und dem von euch produzierten Sauerstoff ist es also zu verdanken, daß wir existieren, dachte ich. Welch friedliche Beschäftigung mußte das sein, wann man sein Leben der Erforschung der Flechten widmete! Oder gab es auch in der Geschichte der Flechtenforschung Rivalität, Neid, mörderische Streitigkeiten? Wahrscheinlich gehört das immer dazu, dachte ich, als Teil der Motivation, überhaupt etwas zu erforschen. Wenn man die Skelette aller Flechtenforscher untersucht, findet man vielleicht heraus, daß 74 Prozent der Männchen schwere Kopfverletzungen erlitten haben ...

Das Tageslicht schien zu verblassen. Wie lange hatten wir geschlafen? War ein Gewitter im Anmarsch? »Aufwachen!« Ich gab meinem Gorilla einen kleinen Schubs. »Es wird schon dunkel!«

Er hob den Kopf, rieb sich die Augen mit den Handrücken und blickte mich forschend an, als müßte er sich erst ins Gedächtnis rufen, was ihm geschehen war und wo er sich befand.

»Alles in Ordnung. Wir gehen jetzt zurück. Vielleicht hat die Frau des alten Bobé das Essen gebracht. Wer weiß? Vielleicht gibt's Bananen für dich. Oder sogar Papayas!«

Er gähnte und streckte sich, dann schniefte er und seufzte – ein leises, aber tiefes Seufzen, als wäre ihm gerade bewußt geworden, daß alles vorbei war, sein Leben nur noch ein sinnloses und quälendes Durcheinander.

»Sieh mal – man kann auch ohne Mutter überleben. Da landest du nicht gleich im Nichts. Es gibt noch etwas anderes als den Tod ... Du kannst es schaffen! ... Bananen! Papayas!«

Ich küßte seinen breite, ovale Nasenspitze über den großen Nasenlöchern.

»Uuuuh!«

»So ist's recht. Nur Mut!«

Ich stand auf, und wir machten uns auf den Rückweg, auf meinem rechten Arm ruhte sein Po mit dem weißen Fellpuschel. »Wozu hast du dieses Flauschding da hinten dran? Welchen Zweck hat das? Oder, pedantisch gefragt, welchen Selektionsvorteil bietet es? Damit man gleich sieht, daß du noch klein bist? Damit deine Mutter dich findet, wenn du mit der Nase am Boden nach Käfern schnüffelst?«

Er fing an zu wimmern.

»Ja, ich weiß, du mußt großen Hunger haben. Wart nur, wir sind gleich da. Und deine Nase« (mit der linken Hand streichelte ich seine weiche Stupsnase), »die Form der Nasenlöcher, der Verlauf der Fältchen, das ist offenbar ganz einmalig, so einmalig wie deine Fingerabdrücke – und doch müssen wir deine Nase nur mit den Nasen der Weibchen im Harem deines Vaters vergleichen, um festzustellen, welche von ihnen deine Mutter ist. So ähnlich wird es auch bei uns Menschen sein.«

Sein Wimmern wurde heftiger.

»Verzeih mir, ich hab's vergessen. Ich soll nicht immer über deine Mutter reden. Nur ein paar Minuten, dann gibt's Papayas! Außer ... warte, das ist nur ein Spaß ... wie weit sind wir in den Wald gelaufen? Doch nicht weit, oder? 100 oder 200 Meter? Wenn ich es schaffe, dich zum Waisenhaus in Brazzaville zu bringen, dann findest du andere Gorillakinder, gleichaltrige Spielgefährten ...«

Ich blieb stehen, um meinen Hemdsärmel aus einem Lianengestrüpp zu befreien, das dicht mit kurzen Stacheln besetzt war, nicht mit den langen Hakendornen der anderen Sorte. Eigentlich kannte ich keinen dieser Bäume und Büsche und Lianen hier – aber er schließlich auch nicht, tröstete ich mich. »Ja, gleichaltrige Spielgefährten.« Ich dachte an die verblichenen weißen Gesichter der Waisenkinder auf den Fotos des 19. Jahrhunderts, an die Gesichter mit den großen traurigen Augen, die zu alt waren für die schmächtigen Wesen in den verschossenen Kleidern – vielleicht waren es dieselben Kinder, die die lithographischen Tafeln meiner Lieblingsvogelbücher mit der Schablone kolorieren mußten ... »Wo sind wir? Hast du eine Ahnung?« Er heulte. »Natürlich nicht. Wir haben uns verlaufen. Aber keine Angst. Ich hab da was, das wird dir gefallen. Damit kannst du spielen.« Ich griff in meine Gürteltasche und suchte den Kompaß.

Ich ertastete eine halbvolle Tube Savlon, ein feuchtes Blatt, ein bißchen Dreck, dann das messingumrandete Abflußloch am Boden der Tasche. Die Angst kroch mir in den Fingern hoch. Hastig wühlte ich in allen Winkeln der gummierten Leinentasche. »Er ist weg! Er ist rausgefallen!« Ich hielt den Gorilla erst mit dem einen Arm, dann mit dem anderen und durchsuchte meine Taschen, obwohl ich ganz genau wußte, daß es zwecklos war. »Dieser verdammte Eilmarsch vom See zurück! Im Dauerlauf durch den Wald. Durch den Sumpfwald! Ich hab den Kompaß verloren – er ist weg!«

Ich muß nachdenken, dachte ich, die Ruhe bewahren. Ich fing an zu zittern. »Nicht so schlimm. Wir haben ja Wasser.« Ich blickte auf meinen Gürtel und sah, daß der Flaschenhalter leer war, daß ich die Wasserflaschen in der Hütte gelassen hatte. »Wir haben gegen die Regeln verstoßen! Gegen alle Regeln! Das ist deine Schuld! Dieser Mutterreflex! Es stimmt tatsächlich. Man verliert den Kopf, man verliert das Leben, man kann nicht mehr geradeaus denken!«

Der Gorilla schrie, es war ein langgezogenes Jammern, er preßte das Gesicht an mein Hemd.

»O Gott, tut mir das leid!« Ich drückte ihn mit beiden Armen an mich. »Und dann schiebe ich die Schuld auch noch auf dich. Seien wir jetzt vernünftig. Es ist ganz einfach. Boha liegt östlich. Und die Sonne ...« Die paar winzigen Flecken Himmel, die man hier und da durch die Bäume sah, waren einförmig grau. »Wenn wir in einem Wald der gemäßigten Zone wären, könnten wir uns an den Moosen und Flechten orientieren, denn die wachsen vorwiegend an der feuchten und schattigen Seite der Bäume, Richtung Norden. Aber hier funktioniert das nicht. Sieh selbst!« (Er wollte nicht hinsehen.) »Diese Flechten hier wachsen rundherum in alle Richtungen.«

»Ist doch klar, was zu tun ist: Wir müssen zurück zu dem Baum mit den Früchten direkt am Stamm, und wir erkennen ihn an unserem eigenen Gorillanest. Kein Problem!« Kaum hatte ich das gesagt, kamen wir an einem anderen Baum vorbei, aus dessen Stamm dieselben Büschel grüner und orange angehauchter Früchte wuchsen.

Wir erreichten eine Lichtung, die ich nicht kannte: Der Stamm eines großen Baumes mit mächtigen Wurzeln war sechs Meter über dem Boden abgebrochen und hatte bei seinem Fall Lianen und Äste mit nach unten gerissen. Wir setzten uns auf eines der Astenden. Zwei dicht zusammenstehende Bäume, mit Lianen aneinandergefesselt, ragten vor uns in die Höhe, der linke mit hellbrauner Rinde und weißer Flechte, der rechte mit rauher, rotbrauner Borke und einer grünen Flechte. Das Stück Himmel, das ich jetzt sehe, ist dunkler als die vorherigen, dachte ich. Die Nacht bricht an.

»Nicht einmal eine Machete habe ich. Auch die hab ich liegenlassen. Ich kann keine Stöcke schneiden, um den Weg zu markieren. Das ist beschämend. Und gerade das Gefühl der Peinlichkeit ist es, das die Leute in Gefahr bringt. Sie sind zu stolz, weißt du? Es ist ihnen peinlich, sich hinzustellen und nach ihren Gefährten im Lager zu brüllen. Also denken sie: ›Nur keine Panik. Immer ruhig bleiben. Mir passiert so was nicht. Ist doch kein Problem. Das Lager muß dort drüben sein. Ich gehe einfach drauf zu.‹ Und so laufen sie. Erst in die eine Richtung, bis sie merken, daß es falsch ist, dann auf demselben Weg zurück, wie sie glauben, und in die andere Richtung. Sie glauben, daß sie ganz systematisch vorgehen, aber inzwischen sind sie außer Hörweite, und beim Umherirren geraten sie immer tiefer in den Wald. Er ist wirklich aufnahmefreudig, dieser Wald, es ist ein gastlicher Wald. Es gibt jede Menge Platz für einen Menschen und alle seine Probleme. 130 000 Quadratkilometer nämlich. Ein Gebiet von ungeahnten Möglichkeiten.«

Ein Bush-Baby schrie irgendwo in der Nähe, ein Waldkauz buhte, sein Hu-hu-hu schien aus mehreren Richtungen gleichzeitig zu kommen.

»Uh«, sagte der Gorilla leise zu mir.

»Einverstanden. Wir bauen uns ein Nest. Wir bleiben hier. Eine Nacht im Wald wird uns nicht schaden, oder? Solange uns kein Leopard wittert. Aber du mußt zugeben, daß wir gewaltig stinken. Ein Feuer können wir nicht machen. Ich hab nämlich keine Streichhölzer mit. Und ich werde keine Stöckchen aneinanderreiben. Dazu brauchen wir Lary. Aber Lary würde sich niemals verlaufen. Der ist nicht so dumm. Niemals würde er ohne Kompaß losgehen. Und wenn doch, würde er sich nicht scheuen zu brüllen, oder?«

Mir fielen Nzés Worte ein: »Dieser Gorilla ist ein Tier, Onkel. Wird er deine Hemden waschen? Wird er dir helfen, wenn du dich im Dschungel verläufst? Schmeiß ihn weg!«

Das Bush-Baby schrie wieder von derselben Stelle irgendwo in der Nähe.

»Andererseits, was das Übernachten betrifft, bist du hungrig. Du bist traumatisiert und wirst mir nicht von der Seite weichen, und ich weiß nicht, welche Blätter dir deine Mutter zu essen gegeben hat und welche giftig für dich sind. Wilden Ingwer hab ich auch nirgends gesehen ... Aber dieses Bush-Baby, es bewegt sich nicht von der Stelle. Was sagst du dazu? Ganz unmöglich, aber es klingt wie ... Vielleicht ist es doch? ... Leider kommt es von hinten, aus der falschen Richtung. Also Fehlanzeige. Vergiß es. Völlig unmöglich. Aber ... es klingt genauso wie Vickys Frau!«

Ich drückte ihn an mich und rannte los, verfing mich in Lianenschlingen, stolperte über Wurzeln, riß mir das Hemd an den Dornen auf, und keuchend vor Anstrengung rief ich: »Vicky, bitte, mach's noch einmal! Nur diesmal noch! Schlag sie, was das Zeug hält!« Wir brachen durch das dicke Unterholz, durch Büsche, Sträucher, kleine Bäume und Lianen, dann sahen wir das flache, stumpfe Glänzen des Flußlaufs zur Linken und vor uns den dunklen Umriß einer Hütte. Wir hörten einen letzten verzweifelten Schrei, dann war es still. Wir standen vor Vickys Hütte.

Nzé schrie laut auf, als ich die Tür unserer Lehrerhütte aufzerrte. Er schrie ein zweites Mal und sprang vom Tisch hoch. Es war warm und gemütlich, die Kerzen brannten auf dem Tisch und beleuchteten das Essen, die Näpfe – und einen Zinkeimer, eine große, schwarz glänzende Kürbisflasche, zwei Papayas sowie ein ganzes Büschel grüner Bananen. »Bitte nicht, bitte nicht!« schrie er. Er schob die rechte Hand unter die linke Achsel, knallte den Ellbogen in die Hüfte, umarmte sich selbst, schwenkte den Oberkörper ein paarmal hin und her, dann setzte er sich wieder, den Blick auf das schwarze Fensterloch gerichtet.

»Tut mir leid«, sagte Manou, der auf meinem Platz saß, nervös am Henkel meines Bechers herumtastete und mit der anderen Hand sein spärliches Lippenbärtchen raufte. »Tut mir leid«, wiederholte er und versuchte vergeblich, zu lächeln. »Ich hab dich gerufen. Wir hatten riesige Angst. Wir haben Geschichten im Dorf erzählt und selber welche gehört, und wir haben Angst bekommen.«

Manou hat eine breite und hohe Stirn, dachte ich. Oder sieht es im Kerzenlicht nur so aus? »Ich hab dich nicht rufen hören. Keinen Laut.« Ich zog einen Stuhl heran und setzte mich zwischen die beiden, mit dem Rücken zur Tür.

»Nein, nicht so gerufen.« Manou starrte verlegen auf die Tischplatte. »Auf die Art der Geister. Ich habe die Geister angerufen.«

Ich brach die eine der beiden Papayas auseinander und fütterte den Gorilla mit einem überreifen, halbverfaulten Stück. »Welche Geister? Was ist los? Manou, sieh mich an! Wovon redest du?«

Manou starrte unverwandt auf den Tisch, auf meinen Eßnapf mit einem kleinen grünen Rest Sakasaka. »Sie sagen, daß dein Gorilla ... sie nennen ihn Redmondo. Wie Impfondo.« Manou wollte lachen, aber das Lachen blieb ihm im Hals stecken. Nzé blickte noch immer durch das Fensterloch in die Nacht hinaus und saß völlig reglos da, wie ich es noch nie an ihm beobachtet hatte. Manou nahm einen neuen Anlauf und brachte dasselbe erstickte Lachen heraus. »Im Dorf die Leute, wir hören nicht auf sie, Redmond, uns läßt das kalt, weil wir nicht wie sie sind, wir sind schlau, wir glauben das nicht, ganz bestimmt nicht. Aber sie sagen, ›Nzé Oumar und Manou Burond, wißt ihr, warum der Gorilla so vernarrt in euern Weißen ist? Könnt ihr uns das mal verraten? Na? – Weil euer Weißer in der Nacht seinen Fetisch nimmt und mit der Kraft der Geister zu ihm spricht, mit einer gräßlichen Stimme, er verwandelt sich in einen Gorilla, und er geht in den Wald. Deshalb ist der Gorilla so vernarrt in ihn. Und deshalb geht der Weiße so gern in den Wald. Doubla hat uns gesagt, behaupten die Leute, daß dieser Weiße die Leute dazu bringen will, durch den Wald zu gehen, durch den Sumpfwald, und das in der Regenzeit!‹«

Nzé wandte sich ruckartig zu mir um und versuchte vergeblich, mich mit beiden Augen gleichzeitig zu fixieren. »Du bist allerdings ein *weißer* Gorilla! Du kannst also nur bei den anderen Gorillas im Wald sein, wenn sie dich nicht sehen. Denn wenn diese schwarzen Gorillas wüßten, daß du ein weißer Gorilla bist, würden sie dich hassen. Sie würden denken, du wärest tot, weiß, ein Geist, und sie würden dich angreifen! Jawohl! Sie würden dich jagen, und sie würden dich beißen. Und wie! Zerreißen würden sie dich!«

Der Gorilla auf meinem Arm achtete nicht auf Nzé, er streckte den langen rechten Arm aus, griff sich mit seinen Stummelfingern die zweite Papaya und biß hinein.

»Und als wir zurückkamen«, sagte Manou und blickte mich jetzt an, »war es schon dunkel. Madame Bobé war hiergewesen. Und hat all das Essen und den Palmwein gebracht. Nzé hat gesagt, es wären Opfergaben. Und Madame Bobé wäre weggelaufen. Und du wärst im Wald verschwunden. Und das in der Nacht!«

»Dein Gesicht ist nicht weiß wie sonst«, sagte Nzé. »Normalerweise ist es schmutzigweiß. Aber jetzt ist es *richtig* weiß!«

»Und dein Handrücken«, sagte Manou, »er ist schwarz!«

»Das ist ein blauer Fleck.«

»Und was ist das?« Manou stand auf und beugte sich über mich. »Dein Rücken! Dein Hemd! Es blutet! Überall ist Blut!«

»Onkel, das ist Blut!« Nzé reckte den Hals. »Da an den Armen. Sie haben dich gekratzt!«

»Sei nicht albern«, sagte ich und spürte seine Angst. »Das waren Dornen. Beruhige dich. Das waren nur Lianendornen.«

»Du warst also *wirklich* im Wald!« sagte Manou und wandte sich zur Tür, statt sich wieder hinzusetzen.

»Manou, sei nicht albern!«

»Albern«, sagte Manou. Er hielt die Wellblechtür fest.

Nzé stand auf. »Sie sagen, du bist ein Zauberer. Ein weißer Zauberer. Und die ... die lassen sich nur ganz schwer umbringen. Das sind keine Dornen. Das sieht man sofort. Wenn dich ein Dorn sticht, bleibst du stehen und ziehst ihn heraus. Das hier sieht aus wie ... wie von Samalé!«

»Mach dich nicht lächerlich! Samalé gibt es in dieser Gegend nicht. Er kommt nicht hierher.«

»So? Du bist also in den Wald gegangen? In der Nacht? Und du hast dich nicht verlaufen!«

»Natürlich nicht! Ich verlaufe mich nie! Ich hab einen guten Richtungssinn. Wir alle haben ihn, wie die Vögel. Einen Kompaß im Kopf. Manche einen guten, manche natürlich auch einen schlechten.«

»Gut«, sagte Nzé, ließ seinen halbvollen Napf stehen und schob sich an mir vorbei zur Tür, wo Manou wartete. »Es ist schon spät, weißt du. Wir müssen jetzt los, nicht wahr, Manou? Wir können nicht bleiben. Tut mir leid, Onkel. Aber wir haben unseren Mädchen versprochen, daß wir sie besuchen!«

Und weg waren sie.

Ich wachte im Dunkeln auf, weil das Gewicht von meiner Brust verschwunden war. Ich machte die Taschenlampe an. Der kleine Gorilla lag neben mir auf dem Rücken, Arme und Beine von sich gestreckt, seine linke Hand hielt mein Hemd fest, seine Augen waren geschlossen: Er schlief fest. Ich strich über seinen kleinen Bauch. Der war gerundet von zwei Papayas, Milch und zweieinhalb Bananen. »So ist es besser, nicht wahr?« flüsterte ich. Ich hatte mir den Bauch mit dem restlichen Fisch-Sakasaka in Madame Bobés Eimer vollgeschlagen, ohne aber, und das ärgerte mich noch immer, etwas vom Palmwein abzubekommen, denn Manou und Nzé hatten trotz ihrer eifrigen spirituellen Bemühungen, mich, den weißen Zauberer, aus dem Dschungel zurückzurufen, genug Zeit gefunden, die Kürbisflasche zu leeren.

Alles an mir juckte und brannte, ob nun von Wanzen, Moskitos, Dornen oder nur von Durchfall, Milch und Papayasaft, spielte schon keine Rolle mehr. Ich nahm die kleine Hand von meinem Hemd weg und drehte mich zu ihm um, den Kopf neben seinem auf dem T-Shirt-Kissen. »Deine Finger schlafen jetzt auch«, sagte ich. »Sie sind ganz entspannt und beweglich. Und sie sind mit Härchen bewachsen, bis zur Querfalte des zweiten Fingergliedes.« (Mit der linken Hand zog ich die Taschenlampe näher.) »Genau wie bei mir, wenn ich es bei Licht besehe ... Hanno war in historischer Zeit vermutlich der erste Weiße, der solche Hände wie deine zu Gesicht bekam. Vor 2500 Jahren segelte er von Karthago (oder ruderte, wenn der Wind schlecht stand) westwärts durch die Meerenge, dann nach Süden, immer in Küstennähe, und so gelangte er wahrscheinlich bis zu dem Landstrich, den wir heute Kamerun nennen. Aber ich drücke mich falsch aus. Denn er hat es nicht allein getan. Genausowenig wie ich hier mit dir.«

Sein Atem wurde schneller und flacher und ging in ein Hecheln über, und im Licht der Lampe (die ich dann zur Seite nahm) glaubte ich seine Augenlider zucken zu sehen – die REM-Phase eines Traums. »Nur weiter«, flüsterte ich (»sentimental!« höhnte mein innerer Marcellin), »träume nur, was das Zeug hält. Räum deinen Kopf auf. Pack deinen Kummer in die richtige Schublade, wenn du kannst ...« Er schnaubte im Schlaf. »Jawohl, mehr als das kriegst du nicht hin, denn Gorillas können nicht schnarchen. Du kannst nicht schnarchen! Okay, ich weiß auch nicht, was daran komisch sein soll. Hanno also: Genaugenommen kam er nicht allein, sondern brachte 30 000 Krieger, Matrosen und Ruderer mit, es war eine Flotte von 60 Schiffen. Aber darum geht es nicht. Für dich ist folgendes von Interesse: Irgendwo in der Gegend des heutigen Gabun, in den Wäldern weit westlich von uns, stieß er auf Riesen, ein schwarzes, haariges Riesenvolk, das sich partout nicht versklaven ließ. Eher wurden sie bösartig, kämpften und bissen, als daß sie sich ergaben, selbst dann, wenn die Krieger in hundertfacher Übermacht kamen. Sie besaßen keine Vernunft. Lieber starben sie, als daß sie sich in die Sklaverei führen ließen. Helden, wie du siehst. Deine Vorfahren.«

Er drehte sich im Schlaf, legte die rechte Hand auf meine linke Schulter, schmiegte sich an meine Brust und seufzte. Ich legte mich vorsichtig wieder auf den Rücken, auf die verschwitzte Plane in dem stickigen, engen Raum voller Lehmstaub, und hielt ihn fest.

»Hanno hat deinen Vorfahren die Haut abgezogen«, flüsterte ich weiter. Da hab ich mir nun eingebildet, mein hektisches Gerede würde nur zu seiner Beruhigung dienen, dachte ich. Doch ich kann nicht damit aufhören, geschweige denn schlafen. Das sieht doch jeder, daß ihn das gar nicht interessiert, er hört nicht mal zu! Dann hat mich also tatsächlich die Panik gepackt da draußen im Wald, oder Marcellin hat recht damit, daß ich verrückt werde. Sicher ist nur, daß ich mich in ein Gorillababy verliebt habe – und das kann nicht normal sein. »Aber ich schweife ab. So kommen wir nicht weiter. Wir müssen beim Thema bleiben. Hanno hat also die Gorillahäute nach Karthago gebracht und dort im Tempel aufgehängt. 500 Jahre später kamen die römischen Eroberer und haben sie dort entdeckt: Plinius der Ältere hat sie beschrieben. Und ich wünschte, ich hätte ein paar von diesen Hormonen abbekommen, die bei jungen Müttern automatisch in der Lieferung enthalten sind, wenn sie ein Baby kriegen: Hormone, die sie, also mich, dazu bringen, ihr Baby verzückt zu betrachten und alles andere schlicht zu ignorieren ... Nach dem Besuch von Hanno haben euch die Männer aus dem Norden eine Atempause von 2000 Jahren gegönnt – bis zum 16. Jahrhundert, in dem ein englischer Seemann, Andrew Battel, den die Portugiesen in Westafrika gefangenhielten, die erste ordentliche Beschreibung eurer Lebensweise lieferte.«

Er schnuffelte mit geschlossenen Augen und wischte sich die Nase an meinem Hemd ab. »Langweilig? Allerdings! Ihr habt die ganze Zeit im Wald gelebt. Ihr wußtet, wer ihr wart. Ihr brauchtet nicht entdeckt zu werden. Und überhaupt: Vor fünf Millionen Jahren, was hier keine lange Zeit ist, wenn wir nur an Mokélé-mbembé denken, hatten wir beide, du und ich, dieselben Vorfahren. Du hättest mein kleiner Bruder sein können, und ich hätte dich richtig bei der Hand genommen. Aber dann hat sich aus irgendeinem Grund das Klima geändert, eine Weile lang blieb der Regen aus, der große afrikanische Regenwald schrumpfte bis auf ein paar Reste, unsere Vorfahren wurden separiert und gingen fortan getrennte Wege. Du, die Schimpansen, die Bonobos, die Affenmenschen und ich. Ist gar nicht so lange her. Wir haben ungefähr 100 000 Gene, das ist eine begrenzte Zahl. Und nur eineinhalb Prozent der DNA-Sequenzen des Menschen unterscheiden sich von denen des Schimpansen. Wie es bei euch ist, weiß ich nicht. Aber eines Tages werden wir es erfahren. Wesentlich anders wird es bei euch nicht sein. Dawkins, der über solche Dinge Bescheid weiß, hat erklärt: Wenn wir Menschen eine Kette der Generationen bilden, der Sohn also den Vater bei der Hand nimmt und der seinen Vater oder die Tochter die Mutter oder alle durcheinander, und diese Kette an der Nordküste beginnt, dann drücken wir einem Schimpansen die Hand, bevor sie Zentralafrika, also dieses Gebiet hier, erreicht hat.«

Eine dicke braune träge Fliege, aufgeweckt vom Licht der Taschenlampe, kroch schwerfällig neben dem Bett am Rucksack entlang. (Hoffentlich ist das keine Tumbu-Fliege, dachte ich, die hier ihre Eier legt und deren Maden nachts aus den Ritzen kriechen und dir das Blut aussaugen ...)

»Aber die Männer von Boha werden abstreiten, daß wir enge Verwandte sind, du und ich – und so können wir nur hoffen, daß sie nicht wie die Leute im Norden, in Berandzoko sind. Denn wenn ich hier als Zauberer gelte und du als Redmondo, mein Zauberlehrling, oder auch andersherum, und irgendwas Schlimmes passiert im Dorf – sagen wir, der Häuptling stirbt, während wir hier sind –, wäre es nur konsequent, daß sie Maßnahmen ergreifen, sich vor uns zu schützen, oder? Hoffen wir also, daß sie dann die übliche und anständige Methode wählen, uns auf dem Platz vor der Häuptlingshütte den Giftbecher zu reichen und uns beim Trinken zuzuschauen. Denn wenn sie tatsächlich so heimtückisch sind, wie Marcellin behauptet, wenn sie die Formalitäten weglassen und einfach nachts mit ihren Keulen kommen, uns rauszerren und sämtliche Knochen zerschmettern, dann fänden wir das nicht so toll, oder?«

Ich machte die Lampe aus. »Leg mich nieder wie einen Stein«, sagte ich, »und heb mich auf wie frisches Brot.« Der kleine Gorilla fühlte sich warm, weich und flauschig an, sein Atem strich mir am Hals entlang. »Aber ich glaube nicht, daß uns jemand zu nahe kommen wird. Keine Besucher außer Madame Bobé, die nach Dunkelwerden kommt und leise murmelnd den Eimer abstellt ... Fünf Tage und fünf Nächte! Oder nur noch vier? Ich fürchte, wir werden das nicht durchhalten ...«

Doch wir hielten durch.

36

Im Morgendunst des vierten Tages trafen wir Marcellin an der Landestelle. Der magere Bootsführer aus Epéna, der dieselbe braune Leinenhose, das braune Unterhemd und dazu einen schwarzen Homburg trug, stand im Heck bereit und rührte mit dem Paddel im Schlamm. »Schnell!« sagte Marcellin aufgeregt und fing die nun fast leeren Rucksäche und Packtaschen auf, die Nzé und Manou ins Boot warfen. »Wir haben auf euch gewartet. Ich mußte mich verstecken! Ihr kommt zu spät!«

»Schon gut, Onkel! Es hat sich keiner an uns rangetraut!« brüllte Nzé, ganz so, als hätte er Tag und Nacht die Hütte bewacht (in der er nur erschienen war, um seine Sakasakaration abzuholen). »Manou und ich, wir haben sie alle an der Nase herumgeführt! Sie haben alle Angst!«

»Halt die Klappe!« schrie Marcellin, der abwechselnd Rucksäcke stapelte und mit argwöhnischen Blicken die Uferböschung absuchte. »Und Beeilung! Jetzt sind wir leichte Beute! Schneller, schneller!«

»Bohmaaa!« brüllte Nzé und stieß die Faust in die Luft. »Onkel, ich hab's geschafft! Es war meine Idee!«

»Beeilung! Beeilung!!« Marcellin winkte uns hektisch ins Boot. »Nzé und Manou hierher, Redmond in den Bug!«

Ich watete zu Nzé und Manou hinüber, mit dem rechten Arm drückte ich den Gorilla an mich, mit der linken Hand hielt ich ihm die Augen zu, damit er das viele Wasser nicht sah. So nahm ich meinen Platz im Bug ein – hinter einem langen, zylindrischen Korbkäfig voller Hühnern und einem schwarzweißen Ziegenbock, der auf dem schrägen Dreieck der Bugspitze angebunden war.

Der Bootsführer stieß ab. Die Ölpalmen kamen in Sicht, das Dach der Hütte des alten Bobé, die Schirmbäume, die Büsche, hinter denen sich der Pfad zum Dorf hinauf verbarg, und von dort oben wehte Marcellins Angst auf uns herab, während wir zusammengekrampft dasaßen und wie tot auf dem Wasser trieben.

Der Bootsführer zog die Anlasserschnur. Der Motor knatterte zweimal, dann starb er ab. »Das Bier! Was ist mit dem Bier?« plapperte ich und rutschte auf meinem Holzklotz umher.

»Alles erledigt«, flüsterte Marcellin, der mißtrauisch den versteckten Pfad im Auge behielt. »Es ist bei Bobé. Sie haben eine Vereinbarung. Dem alten Bobé vertrauen sie alle.«

Der Bootsführer beugte sich über den Motor und fummelte an irgendwelchen Einstellungen herum. Das Boot trieb steuerlos auf das Ufer zu.

»Niemand wagt es, den alten Bobé umzubringen«, flüsterte Marcellin. »Niemand wagt es, ihn zu berauben. Nicht, solange Doubla lebt. Und nicht im Gefängnis ist. Doubla ...«

Der Bootsführer startete erneut. Ein würgendes Stottern, dann Stille.

»Nzé! Manou!« schrie Marcellin, er riß eine Bodenplanke unter den Rucksäcken hervor und stand so hastig auf, daß das Boot schwankte und Wasser schluckte. »Paddeln! Paddeln!«

Mit einem kräftigen, genau plazierten Ruck brachte der Bootsführer den Motor in Gang, Marcellin legte die Planke an ihren Platz und drückte sich in den Gepäckberg.

Ich küßte meinen Gorilla auf den Kopf. »Auf Wiedersehen, Boha«, sagte ich wie ein Kind. Und gebannt vom trägen, schlammigen, undurchsichtigen Wasser, das immer schneller an uns vorbeiglitt, fügte ich hinzu: »Auf Wiedersehen, all ihr Welse mit den Stachelbärten ...« Eine kleine purpurblaue Schwalbe mit weißer Kehle und Stummelschwanz kreuzte den Bug. Zu meinem Verdruß und mit einer unerklärlichen Aufwallung von Wut stellte ich fest, daß ich schon wieder diese tiefe, strenge Stimme hörte, die mich in den vergangenen Tagen begleitet hatte und mir langsam Sorgen machte (»fremde Gedanken«, flüsterte ich mir und dem kleinen, dünnen, schwarzen Ohr unter meinem Kinn zu. »Aber schließlich hast du mir nicht viel Schlaf gegönnt, oder?«) – die Stimme des Mannes mit der schwarzen Jacke: »Aber ich sage dir nicht Lebewohl, weil du mir bald folgen wirst ... Wir sehen uns noch!«

»Vielleicht habe ich die Zeit nicht mehr im Griff«, sagte ich zum Gorilla und drückte ihn fester an mich. »Aber dich habe ich sehr wohl im Griff. Also keine Sorge. Noch acht Stunden flußabwärts ... wir besorgen uns ein Flugzeug aus Impfondo, und dann – kriegst du kleine Spielgefährten!«

»Was?« brüllte Marcellin, um das Motorengeräusch zu übertönen. Wir bogen gerade in den Hauptfluß ein. »Was hast du gesagt?« Der Bootsführer gab Gas.

»Nichts! Gar nichts!«

Der Ziegenbock reckte den Hals nach Backbord; er senkte den schwarzen Kopf mit den schwarzen Hörnern, bis seine weiße Nase und der weiße Bart fast auf einer Höhe mit der weißen Bugwelle neben seinen Hufen waren, mit dem Wasser, das immer in Unruhe war, das nicht stillstehen wollte und ihm etwas mitzuteilen hatte.

»Nur keine Panik«, sagte ich, »alles in Ordnung. Das ist so, weil wir einen Motor haben. Man nennt es eine Bugwelle. Du wirst dich daran gewöhnen, ich bin sicher. Du bist natürlich keine Bergziege. Aber trotzdem: Denk dir einfach, es ist ein Wasserfall. Ein flacher Wasserfall.«

Der Ziegenbock hob den Kopf und schaute mich fragend aus seinen großen sanften braunen Augen an. Er streckte seine lange weiße Nase in die Luft und ließ seine Nasenflügel flattern, als wollte er mir sagen: »Ich will ganz offen sein. Mit flachen Wasserfällen hab ich kein Problem. Es gibt hier aber Schlimmeres, zum Beispiel über Wasser.« Er klappte die schwarzen Ohren nach vorn, senkte den Kopf auf halbe Höhe und fixierte den Gorilla.

Der Gorilla klammerte sich mit der linken Hand fest an mich, ließ seinen kleinen Brustkorb schwellen, riß den Mund auf und versuchte zu brüllen. Heraus kam ein abgehacktes Krächzen. Er gab es auf und vergrub verzweifelt den Kopf in meinem Hemd.

»Auch du brauchst dir keine Sorgen zu machen. Das ist nur das größte Hirschferkel, das du je gesehen hast.«

»Uuuf!«

»Ich weiß, es ist schrecklich groß. Aber warte nur, bis du auch einen Zentner wiegst ...«

»Redmond!« hörte ich Marcellin hinter mir rufen. »Dieser Gorilla – du *redest* doch nicht etwa mit ihm, oder?«

»Was? Ich?« Ich drehte mich um und glotzte ihn an. »Mit ihm

reden? Ich? Was glaubst du denn? Denkst du, ich bin verrückt geworden?«

»Ja.« Marcellin zog sich den Schlapphut ins Gesicht und schloß die Augen. »Und ich hab da noch eine andere Frage«, sagte er bedachtsam mit geschlossenen Augen, die Hände über dem weißen T-Shirt gefaltet. »Dein Hemd, sogar auf dem Rücken – es ist von oben bis unten voller Scheiße. Ich halte diesen Anblick nicht aus. Es ist ekelhaft. Kannst du mir vielleicht verraten, wie du die Scheiße auf den *Rücken* gekriegt hast?«

»Was weiß ich? Wie sollte ich auch! Ich hab nicht nachgesehen. Ich hab mich nicht gewaschen. Vielleicht beim Umdrehen, weißt du? In der Nacht, im Schlaf. Die Plane war voller Scheiße. Der Gorilla. Er läßt nicht zu, daß ich mich wasche.«

»Sechs Tage hast du dich nicht gewaschen? Und du behauptest, du wärst zivilisiert?«

»Ich habe nie ...«

»Mein Problem ist folgendes«, sagte Marcellin, als wäre er soeben auf den Kern der Frage gestoßen: »Du stinkst.« Mit geschlossenen Augen griff er in die Tasche seiner Jeans. »Du siehst ekelhaft aus, und du stinkst.« Er zog ein gewaschenes, gebügeltes, reinweißes Taschentuch heraus und breitete es über seine Nase. »Irene. Ich werde sie vermissen. Sie hat mir *alles* gewaschen. Auch mich hat sie gewaschen. Nachts im Fluß. Wir beide allein ... Aber sie hat mich nicht schlafen lassen. Du weißt, wie das ist. Sie ist noch jung ... Also wirst du mich bitte wecken, wenn wir in Epéna sind? ... Wenn Sie die Güte besäßen, wie die Engländer sagen – im Falle, es handelt sich um Gentlemen, natürlich. Nicht, wenn es sich um – wie heißt das Wort auf englisch? Arme Leute, Verrückte, weißt du? *Merdiers*. Die sich in der Scheiße wälzen ...«

»Du – du Stück!« sagte ich, so sehr aus der Fassung gebracht, daß mir kein Schimpfwort mehr einfiel, daß mir überhaupt nichts mehr einfiel. »Du Stückchen Dies-oder-das! Das bist du! Du – du bist – jedenfalls hattest du garantiert mehr Schlaf als ich! Ich bin müder als du! Ich – du – ich hatte kein ...!«

»Hah-hah-hah!« machte der Gorilla, reckte den Kopf, schaute sich um, mißbilligte, was er sah, und biß mir in die rechte Brustwarze.

»Scheiße! Du ...«

»Nun, nun«, sagte Marcellin schläfrig. »Mach keinen Aufstand. Denk an dein Alter. Irene würde das gar nicht mögen. Übrigens, wenn du dich gewaschen und geduscht hast, wenn du dich abgeschrubbt hast und wenn du zweimal durch den Oubangui geschwommen bist, zweimal hin und zurück natürlich, dann erzähle ich dir von ihr. Von Irene ... Das verspreche ich dir. Ich erzähle dir alles über sie.« Gemächlich drehte er sich auf die Seite und rückte sich, das Taschentuch auf die Nase gedrückt, auf dem halbvollen Reissack zurecht.

Ich hockte auf meinem kleinen Holzklotz hinter dem Bug und beugte mich über den Gorilla, damit er vor dem grellen Sonnenlicht und der vom Wasser reflektierten Hitze geschützt blieb. Ich starrte auf die Ziege, auf die drei Hühner mitsamt Hahn, die in den zylindrischen Korbkäfig gequetscht waren, auf den schmalen Schilfgürtel, auf das flache Ufer mit den vereinzelten, verkrüppelten Bäumen und Büschen – manche waren fast völlig kahl und hatten deformierte Äste wie von einer ererbten Knochenkrankheit, andere breiteten ihre Zweige so dicht über dem Boden aus, daß man meinen konnte, sie wären voll ausgebildet, aber ohne Stamm aus der Erde gewachsen. Ich starrte auf die flache Flutsavanne, die sich fast bis zum Horizont erstreckte und von einer unregelmäßigen Waldsilhouette begrenzt wurde, auf die dunkelvioletten Unterseiten der Wolkenberge, die sich über dem Wald türmten, auf ihre weißen Gipfel und das Gewitter, das nie auszubrechen schien. Ich versuchte ein wenig zu dösen wie eine Katze, und sechs Stunden später starrte ich auf die Anlegestelle, die ein paar hundert Meter vor uns auftauchte.

Marcellin hatte die ganze Zeit geschlafen, er lag auf dem Rücken, die Beine lang ausgestreckt, seine Füße in den weißen Turnschuhen ruckten, seine Augenlider zuckten.

Ich beugte mich vor und zog einen losen Stock aus dem Korbkäfig. Die Hühner mit offenen Schnäbeln und irren Blicken waren zu überhitzt, zu ausgetrocknet und todesnah, um auch nur Gacks zu sagen.

Ich hielt meinen Gorilla fest, drehte mich vorsichtig auf dem

Sitzklotz um und pikste Marcellin kräftig mit dem Stock in den Bauch.

»Redmond!« jaulte er mit geschlossenen Augen und jener grusligen Bauchrednerstimme, mit der Schlafende oft sprechen, als kämen sie aus einer anderen Welt. »Redmond! Hilf mir!«

Schuldbewußt und überrascht, daß meine Laune nicht im geringsten besser wurde, nachdem ich Marcellin gepikst hatte, warf ich den Stock über Bord.

»Ich bin getroffen!« Seine Stimme klang hohl wie aus einem Brunnen. »Mit dem Speer! Ich bin durchbohrt!«

Seine weißen Turnschuhe traten gegen beide Bordwände. Er hielt sich den Bauch, riß die Augen auf und richtete sich auf – so schnell, daß ich vergaß, mich wieder nach vorn zu drehen.

»Ein Traum! Ich hatte einen schrecklichen Alptraum, daß sie mich getroffen haben – in den Bauch.« Er zog sein strahlendweißes T-Shirt hoch.

»Doubla ...« Er blickte seinen Bauch an, als hätte er ihn nie zuvor gesehen. Er betastete ihn, als wäre er dort fehl am Platz. »Aber ich hab was, Redmond! Ich bin verwundet!«

»Sei nicht albern.«

»Doch, sieh nur, ich bin verwundet!« Er starrte auf den Kratzer an seinem Bauch, als wären zehn Meter Gedärm mitsamt einer guten Länge Mastdarm herausgequollen. »Erklär mir das! Erklär mir das!«

»Du bist einfach verrückt geworden.«

»Verrückt?«

»Die Geister«, sagte ich düster. »Deine Seele ging auf eine Reise in die Geisterwelt. Und jemand hat sie durchbohrt. Aus Versehen wahrscheinlich.«

»Nein! Nein!« Marcellin fuhr hastig mit der rechten Hand in die Tasche. »Das ist ...«

»Jawohl, nur weiter. Greif dir deinen Fetisch!«

»Der Fetisch«, murmelte er. Seine Hand blieb starr in der Tasche stecken. »Redmond. Du ... Wo hast du deinen?«

»Da, wo du deinen hast.«

»Das ist schlecht. Das ist gar nicht gut.«

Halb zum Gorilla gewandt, sagte ich leise: »Marcellin gehört erschossen.«

»Snusch.«

»Erschossen?«

»Ja, erschossen. Und überhaupt, was soll das Ganze?«

Marcellin zog die Hand aus der Tasche, schob das T-Shirt wieder hinunter, warf einen Blick in die Runde und bemerkte, daß die Anlegestelle von Epéna vor uns lag.

»Oh dear, oh dear«, rief er keck und machte meinen Akzent nach. »Was das Ganze soll? Uns ist der Spaß noch nicht vergangen, oder?«

Der Bootsführer schaltete den Motor ab.

»Jemand in dieser Stadt hier«, sagte Marcellin und machte diesmal Larys Amerikanisch nach, »könnte eine Mütze Schlaf vertragen. Eine verdammt große Mütze Schlaf. So groß, daß man's nicht für möglich hält. Seltsam, aber wahr. Die Sorte Schlaf, die er sich seit Urväterzeiten nicht mehr genehmigt hat. Goddamit!«

Der Bug des Einbaums bohrte sich sanft in den Schlamm der Landestelle, an deren Hochufer sich Holzstöße türmten.

»Aber keine Sorge«, sagte Marcellin wieder mit seiner eigenen Stimme. »Ich werde dich persönlich ins Bett stecken. So wie den Vicomte Paul de la Panouse. Der hat jede Nacht einen Teddybär mit ins Bett genommen.«

»Epéna!« brüllte Nzé vom Heck. »Bohmaaa!«

»Epéna!« schrie Manou in derselben Manier, um sich männlich zu geben. »Jetzt wird gefeiert!«

»Nach Impfondo!« krähte Marcellin und sprang als weißer Blitz aus T-Shirt, Turnschuhen und Taschentuch an Land. »Impfondo!« krähte er erneut, sprühend vor Energie und Erwartung, gefüttert von Irene, ausgeruht nach sechs Stunden Schlaf. »Zu Florence!« Er schwenkte das Taschentuch über dem Kopf und tänzelte den Zickzackweg zum Hochufer hinauf. »Ich besuche den Kommissar! Und gehe zu Florence! Ich nehme ihm sein rotes Auto weg! Florence!«

»Florence ist ein Snob«, sagte Nzé, der hinter mir an Land watete.

»Nzé! Manou!« krähte Marcellin von oben herunter. »Ladet das Gepäck aus! Und Redmond – du paßt auf, daß sie sich vorsehen mit meinen Hühnern und meinem Ziegenbock. Und mit meinen Krokodilen. Sie sind im Heck! Ich komme gleich zurück!«

»Sie ist ein Snob«, wiederholte Nzé. Er stand bewegungslos, überwältigt von diesem Gedanken, wie in den Schlamm gerammt. »Sie arbeitet in der Bank.«

Nzé und Manou schleppten die Ziege an Land, die Hühner, die Krokodile (das kleine im rostigen Kochtopf aus Djéké, das große an einen kurzen Pfosten gefesselt), die Packtaschen, die Rucksäcke – und die Abschiedsgeschenke der Mädchen von Boha: fünf Ananas und eine Kürbisflasche Palmwein für Nzé, eine Ananas und ein kleines Büschel grüne Bananen für Manou.

Ich gab dem Bootsführer die zweite Hälfte seines Lohns.

»Manou, Manou, kleiner Manou!« sang Nzé, während er die Ziege an den Hühnerkäfig band. »Eines Nachts, da wird sie dir zeigen, wie man's macht. Du mußt es einfach wollen, Manou. Mut beweisen und nichts wie drauf! Mach's wie ich! Und dann – Bohmaa!«

Der Bootsführer band die Bugleine an einen Schirmbaum, legte sich ein dickes Polster aus ölverschmiertem rotem Stoff auf die Schulter, wuchtete den schweren Motor hoch, balancierte ihn mit der rechten Hand an der Welle, ging noch einmal in die Knie, um das Paddel und einen kleinen, prallen Sack in die linke Hand zu nehmen, warf einen letzten Blick auf den ausgeräumten Einbaum, drehte sich grußlos um, stieg den Hang hinauf und verschwand hinter der Böschung.

Mit dem rechten Arm um den Gorilla (der beim Anblick des Schirmbaums, der zerzausten Büsche, des hohen Grases aus seiner Trance erwachte) trug ich die Packtaschen zum Hochufer hinauf, jedes Stück einzeln. Nzé und Manou brachten die Krokodile hoch, die Hühner, die Rucksäcke, dann an ihrem Lianenstrick die Ziege, die aus Freude, wieder auf festem Grund zu sein, abwechselnd vorausstürmte und störrisch bockte, die Beine in den Boden stemmte, mit den Ohren wackelte, dem Gezerre widerstand und an einzelnen, bedachtsam ausgesuchten Grashalmen knabberte.

Wir setzten uns unter drei staubigen Palmen auf das Gepäck und warteten in der Hitze auf Marcellin. Neben uns erstreckte sich der öde Vorplatz der Landestelle. Eine Wellblechhütte, unten weiß und oben rot gestrichen, mit Flachdach und Vorhängeschloß, stand rechts von uns. Links standen drei zerbeulte Benzinfässer (rot); dahinter lagen acht zerbeulte Benzinfässer (blau).

30 Meter hinter uns, unter einem einsamen Mangobaum an der Straße hockte ein Junge in einem braungestreiften T-Shirt und zerrissenen braunen Shorts und beobachtete uns.

Der Gorilla, der meine Gemütsverfassung erspürte, begann zu winseln, aber ich war zu erschöpft, zu abgestumpft und elend, um mich um ihn zu kümmern.

Aus dem Schilf irgendwo unter uns kam ein langer, fließender Vogelruf, das buuuup-buuuup-buuuuup einer männlichen Mohrenralle (die aussieht wie ein kleines Teichhuhn und die häufigste der Kongorallen ist) – ein vitaler Ton, der an Froschlaich, Molchgelege, Teichwürmer und Libellenlarven erinnerte, an Wasserspinnen und Wasserkäfer, ein Liebeslied und eine Prahlerei voll Stolz auf das beutereiche Flußrevier –, und das Weibchen reagierte, es rief zurück, es stimmte ein, es lachte über seine Späße und sang dre-di-da daaak-daaak-daaak – der perfekt eingeübte Wechselgesang einer lebenslangen Ehe.

Der Junge unter dem Mangobaum erhob sich und humpelte näher.

»Dieser Schrei«, sagte Nzé und wischte sich mit dem Uniformärmel den Schweiß von der Stirn, »dieser Vogel, er frißt Wasserleichen. Er hackt ihnen die Augen aus. Mein Vater ... er war krank! Wenn man diesen Ruf hört, weiß man, daß jemand gestorben ist. Es hat zu lange gedauert, wir waren zu lange weg. Und jetzt dieser Vogel! Ein schlimmes Vorzeichen. Mein Vater war krank, als ich losfuhr ...«

Der Junge stellte sich schweigend neben mich, mit hängenden Armen und gebeugten Knien, die von Narben übersät waren, als wären ihm reihenweise Warzen auf den Knien gewachsen.

»Das ist wahr«, sagte Manou und schob seinen in Auflösung begriffenen Sonnenhut in den Nacken, sah aber in seiner sauberen Khakiuniform sehr elegant aus. Das Notizbuch mit dem Kugelschreiber ragte aus der rechten Brusttasche, es fehlte kein Knopf, er mußte diese Uniform all die Monate in seinem Rucksack herumgeschleppt haben, sauber zusammengelegt und unbenutzt bis zum heutigen Tag, bis zum triumphalen Einzug in die Heimatstadt Impfondo ... »Hörst du? Der Vogel, das ist ein schlimmes Vorzeichen. Wenn du ihn siehst, denkst du: nur ein kleiner schwarzer Vogel. Du würdest nie darauf kommen, Redmond. So raffiniert ist er. Du würdest nicht glauben, daß er alles frißt, was tot ist. Tote Ratten, tote Menschen. Wenn du ihn hörst, ist das ein schlimmes Zeichen.«

»Aber man kann ihn doch immer hören!«

»Monsieur ...«, sagte der Junge, seine Augen in dem ausgezehrten kleinen Gesicht waren unnatürlich groß.

»Die Leute hier, sie sterben auch immerzu«, sagte Nzé und spuckte gut gezielt zwischen seine Turnschuhe in den Staub.

»Monsieur«, wiederholte der Junge, »Monsieur weißer Mann.« Er schaute nach unten, knotete verlegen die dürren Finger ineinander und wankte einen halben Schritt vorwärts, als würden ihm die eingeknickten Knie den Dienst versagen. »Können Sie mir helfen, Monsieur?« sagte er in stockendem Französisch, mit einer Stimme, die halb ein Lispeln und halb ein pfeifendes Röcheln war. »Ich brauche Hilfe. Werden Sie mir helfen?«

»Natürlich«, sagte ich erschüttert. »Wenn ich kann.«

»Ich brauche etwas. Nur eine einzige, große Sache.« Seine riesigen traurigen Augen waren auf mich geheftet, seine Unterlippe hing herab. »Aber es kostet Geld. Sehr viel Geld.«

»Und was ist es?«

»Es kostet ... sehr, sehr viel Geld.«

»Was braucht du denn nun?«

»Einen Fußball«, sagte er und blickte mir ins Gesicht. »Zum Fußballspielen. Mit meinen Freunden.«

»Wieviel?« fragte ich, stand auf, wühlte in meiner Tasche und wußte nicht, wo ich hinschauen sollte. »Wieviel?«

»Monsieur, es ist gut.« Angestrengt studierte er die Risse im Lehm. Er rang die Hände, als wollte er sich die Finger ausreißen. »Schon gut. Es war nicht so gemeint. Wir kommen schon zurecht«, sagte er wie ein alter Mann. »Ich sehe, Sie sind sehr, sehr schmutzig. Sie sind so arm wie wir. Tut mir leid. Meine Mutter hat gesagt, Jacques, dein Fußball, er ist nicht mehr gut. Weiße Männer?

In Epéna? Auch bei ihnen gibt es arme Leute, hat sie gesagt, selbst in Amerika.«

»Wieviel kostet ein Fußball?«

»500 CFA.«

Ich reichte ihm einen zerknüllten, wasserfleckigen Tausenderschein (zwei Pfund), blau und dunkelrot, vorn eine Karte des Kongo und hinten ein Elefant.

Der Junge schaute zu mir auf, seine Augen zeigten Freude und zugleich Erschrecken, als hätte ich ihm einen Goldbarren geschenkt.

»Onkel!« sagte Nzé. »Du mußt uns auch bezahlen. Bezahl uns gleich jetzt und hier in Epéna!«

Der Junge hinkte los und zog sein rechtes Bein nach, die staubige Straße entlang in Richtung Stadt, rechts das Gebüsch und links vereinzelte, verlassen wirkende Hütten.

»Zahl uns jetzt aus, Onkel! Wir kommen dann später nach. Manou – wir feiern! Trinken, Tanzen, Mädchen! Onkel, es fährt ein Lastwagen von Epéna nach Impfondo. Auf dem kommen wir später nach. Viel später! Eine Woche später!«

»Ich will aber nach Hause«, sagte Manou. »Ich will zu meiner Familie.«

»Manou! Manou!« sang Nzé. Er stieß die rechte Faust in die Höhe und schüttelte sie. »Unser kleiner Manou!«

»Ich will meinen Sohn wiedersehen. Ich will Rocka Prince sehen. Er ist zwei Jahre alt. Ich weiß nicht, wie es ihm geht. Ich will meine Frau wiedersehen.«

Nzé lachte. »Deine Frau! Du hast kein Geld, Manou! Für eine Frau mußt du bezahlen! Sie ist nicht deine Frau. Und wenn du nach Hause kommst zu deiner Familie, zu unserer Familie, dann nehmen sie dir dein Geld weg. Das weißt du ganz genau. Alles nehmen sie dir weg. Sogar deine Taschenlampe. Nichts wird übrigbleiben. Nichts für uns. Kein Bier, nichts!«

»Ich will nach Hause«, sagte Manou und blickte abwesend auf den Fluß, den Savannenstreifen und den fernen Wald. »Rocka Prince, mein Sohn ... er ist zwei Jahre alt.« Mit einem Ruck richtete er sich auf und wandte sich zu Nzé. »Und du? Was ist mit deinem Sohn in Impfondo? Er hungert. Er muß immer hungern. Und deine Familie, deine Kinder in Dongou, deine Frau – und Lary Oumar ist noch ein Baby!«

Nzé war still.

»Bezahl uns jetzt nicht. Das ist nicht richtig«, sagte Manou.

»Okay«, erwiderte ich und ließ mein Kinn auf dem braunen Wuschelkopf des Gorillas ruhen. »Dann in Impfondo. Heute abend im Hôtel du Parti. Da ist es außerdem sicherer.«

Der Dienstwagen des Volksdistrikts von Epéna, ein roter Toyota-Truck, kam vor uns zum Stehen. Der Kommissar persönlich stieg aus, auf der anderen Seite Marcellin. Sie schlugen die Türen mit dem gewissen Aufwärtsschwung zu, an dem man Würdenträger erkennen kann.

»Na gut, Onkel«, zischte Nzé und rappelte sich hoch. »Dann sage ich dir, was ich von dir denke: Du bist verrückt. Und du stinkst.«

Der Kommissar, stämmig, forsch und machtbewußt, leitete die Beladung des Toyota an, bis alle Taschen, Rucksäcke und Tiere auf der sauber gefegten Ladefläche verstaut waren, dann kletterte er zurück in die Kabine und schlug die Tür zu. Marcellin stieg auf der anderen Seite ein, schaute kurz über das Dach hinweg und sandte mir ein glückliches Grinsen voller weißer Zähne: »Dienstlicher Befehl, Redmond! Vom Politkommissar. Du mit deinem Gorilla, du mußt nach hinten an die Ladeklappe, in den Luftzug – weil du so stinkst!«

»He, Onkel, lach doch mal!« brüllte Nzé, der sich zwischen die Packtaschen gesetzt hatte, den Rücken zur Fahrerkabine, als das Auto gerade in die brasilianische Teerstraße von Epéna nach Impfondo einbog. »Onkel, du siehst so alt aus. So alt und dünn.«

»Das waren deine Soßen!« schrie ich gegen den Wind, um Witz bemüht, aber wahrscheinlich hörte er mich nicht.

Der Ziegenbock lag Nzé zu Füßen, der weiße Ziegenbart ruhte auf dem vertrauten Hühnerkäfig, er atmete schwer, fast hechelnd, und schloß die Augen. Die langen schwarzen Wimpern zitterten, als hätte er einen Nerventick.

»Ich hab's nicht so gemeint!« schrie Nzé. »Nicht wirklich. Du stinkst zwar, aber nicht schlimmer als die große Kloake, stimmt's, Manou?« Er wandte Manou fragend den Kopf zu. »Du weißt doch, der Gestank, wenn man da vorbeikommt. In der Nähe von deinem Haus.«

»Nein, schlimmer!« schrie Manou und hielt sich den Hut fest, während die Bäume und die Lianen – nicht nacheinander, sondern alle auf einmal – an uns vorbeigeweht wurden und nicht etwa, wie man hätte vermuten müssen, von diesem Wirbelsturm umgeworfen wurden, sondern dabei aufrecht stehenblieben. Von so viel Horror konnte der Gorilla nur das Gesicht abwenden. Er vergrub es in meinem Hemd, um sich vor dem Sturm zu retten, für den Fall, daß es eine Zukunft gab.

»Viel schlimmer!« schrie Manou. »Aber jetzt riechen wir nichts.«

Zwanzig Minuten später reduzierte der Toyota seine Geschwindigkeit wieder auf ein dienstliches Tempo, als er durch das Elefantengras an der Lehmrutsche der Landestelle vorbeifuhr, an den Lehmhütten mit den Strohdächern, an den Leichtbetonhütten mit den Wellblechdächern, am großen Grundstück der protestantischen Missionsstation mit dem geschnittenen Rasen, an der modernen Kirche, der Bar, der Benzinpumpe – bis wir vor dem Hôtel du Parti standen.

Der Kommissar fuhr zur hinteren Einfahrt, hielt vor dem Anbau und hupte. Die Schuppentür der Wächterhütte klappte auf, der *patron* kam heraus und fiel der Länge nach hin, als wäre hinter ihm eine Handgranate explodiert.

»Betrunken!« dröhnte der Kommissar. »Schon wieder betrunken!«

Der *patron* rappelte sich hoch, las seine rote Baseballkappe auf, staubte sie ab, setzte sie sorgfältig auf und schritt mit Würde auf uns zu.

»Monsieur le Patron!« sagte der Kommissar. »Wie lautet der Name dieses Hotels?«

»Hôtel de Parti«, antwortete der *patron* nach einigem Nachdenken.

»Korrekt! Dieses Hotel ... ist ein Parteihotel! Ein politisches Hotel! Eine bedeutende Einrichtung! Und du, du bist eine Schande für das Hotel!« Der Kommissar löste die Schlüssel vom Gürtel des *patron* und reichte sie Marcellin. »Eine bedeutende Einrichtung! Das ist deine letzte Chance!«

Der *patron* visierte seinen Schuppen an und ging in beinahe gerader Linie auf ihn zu. Als er es fast geschafft und den großen schwarzen Innenriegel der Tür ergriffen hatte, stolperte er über die Schwelle, machte einen Kopfsprung nach vorn, und die Tür knallte hinter ihm zu.

»Bravo!« brüllte der Kommissar und klatschte in die kräftigen Hände.

»Seine letzte Chance?« fragte Marcellin.

Der Kommissar lachte. »Das ist seine 2031. letzte Chance«, sagte er und half uns beim Abladen. »Ich habe hier keine Autorität. Nicht die geringste. Außerdem ist es nicht seine Schuld. Es ist die schlechte Planung – ein Fehler in der Stadtplanung. Die Franzosen waren das, nicht wir. Dieses Hotel, Marcellin, es ist zu nahe bei der Bar!«

Wir stapelten die Taschen in unseren alten Zimmern, Marcellin schloß ab und sagte »bis heute abend« zu Nzé (der mit seiner braunen Reisetasche auf der Veranda stand). »Und du!« brüllte er Manou nach (der mit seinem Turnbeutel über der Schulter schon auf dem Weg zum Ausgang war), »du bist entlassen! Heute abend zahlt dich Redmond aus! Wenn er kann! Wenn er noch Geld hat!« Marcellin öffnete die Tür des Toyota. »Redmond – nach hinten, zur Ziege!«

Der Kommissar fuhr den ausgefahrenen Weg an Yvettes Lokal vorbei, bog nach links in eine breitere Lehmstraße und dann nach rechts durch das Tor des mit hohem Drahtzaun umgebenen Geländes der Gebietszentrale des Ministeriums für Wasser- und Forstwirtschaft. Er hielt auf dem Betonplatz vor einem großen, cremegelben Bungalow mit schmiedeeisernen Fenstergittern. Vor der Tür stand der gelbe Landcruiser.

»Joseph ist zu Hause«, sagte Marcellin mit einem unverfälschten Lächeln und lud das an den Pfosten gefesselte Krokodil aus. »Er zählt das Geld, das er unter seiner Matratze versteckt hat. Wirklich wahr. Aber was soll man anderes erwarten. Mir geht es genauso. Mal bezahlt ihn die Regierung, dann wieder nicht. Ihr Weißen, ihr Westler – wenn euch so viel an den Gorillas gelegen ist, an den Wäldern, den Elefanten, dann müßt ihr auch dafür zahlen!«

Marcellin und der Kommissar schleppten die Ziegen und den Hühnerkäfig zu einem schattigen Streifen an der Hauswand. Der Kommissar richtete sich auf und drückte die Hände ins Kreuz. »Genosse«, sagte er mit einem Zwinkern zu Marcellin, »auf Wiedersehen und viel Glück! Ich werde darüber nachdenken, über alles, was du gesagt hast.« Er setzte sich hinters Steuer. »Boha!« sagte er und knallte die Tür zu. Er kurbelte das Fenster herunter. »Aber Soldaten? Treibstoff? Boote?« Er ließ den Motor aufheulen. »Ich soll mir Ärger machen? Mir meine Leute umbringen lassen? Nicht noch einmal! Vielen Dank!« Er fuhr rückwärts aus dem Tor und wendete draußen, der Toyota hüpfte über die Wegrinnen und fuhr draußen am Zaun vorbei. »Alles nur wegen der *Gorillas?*« brüllte er. »Daraus wird wohl nichts. Nur für einen *Park?*« Dann fuhr er die Straße hinab.

Als der Kommissar verschwunden war, schloß Joseph die Tür seiner Wohnung auf und trat heraus ins Nachmittagslicht. Offenbar außer Dienst, trug er nicht den paramilitärischen Kampfanzug des Wildschutzkommandos der Volksrepublik, des Retters aller Tiere in Seen, Flüssen und Wäldern, sondern ein rosa T-Shirt, eine weiße Baumwollhose und Gummilatschen.

Als er den Gorilla auf meinem Arm erblickte, hielt er inne, zog die Stirn kraus und räusperte sich, als wäre ihm etwas in der Kehle steckengeblieben; er hob die rosa Schultern, preßte die Arme an den Leib, doch dann beherrschte er sich und begann zu lächeln. »Marcellin – endlich! Wir haben schon gewartet!« Es klang beinahe ehrlich. »Wir haben uns schon Sorgen gemacht. So eine lange Zeit! ... Und Redmond, du hast ja einen *gorillon*, einen kleinen Gorilla!«

Er kam auf mich zu, mit feuchten Lippen und halboffenem Mund, als hätte er Schwierigkeiten, durch die Nase zu atmen. »Hallo!« brüllte er und hob die Faust zum Klopfen. »Hallo, *gorillon!*«

Mit einem heftigen Ruck drehte ich mich zur Seite und hielt die Hand schützend über den zarten braunen Kopf. »Hör auf! Laß das!«

Joseph machte einen Schritt rückwärts. »Aber Redmond! Du verstehst das nicht! Das ist die Art, wie man ...«

»Nein! Nein! Ist es nicht!« schrie ich, übermüdet, übernervös und am Ende meiner Geduld. »Das ist nicht die Art, wie man einen Gorilla begrüßt! Hättest du das gern? Einen Schlag auf den Kopf?«

»He!« bellte Marcellin, der sich neben dem Hühnerkäfig aufrichtete, den Ziegenstrick in der Hand. »Reiß dich zusammen, Redmond! Schön ruhig! Auf die Art redest du nicht mit meinen Untergebenen!« Er brach ab und sandte mir einen strengen Blick zu, dann änderte er den Ton und sprach wie zu einem Zehnjährigen: »Nun, Redmond, wenn Lary da wäre, würdest du nicht so herumbrüllen, oder? Also, wie Lary sagen würde: He, Jungs, regt euch ab! Bloß kein Streß wegen so 'nem Pippifax!«

»Lary!« Joseph verzog seine Mundpartie zu einem gezwungenen Lächeln. Einen Moment lang starrte er an meiner rechten Schulter vorbei, dann entkrampften sich seine Züge, und sein Lächeln wurde echt. »Der Professor! Professor Lary! Lary – ich hab für ihn gesorgt! Wir haben zusammen gegessen! Kein Bier gab es. Nur Wasser! Wir haben uns unterhalten, ja. Ich hab ihn zum Flugzeug gebracht. Er war sehr nett zu mir. Ich hab ihm einen Platz besorgt. Mit dieser großen Tasche war das nicht einfach. Glaub mir, Marcellin. Die Armee, weißt du? Dann mußten wir rennen, wir mußten um einen Platz kämpfen!«

»Gut gemacht!« sagte Marcellin. »Gut gemacht, Joseph!«

»Ja, Professor Lary, das war ein netter Mann!« Joseph schüttelte den Kopf, als wäre ihm Larys Nettigkeit noch immer ein Rätsel. »Dein Freund«, sagte er zu mir gewandt, aber wieder blickte er mich nicht an, sondern einen Meter an meiner Schulter vorbei, er reckte den Hals zur Seite und schob die gekrallte Hand durch das Nackenhaar nach oben, als würde sie gegen seinen Willen über den Hinterkopf gezogen. »So ein netter Mann!« murmelte er. »Wirklich wahr. Ein guter Mensch!«

»Das ist er bestimmt«, sagte ich besänftigt.

Joseph fand wieder zu sich und seiner normalen Stimme zurück. »Dein *gorillon*!« sagte er. Vorbei an den Gitterfenstern ging er zur hinteren Ecke des Pavillons, drehte sich um und hob die Hand wie zum Gruß. »Ich habe einen wunderbaren Platz für ihn!« brüllte er.

»Warte, ich komme«, antwortete Marcellin und band die Ziege wieder am Hühnerkorb fest. »Joseph! Meine Ziege und meine Hühner, das erledigen wir später. Heb sie für mich auf. Behalte sie im Auge, auf dem Rasen hinter dem Haus!« Während uns Joseph durch die Seitentür einließ, sagte er: »Redmond, ich will ein Schwein kaufen. Ein weibliches Schwein. Eine Sau.«

»Geh nur vor«, murmelte ich und drückte den Gorilla an mich, während uns Joseph durch einen Gang führte, vorbei an zwei verschlossenen Türen. »Kauf dir ein Schwein.«

»Zur Zucht, Redmond. Für die genetische Forschung! Man muß Tiere von verschiedenen Orten nehmen!«

»Von verschiedenen Orten.«

Als der Gang zu Ende war, folgten wir Joseph, vorbei an drei sauberen Betonduschkabinen, in denen je ein glänzender Zinkeimer stand, zwei Stufen hinab und auf den Rasen hinaus. Und dort, links von uns an der Wand, stand ein metergroßer Eisenkäfig mit einem Wellblechdach, und auf dem Boden voller Schmutz, Kot, Bananenschalen befanden sich zwei scharfkantige leere Büchsen, ein Wassernapf aus Blech, eine zerbrochene Glasschüssel und ein kleiner Schimpanse, der die Arme über den Kopf gelegt hatte.

»Joseph!« sagte Marcellin und hockte sich vor den Käfig. »Wie kannst du nur!«

Joseph zog fragend die Augenbrauen hoch. »Wie kann ich was?«

»Das hier! Wie kannst du einen Chimp in so einem Käfig halten!«

»Aber er ist glücklich! Er fühlt sich wohl! Ich hab ihm Büchsen zum Spielen gegeben. Und ich kaufe ihm Bananen, Marcellin. Von meinem eigenen Geld!«

Der Schimpanse schaute auf, sah den Gorilla in meinem Arm und starrte ihn an. Sein kleines Gesicht war braungefleckt und gelblichweiß. (Er hat die Gelbsucht, dachte ich, oder das ist die normale Farbe für junge Schimpansen der östlichen Unterart – andererseits sehe ich wohl so ähnlich aus ...)

Der Gorilla reckte den Hals und starrte auf den Schimpansen hinunter; er verdrehte die Augen, wagte einen weiteren Blick, dann wandte er den Kopf ab. Der Schimpanse hingegen blickte unverwandt aus seinen tiefliegenden, hellbraunen Augen zu ihm auf und wackelte mit seinen großen bräunlichweißen Stehohren.

»Sie wollen spielen!« sagte Marcellin und öffnete den Käfigriegel. »Der Sitzungsraum, das ist der beste Platz für sie.«

»Der Sitzungsraum?« sagte Joseph. »Aber der ist doch sauber!«

»Eben.« Marcellin griff in den Käfig und nahm den kleinen Schimpansen in die Arme. »Da können sie die Nacht verbringen. Sie können spielen und sich über die Tische jagen. Und morgen früh kannst du zwei Kisten suchen und Löcher in die Deckel machen. Dann kommen sie zum Frachtgut ins Flugzeug. Das Flugzeug kommt doch morgen, oder?«

»Ja, aber ...«

»Du mußt zu viele andere Sachen nach Brazzaville schicken? Aber Joseph, du kennst doch hier jeden! Die Soldaten am Flugplatz, die Polizei – du kennst sogar den Piloten, den Weißen, den Franzosen!«

»Ja, aber ...«

»Und diese Sachen, die du verschickst, Joseph – manchmal, nicht sehr oft, aber doch hin und wieder, wenn ich in meinem Büro in Brazzaville sitze, und es ist nicht viel los, meine Beamten langweilen sich, dann frage ich mich: Was mag der Joseph wohl immer in diesen großen Bündeln transportieren?«

»Okay«, sagte Joseph und blickte auf seine Gummilatschen hinunter. »Ist gemacht.«

»Aber mein Gorilla!« sagte ich und preßte ihn zu fest an mich. (»Uuuf!« sagte er.) »Ich lasse ihn nicht allein. Nein, ganz bestimmt nicht!«

Marcellin ließ mich stehen und ging mit resolutem Schritt zur Treppe voraus, der kleine Schimpanse schaute ihm über die Schulter und behielt meinen Gorilla im Auge.

»Er wird mit mir im Hotel schlafen«, sagte ich und drückte mich an Joseph vorbei. Ich nehme ihn mit auf den Dampfer. Ich bringe ihn zu Madame Leroy. Persönlich.«

»Persönlich!« Marcellin blieb im dunklen Gang stehen und lachte höhnisch. »Persönlich! Du denkst wohl, du bist was ganz Besonderes, was? Wo ist denn das Besondere an dir?«

»Ich glaube nicht, daß ich etwas Besonderes bin!«

»Reiß dich zusammen!« sagte Marcellin mit leiser Stimme. »Und brüll nicht so! Hast du verstanden? Nicht hier drinnen. Dieses Haus ist ein Amtsgebäude. Es gehört meinem Ministerium. Und ich habe hier das Sagen.«

Joseph ließ beklommen das Kinn hängen und drückte sich mit dem Rücken an die Wand.

»Das ist mir egal. Er bleibt nicht hier. Er kommt mit mir ins Hotel.«

»Verstehe. Und in England, kann man da Gorillas mit ins Hotel nehmen?«

»Das weiß ich nicht. Ich hab noch nie ...«

»Was glaubst du denn, wo du bist? Sind unsere Hotels etwa anders? Nicht gut genug für euch? Hä? Und wo wir gerade dabei sind« – er öffnete eine Tür zur Linken, hinter der sich ein großer Raum wie ein Klassenzimmer befand, voller Tische und mit einer Wandtafel vorn –, »*dich* dürfte man nicht in ein Hotel lassen. Schau dich doch an! Dein Hemd, deine Hose! Du bist voller Scheiße!«

»Ich schlafe draußen. Ich schlafe am Fluß!«

»Das machst du nicht. Dann wirst du nämlich verhaftet. Ausländische Landstreicher und Spione werden hier nicht geduldet. Nicht in den Bezirksstädten. Wegen der Armee. Wegen der Sicherheit.« Er setzte den Schimpansen auf dem Fußboden ab. »Und den Gorilla auf den Dampfer mitnehmen – das werde ich nicht erlauben. Das verstößt gegen das Gesetz.« (Der kleine Schimpanse umklammerte fest mein rechtes Bein. Sein schwarzes Fell war lang, rauh und schütter.) »Die Leute werden sagen: ›Schau dir den Agnagna an. Er ist korrupt wie alle anderen! Er verkauft Gorillas an die Weißen!‹« – Und mit einer überraschend flinken Bewegung nahm Marcellin mir den Gorilla weg, setzte ihn auf einen der Tische, zog mir den Schimpansen vom Bein, stieß mich zur Tür hinaus und machte sie hinter sich zu. »Joseph! Abschließen!«

Als Joseph den Schlüssel im Schloß drehte, kam ein Schrei von innen, der drei Sekunden währende Verzweiflungsschrei eines kleinen Gorillas, gemischt aus Fassungslosigkeit, Seelenschmerz und Angst.

»Aber ich hab nicht auf Wiedersehen gesagt! Ich hab ihm keinen Kuß gegeben!«

»Auf Wiedersehen? Ein Kuß?« Marcellin stieß mich den Gang entlang. »Du bist verrückt! Geh schon! Schlaf dich aus! Und außerdem« – er schubste mich zur Tür hinaus in die Dämmerung – »bist du nicht der einzige, der hier müde ist. Auch ich bin müde. Und ich werde krank. Schon die halbe Zeit im Wald reicht, um mich krank zu machen. Alle möglichen Fieberanfälle, wenn ich wieder in Brazzaville bin. Keiner weiß, was sie zu bedeuten haben. Ich brauche Wochen, bis ich mich davon erhole. Nicht mal der französische Arzt weiß, worum es sich handelt. Und jetzt habe ich wieder denselben Fehler gemacht, weil ich mit dir mitgekommen bin. Ich werde monatelang krank sein. Das ahne ich jetzt schon – nein, ich weiß es!«

Ich stand in der Dämmerung auf dem Betonplatz und wußte nicht mehr, was ich tun sollte und wer ich war.

»Komm schon, Joseph! Redmond ist völlig hinüber. Hilf mir, wir müssen die Ziege anbinden. Wir müssen die Hühner rauslassen. Und die Krokodile – du mußt was für sie finden. Wir müssen sie füttern. Sie brauchen Wasser!«

»Laß mich helfen«, sagte ich.

»Nein, nein!« schrie Marcellin erbost und wedelte mit dem Arm. »Geh weg! Schlaf dich aus! Geh ins Hotel! Weg mit dir!«

»Warte!« brüllte er, als ich am Tor war, und warf mir den Zimmerschlüssel zu. »Es gibt Fieber!« Sein Geschrei verfolgte mich die Straße hinab. »Da draußen gibt es Fieber! Unbekannte Fieber!«

Die schräge Abendsonne ließ die Kaktusstacheln hervortreten, die Schilfhalme und Elefantengrasrispen, sie beschien die Wellblechdächer von Hütten, die halb versteckt im hohen Gras und abseits der Straße sichtbar wurden, sie bestrahlte die hohen Palmen und die schlanken Stahlmasten der Funkstation mit den Radarschirmen – und irgend etwas flog mir entgegen, in fünfzehn Meter Höhe, ein Vogel mit weißem Bauch, einem langen Schwanz ... zwei langen Schwänzen – und die Flügelspitzen schienen von dem Vogel abgetrennt, sie schienen nebenherzufliegen und die zwei Schwänze flattern zu lassen, die gar keine Schwänze waren, sondern Flaggen ... »Ja«, sagte ich laut, »das ist sie, man sieht es eindeutig an den Flaggen – das ist die Flaggennachtschwalbe!« Und schon verschwand die geisterhaft flatternde Erscheinung des Vogels im Elefantengras.

Das war ein Männchen, ein Männchen im Balzkostüm, dachte ich, als ich in den Abkürzungspfad durch das Elefantengras einbog, der am Fußballplatz, dem verlassenen brasilianischen Straßenbaudepot und der katholischen Mission vorbei zum Hôtel du Parti führte und, wenn man ihm weiter folgte, am breiten Oubangui-Fluß endete. Der Vogel flog mit einer solchen Anstrengung, weil er mit Termiten vollgestopft war, die in der nördlichen Savanne zu Beginn der Regenzeit schwärmen, und jetzt war er auf dem Weg in die südliche Savanne, um dort ebenfalls schwärmende Termiten zu erbeuten und dann mit der Paarung zu beginnen. Diese Beschreibung, die von Lary hätte stammen können, wurde erstmals 1916 von dem großen Vogelkundler Chapin gegeben, dann von Bannerman im dritten Band seiner ›Vögel des tropischen Westafrika‹ zitiert, wo die Flaggennachtschwalbe in einer Zeichnung von Josef Wolf ihren Federschmuck vor dem Hintergrund des Mondes flattern läßt.

Und die Lücke in den Flügeln (ich gelangte auf den Fußballplatz) zwischen den braunen Innenflügeln und den äußeren schwarzen Handschwingen war keine Lücke, sondern ein breites, weißes Band, das reinweiße Band, das nur die Flaggennachtschwalbe besitzt und das in einem Federschweif ausläuft, der manchmal über einen halben Meter lang ist. Und wenn ich die Geschichte richtig behalten habe, dachte ich (beim Passieren der demolierten gelben Lastwagen und Bulldozer), dann werden die Flaggen des Männchens bei jeder Mauser (im Norden) länger – je älter es wird, um so begehrenswerter, um so verführerischer wird es; wie schade, daß man das von uns Menschen nicht behaupten kann. »Und doch!« sagte ich laut, stieß die Faust in die Luft und bog in das verlassen daliegende Hotelgrundstück ein, ging am Anbau vorbei, an der Betonterrasse mit dem Gußeisengeländer, am Wassertank mit der Wasser-Diesel-Mischung, die mich einst, vor langer Zeit, so krank gemacht hatte. »Ich hab ihn doch gesehen! Den Vogel aller Vögel!«

Warum nicht? dachte ich (und hatte schon den Schuppen des *patron* hinter mir gelassen), der Tod schaut mir noch nicht über die Schulter, zumindest nicht, daß ich wüßte, warum also soll ich diesen Abend nicht feiern, den Abend des Dämmerungsvogels, den Abend der Flaggennachtschwalbe? Ich tue einfach so, als wäre Lary noch hier, und tue, was er getan hätte. Ich gehe in den kleinen Laden der Madame Langlois (ich betrat den Laden) und kaufe eine Büchse von dieser elenden Erdnußbutter (ich zeigte an demselben griesgrämigen Verkäufer vorbei auf die vereinzelten Grüppchen kostbarer Büchsen im Holzregal hinter dem hölzernen Ladentisch) und eine ganze Flasche Johnny Walker Red Label, möge sie auch nach Anwendung aller gängigen Kursberechnungen nicht weniger als 30 Pfund kosten (genausoviel kostete sie), und für mich ganz allein erstehe ich noch die Zutaten für eine ganz besondere Köstlichkeit: eine Schachtel extrazarter Haferflocken, eine Büchse Trockenmilch und einen Quader braunen Zucker (ich tat es).

In meiner Beintasche fand ich die notwendige Anzahl zerknüllter, durchgeschwitzter und leicht angefaulter Banknoten. Der Verkäufer, der mich anstarrte, als wäre ich Samalé, nahm die Scheine, steckte sie in die Ladenkasse und wischte sich an der Hose gründlich die Finger ab. Dann suchte er das Wechselgeld heraus und schob es in meine Richtung an den äußersten Rand des Ladentisches.

Unser altes Zimmer kam mir vertraut und gemütlich vor: der Stuhl, die Kommode, die zerlumpten Vorhänge, das Bett mit dem staubigen Moskitonetz, das mit dem Haken an der Decke befestigt war, und als ich die Lampe anknipste (die tatsächlich funktionierte), glaubte ich gar Larys Fingerabdrücke im Staub des Tisches zu finden. Im Duschraum erkannte ich denselben schwarzen, unauflöslich angetrockneten Scheißhaufen in der linken Ecke des Betonabsatzes wieder. Lary hatte recht: Hotels waren hier nicht sonderlich frequentiert, mochte es sich um Parteihotels oder gewöhnliche Hotels handeln.

Ich nahm den Duscheimer, fand zwei weitere draußen in der Nähe des Dieselwassertanks, füllte sie, trug sie ins Zimmer und schloß die Tür hinter mir ab. Endlich allein, dachte ich, auf der Bettkante sitzend – ich kann mich nicht erinnern, wann ich das letzte Mal ganz für mich sein konnte; wahrscheinlich in Oxford, in einem meiner Vorleben, das 1000 Jahre zurücklag ... »Und jetzt«, sagte ich laut, »darf ich nicht wieder anfangen, Selbstgespräche zu führen. Schlimm genug, daß ich Tag und Nacht mit einem Gorilla reden mußte – aber ihm schien es zu gefallen, und mir hat es Spaß gemacht. Wie geht es ihm jetzt? Dieser Schrei, dieser schreckliche Schrei, aber ich nehme an, es war am besten so, ich darf einfach nicht dran denken ... Da bist du nun«, sagte ich, legte die Hände auf die Knie und starrte auf meine brettharte, vom Durchfall imprägnierte SAS-Hose (Tropenausführung, männl.). »Da kriechst du nun auf dem Zahnfleisch und glotzt Löcher in die Luft, nur weil du vor lauter Mutterpflichten sechs Tage lang kaum zum Schlafen gekommen bist. Das kann doch nicht wahr sein! Ein Glück, daß ich nicht bei der Army bin und die Ausrüstung nur geborgt ist. Die würden mich zur Schnecke machen vor versammelter Mannschaft. Die würden auf meinen Wasserflaschen rumtrampeln, mir eine Übungshandgranate in der Tasche hochgehen lassen, mir die Hose runterreißen und in der Luft zerfetzen – eben alles tun, was man in solchen Fällen tut. Sie würden mich in die Etappe zurückversetzen, wahrscheinlich zum Küchendienst. Wegen Pflichtverletzung. Wegen mangelnder Reinlichkeit ...«

Ich stieg aus meinen steifen, stinkenden Klamotten, kramte ein Stück Seife und das faulige, stinkende Handtuch aus dem Rucksack, schleppte die Eimer hinüber zum Duschraum, seifte mich von oben bis unten ein und goß mir einen Eimer nach dem anderen langsam über den Kopf – und zehn Minuten später, als ich mit dem Hemd und der Unterhose bekleidet war, die ich sonst als Kissen benutzte, mit meiner dünnen, olivgrauen Zivilhose und einem frischen, grünschimmligen Paar Socken, sah sogar das Hotelzimmer wieder frisch und einladend aus. An den Wänden hatte sich, wie ich jetzt bemerkte, eine völlig neue Generation junger, glänzender, unzerquetschter Schaben breitgemacht, die sich noch nicht zu ihrer vollen Größe gemausert hatten. Dazu kamen große, noch schlanke Moskitos; nur meine Freunde, die Geckos, fehlten.

Ich versteckte die Whiskyflasche im Rucksack und zählte das Geld für Manou und Nzé in zwei Stapeln auf den Tisch. Es blieb mir, wie es schien, nur noch der magere Rest, den ich in einer wasserdichten Plastiktüte in der Kartentasche des Rucksacks festgeklebt hatte. »Nein, nicht jetzt«, sagte ich. »Daran denke ich später. Damit befasse ich mich morgen.« Ich öffnete die überdimensionale Erdnußbutterbüchse und aß, da Lary nicht da war, die Butter mit den Fingern. Als ich die Hälfte geschafft hatte, wurde mir übel, also hörte ich gerade noch rechtzeitig auf, holte Napf und Wasserflasche heraus und mixte mir einen Brei aus rohen Haferflocken, Trockenmilch und braunem Zucker, schlürfte ihn, mixte mir einen zweiten Napf voll, dann noch einen und dann, gerade noch rechtzeitig, klopfte es an die Tür.

»Keine Ruhe hat man!« sagte ich. »Nie kann man allein sein!« Dabei war ich schon zu sehr am Ende, um die Einsamkeit noch zu ertragen, und beglückt über den Besuch. Hoffentlich passiert mir kein Malheur, dachte ich, als ich nach dem Schlüssel griff, hoffentlich platze ich nicht vor meinem Besucher, ein Feuerwerk aus durchgeweichten Haferflocken, ein Geysir aus Erdnußbutter ... Manou stand draußen im dunklen Gang, die trübe Zimmerlampe beleuchtete seinen breitkrempigen Tropenhut und die schmucke Milizuniform, die er sich für den triumphalen Einzug in Impfondo aufgehoben hatte. Er blieb hartnäckig stehen, offenbar unfähig, etwas zu sagen.

»Manou! Was ist los?« Ich nahm ihn beim Arm. »Komm rein! Was fehlt dir denn? Ich hab dein Geld – und ich hab eine Flasche Whisky gekauft. Johnny Walker, deine Lieblingsmarke!«

»Aus Wales!« sagte Manou und bemühte sich, Freude zu zeigen.

»Nicht ganz. Eher aus Schottland. Aber Lary sagt, er ist gefälscht und stammt aus der Volksrepublik China.«

»Lary«, sagte Manou und produzierte ein Lächeln. Er setzte sich aufs Bett. »Amerika. Lary ist ein Amerikaner. Lary ist der netteste Mensch, den ich je getroffen habe.«

»Ja, schon. Aber was ist mit dir?« fragte ich besorgt, zog die Flasche aus dem Rucksack und holte zwei Becher aus dem Proviantsack. »Manou, du siehst schlecht aus. Was fehlt dir?«

»Es ist alles nicht wahr.«

»Was?«

»Was die Partei über Amerika sagt. All die schlechten Sachen über die Nordamerikaner.«

»Nein, aber ...«

»Lary kümmert sich um die Menschen. Die Volkspartei nicht. Es sind wirkliche, einzelne, individuelle Menschen wie Lary, die sich um einen kümmern. Das ist der Unterschied. Lary hat sich für mich interessiert.«

»Ja, das hat er. Er sagte, du solltest weggehen nach –« (ich bremste mich). »Europa ist nach Amerika gegangen und wieder jung geworden. Sie haben Ideale und Hoffnungen in Amerika. Sie glauben an die Zukunft.«

»Afrikaner sind auch nach Amerika gegangen. Vielleicht sogar Leute von hier.«

»Ja«, sagte ich zerknirscht und verdoppelte seine Whiskyportion. »Hier, trink das. In einem Schluck, so wie Lary es getan hätte. Aber nur nachts, Manou. Lary hat niemals am Tage getrunken. Im Gegensatz zu Nzé ...«

Manou nahm einen winzigen Schluck, zog eine Grimasse und stellte den Becher zwischen seine Füße auf den Boden. Ich reichte ihm das Geld.

»Ich habe nachgedacht über Nzé«, sagte er, teilte die Scheine in zwei Hälften, ohne sie nachzuzählen, und stopfte die Bündel in die Hosentaschen. »Seine Freunde sind nicht meine Freunde. Sie gehen tanzen, sie betrinken sich, sie schlafen mit Frauen, irgendwelchen Frauen. Es ist ihnen egal. Doch ich bin nicht so. Ich bin anders.«

»Ja.«

»Aber die Frauen mögen das, Redmond. Es liegt an seinen Augen. Er hat besondere Kräfte. Und sein Großvater, der war ein mächtiger Zauberer. Unser gemeinsamer Onkel, Manou Emmanuel, den wir im Wald getroffen haben, am Fluß, wo Lary mich fotografiert hat, er ist der beste Jäger des Kongo. Jeder weiß das. Man sagt, er kann die Elefanten rufen, und sie kommen zu ihm. Mit Nzé ist es dasselbe, Redmond. Er macht Musik. Du hast es selbst gehört. Er macht Musik, und die Frauen kommen zu ihm. Er macht sanfte Musik, die man gar nicht von ihm erwartet ... gefühlvolle Sachen, Redmond, es ist sehr schön. Und all die Frauen, alle, die ihn hören, sagen: ›Aha, jetzt kenne ich ihn. Diese Musik macht er nur für mich. Für mich ganz allein. Nur ich kenne den wahren Nzé.‹ Dann verlieben sie sich in ihn – bis über die Ohren. Ich hab es immer wieder erlebt. Sie wollen diese Musik, Redmond. Sie wollen sie in sich drin haben.«

Ich nahm einen Schluck Whisky.

»Und eben gerade, als ich im Dunkeln hergekommen bin, dachte ich, ja, das ist die Wahrheit, Manou, da kannst du gar nichts machen.«

Er nahm den Hut ab, drehte ihn langsam in den Händen und knetete die Krempe, wie Lary es getan hatte.

Im Schein der Lampe waren seine Augen rot und geschwollen, als hätte er geweint – aber das kann nicht sein, dachte ich, denn nie habe ich Manou weinen sehen …

»Denn weißt du, Redmond, sie haben recht. Das ist wirklich der wahre Nzé. Alles andere an ihm, all das, was ich hasse, der böse Nzé, den seine dummen Freunde nachmachen, wenn sie trinken, tanzen, stehlen, herumbrüllen, wenn sie anderen die Frauen wegnehmen, die Art, wie sie lärmen, wie sie alle Gefühle verachten – das ist gelogen, Redmond, eine absichtliche Lüge, davon bin ich überzeugt.«

»Manou!« sagte ich ratlos und kam mir dumm vor. »Schau mich an!« (Er tat es nicht.) »Kann ich dir vielleicht helfen?« (Er schüttelte den Kopf.)

»Es ist alles gelogen, und das habe ich gerade eben gedacht, als ich von woanders hierher kam, im Dunkeln, ganz allein, und es war sehr still. Alles gelogen, aber er braucht diese Lüge. Er hat sie sich absichtlich ausgedacht, um den wahren Nzé zu schützen, den Nzé, der die sanfte Musik spielt, den du in Makao erlebt hast, der in einen Schlaf fällt, wenn er wach ist, dessen Seele auf eine Reise geht, auf eine Reise in den Wald, um sich die Musik zu holen. Aber wenn etwas passiert, wenn du ihn bei der Musik störst, dann blickt er wie ein Fremder, er weiß nicht, wo er ist, er hat Angst, richtige Angst. Und deshalb braucht er diese Lüge, verstehst du? So hab ich es mir erklärt. Ich hätte also nicht tun dürfen, was ich getan hab. Aber jetzt ist es zu spät, und ich fühle mich schlecht, Redmond.

Denn die Lüge hält ihm die gewöhnlichen Menschen vom Leib, er vertreibt sie damit, so kann er in Ruhe seine Reise machen und kommt sicher zurück.«

»Ich verstehe«, log ich und nahm einen kräftigen Schluck (wobei ich bei einem Blick zur Decke einen Gecko entdeckte, der sich über der Duschraumtür kopfunter und sehr langsam, von seinen Saugnäpfen gehalten und mit seinen Geckoaugen rollend, an eine junge und arglose Schabe an der Wand hoch oben hinter dem Moskitonetz heranschlich. Wo kam der Gecko plötzlich her? Aus dem Abflußloch? Aus der Jauchengrube?). »Nein, Manou. Ich verstehe es nicht. Was ist passiert? Wo liegt dein Kummer? Was erwartest *du* dir denn vom Leben? Ein Fahrrad? Ein Geschäft? Willst du Pakete nach Dongou und zurück befördern? Als Bote?«

»Nzé!« sagte Manou und stülpte sich den Hut auf den Kopf, rang die Hände, schlug die Beine übereinander und stellte sie wieder gerade. »Eine Lüge! So eine dumme Lüge! Das war seine Idee, diese Lüge. Ich dagegen – nein, bei mir ist es ganz einfach. Ich will zur Universität. Ich will nach Amerika. Ich will ein Stipendium gewinnen. Ich will nach Plattsburgh in Nordamerika, und ich will bei Doktor Lary studieren.« Er starrte mich mit finsterem Blick an, ein Manou, den ich nicht wiedererkannte. »Ich liebe die sanften Dinge. Und Doktor Lary auch. Wir beide mögen Bücher. Darüber haben wir uns geeinigt, nur wir beide, ohne Nzé. Bücher sind etwas Gutes. Wirklich wahr. Aber welche Hoffnung gibt es denn für Menschen wie mich? Geld ist nicht da. Kein Geld für Bücher. Unsere Lehrer, diese hohen Tiere, sie studieren in Kuba, in Rußland und manche sogar in China! Da hast du's! Es ist ein Traum, ein dummer Traum – eine Lüge, eine dumme Lüge! Sonst nichts! Nichts als eine Lüge!«

Mir klangen wieder Larys Worte in den Ohren, als würde er hier mit uns sitzen und trinken: »Ich mag den Jungen. Er ist intelligent. Er müßte nach Plattsburgh mitkommen. Ich könnte ihm was beibringen.« Und die marxistisch-leninistische Volksrepublik ... nein, unmöglich. In jeder Hinsicht. Ich schwieg und konnte Manou nicht in die Augen sehen.

»Aber dir, Redmond, dir will ich danken. Dafür, daß du Doktor Lary hergebracht hast. Und für das größte Abenteuer, die größte

Reise meines Lebens. Ich werde meinen Kindern und meinen Enkelkindern davon erzählen. Denn du hast mich an den Lac Télé mitgenommen – ich habe das Ungeheuer brüllen hören, und jeder, der es brüllen hört, ist für immer verändert, und zwar zum Besseren, davon bin ich überzeugt. Denn wer einmal diese gewaltige Angst durchgemacht hat, Redmond, wer einmal gedacht hat, daß er sterben muß, und sich ganz sicher ist, dann aber überhaupt nicht stirbt, sondern weiterlebt, der hat dann nicht mehr soviel Angst, oder? Auch vor all den anderen Sachen hat man nicht mehr soviel Angst. Zumindest sollte es so sein.« Er kreuzte die Arme über der Brust und wiegte sanft den Oberkörper hin und her. »Doch am meisten möchte ich dir dafür danken, daß du Doktor Lary hergebracht hast.« Er blickte zu Boden und schaukelte weiter. »Denn er wird mein Vorbild sein, für den Rest meines Lebens! Ich werde nicht klagen, ich werde nicht lügen, ich werde mich niemals gehenlassen – und ich werde meiner Frau treu bleiben!«

»Manou, wie geht es ihr?« Ich beugte mich vor. »Wie war deine Ankunft zu Hause? Wie geht es deiner Mutter? Haben sie sich gefreut? Sicher haben sie das. Und deine Geschwister? All die *petits*? Was macht deine Frau? Und der kleine Rocka Prince?«

Manou starrte mich an, seine Unterlippe zitterte, und große Tränen rannen ihm still und langsam wie der Gecko über die Wange und tropften dann von der Kinnlade herab. »Sie ist weg. Sie ist nach Brazzaville gegangen. Sie hat ihn mitgenommen. Meinen kleinen Sohn.«

»Sie ist weg?«

»Mit Nzés Freund. Mit seinem besten Freund.«

»Und mit deinem Sohn?«

»Ich hab's getan. Ich habe Nzé verflucht. In aller Form, gerade eben. Ich hab ihn verflucht, Redmond, bevor ich zu dir kam.«

»Aber warum denn Nzé?«

»Weil er es wußte. Er hat alles gewußt und hat es mir nicht gesagt. Er hat nichts getan, um es zu verhindern.«

»Wie sollte er auch? Er war doch bei uns! Er war mit uns am Lac Télé!«

»Damit hat das nichts zu tun. Es ist wirklich zwecklos, mit Leuten wie dir zu reden. Du verstehst nichts! Es ist doch ganz egal, wo

Nzé ist. Er spricht mit Menschen, wie es ihm paßt. Du verstehst das nicht. Er besucht sie nachts. Er besucht sie, wo er will und wann er will!«

»Verstehe«, sagte ich, und für zwei Sekunden gewann Manous andere Welt, die mir so nahe gerückt war, Macht über mich, diese andere Welt mit all ihren zeit- und raumentrückten, grenzenlosen und immerwährenden Gründen für Haß und Schuldzuweisungen. Hastig schlug ich meine innere Tür zu und verscheuchte die Vision ... »Manou, komm mit uns auf dem Dampfer nach Brazzaville. Geh zu ihnen. Zu deiner Frau und zu Rocka Prince.«

»Das kann ich nicht.« Er stand auf und ging zum Gepäckberg an der Wand. »Ich kann nicht. Ich habe ein Fieber. Ich spüre es.« Er hob eine von seinen Ananas auf. »Und überhaupt ... Vielleicht wollen sie gar nichts von mir wissen?«

»Natürlich wollen sie das! Dein Sohn ...«

»Nein! Wollen sie nicht! Ich kann nicht tanzen, ich hab keine Lust zu tanzen. Nicht so wie der Freund von Nzé. Er liest nie ein Buch. Er haßt Bücher! Nzés bester Freund will immer nur tanzen!«

»Kann man nicht Bücher lesen *und* tanzen?«

Manou hielt die Ananas in der Hand und dachte nach. »Nein, Redmond ... ich glaube nicht, daß das geht.«

»Pack sie hier hinein.« Ich hielt ihm den halbleeren Reissack auf. »Auch die andere Ananas und deine Bananen. Wir müssen deine Sachen zusammensuchen.«

Wir verstreuten den Inhalt aller Taschen im Raum (weil uns Lary nicht daran hindern konnte) und fanden Manous Moskitonetz, seine zwei Planen, seine Kopflampe und seine Halogentaschenlampe, seine Machete und seinen Becher. Wir steckten alles in den Sack mit dem restlichen Reis, ich band ihn mit einem Stück Fallschirmschnur zu, und Manou hievte ihn auf die Schulter.

»Manou, was Brazzaville betrifft«, sagte ich und hielt ihm die Tür auf (vielleicht hatte er mich mißverstanden?) – »ich könnte dir die Reise bezahlen, und du suchst dir einen Job, irgendeinen. Dann könntest du wenigstens deinen Sohn besuchen. Sonst könnte es passieren, daß du ihn nie wiedersiehst ... Sie würden dich doch sicher zu ihm lassen, oder? Du könntest ihn besuchen, ihn wachsen sehen, ihm helfen, dem kleinen Rocka Prince ...«

Manou blieb im Gang stehen, beleuchtet von der Zimmerlampe. »Es gibt keine Jobs!« schrie er und drehte sich bebend zu mir um. »Für solche wie mich? In Brazzaville? Da gibt es keine Jobs! Und dann sag mir doch bitte eines: Wo soll ich dort bleiben? Wo soll ich hin? Zu Marcellin? Zu Marcellin ins Haus? Niemals! Marcellin ist gemein. Er will seine Familie nicht haben. Er will sie nicht im Haus haben!«

»Aber Nzés Freund, hat der keinen Job?«

»Nein! Nein! Nzés Freund hat keinen Job!« Manou verstummte einen Moment. »Aber er hat Geld, Redmond. Jede Menge Geld. Er gabelt es auf, hier und da, auf die eine oder andere Art.« Er drehte sich weg und wollte gehen.

»Manou! Du bist doch klug ... du bist etwas Besonderes. Ich – ich könnte dir eine Empfehlung schreiben.«

Er trat noch einmal ins Licht und sah plötzlich viel älter aus als der Manou, den ich kannte. »Eine Empfehlung? Von dir?« Er lachte zum ersten Mal an diesem Abend. »Nein, Redmond. Da müßtest du ein hohes Tier sein. Da müßtest du schon in der Partei sein.« Mit seiner freien Hand drückte er mir den Arm. »Trotzdem vielen Dank!« Damit verschwand er im Dunkel.

»Ja, natürlich!« Ich saß auf der Bettkante und hielt Manous ungetrunkenen Whisky in der Hand. »Als nächster kommt Nzé und holt sich sein Geld. Im Fall, daß er noch laufen kann. Also ...« Der städtische Stromgenerator und mit ihm die Lampe verabschiedeten sich für die Nacht. »Verdammt«, sagte ich ins Dunkel, stand auf, setzte mich wieder hin und stellte den Becher behutsam rechts von mir auf dem Fußboden ab. »Ich bin fertig, ich krieche auf dem Zahnfleisch ... ›Jawoll, Junge‹, kam die Stimme des Majors von fernher, aus den Abgründen der Erinnerung an das Ausbildungsbataillon in Stirling Lines, Waffeninstruktion, 50. Wiederholung: *Schlafen* mußt du mit deiner Knarre! Sie muß mit dir im Feldbett liegen! Und auch deine Signaltaschenlampe. *Nie vergessen!* Du und deine Knarre, ihr hängt zusammen wie zwei kopulierende Kröten! Verstanden? Wie zwei kopulierende Kröten!«

Na gut, dachte ich, als ich den Rucksack nach der Signaltaschenlampe durchwühlte, das mit den Kröten ist vielleicht eine

Zutat von mir, da hat sich in meinem Langzeitgedächtnis etwas vermengt, das passiert eben manchmal so in der Ursuppe des Unterbewußtseins. Mit Hilfe der Signaltaschenlampe (olivgrau) fand ich die Kopflampe, ich setzte sie auf und bekam die Hände frei, und eine ganze Weile begriff ich nicht, warum die Packtaschen so leer waren. Einbrecher! Dann fiel mir wieder ein, daß ich eben erst mit Manou alles auf dem Fußboden verstreut hatte. Ich entdeckte Nzés Moskitonetz und eine Plane zerknautscht unter dem Bett, die andere Plane war beiseite geworfen und beinahe im Duschraum gelandet. (»Das war Manou!«, sagte ich. »Ist ja auch kein Wunder. Ich kann's ihm nicht verdenken. Aber dieser Fluch, von dem er sprach ... *in aller Form* – meinte er damit den richtigen Fluch eines Zauberers?) ... Nzés Halogentaschenlampe, seine Machete und das Schweizermesser fanden sich weiß bestäubt, aber unversehrt im leeren Manioksack. Ich steckte das Moskitonetz, die zwei Planen, den Kochtopf (weil Nzé der Koch war) dazu, seine Reservebestecke, zwei Emailleteller, seinen Napf und einen verwaisten Würfel Hühnerbrühe, der noch halbwegs in seinem gelben Wickelpapier klebte, über den schmutzigen Fußboden gerollt und kurz vor dem hinteren Bettfuß zur Ruhe gekommen war (weil Nzés Saucen – *»Du mußt meine Saucen probieren!«* – aus nichts als Brühwürfeln bestanden und weil selbst ich beurteilen konnte, daß er ein grausig schlechter Koch war).

Aber er kam nicht, alles blieb still, also legte ich mich aufs Bett und testete, um nicht einzuschlafen, beide Taschenlampen an der Zimmerdecke. Der kleine, graugrüne Gecko war noch da und klebte jetzt, kopfunter, fast genau über meinem Kopf. »Du bist doch nicht etwa *festgeklebt?*« sagte ich leise (und der Gecko schien nichts dagegen zu haben). »An dir ist doch nichts *Klebriges*, oder?« Nein, dachte ich, du bist viel raffinierter – 240 Millionen Jahre Zufallsmutationen, eine Million tote Geckos für jede zufällige Änderung deines Bauplans, die zufällig für deine damalige Lebensweise günstig war, lauter winzige Änderungen (hier und da auch eine größere); so viele Paarungen, so viele Generationen – jeder deiner Eidechsenvorfahren muß ein Erfolgsmodell gewesen sein, weil sie es geschafft haben, trotz aller Widrigkeiten Nachkommen zu zeugen. Und da sitzt du nun an dieser wasserfleckigen

Decke, einen halben Meter von der Wand und einen halben Meter vom Haken für das Moskitonetz entfernt. Solltest du tatsächlich eine Unterart des *Gekko gecko* sein, was dir zugegebenermaßen wie eine künstliche Zuordnung erscheinen muß, denn der *Gekko gecko* hat es nur deshalb zum Namensgeber deiner Familie gebracht, weil er groß und auffällig ist, in Häusern lebt und in Südostasien genauso häufig vorkommt wie Eßstäbchen – dann, du ulkiger kleiner Gecko, hängst du dort oben mit der Hilfe von 150 000 winzigen Auswüchsen an jeder Schuppenreihe deiner Finger- und Zehenspitzen, und jeder dieser Auswüchse verzweigt sich in Hunderte von Borstenhärchen, und am Ende der meisten Borstenhärchen sitzt noch ein Plättchen, und jedes Plättchen hat einen Hohlraum, der sich mit Blut füllt und das Plättchen eng an mikroskopische Unebenheiten der Kletterunterlage anschmiegt.

»Du spii-innst!« tschilpte der Gecko wie ein Spatz. »Du spiii-innst!«

»Das hast du nicht gewußt? Du weißt nicht über deine Zehen Bescheid? Nun, dann freu dich trotzdem an deinen Fähigkeiten, wenn du auf Zehenspitzen an der Decke hängst, du bist ein Künstler, ein darwinscher Evolutionskünstler. Aber mach weiter, es wird sonst langweilig«, sagte ich etwas lauter. »Außerdem bekomme ich von dieser Kopflampe einen steifen Hals. Also mach schon, zeig mir was!«

Der Gecko, ein intelligenter und sympathischer Gecko, streckte die rosa Zunge aus und leckte sich erst das linke, dann das rechte Auge.

»So ist's gut«, sagte ich und schaltete erst die Signaltaschenlampe, dann die Kopflampe ab und legte beide neben mich aufs Bett. »Das war gekonnt. Eine eindrucksvolle Vorstellung. Kannst du mir vielleicht verraten, wie du das hingekriegt hast? Das hat mich wirklich umgehauen!« Ich legte mich auf die Seite, schob das linke Knie über das rechte und bohrte es in die trogförmige Mulde der Roßhaarmatratze (oder war es Buschschweinborste?), ich wackelte mit den Füßen, beugte und streckte den Rücken und rollte wohlig die Schultern (ein Bett, ein richtiges Bett!). »... Wie sagtest du gleich, du darwinscher Evolutionskünstler, du Gecko? ... Aber nein, du warst es ja nicht; ich selbst hab es gesagt. Trotzdem ist es wichtig, ein bedeutsamer Punkt ... denn das möchte ich auch gern können, weißt du? Mir mit der Zunge die Brille putzen ... obwohl es auf andere eher abstoßend wirken würde ... aber wer einmal gesehen hat, wie du das machst ...«

Ich träumte, daß ich mit meinem kleinen Gorilla im Eisenkäfig an der Wand saß, und es war der kurze, aber gedehnte Moment der Erkenntnis, daß dieser Moment mein letzter sein würde, mein Ende und das Ende aller meiner Erinnerungen. Aber da kratzte etwas ... Ein Freund war draußen vor dem Käfig, der graugrüne, zwölf Zentimeter lange Gecko. Seine Hinterbeine klammerten sich an die Riegelhalterung, seine Vorderbeine saugten sich am Riegel fest, und seine Millionen blutgefüllten Näpfchen drangen in jeden winzigen Riß und in jede Unebenheit des Metalls vor; er zog und zerrte, und der rostige Riegel gab allmählich nach.

Marcellin stand vor dem Käfig und schrie: »Redmond! Redmond! Alles in Ordnung? Geht's dir gut? Laß mich rein! Laß mich rein!« Er schlug mit dem Gewehrkolben gegen den Käfig, der Gecko fiel herunter, und der Gorilla schützte seinen Kopf mit den Armen. Marcellin hob das Gewehr wie eine Keule und verbog mit seinen Schlägen die Stäbe der Käfigtür. »Marcellin!« brüllte ich, knipste die Signaltaschenlampe an und sprang aus dem Bett. »Warte doch! Du machst die Tür kaputt!«

»Redmond! Du brauchst Schlaf!« schrie er, als ich ihn einließ. »Du brauchst Schlaf! Ich wollte dich nicht wecken! Deshalb habe ich gekratzt, mit dem Messer, das du mir gegeben hast. Ich hab an der Scheibe gekratzt! Aber du bist nicht aufgewacht, und da habe ich geklopft!«

»Ja.«

»Geht's dir gut? Hast du geschlafen? Fühlst du dich jetzt besser?«

»Na ja, so richtig geschlafen hab ich nicht ...«

»Du mußt aber schlafen! Zwei oder drei Tage. Oder vier! Du kannst schlafen, bis der Dampfer kommt. Vielleicht morgen, vielleicht in einer Woche!«

Ich setzte mich auf die Bettkante, knipste die Kopflampe an und reichte sie Marcellin. »Setz dich. Beruhige dich!«

»Ja, ja.« Er setzte sich auf den Stuhl. »Ein bißchen Bier und

Palmwein! Ich hab ein bißchen Bier zu meiner Mutter mitgenommen.« Seine Stimme hatte sich in ein Flüstern verwandelt. Wieder lauter werdend, sagte er: »Redmond, es ist so dunkel hier. Geht's dir gut? Du sitzt im Dunkeln!«

»Ich hab geschlafen.«

»Geschlafen? Warum? Jetzt ist nicht die Zeit zum Schlafen. Ich will mit dir reden!«

»Marcellin, iß etwas. Ich glaube, du solltest etwas essen.«

Marcellin leuchtete mich mit der Kopflampe an. »Du bist ja sauber! Du hast saubere Sachen an!« Der Strahl wanderte hinab zu meinen Füßen, zum linken Fuß, dann zum rechten. »Aber was ist das?« Er beugte sich herüber, ging fast in die Knie und griff nach Manous Becher. »Whisky! Du – du hast getrunken! Whisky!« Er nahm einen Doppelschluck; sein Adamsapfel ruckte zweimal. »Johnny Walker! Red Label!«

»Das ist Manous Becher. Er hat nur einmal genippt. Er war verzweifelt.«

»Hat er dir erzählt? Von Rocka?«

»Ja.«

»Na, komm schon, Redmond! So können wir nicht Johnny Walker trinken! Nicht in dieser Finsternis!« Marcellin stand auf und wühlte im Proviantsack. »Kerzen! Hier haben wir welche. Kerzen – und Teller!« Er setzte eine frische Kerze und drei Stummel auf die Teller, stellte sie auf den Tisch und zündete sie mit seinem Feuerzeug an. »Ich soll etwas essen?« Er knipste die Kopflampe aus, legte sie auf den Fußboden und setzte sich. Angestrahlt von den Kerzen schaute er auf dem Tisch umher und in die überdimensionale Erdnußbutterbüchse. »Das hier? Soll ich das essen?«

»Das wird dir guttun. Lang nur zu. Erstklassige Erdnußbutter!«

»Aber ...«

»Was aber?«

»Da war jemand mit den Fingern drin!«

»Sei nicht albern. Das war nur ich. Kannst ruhig loslegen.«

»Was heißt ›albern‹? Was heißt ›nur du‹? Bevor du dich gewaschen hast?«

»Na ja ...«

»Vergiß es! Du und deine Krankheiten! Das ist schmutzig!«

»Krankheiten? Ich hab keine Krankheiten!«

»Hoho!«

»Da sind noch Haferflocken. Dann probierst du eben die Haferflocken. Und Trockenmilch. Zucker ist auch da.«

»Einen Becher!« sagte Marcellin aufgeregt. »Einen *sauberen* Becher!« Er ging an den Proviantsack, knipste die Lampe wieder an und zog zu meiner Freude den großen blauen Becher heraus, den Becher des Gorillas. »Manou hat es dir also erzählt«, sagte er und rührte sich einen Brei an. »Seine Frau! Das ist nicht seine Frau! Nicht mal seine richtige Freundin. Rocka Prince ist von ihm. Daran ist nicht zu rütteln. Aber sie ist schön, Redmond, sehr schön – was kann man da erwarten? Was sollte sie deiner Meinung nach tun? Sie muß schließlich von etwas leben, und Manou – er hat kein Geld, keinen Job, nichts.« Er setzte sich hin und nahm einen Happen von seinem Brei. »Manou hat keinen Job, Redmond. Also ist er arm dran, also ernährt er sich nicht ordentlich, also kriegt er Malaria und alle möglichen Krankheiten. Er ist krank. Immer hat er irgendein Fieber. Du hast es selbst gesehen. Sein Job, der Job, den er bei dir hatte – ich dachte, das wäre ein Ausweg. Du weißt: das Geld. Aber jetzt? Ich dachte, Manou könnte etwas anfangen, ein kleines Geschäft aufziehen, mit etwas handeln, und sei es Maniok! Aber jetzt – ich weiß nicht. Sie ist weg. Und unser Onkel, den wir oben am Fluß besucht haben, Manou Emmanuel, das Haupt der Familie, von dem sagen die Leute, daß er hier in Impfondo ist. Und wenn das stimmt, wenn er wirklich hier ist, dann hat das einen Grund. Und, Redmond, ich traue ihm nicht!«

»Warum nicht?« Ich erhob mich, schraubte die Flasche auf und goß uns ein paar Fingerbreit nach.

»Er ist der Schlimmste. Alle kommen sie zu mir. Die ganze Familie. Aber er ist der Schlimmste. Kaum hatte ich meinen Job, Redmond« (er wischte sich Milch und Haferflocken aus dem Schnurrbart), »kaum hatte ich meine Stelle im Ministerium, war Manou Emmanuel da und hat Jagdlizenzen beantragt. Viel mehr, als erlaubt sind, so viele, daß er jeden Elefanten umbringen kann, jeden Waldelefanten zwischen Motaba und Ibenga! Er dachte sich: ›Marcellin ist in der Regierung, also bin ich reich. Ich exportiere das ganze Elfenbein. Die Sache nehme ich selbst in die Hand.‹ Und als ich sagte: ›Tut mir leid, mit mir nicht‹, da war er wütend, Redmond. Er hat mir Ärger gemacht. Er war rasend vor Wut. Er hat behauptet, ich wäre bestechlich. Andere Wilddiebe oder ihre Mittelsmänner hätten mir mehr geboten als er. Es war schlimm, sehr schlimm. Es war äußerst schwierig.«

»Ja. Verstehe.«

»Ich tue, was ich kann, Redmond, und das weißt du. Aber ich kann mich nicht um alle kümmern. Das ist unmöglich, verstehst du? Da sind meine echten Geschwister« (er zählte sie an den Fingern ab), »meine Halbgeschwister, all die Onkel und Tanten und die Kinder von den Männern meiner leiblichen Mutter und den Frauen meines leiblichen Vaters ... 100 Leute und vielleicht noch mehr. Und das ist nur der engste Familienkreis! Könntest du das? Könntest du dich um 100 Leute kümmern, die alle zu deiner Familie gehören?« Er beugte sich vor und hielt sich den Rücken, als belastete schon die Frage sein Kreuz. »Na los! Sag's mir! Es ist zwar schwer zu glauben, wenn ich dich und dein Benehmen sehe, aber trotzdem, du bist ein Westler! Also sag's mir! Könntest du das? Oder selbst Lary? Ich frage dich: Würde Lary, den jeder bewundert, das tun? Würde er all diese Leute in seinem Haus ertragen? Im Schichtbetrieb, das ganze Jahr durch? Ohne Ruhe, ohne Pause? Und sich alles nehmen lassen, was er verdient? Würde Lary das tun?«

»Da bin ich nicht sicher«, sagte ich. Ich sprang auf, um diesem Druck auszuweichen, und leerte ohne Nachdenken den Rest der Flasche in unsere Becher. »Was Lary betrifft, bin ich nicht sicher – er schläft sowieso nur vier Stunden die Nacht, aber er würde das wahrscheinlich auf drei Stunden reduzieren, und sich stillschweigend daranmachen, ein neues Haus zu bauen, mit Dreifachverfugung oder wie sich das nennt, nur um ihnen zu helfen. Aber ich würde das nicht tun. Ganz bestimmt nicht.« Entschlossen setzte ich mich wieder hin.

»Nein. Du würdest das natürlich nicht tun. Nordamerikaner sind da ganz anders. Aber ich, ich bin ein hohes Tier. O ja! Ich muß ja reich sein, weil ich ein Stipendium in Kuba hatte, und jetzt bin ich bei der Regierung! Da spielt es keine Rolle, und sie glauben es mir auch nicht, daß ich nur 60 Dollar pro Tag verdiene – wenn ich überhaupt bezahlt werde! Manchmal, und das kann Monate gehen, sagt die Partei: ›Tut uns leid, Genossen, aber wir müssen alle Opfer bringen. Zum Wohl der Partei und des Volkes. Diesen Monat hat der Staat kein Geld. Wir können euch nicht bezahlen.‹ Aber was soll ich tun? Das ist mein Job, etwas anderes habe ich nicht!«

»Könnte Manou ... könnte er zur Universität gehen, in Brazzaville?«

»Ha!« Marcellin wischte sich eine kleine braune Motte aus dem Gesicht und hob den Whiskybecher. »Da hätte er in der Schule fleißiger sein müssen!«

»Aber er möchte so gern studieren. Lary hat ihn ermutigt. Gibt es da keine Möglichkeiten?«

»Was glaubst du, wo du bist? In Amerika? Hier kriegt man keine zweite Chance, Redmond!« Er nahm einen Schluck Whisky und spülte sich damit den Mund wie beim Zähneputzen, bevor er ihn schluckte. »Und nur sehr selten eine erste Chance – wenn man sich überhaupt um sie bemüht!«

Die kleine braune Motte, die jetzt um die Kerzen schwirrte, schien mindestens fünf Paar Flügel zu haben, schmale, häutige Fransen, die Vorder- und Hinterflügel in einzelne Streifen gefächert, so daß es sich um eine Art der afrikanischen Federmotten handeln konnte ... »Marcellin, auf meinem Weg hierher hab ich etwas Besonderes gesehen«, sagte ich. »Einen Vogel mit langen Federn, die an seinen Flügeln wehten – eine Flaggennachtschwalbe!«

»Flaggen in der Nacht? Das war wohl der Whisky, der macht dir Halluzinationen.«

»Nein, ich meinte den Vogel, den ich immer sehen wollte, nach dem ich dich in Brazzaville gefragt habe, als wir bei dem Flußpferd waren – die Flaggennachtschwalbe!«

»Den kenne ich natürlich! *Engoulevent! Engoulevent porte-étendard!* Den sieht man doch überall, Redmond! Um diese Jahreszeit gibt es sie massenhaft in Impfondo! Du mußt nicht mal in den Wald gehen. Den Wald mögen sie nicht. Sie sitzen gern auf den Straßen. Wenn du ihn sehen willst, mußt du nur ein bißchen mit dem Auto fahren.«

»Na gut, aber ...«

»Nein, laß uns jetzt reden. Ich will mit dir reden. Ich will dir danken. Nur für eine Sache. Eine wichtige Sache.«

»Mir danken? Das wäre heute schon das zweite Mal!«

»Hä? Hör mir zu! Wir sprechen jetzt darüber und dann nie wieder, okay?« Marcellin stellte den Becher auf den Fußboden, beugte sich vor, stützte die Ellbogen auf die Knie und richtete die aneinandergelegten Hände auf mich. »Okay?«

»Okay!«

»Es ist wegen der Fetische. Die Fetische, die Dokou uns gegeben hat. Mein Fetisch – ich glaube, er hat mir das Leben gerettet. In Boha. Es – es gibt keine andere Erklärung.«

»Wie meinst du das?«

Er warf einen Blick auf die Tür und dämpfte die Stimme. »Wie man es dreht und wendet – alle in Djéké waren überzeugt, daß die Männer von Boha uns umbringen würden. Diese Männer – alle außer Doubla, der es wegen Bobé nicht durfte – haben ein Gelübde abgelegt. Und ein Gelübde, das man vor dem Häuptling ablegt, Redmond, ist eine ernste Sache. Aber was hat sie daran gehindert, uns zu töten? Einen hätte ich vielleicht mit dem Gewehr erschießen können, mehr aber nicht. Dieses Gewehr« (er nickte zur Wand hinüber, an der es lehnte) »hat nur einen Schuß. Absolut wertlos. Und kannst du dir vorstellen – Manou mit der Machete?«

Marcellin lachte, verstummte, starrte mich an und strich sich mit beiden Händen von unten über das Gesicht. Er schüttelte den Kopf und nahm einen Schluck Whisky. »Das sind Killer, die Leute in Boha. Doubla und alle anderen. Ständig sind sie in irgendwelche Kämpfe verwickelt. Stell dir Nzé und Doubla mit Macheten vor! Von Nzé würde nichts übrigbleiben. Nur ein bißchen Hackfleisch zum Hühnerfüttern!«

»Was ist in Djéké passiert, als du weggelaufen bist, als du uns verlassen hast?«

»Weggelaufen, euch verlassen? Denkst du das etwa von mir?«

»Natürlich nicht!« sagte ich, gab mir Mühe, nüchtern zu wirken, und hielt Ausschau nach der Wasserflasche. »Nein, tut mir leid. Das wollte ich nicht ... gesagt haben.«

»Du hast es aber gesagt! Sieh mal, Redmond: Dich wollten sie doch nicht umbringen. Hinter mir waren sie her! Und wenn wir alle nach Djéké gefahren wären, hätten sie uns verfolgt und uns umgebracht. Mit Sicherheit. Doch da du in Boha geblieben bist, dachten sie: ›Warten wir ab. Vielleicht kommt Marcellin zurück.‹«

»Verstehe.«

»Irene hat den Fetisch in meiner Hosentasche gefunden. Du weißt, sie ist jung, und sie steckt ihre Hand so gern in meine Hosentasche! Und sie hat gesagt: ›Deshalb also! Jetzt weiß ich, warum du lebend zurückgekommen bist!‹ Ich hab sie schwören lassen, daß sie den Mund hält, und ihr alles über meinen Großvater erzählt, über Dokou und unsere Nacht bei ihm, über den Ehering und wie er uns das Leben gerettet hat – in Boha. Sie hat es gleich ihren Eltern erzählt, und die haben es in ganz Djéké verbreitet. Alle haben gesagt: ›Aha! Deshalb also ist Marcellin noch am Leben! Jetzt wissen wir, daß es im Norden Zauberer gibt, die noch mächtiger sind und noch mehr Geheimnisse kennen als die Zauberer in Boha! Wer ist dieser Dokou? Wir müssen jemanden zu ihm schicken – Badiledi wird zu ihm reisen –, bis hoch in den Norden, und uns einen Fetisch geben lassen, dann brauchen wir keine Angst mehr zu haben. Nie wieder müssen wir die Männer von Boha fürchten!‹«

»Gut gemacht!«

»Und in dieser Nacht hat Irene was mit mir angestellt! Sie hat Sachen gemacht, die noch kein anderes Mädchen mit mir gemacht hat. Ihre Hände waren überall gleichzeitig, Redmond. Ihre kleinen Brüste! Ihre Orgasmen! Sie hat mich fertiggemacht!«

»Sachen hat sie gemacht?« Ich trank den Becher leer. »Was für Sachen?«

»Das werde ich dir gerade erzählen! Was für Sachen! Ich kann dir doch nicht alles verraten! Warum sollte ich! Mir ist schon schlecht von deinen Fragen! Immerzu diese Fragen! Den ganzen Tag! Ja, so ist es, du brauchst es nicht abzustreiten. Ich hab es satt! Ich bin ganz ausgequetscht von deinen Fragen! Wie Maniok in der Presse! Manchmal, Redmond, denke ich, du bist ein kleiner Junge. Dann wieder, aber nicht so oft, bist du wie meine Lehrer, die französischen Lehrer im *Lycée* von Brazzaville. Aber solche Männer findest du nicht mehr! Nicht im Kongo! O nein! Jetzt, wo ich darüber nachdenke, bist du doch nicht so wie sie. Ganz und gar nicht!

Denn das waren gute Menschen, schrecklich und streng. Denen waren wir nicht egal. Die haben uns was beigebracht. Die haben uns zum Lernen angetrieben. Die haben sich wirklich gekümmert ...«

»Ich weiß. Du hast es schon einmal erzählt.«

»Hab ich das? Hab ich das? ... Na, du bist genauso schlimm! Du wiederholst dich auch ständig! Immer wieder! Nicht nur ich! Außerdem – bei dir ist es das Alter! Macht ja nichts, das ist normal. Wir jungen Männer, wir erwarten gar nichts anderes. Aber sieh dich nur an: Du bist grau. Rosa und grau. Oder weiß! Rosa und weiß! Deine Haare sind weiß! Du bist alt!«

»Selber alt!« sagte ich, zu verärgert und zu alt, um mir eine gute Erwiderung einfallen zu lassen. »Ich wiederhole mich nicht. Und ihr seid mir nicht egal!«

»Hier ein Vogel, da ein Vogel«, sagte Marcellin mit einem breiten Grinsen, das sein ebenmäßiges Gebiß entblößte. »Hier ein Vogel, da ein Vogel! Wen kümmert das?«

»Aufmachen!« plärrte draußen eine undeutliche Stimme. »Aufmachen! Im Namen der Volksmiliz!«

»Das ist Nzé«, sagte Marcellin und ging zur Tür. »Er wiederholt sich. Aber bei ihm ist es Blödheit. Und immer lacht er. Er lacht ohne jeden Grund!«

»Blöd ist er nicht«, sagte ich, als Nzé mit dem Käppi im Mund über die Schwelle gestolpert kam. »Nzé ist alles mögliche«, sagte ich wie ein alter Mann in seinem Lehnstuhl, »aber ganz bestimmt nicht blöd.«

»Jedenfalls ist er besoffen«, sagte Marcellin. »Nzé, du bist besoffen.«

»Ja«, erwiderte Nzé, rappelte sich von der Packtasche hoch, auf der er gelandet war, und fixierte Marcellin mit seinem rechten, dem irdischen Auge. »Du aber auch.«

»Was willst du hier?« fragte Marcellin und setzte sich wieder. »Du störst.«

»Mein Geld! Schnell! Mein Mädchen wartet! Wo ist mein Geld?«

»Keine Ahnung«, sagte Marcellin und zuckte die Schultern. »Wie soll ich das wissen? Frag Redmond, vielleicht hat er es.«

»Dein Zimmer ist ein Misthaufen«, sagte Nzé und schoß die Packtasche wie einen Fußball in meine Richtung. »Ein einziger Misthaufen!«

»Es ist alles bereit«, sagte ich, stand auf und holte das mit Kerzenwachs bekleckerte Geldbündel vom Tisch hinter Marcellins Rücken. »Und vielen Dank. Danke für alles.«

»Ja!« sagte Nzé und ließ die Scheine fallen, ging in die Knie, sammelte sie vom Fußboden auf und schob sie in die Hosentasche. »Mädchen her!« Irgendwie kam er wieder hoch, er schwankte zur Tür und knallte sie hinter sich zu.

»In Djéké hab ich mich schlecht gefühlt«, sprach Marcellin weiter, als wäre Nzé vom Erdboden verschluckt. »Weil ich dich im Stich gelassen hab. Ich dachte mir: ›Was würde Redmond jetzt wollen, wonach würde er jetzt fragen? Nach alten Männern natürlich!‹ Also ging ich zum alten Emmanuel. Zu Emmanuel Mangouméla! Er hat einen großen Lehnstuhl in seiner Hütte, und seine Frau war auch da. Genau weiß ich es nicht, aber ich glaube, sie ist seine Hauptfrau, die wichtigste, und vielleicht ist sie nicht ganz richtig im Kopf, denn sie trägt einen Blätterkranz. Jeden Tag frische Blätter. Irene sagt, daß Emmanuel vor langer Zeit verflucht wurde, von einem Zauberer in Boha. Der Zauberer ist tot, aber Emmanuel Mangoumélas Hauptfrau trägt immer noch diesen Blätterkranz, für alle Fälle, weil es den Fluch bannt, und außerdem zeigt sie damit, daß sie ihn liebt. Jedenfalls wirst du mir dankbar sein, Redmond. Du wirst zufrieden mit mir sein und mir alles vergeben, denn Emmanuel hat mir viel erzählt, und ich habe mir große Mühe gegeben und alles aufgeschrieben, ich hab alles für dich festgehalten!« Marcellin zog einen sauber gefalteten Zettel aus der Hemdtasche und glättete ihn auf den Knien.

»Danke«, sagte ich und versuchte, auf der Bettkante sitzend, die Augen offenzuhalten. »Vielen, vielen Dank.«

»Emmanuel sagt, der wahre Name des Dorfes Mboukou ist Mounpaela, und der Pfad, der dorthin führt, heißt Paela oder Bassimounpaela.« (»Du spiiii-innst!« zwitscherte der Gecko sanft.) »Moguas jüngerer Bruder Ekoka kaufte den Pygmäen Tokoméné, siedelte sich in Djéké an und gab seinem Sklaven Tokoméné das angrenzende Gebiet. Und es war Tokoméné, der das heutige Dorf am Mboukou-See gegründet hat. Nach seinem Tod wurde Tokoméné von seinen Söhnen Loma, Mouandapa und Moubousse abgelöst, und so ging es weiter. Das hab ich vergessen. Seinen Kindern schlossen sich andere Pygmäen aus den Dörfern Ebolé, Mokala, Dilé und so weiter an. Moguas Schwestern hießen Boléla, Bandinga und Momkoumaka, und sie lebten mit Dgomoko. Mit Boléla brachte er zwei Kinder zu Welt. Boléla wiederum hatte noch zwei weitere Kinder, und zwei von ihnen leben noch. Ihre Namen sind Emmanuel Moungouméla und Albert Mouassitea. Mboukou ist ein Dorf, das diesen Bantus gehört und nicht den Pygmäen, und sein richtiger Name ist Mounpaela. Mboukou ist der Name des Sees. Die gegenwärtigen Bewohner von Mounpaela sagen, daß ihnen das Dorf gehört, aber das ist nicht richtig, sie sind nicht die wahren Eigentümer.«

»Also glaubt der alte Emmanuel, daß es ihm gehört.«

»Ja, das glaubt er. Aber das sind keine Pygmäen in Mboukou. Das sind Sklaven – Bantusklaven.«

»Wär's das für heute, Marcellin?« Ich atmete auf und legte mich lang. »Können wir Schluß machen? Eine Runde schlafen?«

»Jetzt schlafen? Nein, warte! Natürlich nicht! Ich hab immer noch meinen Johnny Walker, Redmond! Ich bin noch nicht fertig. Komm wieder hoch. Es ist unhöflich, sich einfach hinzulegen. Ich rede mit dir! Setz dich hin!«

Ich setzte mich wieder auf die Bettkante.

»Emmanuel hat mir von der Ankunft der Franzosen erzählt, von den *colons*!«

»O Gott!«

»Die *colons* sind am ersten Januar 1910 im Land der Bomitaba eingetroffen. Sie kamen auf dem Fluß Likouala aux Herbes. Den ersten Stützpunkt haben sie in Embambé errichtet, der oberste *colon* hieß Monsieur Marqueti. Der zweite Stützpunkt wurde Elondi genannt, und sein Kommandeur hieß Sergeant Major Georges. Der dritte und größte Stützpunkt war Djéké, dessen Kommandeur Joro Joro Gabriel hieß, der zweite Offizier war Piala, Honoré, und der dritte war Mouzoromba. Der vierte Stützpunkt war Botoumayo, und Kommandeur war ein Afrikaner, Obersergeant Kaïba. Der fünfte Stützpunkt war Mitoubou, dessen Chef Jean-Jules Aureli hieß. Der sechste Stützpunkt war in Kakasengué mit einem echten Franzosen als Chef, Kassimata Omer. Der siebente Stützpunkt war Moumbelou mit Capitaine Jean-Marie ...«

»Marcellin, wollen wir das nicht morgen weitermachen? Und jetzt schlafen gehen? Könnten wir nicht ein bißchen Schlaf gebrauchen?«

»Schlaf? Nein, warte, es wird gleich besser, immer besser. Geschichte, Redmond, das ist Geschichte! Das magst du doch! Du wirst mir dankbar sein!«

»Aber morgen ... warum wollen wir das nicht morgen ...«

»Die *colons* begannen den Krieg mit einem Massaker im Dorf Edzama im Tal von Djéké. Edzama war zu klein und schwach, um die *colons* zurückzuschlagen, und so flohen die Leute nach Djéké. Als die Nachricht nach Djéké gelangte, beschloß man dort, die *colons* einzusperren und Krieg zu machen. Zwei Soldaten fielen (zwei Afrikaner im Dienst der *colons*). Der erste Gefallene hieß Kobôlé, ein Yakomadu aus Zentralafrika. Der zweite war Kande, ein Yalomaldé aus Zentralafrika. Der Führer in diesem Krieg war ein Bomitaba mit Namen Minéngué aus dem Dorf Embambé.

Die zweite Schlacht fand in Botoumouana statt. Eines Morgens bildeten die Männer aus Ibolo direkt am Gemüsemarkt einen Angriffszug. Dieser Zug hatte keine Speere oder Gewehre. Die Schlacht fand im Nahkampf mit Dolchen statt. Die Männer aus Ibolo überrumpelten die unbewaffneten Soldaten auf dem Gemüsemarkt. Die Soldaten wurden abgestochen von den Männern aus Ibolo, abgestochen wie die Ziegen, und das war am 25. Juli 1914, acht Uhr morgens. Die Kunde davon gelangte an Capitaine Jean-Marie und wurde durch einen Missionar auch an unseren Stützpunkt in Djéké gemeldet. Père Léon von Liranga eilte zu Hilfe, um den Dorfbewohnern beizustehen. Er war der einzige, dem es gelang zu vermitteln, und er brachte die Schlacht am 1. Oktober 1914 zum Stillstand.

Der Name Likouala ist der dritte, unter dem die Region geführt wurde.« (Marcellin nahm einen sehr kleinen Schluck Whisky. Was soll das? dachte ich. Was führt er im Schilde? ... Was immer es sein mag, ich bin zu müde, um zu reagieren ...) »Von 1910 bis 1916 hieß diese Region Oubangui Alima. Die Steuern wurden in Port-

Rousset (Owando) erhoben. Da Gabun das am dünnsten besiedelte französisch kontrollierte Gebiet war, wurde diese Region Gabun zugeschlagen und erhielt wieder den Namen Moyen Congo. Davor war der Moyen Congo eher ein Teil des Oubangui Chari. Dann wurde der Name in Bas-Oubangui geändert, und die Steuern wurden in Mbaïki erhoben. Am 30. Juli desselben Jahres stellten die *colons* fest, daß der Oubangui dreimal dünner bevölkert war als der Moyen Congo, und Bas-Oubangui wurde wieder ein Teil des Moyen Congo.«

»Marcellin ...«

»Der wichtigste Ort wurde Impfondo, und der Gebietsverwalter Honoré Bédalet versammelte alle Häuptlinge um sich, bevor er ihnen erlaubte, in ihre Dörfer zurückzukehren. Er sagte zu ihnen: ›Ich habe euch wegen einer Verwaltungsfrage hierbehalten. Eure Region hieß Oubangui-Alima und danach Bas-Oubangui. Bevor der heutige Tag vorüber ist, müßt ihr einen anderen Namen für eure Region finden.‹ Dieser Auftrag wurde zwei Erbhäuptlingen erteilt, Evongo aus Impfondo und Mondaye aus Epéna. Der Dolmetscher war Mawengué. Evongo erwiderte folgendes: ›Die ersten Namen stammen von den *colons*. Wir müssen jetzt einen neuen Namen für diese Region finden.‹

Der Gebietsverwalter nannte als Beispiel Französisch Westindien, wo es einen Fluß gab, und die Franzosen fragten die Indianer, wie sie den Fluß in ihrer Sprache nannten. Die Indianer hätten geantwortet, der Fluß heißt Liné, weil er von großen Steinen gesäumt ist. ›Und wie nennt ihr die Steine?‹ fragte der Verwalter. – ›Wir nennen sie Rogensteine‹, antworteten sie. Und deshalb haben die Franzosen den Fluß zum Spaß Linesroe genannt.

Der Fluß in Epéna ist von Savanne und von Weidenbäumen begrenzt. ›Ich gebe eurer Region einen Namen‹, hat dann Honoré Bédalet gesagt. ›Ich nenne sie die Region des Likouala aux Herbes.‹ Das ist der dritte Name, und er gilt seit dem 26. August 1926 bis heute. Die Steuern werden in Epéna bezahlt. Und, Redmond, weißt du, was?«

»Hä?«

»Weißt du, was er wollte, der alte Emmanuel? Als Bezahlung für seine Auskünfte?«

»Keine Ahnung.«

»Pillen, Redmond. Pillen für *la faiblesse sexuelle* – sexuelle Schwäche. Nennt ihr das so in England?«

»Impotenz nennen wir das.«

»Impotenz! Wie schrecklich! Stell dir das vor! Redmond, ich hoffe, ich werde niemals alt.«

»Nein, das wirst du nicht.«

»Also hab ich ihm von deinen orangefarbenen Vitaminpillen gegeben. Und von den Hefetabletten, die so braun und mehlig sind.«

»Davon kriegt er Blähungen.«

»Aber sie helfen – er muß nur dran glauben.«

»Vielleicht.«

»Und jetzt, Redmond, mußt du mich bezahlen.«

»Bezahlen? Wofür?«

»Für die historischen Informationen natürlich. Weil sie dich freuen, mußt du dich dankbar zeigen.«

»Ich danke dir.«

»Das macht 50 000 CFA.«

»50 000? Dafür?«

»Na gut«, sagte Marcellin und trank seinen letzten Whisky aus. »Ich werd's dir sagen. Es geht um meine Mutter, Redmond. Ihr Mann, er ist ausgezogen. Er wollte eine junge Frau nehmen und mit ins Haus bringen. Er hat meine Mutter gefragt. Eine ganz normale Sache – und eine vernünftige Lösung. Für ihn, du weißt schon, wegen Sex. Aber für meine Mutter auch. Denn die neue Frau, die Nebenfrau, muß im Haus helfen. Sie muß die schweren Arbeiten machen. Sie hilft ihnen, wenn sie älter werden, schließlich gibt es Kinder zu versorgen, eine Menge Kinder. Und er kann es sich auch leisten, Redmond, er ist reich. Er hat einen Job oben an der Straße, im Treibstofflager. Er rollt Benzinfässer, etwas in der Art, und er trinkt nicht. Er ist in Ordnung. Ich bin sehr dafür. Nur eine Frau mehr, das ist nicht zuviel verlangt, und er bleibt da und kümmert sich auch um meine Mutter. Und nach einer Weile – denk nur an Bague, Xavier Bague – kommen sie doch auf ihre erste Frau zurück. Wegen der gemeinsamen Erinnerungen, sagt man, aber ich glaube, es ist deshalb, weil die erste Frau erfahren ist. Sie stellt keine Forderungen, sie nörgelt nicht den ganzen Tag. Sie ist einfach für ihn da. Also verlieben sie sich von neuem. Sie werden ein richtiges Liebespaar.«

»Hm.«

»Was heißt ›hm‹? Bist du etwa anderer Meinung? Das ist eine zivilisierte Lösung, Redmond, und eine uralte. Auf jeden Fall aber ist sie besser als eure Methode mit Scheidungen, Gerichten und dem ganzen Elend, daß jeder in ein anderes Haus zieht. So eine Verschwendung! Diese Kosten! Das ganze Geld!«

»Was ist also schiefgegangen?«

»Ich glaube, es ist meine Schuld. Meine Mutter hat eure westlichen Ansichten übernommen. Sie hat sie von mir. Weil ich in Kuba war und in Frankreich. Sie wollte nicht. Sie wollte ihn nicht mehr im Haus haben. Sie hat ihn rausgeworfen.«

»Und was nun?«

»Jetzt muß sie hungern, Redmond. Die Kinder auch. Sie hat nichts zu essen. Und der Geldverleiher ist bei ihr im Haus. Er will nicht mehr gehen. Er will Sex.«

»Dann schauen wir den Tatsachen lieber ins Auge«, sagte ich und stand auf. »Dann zähle ich das Geld eben jetzt. Mal sehen, was noch übrig ist.«

Ich löste das Klebeband von der Plastiktüte in der Kartentasche, zog das Bündel Scheine heraus und breitete es auf dem Tisch aus. Sooft wir auch zählten, es blieb bei 99 000 CFA, knapp unter 200 Pfund. Ich gab Marcellin die 50 000.

»Mach dir keine Sorgen, Redmond. Für das Hotel reicht dein Geld. Ich wohne bei Florence! Und der Dampfer ist schon bezahlt, mitsamt Verpflegung. In Brazzaville kannst du dir ja Geld, jede Menge Geld überweisen lassen. In der Post, in dem großen Gebäude am Platz!«

»Leider kann ich das nicht.« Ich spürte eine gewisse Panik in den Eingeweiden. »Nicht so richtig jedenfalls. Weil ich – verstehst du? – schon alles mitgebracht habe, was ich hatte und was ich kriegen konnte.«

»Wirklich alles?« Er öffnete die Tür. »Dann willkommen in Afrika, mein Freund! Jetzt bist du ein richtiger Afrikaner! Das wolltest du doch, oder? Jetzt kannst du in Brazzaville leben wie ein Afrikaner!«

Ungewohnt behutsam zog er die Tür zu, doch er blickte noch einmal zurück. »Du mußt deinem Fetisch vertrauen«, sagte er ohne die geringste Ironie. »Dein Fetisch wird dich schützen.« Dann schloß er leise die Tür.

37

Während der nächsten zwei Tage war es nicht nötig, Lary heraufzubeschwören und einen Tagesablauf zu planen. Ich schlief, aß Erdnußbutter und schlurfte zu Madame Langlois' kleinem Laden, um noch mehr Erdnußbutter, Trockenmilch und Haferflocken zu kaufen, und schlurfte wieder zurück, um weiterzuschlafen. Früh am Morgen des dritten Tages raffte ich mich dazu auf, meine steif verkrusteten Sachen zusammenzusuchen, mein moderiges Handtuch und das letzte halbe Stück rote Kernseife einzupacken und zum Fluß hinabzugehen. Das andere Ufer war noch in Morgennebel gehüllt, und es war niemand zu sehen außer zwei Fischern, die 100 Meter stromauf gebückt in ihrem Einbaum standen und die Korbreusen in Ufernähe kontrollierten. Ich zog mich bis auf Hemd und Unterhose aus, weichte meine Sachen ein, legte sie auf einen umgedrehten alten Einbaum, rubbelte die Seife hinein, spülte sie, schrubbte sie mit dem Schrubbstein, wiederholte das Ganze, wusch auch mich mit der Kernseife, stieg in den nassen Sachen an Land, zog meine trockene Hose und die Stiefel an, winkte den Fischern zu (sie winkten zurück) und ging wieder Richtung Hotel, das Ufer hoch, über die Teerstraße, den Pfad an der katholischen Mission vorbei und dann nach links in den Hotelgarten.

Die annähernd sauberen Sachen hängte ich zum Trocknen auf das Terrassengeländer, ich schloß das geschrumpfte Stück Seife im Zimmer ein und setzte mich unter dem Baum mit den vielen Stämmen (oder waren es Luftwurzeln?) in die Morgensonne, um mein Hemd trocknen zu lassen. Als ich gerade einer schwarzen Eidechse von etwa eineinhalbfacher Rattengröße zusah, einer Eidechse mit orangefarbenem Kopf und aufreizend orangefarbenem Schwanz, die träge und schwerfällig nach Eidechsenart unter einem kleinen Baum entlang kroch, kam Manou leise durch den Garteneingang geschlüpft und setzte sich neben mich. Er hatte seinen Turnbeutel umgehängt und trug noch immer die Milizuniform und den breitkrempigen Hut. Seine Gesten wirkten aufgeregt und etwas manisch, er sah zerknautscht und mitgenommen aus, als hätte er im Unterschied zu mir kaum Schlaf gefunden.

»Es ist schlimm«, sagte er. »Zu Hause ist es sehr schlimm.«

»Ich weiß. Marcellin hat es mir erzählt.«

»Mein Onkel Manou Emmanuel, das Haupt der Familie, der Jäger – er ist da.«

»Ja. Marcellin hat mir gesagt, daß er in Impfondo ist. Das ist gut. Er wird euch helfen.«

»Helfen? Manou Emmanuel? Niemals! Auf keinen Fall! Er ist gekommen, weil er meinte, ich müßte wieder zurück sein vom Lac Télé. Er wollte Geld von mir. Er hat mir meine Taschenlampe weggenommen.«

»Deine Taschenlampe?«

»Meine zwei Planen, das Moskitonetz, die Machete, die Kopflampe – alles!«

»Aber warum?«

»Ich hab zu ihm gesagt: ›Bitte tu das nicht. Redmond hat mir das geschenkt. Die Sachen sind wertvoll. Sie gehören mir. Sie waren mit mir am Lac Télé. Nie hab ich solche Sachen besessen, in meinem ganzen Leben nicht! Ich gebe sie an meine Kinder weiter, an den kleinen Rocka, und er wird sie seinen Kindern geben, den Kindern seiner Kinder.‹ Manou Emmanuel hat mir ins Gesicht gelacht, vor allen anderen. ›Rocka? Wer ist Rocka?‹ sagte er. ›Vergiß ihn, Manou. Er ist weg. Du siehst ihn nie wieder! Wozu brauchst du das also? Was willst du damit anfangen? Das ist reine Verschwendung. Gib mir die Sachen. Ich befehle es, als Oberhaupt der Familie. Die Planen kommen mir gerade recht, sie haben ein Tarnmuster. Und ein Moskitonetz brauche ich sowieso. Ich brauche alles für die Jagd. Gib mir das Zeug, und ich gehe auf Jagd mit meinen Pygmäen. Wir erlegen Elefanten. Jede Menge Elefanten.‹«

»Dieser Schweinehund.«

»Dann kam Marcellin spätnachts, und er gab meiner Mutter Geld, sie gab es dem Geldverleiher, und der Geldverleiher ging. Marcellin sagte zu mir: ›Manou, ich weiß genau, wieviel Redmond dir bezahlt hat. Du mußt das Geld jetzt deiner Mutter geben, und zwar alles. Für sie und die Kinder.‹ Also hab ich es getan. Ich hab alles abgeliefert. Damit wäre es gelaufen, nicht wahr, Redmond?« Er schaute mich an und versuchte zu lächeln, aber sein Lächeln erstarrte auf halbem Wege. »Keine Bücher! Nicht ein einziges!« Er machte den Versuch zu lachen.

»Manou ...«

»Schon gut. Das ist normal. Wenn du Geld hast, ist es nur gerecht, daß du es bei deiner Familie ablieferst, und zwar alles. Nein, Redmond, deshalb bin ich nicht gekommen. Es ist etwas anderes. Etwas Schlimmes, was ich getan habe.«

Die Eidechse, die inzwischen den Baum umrundet hatte, hob den orangefarbenen Kopf mit dem schuppigen, faltigen, schwarzen Hals und starrte uns an wie ein Dinosaurier.

»Nzés Vater – ich hab ihn umgebracht.«

»Was hast du?«

»Der Fluch, Redmond, der Fluch, den ich verhängt habe. Ich hab ihn getötet – aber das wollte ich nicht. So etwas hab ich nicht gewollt. Nzé war auf dem Gemüsemarkt, und er hat mit seiner Reise an den Lac Télé geprahlt, mit dem Ungeheuer. Er hat auch vor seinem Mädchen geprahlt, und das Mädchen sagte: ›Nzé, dein Vater in Dongou – er war krank, und jetzt ist er tot.‹ Dann ist das Mädchen weggerannt, Redmond. Es rannte weg. Und Nzé war zwei Tage und Nächte betrunken, mit all seinen Freunden und einer Menge Leute, die nicht seine Freunde sind, sein Geld ist fast alle. Nur für Bier, Redmond! Sie tranken mehr Bier als in ihrem ganzen Leben zuvor. Und sie sind alle betrunken. Nzé geht es schlecht. Er liegt in der Hütte seiner ersten Frau, der Mutter seines ersten Kindes – es ist der kleine magere Junge mit den krummen Beinen, für den sie sorgt –, und er schreit. Nzé schreit die ganze Zeit, Redmond. Er schreit: ›Mein Vater! Mein Vater ist tot!‹«

»Manou, hör mir zu: Selbst wenn es stimmt – selbst wenn Nzés Vater wirklich gestorben ist, haben die zwei Dinge, dein Fluch und sein Tod, nichts miteinander zu tun. Es ist unmöglich. Die Natur – sie ist nicht so eingerichtet.«

»Aber Redmond ...«

»Du hast es nicht getan!«

»Reiß dich zusammen«, sagte Manou, als wäre er Marcellin. »Reiß dich zusammen, Redmond. Ich kenne dich jetzt. Und du mußt nicht höflich sein. Nicht mit mir. Jetzt brauchst du das nicht mehr.«

»Wieso höflich?«

»Lary hat es mir erzählt, in Makao.«

»Makao? Lary? Manou – wovon redest du?«

»Das weißt du nicht? Er hat es dir nicht gesagt? Kein einziges Mal?«

»Was soll er denn gesagt haben?«

Manou streifte seinen Turnbeutel ab und legte ihn sorgfältig neben sich ins Gras. »Doktor Lary – er kann Geheimnisse für sich behalten!« sagte Manou. Er lehnte sich an den Baum und streckte die Beine aus. Ich stellte fest, daß er trotz allem die Zeit gefunden hatte, seine Turnschuhe zu waschen. »Es war in Makao, als ich krank war, und Marcellin sagte, daß ich umkehren könnte – den ganzen Weg auf dem Motaba zurück zu Rocka, ohne Bezahlung, denn der Bootsführer, er konnte mich mitnehmen.«

»Ich erinnere mich.«

»Und dir war es egal! Es war dir egal, ob ich ging oder blieb!«

»Es war mir nicht egal! Manou, ich ...«

»Aber als du hinten in den Büschen warst, und Marcellin und Nzé waren irgendwo im Dorf hinter Frauen her, da kam Doktor Lary zu mir und setzte sich neben mich, dort, wo ich lag – auf deiner Plane, erinnerst du dich? –, mit dem Gesicht zur Wand. Das war noch bevor die Ameisen kamen, etliche Tage bevor die Ameisen kamen.«

»Ja.«

»Mir ging es nicht gut. Ich war krank. Mir fehlte Rocka. Ich war traurig. Ich hab auf Doktor Larys große, braune Stiefel mit den vielen Schnüren geguckt. ›Manou‹, sagte er, ›mach dir keine Sorgen. Redmond ist ein Engländer. Die Engländer, die sind *höflich*. Sie sagen nicht, was sie denken. Sie verraten nicht ihre Gefühle. Das können sie nicht. Sie sind *höflich*. Aber das heißt nicht, daß er dich nicht mag, Manou. Er kann es dir nur nicht zeigen, das ist alles. Es ist eine Regel, weißt du? Eine Stammesregel. Manou‹, hat er gesagt, ›bevor wir dich getroffen haben, hab ich einen Batéké in Brazzaville kennengelernt, einen großartigen Burschen, Nicholas hieß er, und er ist ganz anders als diese Leute hier, und nicht nur im Aussehen!‹ Da hab ich's dann verstanden, Redmond, und ich hab mich nicht mehr über dich geärgert, ich war nicht mehr traurig, daß du so über mich denkst.«

»Manou, ich hatte keine ...«

»Er hat zu mir gesagt: ›Manou! Wir Amerikaner, wir sind immer geradeheraus, oder wir versuchen es zumindest. Wenn wir jemanden mögen, dann sagen wir's ihm. Und übrigens, Manou, dich mag ich.‹ Das hat er zu mir gesagt. Doktor Lary hat zu mir gesagt, daß er mich mag.«

»Aber Manou, natürlich hab ich mich um dich gesorgt. Du bist mir nicht egal. Ich wußte nur nicht, was das Beste für dich war, und das ist alles. Ich dachte, du wärest krank ...«

»Du hast es nie gesagt! Du hast nie mit mir gesprochen!«

»Nein, ich glaube ... da hast du recht.«

»Doktor Lary hat mit mir gesprochen. Nicht lange, aber oft. Eines Tages im Wald, nach dem Marsch, als ihr alle mit Muko gegangen wart, um zu sehen, wie er ein Wasserloch gräbt – ihr habt Muko beim Graben zugesehen! –, da hat Doktor Lary mir von den Amerikanern erzählt. Er sagte, sie sind nicht wie du und ich, Redmond, nicht wie die Engländer und die Afrikaner, denn sie haben keine Erbhäuptlinge. So etwas gibt es dort nicht! In Amerika ist das anders, da gibt es nur wenige hohe Tiere. Und die Leute in Amerika beurteilen einen Menschen nicht danach, was er ist, sondern danach, was er tut! Die Amerikaner sind die wahren Kommunisten, nicht so wie hier!«

»Nun ja, wenn man's so sieht ...«

»So, Redmond! Jetzt verstehst du es! Ich möchte etwas tun, damit die Menschen gut von mir denken, und dann gehe ich nach Amerika!«

»Dann wollen wir mal hoffen. Vielleicht ...«

»Hier ist mein Plan! Mit Rocka! Ich werde ihn finden. Ich werde ihn mitnehmen. Ich werde ihn festhalten, die ganze Fahrt. Ich nehme ihn bei der Hand.«

»Manou, du ...«

»Ja, ich weiß! Es wird nicht mehr lange dauern. Redmond, du hast recht! Und angefangen hat es mit Doktor Lary, in der Hütte in Makao, als du gerade in den Büschen warst!«

»Wirklich? Ich dachte, ich wäre immer sehr schnell in diesen Dingen!«

»Du? Wenn du in die Büsche gehst, dauert es ewig!«

»Oh.«

»Er sagte zu mir: ›Manou, hör mir zu. Ich bin Lehrer. Ich weiß Bescheid. Mach dir nichts draus, das kann uns allen passieren. Aber paß auf: Wenn du jetzt umkehrst, wirst du dir das nie verzeihen. Einen Monat bist du froh, dann fängt das Elend an. Du wirst dich für einen Versager halten, und damit mußt du dich für immer abfinden, denn du hattest nur diese eine Chance, und du hast sie nicht genutzt. Ich erlebe es bei meinen Studenten, wenn sie ihr Studium abbrechen. Ich meine nicht solche, die etwas Besseres für sich gefunden haben. Nein, Manou, ich meine solche wie dich, die es aufgeben, weil sie Angst haben, daß sie es nicht schaffen, Angst vorm Versagen, oder öfter noch gibt es solche, die den Mut verlieren, weil sie sich von einem Großmaul und Angeber beeindrucken lassen. Sie sehen diesen Angeber, dieses großspurige Bündel Syphilis und sagen sich: Es hat keinen Zweck, da kann ich nicht mithalten! Dieser Nzé ist ja viel besser als ich. Also geben sie es auf.‹«

»Das hat Lary gesagt?«

»Sofort kam ich wieder hoch!« sagte Manou und richtete sich auf. »Ich fühlte mich gleich besser! ›Und Manou, glaub mir‹, hat er gesagt. ›Kehr nicht um. Ich verspreche dir, daß ich es niemandem sagen werde, Manou, du kannst mir vertrauen, aber ich – ich glaube nicht, daß du ein Fieber hast. Du zitterst zwar, und du siehst krank aus, aber du schwitzt nicht und hast keinen Schüttelfrost, du klapperst nicht mit den Zähnen und stöhnst nicht und sprichst nicht die ganze Nacht wie Redmond, als er das Fieber hatte, in Brazzaville, bevor du kamst. Nein, ich glaube, du hast Angst, Manou. Du hast Angst vor dem verdammten Dschungel, und du hast allen Grund dazu. Es kann schrecklich werden, ganz schrecklich, das will ich nicht leugnen. Und es wird kein Spaziergang. Aber versprich mir, daß du nicht aufgibst! Verlaß dich auf mich, bleib in meiner Nähe. Ich lasse dich nicht im Stich. Denn eure Geister, das sind Schwindler, und dieser verdammte, durchgeknallte Blödsinn, der kann mir nichts anhaben!‹«

»Nicht Schwindler. Das ist Schwindel, hat er sicher gesagt.«

»Und deshalb Redmond, bin ich mitgekommen. Ich hab durchgehalten, ich hab euch nicht enttäuscht, und ich bin zum Lac Télé gegangen!«

»Gut gemacht!«

»Wie Doktor Lary geschwitzt hat! Er hat unter dem Hut geschwitzt, an den Stellen, wo er keine Haare mehr hatte! Alles naß! Und die Bienen – weißt du noch? Wie er die Bienen gehaßt hat!«

»Ja, die Bienen!« sagte ich und lachte, wie mir schien, das erste Mal nach langer Zeit. Das Lachen lief mir den Rücken hinunter, meine Muskeln erschlafften, ich sank tiefer ins Gras, und ich spürte meine Zehen in den Stiefeln. »Aber nicht diejenigen, die ihn gestochen haben – gegen die hatte er nichts. Nur die Schweißbienen, die einem überhaupt nichts tun, die konnte er nicht ausstehen. Die Schweißbienen, die dir in die Augen und in die Nase kriechen, um sich vollzusaufen. Geflucht hat er auf sie. Wild um sich geschlagen hat er. Damit hat er die richtigen Bienen, die Honigbienen, gereizt, und dann haben sie ihn gestochen!«

»Geflucht hat er! Schrecklich geflucht! Er hat mir Wörter beigebracht, Redmond, eine Menge Wörter. Aber sag mal ehrlich, ich frage mich, ob die Amerikaner tatsächlich solche Sachen mit ihren Müttern machen. Und mit Hühnern ...«

»Keine Ahnung«, sagte ich und streckte mich wohlig in der zunehmenden Hitze; mein Hemd war längst getrocknet. »Woher soll ich das wissen? Aber ich nehme an, daß es dort genauso oft vorkommt wie anderswo. Obwohl, was England betrifft, da kenne ich niemanden, der so etwas mit seiner Mutter oder mit Hühnern macht. Aber mit Schafen sieht es da schon etwas anders aus.«

»Mit Schafen?«

»Ja. Man steckt sich ihre Hinterbeine in die Wellingtons.«

»Was sind Wellingtons?«

»Das sind spezielle Stiefel aus Gummi. Man nimmt sie, um Schafe zu vögeln.«

»Doktor Lary – er hat viel mit Schafen gearbeitet!«

»Ja. Das war seine Leidenschaft.«

»Und hat er auch solche speziellen Stiefel?«

»Ja. Eine ganze Menge.«

»Dieser Doktor Lary«, sagte Manou grinsend, als würde ihm ein bestimmter Gedanke großes Vergnügen bereiten. »Er war also auch nicht perfekt!«

»Er und perfekt? Den Teufel war er!«

Manou schwieg, blickte ernst drein und zupfte an einem Grashalm. »Was sind deiner Meinung nach die Fehler von Doktor Lary?«

»Äh ... ich weiß nicht«, sagte ich und versuchte vergeblich, mir etwas Verdammenswertes einfallen zu lassen. »Vielleicht ist es sein Fehler – daß er keine Fehler hat! Denn es muß doch wenigstens einen oder zwei Menschen auf Erden geben, die keine Fehler abgekriegt haben, oder? Wenn wir alle so verschieden sind, und wir werden auf einer Skala einsortiert, dann stößt Lary oben an, das ist alles. Das Gesetz der Streubreite oder so ähnlich. Man nennt es Statistik, Manou.«

»Ich weiß, wie man es nennt! Du vergißt, daß ich auch zur Schule gegangen bin. Nicht nur du! Hier im Kongo, Redmond, haben wir die beste Bildung von ganz Afrika, denn die Weißen in Südafrika, die zählen nicht, weil sie Nazis sind. Es ist wie im Krieg, als Brazzaville die Hauptstadt von Frankreich war. Siehst du? Auch das habe ich in der Schule gelernt. Statistik! Ich kenne dich jetzt, Redmond. Du kannst mich nicht mehr täuschen. Es ist nicht gut, höflich zu sein. Das funktioniert nicht mehr, weil ich weiß, was du wirklich denkst. Ja! ›Dieser Manou‹, sagst du dir, ›der ist primitiv, der glaubt an Geister, das ist ja ein *Wilder*!‹ Und das hat auch Doktor Lary gedacht. An dem Tag in Makao, da hat er zu mir gesagt: ›Manou‹, sagte er zu mir, ›du bist intelligent. Das sehe ich. Du könntest bei mir studieren, ohne weiteres. Aber eines gibt es, was ich nicht verstehe, nicht im geringsten, und das ist dieser Geisterkram. Warum läßt du den nicht sausen, Manou?‹ sagte er zu mir. ›Wie kannst du an einen solchen Scheißdreck glauben?‹ Scheißdreck, hat er gesagt!« Manou lachte auf seine verhaltene, schüchterne Art.

»Ein *Wilder*!« sagte ich, richtete mich auf und rupfte nun auch an einem Grashalm. »Manou, um Gottes willen!«

»›Gott!‹ Von dem redet ihr immer alle. Auch Doktor Lary hat

›Gott!‹ gesagt. Und wer ist das? Der Geist der Franzosen, der *colons*. Der Geist der Portugiesen. Der Geist der Sklaverei. Der Geist der Sklavenhalter! Ein böser Geist, Redmond, ein wirklich bösartiger Geist. Ja, und euer Allah, der ist jünger, ich weiß, aber er ist genauso schlimm, wenn nicht schlimmer – der Geist der Araber!« Manou beugte sich vor und zeigte in östliche Richtung zum Oubangui. »Der Geist der Sklaverei, nur aus einer anderen Ecke. Auch ein böser Geist ohne Gnade, der die Sklavenhalter beherrscht hat, der sie besucht hat in der Nacht, auf die Art der Geister. Aber er lebt dort drüben, das ist der einzige Unterschied. Sie sind Scheißdreck, Redmond, euer Allah und euer Gott, das sind böse Geister, die uns ermordet und versklavt haben und unsere kleinen Kinder auch, auch Rocka – sie sind *caca*, eure Geister, Redmond. Sie sind Scheißdreck!«

»Ja, Manou, sie sind absolut gewissenlos und primitiv, *Wilde* ohne Gnade – und wenn du nicht an sie glaubst, dann schicken sie dich in die Hölle, in eine ewige Gaskammer, wo sie dich natürlich nicht richtig sterben lassen; du mußt schreien, für immer und ewig. Denn die Anhänger dieser Geister, Manou, halten sich für etwas Besonderes, sie glauben, sie wären Auserwählte. Es ist wie bei der Leopardensekte!«

»Die afrikanischen Geister sind nicht so! Nein! Ganz und gar nicht! Das Schlimmste, was sie dir tun können – sie lassen dich durch den Wald irren, ganz allein, für immer.«

»Ich weiß. Und, Manou, es gibt Botaniker, die dafür bezahlen würden, um das tun zu können. Also, warum machst du nicht, was Lary dir gesagt hat? Warum wirfst du sie nicht auf den Müll, all die Geister? Warum befreist du dich nicht von ihnen? Lary hat doch recht, oder? Sie zerstören dein Leben. Denn Nzé zum Beispiel wünscht dir nichts Böses. Er besucht niemanden in der Nacht nach der Art der Geister, genausowenig, wie du es tust. Er hat Talent, wie du sagst, er spielt auf all diesen Instrumenten – und er ist ein Mensch wie du und ich. Du hast seinen Vater nicht umgebracht, Manou!«

»Ihr Weißen, ihr kapiert wirklich nichts!« Manou starrte mich an. »In diesen Dingen seid ihr wie Kinder. Die reinsten Kinder. Du bist zu jung, um das zu verstehen. Ich bin gekommen, um dich um Hilfe zu bitten. Aber du hast mir nicht geholfen. Denn du bist nicht gut. Du bist ganz und gar nicht gut!« Er wandte sich ab.

»Manou, ich weiß nicht, ob ich dir überhaupt helfen *kann*«, murmelte ich, und mir war schon schwindlig in der Hitze. »Mir ist nicht klar, was du willst. Kein bißchen. Es tut mir leid, ich bin wohl müde, sehr müde, und das Schlimmste daran ist: Ich weiß nicht, warum. Es gibt dafür keine Entschuldigung, aber es ist trotzdem so. Und ich zittere ein bißchen, weißt du? Es ist innerlich, es ist kein körperliches Zittern.« Ich hielt meine Hand auf, um es ihm zu demonstrieren.

Manou musterte mich kurz, dann lächelte er, als wäre ihm etwas klar geworden. Er legte mir den Arm um die Schulter und zog mich an sich. »Natürlich bist du müde! Natürlich zitterst du! Paß auf: Ich werde dir helfen. Weil du mir nicht helfen kannst. Und da du jetzt auch zitterst, Redmond, wirst du auf mich hören. Das weiß ich. Denn ich kann dir alles erklären. Ich hab dich gern, ich kann dir helfen.« (Er ließ mich wieder los.) »Natürlich bist du müde! Denn dein Geist in dir – er kämpft! Die ganze Zeit kämpft er in dir, und er wehrt sich gegen die Geister des Waldes. Ja, Redmond. Das sind die schlimmsten. Es gibt keine stärkeren Geister, und die Zauberer, die wirklich machtvollen Zauberer im Wald, sie herrschen über diese Geister. Du weißt nichts davon, noch nicht, du fühlst dich nur müde, und du fühlst dich krank, als hättest du ein Fieber – und du hast wirklich ein Fieber, Nacht für Nacht, immer wenn du schläfst, denn dein Geist kämpft für dich. Und das ist der Grund, weshalb du soviel schlafen mußt.«

»Verstehe.«

»Nein. Noch verstehst du es nicht. Deshalb sage ich dir, Redmond, nimm Boha als Beispiel. Nur dieses eine Dorf. Statistik! Es passiert in jedem Dorf, das im Wald liegt, und du, du hast es nie gewußt! Nzés Mädchen – sie hat ihm heimlich erzählt, daß der mächtigste Zauberer in Boha Madame Bobé bezahlen wollte. Ein Huhn genügt für so etwas, oder weniger. Er wollte sie bezahlen, damit sie die Hütte verließ, nur eine Weile, wenn sie gerade beim Kochen war, und es mußte dunkel sein, damit es niemand sah. Und es ist wirklich keine Schwierigkeit – du nimmst nur einen Schädel, den Kopf von einem, der dich geliebt hat, von deiner

Mutter, deinem Vater oder Bruder oder einfach jemandem, der dich gern hatte, das reicht schon. Dann gehst du zum Fluß, kratzt dir, wenn gerade niemand in der Nähe ist, einen Topf mit dem weißen Sand zusammen, der dort am Ufer liegt. Wenn du wieder in der Hütte bist – es muß natürlich im Dunkeln und heimlich geschehen, du darfst es niemandem sagen, nur deinen Frauen –, dann zündest du die Lampe an oder eine Kerze, und du drehst den Schädel um, daß er aufrecht steht, und legst ihn auf den weißen Sand. So läßt du ihn liegen, und du läßt dich von ihm anschauen, Redmond. Du mußt ihn die ganze Zeit ansehen, Stunde für Stunde, ohne dich zu rühren. Du mußt seinen Blick aushalten, du mußt zu ihm sprechen – bis das Innere des Kopfes in den frischen weißen Sand in deinem Topf getropft ist. Und der Sand in deinem Topf, der bleibt dir ein Leben lang, denn immer, wenn du ihn um Hilfe bittest, immer wenn du Probleme hast oder etwas haben willst, nimmst du ein winziges bißchen davon, nur so viel, wie an den Fingern kleben bleibt, Redmond, aber an allen zehn Fingern. Es riecht eine Weile, hat mir Nzé gesagt, aber dann verfliegt der Geruch, er verflüchtigt sich in die Luft, in den Wald, und dein Geist bleibt bei dir und kämpft für dich – wenn du ihn darum bittest, denn du mußt zu ihm sprechen, Redmond, jede Nacht. Dann also, Redmond, steckst du deine Finger in das Essen dieser Person, wenn es noch warm ist, aber nicht zu heiß! Du steckst die Finger in das Essen der Person, in deren Seele du nachts eintreten möchtest. Am besten ist deshalb das Abendessen, die letzte Mahlzeit. Er ißt also, und wenn es Fisch ist, sagt er zu seinen Frauen: ›Diesen Fisch, den habt ihr gerade noch rechtzeitig gekocht. Ich bin nicht wütend, aber, Natalie!‹ (nur als Beispiel), schreit er ›bist du taub?‹ (Sie ist draußen im Hof, Redmond, in der Küche, sie ist meine Nebenfrau.) ›Komm sofort her, Mädchen. Hörst du mich? Diesen Fisch hier, den ich mit meinem besten Netz gefangen habe, unter dem Baum am tiefen Teich – wirf ihn weg, alles, was übrig ist! Hörst du? Er ist stark. Er schmeckt zu stark!‹ Aber wenn es Wild ist, das ich gefangen habe, Antilope oder Buschschwein, in meinen kräftigsten, längsten, teuersten Netzen – Netze, Redmond, für die ich Jahre gebraucht habe –, dann sage ich: ›Dieses Fleisch – es ist gut, es ist stark!‹ Oder, Redmond, vielleicht ist es Elefant! Denn inzwischen bin ich natürlich schon Jäger, ein richtiger Jäger wie Manou Emmanuel, ich bin berühmt, jeder kennt mich, ich bin reich, und ich habe Pygmäen, jede Menge Pygmäen, und sehr wahrscheinlich hab ich mir auch ein paar Bantupygmäen gekauft, sagen wir, Jean Molongui und noch einen anderen Bantupygmäen aus Mboukou, weil sie wissen, wie man in den Sümpfen jagt, und sie haben keine Angst vor dem Ungeheuer, das Ungeheuer hat keine Angst vor ihnen – sie sind *Freunde* –, wenn ich also Elefant in meinem Sakasaka habe, dann schreie ich: ›Frauen! Frauen! Kommt sofort her!‹ Und sie kommen vom Hof herein und stellen sich vor mir auf, neben dem Fernsehapparat, mit dem Rücken zur Wand, zu meiner ganz besonderen Lieblingswand, an der mein Bücherschrank steht, aus richtigem, glänzendem Stahl gemacht und mit allen meinen Büchern, Hunderten von Büchern, und ich sage zu ihnen, so wie sie da stehen, alle fünf – ich brülle: ›Mein Elefant! Dieser große Elefant mit den 30 Kilo schweren Stoßzähnen, den ich letzte Woche geschossen habe, mit meiner brandneuen Kalaschnikow, der ist gut! Der ist stark! Gut gemacht, Frauen! Aber wartet, geht noch nicht. Ich komme dann zu euch, wie mein junger Freund Nzé, der tot ist, und auch sein Geist ist tot, leider, aber er ist tot für immer – verlieren wir kein Wort mehr über ihn. Wir werden das nicht diskutieren, aber ihr wißt, und ich weiß auch, daß der arme Nzé, Gott sei ihm gnädig, wie mein Freund Redmond, ein Westler, damals immer gesagt hat, daß der arme Nzé nichts taugte. Er war nicht gut im Bett! Aber hier, Frauen, hab ich eine Kleinigkeit für euch: 50 000 CFA für jede ...‹ Denn ich hab alle meine Stoßzähne verkauft, Redmond, alles Elfenbein, das ich in dieser Woche geschossen habe. Ich hab es den Fluß hinab nach Brazzaville gebracht, zur Frau des Präsidenten, und sie hat gesagt: ›Gut gemacht, Manou! Du bist reich und berühmt, und ich frage meinen Gatten Dennis Sassou-Nguesso – wenn du versprichst, es niemandem zu sagen, nicht mal deiner Mutter und ganz bestimmt nicht deinem älteren Bruder Marcellin – ich frage ihn, ob er, Präsident Dennis Sassou-Nguesso, dich bezahlen wird, damit du mit deinen Frauen nach Amerika gehen und bei Doktor Lary studieren kannst. Aber vorerst, Manou Jean Felix Burond, nimm dieses kleine Geschenk‹, und sie gibt mir einen Soldatenrucksack wie deinen, aber er ist voller Geldscheine, und damit meine ich nicht die lumpigen Tausenderscheine, Redmond. ›Mach's erst mal gut‹, sagt sie, ›bis bald, bis heute nacht.‹ Und dann fliegt sie mit meinen Elefantenstoßzähnen nach Japan (und meine Stoßzähne sind noch größer als die von Manou Emmanuel), in ihrem eigenen Flugzeug, das sehr schnell ist. Es ist ein Düsenflugzeug.«

»Bitte, Manou!« Ich stand auf, fast ohnmächtig vor Hitze (Pantoffeltierchen wuselten mir in den Augen). »Wollen wir nicht hineingehen? Wir brauchen einen Schluck Wasser.«

Manou setzte sich im staubigen Zimmer auf den Stuhl, den Turnbeutel neben sich auf dem Boden. Kraftlos reichte ich ihm die Wasserflasche, die Büchse mit Erdnußbutter und einen Löffel. »Manou, ist das wirklich dein Lebenstraum? Stellst du dir das so vor?«

Manou beugte sich hinab, er reihte die Wasserflasche, die Büchse und den Löffel neben dem Turnbeutel auf dem Fußboden auf, nahm den Hut ab, klemmte ihn zwischen die Knie, dann drehte er ihn mit seinen langen, zarten Fingern und knetete die Krempe, wie es Lary getan hatte. »Ich wußte es, Redmond«, sagte er mit weicher Stimme. »Ich wußte, daß du *das* von mir denkst.«

»Nein ... Ich hab nicht ... Das klang nicht nach dir!«

»Du kennst mich! Wie konntest du? Du kennst mich doch jetzt! Du *weißt* doch, was ich im Leben will – ich will meine Frau zurück, ich will Rocka zurück. Ich will nach Amerika und bei Doktor Lary studieren. Ich will lernen, ich will alles über die Welt wissen, ich will wissen, wie sie gemacht wurde. Wie konntest du das also von mir denken? Ich hab schließlich für dich gearbeitet, richtig gearbeitet. Weißt du das, oder hast du es schon vergessen? Denn ich, Manou Burond, hab Dinge für dich herausgefunden. Es war nicht leicht, und es war auch nicht ungefährlich, aber ich hab Geheimnisse für dich herausgefunden. Ich hab sie in mein Notizbuch geschrieben, wenn es keiner gesehen hat, in das Notizbuch, das du mir gegeben hast, und ich habe viel über den Lac Télé gehört. Ich habe eine Karte gezeichnet. Ich habe erfahren, wo das Ungeheuer seine Pfade hat.«

»Und die Sache mit der Sandpaste bei Madame Bobé? Hast du das auch aufgeschrieben?«

»Es gab zwei Sakasaka, immer zwei!«

»Zwei? Sie hat es aber in einem Eimer gebracht!«

»Oben war Fisch-Sakasaka für dich. Und unter dem Blatt war Fleisch-Sakasaka aus den Hühnern, die du gekauft hast. Das Fleisch-Sakasaka war für Nzé und mich. Den Fisch haben wir für dich gelassen. Wir haben das Fleisch genommen.«

»Aber warum?«

»Die Sandpaste! Die Finger des Zauberers – er hat sie in den Fisch gesteckt.«

Daher also der Durchfall, dachte ich, der Durchfall, der nicht weggehen wollte und den ich auf den kleinen Gorilla geschoben habe ...

»Der Zauberer ist gut, er ist mächtig, es hat funktioniert!«

»Was hat funktioniert?«

»Du hast Madame Bobé das doppelte Geld gegeben! Du hast zweimal für die Hühner bezahlt! Du hast dem alten Bobé dein Taschenmesser gegeben, das kleine rote! Und dieses Taschenmesser, Redmond, war besser als das, das du mir gegeben hast. Es hatte eine Schere und ein kleines Glas, das die Sonne einfängt, zum Anzünden von Feuer.«

»Ja, ich glaube, du hast recht. Aber Manou, warum hast du mir das nicht gesagt?«

»Ich sollte dir das sagen? Aber das ist gefährlich! Davon kann man sterben! Und Madame Bobé, sie mag keine Weißen. Sie hat über dich geschimpft, den ganzen Tag. Es wird gesagt, der Vater ihres Vaters war ein Führer, ein berühmter Krieger, ein Bomitaba aus Ibolo. Er hat in der großen Schlacht gegen die *colons* gekämpft. Aber sein Fetisch hat versagt, Redmond. Er starb. Sie haben ihn umgebracht.«

Manou setzte den Hut wieder auf, schraubte die Kappe von der Wasserflasche und nahm einen langen Zug. »Die Biologie! Das ist mein Traum! Doktor Lary hat gesagt: ›Manou‹, hat er gesagt, ›die Biologie ist voller *wirklicher* Wunder, die Biologie erklärt dir, wie das Leben angefangen hat, was es bedeutet, wer du bist, warum wir uns so verhalten, und du kannst es mir glauben, Manou, seltsam, aber wahr: Die Biologie ist interessanter, komplizierter und geheimnisvoller als all eure verdammten Geister, egal, wie viele es von denen gibt, sie ist komplizierter und macht sogar noch mehr Spaß als Physik und Chemie, sie *benutzt* die Physik und die Chemie, sie ist die Nummer eins! Und, Manou‹, hat er gesagt, ›du solltest mir lieber glauben: Die Biologie sagt dir mehr als deine Geister, und zwar das Zigfache.‹ Die genaue Zahl hab ich vergessen, aber es war eine mehrstellige Zahl. Eine Frage der Statistik! ›Eure Geister!‹, hat er gesagt, ›das sind Schwindler!‹«

»Das ist Schwindel, meinst du.«

»Das ist also mein Traum, Redmond, und du weißt es: Ich möchte bei Doktor Lary studieren. Was die Geister betrifft, da hat er keine Ahnung, da ist er ein Kind, genauso wie du. Aber das sage ich ihm nicht, weil er das nicht gerne hört. Die Geister werden mir helfen. Sie bleiben mein Geheimnis, sie werden sich ruhig verhalten, ganz tief drinnen, und nachts kommen sie und helfen mir. Ich werde nachts studieren, weißt du? Weil ich Licht haben werde, eine richtige elektrische Lampe, einen Schreibtisch, alles mein Eigentum, und die Geister helfen mir! Doktor Lary ist nachts nicht gut.« (Er nahm den Löffel und machte sich über die Erdnußbutter her.) »Da kapiert er nichts. Er hat Angst im Dunkeln. In Manfouété, da hatte er Angst.«

»Ich auch – genauso wie du.«

»In Manfouété? Ich? Da hab ich geschlafen! Redmond, da bin ich geflohen! Ich hab meinen Geist weggeschickt. Ich bin hierher nach Impfondo geflohen und war sicher!«

»Manou, ich weiß nicht, aber das mit Amerika, das kann schwierig werden. Denn der Kongo ist ein kommunistischer Staat. Vielleicht solltest du lieber an Kuba, an Moskau oder Peking denken. An ein Stipendium. Ich glaube, dir bleibt gar nichts anderes übrig. Du mußt nach Moskau, selbst wenn du Hebamme werden willst.«

»Hebamme?« Manou warf die leere Büchse mit dem Löffel scheppernd auf den Tisch. »Das ist was für Mädchen! Nein, ich gehe nach Amerika, wo die Menschen frei sind, sie arbeiten schwer, und sie sind alle gleich – weil sie sich gegenseitig achten! Ja, Redmond, ich werde dir schreiben, nachts an meinem Schreibtisch, und ich werde dir erzählen, heimlich natürlich, wie die Geister mir geholfen haben – und ich werde dich nach deinem

Fetisch fragen, denn dieser Fetisch von Dokou, Redmond, dieser Fetisch wird dein Leben ändern. Ja, ich werde dir von meinem Haus erzählen, das ich mir selbst gebaut habe. Und abends werde ich diesen Dickens lesen, ich sehe alle Filme von Doktor Lary, ich esse Sakasaka, und ich trinke Coca-Cola – und Johnny Walker, Black Label. Denn dann habe ich natürlich alle Prüfungen bestanden, dann unterrichte ich die jungen Menschen, damit sie ihre Prüfungen bestehen, und ich unterrichte zusammen mit Doktor Lary. Wir sind Kollegen, wir sind gleichberechtigt, wir achten uns gegenseitig! Und, Redmond – ich sehe Doktor Lary. Ich sehe ihn *jeden Tag*! Vielleicht, das weiß ich noch nicht, frage ich ihn persönlich, im Dunkeln, ob er mit seiner neuen, jungen Nebenfrau – sie heißt Chris und ist die schönste Frau von Amerika –, ob sie mich in meiner Hütte besuchen würden. Was meinst du, Redmond? Sag ehrlich: Würden sie kommen?«

»Natürlich!«

»Ja, das glaube ich auch. Denn als wir im Wald waren, da hat er jede Nacht zu mir gesagt: ›Manou‹, hat er gesagt, ›was würde ich nicht geben für ein Bad! Ich könnte einen Mord begehen für ein Bad!‹ Aber wenn Doktor Lary in meine Hütte kommt, in mein großes Haus, braucht er keine Machete mehr, denn dann sage ich: ›Doktor Lary und du, Chris, die schönste Frau Amerikas, ihr seid willkommen! Denn als ich das Haus gebaut habe, mit meinen eigenen Händen, da habe ich ein Bad hineingebaut.‹ Stell dir vor, Redmond! Stell dir das vor! Ein Bad! Und dieses Bad, das wird so sein wie das Waschbecken in eurer Kabine erster Klasse, du weißt schon, auf dem Dampfer, denn es hat zwei Wasserhähne, an denen man nur dreht, und dann kommt das Wasser raus. Nur steht mein Bassin auf der Erde, es ist riesig, es ist so groß, daß man darin liegen kann!

Ja, Doktor Lary und seine neue, junge Frau werden das gern haben, also kommen sie mich besuchen, den Doktor Manou Burond. Ich werde fleißig unterrichten, Redmond, ich werde hart arbeiten und den Studenten alles beibringen über den Beginn des Lebens und die Dinosaurier und das Ungeheuer, das ich gehört habe. Ich werde den jungen Menschen alles über den Lac Télé beibringen, was ich weiß, über den Wald, den Dschungel. Und weil ich in Amerika bin, wo es Jobs gibt, steht bei mir ein Truck vor der Tür. Aber kein gelber Toyota wie der von Joseph, mit dem Marcellin immer fährt, wenn er hier ist. Nein, ich will den besten. Einen amerikanischen Truck – die heißen Dodge. So einen, wie Doktor Lary hat. Genau den gleichen. Nur meinen, Redmond, den streiche ich rot. Und weißt du, warum? Kannst du das erraten?«

»Keine Ahnung.«

»Zur Erinnerung! Zur Erinnerung an meine Herkunft, an meine Wurzeln – an die Volksrepublik Kongo! Die Flagge! Die Partei der Arbeit!«

»Gut gemacht!«

»Aber deshalb bin ich nicht gekommen, Redmond. Ich bin nicht wie die anderen, stimmt's?«

»Nein, Manou, das bist du nicht.«

»Ich bettle dich nicht an, stimmt's?«

»Nein, das tust du nicht.«

»Dann sieh mal hier, ich hab dir ein Geschenk gekauft. Ein richtiges.«

Manou öffnete den Reißverschluß seines Beutels und holte den Gegenstand heraus, einen Kupferreif aus drei miteinander verbundenen Armringen, den er vor langer Zeit, wie es mir jetzt schien, damals im Haus seiner Mutter, in der Hand gehalten hatte. Er überreichte ihn mir.

Er war schwer, rötlichbraun mit stumpfen grünen Flecken – ein uralter Armreif, dachte ich, und das organischste, belebteste Stück Metall, das ich je in der Hand gehalten hatte. »Manou«, sagte ich und legte es auf den Fußboden zwischen uns. »Das kann ich nicht annehmen. Das darfst du mir nicht geben.«

»Warum nicht?« fragte er leise und ließ die Schultern nach vorn sinken, bis er ganz eingefallen aussah.

»Weil er etwas Besonderes ist, Manou. Er ist wertvoll. Er gehört zu dir und zu deiner Familie.«

»Ich weiß! Und deshalb – deshalb mußt du ihn bekommen!«

»Das verstehe ich nicht.«

»Doktor Lary hat mir erzählt – er hat dir einen von seinen verbrauchten Stiften gegeben.«

»Wie das?«

»Aber du hast deine eigenen Stifte.«

»Allerdings.«

»Ich hab es gesehen. Als wir allein waren, hab ich Doktor Lary gefragt: ›Sag mir bitte, warum hast du Redmond den verbrauchten Stift gegeben? Er hat doch selber welche. Stifte, die noch schreiben.‹«

»Und was hat er gesagt? Was hat Lary gesagt?«

»Du weißt doch, wie es ist mit Doktor Lary!«

»Ja doch«, sagte ich und wurde langsam unruhig.

»Doktor Lary sagt immer die Wahrheit! Er ist nicht wie du. Kein bißchen. Redmond, wenn du Doktor Lary eine Frage stellst, dann schaut er dich an, dir direkt in die Augen, er denkt scharf nach, und dann sagt er dir die Wahrheit!«

»Ich weiß. Eine gräßliche Angewohnheit.«

»Doktor Lary hat also gesagt: ›Sieh mal, Manou, es tut mir wirklich leid. Aber da du mich schon fragst, sage ich dir die Wahrheit. Sie ist nicht sehr angenehm, mach dich auf etwas gefaßt. Setzen wir uns lieber auf die Baumstämme am Feuer – und halt dich fest.‹ Ja, Redmond, dieser große Ast, den Muko abgeschnitten hat, der trockene Ast, kannst du dich erinnern? Der Ast, den Muko ganz allein ans Feuer geschleppt hat, und sonst war niemand weiter da – an dem haben wir uns festgehalten.«

»Und?« Meine Unruhe wuchs, ich rutschte auf der Bettkante hin und her.

»Doktor Lary sagte: ›Es ist nicht angenehm‹, hat er gesagt. ›Aber da du gefragt hast, Manou, sage ich dir die Wahrheit. Meiner Meinung nach, und das ist meine ganz persönliche Meinung, ist unser Redso nicht ganz normal.‹«

»Dieser Schweinehund!«

»›Manou‹, hat er gesagt, ›tut mir wirklich leid, daß ich dir das erzählen muß, aber, Redso, der hat ein kleines Zimmer in seinem Haus, in der Hütte in seinem Dorf, und dieses Zimmer ist vollgestopft mit einem unglaublichen Gerümpel. Alte Bücher‹, hat er gesagt, ›alte Bilder, das ist ja noch in Ordnung, aber du wirst es nicht glauben, Manou, er hat da auch verbrauchte Stifte und alte Stiefel, von den Motten zerfressene Felle von Füchsen und Teile von Kaninchen (das sind so pelzige Viecher), ein ausgestopftes

Hermelin, das einer Zibetkatze oder einer Manguste ähnelt, und schreckliche, ausgestopfte Vögel – keiner weiß, was das für Vögel sind – und Vogeleier, Taschen aus Fell, aber das Schlimmste von allem, Manou, ist ein verkohlter Fuß, der verkohlte Fuß eines Freundes, und der steckt in einer Kaffeekanne, Manou! Dieser Raum hat keine Fenster, und die Tür schließt er ab, es ist immer dunkel da drinnen, so schwarz wie seine Socken. Aber das wirklich Unheimliche daran ist, Manou, daß alles in diesem Raum von Toten stammt, von Leuten, die abgekratzt sind! Und meiner persönlichen Meinung nach, Manou, ist das alles ein Riesenhaufen Scheißdreck, den er schleunigst wegwerfen sollte!‹ – ›Doktor Lary‹, hab ich da gesagt, und ich hielt mich am Ast fest, ›ich hab's gewußt! Unser Redmond – er ist ein Zauberer! Er hat ein Haus für die Geister! Dieses Zimmer, Doktor Lary, das ist ein Fetischhaus!‹ – ›Ja‹, hat da Doktor Lary gesagt, ›ja, unser Redso ist ein Zauberer! Von dieser Seite hab ich es noch nie betrachtet, aber du hast recht. Er ist ein verdammter Zauberer!‹ Dann hat Doktor Lary den Ast losgelassen. Er hat seinen Hut abgenommen – und gelacht. Wir haben den Ast losgelassen, und wir haben zusammen gelacht. Als wir zu Ende gelacht hatten, sagte Doktor Lary: ›Dieser Redso, ich weiß nicht, aber du kannst deinen letzten Dollar darauf verwetten, daß er auch Leopardenzähne da drinnen hat, aufgefädelt auf einer Schnur, würde mich nicht wundern, so manche stinkende Socke, die er vermißt, einen Elefantenrüssel, vielleicht auch einen Gorillaschädel!«

»Keine Gorillaschädel! Gorillaschädel hab ich nicht!«

»Dann ist es also wahr! Es ist wahr!«

»Dieser Hund!«

»Was ist schlecht daran? Du brauchst dich nicht zu schämen! Das ist afrikanisch! Es ist vernünftig! Das ist ein Fetischhaus!«

»Ist es nicht! Das ... diese Dinge, das sind ... *aide-mémoires*. Ja, so würdet ihr das nennen. Es sind *aide-mémoires*. Sie helfen mir. Sie sind mir wichtig. Sie sagen mir, wer ich bin. Sie erinnern mich an die Vergangenheit, diese Sachen, sie haben nur für mich Bedeutung, Kindheitssachen und ... ja, manche gehörten Leuten, Freunden, die tot sind. Die Sachen in diesem kleinen Zimmer, Manou, sind kein Gerümpel, sie gehören zu mir, sie sind ein Teil jener Gehirnregion, die dich mit allem verbindet, was in deiner Vergangenheit wertvoll war, mit deinem wahren Selbst, mit deinem versteckten Selbst. Und du kannst die Zukunft nur erkennen, ihr Gestalt geben, wenn du mit deinem wahren Selbst verbunden bist, mit dem tiefen Selbst, dem einzigen, auf das es ankommt.«

»Da hast du's! Es stimmt doch! Die Sachen! Die Ahnen! Ein Fetischhaus!«

»Aber ...«

»Redso!« Manou verstummte und starrte auf seine sauberen Turnschuhe. »Redso«, begann er mit sanfter Stimme, »vorher ... konnte ich dich nicht Redso nennen, aber jetzt verstehe ich dich. Du siehst weiß aus, aber du bist ein Afrikaner. Deine Vorfahren sind echte Afrikaner, die Pygmäen, die den Wald lieben. Und deshalb bist du verrückt geworden. Deshalb wolltest du in den Wald und immer weiter laufen, ohne Essen, den ganzen Weg bis Ouesso. Ja, deine Ahnen waren echte Afrikaner, Pygmäen – manche sagen, es sind Tiere wie die Schimpansen und Gorillas –, und sie haben dich gerufen. Deshalb hast du mit den Geistern gesprochen in deinem Zelt und auch in Brazzaville, Doktor Lary meinte, es wäre das Fieber. Und das ist auch der Grund, weshalb du Tag und Nacht mit diesem Gorilla gesprochen hast. Du hast es gewußt. Du wußtest, wie man mit dem Geist eines Gorillas spricht. Während wir, Redso – wir kommen aus dem Nordwesten.«

»Manou, alle unsere Ahnen waren Afrikaner. Alle Menschen auf der Erde kommen aus Afrika.«

»Redso, Redso, du mußt doch nicht höflich sein. Jetzt nicht mehr. Jetzt kenne ich dich. Dein Verstand, deine Wissenschaft – alles nur Täuschung. Quatsch! Schwindel! Scheißdreck! Und hier« (er griff nach dem Armreif), »ich will, daß du ihn nimmst. Du legst ihn in dein Fetischhaus, und du wirst dich erinnern. Denn du weißt genausogut wie ich, daß wir uns nie wiedersehen werden. Aber damit wirst du dich erinnern. Er wird dir helfen. Du wirst ihn ansehen, und dann wirst du dich erinnern an deinen Freund, an deinen toten Freund Manou!«

Ich nahm den Armreif in die rechte Hand und drehte mich weg, voller Angst, daß ich in Tränen ausbrechen würde. Mein Blick suchte nach dem Gecko an der Rückwand, aber er war verschwunden. Einem Reflex folgend, griff ich mit der linken Hand in die rechte Hosentasche. »Hier, Manou«, sagte ich und blickte weg. Ich hielt ihm zwei 10 000-CFA-Scheine hin. »Bitte nimm sie. Tut mir leid, es ist häßlich, ich weiß. Aber du siehst, daß ich nichts mehr habe, nichts Besonderes. Also nimm es, bitte.«

»Ich werde es aufheben«, sagte er, warf sich den Beutel über die rechte Schulter und wandte sich zum Gehen. »Ich werde es geheimhalten. Und ich kaufe mir ein Buch. Zwei Bücher! Drei Bücher! Denn ich hab eins gesehen, Redso. Letztes Jahr, auf dem Markt!«

Spätabends wurde ich durch ein Pochen geweckt. »Koko!« (Poch! Poch!) »Koko!«

»Nzé!« schrie ich und machte beide Taschenlampen an. »Warte!«

»Redmond!« brüllte er mir ins Ohr, als ich ihn einließ. »Redmond! Mein Vater – er ist tot!«

»Ich weiß«, sagte ich und wich, immer vor ihm her, ins Zimmer zurück. »Ich hab es gehört. Es tut mir leid.«

»Mein Käppi – mein kubanisches Käppi. Ich hab es verloren!«

»Tut mir leid.«

»Und mein Geld – das hab ich auch verloren!«

»Dein Geld? Alles?«

»Gib's mir wieder! Mein Geld! Ich brauche es!«

»Wieso wiedergeben? Ich hab es doch nicht!«

»Ich weiß, es ist weg. Also gib es mir noch einmal. Dieselbe Summe, nicht mehr. Ich brauche es!«

»Aber ich hab es nicht ...«

»Ich weiß!« sagte er, hielt schwankend Ausschau nach dem Geld und fand Halt am Bettgeländer. »Also, wo ist es?«

»Du verstehst mich nicht«, sagte ich und versuchte, ihm den Proviantsack, der mit seinen Geschenken und Habseligkeiten gefüllt war, in die Hand zu drücken. »29 000 sind alles, was ich noch habe.«

»Das wird reichen für den Anfang. Das ist nicht viel, nur für *petits*. Aber für den Moment – hilft es mir weiter.«

»Nein, das wird es nicht. Es ist alles, was ich habe.« Ich drückte ihm den Sack in die Hand. »Ich brauch es selbst.«

»Was soll das?« fragte Nzé und starrte mit Entsetzen auf den Sack, als hätte ich ihm eine Leiche angedreht. »Was ist da drin?«

»Du mußt jetzt nach Hause, Nzé. Geh zu deiner Familie. Sag ihnen, was passiert ist. Erklär das mit deinem Vater. Vielleicht – vielleicht werden sie dich verstehen.«

Er beugte sich vor, stieß sich vom Bettgeländer ab und öffnete die Tür mit einem Fußtritt. »Das werden sie nicht!« schrie er mit hoher, fast kreischender Stimme. Er umarmte den Sack, als wäre er sein Kind, und stolperte hinaus in die Nacht.

BIBLIOGRAPHIE

Africa and its Exploration as told by its Explorers, (Anon.), 6 Bde., London 1891

Alexander, Boyd: From the Niger to the Nile, 2 Bde., London 1908

Alexander, Herbert (Hg.): Boyd Alexander's Last Journey, London 1912

Alexander, Robert McNeill: Dynamics of Dinosaurs and other Extinct Giants, New York 1989

Allégret, Marc: Carnets du Congo. Voyage avec Gide, Paris 1987

Allen, Chris u. a. (Hg.): Benin, The Congo, Burkina Faso. Economics, Politics and Society, London 1989

Andriamirado, Sennen: Le Défi du Congo-Ocean. Ou l'Épopée d'un Chemin de Fer, Paris 1984

Arya, O. P., A. O. Osoba und F. J. Benett: Tropical Venereology, 2. Aufl., Edinburgh 1988

Badian, Seydon: Congo. Terre généreuse forêt féconde, Paris 1983

Bahuchet, Serge: Les Pygmées Aka et la forêt centrafricaine, Paris 1984

Bailey, K. V.: Connaissons nos oiseaux. Les oiseaux communs des alentours de Brazzaville, Brazzaville o. J.

Bakker, Robert T.: The Dinosaur Heresies. New Theories Unlocking the Mystery of the Dinosaurs and their Extinction, New York 1986

Bannerman, David Armitage: The Birds of Tropical West Africa. With Special Reference to those of the Gambia, Sierra Leone, the Gold Coast and Nigeria, 8 Bde., London 1930–1951

Barley, Nigel: Smashing Pots. Feats of Clay from Africa, London 1994

Barns, Alexander T.: The Wonderland of the Eastern Congo. The Region of the Snow-crowned Volcanoes the Pygmies the Giant Gorilla and the Okapi, London 1922

Bass, Thomas A.: Camping with the Prince. And Other Tales of Science in Africa, Boston 1990

Bates, Robert H., V. Y. Mudimbe und Jean O'Barr (Hg.): Africa and the Disciplines. The Contributions of Research in Africa to the Social Sciences and Humanities, Chicago 1993

Beadle, L. C.: The Inland Waters of Tropical Africa. An Introduction to Tropical Limnology, London 1974

Bell, Dion R: Lecture Notes on Tropical Medicine, 2. Aufl., Oxford 1985

Biebuyck, Daniel: The Arts of Zaire Bd. I: Southwestern Zaire, Berkeley 1985; Bd. II: Eastern Zaire. The Ritual and Artistic Context of Voluntary Associations, 1986

Biebuyck, Daniel, und Kahombo C. Mateene (Hg. u. Ü.): The Mwindo Epic. From the Banyanga (Congo Republic), Berkeley 1969

Birmingham, David, and Phyllis M. Martin (Hg.): History of Central Africa, 2 Bde., Harlow 1923

Bishop, Walter W., und J. Desmond Clark: Background to Evolution in Africa, o. O. 1967

Bonnafé, Pierre: Histoire social d'un peuple congolais, Bd. I: La Terre et le Ciel, Paris 1987; Bd. II: Posseder et Gouverner, 1988

Boote, Paul, und Jeremy Wade: Somewhere down the Crazy River. Journeys in search of Giant Fish, Swindon 1992

Boyer, Pascal: »Parquoi les pygmées n'ont pas de culture?«, in: Ernest-Théodore Hamy (Hg.): Gradhiva, No. 7, Paris 1989

Branch, Bill: Field Guide to the Snakes and Other Reptiles of Southern Africa, Cape Town 1988

Brown, Leslie H., Emil K. Urban und Kenneth Newman (Hg.): The Birds of Africa, Bd. 1, London 1982; Emil K. Urban, C. Hilary Fry und Stuart Keith (Hg.), Bd. II, 1986; C. Hilary Fry, Stuart Keith und Emil K. Urban (Hg.), Bd. III, 1988; Stuart Keith, Emil K. Urban und C. Hilary Fry, (Hg.), Bd. IV, 1992

Browne, Stanley G.: »Yaws«, in: International Journal of Dermatology, 1982, S. 220–223

Bücherl, W., E. Buckley und V. Deulofeu (Hg.): Venomous Animals and their Venoms, Bd. I, New York 1968; W. Bücherl und E. Buckley (Hg.), Bd. II u. III, 1971

Buckland, Francis T.: Curiosities of Natural History, London 1857; Volksausg. 1893

Burrows, Guy: The Land of the Pigmies, London 1898

Canizares, Orlando (Hg.): Clinical Tropical Dermatology, London 1975

Carter, Gwendolen M.: National Unity and Regionalism in Eight African States, New York 1966

Chadwick, Douglas H.: The Fate of the Elephants, London 1993

Chapin, James P.: »The Birds of the Belgium Congo«, Part I, in: Bulletin of the American Museum of Natural History, New York: Bd. LXV,

1932, S. 1–756, Part 2, Bd. LXXV, 1939, S. 1–632; Part 3, Bd. 75A, S. 1–821; Part 4, Bd. 75B, 1954, S. 1–846

Chief, Roberto: The Macdonald Encyclopedia of Medicinal Plants, Milano 1982; Ü. Sylvia Mulcahy, London 1984

Clark, J. Desmond (Hg.): The Cambridge History of Africa: Bd. 1: From the Earliest Times to c. 500 BC, Cambridge, 1982; Bd. 2: From c. 500 BC to AD 1050, Hg. J. D. Fage, 1978; Bd. 3: From c. 1050 to c. 1600, Hg. Roland Oliver, 1977; Bd. 4: From c. 1600 to c. 1790, Hg. Richard Gray, 1975; Bd. 5: From c. 1790 to c. 1870, Hg. John E. Flint, 1976; Bd. 6: From 1870 to 1905, Hg. Roland Oliver und G. W. Sanderson, 1985; Bd. 7: From 1905 to 1940, Hg. A. D. Roberts, 1986; Bd. 8: From c. 1940 to c. 1975, Hg. Michael Crowder, 1984

Cloud, Preston: Oasis in Space. Earth History from the Beginning, New York 1928

Commission de Coopération Technique en Afrique au Sud du Sahara: Comptes rendues de la troisième conférence internationale pour la protection de la faune et de la flore en Afrique, Bakavu, Congo Belge, 1953

Connah, Graham: African Civilizations. Precolonial Cities and States in Tropical Africa. An Archaeological Perspective, Cambridge 1987

Cook, G. C.: Communicable and Tropical Diseases, London 1988

Cousins, Don: The Magnificent Gorilla. The Life History of a Great Ape, Lewes 1990

Crompton, D. W. T.: Parasites and People, Basingstoke 1984

Crowther, Geoff: Afrika, Hattorf 1986

Curry-Lindahl, Kai: »Ecological Studies on Mammals, Birds, Reptiles and Amphibians in the Eastern Belgian Congo«, Part II (Report No. 1 of the Swedish Congo Expeditions 1951–1952 and 1958–1959), in: Annalen van het Koninklijk Museum van Belgisch-Congo, Tervuren 1960

Curry-Lindahl, Kai: Bird Migration in Africa. Movements between Six Continents, 2 Bde., London 1981

Darwin, Charles: Der Ausdruck der Gemüthsbewegungen bei den Menschen und den Thieren, Stuttgart 1872

Darwin, Charles: Die Abstammung des Menschen und die geschlechtliche Zuchtwahl, 2 Bde., Stuttgart 1872

Darwin, Charles: Über die Entstehung der Arten im Thier- und Pflanzenreich durch natürliche Züchtung, Stuttgart 1860

Davidson, Basil: Old Africa Rediscovered. The Story of Africa's Forgotten Past, London 1959

Dawkins, Richard: Das egoistische Gen, Heidelberg 1994

Dawkins, Richard: Der blinde Uhrmacher. Ein neues Plädoyer für den Darwinismus, München 1996

Dawkins, Richard: The Extended Phenotype. The Long Reach of the Gene, Oxford 1982

de Foy, Guy Philippart: Les Pygmées d'Afrique Centrale, Rocquevaire 1984

Delaporte, François: The History of Yellow Fever. An Essay on the Birth of Tropical Medicine, Cambridge, Mass., 1991

Demesse, Lucien: Quest for the Babingas. The World's Most Primitive Tribe, Ü. Arthur Goldhammer, London 1958

Demesse, Lucien: Techniques et économie des pygmées Babinga, Paris 1980

Denham, Dixon, Hugh Clapperton und Dr. Oudney: Narrative of Travels and Discoveries. In Northern and Central Africa, in the Years 1822, 1823 and 1824, extending across the Great Desert to the Tenth Degree of Northern Latitude, and from Kouka in Bournou, to Sackatoo, the Capital of the Felatah Empire, 2 Bde., London 1826

Desowitz, Robert S.: The Malaria Capers. More Tales of Parasites and People, Research and Reality, New York 1991

Du Chaillu, Paul B.: Explorations and Adventures in Equatorial Africa. With Accounts of the Manners and Customs of the People, and of the Chace of the Gorilla, Crocodile, Leopard, Elephant, Hippopotamus, and Other Animals, London 1861. Dt: Reisen in Centralafrika, Berlin 1862

Du Chaillu, Paul B.: A Journey to Ashango-Land. And Further Penetration into Equatorial Africa, London 1867

Du Plessis, J.: Thrice through the Dark Continent. A Record of Journeyings across Africa during the Years 1913–16, London 1917

Eggert, Manfred K. H.: »The Central African Rain Forest. Historical Speculation and Archaeological Facts«, in: World Archaeology, Bd. 24, Nr. 1, The Humid Tropics, 1. 6. 1992, S. 1–24

Ehret, Christopher und Merrick Posnansky (Hg.): The Archaeological and Linguistic Reconstruction of African History, Berkeley 1982
Estes, Richard Despard, The Behaviour Guide to African Mammals. Including Hoofed Mammals, Carnivores, Primates, Berkeley 1991
Fitzsimons, Frederick William: A Field Guide to the Snakes of Southern Africa, London 1962
Foelix, Rainer F.: Biologie der Spinnen, Stuttgart 1979
Foy, Guy Philippart de: Les pygmées d'Afrique centrale, Rocquevaire 1984
Frank, Katherine: A Voyager Out. The Life of Mary Kingsley, London 1986
Gide, André: Kongo und Tschad, Stuttgart 1930
Gillon, Werner: A Short History of African Art, London 1984
Goodall, Jane: The Chimpanzees of Gombe. Patterns of Behaviour, Cambridge, Mass., 1986
Gorer, Geoffrey: Geheimes Afrika und seine Tänze, Bern 1950
Greenway, James C.: Extinct and Vanishing Birds of the World, New York 1958
Grzimek, Bernhard (Hg.): Grzimeks Enzyklopädie Säugetiere, 5 Bde. und ein Register, München 1987–89
Hall, Richard: Stanley. An Adventurer Explored, London 1974
Haltenorth, Theodor und Helmut Diller: Säugetiere Afrikas und Madagaskars, München 1977
Hamilton, W. D.: Narrow Roads of Gene Land. The Collected Papers of W. D. Hamilton. Evolution of Social Behaviour, Oxford 1996
Happold, D. C. D.: The Mammals of Nigeria, Oxford 1987
Harding, Jeremy: Small Wars, Small Mercies. Journeys in Africa's Disputed Nations, London 1993
Harrison, Christopher: France and Islam in West Africa, 1860–1960, Cambridge 1988
Hather, John G. (Hg.): Tropical Archaeobotany. Applications and New Developments, London 1994
Hatt, John: Ratgeber für Reisen in die Tropen, Bremen 1982
Heinrich, Bernd: Der Hummelstaat, München 1994
Hill, John E., und James D. Smith: Bats. A Natural History, London 1984
Hilton, Anne: The Kingdom of Kongo, Oxford 1985
Hogendorn, Jan, und Marion Johnson: The Shell Money of the Slave Trade, Cambridge 1986

Hölldobler, Bert, und Edward O. Wilson: The Ants, Berlin 1990
Hoskyns, Catherine: The Congo since Independence. January 1960 – December 1961, Oxford 1965
Hutchinson, J., und J. M. Dalziel: Flora of West Tropical Africa. The British West African Territories, Liberia, the French and Portuguese Territories South of Latitude 18°N to Lake Chad, and Fernando Po, 2. Aufl. durchges. v. R. W. J. Keay, Bd. I, London 1954; Bd. II, 1958; Bd. III: The Ferns and Fern-Allies of West Tropical Africa, A. H. G. Alston, 1959
Ingold, Tim, David Riches und James Woodburn: Hunters and Gatherers Bd. 1: History, Evolution and Social Change; Bd. 2: Property, Power and Ideology, Oxford 1988
Jobling, James A.: A Dictionary of Scientific Bird Names, Oxford 1991
Johanson, Donald C., und Maitland A. Edey: Lucy. Die Anfänge der Menschheit, München 1982
Johnston, Harry Hamilton: Der Kongo. Reise von seiner Mündung bis Bolobo, Leipzig 1884
Johnston, Harry Hamilton: The Story of my Life, Indianapolis 1923
Jong, Elaine C.: The Travel and Tropical Medicine Manual, Philadelphia 1987
Kano, Takayoshi: The Last Ape. Pygmy Chimpanzee Behaviour and Ecology, Stanford 1992
Kearton, Cherry, und James Barnes: Through Central Africa from East to West, London 1915
Keay, R. W. J.: Trees of Nigeria, Oxford 1989
Ki-Zerbo, J. (Hg.): General History of Africa, Bd. I: Methodology and African Prehistory, London 1981; Bd. II: Ancient Civilizations of Africa, G. Mokhtar (Hg.), 1981; Bd. III: Africa from the Seventh to the Eleventh Century, M. Elfasi, I. Hrbek (Hg.), 1988; Bd. V: Africa from the Sixteenth to the Eighteenth Century, B. A. Ogot (Hg.), 1992; Bd. VI: Africa in the Nineteenth Century until the 1880s, J. F. Ade Ajayi (Hg.), 1989; Bd. VII: Africa under Colonial Domination 1880–1935, A. Adu Boahen (Hg.), 1985; Bd. VIII: Africa since 1935, Ali A. Mazrui (Hg.), 1993
Kingdon, Jonathan: East African Mammals. An Atlas of Evolution in Africa, 7 Bde., London, 1974–82

Kingdon, Jonathan: Island Africa. The Evolution of Africa's Rare Animals and Plants, London 1990

Kingdon, Jonathan: »The Role of Visual Signals and Face Patterns in African Forest Monkeys (Guenons) of the Genus Cercopithecus«, in: Transactions of the Zoological Society of London, 35, 1980, S. 425–75

Kingdon, Jonathan: Self-Made Man and His Undoing, London 1993

Kingsley, Mary H.: Travels in West Africa. Congo Français, Corisco and Cameroons, London 1897

Kingsley, Mary H.: West African Studies, London 1899

Lambert, David: Alles über die Dinosaurier, Würzburg 1988

Lawick-Goodall, J. van, In the Shadow of Man, London 1971

Lieth, L., und M. J. A. Werger (Hg.): Tropical Rain Forest Ecosystems, Amsterdam 1989

Lloyd, A. B.: In Dwarf Land and Cannibal Country. A Record of Travel and Discovery in Central Africa, London 1909

Lucas, Adetokunbo O., und Herbert M. Gilles: A Short Textbook of Preventive Medicine for the Tropics, 2. Aufl., London 1984

Macdonald, David (Hg.): The Encyclopaedia of Mammals, 2 Bde., London 1984

McDonald, Gordon C., u. a.: Area Handbook for People's Republic of the Congo (Congo Brazzaville), Washington, DC, 1971

McEwan, P. J. M. (Hg.): Nineteenth-Century Africa, London 1968

MacGaffey, Janet: Entrepreneurs and Parasites. The Struggle for Indigenous Capitalism in Zaire, Cambridge 1988

Mack, John: Emil Torday and the Art of the Congo, 1900–1909, London 1990

Mackal, Roy P.: A Living Dinosaur? In Search of Mokele-Mbembe, Leiden 1987

Mackworth-Praed, C. W., und C. H. B. Grant: Birds of West Central and Western Africa, 2 Bde., London 1970–73

McLynn, Frank: Stanley. The Making of an African Explorer, London 1989

McMillan, Nora: »Robert Bruce Napoleon Walker, F.R.G.S., F A.S., F.G.S., C.M.Z.S. (1832–1901), West African trader, explorer and collector of zoological specimens«, in : Archives of Natural History, Bd. 23, Teil 1, Februar 1996, S. 125–141

Malbrant, René: Faune du Centre Africain Français (mammifères et oiseaux), Paris 1936
Manning, Patrick: Francophone Sub-Saharan Africa, Cambridge 1988
Mason, K. (Hg.): Naval Intelligence Division, French Equatorial Africa and Cameroons, London 1942
Mattingly, P. F.: The Biology of Mosquito-Borne Disease, London 1969
Mecklenburg, Adolf Friedrich Herzog zu: Ins innerste Afrika. Bericht über den Verlauf der deutschen wissenschaftlichen Zentralafrikaexpedition 1907–1908, Leipzig 1909
Mecklenburg, Adolf Friedrich Herzog zu: Vom Kongo zum Niger und Nil. Berichte der deutschen Zentralafrikaexpedition 1910/1911, Leipzig 1912
Meredith, Martin: The First Dance of Freedom. Black Africa in the Postwar Era, London 1984
Miller, Christopher L.: Theories of Africans. Francophone Literature and Anthropology in Africa, London 1990
Milligan, Robert H.: The Fetish Folk of West Africa, New York 1912
Moffett, Mark W.: The High Frontier. Exploring the Tropical Rainforest Canopy, Cambridge, Mass., 1993
Nassau, Robert Hamill: Fetichism in West Africa. Forty Years' Observation of Native Customs and Superstitions, London 1904
Noordhock, Gerda: Syphilis and Yaws. A Molecular Study to Detect and Differentiate Pathogenic Treponemes, Amsterdam 1991
Northern, Tamara: The Art of Cameroon, Washington, DC, 1984
Nowak, Ronald M.: Walker's Mammals of the World, 5. Aufl., 2 Bde., Baltimore 1991
Oliver, Roland: The African Experience, London 1991
Oliver, Roland, und Anthony Atmore: The African Middle Ages 1400–1800, Cambridge 1981
Oliver-Bever, Bep: Medicinal Plants in Tropical West Africa, Cambridge 1986
Owen, D. F.: Tropical Butterflies. The Ecology and Behaviour of Butterflies in the Tropics with Special Reference to African Species, Oxford 1971
Owomoyela, Oyekan: A History of Twentieth-Century African Literatures, Lincoln 1993
Preston, Richard: Hot Zone. Tödliche Viren aus dem Regenwald, München 1995

Putnam, Anne Eisner: Eight Years with Congo Pigmies, London 1955
Radin, Paul, und James Johnson Sweeney: African Folktales and Sculpture, New York 1952
Richards, P. W.: The Tropical Rain Forest. An Ecological Study, Cambridge 1952
Ridley, Matt: The Origins of Virtue, London 1996
Ridley, Matt: The Red Queen. Sex and the Evolution of Human Nature, London 1993
Riemenschneider, Dieter, und Frank Schulze-Engler: African Literatures in the Eighties, Amsterdam 1993
Robbins, Warren M., und Nancy Ingram Nooter: African Art in American Collections. Survey 1989, Washington DC, 1989
Rosevear, D. R.: The Rodents of West Africa, London 1969
Sarno, Louis: Der Gesang des Waldes. Mein Leben mit den Pygmäen, München 1993
Schaller, George B.: Unsere nächsten Verwandten, Bern 1965
Schebesta, Paul: Bambuti. Die Zwerge vom Kongo, Leipzig 1932
Schebesta Paul: Der Urwald ruft wieder. Meine 2. Forschungsreise zu den Ituri-Zwergen, Salzburg 1936
Schebesta, Paul: Vollblutneger und Halbzwerge. Forschungen unter Waldnegern und Halbpygmäen am Ituri in Belgisch Kongo, Salzburg 1934
Schweinfurth, Georg: Im Herzen von Afrika. Reisen und Entdeckungen im Centralen Aequatorial-Afrika während der Jahre 1868–1871, 2 Bde., Leipzig 1874
Segy, Ladislas: African Sculpture Speaks, New York 1951
Sénéchal, Jacques, Matuka Kabala und Frédéric Fournier: Révue des connaissances sur le Mayombe, Paris 1989
Serle, William, und Gérard J. Morel: A Field Guide to the Birds of West Africa, London 1977
Shoumatoff, Alex: In Southern Light, London 1986
Skaife, S. H.: African Insect Life, Cape Town 1953
Smuts, Barbara B., u.a. (Hg.): Primate Societies, London 1987
Stanley, Henry Morton: In Darkest Africa. Or the Quest Rescue and Retreat of Emin, Governor of Equatoria, 2 Bde., London 1890
Stanley, Henry Morton: Durch den dunklen Welttheil oder Die Quellen des Nils, 2 Bde., Leipzig 1878

Stanley, Richard und Alan Neame (Hg.): The Exploration Diaries of H. M. Stanley, London 1961
Steentoft, Margaret: Flowering Plants in West Africa, Cambridge 1988
Stöcker, Helmut (Hg.): Drang nach Afrika. Die deutsche koloniale Expansionspolitik und Herrschaft in Afrika von den Anfängen bis zum Verlust der Kolonien, 2. Aufl., Berlin 1991
Stringer, Chris, und Robin McKie: African Exodus, London 1996
Sutton, S. L., T. C. Whitmore und A. C. Chadwick: Tropical Rain Forest. Ecology and Management, Oxford 1983
Swainson, W.: Birds of Western Africa, 2 Bde., London 1837
Swinton, W. E.: The Dinosaurs, London 1970
Tati-Loutard, J. B.: Anthologie de la littérature congolaise d'expression française, Yaounde 1977
Thompson, Virginia, und Richard Adloff: Historical Dictionary of the People's Republic of the Congo, Metuchen, N. J., 1974
Thonner, Franz: Meine Reise nach dem Kongo und der Mongalla im Jahre 1896, Berlin 1898
Torday, E.: Camp and Tramp in African Wilds. A Record of Adventure, Impressions, and Experiences during Many Years Spent among the Savage Tribes round Lake Tanganyika and in Central Africa, with a Description of Native Life, Character, and Customs, London 1913
Tremearne, A. J. N.: The Ban of the Bovi. Demons and Demon-Dancing in West and North Africa, London 1914
Trial, Georges: Dix ans de chasse au Gabon, Paris 1955
Turnbull, Colin M.: Molimo. Drei Jahre bei den Pygmäen, Berlin 1963
Vanden Bergh, Leonard John: On the Trail of the Pigmies. An Anthropological Exploration under the Cooperation of the American Museum of Natural History and American Universities, London 1922
Vansina, Jan: Paths in the Rainforests. Towards a Histoy of Political Tradition in Equatorial Africa, London 1990.
Wack, Henry Wellington: The Story of the Congo Free State. Social, Political, and Economic Aspects of the Belgian System of Government in Central Africa, New York 1905
Wanderings in West Africa. From Liverpool to Fernando Po, (anon. Mitglied der Royal Geographical Society) 2 Bde., 2. Aufl., London 1863

Werner, A.: The Language-Families of Africa, London 1915
Werner, David: Where there is No Doctor. A Village Health Care Notebook, London 1979
West, Richard: Brazza of the Congo. Exploration and Exploitation in French Equatorial Africa, London 1972
Williams, John G.: A Field Guide to the Butterflies of Africa, London 1969
Wilson, Henry S.: The Imperial Experience in Sub-Saharan Africa since 1870, Minneapolis 1977
Wissmann, Hermann von: Meine zweite Durchquerung Äquatorial-afrikas vom Kongo zum Zambesi während der Jahre 1886/1887, Berlin 1890
Wollaston, A. F. R.: From Ruwenzori to the Congo. A Naturalist's Journey across Africa, London 1908
Woodruff, A. W., und S. G. Wright: A Synopsis of Infectious and Tropical Diseases, 3. Aufl., Bristol 1987
Worthington, S. und E. B.: Inland Waters of Africa. The Result of Two Expeditions to the Great Lakes of Kenya and Uganda, with Accounts of their Biology, Native Tribes and Development, London 1933
Wrangham, Richard W., u. a.: Chimpanzee Cultures, Cambridge, Mass., 1994